内蒙古文学重点作品创作扶持工程

郭岩君/著

内蒙古人民出版社

图书在版编目(CIP)数据

西辽德宗——耶律大石 / 郭岩君著. -- 呼和浩特 : 内蒙古人民出版社, 2020.10

ISBN 978-7-204-16446-2

Ⅰ. ①西… Ⅱ. ①郭… Ⅲ. ①长篇小说-中国-当代 Ⅳ. ①I247.5

中国版本图书馆 CIP 数据核字(2020)第 204920 号

西辽德宗——耶律大石

作　　者	郭岩君
责任编辑	郝　乐
装帧设计	宋双成
出版发行	内蒙古人民出版社
地　　址	呼和浩特市新城区中山东路 8 号波士名人国际 B 座 5 楼
印　　刷	内蒙古爱信达教育印务有限责任公司
开　　本	710mm×1000mm　1/16
印　　张	26
字　　数	400 千
版　　次	2020 年 10 月第 1 版
印　　次	2021 年 8 月第 1 次印刷
印　　数	1—1000 册
书　　号	ISBN 978-7-204-16446-2
定　　价	50.00 元

图书营销部联系电话:(0471)3946298　3946267

如发现印装质量问题,请与我社联系。联系电话:(0471)3946120

序　言

内蒙古居于祖国北疆，广袤无垠的草原、葳蕤茂密的森林、浩瀚辽远的大漠、纵横千里的阴山山脉，组成了内蒙古多姿多彩的地理风貌。千百年来，各族人民在此繁衍、生息，丰厚着绵延久远的中华文化。文学传承，生生不息。源远流长的内蒙古文学在牧野上传诵，在群山中回响，点亮了祖国北疆一盏盏温暖的生命明灯。

进入新时代，内蒙古文学工作者坚持深入生活、扎根人民，把澎湃的现实生活、昂扬的时代精神、丰富的经验和情感提炼造型。人、生活、岁月在他们笔下是砥砺行进的历史，是绵厚的家国之爱，是浓烈的人间烟火。一批批贴近时代、贴近人民、贴近大地的现实题材作品带着生活之感、时代之悟和人民之思传向广大读者。

为进一步加强文学的组织化程度，推出更多高品位的优秀作品，培养更多高素质的文学人才，“内蒙古文学重点作品创作扶持工程”应运而生。本工程由内蒙古自治区党委宣传部牵头，内蒙古文联、内蒙古作协负责组织推进，旨在汇集内蒙古众多优秀作家作品，在宽广的世界视野中描绘中华民族精神图谱，努力推动内蒙古文学事业繁荣发展。本工程部分入选作品曾荣获鲁迅文学奖、全国少数民族文学创作“骏马奖”、全国精神文明建设“五个一工程”奖、自治区精神文明建设“五个一工程”奖、自治区文学创作“索龙嘎”奖等，为满足人民文化需求、增强人民精神力量做出了积极贡献。2021 年 7 月 1 日，习近平总书记代表党和人民庄严宣告，经过全党全国各族人民持续奋斗，我们实现了第一个百年奋斗目标，在中华大地上全面建成了小康社会，历史性地解决了绝对贫困问题，正在意气风发地向着全面建成社会主义现代化强国的第二个百年奋斗目标迈进。内蒙古大地焕发出前所未有的活力，人民创造历史的伟大实践为文学创作提供了丰沛的源泉和广阔的天地。讲好内蒙古故事，发出富于影响力和感染力的声音，创作出不负时代、不负人民的优秀作品，是每位作家的光荣与梦想，也是推动内蒙古文艺蓬勃发展的强大动力。

“内蒙古文学重点作品创作扶持工程”入选作品，以无数真切鲜活的声音，书写着属于这个时代的有温度、有厚度的内蒙古故事。这些作品从内蒙古脱贫攻坚的实践中来，从当代中国、内蒙古社会发展进步和人民精彩生活的细节中来，精神高度、文化内涵和艺术价值相统一，歌颂无数创造历史的人们。

百年恰是风华正茂，百年初心历久弥坚。衷心希望内蒙古文学工作者以深邃的历史眼光和宏阔的现实视野，倾听内蒙古从历史走向现在、走向未来的脚步声，创作一批见历史之大势、发时代之先声的优秀作品，展现新时代中国共产党和中国人民再创中华文化新辉煌、书写中华民族新史诗的文化自信和历史雄心；希望内蒙古文学工作者珍爱文学、不忘初心，用心记录内蒙古人民建设美好内蒙古的奋斗姿态，把新的灵魂、新的梦想注入文学，努力为铿锵内蒙古书写新时代的史诗。

薪火传承，旗帜高扬。在习近平新时代中国特色社会主义思想指引下，期待内蒙古文学工作者担当使命，以高质量的文学作品弘扬蒙古马精神，展示内蒙古文学弦歌不辍、日新又新的文化活力；期待有更多读者在文学世界中感受辽阔大地上的人文情怀，感受内蒙古文学的独特魅力；期待内蒙古文学在中华文学版图上绽放出绚烂的光辉。

内蒙古文联党组书记　主席　冀晓青

目 录

楔子：最佳的敌人

公元十一世纪七十年代，中国处于辽、北宋、西夏三国并立的局面。但是，随着三个人物的出生及成长，这一切将发生巨变。

一〇七五年六月五日傍晚，辽朝末代皇帝耶律延禧出生。中国历代帝王出生，都有一个天降祥瑞的传说。耶律延禧出生时，据说昭怀王府上方被一团五彩祥云缭绕。遗憾的是，传说中的天示瑞兆并没给耶律延禧本人及大辽国带来好运。相反，自一一〇一年正月辽道宗去世，耶律延禧奉遗诏继位，尊号“天祚帝”以后，这个雄踞中国北方二百余年，疆域万里的大辽王朝便开始江河日下。

一〇八二年五月五日，比耶律延禧晚六年十一个月，北宋第八任皇帝徽宗赵佶出生。传说他出生前，他的父亲宋神宗赵顼曾到秘书省观看收藏的南唐后主李煜的画像，感叹李后主俨雅、文采风流。赵佶出生之日，宋神宗竟然梦见李煜来见。赵佶身上还真有李后主的影子。他兴趣广泛，爱好笔墨、丹青、骑射、蹴鞠，对奇花异石、飞禽走兽更加兴趣浓厚。他自创的一种书法字体被后人称为“瘦金体”。他的花鸟画自成“院体”，被当世及后代人珍藏。

一一〇〇年正月，比耶律延禧继位早一年，北宋哲宗赵煦病逝，端王赵佶弟继兄位，成为北宋徽宗。这位事实上的北宋亡国之君才艺俱佳，却唯独当不好皇帝。他在位二十五年，使中国历史上政治开明、科技发展、经济文化繁荣的北宋王朝，加速滑向衰败的深渊。

一〇六八年八月一日，比耶律延禧早六年零十个月，比赵佶早十三年零九个月，辽王朝和北宋王朝的掘墓人——金朝开国皇帝完颜阿骨打出生。与耶律延禧和赵佶的天潢贵胄出身不同，阿骨打出生时，他的家族完颜部只是生女真族诸多部落中的一支。到他三十五岁时，他的兄长乌雅束才统一生女真各部。即便这样，也有传说阿骨打的出生地曾出现五色云气，形状像能装两千斛粮食的圆形大谷仓，还惊动了辽朝廷的司天官孔致和：“这片五色云气下面，应当有不同寻常的人出生，会创建不同寻常的事业。”

两个亡国之君加一个新王朝的开创者，构成十二世纪初叶一段波澜壮阔的北方的中国史。

金王朝是兴起于混同江（今黑龙江）流域的一个蕞尔小邦，却用短短十一年时间，将庞大的辽王朝灭国，之后用两年时间，将北宋王朝终结。穿越九百多年的时空，拂去岁月的浮尘，回望那段历史舞台，依稀可见弓马娴熟的阿骨打，像一个老道而冷酷的猎手。他不动声色地拿起弓箭，拉满弓，用仇恨的目光注视着两个贪玩的花花公子皇帝——辽天祚帝和宋徽宗。

这是上苍赐给他和女真族的最佳的敌人。

一箭不可能同时射中两个目标。阿骨打把第一支箭，射向女真人的世仇——大辽国。

辽王朝是十世纪初由契丹族在中国北方地区建立的强大的封建王朝。辽国原名契丹，后因居于辽河上游之故，称为辽。“辽”字在契丹语中是镔铁的意思。九〇七年，辽太祖耶律阿保机统一契丹各部称汗，国号契丹。九一六年始建年号，九四七年定国号为辽。

享国二百一十年，共传九帝的大辽王朝，全盛时期疆域东濒太平洋；西至额尔齐斯河上游，与喀喇汗王朝、西州回鹘为邻；北至外兴安岭和贝加尔湖一线；南逾鸭绿江、长城和大戈壁，到河北省南部的白沟河。当时的邻国北宋、西夏、高丽，或向辽朝缴纳岁币，换取名义上的独立，或干脆称藩受封，为辽国的附庸。因此在穆斯林文献中，常把北中国称为契丹（Khita，Khata）。而俄语、希腊语和中古英语称中国为契丹（读音 Kitay，Kitala，Cathay）。

事实上，女真人早就对世代欺压他们的契丹人怀恨在心。一一一三年（辽天庆三年）十月，阿骨打继承兄长乌雅束的完颜部联盟长之位。他用霹雳手段对内部进行一番整肃，便急不可耐地将仇恨的目光转向庞然大物辽王朝。

他在向辽王朝发起进攻前，派亲信习古乃等人去辽上京，向辽朝廷索要早年逃奔过来的星显水纥石烈部族长阿疏。索人其实只是个由头，此后女真人每次向辽朝发难，都事先派人索要阿疏。而当大辽国覆亡之际，天祚帝与阿疏同时成为金军俘虏，阿疏这个屡次被女真人索要的倒霉蛋，只挨了二十板子便被放掉。此后他自称“灭辽鬼”，孤魂野鬼一样游荡在大辽国的故地。当然，这些都是后话。这次阿骨打派习古乃等人到辽上京，实际上是一次侦察行动。习古乃等人从辽上京归来，报告他们一行的所见所闻：天祚帝继位以来，信用萧奉先等佞臣，沉湎于酒色游猎，不理国政，生活荒淫奢侈，致使辽朝廷纲纪废弛、政治腐败、人心涣散，宗室贵族之间的争斗愈演愈烈……阿骨打认为女真族人扬眉吐气的时候到了。他对部属说：“天祚帝这样的花花公子，是上天赐给女真人的最佳的敌人。我们报仇雪恨的机会来了！”

阿骨打当即号令女真族人建城堡、修器械，整军备战。第二年九月，阿骨打亲率两千五百人的女真族铁骑，向辽朝东北靠近女真人领地的宁江州发动进攻。胜利后，紧接着对辽军驻守的初河店发动进攻并获胜。

天祚帝接到两次战败的消息时，正在距离辽中京三百多公里的辽庆州射鹿。与宋太祖赵匡胤最初瞧不起契丹人一样，天祚帝开始时也没把女真人瞧在眼里。当年赵匡胤说：“如果辽国胆敢犯我宋朝边境，我以三十匹绢购买一颗契丹人头，辽国精兵不过十万，我只需花三百万匹绢，便可消灭辽军。”后来者天祚帝则说：“小小女真族，弹丸之地，朕发十万雄兵，人踩马踏，可一举荡平！”

事实证明他们都看错了自己的敌人。

而他们的敌人，却对他们洞若观火。

第一章　辽国之秋

1. 秋季从夏天开始

故事开始于公元一一一五年（辽天庆五年）夏天。

这是个过于凉爽的夏季。位于大辽国中部的辽中京（今内蒙古宁城县天义镇西南），农历四月中旬了，街道两旁的杨柳树才有丝绿意。而往年的这个时候，城内城外早已一片郁郁葱葱。

故事的主人公耶律大石，一人一骑风尘仆仆地来到中京城外。他站在宽大的护城河边，仰望对面高大的京城门楼，感慨万千。时间过得太快了，离他中京国子监师满告别这座皇都转眼已经五年。他轻抚身边一棵刚吐出嫩绿新芽的杨树，一股暖意从心底弥漫开来。他刚从千里之外的混同江边而来。那里经过宁江州、初河店两场大仗，断壁残垣、民生凋敝，路途所见所闻，使他虽身处夏天，心底却寒意彻骨。更令他触目惊心的是：江对岸的女真人，在一种被称为“猛安谋克”的兵制下，已经全民皆兵，正在积极备战，秣马厉兵、枕戈待旦。而大辽国这边，却看不到一丝整军备战的迹象。大辽国就像一头昏睡的大象，仍沉浸在梦境中。

耶律大石这次来中京，是准备参加即将举行的大辽国科举考试的。

他想利用这次考试的机会，干一件惊天大事。他要给大辽国这头沉睡的大象迎头一击。结果无非有二：一是将昏睡的大象击醒，二是使自己陷入万劫不复之境。

耶律大石已将个人的命运与风雨飘摇的大辽国命脉紧紧捆绑在一起。

这是一次惊心动魄又充满戏剧性的科考。

先从两个人的相遇说起。

耶律大石与萧塔不烟，这两个本来并不相干的人，在这次考试中相遇。后来，他们成为扬名中亚的西辽王朝的开国皇帝和皇后。

这次考场相遇却缘于一场阴谋。耶律大石要利用这次考试的机会，向当朝权臣萧奉先发难。萧塔不烟是萧奉先的宝贝女儿。她名义上也是来参加科考的，实际上是奉父命来监视耶律大石的。

耶律大石这年二十九岁。除姓名外，他还有个字——重德。可见契丹人在文化及习俗上，与北宋王朝的汉人多么相近。《辽史》记载耶律大石通晓汉文及契丹文字，善骑射。论上去他是辽太祖耶律阿保机的八世孙。祖上凭一张三百斤铁弓追随太祖博取功名。但到他这一代，已经沦为市井贫民，三百斤铁弓倒是传下来了，但已沦为他打猎谋生的工具。他生于辽上京（今内蒙古巴林左旗林东镇），早年由于生活艰辛，流落到辽南京（今北京市）街头以砍柴和贩卖兽皮为生。与曾经织席贩履，自称汉中山靖王之后、汉景帝玄孙的刘备相似，已近而立之年仍孑然一身的耶律大石，立志国难不除誓不成家。不过，他这次选定的对手太过强大。他要以平民之身公然上书弹劾大辽国当朝北枢密院枢密使萧奉先。

辽朝北枢密院是个很奇葩的机构。《辽史·百官志一》记载：“北面朝官契丹北枢密院。掌兵机、武铨、群牧之政，凡契丹军马皆属焉。以其牙帐居大内帐殿之北，故名北院。”辽朝还有个南枢密院。理论上说，北枢密院专管契丹人事务，包括兵马、官衔等。南枢密院负责管理南人（除契丹人以外的汉、回鹘等民族）事务。但北枢密院还负责管理南枢密院。北院枢密使这个官职的职责，大致类似于北宋朝廷的左右丞相职责之合。北院枢密使可谓一人之下，万人之上，是个权倾朝野的职位。

实话说，耶律大石弹劾萧奉先，不啻自残之举，类似于鳍量级跆拳道选手叫板重量级选手，胜算几乎为零。因为二者根本不是一个重量级。老谋深算的萧奉先为人处事一贯谨慎。他整天围着天祚帝转。天祚帝想出去散心，他便在朝堂上奏请皇帝出游；天祚帝想吃头鱼宴，他便奏请皇帝移驾混同江。他把天祚帝伺候得舒舒服服。对于突然不知从哪儿冒出来的叛逆举子耶律大石，萧奉先倒显得耐心十足。他派女儿萧塔不烟去考场监视耶律大石，以便第一时间掌握这个狂妄之徒的动向。他又委派耶律大石的莫逆之交耶律俊在考场之外严密监视耶律大石的一举一动。一旦耶律大石胆敢在考场上当众闹事，便即刻拘捕交送有司严惩。他为笼络人心，还提升了耶律俊的官职，从北枢密院的一个普通刀笔小吏，提升为签书北院枢密使。这是个有职级的官职，类似于北宋朝廷中书省专门写奏章的六品文官。

派耶律大石的密友去监视他，缘于他的密友出卖了他。耶律俊向萧奉先告密说："有一个名字叫耶律大石的叛逆举子，在公开场合妄议朝廷，还胆敢对萧大人出言不逊!"

事情要从耶律大石千里迢迢从混同江边来到中京的那天说起。事先耶律大石给他在中京的朋友耶律俊捎过口信，说他要来中京赶考。耶律俊一连几天到城外迎候耶律大石。这天两个人还真在城外的护城河边相遇了。挚友五年后相见，道不尽离别之苦。耶律俊亲自替好友牵马，请耶律大石到中京城内一家著名的酒肆喝酒。

耶律俊与耶律大石是辽中京国子监同窗。耶律俊字诤友。八年前，两个人初入学门便相见恨晚。三年国子监同窗情同手足，从此成为莫逆之交。而耶律大石一生最大的麻烦制造者便是这个当年一见如故的挚友。他曾几次险将耶律大石置于死地。

耶律大石出身寒微，却好交好为，当年他与耶律俊等四位同窗结为异姓兄弟，人称“中京五友”。他们的结拜兄弟中，只有耶律俊一人在朝廷为吏（辽朝末年，朝廷及许多军政衙门日常都在中京办公。只有朝廷举行重大活动或仪式，才到辽上京），另外三个兄弟中的耶律章奴和耶律余睹在御营军任职，萧干在南京留守府军中任都统。与其他四兄弟相比，耶律大石纯属无业游民。五年前中京国子监师满，其他四兄弟都经人举荐为将为吏为商，只有耶律大石没正当职业。曾有人主动推荐他参军或为吏，却遭他婉言谢绝。他一匹马一张铁弓走遍大辽国的山山水水，渴了喝泉水，饿了啃一口猎来的野鹿或野猪肉做成的肉干。他还曾跟随大辽国的商队西行，到访过西夏和大食国（喀喇汗王朝）。这为他以后在西域开疆拓土、创立幅员万里的西辽王朝打下了基础。三个月前，他还冒险踏入女真人的领地，了解这个敢于横挑强梁的弱小部族的风土人情。他化装成北宋朝的商人，操一口流利的南京析津府汉话，蒙骗了无数的女真人。但在半个月前，他即将离开女真人领地之时，被一队女真兵拦住盘查。他口语中不经意出现的契丹话尾音，被一个曾到过辽南京的女真兵小头目识破。他被当作辽军奸细抓了起来，准备第二天砍头祭军旗。这天夜里，他巧妙利用女真兵看守的疏忽逃出，抢夺了一匹快马逃回大辽国。

一些知道耶律大石的人都视他为不务正业的浪荡之人，只有耶律俊熟知他深藏的心机。这天晚上，两个人在酒肆里酒酣耳热之际，耶律俊举杯敬酒说：“重德兄，你学成一身文武艺，何时卖与帝王家呀！”

无论当年在中京国子监读书，还是后来耶律俊为吏、耶律大石为民，耶律俊对耶律大石都十分敬重。耶律俊知道，凭耶律大石的才干，只要他肯出仕为官或带兵为将，都不会是普通的角色。他可以说对这位学兄心悦诚服。他曾经多次劝学兄早日出仕，并希望学兄能在官场上混得风生水起，他也好跟着沾点儿光。他在北枢密院当了五年的刀笔小吏，做梦都盼望能有出头之日。

应该说这天耶律俊请耶律大石喝酒的初衷是好的。哥俩儿五年没见面了，叙叙旧，说说同窗岁月中那些青涩但令人感动的记忆。同时耶律俊还隐藏另一层心机：他相信凭耶律大石的才华，参加科考发挥正常取进士甲科（相当于北宋朝的新科状元）应该不成问题，这样的话倒是天赐给他一个接近并讨好萧奉先大人的机会。因为一直以来，耶律俊最苦恼的便是无法接近萧大人。

萧大人的宝贝千金萧塔不烟，小字阿娇（许多契丹人都有小字，或可理解为乳名、闺名之类），自小聪明伶俐，却又淘气顽皮，不爱红装爱武装。女孩子家该干的营生诸如女红她毫无兴趣，男孩子调皮捣蛋的招数她全喜欢。上树掏鸟窝，下河摸泥鳅，射柳、蹴鞠、触瓦、玩双陆棋，这些契丹男孩子爱玩的游戏她样样精通。她读过私塾，学过拳脚剑术，三年前还缠着父亲送她进中京国子监读书。国子监都是男生，这难不倒她，女扮男装便轻松蒙混过关。即使被识破女儿身，萧塔不烟也不怕，谁敢跟北院枢密使萧大人的千金较真儿？萧塔不烟还懂音律、擅诗文，尤其喜欢唐诗宋词。

这在辽代一点都不奇怪。辽朝有能诗擅画的东丹王耶律倍；有十岁能作诗，一生写诗五百多首的辽圣宗；还有写出“昨日得卿黄菊赋，碎剪金英填作句。袖中犹觉有余香，冷落西风吹不去”诗句的辽道宗。

耶律大石快三十岁还孤身一人，萧府千金二十岁仍待字闺中，这不能不让耶律俊动心思。契丹人在婚嫁及两性关系上较北宋朝开放许多。普通人家的男女，十三四岁便开始嫁娶。皇亲豪门男女挑挑拣拣要稍大几岁。但年过二十男人不娶女人不嫁，便成为大龄问题青年。家人着急，自己脸面上也不好看。不过萧大千金可不在意这些。她早与父亲约定：不遇意中人，绝不谈婚论嫁。萧奉先有三个儿子，只阿娇一个女儿，从小宠爱有加，自然不忍逼迫。尽管艳羡聪明美艳的萧府千金之人如过江之鲫，提亲的人踏破萧府门槛，有皇亲国戚公子，也有豪门贵胄子弟，但这些人在萧塔不烟看来，都是些奶油小生，丝毫提不起她的兴趣。

偶然一次机会，耶律俊见到萧塔不烟，被她的美色震惊了。无奈那时他已经成婚，妻子萧莺也是官宦人家千金。更关键的是，他一个刀笔小吏，根本配不上人家萧府千金。他这只癞蛤蟆，连天鹅肉都不敢想。其实与萧府千金相比，耶律大石也是一只癞蛤蟆。可一旦耶律大石金榜题名，那情况就不一样了。新甲科进士娶相府千金，正是才子配佳人，乃天作之合。如果给才子佳人从中牵红线的是他耶律俊，好事成双之后萧大人能不高看他一眼？他还用整天为接近和得到萧大人的赏识而绞尽脑汁？因此，这天晚上劝耶律大石喝酒时，耶律俊相当卖力。实话说，他的酒量难敌学兄，他却宁伤身体不伤感情地拼命喝。直到学兄有了醉意，他已经醉到直想往桌子底下钻时，才酒后吐真言，劝学兄努力考取第一名，他也好替学兄与萧府千金牵一条红线。他甚至把南朝（辽朝人对北宋朝的习惯称谓）皇帝赵恒的《劝学诗》都搬出来：书中自有黄金屋，书中自有颜如玉。

无奈学兄对这些不感兴趣，却一味为国事忧虑。耶律大石告诉学弟，他在混同江两岸看到女真人在全民积极备战，回到大辽国，看到的却是怠将懒兵、贪腐横行，照这样下去，大辽国的灾祸真不远了！

耶律俊不愿接学兄的话茬，是怕沾上妄议朝政的罪名。天祚帝继位以来，严令禁止妄议朝政，已经有朝官因私下议论朝政被治罪。酒肆的墙壁上便张贴着用契丹、汉两种文字书写的告示：妄议朝政者治罪。好在酒肆里食客不多，悬挂在屋顶中央的松油灯光线灰暗，离稍远一点便难看清人脸。即便这样，耶律俊仍怕得要命。他发现一个坐在靠窗位置的汉族男人总是扭头往这边看。他担心这个男人听到什么，便试图打断学兄的话。他端起酒碗敬学兄酒，劝学兄莫谈国事。耶律大石已经喝醉了，抬手打掉耶律俊手中的酒碗，大声地说："学弟，你是朝廷官吏，怎能眼看萧奉先一伙奸人蒙蔽圣聪，置我大辽国于危险境地而无动于衷呢？我耶律大石是一介平民，位虽卑尚且为国事担忧……”耶律俊见学兄越说越激动，越说声音越高，根本不听劝告。无奈之下他把餐桌掀翻，桌上的铁盘瓷碗纷纷落地，烧鹅、烤鱼、羊肚、熏鹿肉等菜肴散落一地。

2. 遇见

耶律大石是在考场入口处遇见萧塔不烟的。

当时两个人跟随一些举子一起往考场走。萧塔不烟着一身汉族男人装，跟在耶律大石身后。耶律大石好像没注意她，她却一眼便认出他来。她事先看过耶律俊提供的耶律大石画像。后来耶律大石证实，这幅画像是读国子监时，耶律俊给他画的。那时耶律俊的人物画在国子监学子中很有名气。

耶律俊给萧塔不烟送画像这天，是他第一次近距离地接近她。他被她的美貌惊呆了，提出要为萧塔不烟画一幅像。萧塔不烟却不理他，专注地看画像上的耶律大石。她觉得画像上的人有些眼熟，好像以前在哪里见过。

考场设在一座大殿内，匾额上用汉字书写“文化殿”三个大字。此匾是道宗皇帝的亲笔御书。辽代崇尚汉文化，在辽代帝王中，除太祖、太宗两个马上皇帝外，其他帝王都通晓汉文。东丹王、圣宗、道宗还是笔墨丹青高手。

大殿门口有四名挎刀御营军守卫，两名文吏查看入场举子的考牌。始于辽太宗朝的辽代科考，开始时只为收拢汉族人才，选拔能接待北宋朝使者或出使北宋朝的文臣。因为辽、宋两朝打交道，宋朝人经常嘲笑辽朝人粗野没文化。辽代科举是不允许契丹人参考的，大概是为了保持契丹人擅骑射的民族特色。辽兴宗朝有个叫耶律蒲鲁的举子，冒充汉人考上进士，被识破后，皇帝下旨夺去其功名，并打其父二百鞭子，以治怂恿儿子违禁科考之罪。辽朝还禁止商贾、医、卜、屠贩、奴隶、悖父母者或犯事逃亡者参加科考。不过到了天庆年间，由于天祚帝率性而为，蔑视一切前朝制定的规矩，不许契丹人科考这一条也有所松动。当然并没有明令废除，所以耶律大石报名时，用的是“石重德”的汉人名字。

耶律大石递上号牌时，心里难免有些紧张。一名文吏接过他的考牌看了一眼，又抬头打量他一会儿，点头示意放行。然后两名御营军过来，检查他是否挟带违禁用品，之后才放他进入考场。辽朝毕竟是少数民族政权，类似科举等全部学习唐、宋朝规矩。有些仅学习皮毛而已，形似而神不似。总算通过盘查，耶律大石松了一口气。进入考场后他才发现，里边的气氛丝毫不比外边轻松。一名身穿文官服的老年监考官高坐在一张太师椅上。耶律大石听说过此人，他叫萧得里底，是萧奉先的叔叔，也是萧奉先一伙的死党。这伙人如今把持朝政，阻塞圣聪，结党营私，把辽国朝廷弄得乌烟瘴气。耶律大石向来反感这类人，但又不得不向主考官鞠躬敬礼，因为这是举子拜见监考官的礼节。主考官身后是两名穿文官朝服的监考官。监考官左右是四名气势汹汹的挎刀御营军，凶巴巴地注视入场的举子。

耶律大石找到写有“石重德”三个字的考桌。这时萧塔不烟已先他一步进入考场，坐在考桌后的座榻上。两个人的考桌一前一后，这是事先安排好的，耶律大石当然被蒙在鼓里。她友好地冲他笑一下，礼貌地拱一下手：“在下见过尊兄!”耶律大石看一眼她，再看考桌上的名字“骄男”，心生一丝反感，不想搭理她。一副奶油小生的模样，说话还阴阳怪气的。不过读书人的礼节应该有，他还是礼貌地冲她点一下头，便坐在自己的座位上。

他不喜欢我！这是萧塔不烟的第一感觉。为什么？她心里问自己。身为萧府千金，她向来被人捧着、宠着、簇拥着，如今突然出现个家伙，对她爱理不理的，让她倍感失落的同时，也激起她强烈的好奇心。

她是主动向父亲提出来在考场监视耶律大石的。之前她已经参加过乡试和府试，这次考试被称为省试。其实她参加科考并非为求取功名，只想玩一玩，顺便检验一下自己的才华。最初父亲反对女儿参加科考，认为是瞎胡闹，毕竟前朝没有过女人参加科考的先例。尤其这次省考，萧奉先明确告诉女儿不要参加，恐怕在朝臣中引起非议。萧塔不烟不甘心，绕过父亲直接找到萧得里底。在萧塔不烟的软磨硬泡下，这位老爷爷竟然答应了。毕竟这时辽朝廷的许多纲纪早已废弛。天祚帝不喜欢按规矩行事，他手下的文臣武将便以恣意践踏规矩为乐事。

萧奉先原想派一名家奴去考场监视耶律大石。萧塔不烟却把一张考牌拍在父亲面前，还振振有词地说："女儿就是要去考场看一眼，这个耶律大石何以如此胆大妄为，竟敢妄议朝政，诽谤父亲！"

耶律俟不同意派人去考场监视耶律大石。以他的想法，直接取消耶律大石的考试资格便完了。毕竟朝廷没明令契丹人可以参考。耶律大石不是喜欢游荡吗？就让他闲云野鹤去吧！就他那天不怕地不怕的倔驴脾气，进入官场还不知会捅出什么娄子。那晚在酒肆他之所以不顾学兄的感受掀翻桌子，就是怕已经酒醉的学兄大放厥词惹来麻烦。万一有人告发他们妄议朝政、诽谤大臣，学兄一介平民可能挨一顿鞭子便被放了。他身为朝廷官吏会罪加一等，弄不好连小命都得搭上。那天夜里他送学兄去客栈后，回到家里一直担惊受怕，几乎整夜没怎么合眼。第二天到北枢密院点卯，他头晕得厉害，差一点摔倒在台阶上。后来他权衡再三，才决定去求见萧大人。平心而论，那时他主观上只求自保，并非有意陷害学兄。

萧奉先思考再三，最终同意女儿去考场监视耶律大石。与人们背后骂他是奸臣相反，萧奉先倒觉得自己对朝廷、对皇上忠心耿耿。他从来没想过要祸害辽朝，更不会想出卖大辽国。他整天围绕在天祚帝周围，只不过想讨皇帝的欢心，让群臣高看他一眼，仅此而已。他听说耶律大石是个契丹族举子，已经通过乡试和府试，这已经是个难得之人才。他也是爱才之人，当然前提是人才必须能为他所用。

耶律大石这才能有来中京参加省试的机会。

辽天庆年间贡举分三科：诗赋为正科，法律为杂科，技艺类为贤良科。耶律大石报的是贤良科。按规定，贤良科举子必须在考场上完成一篇万言文章，而这篇文章极有可能被皇上御览。耶律大石便把赌注压在这篇文章上。他要在文章中弹劾萧奉先，希望天祚帝能看到这篇文章，认清萧奉先祸国殃民的嘴脸。

考试开始了，主考官公布三道题目，举子可自选其中之一作文。第一道题目是“日射三十六熊赋”，指的是辽兴宗重熙五年秋九月，皇上猎黄花山，获熊三十六头的事情；第二道题目是“辽、宋两朝永通和好赋”，指的是一〇〇五年（宋景德二年），辽、宋两国签订澶渊之盟的事；第三道题目是“至心独运赋”。耶律大石不管这些，甚至连主考官公布的题目都没听，提起笔便在考卷上工整地写下自拟的题目：奸臣误国论。署名：耶律大石。

文章是他早就构思好的，矛头直指大辽国当朝国舅、北院枢密使兼御营军都统萧奉先。他要揭露萧奉先一伙结党营私、瞒上欺下，阻断圣聪之事。他知道一旦这张考卷上达皇上案头，不啻把天空戳了个大窟窿，就像往平静的水面投进一块巨石，立刻会激起千层浪。他这是在拿自己的身家性命赌大辽国的未来。成或可一鸣惊人、万人瞩目，从而扶大辽国之大厦于将倾，救千百万契丹族人于水火；败则身败名裂、万劫不复，死无葬身之地。事实上，他知道胜算微乎其微，但为了祖国，为了契丹族人，他别无选择。

并非耶律大石杞人忧天。此时的女真人，在头人阿骨打的带领下，已成为大辽国的强劲敌人。这年元旦，女真人建立了自己的国家。国号“大金”，定都会宁府，年号“收国”。阿骨打被女真人众星捧月般拥上皇帝的宝座。当然即便这样，从辽、金两国的实力看，大辽国远未到绝望的程度，甚至优势还十分明显。但是，让耶律大石及许多有志之士忧虑的是，天祚帝那副吊儿郎当的态度。除去淫乐和游猎，他似乎不把任何事放在心上。事先许多大臣向天祚帝奏报女真人有造反的意向，正在积极备战。天祚帝却不当一回事。宁江州、初河店两场败仗的消息传来，朝中大臣纷纷为战事担忧，天祚帝仍然酒照喝猎照打，好像什么事都没发生一样。当传来女真人建国，阿骨打自称大金国皇帝的消息时，天祚帝才幽幽地说了一句："女真人弹丸之地，阿骨打自不量力！"

耶律大石奋笔疾书。他脑海中一幕幕地闪现天祚帝即位以来，大辽国内政外交的诸多景象；闪现他独闯东北女真族领地，考察女真族与大辽国边界犬牙交错的状况；以及他沿途触目所及的大辽国官贪民怨、兵痞横行的混乱局面。他心情澎湃，笔走龙蛇。也许是太忘情、太激动的缘故，许多考生先后交卷离场，他竟然一点都没觉察。当他写完最后一个字，把毛笔掷到桌上，才发现考场上只余下他和骄男两个考生。骄男嘲弄地笑望着他说："尊兄下笔万言，洋洋洒洒啊！"

耶律大石下意识地伸手掩住考卷。他四周打量，主考官萧得里底坐在太师椅上，一只眼睛闭目养神，另一只眼睛瞄着几案上那个滴水的铜壶。辽代盛行用铜壶滴漏计时。漏壶分播水壶和受水壶两部分。播水壶分二至四层，均有小孔，可滴水，最后流入受水壶。受水壶里有立箭，箭上刻分一百刻，箭随蓄水逐渐上升，露出刻数以显示时间。一个时辰滴五点。两名监考官规矩地站在主考官身旁。

耶律大石心里很紧张，担心骄男已发现了他的秘密。不过骄男的表情很平静，从表面上看不出什么破绽。也许此人没看清题目吧！耶律大石侥幸地想。他拿起卷子，起身离开座位，走到主考官面前，把卷子放到几案上。为不引人注意，他将另一名举子的考卷放在自己的考卷上边。

耶律大石来到考场外，走到靠墙边的拴马桩前，解开一匹炭黑色高头大马的缰绳，一只脚踏住马镫。这时他听见一声咳嗽，扭头看去，发现刚从考场走出来的骄男站在一顶四人抬绸缎轿子旁，正似笑非笑地望着他。耶律大石心里动了一下：万一此人看过他的文章题目并泄露出去，他的全部计划将被打乱，并且自己会处于凶险之境，而消除危险的最好办法是设法除掉此人。他略思忖一下，索性把脚从马镫里抽出来，重新系好马缰绳。他向骄男拱手说："尊兄可否借一步说话？"

骄男窥破他心思似的一笑，向他拱手说："尊兄请便。"

耶律大石心底一沉，觉得此人万不能留了。考场院外仅一墙之隔便是河面宽阔的老哈河。两岸河堤上，是一棵棵粗大的垂柳树。一条沙石小路沿河堤伸向远方。耶律大石引领骄男来到河堤上，他们沿着河堤缓慢地散步。

3. 朋友还是敌人

每个未婚女子心中都会有一个理想的白马王子形象。萧塔不烟也一样。

萧塔不烟心仪的男人只是她心中一个模糊的影子。但有一条是必需的：这人必定是个真男儿、硬汉子。这些年她一直在人群中寻找那个模糊的影子，却一直没寻见。这也是她至今待字闺中的主要原因。说起来五年前，在中京外城的击鞠（马球）场，她见到过一张面庞黝黑、棱角分明的男人脸。虽只是一面之缘，她却一直没能忘怀。

那天她看击鞠比赛离赛场太近也太入迷了，几乎被一匹受惊的赛马踩踏。那是一匹通体炭黑的高大赛马，马背上的骑手也黑铁塔似的高大威猛。黑铁塔骑手为救回一颗飞向赛场外的马球，纵马向场外围观的人群冲过来。人群惊叫着纷纷躲避，马匹受到惊吓嘶鸣一声，前蹄突然腾空而起。当时萧塔不烟就站在黑马的正前方，只要马蹄落下来，她便会被踏成肉泥。她当时惊呆了，僵站在那儿不知该怎么办。就在黑马健壮的前蹄即将落向她时，马背上的黑铁塔骑手双手奋力勒死马缰绳，双脚踩住马镫几乎站立起来。这时奇迹发生了。只见黑马的前蹄高悬起来，雕塑一样停在半空中。也只是那么一瞬间，她被身边惊恐万状的家人拉了一把。当黑马粗大的前蹄轰然落地，离她仅有半尺的距离。马蹄溅起的尘土弄脏了她的衣服。

萧塔不烟进入考场坐在考位上，便想起五年前中京外城击鞠场那惊险的一幕。她断定坐在邻桌的这个黑大汉，就是当年救自己于马蹄下的那个黑铁塔骑手，只是他比五年前更黝黑更消瘦了。其实，耶律大石在考卷上写下“奸臣误国论”题目时，萧塔不烟便看见了。他奋笔疾书痛陈萧奉先的种种罪状时，她更是一字不落尽收眼底。她从父亲那里接受监视耶律大石的任务时，重点防范的是他会在考场上兴风作浪。如果耶律大石在考场上捣乱生事，口出狂言说出对朝廷对父亲不利的话，她会立即亮明身份，要求考场内的御营军将他控制起来。始料未及的是，耶律大石会在考卷上做文章。她能够预想到，他这一手更隐秘却更有杀伤力。一旦天祚帝心血来潮，学他祖父道宗皇帝亲自批阅举子的试卷，那后果将不堪设想。她父亲整天围着天祚帝转，处心积虑地博取皇上的欢心，还不是为提防有敌意的大臣在皇上面前说父亲的坏话。人与人的距离很奇怪，你疏远一个人，便会有别人接近这个人。更何况这个人是人人都挖空心思想攀附的皇帝。

萧塔不烟想过在考场上当场揭穿耶律大石，最终却没那么做。一来那样做的话，她与耶律大石便成为面对面的敌人。而这个黑铁塔一样沉默寡言却又笔走龙蛇的男人，已经勾起她心底一种隐秘的探知欲。二来这个男人极有可能便是五年前那个从马蹄下救过她命的人，在没弄清他的真实意图之前便贸然下手，有恩将仇报之嫌。三是她相信父亲的实力，仅凭一个科考举子的一篇文章，未必便能扳倒权倾朝野的父亲。四是这篇文章颠覆了父亲在她心中的高大形象，她要弄清楚事情的真相。

这天两个人在河堤上走了很长一段路，却彼此沉默。

耶律大石一直没开口，是因为他没想好说什么。他之所以提出与骄男借一步说话，主要是想探问一下骄男是否看过他的文章。如果文章的秘密泄露了，到达不了天祚帝的手中，他所做的一切将是徒劳的。更糟糕的是，一旦文章到了萧奉先手中，他便死定了。他个人的生死荣辱倒没什么，可惜的是大辽国将失去一次自我救赎的机会。

还是萧塔不烟先开的口。她说出五年前发生在中京外城击鞠场上那惊险的一幕。耶律大石对此事还有印象。那是他离开中京国子监之前的最后一场击鞠比赛。双方实力相当，比赛异常激烈，他在奋力抢救就要飞出场外的马球时，惊扰了观众，也惊吓了马匹，差一点酿成踩踏事件。多亏他骑术精湛，牢牢控制住马匹，才避免一场悲剧。不过他当时没顾上看马蹄下逃生的那个人。没想到时过五年，此人就站在他的对面，而且还是同场科考的举子。

萧塔不烟对这个话题很感兴趣，还借机说起她参加过的几场击鞠比赛。耶律大石此时却没心情闲谈，一直惦记文章是否泄露之事。

耶律大石说："尊兄对眼下的朝政怎么看？"

萧塔不烟意味深长地一笑，说："莫谈国事。"

耶律大石说："天下兴亡，匹夫有责！"

萧塔不烟说："匹夫之勇，何言兴亡。"

耶律大石听出话外之音，断定此人已知他考卷的秘密。这是个极危险的人，杀人灭口或许是消除危险的最好办法。他抬头四周打量，长长的河堤上只有他们两个人。稍远一些的河堤尽头，四个轿夫坐在河边看汹涌的河水。他目测一下，干净利落地杀掉骄男推入河里，应该不会引起轿夫的注意。之后快速过去干掉四个轿夫，这样他的威胁便解除了。他暗自拿定主意，右手便伸向挂在腰间的短弯刀。

萧塔不烟似乎看穿他的心思，笑说："君子不器，然后可成大事。"

耶律大石一下愣住了。他知道前一句话是汉族人先贤孔子《论语》中的句子，大概意思是作为君子不能囿于一技之长，只求学到一些手艺而强大自身，应该学会从纷繁的世相中感悟和顺应冥冥天道。耶律大石猜不透对方此话是何意思，也懒得去猜。他此时还不知道，站在他面前的这位眉清目秀、明眸皓齿的骄男是女儿身，更不知道她便是他万分痛恨的大奸臣萧奉先的女儿。

耶律大石的手已经握住短弯刀的把柄，忽听传来一阵急促的马蹄声，扭头看去，耶律俊骑马由远及近。

耶律俊奉命监视耶律大石在中京的一举一动。耶律大石进入考场，他守在考场门外等候。耶律大石与萧塔不烟走出考场，他躲到暗处盯梢。两个人走到河堤上，他躲在远处监视。眼看快到晚饭时间，他才骑马出现在河堤上。这是事先约好的。学兄科考完毕，他请学兄喝酒，以尽地主之谊。

萧塔不烟也要参加他们的酒局。耶律俊始料未及又有些受宠若惊。萧塔不烟却装作不认识，经过耶律大石介绍，她才傲然地向耶律俊点一下头。她确实很瞧不起耶律俊，尤其在耶律大石面前。在她看来，无论耶律俊出于何居心，出卖自己的学兄都令人不齿。耶律俊似乎也心知肚明，言行举止赔着小心。耶律俊跟着学兄称她尊兄，她却让耶律俊叫她骄爷。耶律俊不情愿又不敢违拗，只好小声叫一声骄爷。她却嫌声音太小，让耶律俊大声点。耶律俊粗喉大嗓地喊了一声骄爷，惹得耶律大石一阵笑。

三个人来到中京外城有名的契丹风味酒楼“柳边人家 ”。酒楼位于老哈河右岸，一阵略带鱼腥味的河风吹来，萧塔不烟禁不住打了一个冷战。这个夏天实在太清凉了，让她的心底时常感受到一阵深秋的寒意。三个人，六样菜，一坛契丹老酒，气氛却沉闷难挨。萧塔不烟希望快吃快喝早点结束，给她和耶律大石留出一点时间，她还有好些话要问他。刚才在河堤上，她几次话到嘴边都咽回去，女人的直觉告诉她，他深邃寒冷的目光中含有杀机。

耶律大石也无心饮酒，那份上交的考卷像一块石头压在他心头。第一个看他文章的人会是谁？是两个监考官，还是主考官萧得里底？他们的第一反应会怎样？马上向萧奉先报告，然后张贴告示满京城抓捕他？

整天忙于游猎的天祚帝会下旨调阅试卷吗？还有坐在他对面的骄男，到底是什么人？骄男对耶律俊的骄狂，耶律俊对骄男的隐忍，这些究竟是为什么，难道他们原来认识？骄男到底看见自己的考卷没有？如果真看见为何不在考场上揭发？骄男是敌人，还是朋友？

耶律俊内心更纠结。在座的两个人，一个是他的学兄，被他出卖还浑然不觉，依然拿他当兄弟；另一个是他顶头上司的女儿，一个骄横霸道、似乎从来没拿正眼看过他的萧府千金。他对她的美色垂涎三尺，却只能深藏心底不敢表露。他知道她贱看他、轻蔑他，甚至戏耍、嘲弄他，他却不敢表露，更不敢发作，只能装傻充痴。他如芒在背又要装作满脸轻松。他劝学兄喝酒时，每次都自己先干为敬。他敬萧塔不烟酒时，人家爱理不理地连酒碗都不碰一下，他却要恭敬地喝干碗中酒。结果两个客人沾酒不多，他却先把自己喝醉了。

离开酒楼时天已黑透。耶律大石欲送烂醉的学弟回府，被萧塔不烟拦住。她让在门外等候的自家轿夫将耶律俊扶上马背送走。耶律大石告辞欲回住宿的客栈，萧塔不烟说正好顺路要陪他走几步。耶律大石牵着黑马，萧塔不烟跟随，两个人在行人稀少的夜晚街头行走。一名萧家轿夫提一盏牛皮灯笼在前边引路。

通过短暂的接触观察，萧塔不烟感觉耶律大石稳重实在，人还不错，至少不似耶律俊那么轻狂龌龊。一个经过乡试、府试、省试的举子，才华应该很不一般。如今大辽国正在用人之际，像他这样的男儿应该有广阔的用武之地，去为家国民族发挥才干。可他眼下身处险境而不自知。他被学弟举报已遭到监视盯梢。他写的那篇矛头直指她父亲的文章，估计很快会被父亲知道。就算父亲心胸宽阔，也很难容忍一个居心叵测公开诋毁他的举子。到那时耶律大石的处境将更加凶险。现在最好的办法是劝他马上离开中京，远离是非之地以求自保。从他与耶律俊的交谈中，她听出他至今未成家。快三十岁还孤身一人，这令她感到很惊奇。同时，她难免在内心深处把自己的将来与这个男人放在一起考虑一下。当然也只是一闪之念，她对这个黑铁塔似的男人毕竟还缺乏了解。她没话找话地问他家住哪里，为何至今没成家，将来会选个什么样的女人做妻子。耶律大石说他四海为家，之所以至今没成家，是因为没遇见心仪的女子。将来有可能，他会选择一个心仪的契丹族女子做妻子。

耶律大石与其说在回答问题，不如说在随便应付。他此时内心很急，根本没心思也没心情闲聊，他要尽快想一个脱身的办法。杀人灭口看来没必要了，骄男虽有可疑之处，但至少看上去不像坏人。他交卷的那篇文章，如果不像预想的那样被天祚帝调阅，估计很快会到萧奉先之手。萧奉先自然不会放过他，恐怕到那时，满大街都会张贴捉拿他的告示。他要尽快办完该办之事，做好随时离开中京城的准备。

他要办的第一件也是最重要的事，是去拜见他中京国子监的恩师萧兀纳。如今身为大辽国上京留守兼东北路司副指挥使的萧大人，是目前辽国朝廷上，为数不多的不肯依附奸臣萧奉先的人。他身边虽然聚集一些正直大臣，但人少而职微，对萧奉先一伙构不成威胁。耶律大石刚来中京城那天，去过萧兀纳府。萧家人说萧大人正在从上京城赶往中京城的路上。耶律大石估算一下，恩师应该今天回到中京城。此时刚交一更天，他马上赶往萧府求见还不算太晚。见到恩师，他要把写文章攻击萧奉先之事如实相告。一旦他落入萧奉先一伙之手，恩师也许能在朝堂上替他说一句公道话。

耶律大石停步拱手说：“实在抱歉，在下有件急事要办，咱们后会有期!”

耶律大石不待萧塔不烟表态，便跨上马背，挥鞭打马前行。没走多远，忽听从前方十字路口方向传来一阵嘈杂的声音。

4. 夜晚街头

耶律大石骑马路过十字路口，看见街边升起两堆篝火，一群散兵游勇嬉闹着围看一男一女表演杂技。这些散乱辽兵多是从东北宁江州、初河店前线溃败下来的。别看他们在战场上听见女真兵的马蹄声便吓得丢了魂一般扔掉手中的兵器没命地逃跑。可一旦回到城里面对百姓，他们立马变得凶恶而无耻。他们抢掠民居、奸淫妇女、与民争食，稍不如意便动手打人，弄得中京城百姓难得安宁。由于这支队伍的统帅是萧奉先的弟弟——大辽国东北路统军使萧嗣先，朝廷官员惧于萧府的势力不敢说话，小吏和百姓更是敢怒不敢言。

耶律大石挥鞭催马跑过十字路口。身后突然传来一阵女子的叫喊声。耶律大石下意识地勒住马，感觉这声音有些耳熟。他急忙调转马头，看见几名兵痞围住一名白衣女子动手动脚。女子躲闪着惊叫着。一旁的青衣男子向兵痞们拱手作揖求饶。白衣女子看上去正值芳龄，青衣男子华发丛生已然中年。恍惚间，耶律大石觉得那中年男子很像他的师父西伯，芳龄女子很像他的师妹西樱。但他又不敢确定，因为夜色黑暗，篝火的光亮照出的人影很模糊。再说师父和师妹一直远居南京城，怎么会千里迢迢跑到中京城来？

耶律大石惦记去萧兀纳大人府邸，哪有空闲管这类事情。他刚要打马离开，忽然传来白衣女子的哀号声。只见一个辽军小头目正动手撕扯她的衣服。耶律大石刚要发作，黑暗里，突然传来萧塔不烟的一声断喝："住手！"

萧塔不烟从街边黑暗中冲出来，推开两个兵痞，挤到白衣女子面前。原来，萧塔不烟对耶律大石的行踪很好奇，想尾随他看个究竟，没想到在十字路口遇见兵痞调戏女人。

萧塔不烟的出现似乎激起兵痞们的兴致。原本散在四周看热闹的散兵游勇忽然叫嚷着聚拢过来围观。那个辽军小头目更来劲了，提着弯刀围着萧塔不烟和白衣女子转。他讥笑地把弯刀架在萧塔不烟的脖子上，说："小子，就你这㞞样儿，还想英雄救美！"

萧塔不烟说："昭昭日月，朗朗乾坤，你们竟敢调戏女人！"

辽军小头目说：“爷们儿在战场上替朝廷卖过命，回来玩个小娘子怎么了？”

萧塔不烟说：“哟！听这口气，好像你们打了胜仗似的？”

辽军小头目愤怒了，说：“狗杂种，敢嘲笑你军爷，想找死呀！”

众兵痞叫喊：“砍了他！”

辽军小头目的刀锋已挨到萧塔不烟的脖子上。她虽然学过武艺，练过拳脚，一来赤手空拳，二来被兵痞们围住难以施展。危急关头，忽听一阵马蹄声传来，接着有人高声叫喊：“快跑呀！女真兵杀过来了。”

耶律大石用这招对付兵痞，缘于他在东北时听到的一个传说：女真兵马满一万便天下无敌。因此在战场上，辽兵很少与女真兵真刀真枪地拼杀。多数时候只要听见女真兵的马蹄声和喊杀声，辽军便被吓破胆转身就跑。耶律大石这一招还真管用，聚拢在萧塔不烟和白衣女子身边的兵痞们听到叫喊声和马蹄声，便一哄而散不见了踪影。

耶律大石打马跑过来时，大街上只余下萧塔不烟和白衣女子、青衣男子三个人。来到近前，耶律大石认出中年男人果然是他的师父西伯，白衣女子是他的师妹西樱。耶律大石跳下马磕头拜见师父，问候师妹西樱。自从他读国子监离开南京，转眼已经八年没回去过，没想到师徒三人会在夜晚的中京街头见面。

师父是个轻易不表露感情的人。他认出徒弟耶律大石后并不说话，只用力在他肩膀上擂一下。西樱意外地遇见日思夜想的师兄，喜极而泣，喃喃地说：“重德师兄，真是你呀！”

耶律大石说：“师父、师妹，我是重德！”

萧塔不烟离三个人稍远，他们的对话她能听见，她感受到冷落似的咳嗽一声。耶律大石这才注意到她，三个人赶忙转过身来。西伯上前拱手，感谢萧塔不烟的救命之恩。西樱上前鞠一躬，想说句感谢话，却又害羞地低下头。

耶律大石拱手说：“多谢尊兄出手相救。”

萧塔不烟凑近他耳边，悄声说：“你师妹很漂亮，她很爱你！”

耶律大石愕然，不知对方何以说出这样的话，又一时不知道该说句什么。正尴尬时，远处一群人提着灯笼举着火把叫喊着跑过来。原来，萧府家人在寻找失踪的萧家千金。夜深了女儿还没回府，萧奉先大发脾气，整个萧府都惊动了。耶律大石看见这么大的阵势，虽还不知道骄男便是萧府千金，但已猜到此人绝非一般人家的子弟。

这时刚才跑散的兵痞发觉上当了，又都陆续返回来。耶律大石害怕兵痞过来纠缠，匆匆向骄男道别，带着师父和师妹匆匆离开。

耶律大石想带师父和师妹去客栈，再开一间客房给西樱，他与师父住一间房，正好说说话。师父却说他们在外城有住处，让耶律大石跟他们走。他们三个人来到外城汉人街的一处宅院时，天已交二更。敲开院门，里边出来两个提灯笼的契丹族半大小子。西伯说这是耶律大石离开南京后他新收下的两个徒弟，一个叫耶律铁哥，一个叫耶律燕山。两个师弟上前见过师兄，几个人进入宅院。

这是一座辽代常见的汉式民居，是由南京北迁过来的汉族人依照北宋汉家民居样式建造的。院子呈正方形，三间坐北朝南灰砖青瓦正房。耶律大石被师父引进屋内，西樱忙着去生火烧茶。房间内柴米油盐一应生活用品齐全，看样子不像刚搬进来的。师父说这处住宅是半个月前从一个汉人粮商手中租来的。

耶律大石原想稍坐一会儿便走，太晚了去萧府拜见恩师不合适。他还要回客栈去收拾一下东西，准备应付明天可能出现的麻烦。师父似乎看出他的心思，劝他别走了，这里有地方住，师妹师弟们难得见他一面，总该多待一会儿。耶律大石想想也是，一晃八年没见面了，当年他离开南京时，赖在他怀里一把鼻涕一把泪地不让他走的小师妹西樱，如今已经出落成如花似玉的大姑娘。再说这次与师父师妹夜遇中京街头，他总感觉哪儿不太对劲，好像他们遮遮掩掩的，有什么事情在瞒着他。当然，这些仅是他内心的感受和疑虑而已。

西樱把烧好的奶茶端上来。她给耶律大石倒奶茶时，没忘记多加两片奶豆腐，又多放一小勺黄油。这些都是他早年的饮食习惯，亏得妹师还都记得，难免令他心生感动。他忽然没来由地想起骄男的那句话——“你师妹很漂亮，她很爱你！”耶律大石感激地看师妹一眼。西樱似乎心有灵犀，抬眼看他一下，忽然羞红了双颊，低头转身离开。

西伯坐在一旁，不动声色地看着这一切。耶律大石被这种久违的家一般的亲情所陶醉。

耶律大石出生在辽上京。他家祖上曾凭一张三百斤铁弓跟随辽太祖耶律阿保机求取功名。但到他曾祖父那一代，因遭官司而家道中落。耶律大石这一代已彻底沦落成贫民，他的家在上京汉城一条贫民街上。他自小家境贫寒，父亲每天去城外山上砍柴，担到城里集市上换些米盐度日。他九岁时，母亲患了一种浑身浮肿的怪病离世。十一岁时，父亲进山砍柴，不小心摔下山谷身亡。成为孤儿的他，靠左邻右舍吃百家饭活命。十三岁那年，一个经常来往于南京与上京之间的商队急需一个牵马的人，耶律大石总算找到一个能吃饱饭的差使。

他跟随商队来到南京。事先说好要返回上京的商队突然遭遇变故无法成行，耶律大石只好再次流落街头。渐渐长大的他身形魁伟，力气过人，那张随身携带的祖传铁弓此时派上用场。他每次上山打猎多有收获，一来二去成为南京城有名的猎人。

十二年前，某个春日的午后，耶律大石马背上驮着一头猎获的麋鹿回南京城。在贫民区的一条街上，他看见一家铺面新挂出一块白底黑字的招牌：西伯武馆。铺面前的空地上，看上去三十多岁模样的西伯带领七八岁样子的西樱耍武把式。一群围观的街头混混不断起哄捣乱。西伯不住地抱拳施礼，说他家住在遥远的西北草原，由于上年闹白灾，牛羊多半被饿死，他和女儿靠吃死牛羊肉逃出草原，来到南京讨口吃的，求各位行个方便给条活路。

张撒八是个又穷又横的汉人光棍儿，是这群街头混混的头儿。他质问西伯有什么本事，敢来南京街头摆摊耍武把式。西伯说他没什么本事，只不过会耍几下刀枪棍棒混口饭吃，在场哪位肯赏光，可以过几招赐教一二。西伯的话绵里藏针，武艺一招一式稳扎稳打，可见功力深厚。张撒八等人不敢招惹，正巧这时耶律大石骑马过来。张撒八带几个混混赶忙迎上去，不由分说拉耶律大石下马，簇拥他来到西伯面前，撺掇他跟西伯过过招。耶律大石已从西伯的一招一式看出他是个练家子。他正想找个武艺高强之人拜师学艺，便有意试探西伯的功力。他回到马匹旁，从马鞍桥上抽出一支铁枪，来到西伯面前。他用力将铁枪扎在地上，向西伯拱手说："你若能拔出铁枪，在下甘愿拜师学艺！"

耶律大石从小臂力惊人，能拉圆那张祖传的三百斤铁弓，他手中的那支铁枪也有上百斤。街坊邻居都称他"蛮力黑小子"，街头混混们则称他"铁弓大石哥"。他往地上扎铁枪时，暗中加了一把力气，一尺八寸长的铁枪头全部陷入土石之中。枪头处有两个倒悬的铁钩，没入土石中犹如落地生根。没有惊人的臂力，甭想拔出这支铁枪。

西伯认真地打量耶律大石一会儿，再看一眼深扎进土石中的铁枪，淡然一笑，背起双手走到铁枪跟前，右脚稍用力在地上跺一下，铁枪发出"哧唧"一声响，竟然自动从土石地上弹出来，倒在西伯脚边。围观的人群由衷地发出一阵喝彩声

耶律大石不甘心，从马背上摘下铁弓，从箭袋里抽出一支铁箭，拉满弓，仰头瞄准街边一棵高大挺拔的百年老柳树。树上几只乌鸦在"喳喳"地叫。随着"嗖"的一声响，一只中箭的乌鸦应声从树上掉落下来。张撒八等人夸张地大声叫好。

西伯神情淡然。他眼睛瞄着柳树上惊飞的两只乌鸦，伸手从腰间的皮囊里掏出两支长不盈寸的短箭，手腕猛然扬一下，随着两道亮光飞出，两只已飞离柳树梢的乌鸦哀鸣着先后中箭掉落下来。

西伯走到耶律大石面前，伸手抓过铁弓说："这弓走形了。"

耶律大石说："此弓已历二百余年，弓背弯曲了，可惜找不到能校

正它的工匠。”

西伯轻松地举起铁弓，用眼睛瞄一下，然后双手握住铁弓用力一拉，之后把铁弓还给耶律大石。耶律大石接过铁弓察看，铁弓弯曲处竟然变直了。他随手扔掉铁弓跪倒在地，拱手便拜说：“重德甘愿拜师学艺！”

5. 危机

这天夜里师徒几人说话到很晚。

耶律大石听说了他离开南京后师父和师妹这八年来的状况。他问师父为何千里迢迢到中京来。师父说一来武馆生意惨淡，越来越艰难；二来他两年多没捎信回家了，出来打听一下他的消息。耶律大石听后很感动，说他之所以没捎信回去，是因为一直在行走的路上，根本找不到可托付捎信之人。他把这几年来他游历大辽国，到过西夏国和大食国，还冒险去过东北女真人领地的事一一道来。师父夸赞说行万里路，读万卷书，可见他是个胸怀大志之人。

屋外传来鸡叫声，大伙才呵欠连天地喊困。耶律大石感觉很困很累，躺下却难以入睡，似乎刚迷糊着进入梦乡，忽听外间屋传来师父压低声音的训斥声。他悄悄起身，蹑手蹑脚地来到门口，此时天光微亮，影影绰绰可见西樱跪在地上低泣，师父气愤地低声数落她什么。耶律大石觉得一切都很怪异，似乎置身在一场恍惚的梦中。他想上前问个究竟，又怕太过莽撞不太合适。他回过身再躺下，感觉一阵困意袭来，似乎刚合上眼皮便被师父喊醒了。

这时天已大亮，师弟耶律铁哥刚从外边回来。他说院外街上出现无数持枪提刀的御营军，正在盘查路人，还有一伙军人在挨家挨户地搜查。师弟从怀里掏出一张牛皮纸展开，是一张缉拿犯上作乱罪犯耶律大石的告示，上面有耶律大石的画像。

原来，昨天考试完毕，主考官萧得里底便带人对几十份考卷进行初步查验。耶律大石的考卷被重点翻找出来查看。这是按萧奉先的意思办的。萧奉先为讨好天祚帝，准备奏请皇上亲自阅览举子试卷。但献给皇上的试卷必须经过严密审核。耶律大石的试卷一经调出，主考官吓出一身冷汗，连夜亲自将试卷送到萧奉先府邸。萧奉先看过试卷火冒三丈，立即派人寻找萧塔不烟和耶律俊。一直折腾到后半夜，萧塔不烟找到了，耶律俊酒醒了，再派人到客栈捉拿耶律大石，才知道耶律大石一夜未归。萧奉先马上调集御营军全城戒严，赶制缉拿犯人耶律大石的布告张贴，这些事都忙完，天已大亮。

西伯预感到徒弟捅下大娄子。他问到底出什么事了。耶律大石说这事一时半会儿说不清楚。他被人陷害了，但请师父放心，他是清白的。西伯从怀里掏出一个黑色心形野猪皮囊，从里面扯出一张上面刻画着奇形怪状图案的鹿皮，把六块有神秘文字的金币放在手中，然后双手合十闭目沉默。过了一会儿，师父把六块金币扔到野鹿皮图案上，盯着野鹿皮图案和金币摇头叹息，说："大难临头，所幸有贵人相助啊！"

这座院子的后墙外是一片很大的杨树林。耶律大石与师父等人告别，骑马跃过五尺高的院墙。他要趁盘查刚开始难免有疏漏的间隙，去趟萧兀纳府拜见恩师。他骑马跑进树林时，回头看了一眼西樱，她双眼哭成红肿样儿，默默挥手向他道别。他心头涌起一股别样的滋味。说起来他虽然拜师十多年了，但对师父和师妹所知甚少。他只知道他们来自大辽国西北部草原深处的一个古老部族。他们之间说一种古老的部族语言。只在跟他交流时，他们才说契丹话。后来他有个惊人的发现：西樱似乎不是师父的亲生女儿。某次他发现西樱端坐在木榻上，西伯跪倒匍匐在她面前，像一个虔诚的信徒在膜拜威严的教主。这使耶律大石预感到，师父和师妹绝非他们所说因家乡草原遭遇白灾逃荒而来。他们的来历很神秘，他们似乎在做一件极其秘密的事情，或者说，他们肩负着某种神秘的使命。

耶律大石开始留心他们的一切了，想从中找到答案。师父似乎觉察到了什么，某一天，对他说，他武艺学得差不多了，该学文化了，要干成大事的人，光有武艺不成，要文武双全才能成事。而那时的耶律大石最大的愿望是学一门手艺养活自己。这年秋天，师父花很多钱送他上了南京府学，两年后，又花更多的钱送他去中京读国子监。而这更令耶律大石疑窦丛生。一个从遥远的西北草原逃荒而来，凭在南京街头开武馆耍武把式糊口的异族人，哪来那么多钱送他去读书？并且，他弄不清楚师父为何要在他身上大把地花钱。尽管这样，他仍然很感激师父。他之所以能有今天，可以说全部拜师父所赐。

耶律大石专走偏僻街巷躲避御营军的盘查。日上三竿时，他终于来到萧兀纳府邸后院。为了不引人注意，他将黑马拴在路边树林里，越墙进入萧兀纳府后花园。护院的家人发现他后，把他带到萧兀纳面前。

萧兀纳命人将耶律大石带进书房。他屏退左右一把拉住耶律大石，急促地说："重德，朝廷为啥缉拿你？"耶律大石便把他参加科考的事原原本本说出来。

萧兀纳说："原来如此，我说萧奉先动这么大的干戈。"

耶律大石从随身带的壶形皮囊里掏出一卷宣纸递上，说这是他试卷文章的备用稿，求恩师寻机会把此稿面呈皇上，让皇上听听一个普通举子的心声。

萧兀纳让耶律大石坐下，得知他还没吃早饭，喊家人送茶点过来。耶律大石狼吞虎咽地胡乱吃了一些。萧兀纳大致浏览一下文章，认为文章矛头直指奸臣萧奉先，言辞过于激烈，但并没冒犯皇上。而缉拿通告中有"犯上"的罪名，这应该是萧奉先强加之罪。萧兀纳对文章中提出的"以广平淀为核心，构筑大辽国抵御女真军进攻的防御之策"很感兴趣。他说这样有见地的好文章值得设法让皇上看看。因为面对女真兵的凌厉攻势，辽国朝廷从来没拿出过一套像样的防御之策。

耶律大石说："只怕萧奉先在皇上面前进谗言，攻击恩师您！"

萧兀纳说："为大辽国的江山社稷，老夫担些干系也值得。"

萧兀纳是耶律大石读中京国子监时的国子监祭酒。辽代参考北宋教育体系，设置中京国子监、南京府学等教学机构。国子监为朝廷官学，萧兀纳作为大辽国最高学府长官，很重视发现和培养人才。他知道耶律大石是个文武全才之人，很器重，曾欲推荐耶律大石入朝为官或入军为将。不过这些要经过萧奉先一伙把持的北枢密院同意。耶律大石一来不愿向奸臣卑躬屈膝，二来希望靠自己的本事博取功名。萧兀纳得知耶律大石胸怀大志，外出游历去了，也就由他去了。

萧兀纳是大辽国道宗、天祚两朝的重臣。在道宗朝时萧兀纳是太子耶律延禧的老师，曾为保护太子免遭耶律乙辛奸党的陷害出过力。但萧兀纳在为太子师时，多次指出耶律延禧的缺点和错误，没少直言劝谏过耶律延禧，因此遭耶律延禧的忌恨。耶律延禧即位成天祚帝后，所做的第一件事便是把萧兀纳从朝廷赶走，任命他为辽兴军节度使。为堵住群臣之口，天祚帝给了萧兀纳一个"守太傅"的虚衔。后来在萧奉先的唆使下，太监王华揭发萧兀纳曾偷过宫中的一个犀牛角。这正合天祚帝之意，皇上马上派人象征性地查问一下，便下令免去萧兀纳守太傅之衔，并将萧兀纳由辽兴军节度使降为宁边州刺史。

耶律大石不愿久留而拖累恩师，告别时说："恩师，弟子一直有一个疑惑，不知当讲不当讲？"

萧兀纳说："重德所指，莫非是东北之战事？"

耶律大石说："宁江州、初河店两场败仗，学生实在无法理解。"

萧兀纳一声喟叹。

6. 混同江之痛

"我大辽国的敌人并非女真兵，而是我们自己呀！"萧兀纳痛心地说。

可以说大辽国这头沉睡的大象是眼瞅着女真人从一个蕞尔小邦逐渐变成自己的强敌的。阿骨打还没继承完颜部首领位之前，有一次天祚帝到混同江吃头鱼宴，阿骨打奉兄长之命前来陪同。宴会上，天祚帝命令部族首领们跳舞助兴，别人都乖乖地领命舞蹈，阿骨打却一直端坐不动。那时萧兀纳便看出阿骨打有反意，劝天祚帝趁机除掉阿骨打。天祚帝征求萧奉先的意见，萧奉先不愿意附和萧兀纳，认为仅凭阿骨打不跳舞就杀人，怕寒了部族首领们的心。天祚帝是个没主见的人，加之对萧奉先言听计从，此事便不了了之。

阿骨打不肯为天祚帝舞蹈，其实是看不起这个花花公子皇帝。他当然知道冒犯辽国皇帝意味着什么，便借故离开混同江。回到女真人领地不久，兄长乌雅束病故，阿骨打弟继兄位，便开始紧锣密鼓地准备起兵反辽。

萧兀纳当时任知黄龙府事兼大辽国东北路统军司副统军使，率军驻扎宁江州城。他发现女真人在备战，有叛辽迹象，便给天祚帝写奏折道：臣任职的东北路统军司与女真人接壤，通过观察女真人的动向，发现他们有反叛我大辽国的迹象，请皇上尽快发兵，在女真人没反叛之前消灭他们。

这份奏折到了天祚帝的龙案上。整天醉心于游猎的天祚帝却懒得看一眼，以致错过消灭女真人于反叛之前的最佳时机。

初战宁江州时，萧兀纳率八百名辽军守城，阿骨打率二千五百名女真军攻城。狡猾的阿骨打只派少部分兵力虚张声势围城，却亲率大部队埋伏于路，等辽军援兵到来时，女真兵突然发起攻击，辽朝援军很快被击溃。阿骨打再率军返回攻打宁江州城。守城辽军已无斗志，萧兀纳在城破之时，只率三百名骑兵逃出。

宁江州之役后，面对积极备战的女真军，辽朝廷不得不对东北路军进行重新部署。天祚帝任命北院枢密使萧奉先主持辽军东北路防务。对军事一窍不通的萧奉先派弟弟萧嗣先任东北路军都统，萧兀纳为东北路军副都统。朝廷先调集契丹军、奚军三千人，中京御营军及民军二千人，又从诸路调集二千人，七拼八凑这支七千人的乌合之众前往东北驻守初河店城。

萧兀纳奉命协助萧嗣先坚守初河店城。萧兀纳与女真军作过战，了解敌人的战法。他派一支二千人的辽军驻扎在初河店城外。一来警戒宁江州城的女真军；二来与城内辽军成掎角之势。萧嗣先从来没带过兵，却自认为无所不能，下令撤回了驻扎城外的辽军。理由是初河店与宁江州有混同江之隔，女真军不会轻易地打过来。当天夜里，女真军悄悄渡过混同江，对初河店辽军发起突然进攻。面对女真军出其不意的进攻，辽军当即溃不成军，许多军将战死。萧嗣先在女真军刚发起进攻时，便率少数亲兵弃城而逃。

萧嗣先率领残兵败将逃回辽上京。他担心朝廷追究战败的责任，便躲在家里不出来。萧奉先为替弟弟开脱，上奏章请求天祚帝赦免初河店战败的军将。理由是这些残兵败将四散溃逃，沿途打家劫舍，朝廷如果不赦免这些人的罪责，一旦这些人啸聚造反，反而成为朝廷的祸患。天祚帝从来对这些军国大事不感兴趣，便同意了萧奉先的奏请。萧兀纳坚守到初河店城破之时，才在少部分忠勇军将的保护下逃出来。他回到辽中京，请求面见天祚帝，检讨初河店战败的原因，要求严厉追究包括自己在内的守将责任。天祚帝驳回萧兀纳的请求，朝廷张榜公布了赦免初河店战败军将的责任。这道榜文令前线的辽军哗然。他们愤怒地说："勇猛作战者无功，弃城而逃者无罪，战死者无抚恤，以后谁还肯为国赴死！"

耶律大石听了恩师的讲述，气愤地拍案而起。

耶律大石说："没想到当今皇上如此糊涂。这是自乱军心，自毁长城啊！"

萧兀纳说："老夫也是无能为力呀！"

耶律大石说："可恨我徒有一身本事，空有一腔报国之心，却无处施展!”

萧兀纳说:“有才干之人,犹如装进衣兜里的钢针,总会有机会出头的。大丈夫身处乱世,当立鸿鹄之志,建盖世之功,方为好男儿!”

耶律大石说:“谢恩师教诲,重德铭记。”

萧兀纳说:“重德啊!我契丹族人恐怕要大难临头了。只能指望你们这些青年才俊力挽狂澜了!”

耶律大石说:“恩师请放心,重德如有报效朝廷的机会,一定不负众望!”

萧兀纳让耶律大石留在府上,他马上进宫求见皇上。耶律大石觉得那样会使恩师处于不利的境地,也会影响恩师在皇上面前替他说话,便向恩师告辞,从萧府后院翻墙而出。他的双脚刚落地,便被一群从树林里突然冲出来的御营军包围。没待他做出反应,几十把刀枪已经将他逼住。几名御营军一拥而上,将他五花大绑地捆起来。

耶律俊此时正躲在树林里,冷笑地注视着耶律大石。这伙擒拿耶律大石的御营军便是他带来埋伏在树林里的。他之所以这么干,并非对耶律大石有恨,完全为讨好萧奉先。那晚在柳边人家酒楼,面对萧小姐和耶律大石,他处于十分尴尬的境地。他之所以先把自己喝醉,是因为无法面对学兄依然信任他的目光,以及萧小姐极度蔑视他的眼神。当然那时他不会想到,耶律大石已经在考场上捅下天大的娄子。他迷迷糊糊地被萧府轿夫送回家,妻子萧莺安顿他睡下,其实那时他还算清醒,醉态只是装给别人看的。他已经派人查到耶律大石的住处,还亲自来到这家客栈,进耶律大石的客房检查过。从耶律大石简单的行李上,他并没发现有什么异常。那一刻他还松了一口气,觉得仅凭学兄酒醉后发几句牢骚,便为自保跑进萧府出卖学兄,是不是自己太多疑了!

这一夜他睡得很踏实,是近段时间以来少有的。天快亮时,他被一阵急促的敲门声惊醒,萧奉先派人来找他。他跟随来人骑马到萧府,看过耶律大石的试卷,才意识到耶律大石闯下大祸。他暗自庆幸没在考场上监督耶律大石，那样的话他就算跳进黄河也洗不清了。为在萧奉先面前表忠心，也为消除他因曾两次宴请耶律大石而可能产生的嫌隙，他主动请缨率御营军去客栈捉拿耶律大石。在客栈扑了空，耶律俊冷静地思考：昨晚柳边人家酒楼告别时已近二更天，城门早关了，耶律大石不可能出城，他一夜未归，多半是去了萧兀纳府邸。萧兀纳是他们中京国子监时的老师，昨天才从上京城赶回中京，准备参加天祚帝召集的朝会。

耶律俊认定耶律大石躲在萧兀纳府邸，便率领一队御营军来到萧府门外。他没有确凿证据不敢进萧府抓人，便派几名御营军在萧府前门盯梢。他带大部分御营军埋伏在萧府后院墙外的树林内。两名御营军在树林里发现了那匹黑马，耶律俊心里更有底了。他深知耶律大石的为人，满大街张贴了捉拿耶律大石的告示，耶律大石是不会冒着连累恩师的危险而久留的。果然没多大会儿，便看见耶律大石跳墙而出的身影。

耶律俊不愿意面对耶律大石，或者说他自觉无颜面对耶律大石。本意上讲，他不希望学兄倒大霉，可耶律大石自己往火坑里跳，他无力阻拦也只好听天由命。他吩咐跑进树林里报信的御营军头目即刻押送耶律大石去天牢候命。他则快马加鞭奔向萧奉先府邀功。

萧奉先听说耶律大石落网了，终于松了一口气。他本来对耶律俊监视耶律大石不力憋了一肚子火。如今人抓到了，亡羊补牢犹未晚也，他便决定放过耶律俊。不过，当他听说犯人被御营军送进天牢时，他胸中积聚的怒火终于爆发了。他猛然抬手狠抽耶律俊一个耳光。耶律俊被打蒙了，不由得倒退几步，一只手捂住火辣辣的半边脸，惊恐地望着萧奉先。

萧奉先咬牙切齿地说：“如此罪恶滔天的叛逆应该斩立决，为何要押送天牢!”

耶律俊马上明白了。犯人押送天牢是要记录在案的，以后怎样处理也要有踪迹可查。他深鞠一躬说：“恩相，恕下官愚钝！我知道该怎么办了。”

萧奉先说：“你打算怎么办？”

耶律俊说：“让他销声匿迹！”

萧奉先说：“你去吧。”

耶律俊捂着红肿的半边脸匆匆出门时，与站在门外的萧塔不烟几乎撞个满怀。耶律俊赶忙闪身一旁。萧塔不烟其实站在门外很久了。房间里两个人的对话，她听得一清二楚。但她装作刚来到门外，对一切浑然未觉的样子。她故作生气地说：“你没长眼睛呀！”

耶律俊点头哈腰地说：“对不起，萧小姐！”

萧塔不烟说：“滚。”

耶律俊鞠躬说：“是。”

萧塔不烟望着踉跄远去的耶律俊，心中替耶律大石担忧起来。昨夜快四更天了，她才回到家，父母亲都还等她没睡。父亲问她为何这么晚才回来，她装作没心没肺的样子，说在大街上看热闹了，一群兵痞纠缠一对街头杂耍的父女，好玩极了。萧奉先对从前线溃败下来的兵痞聚在中京城滋事扰民一直深恶痛绝。他曾面斥弟弟萧嗣先收拢溃兵加以节制，萧嗣先也尽力去做了，却收效不大。

萧塔不烟时常出城看击鞠比赛，深更半夜才回府是常有之事，萧奉先拿这个假小子似的女儿毫无办法。倒是母亲嫌她衣服穿得太单薄，弄不好会受风着凉，嗔怪她几句。她胡乱应付一下便跑回闺房。她脱去外衣躺在床上，似乎刚迷糊着，便被父亲派人来喊醒。来到父亲书房，她看见几案上那张“奸臣误国论”的试卷。父亲问她可知道此事，她只能佯装毫不知情。她说考试时耶律大石一直埋头写字，事先担心他会在考场上闹事，谁会想到他来这么一手。父亲不曾怀疑她，这次也一样。当她离开父亲书房时，内心生出一丝愧疚感。如果昨天她发现耶律大石试卷有问题，当场便向主考官揭发，或者赶紧回家告诉父亲，也许父亲就不会如此操劳了。

7. 身陷囹圄

耶律大石被押进天牢时，受到狱卒百般刁难。他知道狱卒在索取钱财，可现在身无分文。他的盘缠留在客栈房间内，他没时间也不敢去取。他脖子被挂上沉重的死囚枷，双脚套上沉重的脚镣，被关押进一间黑暗的单间。他口渴了，想讨口水喝。一名短粗的狱卒坏笑着说："这里没水，只能喝尿!"

狱卒头目四十多岁的样子，对他还算和蔼，说他一个穷书生，不好好读书求功名，妄议朝政干什么！萧大人他也敢骂，他是不是想出名想疯了！这下玩大发了，他小命肯定玩没了。就想不通他们这些读书人，整天穷折腾什么!

耶律大石知道这次身陷囹圄，肯定九死一生。恼羞成怒的萧奉先一定会杀他灭口，然后焚尸灭迹。他躺在牢房潮湿的地上万念俱灰。这时突然传来"哗"的一声响，牢门被踢开，短粗狱卒带着耶律俊出现在牢房门外。

耶律俊上前搀扶起耶律大石，故作心疼地说："学兄，你受苦了。"

耶律大石说："学弟，先弄口水喝，快渴死了。"

耶律俊说："拿水来。"

短粗狱卒上前鞠躬说："大人，犯人进天牢，要渴三天，饿三天……"

耶律俊说："少啰唆，快拿水来!"

短粗狱卒说："大人，别骂人啊!"

耶律俊抬腿一脚踢倒狱卒，怒气冲天地说："老子还想打人呢!"

耶律俊刚挨完萧奉先一耳光，又遭到萧塔不烟的羞辱，正憋了一肚子火没地方发，多嘴的狱卒让他找到了出气的地方。短粗狱卒也不是好惹的，一个倒空翻站起来，拔出砍刀凶恶地盯住耶律俊。耶律俊也不示弱，拔出腰中剑握在手中。两个人针尖对麦芒，一场恶斗眼看着在所难免。

耶律大石说："学弟，何必跟小人较劲儿！"

耶律俊说："我最瞧不起这般势利小人！"

狱卒头目这时气喘吁吁地跑过来。耶律俊掏出一块铜牌晃一下，说："北枢密院的，奉萧大人之命提犯人。"

狱卒头目冲耶律俊点头哈腰，又狠瞪短粗狱卒一眼，说："浑蛋，还不退后！"

短粗狱卒心有不甘地后退一步。

耶律俊说："这个犯人交给北枢密院了。"

狱卒头目说："大人，此犯人已登记在案。"

耶律俊说："上报了？"

狱卒头目说："还没有。"

耶律俊伸手进怀里，掏出一锭金子，在手中掂一下，盯着狱卒头目看。狱卒头目会意，转身跑出去，一会儿拿着一个登记簿，递到耶律俊手中。耶律俊接过看了一眼，将其中的一页纸扯下撕碎，然后把金锭递给狱卒头目。狱卒头目接过金锭，扭头看站在一旁的短粗狱卒。短粗狱卒一双贪婪的眼睛盯住金锭。耶律俊突然拔出宝剑向粗短狱卒刺去。只听见"刺"的一声，宝剑刺进短粗狱卒的胸膛。短粗狱卒惊恐地瞪眼张嘴，嗓子里含混地响了几声，一头栽倒在地。

耶律俊扭头看目瞪口呆的狱卒头目，说："此人知道得太多了。"

狱卒头目说："大人，无故斩杀狱卒，在下没法交代呀！"

耶律俊轻松地在狱卒尸体上擦干血迹，说："狱卒私收犯人钱财，欲助犯人逃跑！"

狱卒头目说："大人可愿意为在下作证？"

耶律俊从狱卒头目手中夺过金锭，掂一掂说："你愿意多一个人分金子吗？"

狱卒头目说："在下知道怎么办了。"

耶律俊把金锭递给狱卒头目，带耶律大石走出天牢。院子里停着一辆木制密封囚车，四名骑马持刀的武士环绕在囚车四周。耶律俊悄声告诉耶律大石，这辆囚车会送他出城。耶律大石会意地进入囚车。囚车驶出天牢院子，走过几条街道，来到一条偏僻的街巷。耶律俊勒住马，跳下马背走到囚车旁。车夫赶忙打开囚车木门。耶律大石四肢被捆在囚车上，感激地望着耶律俊。

耶律俊拱手说："学兄，小弟只能送到这里了。"

耶律大石感激地说："谢学弟救命之恩。你为我杀了人，难道不一起走吗？"

耶律俊说："杀个狱卒就像踩死一只蚂蚁。不过，学兄临行前，弟有几句话要说。"

耶律大石说："学弟尽管讲，愚兄洗耳恭听。"

耶律俊说："弟知学兄高才，总想出人头地，可惜世事变幻，吉凶难料。"

耶律大石苦笑一下，说："学弟误解愚兄了。我只为家国黎民计，岂为个人荣辱强出头！"

耶律俊说："大千世界，芸芸众生，清者自清，浊者自浊。既然众人皆睡，学兄又何必独醒！"

耶律大石说："学弟之教诲，愚兄谨记，但不敢苟同。"

耶律俊拱手说："学兄一路高行，弟告别了！"

耶律大石说："愿你我兄弟，后会有期！"

耶律大石告别耶律俊，坐囚车一路颠簸来到城外。在树林边的一片沙丘前，囚车停住，车门打开，四名武士提刀走过来。耶律大石等待给他松绑，却见两名武士突然举刀向他砍来。他躲闪不开，叫喊不及，只能闭眼等死。忽然传来两声惨叫，耶律大石惊讶地睁开眼睛，只见两个举刀武士面目狰狞而痛苦地瘫软下去，两把砍刀纷纷掉落在地上，发出刺耳的碰撞声。两个武士的后心处都插入一把小巧的弯刀。另外两名武士惊愕地提刀转身四望，只见两道寒光闪过，随着“噗噗”的两声响，两名武士胸部同时被小巧弯刀击中，两个人面部扭曲地栽倒在地。

这一切发生得太快了，耶律大石似乎还没反应过来，一名身材略显单薄的蒙面黑衣人已经站在他面前。黑衣人并不说话，从腰间抽出一把弯刀，挥刀砍断捆绑他的绳索，一把拉他出囚车。他的手脚被绳索捆绑得酸痛麻木，黑衣人却不管这些，拉起他转身便向一段城墙跑去。他一边踉跄地跟着黑衣人跑，一边回想刚刚发生的惊险的一幕。他有些糊涂了，难道这个蒙面黑衣人便是学弟派来救他的？可那四个被杀的武士分明对学弟唯命是从。

蒙面黑衣人带耶律大石来到一段城墙下。城墙上有一道雨水冲刷的宽大裂痕，人抓住突出的城砖可以轻松地攀登上去。蒙面黑衣人示意耶律大石攀上城墙，耶律大石站住不动。他已经侥幸出城，怎会再轻易自投罗网。这时蒙面黑衣人扯下面纱，露出萧塔不烟那张脸。

耶律大石惊讶地说：“骄男？”

骄男伸出一根手指竖在嘴边“嘘”一声，再次示意他攀登城墙。耶律大石稍犹豫一下，便顺从地向城墙上攀去。萧塔不烟随后也攀上城墙。

萧塔不烟是在门外听见父亲与耶律俊的对话，决定出手救耶律大石的。她一路跟随耶律俊来到天牢，又尾随押送耶律大石的囚车来到城外。那套黑衣蒙面装是她平时在家里恶作剧用来吓人的，没想到今天派上了用场。至于她的飞刀绝技是受过名家真传的。她自小喜欢舞枪弄棒，缠着父亲给她请名师指点。别的武艺都学得马马虎虎，只有这飞刀绝技因喜欢而肯下苦功，终于练成百步穿杨的本领。而她带耶律大石攀上的这段城墙，她曾多次从这里攀城墙进城，因出城看击鞠比赛天晚城门关闭。

实际上她救耶律大石只是一时冲动之举。也许是对耶律俊卑鄙无耻的反感，也许是对耶律大石受恶人陷害而浑然不觉的同情。反正她觉得耶律大石不该这样糊里糊涂地死去。她要先把人救下来再说。

8. 绝处逢生

耶律大石与萧塔不烟攀上城墙进入中京城时，已经傍晚。两个人专挑偏僻的街道行走。路上他几次想问对方点什么，人家却一直不给他机会。直到两个人来到一座大宅院外，从后墙跃进宅院。这是一座很大的花园，亭台楼阁，假山流水，九曲回廊。耶律大石猜测，这即便不是皇家御园，也应该是大宅豪门。萧塔不烟带他来到一座假山上，在一块太湖石下边，有一个很隐秘的石洞。此时天已黑透，周围一片黑暗，洞里更是一团漆黑。萧塔不烟先进洞，耶律大石跟随，洞内伸手不见五指。萧塔不烟在黑暗中摸索到火镰，打着火，点燃一支粗大的白色蜡烛，洞里顿时明亮起来。耶律大石这才发现，石洞内挺宽敞的，里面摆放着刀、枪、剑、戟、斧、钺、钩、叉，似乎十八种兵器俱全。石洞中间的空地上，放有一张木制帅案和一把木制高背帅椅。石洞内就像一座指挥千军万马的中军大帐。

萧塔不烟坐在帅椅上，怪异地打量着耶律大石，耶律大石也直视着她，两个人像斗鸡一样充满挑衅地对视一会儿。

她说："你为何写那篇文章？"

他说："你到底是什么人？"

她说："你跟萧奉先大人有私仇？"

他说："祸国殃民的奸臣，该当口诛笔伐。"

她说："你哗众取宠，想出人头地！"

他说："我为大辽国的江山社稷、百姓苍生！"

她说："以后会弄清楚的！"她说完拍一下帅案，起身气哼哼向外走。

他说："哎，你干什么去?"

萧塔不烟不理他，快步消失在洞口。

耶律大石一下瘫坐在地上，感觉浑身无力，又渴又饿。手脚被绳索捆绑过的地方红肿起来，疼痛难忍。他猜不透这个骄男到底是谁，更不知道为何带他来这里。他想离开这里，不愿意受骄男的控制，却自觉疲惫已极，双腿像灌了铅，一步都难以动弹。

萧塔不烟从假山上的石洞内出来。这里是萧府后花园，自小不爱红装爱武装的她，让府中管家专门找工匠，在假山上为她建造一座中军帅帐。少年时她最爱玩的游戏便是让她身边的丫鬟扮成将军，她扮成三军主帅，在石洞里运筹帷幄。父亲曾来石洞里看过，夸赞女儿有巾帼英气。三个哥哥想进石洞里玩耍，必须经过她同意方可。

萧塔不烟来到萧府前院，大院里已经乱成一锅粥。

这天中午萧奉先接到皇上的口谕，命他明天早朝带举子耶律大石上殿面君。这时耶律俊正向他禀报，逆贼耶律大石已被押往城外处决。萧奉先虽然还弄不清楚皇上何以心血来潮要见一个举子，但皇命不可违，耶律大石一定要活着带到皇上面前。如果耶律大石被处决，他便有可能被别有用心的人弹劾。毕竟耶律大石写文章攻击过他，还被他的手下人送去过天牢。私密处决天牢里的犯人便是欺君之罪。尽管天祚帝恩宠他，但那是他尽心尽力服侍的结果。如果遭到皇上的疑忌，他的灾祸便不远了。

萧奉先接到皇上的口谕，马上命令耶律俊去城外救人。耶律俊还没来得及出城，一个中了飞刀但没死的武士被人送进城来。耶律俊这才知道，耶律大石被一个蒙面黑衣人救了。四名押送囚车的武士三死一伤。耶律俊不敢隐瞒，马上到萧府报告萧大人。萧奉先震怒了，煮熟的鸭子飞了，耶律俊太废物了。那一刻他恶从胆边生，甚至想摘下墙上的宝剑刺死耶律俊。但他克制住了，并暗自庆幸耶律大石没被处死。他命令耶律俊马上去御营调兵马，挖地三尺，也要在明天早朝前找到耶律大石。

打发走耶律俊，萧奉先一个人坐在书房里发呆。他今天在北枢密院公干，没进皇宫，皇上便传来这样的口谕。他虽然还弄不清楚事情的来龙去脉，但猜测这件事肯定与萧兀纳有关。耶律大石是在萧兀纳家后院抓获的，萧兀纳一定进宫在皇上面前说了什么。眼下因一些琐事，皇上正看他不顺眼。他妹妹元妃曾派小太监捎话给他，让他小心侍奉皇上，别惹皇上不开心。萧奉先的一个姐姐和一个妹妹都在后宫为妃。姐姐早年入太子府为德妃，天祚帝即位后封为皇后。无奈皇后不生育，文妃萧瑟瑟因生皇子敖鲁斡受到天祚帝的宠爱。萧奉先为夺回皇上的宠爱，把年轻漂亮的妹妹萧贵哥又送进皇宫，后封为元妃。

萧奉先猜测得不错，皇上的口谕确实与萧兀纳有关。这天早上，耶律大石在萧兀纳府外被擒。萧兀纳得知消息，便火速进宫求见皇上。辽朝分五京：上京临潢府、东京辽阳府、中京大定府、南京析津府、西京大同府。与此同时，皇上还有一座可移动的皇宫——由无数车马运载的宫帐群，载着帝后及重要文武大臣，一年四季在草原上游走。辽人称之为“四季捺钵”。如此一来，皇上便行踪不定，除身边的近臣外，其他臣子想求见一次皇上都很难。

萧兀纳这次从上京赶来求见天祚帝，事先多次写奏折请求，某次天祚帝高兴便恩准了。天祚帝在文华殿召见的萧兀纳。此前天祚帝在文妃的陪伴下正在文华殿里欣赏东丹王耶律倍的画作《猎雪骑》和《千鹿图》。这是天祚帝最喜欢的两幅作品，构图精巧，气势恢宏。据出使辽国的北宋使臣说，北宋皇宫中也有这两幅画的藏品，是当年东丹王南渡投奔后唐时画的。宋徽宗赵佶很喜欢这两幅画，时常欣赏研究。

9. 天祚帝心路

天祚帝在即位前的每一天都可说是在惊恐中度过的。他三岁时，他的父亲昭怀太子耶律浚与他的母亲太子妃一起被奸臣耶律乙辛一伙害死。接下来，耶律乙辛一伙便把恶毒的目光转到他的身上。他是道宗皇帝的嫡长孙，将来有可能继承皇位，耶律乙辛一伙岂能让仇家的儿子登基，便想尽办法要陷害他。他的童年和少年时期是在极度惊恐中度过的。最危险的一次，道宗皇帝要去夹山打猎。夹山在中京以西两千里之外（今内蒙古呼和浩特市北部），路途十分遥远。出发前道宗皇帝犹豫是否带皇孙去，耶律乙辛以路途遥远为由劝留下皇孙，想寻找机会加害。萧兀纳当时是太子师，识破了耶律乙辛的鬼心思，便对道宗皇帝说："臣听说皇帝出游，将皇孙留在宫中，倘若有人想加害，是十分危险的。如果皇孙留在宫中，臣请留下来保护。"

道宗皇帝似乎听出了话外之音，便命令带皇孙一起去夹山，耶律延禧这才躲过一劫。那时耶律延禧感觉皇宫就是一座魔鬼的宫殿。他六岁时，被封为梁王、太尉兼中书令。九岁时，晋封为燕王。到十八岁，开始总管北、南院枢密事加尚书令，并被封为天下兵马大元帅，直到辽道宗死于混同江行宫，留下遗诏由皇孙耶律延禧继位。

天祚帝即位之初，辽朝的各项生产都有新的发展。契丹、汉、女真等民族经济文化都很繁荣。当时朝廷及贵族手中掌握着大量的粮食，畜牧业的发展也十分兴旺。仅马匹就有几千群，每群不少于一千匹。辽国的盐业、冶矿、铸钱、印刷等手工业生产也有长足的发展。可惜这一切自从天祚帝登基便开始江河日下。天祚帝自幼生活在巨大的恐惧中，使他养成忧郁、多疑、猜忌又多愁善感的性格。登基为帝的他，对朝政丝毫不感兴趣，更厌恶群臣之间的尔虞我诈、口是心非。他痛恨待在皇宫中处理政务。他喜欢游猎，钟情于山水，听惯了佞臣的阿谀奉承，厌恶直臣的忠言逆耳。渐渐地，萧奉先之流围绕在他身边，正直的臣子纷纷远离避祸，以致纲纪混乱、朝政废弛、奖罚无度、人心散失。

天祚帝高兴时也会提笔写几个字，画一幅画，但都是即兴之作，拿不上台面来。他宠爱文妃，愿意对她敞开心扉。他向文妃描述童年时的情景。那时他整天生活在被耶律乙辛一伙陷害的恐惧中，从来没有什么长远的打算，只是过一天算一天，活过今天，有没有明天还不知道。今晚的衣服脱下来，明早能否穿上还很难说。在这种状况下，他哪有心思听太子师的教诲。如果从小能有个安稳的环境，凭他的才干，也会像东丹王一样能诗会画，作品也会被南朝宫廷收藏。

这时文妃便会劝慰他：皇上贵为一国之君，坐享海内，统御万方，如能清明政治，整肃朝纲，令大辽国君正臣明，百业俱兴，官吏廉政，百姓乐业，这便是一个君主的千秋功绩，岂是一个笔墨丹青高手可比拟的。

文妃原名萧瑟瑟，是宰相耶律斡里葛的表妹。天祚帝刚即位时，到耶律斡里葛家游玩，偶遇时被她的美貌惊呆了，上前拉住她的手便不再松开。他说："卿是上天恩赐给朕的美人，快随朕回宫服侍。朕以后封你为妃!"

这次偶遇也许是宰相耶律斡里葛故意安排的。天祚帝一时把持不住，在他家便临幸了萧瑟瑟。回宫时，天祚帝怕被群臣闲话，也怕在皇后面前不好说，干脆把萧瑟瑟安置到一处院落养起来。

萧瑟瑟琴棋书画皆通，尤其喜欢吟诗作赋，然后谱曲作歌，弹唱给天祚帝听。当时天祚帝正烦闷皇宫里的枯燥无味，整天跟萧瑟瑟厮混在一起。大臣们听说皇上金屋藏娇，整日贪恋酒色，不理朝政，只好奏请皇上明媒正娶萧瑟瑟。这正遂了天祚帝的心愿，萧瑟瑟被封为文妃，接回后宫居住。

文妃曾为天祚帝作词：勿嗟塞上兮暗红尘，勿伤多难兮畏夷人；不如塞奸邪之路兮，选取贤臣。直须卧薪尝胆兮，激壮士之捐身；可以朝清漠北兮，夕枕燕云。

天祚帝喜欢文妃的多才多艺，但讨厌她总是借机规劝他，好像他是个昏庸无道的皇帝似的。天祚帝曾劝她多学元妃。元妃不喜欢操心朝廷上的大事，尽心尽力服侍天祚帝，一心想把宠爱夺回来。有时天祚帝为朝廷上的事儿在后宫长吁短叹，元妃便劝慰说："朝政大事让大臣们操心去，皇上何必烦忧！”

太监王华来禀报萧兀纳求见时，天祚帝本不想见这个爱唠叨的老家伙。文妃却劝他见一见老臣萧兀纳。事实上，天祚帝之所以能继承皇位，萧兀纳功不可没。当年在朝堂上，耶律乙辛奏请道宗皇帝，立宋魏国王之子耶律淳为太子，满朝文武没一个敢提异议的。只有时任北院宣徽使的萧兀纳站出来反对说：“今有嫡孙耶律延禧舍弃不立，而欲立外人，岂不是把江山社稷拱手让给别人吗？”道宗皇帝这才恍然大悟，决定立耶律延禧为太子。

天祚帝简直烦死萧兀纳了，最好永生永世见不到他。若不是看在当年萧兀纳救过他的命，他早下令把这个老顽固凌迟处死、五马分尸了。萧兀纳当帝师那些年，他过的是什么样的日子？老东西对他挑剔得很，似乎他干什么事都与太子的身份不符，有损于未来帝王的名誉。老东西整天把他关在文华殿内，让他从早到晚死啃那些砖头厚的书籍。他早已厌倦萧兀纳那张老苦瓜脸。他曾不止一次暗自发狠：哪天坐上龙椅，第一件事便把老东西拉出去千刀万剐。在他心里，老东西已经死过千万次了。可有一天他真坐上龙椅，却发现萧兀纳不能杀。他曾经仰天感慨地说：“原来坐上龙椅，也并非能为所欲为啊！”

在文妃的极力劝说下，天祚帝总算在文华殿召见了萧兀纳。

第二章　大象沉睡

10. 转机

萧兀纳原想是要吃闭门羹的，他每次求见皇上，都要被拒绝许多次。他知道皇上讨厌他，但为大辽国的江山社稷，只能豁出这张老脸。这一次令他很意外，天祚帝马上召见了他。他进入文华殿跪行臣子之礼，天祚帝破天荒地走下龙椅，搀扶他起身。

天祚帝说："卿是朕的老师，何必拘礼，赐座！"

萧兀纳却不敢坐，首先向皇上请罪，他身为东北路统军副使，对宁江州、初河店两次兵败负有罪责。天祚帝毫不在意地挥挥手，说东北路兵败是天意，事先慧材大师占卜过，东北路女真人占天时、地利、人和，朝廷失天时、地利、人和，既然天命注定，败就败了。萧兀纳说慧材是个萨满巫师，关系到大辽国生死存亡之事，怎能听信巫师神汉的胡说八道啊！天祚帝面露不悦之色。他说大辽国列祖列宗向来尊天地、敬鬼神，这有什么错吗？萧兀纳说列祖列宗在打天下的过程中，每逢大事必杀青牛白马以祭天地、敬鬼神，这没错儿，可大辽国的江山是靠列祖列宗率领一群文臣武将，一刀一枪地拼杀出来的啊！天祚帝慨叹说，列祖列宗有贤臣良将护佑，可惜我朝无能人啊！

萧兀纳说："老臣愿保举人，可敌女真千军万马！"

天祚帝将信将疑地说："我朝有这样的能人？"

萧兀纳说："此人文能定国，武能安邦，皇上若能重用，女真人的祸患不足为虑了。"

天祚帝说："此人叫什么名字，哪里人士？"

萧兀纳说："古今治世之能臣，有大本事，也有这样或那样的缺点。皇上要起用此人，还请容忍他的缺点，重用他的长处，宽宥他的错误甚至罪孽。这才能扬其所长，避其所短啊！"

天祚帝说："此人若真有才学，能为朕排忧解难，朕可包宽他的缺点，赦免他的一切罪孽。"

萧兀纳跪倒在地说："皇上，老臣替此人谢恩。"

天祚帝说："朕还没见到此人，你替他谢什么恩？"

萧兀纳说："自古帝王金口玉言，出则成法。皇上既然赦免此人的一切罪孽，臣当然要代他谢恩！"

天祚帝说："此人是谁，你可带他来见朕？"

萧兀纳从怀里取出一卷宣纸，双手递上："皇上，这是此人写的文章，请陛下御览。"

太监王华上前接过宣纸，查看一下才转身呈给天祚帝。天祚帝打开宣纸看了一下，随手扔在龙案上，说："朕以为是什么旷世奇才，不过是个巧言令色之辈。萧奉先是朕的股肱之臣，怎能说他是奸臣呢！"

萧兀纳弯腰捡起宣纸，重新双手递上。

天祚帝说："爱卿去吧，朕倦了。"

萧兀纳一下怔住了。如果失去眼下的机会，耶律大石必死无疑了。此时天祚帝已从龙椅上站起，在王华的搀扶下向大殿外走去。就在萧兀纳万念俱灰之际，一名太监小跑着进来禀报，说阿骨打派人送信来了。天祚帝坐回龙椅，命送信人进殿。一名金国使者双手捧着一个锦盒进殿。王华命使者跪下，使者不跪，只向天祚帝行鞠躬礼。他说奉大金国皇帝之命，给大辽国送国书来了。

王华接过锦盒查看一番，双手递到天祚帝面前。天祚帝突然拍案而起，一把将锦盒打落在地。他命令殿中侍卫将使者推出宫门外斩首。使者被押了出去，天祚帝气仍没消，咬牙切齿地说："蕞尔小邦，敢跟我天朝平起平坐，可气，该杀！"

萧兀纳见机会来了，马上附和说："女真人太骄狂了！"

这时王华捡起锦盒，打开，取出里边写满字的黄纸看。

天祚帝说："阿骨打说些什么？"

王华说："索要阿疏。"

天祚帝说："女真兵又要犯我边境了。阿骨打每次发难，必然派人来索要阿疏。是可忍，孰不可忍！"

萧兀纳试探地说："皇上，该让女真人知道我大辽国的厉害了！"

天祚帝说："爱卿有何御敌之策吗？"

萧兀纳双手呈上那卷宣纸说："……以广平淀为中心，构筑全国抵御女真军进攻的防线。改变现在州、府、县各自为战的不利状况！"

天祚帝微微点头，示意萧兀纳说下去。

萧兀纳说："广平淀介于潢河与土河之间，地势平坦开阔。朝廷的四季捺钵及五色旗鼓都在那里。皇上若能御驾亲临广平淀，号令天下，女真军何愁不灭……"

天祚帝说："这是个不错的主意。"

萧兀纳说："此御敌之策便是写这篇文章的举子提出的。他叫耶律大石，是太祖的八世孙。"

天祚帝说："是个人才，可惜太狂妄，竟敢公然抨击朝廷重臣！"

萧兀纳说："老臣向皇上道喜了！"

天祚帝说："喜从何来呀？"

萧兀纳说："耶律大石敢犯颜直谏，说明皇上是明君！自古君主圣明，臣子才敢直言。魏征直谏唐太宗，被南朝汉人传为佳话！"

天祚帝脸上终于有了笑意，说：“此人还是朕的同辈兄弟。”

萧兀纳说：“这篇文章才华横溢，是耶律大石在考场上写成的。皇上御览此文章，耶律大石三生有幸啊！”

天祚帝说：“朕原本要效法道宗皇帝，御览举子的文章。”

天祚帝接过宣纸卷，展开在龙案上，一目十行地看了一会儿，说：“依爱卿看，这篇文章可否金榜题名？”

萧兀纳说：“非进士甲科莫属啊！”

天祚帝说：“那好，朕便点他进士甲科！”

萧兀纳跪倒磕头，说凡中原唐、宋朝廷，科举之后都会有个殿试，即由皇帝亲自出题考试，然后钦定前三名，头名叫状元，第二名叫榜眼，第三名叫探花，而这样的盛事都会被史笔记录，流芳百世。天祚帝当即命令宣翰林承旨拟圣旨，钦定耶律大石为今岁大辽国科考进士甲科。

圣旨拟出来，天祚帝装出求贤若渴的样子，问耶律大石现在何处，要马上宣他入宫晋见。萧兀纳说萧奉先大人知道耶律大石的住处。天祚帝马上传口谕，命北院枢密使萧奉先明日早朝偕新科进士耶律大石觐见。

11. 道宗之殇

萧奉先几乎把能派出去的男丁都派出去了，城里城外地寻找耶律大石。

他把自己关在书房等待消息。这间书房看上去很大，靠墙的书橱上摆满汉文、契丹文、高丽文、西夏文书籍。汉文书籍最多，一套司马迁著的《史记》摆在案台最显眼的地方。

萧奉先刚入朝为官的时候是辽道宗清宁年间。当时耶律乙辛任北院枢密使，萧奉先在北院当差。耶律乙辛祖上是大辽国五院部人，与皇族耶律氏同出一部。耶律乙辛幼年家贫，他父亲被人称为“穷汉子”。耶律乙辛自幼狡黠，善于伪装。少年时有一天，他在山坡上放羊，太阳快偏西的时候，父亲来找他，发现他正躺在草地上睡觉。父亲气愤地推醒他。他怕父亲责怪，就编造谎言说他正做梦，梦见一个神人手里托着一个月亮和一个太阳让他吃。他吃掉了月亮，太阳刚吃到一半便被父亲惊醒。他父亲听后不但没责怪他贪睡，还后悔惊扰了儿子的好梦。此后父亲认定儿子将来必是大福大贵之人，便不再让儿子上山放羊。

耶律乙辛年轻时俊美，待人温和，见风使舵，深受道宗皇帝的信任。耶律乙辛辽清宁五年任南枢密使，后改任知北院枢密使，受封赵王。清宁九年，因平定重元叛乱有功，拜北院枢密使，晋封魏王，赐“匡时翊圣竭忠平乱功臣”称号。咸雍五年，又加“守太师”衔。道宗皇帝还诏令，四方如有需要动用军队之事，耶律乙辛可以不奏报而随机处理。耶律乙辛当时可谓位极人臣。但他发现渐渐长大的昭怀太子忌惮他，对他的地位构成威胁。他若想在道宗皇帝之后不失去手中的权柄，只有除掉昭怀太子。太子是法定的皇位继承人，想除掉可不是件容易的事。

萧奉先刚进北枢密院当差时，并不想加入耶律乙辛一伙，还尽量与其保持一定的距离。他想凭兢兢业业地干好差使博得皇上的赏识。但他渐渐地发现，在朝为官不投到耶律乙辛的门下，别说博取功名、封妻荫子，恐怕连最普通的晋升机会都没有，弄不好还会遭人暗算丢掉身家性命。而他的同僚们，巴结耶律乙辛的便能升官发财，不买耶律乙辛账的多数触了霉头，有的还倾家荡产甚至丢掉性命。

萧奉先是个聪明人，看清形势后便悄悄投靠在耶律乙辛的门下。他还拉上亲信达鲁古和耶律塔不也，三个人同时为耶律乙辛效力。耶律乙辛老谋深算，并没马上给萧奉先好处，还把他调到南枢密院去。达鲁古和耶律塔不也两个人也被从北枢密院调出去。给外人的印象是，这三个人因不买耶律乙辛的账遭受排挤打压。

耶律乙辛想陷害昭怀太子，首先把迫害的目标锁定在其母宣懿皇后萧观音的身上。萧观音聪慧美丽，多才多艺，善于弹琵琶，喜欢吟诗作赋。道宗皇帝因其生下太子耶律浚，曾经十分宠爱她。道宗年老后越来越昏庸，喜欢文过饰非，整天醉心于游猎，不理朝政。萧观音多次苦心劝说，道宗一意孤行，还开始猜忌她。萧观音感到很郁闷，作诗《回心院词》，请当红伶人赵惟一谱曲并弹唱，以排解心中的忧愁。

一、扫深殿，闭久金铺暗。游丝络网尘作堆，积岁青苔厚阶面。扫深殿，待君宴。

二、拂象床，凭梦借高唐。敲坏半边知妾卧，恰当天处少辉光。拂象床，待君王。

三、换香枕，一半无云锦。为是秋来展转多，更有双双泪痕渗。换香枕，待君寝。

四、铺翠被，羞杀鸳鸯对。犹忆当时叫合欢，而今独覆相思块。铺翠被，待君睡。

五、装绣帐，金钩未敢上。解却四角夜光珠，不教照见愁模样。装绣帐，待君贶。

六、叠锦茵，重重空自陈。只愿身当白玉体，不愿伊当薄命人。叠锦茵，待君临。

七、展瑶席，花笑三韩碧。笑妾新铺玉一床，从来妇欢不终夕。展瑶席，待君息。

八、剔银灯，须知一样明。偏是君来生彩晕，对妾故作青荧荧。剔银灯，待君行。

九、爇熏炉，能将孤闷苏。若道妾身多秽贱，自沾御香香彻肤。爇熏炉，待君娱。

十、张鸣筝，恰恰语娇莺。一从弹作《房中曲》，常和窗前风雨声。张鸣筝，待君听。

大辽国的后宫制度不像中原唐、宋王朝那样森严。契丹人能歌善舞，辽朝宫廷更喜歌舞，伶人出入宫禁为皇帝及嫔妃弹唱消遣是件很平常的事。但是，在别有用心的人眼里，平常之事可以变得不平常。某一次，伶人赵惟一为皇后弹唱，耶律乙辛便指使一个心腹宫娥举报皇后与伶人私通淫乱后宫。他们拿出萧皇后写的一首《怀古诗》:“宫中只数赵家妆，败雨残云误汉王。惟有知情一片月，曾窥飞燕入昭阳。”他们言之凿凿地说诗句中“赵惟一”三个字，便是萧皇后与赵惟一私通的证据。事实上，这首诗是萧皇后描写汉成帝皇后赵飞燕的。

年老昏聩又多疑的道宗皇帝正宠信耶律乙辛，厌烦萧皇后，轻率地把这件事交给始作俑者耶律乙辛处理。于是，一切便很快被“证实”了。这正契合了道宗皇帝的老年多疑。他没加思考便下一道圣旨：萧皇后自尽，赵惟一灭族。

耶律乙辛一伙初战告捷，很快又把枪口瞄准太子耶律浚。这年五月，耶律乙辛上奏折，说他得到确切情报，朝廷有人怨恨皇上年老昏庸，密谋欲废掉皇上，拥立太子为君。道宗皇帝深信太子因母亲被赐死而生怨，便把此事同样交给耶律乙辛处理。太子被耶律乙辛一伙关进牢房，先是一顿大棒子狠揍。从小养尊处优的太子很快被打得血肉模糊昏厥过去。之后有人把事先写好的供词拿出来，拉过太子的手摁上手印，一桩太子串通朝臣阴谋废立的铁案便坐实了。

道宗皇帝下一道圣旨，太子耶律浚被废，与太子妃一起囚禁在皇宫后一座荒芜的院子里。耶律乙辛担心皇上某一天突然醒悟，使太子重见天日，他便死无葬身之地了。于是，他派人给已升任北枢密院副使的萧奉先送信，命他选派心腹之人即刻赶往上京，秘密杀害耶律浚。

萧奉先此时已是耶律乙辛的心腹干将。由于他心机深，隐藏得巧妙，局外人很难识破。他接到耶律乙辛的密信，后背渍出冷汗，谋害太子是逆天大罪，一旦败露将万劫不复。他当时曾想把信件呈送皇上，揭穿耶律乙辛的阴谋，解救太子于危难之中。他仔细思考后，认为这样便把自己推到风口浪尖上。道宗连自己的老婆和儿子都信不过，能相信他吗？一旦落入耶律乙辛一伙手中，他会比皇后和太子死得还惨。萧奉先思考再三，决定踢个擦边球。他把耶律乙辛的密信转给达鲁古和耶律塔不也，要求他们遵照执行。这样就算将来事情败露，他也好为自己留条退路。

耶律塔不也和达鲁古不敢违拗耶律乙辛，也不敢得罪萧奉先。他们按密信要求秘密赶到上京城，与上京留守萧速撒密谋，在一个月黑风高之夜，潜入皇宫后院，将太子夫妇杀掉。耶律乙辛事后轻描淡写地奏报：耶律浚夫妇生病而死。道宗皇帝深信不疑，还为儿子落下几滴伤心泪。

后来耶律乙辛失宠，企图逃往北宋被发现，又在他家查出私藏甲兵，被道宗皇帝下令处极刑。萧奉先担心谋害太子之事泄露，找到达鲁古和耶律塔不也，索要耶律乙辛那封密信，却被告知密信已经丢失。萧奉先怀疑二人私藏密信，却又不敢撕破脸皮，此事便不了了之。

12. 萧奉先心结

天祚帝即位之初，萧奉先等耶律乙辛余党担心被朝廷清算，每天都生活在巨大的恐惧中。当时新君临朝，朝野都希望朝廷能革除旧弊，整顿吏治，树立新风。许多大臣纷纷上奏章，要求彻查耶律乙辛的罪孽，清算并剪除其余党。由于事关天祚帝父亲昭怀太子耶律浚的沉冤昭雪，朝野对天祚帝寄予厚望。

天祚帝在朝堂上也义正词严地宣布要彻查耶律乙辛的罪恶，清除其余党，却任用年老贪财的耶律阿思查办耶律乙辛余党之事。昭怀太子被杀害之事已有知情者向朝廷揭发。达鲁古、耶律塔不也及上京留守萧速撒被举报。

萧奉先因隐藏得深，没被列入耶律乙辛余党。但达鲁古和耶律塔不也却是从他手中接过的密信。萧奉先怕二人出事后会拔出萝卜带出泥，便重金贿赂耶律阿思。贪财的耶律阿思竟然把二人的名字从耶律乙辛余党名单中清除。真凶被无罪开脱，别人纷纷效仿，耶律阿思的钱袋子迅速鼓胀起来，清算耶律乙辛余党之事却被搁置起来。

耶律阿思老病而死，在萧奉先的运作下，达鲁古和耶律塔不也接管了清算耶律乙辛余党之事。真凶成为审判长，昭怀太子被杀害一案便如泥牛入海。终天祚帝一朝，他父母被害的真凶都没有查清，其朝政清浊可见一斑。

萧奉先受到天祚帝的宠信，朝政大权被其独揽。他却不敢有丝毫懈怠，疑忌而喜怒无常的天祚帝不是好侍候的。如今传来口谕，命他带耶律大石上殿面君，天已近午夜，却仍没耶律大石的消息，萧奉先脊背开始冒冷汗了。万一耶律大石失踪，他该如何向皇上交代？他派人去天牢提犯人之事一旦泄露，便是欺君之罪，他如何承担得起！

萧奉先越想越害怕，门外偶尔有一点动静，便“腾”的一下起身察看，以为有耶律大石的消息，结果却是虚惊一场。这时他派进后宫见元妃的人回来了，弄清了萧兀纳进宫见驾的来龙去脉。皇上一时偏听偏信，已下旨钦点耶律大石为新科进士甲科。事已至此，恨萧兀纳怨皇上都已无意义。最好的结局便是找到耶律大石，明天早朝带他上殿面君。耶律大石写文章攻击过他，这没关系，他还要在朝堂上举荐耶律大石为翰林应奉：一来可显示他的宽宏大量，宰相肚里能撑船；二来防止耶律大石被委以重任，将来不好控制。

萧塔不烟在第二天破晓时才把耶律大石带到父亲面前。此时萧奉先连急带怕，加之一夜没合眼，已到崩溃的边缘。此前传回来的消息是耶律大石人间蒸发了，中京城内几乎挖地三尺，城外方圆百里之内，村庄野外都搜遍了，没见一丝人影。萧奉先已经绝望了。他预见此事的不利影响，如果萧兀纳一伙趁机发难，天祚帝那一关便不好过了。

萧塔不烟是在回前院弄吃的时得知父亲正派人四处寻找耶律大石的。她到膳食房吃饱喝足了，带上吃的和喝的，返回后院假山上的石洞内。耶律大石此时已饥渴难耐，正往石洞外走。他见萧塔不烟提一个食盒，便一把夺过去，坐在地上狼吞虎咽起来。萧塔不烟第一次见男人这种吃相，守在一旁瞧热闹。耶律大石吃得太急，噎得喘不上气来。她讥笑地说："至于吗？又没人抢！"

萧塔不烟从懂事那天起便讨厌自己是女儿身。她崇尚男子汉的阳刚和豪放，厌恶小女人的燕语莺声；她喜欢男人服装的简洁大方，不拘小节；讨厌女儿装的长袖细腰，扭捏作态。父亲年过四十才有她这个宝贝女儿，老来喜得千金，自然娇宠有加。三个兄弟也都谦让她，使她养成任性贪玩的个性。她天生喜欢穿男孩衣服，很少着女儿装。父亲为她取小字"阿娇"，她认为太女儿化，很不喜欢，便为自己取小字"骄男"。她让家里的丫鬟、奴仆称她为"骄爷"。开始时人们不习惯，仍称她为小姐，轻则挨她一顿训斥，重则会挨一顿打。

她不理解许多契丹贵族女孩子为何会崇尚中原刺绣的女红。她则喜欢舞枪弄棒，打打杀杀。她读私塾、上府学、读中京国子监，都是女扮男装，用"骄男"这个汉族人的名字，以至于许多同窗都以为她是萧府的公子哥。只有家里的至亲，或府上年长的用人，才知道她是萧府千金。令她感到费解的是，向来以好男儿自居的她，自从见过耶律大石，骨子里的那种男子汉气概便烟消云散了。站在黑铁塔似的耶律大石面前，她自觉成为一个娇羞柔弱的小女子。

耶律大石风卷残云地吃饱喝足，躺在地上便呼呼大睡。她叫喊几声，见他没一点反应，只好离开石洞回到前院。时近午夜，府上人进人出没一刻消停。她从母亲处听说耶律大石被皇上钦点为进士甲科，传口谕命父亲带新科进士进宫。父亲因寻找不到耶律大石而焦急。这消息简直令她哭笑不得。她为阻止耶律大石被冤杀才尾随囚车出城救人。她实际上是在拆父亲的台，到头来却阴差阳错地帮助了父亲。不过，她不想马上去见父亲，她要让父亲着点急，上些火，警醒一下，以后为人处事要三思而后行，免得被耶律俊之类的小人所蒙蔽。

萧塔不烟回闺房小睡一觉，天快亮时返回后花园的石洞。耶律大石还在酣睡，她摇醒他："别睡了，我们走。"

他说："去哪里？"

她说："见萧奉先大人。"

他愕然地说："你到底是谁？"

她说："这不重要，关键是我在帮你。"

她告诉他，这里是萧府后花园，皇上已钦点他为今岁科考进士甲科，传口谕命北院枢密使萧大人带他今日早朝进殿面君。萧大人正在府上等着他。他几乎被她说糊涂了，就像做梦一样。她没耐心过多解释，拉起他便往石洞外走。他想来并无别的办法，相信对方应无害他之意，便跟随来到萧府前院。

萧奉先此时已穿好朝服，准备坐轿上朝。他心情恶劣极了，不知道见到皇上该如何为自己开脱。他在心中慨叹：这些年来，大江大海过了多少次了，难道会在这小河沟里翻了船？这时萧塔不烟将耶律大石带到他的面前。他一下惊呆了，弄不清这个掘地三尺都寻不到的人，为何会与骄儿在一起。但他没时间细问了，早朝时间快到了，他们要快些走才不会迟到。他命家人带耶律大石去简单洗漱，换穿一套干净的衣服，一个骑马一个坐轿，离开萧府直奔皇宫。

出萧府大门时，耶律俊正带一队御营军匆匆而来。他整夜都在寻找耶律大石，没想到会在这里遇见。他已听说耶律大石被钦点为进士甲科之事，惯会见风使舵的他跳下马背，上前拉住耶律大石的马缰绳，说："学兄，你跑哪儿去了？学弟好一通找呀！"

耶律大石没来得及说话，萧奉先从轿子里探出头，催促耶律大石快走，再晚便赶不上早朝了。

13. 朝堂之上

耶律大石被萧奉先带上朝堂时，早朝已开始。天祚帝高坐在龙椅上，萧兀纳等文武众臣排列两边。踏进富丽堂皇的皇宫大殿，耶律大石感觉有些恍惚。他事先预想了自己的多种结局，却没想到会这样戏剧化。

耶律大石被带到御座前跪倒。天祚帝离开御椅，来到他面前，拉他起身，赏识地上下打量他：“上天护佑大辽国，恩赐卿这样的猛士给朕！”

耶律大石惶恐地说：“举子耶律大石，拜见万岁陛下！”

天祚帝示意耶律大石免礼。他命侍卫将一张硬弓和一杆铁枪抬上来。他说：“朕听说你家祖上凭一张三百斤铁弓追随太祖打天下？”

耶律大石说：“是，皇上。”

天祚帝说：“你有什么本事，让朕和众爱卿看看。”

耶律大石便在朝堂之上将由两名侍卫用力抬上来的一张铁弓拉满，之后，抓过同样由两名侍卫用力抬上来的铁枪，舞弄得风雨不透。天祚帝惊讶地观看着，带头鼓掌叫好。萧奉先紧跟着天祚帝鼓掌叫好。朝堂上一片鼓掌叫好声。

天祚帝命主监考官萧得里底当众宣读耶律大石的试卷。在《奸臣误国论》文章中，耶律大石痛陈了以萧奉先为首的一伙奸臣贪赃枉法、不懂军事、任人唯亲等十几条罪状。朝堂上一时鸦雀无声。萧奉先听得心惊肉跳，头上脸上渍出细密的汗珠。文章还没宣读完，他已跪倒在地，声泪俱下地说：“皇上，老臣对皇上一片忠心，苍天可鉴呀！”

天祚帝再次离开龙椅，上前搀扶萧奉先起身，说：“爱卿对朕忠心耿耿，朕岂不知？朕让宣读这篇文章，就是要让群臣听听，诽谤之言多么危言耸听。举子耶律大石，诽谤朝廷重臣，你可知罪？”

耶律大石明显不服气，刚要分辩什么，萧兀纳向他使眼色，示意他赶快跪下，什么也别说。耶律大石只好跪倒在地低下头。其实萧兀纳也被天祚帝弄蒙了，不知道皇上的葫芦里到底卖的是什么药，又不好当着众臣的面问天祚帝。

天祚帝说："众爱卿，你们说说，以广平淀为核心，构筑大辽国抵御女真军进攻的防守之策，这主意怎么样？"

萧兀纳说："皇上，这绝对是我大辽国抵御女真军之良策！"

几位与萧兀纳交好的大臣附和了萧兀纳的说法。更多的大臣在观察萧奉先的脸色。

天祚帝说："萧爱卿，你说呢？"

萧奉先说："这主意很有见地。"

天祚帝说："好，举子耶律大石献策有功，功过相抵！如今，我大辽国正当用人之际，耶律大石是个人才，朕已钦点他为进士甲科。众爱卿议一议，当委他何官职为好。"

萧兀纳提议委任耶律大石为全国兵马大元帅，督率全国兵马以广平淀为核心，抵抗女真兵进攻。萧奉先站出来反对，说仅凭一篇文章便委任天下兵马大元帅之职，恐怕众将佐不服，再说兵权岂能轻易授人，如果耶律大石真有才干，将来在战场上建立功勋，再委以重任不迟。

天祚帝觉得萧奉先之言有道理。最后在萧奉先的坚持下，委任耶律大石为翰林应奉之职。这是个有职无权的虚衔，却是多数进士甲科的第一任职务。萧兀纳尽管对此不甚满意，但又无话可说。

耶律大石上殿面君的当天，皇上便赐予一座宅院，称为进士府邸。他的坐骑大黑马、长铁枪及硬弓都是耶律俊找到并亲自送到府上的。耶律俊还命自己府上的家人老何带两个男仆和两个丫鬟到进士府邸听用。他说这些仆人都是他家的老用人、老地户，知根知底，可以信赖，用着顺手。耶律大石很感激学弟的跑前跑后，便照单全收，让老何当了管家。两个人坐下说话时，耶律俊说那天押送学兄去城外的武士，是他从御营临时调用的军士。他曾吩咐到城外即释放学兄，没想到这四人竟然被杀，学兄也没了踪影。耶律大石便述说了那天城外囚车上的遭遇。耶律俊分析说，可能那四个御营军穷疯了，想勒索学兄的钱财。

耶律大石不愿细究了，因为事情已经过去。耶律俊追问那天杀死四个御营军的是什么人，他怎么会与骄爷在一起。耶律大石简单述说了那天被救的经过。说他进城路过萧府门前时遇见骄男。这些是萧塔不烟叮嘱耶律大石的话。她猜到耶律俊过后会问起，不想让这个势利小人知道太多。再说杀死御营军是重罪，她不想给自己找麻烦。她本来想在耶律大石面前戳穿耶律俊，一来没有时间细说，二来说了恐怕耶律大石也不会信，只能以后找适当的机会再说。

耶律大石询问骄男的一些情况，耶律俊顾左右而言他。从学兄对他的态度看，萧小姐还没揭穿他，这让他松了一口气。至于萧小姐的底细，他哪敢泄露。

耶律俊带着老何为进士府邸购买生活用品。他们还去外城的黑市购买全套书房和卧室用品。中京城的黑市场上许多高档物品，如红木家具、陶瓷、书籍等，都是从宋朝偷运过来的。辽、宋两国边界多处设有互利市场，称为榷场。但这种官方的市场管理较严格，交易时间、地点、货物都有严格限制，许多商品不允许交易。精明的商人们便在两国边界官府控制较弱的地方，开辟多条商品走私通道。只要有钱，在辽中京的黑市上可能买到宋朝的宫廷禁物，在东京汴梁的黑市上也可以买到辽朝稀缺的珍珠。

耶律俊等人忙活一整天，进士府邸才算有了生活的气息。耶律大石十分感激，设下家宴款待学弟。酒席还没开始，北枢密院派人找来，说有紧急公务，耶律俊只好离开。

送走耶律俊，耶律大石骑马出府，到萧兀纳府邸拜谢恩师。萧兀纳在客厅接待耶律大石。师生两个人饮茶叙话。耶律大石对翰林应奉这个闲差很抵触。他希望能够上疆场与女真军对垒，或者主政一州一城造福一方。萧兀纳劝他耐住性子慢慢来。萧奉先肯定已把他列为政敌，怎能让他掌握实权？朝政冰冻三尺，非一日之寒。萧奉先奸佞一党并非一朝一夕能够根除。先稳住阵脚，韬光养晦，等待时机。

听恩师一席话，耶律大石心情宽慰许多。他告别恩师，骑马出萧府，直奔外城汉人街。师父和师妹肯定还在为他提心吊胆，他要去报个平安。来到汉人街，他转悠半天，总算找到那处宅院。上前敲门，半天没动静。向邻居打听，才知他们已经搬走几天了，去向不明。

骑马回进士府邸，骄男来访，已等候半天。他引骄男到书房，骄男对书房的陈设赞不绝口。他说这些都是学弟的功劳。骄男面露轻蔑之色。两个人坐下来喝茶。

耶律大石说："何日才识尊兄真面目呀?"

骄男笑说："别急，谜底总有一天会揭开的。"

这时老何引一个丫鬟送茶水来。他们离开后，骄男问府上这些用人从哪里来。耶律大石说都是学弟从府上打发过来的。骄男似有所警觉，便把话题引到吟诗作赋上。骄男对《诗经》《楚辞》很有研究，尤其熟悉唐诗、宋词。她谈论的一些诗词，耶律大石闻所未闻。

骄男看见房间里有一架瑶琴，便坐下来，熟练地弹奏了一支曲子。耶律大石听出弹奏的是《高山流水》。

骄男意味深长地说："我是伯牙，尊兄会是钟子期吗?"

骄男又弹奏了一支曲子便告辞。耶律大石欲留饭，骄男婉拒。送骄男到府门外，骄男跨上马背，两人告别。骄男忽然说："尊兄府上，怎可用外人!"

骄男说完扬鞭打马而去。耶律大石觉得此话有道理。

14. 朝会闹剧

辽朝每逢有重大事情需要决断，都要召开朝会。一般会在四季捺钵中举行。比如皇帝春猎时，便会召集春季捺钵朝会，一边打猎，一边商议朝廷大事。天祚帝即位后，这种定期捺钵朝会很少召开。懒得理政的天祚帝把捺钵变成单纯的游玩。

这天，天祚帝在中京皇宫大殿召集朝会。这是自他即位以来很少见的。这是萧兀纳等大臣屡次上奏折请求的结果。东北女真军屡次犯界，侵占宁江州、初河店两座城池。女真人成立大金国，阿骨打登基称帝。这些与大辽国休戚相关的大事都需要朝廷拿出应对之策。

耶律大石以翰林应奉的身份参加朝会。这是他第一次参与朝政，却只负责记录皇帝的言行。此次朝会规模很大，大辽国各地重臣及各军州、府城守将都被召来参加廷议。

朝会开始了，群臣按职级大小先后进殿，跪倒在龙案前，行三拜九叩之礼。天祚帝懒散地坐在龙椅上，一双缺乏眨眼的眼睛半睁半闭。昨夜太监王华带他去柳边人家酒楼吃酒，又去风月场所消遣，四更天才回宫休息。

群臣行完拜叩礼，纷纷起身，站立两厢。

太监王华高声喊道："启早朝，众臣肃静！"

天祚帝慵懒地扫视一下群臣，有气无力地说："众爱卿，时令已入夏，按列祖列宗惯例，该启动夏季捺钵了。朕近来心绪烦闷，想去庆州清静几天。各位如无紧要事情，就回去准备随驾出游吧！"

群臣本来有许多大事要奏报，听天祚帝的口吻又都不敢开口了。这时萧兀纳忍不住了，第一个出班说："皇上，臣奏请陛下免去庆州之行。理由有三：其一，女真军正在加紧备战，随时可能攻打我黄龙府城，臣建议派得力将军率一万兵马加强黄龙府城的防御；其二，朝廷亟需拿出一套应对女真军入侵之对策；其三，朝廷军备不足、武备不齐、军纪涣散、士气低落，需要尽快改进！"

天祚帝不耐烦地听着。

萧兀纳怕被打断，急促地说："臣建议：第一，成立朝廷天下兵马督元帅府，总督全国兵马，选用懂军事的贤臣良将出任兵马大元帅，主持全国军务；第二，以广平淀为中心，构筑全国抵抗女真军事防线；第三，调集各州、府、县、部族军队，成立朝廷常备军，抓紧武备，准备抗击女真军随时可能发动的进攻！"

天祚帝终于耐着性子听完，转头看萧奉先："萧大人，朝廷接到女真军攻打黄龙府的战报了?"

萧奉先出班说："皇上，臣没接到黄龙府边报。"

萧兀纳上前一步说："皇上，女真军陈兵黄龙府城外，随时有攻城的可能，我们要早做提防。希望陛下起用贤能、整肃朝纲、肃清贪婪、清除奸佞……"

天祚帝说："肃清贪婪、清除奸佞……依爱卿之言，这满朝文武都是贪赃枉法之徒吗?"

萧奉先说："依臣所见，我朝君明臣贤，僚属兢兢业业、恪尽职守，上辅明君，下安黎庶……"

萧兀纳打断萧奉先的话说："皇上，臣说的整肃朝纲、肃贪除佞，是指朝廷存在的所用非人、玩忽职守、虚与委蛇、唯利是图等现象，这些弊端朝廷中确实存在!"

萧奉先说："朝中所用之人都是北、南枢密院提出人选，经皇上钦点任用的。有人恶语中伤、造谣生事、扰乱视听，实属别有用心，请皇上明鉴!"

萧兀纳刚要说什么，被天祚帝摆手制止。他说："宣旨：萧兀纳年老体衰，不宜再任东北路统军副使之职。即刻回上京留守，颐养天年去吧!"

耶律大石原本希望看到皇上整肃朝纲、励精图治，动员全国力量布置抵抗女真军入侵的大政方针，没想到朝会却开成这个样子。他惊讶地看着萧兀纳被两名殿前侍卫强制带出大殿。

萧奉先说："皇上，女真族巴掌大的地方，几万人的小族，不足为虑。"

天祚帝说："爱卿可传令黄龙府守将坚守城池，女真军胆敢进犯，全部剿灭。"

萧奉先说："臣遵旨。臣见皇上整日为国事操劳，眼下季节初夏，臣恳请皇上驾幸庆州夏猎！”

天祚帝说：“准奏。”

已经被两名侍卫强制带出殿外的萧兀纳突然快步返回来，跪倒在龙椅前高声喊道：“皇上，女真人侵我宁江州、初河店，杀我官吏，扰我黎民。贼酋阿骨打自立金国，面南称帝。女真军秣马厉兵、枕戈待旦啊！可我朝各州、府、县、部族，各自为战，一盘散沙。老臣冒死建议免去庆州之行，倾全国之力抵抗女真军。我大辽国才会立于不败之地，百姓才会免遭离乱之苦啊！”

天祚帝向王华摆手。王华带领几名侍卫复将萧兀纳强拉出朝堂。

王华高声喊道：“众臣随驾出行，三天后卯时出发。散朝！”

文武臣僚行跪拜之礼后，离开大殿。

耶律大石原以为皇帝召集朝会，要商讨东北防务等国家大事。没想到皇帝把各地臣僚及各州府守将召来中京，只是让他们随驾到庆州夏猎。一次朝会开成一场闹剧。恩师萧兀纳提出加强东北防务，提防女真军攻打黄龙府，竟然被皇上驱逐出大殿。他当时真想站出来为恩师说句话。无奈他职级太低，在朝堂上无发言权。

耶律大石散朝后骑马来到萧兀纳府看望恩师。萧兀纳一家已被勒令即日便离开中京城。三辆马车停在萧府门外，萧兀纳最后一个从府中出来。恩师见到耶律大石 ，责怪他不该过来。被皇上驱出大殿之人，臣僚哪个敢再登萧家门。两个人在府门外说了几句话。耶律大石问恩师，仅仅事隔两天，皇上为什么像换了个人似的。萧兀纳叹息说，皇上就是这样一个反复无常之人。他告诫耶律大石要事事小心，紧睁眼，慢说话。萧奉先一伙肯定不会放过他。

耶律大石失望地说：“真该远离朝廷是非之地，跟恩师去上京读书习武，过与世无争的田园式生活！”

萧兀纳说：“好男儿志在四方！读书习武为什么？还不是为有朝一日上报君主，下安黎庶。大辽国的安危就靠你们了，千万不可意志消沉啊！”

两个人没说几句话，公差上前催促萧兀纳动身。萧兀纳一家凄凄惨惨地起程。耶律大石一直把恩师送出城外。

15. 西樱夜访

耶律大石告别恩师，心情沉重地回到进士府邸。

老何正站在府门外，翘首等他回来。他在府门前下马，新招来的一个男佣接过马缰绳，牵马去后院马厩。他向院里走，管家老何跟在身后，禀报府上一天来发生的琐事：新招两个打杂的男佣，月钱每人两个银币；府门执更的老头儿太老，耳朵又聋，新换个中年男更夫；府上打算再雇两个丫鬟，一个女迎宾，以后府上难免会来女宾客，也好有人招待；今日府上新购买几件家什；北枢密院耶律俊大人派人送来一套高档楠木家具；今天又有两个媒婆上门提亲，一个提亲南院大王府上千金，一个提亲外城开击鞠场的商户家小姐。老何请示该如何答复。耶律大石告诉他，以后凡是上门提亲的，一律婉拒。老何恭维地说：“大人进士甲科，状元及第，非皇族贵戚的千金，怎能娶进府来呀！”

耶律大石简单洗漱一下，吃完晚饭，天便黑了。他在府院转了一圈，除了府门外悬挂的四盏大红灯笼，府邸里显得过于安静，甚至有些死气沉沉。想到老何所说媒人上门提亲之事，他想如果娶个女人进来，再生几个孩子，这座院子肯定会充满生机了。他已经二十九岁，还没认真考虑过成家的事情。可转念一想，如今国家内忧外患，今日朝堂之上又乱哄哄似一出闹剧。如此情形之下，他哪有闲心考虑娶妻生子。

耶律大石回到书房，老何跟进来欲为他点亮蜡烛，被耶律大石阻拦住，说他想这样静一会儿。老何答应一声离开。耶律大石解下腰间佩剑放在书桌上，然后坐在一把楠木椅上。他闭上眼睛，想把近些天发生的事情理顺一下，头脑中却一片空白。忽然，他似乎嗅到一股十分熟悉的气味，那是一种淡淡的人体香味儿。这种味道他只在师妹西樱身边嗅到过。他坐直身体，睁眼在黑暗的房间里搜寻。西樱会到这里来吗？似乎不太可能。前两天他去外城汉人街寻找师父未果。这时一个黑影从书橱侧边走出来，站在耶律大石的面前。他惊讶的同时，本能地伸手去抓书桌上的剑，手却被黑影轻轻按住："师兄，少安毋躁！"

耶律大石听出西樱的声音，说："是西樱吗？"

西樱摘下蒙在头上的黑纱，顽皮地笑说："做了翰林应奉，就不认识人家了！"

耶律大石说："怎么会，前两天我还去过外城。你们去哪里了？"

西樱坐在耶律大石对面的一把木椅上。耶律大石欲点蜡烛，西樱阻止说，这样说话挺好的。

西樱身上有股奇异的淡淡的香味。这事耶律大石早就知道。他拜西伯为师学艺后，便跟随师父到街头摆场子，耍武把式。挣钱用来武馆日常开销。余下的钱都放进一个储钱皮袋里。从师父和西樱的言谈中，耶律大石知道储钱皮袋内的金银币将来要有大用处。后来师父将皮袋内的钱都拿出来供他读书了。

外出打场子这类抛头露面的活儿，师父很少让西樱去。一般情况下，师父与耶律大石外出打场子，西樱在家为他们做饭。西樱会烤野鹿肉，把耶律大石打猎回来的野鹿肉用木柴火烧烤。烤熟的鹿肉香酥可口。每次耶律大石从外面回来，都会嗅到屋里有一股淡淡的香味。后来渐渐发现，香味是从西樱身上散发出来的。耶律大石以为西樱擦用了什么药水。后来西樱告诉他，她出生的时候，身上便有这种味道。她出生在一个叫樱花谷的地方。那里的女人，许多人身上有这种淡淡的樱花香味。

西樱说那天耶律大石离开宅院，便进院一伙官军搜查。官军走后，师父担心会出事，便搬离那里。耶律大石问现在住哪里。西樱说在城外的一座寺院。前天打听到师兄因祸得福，被钦点为进士甲科，入朝为官了，这才离开寺院回外城汉人街。她这次冒昧来府上，是来请师兄的，师兄入朝为官，成为皇上身边的近臣，了却师父多年的心愿。家里已准备下宴席，为师兄庆贺。

西樱这席话令耶律大石心头温暖。这些年来，师父除精心指点他武艺外，便千方百计为他的仕途铺路搭桥。耶律大石最初只想跟师父学几手糊口的本事。师父责怪他目光短浅、胸无大志。说凭他太祖八世孙的身世，应该志存高远，习文练武，将来为朝廷效力，博取功名，耀祖光宗。

耶律大石让西樱转告师父，皇上近日要去庆州夏猎，他肯定会随驾出行，眼下正紧锣密鼓地为出行做准备。今天太晚了，明早还要进宫侍驾，实在无法赴宴了。待他从庆州回来，再去外城看望师父和师弟。西樱说又不是明天便出发，就去一趟外城吧。耶律大石说三天后卯时出发，关键是有许多事情要准备，实在脱不开身。西樱便不再说什么。耶律大石说这座大院子，几十间房屋，没几个人住，太空落了，以后把师父接过来，师妹和师弟都过来，大家热热闹闹地朝夕相处，岂不更好？两个人又聊了一会儿。西樱告辞，耶律大石欲送她走院门。她说既然悄悄地来，还是悄悄地离开为好。她让他待在书房别动，她从书房后窗跃下，来到后院越墙而出。

老何从书房出来并没远离。后来他隐约听见书房里有说话声。他悄悄返回来，靠近书房窗子倾听。书房内两个人说话声音很小，听不太清楚。但从声音上判断，应该是一男一女。后来听见书房后窗有动静，老何蹑手蹑脚地过去察看，只见一个黑影从书房后窗跃下，向后院奔去。他悄悄尾随，发现黑影来到后墙下，掏出带铁钩的绳索抛上墙头，抓牢，攀绳爬上墙头消失。老何本想上前扯住黑影，想到耶律俊曾叮嘱，凡事只可悄悄地观察，默默地记下，万不可参与。老何便悄悄返回前院。

萧奉先这天散朝后，派专人盯紧萧兀纳，直到他一家出了中京城，他才算松一口气。回到府上，他命人把女儿萧塔不烟找来。不一会儿，萧塔不烟穿一身武士装进来。萧奉先命仆人关闭房门，没重要事情不许打扰。爷儿俩进行了推心置腹的长谈。

话题先从女儿的婚事说起。他说近来上门提亲的人很多，有高官显贵，也有豪门巨贾，可这些他全没瞧在眼里，他萧奉先的女儿，不说入皇宫为后，起码也得嫁个王爷。她撒娇地挨着父亲坐下，说不管怎样说，反正这个人必须她中意，否则她不嫁。萧奉先说按契丹人的风俗，女子有中意的男子，可以大胆地追求，为他唱歌跳舞，直到打动他为止，可南朝汉人那边却不行，讲究女人大门不出，二门不迈，嫁鸡随鸡，嫁犬随犬。萧塔不烟说南人也太不可理喻了，世上就男人和女人，为何对女人如此苛刻？萧奉先说这是南朝汉人上千年的风俗，哪像大辽国，公主、小姐可以上学堂读书，可以上武馆练武，可以骑马射箭，嫁人不如意了，还可以改嫁；南朝女子讲究从一而终，就算夫死了，也不许改嫁。萧塔不烟说她宁愿生活在北国，决不去那该死的南朝。

萧奉先觉得该转入正题了。他咳嗽一声，说："骄儿，你跟耶律大石是怎么相识的？"

萧塔不烟说："在考场上。"

萧奉先说："那天，御营军搜查一整夜没能找到他。你是怎么找到他的？"

萧塔不烟沉吟，一时摸不透父亲的用意，只能先有所保留。她说："他逃到咱家后花园，被我撞见的。"

萧奉先说："那天你去过城外？"

萧塔不烟说："没有。"

萧奉先明显不太相信，却不再追问。他说："骄儿，耶律大石是爹的敌人。他写文章攻击诋毁爹，造成恶劣的影响。他是要致爹于死地啊！"

萧塔不烟说："父亲多虑了吧？依女儿看，耶律大石人不坏。他也许听信了别人的谣言，误解父亲而已！”

萧奉先说：“事情不会那么简单。这是个阴谋，他背后一定有人指使！”

萧塔不烟说：“父亲，女儿相信，这些将来一定会弄清楚的。”

萧奉先说：“骄儿，说实话，你是不是喜欢上他了？”

萧塔不烟低头想了一会儿，说：“不瞒父亲说，有那么一点儿。他是女儿见过的男人中，最有男人气概的一个。”

萧奉先焦虑地沉吟，说：“你有把握控制他吗？”

萧塔不烟摇头，说：“为什么要控制他？他只想为朝廷出力，为百姓解忧。这不也是父亲的心愿吗？”

萧奉先苦笑一下，明白一些道理一时跟女儿说不清楚，只能慢慢地来。好在耶律大石只任翰林应奉，有职无权，又在他的严密控制下，兴不了风，也做不了浪，暂时还不足为虑。

16. 松林遇险

大辽国皇家夏猎车队这天早上从辽中京出发。前边御营军马队开道，后边跟着一顶顶由马拉着的车帐篷。帐篷的大小及拉车马数的多少，由帐篷主人的官级大小及是否为皇亲国戚而决定。

天祚帝的大帐篷叫移动的宫殿，也叫行在，在契丹语中叫捺钵，由十二匹纯种大食国马拉着。宫殿周围大约五十米内，由御前侍卫马队护卫，一些跟随皇上行动的文武大臣骑马随驾。紧随移动宫殿的，是后宫的大帐篷，拉帐篷的是八匹马，也由御前侍卫马队护卫。王公大臣的帐篷一般由六匹或四匹马拉着，统由中京御营军马队保护。

耶律大石是翰林应奉，随时准备听从皇帝的召唤。他因此骑马紧跟在皇帝宫帐后行走。出城三十里，路过灵感寺。这是一座大型皇家寺院，专供皇宫举行祭祀活动。天祚帝命令出行队伍停下来，在这里祭拜天地及诸路鬼神，祈求此次出行顺利及大辽国国泰民安。

辽代是个崇尚宗教信奉神鬼敬天地拜日月的民族。辽代对待宗教的态度是来者不拒，一概信奉。契丹民族最早信奉的是萨满教，到后来佛教、道教、伊斯兰教全信。辽代建筑最多最豪华的是寺院。辽道宗时，契丹贵族崇尚佛、道教达到顶点，许多王公贵族、士族商贾盛行送子女入佛门为僧尼。全国寺院、庙、庵达千座以上，僧尼十万人。道宗皇帝一次饭僧达三十六万人。

契丹人认为“天”是人世间万物的主宰。辽朝帝王年号多为“天赞”“天显”等；皇后则称为“地”。契丹人敬山，木叶山被尊为祖山，山上有始祖庙，供奉奇首可汗。契丹人崇拜太阳，认为太阳是上天恩赐给人世间的神物、吉祥之物。因此，契丹人的帐篷门口总是面向东方——面向日出的方向。

天祚帝率人进入中京灵感寺，在佛殿面前停下来，由随从天祚帝出行的法师慧材主持祭天拜神仪式。慧材是大辽国有名的萨满教神汉，被天祚帝封为神师，专门为天祚帝主持占卜、祭祀等事务。慧材出身为契丹皇族，被道宗恩赐出家做了萨满教主事。

慧材开始施法术了。他穿一身白色法衣，手持三尺法剑，面前摆放一头用绳索捆牢的青牛和一匹白马。慧材点燃三炷香，口中念念有词，仗剑上下挥舞。香烧一半时，慧材一声大喊，端起供桌上一碗法水，泼向青牛和白马。之后用法剑在青牛、白马的咽喉处各刺一剑，青牛和白马无助地挣扎着，哀鸣着死去。慧材察看青牛和白马喷出的血迹图案，向天祚帝奏报：“神示大吉大利！”

天祚帝大喜，皇后、嫔妃及文武官属都欢欣鼓舞。夏猎队伍从灵感寺出发。

初夏的原野山青水碧，白云悠悠。这支由华丽的帐篷和马队组成的游猎队伍浩浩荡荡向庆州城行进。庆州位于辽中京西北约三百公里处。中间路过一片被称为平地松林的原始林区。游猎队伍离开中京城的第三天，到达平地松林的边缘。天祚帝传口谕，在森林边上宿营，举行宫廷篝火晚会。天子、皇亲国戚、王公贵族与民同乐。

这次夏猎之行，正巧西夏国派使臣来朝贡，天祚帝心血来潮，命使臣李然跟随。李然带几名西夏国歌妓，在篝火晚会上弹奏西夏乐曲，跳西夏民族舞，天祚帝看后特别高兴。酒到尽兴时，舞到开怀处，天祚帝命文妃即兴吟诗谱曲，为大家助兴。文妃稍作酝酿，便命伶官弹奏古筝曲《虞美人》，即兴吟唱道：

丞相来朝兮剑佩鸣，千官侧目兮寂无声。

养成外患兮嗟何及，祸尽忠臣兮罚不明。

亲戚并居兮藩屏位，私门潜畜兮爪牙兵。

可怜往代兮秦天子，犹向宫中兮望太平。

篝火晚会正在兴头上，天祚帝酒酣人醉，文妃忽然来一曲凄婉的词曲，犹如向燃烧正旺的火堆上浇一盆凉水，火势顿时减弱，天祚帝的兴头大减。他扫兴地起身离开，回到皇帐休息。

篝火晚会就此结束。

第二天，夏猎队伍进入平地松林。这片被史书形容为“万里松漠”的原始森林，林密草稀，暗无天日，松涛阵阵犹如兽吼。上千人的游猎队伍屏气敛声地悄然行进。为防止意外发生，皇宫殿前侍卫队及御营军严密保护移动的皇帐。天祚帝及皇后、嫔妃们都坐在宫帐里不出来。人们都悄悄祈盼快一点平安通过平地松林。

这天傍晚，一群狼悄然出现在移动的皇帐周围。夜幕降临，一双双绿莹莹的狼眼，幽灵般地闪烁着。天祚帝吓坏了，传令神师慧材施法术驱赶狼群。慧材哪见过这阵势，早被吓得六神无主，法术也不灵了。侍卫队及御营军也很紧张。有的侍卫挽弓欲射狼，被有经验的侍卫阻拦：此时不可轻举妄动，万一引发人狼大战，后果难料。耶律大石有过野外对付狼群的经验。他让每个军士手持一支燃烧的火把，将移动的皇帐环绕起来。这招果然见效了，狼群躲到远处不敢再靠近。

耶律大石骑马持枪，一只手举火把，紧跟在移动的皇帐后边行动。松林里越来越黑暗，耶律大石似乎嗅到一股怪异的气味。他调拨马头来到队伍外，侧耳向松林深处倾听，一阵夜风吹过，松涛阵阵。

这时前边突然传来一声哨音，紧接着便是一声巨响。天祚帝乘坐的移动宫帐上方，几棵粗大的古松之上，四只磨盘大小的木制吊斗翻落下来，一种冒着热气的油状黏稠物喷洒而下。移动宫帐上落满油状黏稠物，喷溅到几名侍卫身上，侍卫们被烫得落下马背，惨叫着在地上滚动。随着一阵“嗖嗖嗖”的声音，几支响箭带着火光从前方密林里射过来，纷纷落在移动的皇帐上。接连几声炸响，移动的皇帐忽然燃起熊熊大火。

耶律大石马上意识到发生了什么。他从马背上一跃而起，几步跨到移动的皇帐旁，用手中铁枪掀开帐篷帘子，天祚帝在太监王华的搀扶下跳下宫车。这时，几支响箭像长了眼睛，纷纷向天祚帝射来。耶律大石大吼一声跃到天祚帝面前，挥舞着铁枪拨开响箭，用身体保护着天祚帝。

侍卫及御营军经过一阵惊慌之后，渐渐醒悟过来，纷纷跑过来保护皇上。在天祚帝的左右，形成一道稠密的人墙。耶律俊这时也从后边赶上来，加入护驾者的行列。耶律大石见皇上安全有了保障，挤出侍卫组成的人墙，向刚才发出响箭的松林奔过去。奔跑中他借着火光看见几个黑影向松林深处跑去。其中两个快速跑动的身影看上去有些熟悉。他惊诧地快步追赶，想看清袭驾的是些什么人。这时耶律俊为邀功也快步追过来。他咋咋呼呼地跑到耶律大石前边，向树林深处追去。突然，一道耀眼的白光向耶律俊脸上打来。他下意识地急忙扭头躲闪。随着“叭”的一声响，一把小巧的牛角弯刀钉在耶律俊身后的一棵松树上。耶律大石跑上来，问耶律俊是否受伤，耶律俊摇头。他从松树上费劲地拔下深陷的牛角弯刀，若有所思地打量着。

此时前边的人已经跑远，再追已无意义，耶律大石与耶律俊往回返。耶律俊将牛角弯刀收起来，说要当作证据保留起来。回到队伍中，天祚帝乘坐的皇帐已被烧毁。好在风并不是很大，周围又都是参天古松，火势没有蔓延开，损失并不太大。

天祚帝心有余悸，这时跟随在后的萧奉先等臣僚都赶过来。众人向皇上请安，天祚帝严令一定要追查袭驾凶顽，萧奉先领命。

天祚帝说："翰林应奉何在？"

耶律大石跪倒在地说："臣在。"

天祚帝亲自上前搀扶起身，说："卿是真勇士啊！今夜救驾有功之人，回朝廷后论功行赏。"

17. 庆州夏猎

平地松林有惊无险。十天后，辽朝廷夏猎队伍到达庆州。

庆州是辽朝时比较繁荣富庶的一座州城，位于龙兴之地的辽上京西北百公里左右，因有一座八角七级玲珑秀美的白塔而闻名。庆州城北有连绵的山谷，林海茫茫；城南是一望无际的原野。蓝天白云、溪流淙淙、鸟语花香。朝廷在庆州建有皇帝行宫。天祚帝每次来游猎，不愿意住在高墙深宫中，都是在野外驻扎移动的皇帐。这次天祚帝选择在一片平坦的河谷地安营扎寨。因移动的皇帐在平地松林被烧毁，萧奉先派人日夜兼程赶往广平淀，将那里的四季捺钵运过来。

耶律大石每天侍候在天祚帝身边。皇帝的一言一行，他都要用心记下。农历五月，时令已近盛夏，气候凉爽的庆州也难免烈日炎炎。晌午的时光，烈日当空，炎热难当。好在庆州多云雨，只要天空飘过一片云，便会有雨滴落下来。雨后的草地湿润而凉爽，一阵山风吹来，带来沁人心脾的清凉。

天祚帝到达庆州，刚搭建好新皇帐，各地快马送来的奏折便堆积如山。天祚帝一概不理，命耶律大石把奏折全部送到萧奉先的帐篷，任由萧大人处理。天祚帝则整天带着元妃、文妃游戏在草原和林海之间，纵酒狂欢，乐此不疲。耶律俊也带妻子萧莺来到庆州。按说耶律俊品阶太低，没资格带家眷随驾。那时在朝臣中间，能随驾游猎是莫大的荣耀。萧奉先为笼络耶律俊，让萧莺跟随萧府家眷行动。萧塔不烟也来庆州了。每次父亲随驾游猎，她很少跟随，这次听说耶律大石随驾，她便跟随而来。但她没跟随母亲坐萧府的行帐车，而是穿一身殿前侍卫的军服，跟随哥哥萧昂的殿前侍卫队行动的。路过平地松林时，她目睹耶律大石英勇救驾，钦佩之情油然而生。

这天是元妃的生日，天祚帝在皇帐外大摆筵席，命王公大臣携家眷参加。傍晚时，草地上燃起几堆篝火，宫廷乐队吹打弹拉，宫中舞妓围着火堆翩翩起舞。天祚帝酒酣兴浓，跑进舞妓群里手舞足蹈。萧奉先为助兴，让随驾的王公大臣家眷上场跳舞。萧府这边萧塔不烟身穿侍卫服装无法上场。萧夫人年纪大了也上不了场。萧奉先便命萧昂的夫人及萧莺上场凑数。

天祚帝在女人堆乱跳乱舞。突然，他一双醉眼紧盯在天生丽质、舞姿优美的萧莺身上。他一把拉过萧莺搂在怀里，问萧莺叫什么名字，是谁的家眷。萧莺不敢说是耶律俊的家眷，只说是萧府的亲戚。天祚帝大喜过望，舞不跳了，拉着萧莺坐在火堆旁。他为萧莺剥果皮，与萧莺碰酒干杯，竟然当着众人的面把萧莺拉进寝帐。

夜深了，篝火已熄灭，宫廷乐队和舞妓离开了，王公大臣也带家眷离开了。萧奉先守在皇上寝帐外，等待天祚帝放萧莺出来。快午夜了，躁动的寝帐内渐渐安静下来。萧奉先估计被皇上宠幸的萧莺留宿了。他只好喜忧参半地离开。喜的是萧莺受天祚帝宠爱，皇上身边又多了一个他的知近人；忧的是萧莺被皇上临幸，恐怕便很难出皇宫了，他该如何向耶律俊交代！

萧奉先刚回到自家帐篷，耶律俊便来找萧莺。萧奉先灵机一动，亲热地拉耶律俊进帐篷。萧奉先坐在床榻上，让耶律俊坐在太师椅上。耶律俊不敢坐，赔着小心地站在一旁。用人送上茶水，萧奉先让耶律俊坐下喝茶。耶律俊才勉强坐下。

萧奉先笑说："恭喜贺喜呀！"

耶律俊一时摸不着头脑，怔怔地看着萧奉先。

萧奉先说："你夫人，麻雀攀高枝了！"

耶律俊呆怔半天才听明白萧莺被皇上留在皇帐里。他几乎气急败坏地说："皇上睡我老婆，这成何体统啊！"

萧奉先板起面孔说："你这是什么话？能得君王宠幸，那是多少女人梦寐以求的啊！"

耶律俊说："皇上给我戴顶绿帽子，这让我今后怎么见人啊！"

萧奉先说："普天之下，莫非王土。率土之滨，莫非王臣。你怎能这样说呢！"

萧奉先以极大的耐心劝说耶律俊。他说："你的命都是皇上的，君让臣死，臣不敢不死。皇上驾幸你夫人，你应该高兴，绝不能有怨气。你要劝萧莺尽力服侍好皇上。你以后的前程无可限量。大丈夫何患无妻，天下的好女人多了。如果萧莺留在宫中侍奉皇上，你可以另娶。你看中谁家的女儿，老夫替你保媒去。"

耶律俊颇有深意地说："大人的话，在下记住了！"

萧莺果然被天祚帝宠幸了。天祚帝借着酒兴，把萧莺拉进寝帐，一个色欲旺盛，一个极力奉应，一直折腾到午夜，天祚帝才疲惫地睡去。望着身边酣睡的天祚帝，萧莺却睡不着了。她是有夫之妇，如今被皇上临幸，她以后的日子该怎么过？天快亮时，天祚帝睡得正香，萧莺悄悄穿衣离开，跑回自家的帐篷。

耶律俊一夜没怎么睡，坐在帐篷中等天明。萧莺见到丈夫，委屈地扑进丈夫怀里低泣。耶律俊却恐慌地推开她，将她推出帐篷外。他说："你被皇上临幸了，便是天子的人，我耶律俊岂敢再碰你！"萧莺说："皇上身边女人多了，哪有我容身之地。你若不嫌弃，我还回来与你做夫妻。”耶律俊说：“你那是害我，我有几个脑袋，还敢收留你。你快回去好好侍奉皇上。你若念曾经的夫妻情分，可在皇上面前替我美言几句，让我仕途上有个晋升，我便感激不尽了。”

萧莺仍然不肯离开，耶律俊双腿一软跪在她面前。萧莺只好擦去泪痕，回到天祚帝身边。刚从梦中醒来的天祚帝正四下寻找萧莺。萧莺跪倒请罪，说了回帐篷见耶律俊的经过。

天祚帝感慨地说：“朝廷竟有这样的忠义臣子，朕一定重用他。”

这天上午，天祚帝召集王公大臣在议事皇帐内开朝会。萧奉先奏报了处理各地军、州、府奏折的情况。天祚帝连内容都不问便表示完全赞同。接下来，天祚帝表示要表彰平地松林护驾有功之人，让萧奉先草拟升职及表彰人员名单。萧奉先拟写完表彰圣旨，交给天祚帝过目。天祚帝简单看了一下，便交给萧奉先让下圣旨。很快圣旨下来了，副本送往各地官衙及军、州、府城。

制曰：其一，耶律俊护驾有功，擢升为参知政事、北枢密院副使；其二，耶律大石平地松林护驾英勇，以身挡箭，忠勇可嘉，擢升为翰林承旨；其三，平地松林护驾侍卫及御营军，有品级者各升一级，无品级者每人奖励白银十两。

钦此

耶律俊因祸得福，提升为北枢密院副使。天祚帝把追查平地松林袭驾案的差事交给他，命他会同相关衙门，限期缉拿真凶归案。

开过朝会，天祚帝便不再理政，整天与萧莺腻在一起，喝酒唱歌淫乐。他时常与萧莺纵马草原上。为甩开护卫的随从，他们会骑马跑进树林里，然后寻找林中小溪，两个人进入溪水中尽情嬉戏。玩累了，两个人便并排躺在草地上，望着天上的云朵发呆。侍卫们费好大劲儿找过来，天祚帝便带着萧莺再跑开。他似乎在这种捉迷藏式的奔跑中找到无穷的乐趣。

18. 月夜结义

耶律大石自从随驾来到庆州，每天守候在皇帐外侍驾，可又整天无所事事，因为很少能见到天祚帝。升为翰林承旨，品阶虽上升一级，差事却与原来所差无几。以前是记录皇帝的一言一行，如今专司草拟圣旨。但这仍是一个闲职，因为根本见不到皇上的面。天祚帝每天与萧莺在野外玩耍，深夜才回皇帐，有时玩高兴了，干脆在野外露宿。耶律大石升职半个月，侍驾在皇帐外，见不到天祚帝，圣旨长什么模样也没见过。

来到庆州，天祚帝把朝政大权全部交给萧奉先。皇帐这边门可罗雀。毗连的北枢密院官帐，人进人出热闹非凡。每天各地快马送来的奏折上百件，萧奉先、耶律俊等北枢密院臣僚忙于阅览奏折，回复奏折。一般性的朝廷公文，北枢密院草拟完成，萧奉先把关后，交给掌印太监王华用印，然后以朝廷的名义发往各地了。重大军国事务，需要皇上降旨的，萧奉先会草拟圣旨，等待天祚帝回到皇帐，奏报后方可加盖皇帝玉玺。这其实不过是走一道程序。因为天祚帝根本无心理政。往往天祚帝玩到半夜，累了倦了，回到皇帐需要休息，这时萧奉先求见，送来几十道草拟的圣旨请皇上过目。天祚帝看见堆积的圣旨便烦了，根本懒得一件件过目。萧奉先说一下草拟了多少道圣旨，要发往哪里，天祚帝便点头同意了。

这天下午阴雨，傍晚时雨过天晴。

耶律大石在皇帐外空守一天，感觉心情郁闷，晚饭后骑马走出驻地的帐篷区，向南来到原野的一座小山冈上。来庆州这段单调沉闷的日子，他快憋疯了。他几次想离开这里，随便去一个什么地方，只要有件正经事情做，比在这里半死不活的强。但理智劝他不那样做。萧奉先一伙视他为眼中钉，正寻找漏洞想置他于死地，他无故离开正好授人以柄。

此时晴空万里，繁星点点，皓月悬于当空，雨后空气清新，远处庆州城灯火通明，犹如茫茫草原上一颗璀璨的明珠。耶律大石仰天长啸几声，感觉郁积的胸中清爽一些。他跳下马背，在湿漉漉的草地上走了一会儿，坐在草丛中一块石头上，拔下一束蒿草放在鼻下，嗅着嫩草沁人的芳香，陶醉地闭上眼睛。

这时远处传来一阵马蹄声。他抬头望去，看见一人一骑由远及近。来人在山冈上勒住马，跳下马背，扔掉马鞭，向他这边走来。走近了，他认出来人是骄男，起身相迎。

耶律大石作揖说："尊兄何时来的庆州？"

骄男还礼说："随驾一起来的。"

骄男便把她跟随御营军来庆州的经过说了一遍。说到平地松林目睹耶律大石舍身救驾之举，她钦佩地说："尊兄英勇无畏，真是豪杰啊！"

耶律大石说："不敢当，只是做了该做的事。"

骄男愤愤不平地说："尊兄拼死救驾，论功行赏，倒不及夫人侍寝者奖重。让人不服呀！"

耶律大石无所谓地说："救驾之时，哪会想到能受奖。"

耶律大石不愿意就此事多说，是觉得与骄男还不太熟悉，交浅忌言深。别看萧塔不烟救过他的命，他对她却所知甚少，甚至还不知道她便是萧府千金萧塔不烟。萧府后花园假山石洞那个夜晚，他对她刮目相看，但同时也对她怀有了戒备之心。她可以随便进出萧奉先府邸，并把他直接带到萧奉先面前，萧府用人看到她各个恭恭敬敬，这些足以说明她在萧府的身份很尊贵。

两个人在草地上散了一会儿步，她说口渴了，想喝一口热水。耶律大石说这事好办。他到山冈下一个放牧人搭建的窝棚里，抱来一些干树枝，在山冈上打着火镰，燃起篝火。他从马背上拿来一个大鹿皮袋子，从里边掏出皮水壶、牛肉干、奶豆腐，还有一瓶契丹老酒。这些是他当年游历时的常备之物。

北方草原上，盛夏时节，白天烈日炎炎，傍晚天气便凉爽了。而雨后的草原上，到了夜间，便感到了丝丝的凉意。这时篝火燃起来，烧一壶热水，摆好牛肉干、奶豆腐，两个人围坐在火堆旁喝酒。几口烈酒下肚，戒心和隔膜消除了，感觉距离近了许多。她想听他当年一匹马一张铁弓走天下的故事。耶律大石便从当年国子监师满，参加完那场差一点将她踏于马蹄下的击鞠比赛便离开中京开始游历四方说起。他单人独骑走遍了大辽国的山山水水，到达过西北最远的可敦城。经过争取，他被一支西行的大辽国商队聘为随行武士，到达过西夏国、高昌国和大食国。他还装扮成宋朝客商，到达过东北混同江畔的女真人领地。当时宁江州刚被女真兵攻破，他目睹了那里的契丹人城破家亡的悲惨境地……萧塔不烟惊愕地听着这一切，内心钦佩得五体投地。

她说："行万里路，读万卷书，尊兄果然胸怀大志！"

他喝一口酒，消沉地说："徒有大志，无处施展，又有何用！"

她安抚地说："尊兄不可消沉，鲲鹏志在九天，必然待时而动！"

他说："但愿能有上报君王，下安黎庶的那一天！"

她说："这一天终会到来的。"

事实上，她此时已爱上这个有志向、有力量、敢担当的男子汉了。但眼下她还不想亮明身份。她父亲与耶律大石之间势同水火，过早地暴露身世有可能失去他。谁愿意与仇家的女儿谈婚论嫁！她相信父亲与耶律大石之间只是一场误会，而所有的误会终有一天会消除的。毕竟他们都忠于朝廷，都忠于皇上，都想报效契丹人的祖国。当然，在误会消除前，她不能听之任之。万一他遇见心仪之人，与之结为秦晋之好，她便没机会了。他是她平生遇见的唯一心动之人，她要抓牢他，不能有半点闪失。

萧塔不烟忽然想起三国时的"桃园结义"典故。她灵机一动，说："愚弟愿与尊兄效法桃园结义，不知尊意如何？"

耶律大石酒已半酣，想起对方曾救过自己的命，自己命运的转机也与此人有关，虽然对方的确切身世一时还无法弄清楚，但这是个正直的好心人，对他应该没威胁，便说："尊兄抬爱，求之不得！"

于是两个人在篝火旁，撮起一堆土，插一根细木棍点燃为香，跪倒磕头，结拜为异姓兄弟。论生辰八字，耶律大石年长九岁为兄，骄男为弟。她称他为"重德兄"，他称她为"骄弟"。

这时倒满两碗酒，割破两个人的手指滴血进酒碗。两个人端起酒碗盟誓：虽非同年同月同日生，但愿同年同月同日死，从此互为兄弟，视为同胞，甘苦与共，休戚相关，永不背叛！

两碗烈酒下肚，两个人都有了醉意。仰望夜空，明月已西沉，他余兴未尽，她却担心父母派人四下寻找露了马脚。她起身告辞，说来日寻机会再相聚。他为她牵马坠镫，搀扶她上马，然后跨上马背相送。

分别时，他拱手说："愚兄如天空皓月，透明可见。贤弟若夜空繁星，忽隐忽现！"

她拱手说："弟待兄之心，玲珑剔透，重德兄何必多疑！"

他说："愿你我弟兄，谨记今夜之盟。"

她说："苍天可鉴，不离不弃！"

第三章　边塞狼烟

19. 边报

天祚帝率领大辽国文武臣僚庆州夏猎之时，东北混同江畔黄龙府城外，大金国皇帝完颜阿骨打已经做好了攻城的准备。这位野心勃勃的女真族人领袖计划用十年左右的时间击败庞大的大辽国。这种动力一半来自原始的扩张野心，另一半来自大辽国契丹族人对女真族人世代的轻蔑和压榨。说起来，那简直是一部血泪史。

居住在混同江流域的女真族是个相当古老的民族。大约在先秦时期，史书上对这个民族就有了记载，称其为黑水部。五代时才称其为女真族。隋朝时女真人祖先曾遣使进贡，受到隋文帝的宴请。唐朝贞观年间，唐太宗讨伐高丽国，得到女真人祖先的支援。

女真人长期居住在寒冷的混同江流域，以耕种、养畜和打猎为生。这里盛产名马、生金、大珠、人参等名贵之物。女真人饲养牛、羊、鹿、狗、鹰，甚至鼠类等畜禽动物，生产细布、松实、白附子等产品。女真人多以厚毛为衣。严酷的自然环境造就女真人艰苦卓绝、英勇善战的性格。

辽朝立国后，在东北女真人居住地建有北女真国大王府，后改设生女真部节度使，由女真人出任节度使。女真靠海之地盛产一种特别大的珍珠。女真人还喜欢驯养一种名叫海东青的猛禽。这两种东西都为辽国贵族喜爱。辽朝廷得到大珠，可以贩往北宋，换回高档消费品。海东青是专门猎杀天鹅的鹰鹘。天鹅最喜欢吃海边的蚌，而大珠便藏在蚌体内。每年八月中旬以后，蚌体内的大珠渐渐成熟。九、十月间，海边多半被冰雪覆盖。没结冰的海水寒彻骨髓，捕蚌人已无法入海取珠。此时海边大群的天鹅最喜欢吃丰美的蚌，大珍珠便留在天鹅的嗉子中。女真人放纵海东青扑杀天鹅，从天鹅的嗉中取出大珠。

每年盛产大珠的季节，辽朝廷便会派使者到女真人领地，强行低价收购大珠和海东青。这些使者被称为“银牌天使”，贪得无厌又蛮横无理。他们不但强索大珠和海东青，还要找年轻的女真族女子陪睡。开始时只在中、下等女真族家庭留宿。渐渐猖獗到强索美貌的女真族已婚女人陪睡，不管这些女人的家族地位高低。这种屈辱令女真人忍无可忍。

阿骨打对大辽国的仇恨便源于契丹人对女真人的盘剥和欺压。这种仇恨渐渐燃成熊熊的灭国怒火。

阿骨打进攻黄龙府城之前，曾派使臣往辽上京见天祚帝。结果递交的国书被天祚帝撕毁，使臣被杀。阿骨打得知消息，竟然哈哈大笑，说：“愚蠢的天祚帝，总能及时授我以柄！”

阿骨打当即宣布御驾亲征，进攻黄龙府。

这天午后，大金国皇帝完颜阿骨打亲率精骑兵两万，战将百员，兵临黄龙府城下。事先金军已派暗探进城，摸清黄龙府守城辽军不足五千人，城外方圆百里内无辽军援兵。按金军攻打宁江州、初河店城的经验，两万精锐金军攻城，全力以赴，一战可下。阿骨打却命令金军离城十里，扎三座军营，每天率军在城下摆开阵势，摇旗呐喊，只派小股骑兵佯攻，大部队按兵不动。

阿骨打实际上把进攻黄龙府城当作一个抛出的诱饵。他要引诱天祚帝这条大鱼上钩。

天祚帝在庆州游猎兴趣正浓时，东北黄龙府遭金军攻打的紧急边报接连送到庆州来。天祚帝接到边报勃然大怒，宣布中止庆州夏猎，第二天便率领文武大臣离开庆州赶往中京。天祚帝反应如此激烈，因为黄龙府城是大辽国的东北重镇。一旦黄龙府城有失，大辽国在东北将无可守之城。女真人屡次边境挑衅，天祚帝终于忍无可忍，发誓要御驾亲征，踏平女真族领地。

在回中京的路上，萧奉先谨小慎微地服侍天祚帝。上次朝会，萧兀纳建议东北辽军加强防御，准备抵御女真军的进攻。他却劝皇上来庆州游猎，结果萧兀纳被逐回上京城。如今边塞起狼烟，黄龙府城岌岌可危，萧兀纳的预言成真。他要设法宽慰天祚帝，以免喜怒无常的天祚帝迁怒于他。

萧奉先奏报说："东北军情虽急，但请皇上勿忧。"

天祚帝说："爱卿有何良策吗?"

萧奉先说："可向各州、府、县、部族调集五十万大军，御驾亲征，一战可擒阿骨打!"

回到中京，天祚帝召集朝会，商讨征伐女真人之策。

朝堂之上，文武群臣噤若寒蝉，看萧奉先的脸色。萧奉先上奏折，调集全国诸路兵马五十万，御驾亲征女真族人。天祚帝同意，命北枢密院发公文，向各州、府、县、部族征调兵马。

萧奉先知道征调各地兵马不是一件容易的事。自澶渊之盟开启百年和平以来，辽军几乎没打过大仗。各地辽军员额不足、军备不整、将怠兵散，鲜有一支拉出来便能作战的军队。但他在皇上面前夸下海口，明知不可为也要尽力而为。他把这件差事交给新任北枢密院副使耶律俊。一来新官上任三把火，耶律俊憋足劲儿想施展才华证明自己；二来萧莺正得天祚帝的恩宠，万一征调兵马不顺利，萧莺也好在皇上面前替北枢密院说句话。

这天萧奉先处理完朝政回到萧府。许多朝臣来府上送礼祝贺。此时萧奉先执掌朝廷北枢密院，军、政大权在握，权倾朝野。登门祝贺的朝臣，有他的心腹干将，也有新来攀附的；有图谋自己升迁的，也有替亲戚朋友在军中谋差使的。凡来投靠者，萧奉先来者不拒，这是他多年宦海沉浮养成的习惯：多交朋友少树敌，多个朋友多条路。

二更天时，外来祝贺者总算应酬完，萧奉先刚要歇口气，有人忽然来报，元妃回府省亲。元妃自从进入后宫，因生皇子秦王耶律定，受到天祚帝的宠爱。元妃曾多次回府省亲，夜里回来还是第一次。萧奉先心里一紧，预感到可能或即将发生什么事情。

萧奉先率府上老小到府门前迎接元妃。

大辽国朝廷及后宫管理多效法北宋王朝，但一切从简，没宋朝那么多的繁文缛节。皇妃回府省亲，不像宋朝那般兴师动众。一顶轿子，三五个服侍宫娥，三个太监，几名皇宫侍卫而已。

萧奉先一家人来到府门前时，元妃一行人已来到。两个小太监高举两盏宫灯，几名皇宫侍卫匆匆而来，持刀站在大门两边。后边一顶蓝呢大花轿由远及近，在高大的门楼前驻轿。

一名宦官骑马走过来，萧奉先快步迎上前施礼，说："有劳林公公！"

林公公慌忙下马还礼，说："岂敢！萧大人接元妃娘娘驾。"

轿帘打开，露出元妃一张脸。萧奉先率家人跪倒一片。

萧奉先高声说："北院枢密使萧奉先，恭迎元妃娘娘！"

元妃摆一下手，示意免礼，之后放下轿帘，轿夫抬起轿子进入府内，在几间正房前驻轿。两名宫娥搀扶元妃下轿，萧奉先、萧夫人、萧昂三兄弟、萧塔不烟等匆匆走过来。元妃拉过萧塔不烟的手，爱怜地说："我萧家出美女啊！"

萧塔不烟亲近地靠在姑姑身上，撒娇地说："我可没有阿姑漂亮！"

元妃说："我家骄儿，非国戚豪门不嫁。应该张罗成亲了。"

萧夫人无奈地说："骄儿太任性了！"

萧塔不烟说："阿姑，人家不急嘛！"

元妃说："男大当婚，女大当嫁呀！"

萧奉先说："元妃娘娘教诲的是，自古婚姻大事，父母之命，媒妁之言啊！"

萧塔不烟说："阿姑，快请屋里坐吧！"

萧奉先歉疚地说："光顾说话了，元妃娘娘快请！"

元妃笑说："都是自家人，兄长何必多礼。"

众人簇拥元妃进入客厅。落座后，献上果品香茶。元妃问了萧昂三弟兄的近况，又与萧夫人闲谈一会儿，人们纷纷告辞或借故离开，客厅里只余下萧奉先和元妃。

20. 暗室密谋

元妃开口便诉起苦来。她说自从庆州回中京，天祚帝每天与萧莺腻在一起，她几次请皇上驾临，皇上连句回话都没有。倒听说文妃请皇上，皇上带萧莺去了，三个人在文妃宫里酒宴歌舞，好不热闹。以前只有文妃争宠便够她受的，如今又多一个萧莺，她真担心皇上变心了，不再宠爱她了。照这样下去，立秦王为太子的事恐怕没指望了。一旦皇上立文妃的儿子敖鲁斡为太子，她儿子可怎么办呀！

萧奉先劝元妃少安毋躁，如今皇上把军政大权都交给他了，他自信有能力掌控天祚帝。皇上宠爱萧莺没关系，萧莺以前毕竟是有夫之妇，是皇上从臣子手中夺过去的。这样的人在后宫没什么位置，就算生下儿子，将来对皇位也构不成威胁。倒是皇上对文妃一直恩宠不减，晋王敖鲁斡又惯会收买人心，许多朝臣背后都说晋王的好话。文妃的妹夫耶律余睹掌管中京城御营军，势力不容小觑，应该早做谋划。

元妃问萧奉先有什么打算，告诫他要尽快动手。眼下姐姐贵为皇后，执掌后宫，文妃、萧莺等人暂时翻不了天。但皇上喜怒无常，又率性而为，谁知道以后会发生什么。一旦晋王敖鲁斡被立为太子，姐姐的皇后身份被废，文妃被立为皇后，姐姐和她被从后宫扫地出门，兄长的位置极有可能被耶律余睹取代。那样的话，萧家可就惨了！

萧奉先劝元妃放宽心，他心中已有谋划。为防止晋王敖鲁斡被立为太子，首先要从文妃身上找纰漏。而扳倒文妃，先要从耶律余睹身上下手。如今金军攻打黄龙府城，边塞急报一日一催，可朝廷刚从各地调集兵马，远水难解近渴。他明日上朝奏报皇上，可派耶律余睹率使团往东北，与女真人和谈以拖延时间。待各地兵马调集齐备，发往黄龙府，御驾亲征，扫荡女真人领地，不愁女真军不败，阿骨打不灭。

元妃担心和谈成功，耶律余睹建新功，羽翼丰满更难对付。萧奉先说和谈不会成功的。一来阿骨打觊觎黄龙府已久，志在必得；二来派萧昂率一队侍卫随行，以保护使团为名，设法把朝廷正各地征调兵马，天祚帝欲御驾亲征的消息透露给阿骨打。如此和谈岂能成功？元妃终于会心地笑了。

兄妹俩一直密谈到三更天。萧塔不烟过来请姑姑吃夜宵，元妃才告别兄长，到后院与萧夫人及萧昂夫人说了一会儿话。吃过夜宵，元妃到萧府专为皇后和元妃建的省亲楼安歇。

第二天清早，元妃命林公公备轿，说要赶在皇上醒来之前回宫。简单吃了早餐，元妃便欲离开。这时萧奉先命家人捧出一个用红布盖着的托盘。掀开红布，露出琳琅满目的奇珍异宝。萧奉先说这些是朝廷商队从西夏国、大食国、花剌子模国那边买来的，都是珍奇的稀罕玩意儿，请元妃娘娘带回宫中把玩。元妃拿出两件最夺目的珍宝赏给林公公，林公公惊喜地道谢收下。元妃看出萧奉先有些不舍，林公公出去备轿时，对兄长说："两件宝贝算什么，只要定儿能被立为储君，将来天下都是萧家的！"

萧奉先说："娘娘考虑得周密。"

萧奉先送元妃一行人离开，便命管家备轿，他要进宫求见皇上。

萧奉先进宫拜见天祚帝，奏报说各地调集兵马齐备，准备好御驾亲征事宜，至少需要两个月时间，恐怕到那时，黄龙府城早被攻破。为迷惑女真人，朝廷可派得力大臣率使团去东北见阿骨打，假意和谈，拖延时间，待大军云集黄龙府城外，挟御驾亲征龙威，区区女真两万骑兵，一鼓作气可荡平。天祚帝听后很高兴，好像已经将女真兵消灭似的。他问可派谁去东北和谈。萧奉先说御营将军耶律余睹有儒将风范，形象文雅，又是文妃娘娘的妹夫，皇亲国戚，派他出使女真，定会马到成功，不辱使命。天祚帝说要不要跟文妃商量一下。萧奉先说军国大事，皇上乾纲独断，何必与后宫商量。天祚帝马上召耶律大石进殿，拟定圣旨：钦命耶律余睹为钦差特使，三日内启程赶往东北，与完颜阿骨打议和。

耶律余睹接到圣旨时不知是计，觉得此时与大金国和谈，不失为免兵罢战的良策。当年澶渊之盟开启辽宋百年和平，两国百姓几代人受益。一旦与女真人和谈成功，同样可免除边地百姓生灵涂炭之苦。

耶律余睹进宫见皇上和萧大人。萧奉先告诫他说，此次朝廷与女真人讲和，是皇上体察女真人多年来的奴役之苦，怜悯女真族百姓免遭刀兵之祸，不是卑躬屈膝乞和，而是上朝天国体察蕞尔下邦的慈心柔肠，余睹将军要深刻领会圣意，万望不辱使命！耶律余睹听完萧奉先这番话，忽然觉得脊背发凉，这才意识到这个和谈钦差特使，并非那么好当。萧奉先的话里暗藏玄机，既然去和谈，又要摆出天朝上国的派头，女真人是不会买账的。阿骨打既然攻占了宁江州、初河店，黄龙府也早已是人家的囊中之物。此次东北和谈，看来注定是费力不讨好的苦差事。耶律余睹有心推辞，又不敢开口，只好硬着头皮应承。萧奉先又告诉他，为保护钦差特使的安全，朝廷派殿前侍卫都尉萧昂随行。耶律余睹知道萧昂是萧奉先的长子，是他父亲的帮凶。耶律余睹暗自为此次东北之行叫苦。

耶律余睹心怀忐忑地辞别天祚帝和萧奉先。他步履沉重地来到殿外，耶律大石在外边等他。他们是中京国子监同窗，又是好朋友，耶律余睹年长耶律大石两岁。派耶律余睹出使金朝的圣旨是耶律大石拟写的，他当然知道学兄此行的凶险。两个人并肩走出宫门外，从马厩里牵出各自的马，骑马并行走在街上。

耶律余睹叹息说："这注定是一趟苦差事呀！"

耶律大石说："暗礁险滩密布，学兄小心吧！"

耶律余睹说："萧奉先这招狠毒，他是要借女真人之手除掉我。"

耶律大石说："学兄放心，此行无性命之忧。两国相争，不斩来使！"

耶律余睹说："后宫二妃争宠，城门失火，殃及池鱼呀！"

耶律大石说："恐怕与储君之位有关吧？"

耶律余睹说："是啊！老谋深算的萧奉先，谁能斗得过？此次和谈，多半是萧奉先设下的圈套。愚兄如履薄冰，如临深渊呀！"

耶律大石说："既然无法推辞，学兄便勉为其难吧！要处处小心，不求有功，但求无过。"

耶律余睹说："谢学弟提醒。学弟请留步，愚兄告辞了。"

耶律大石欲置酒为学兄饯别。耶律余睹说三天后便要动身，御营那边要交代一下，家中杂七杂八的事情也要安置。

耶律大石作揖说："祝学兄顺利归来，我们兄弟再相聚！"

耶律余睹作揖后打马离开。

耶律大石望着学兄远去的背影心绪郁结，回望巍峨的中京皇宫，内心弥漫起一种沧桑之感。入朝以来所见的种种现状，令他很失望。这个朝廷还会好起来吗？多灾多难的契丹民族还有希望吗？

耶律余睹率和谈使团离开中京这天，朝中许多大臣出城相送。耶律大石在柳边人家酒楼预订一坛酒，到城外路口为使团的人献上马酒。耶律余睹等使团人员各个神情悲壮，大有"风萧萧兮易水寒，壮士一去兮不复还"的意味。耶律大石敬酒，耶律余睹等人领受并致谢。萧昂不接酒，也不许随行侍卫接酒。耶律大石一直送过老哈河才返回。

这一天，天祚帝驾临北枢密院，耶律大石随行。萧奉先率耶律俊等大臣出来迎驾。天祚帝询问各地征调兵马的情况。萧奉先说征调令早发下去了，目前回应的有五部及由贵族子弟组成的“硬军”，还有扈从百司组成的护卫军以及汉军步骑，共计约三万兵马。天祚帝龙颜大怒，嫌兵马太少，限定一个月之内必须征调兵马五十万，否则北枢密院难辞其咎。

21. 徒劳的和谈

天祚帝拂袖而去，没给萧奉先好脸色，自从萧奉先受宠以来，这还是第一次。送走皇上，萧奉先与耶律俊商量对策。耶律俊说向各地征调兵马五十万，是根本无法完成的任务。目前各地兵营员额缺失，吃空饷现象普遍。军队久未征战，军备不整，军械不足，缺乏训练。萧奉先说这些问题久已存在，短时间内谁都无力改变。皇命一个月之期不可违，就算滥竽充数，也要凑够五十万兵马去东北。耶律俊说眼下只有南京兵马最多，号称五十万。东京、西京各有兵马二十万，号称三十万。萧奉先说东京接近东北女真人，南京、西京与宋朝为邻，此三地兵马，一兵一卒都不能外调。最后两个人商定，以朝廷北枢密院的名义下发公文：朝廷吃军俸者，无论皇亲国戚，还是王公贵胄，即刻派往各地任督统，督促调集兵马事宜。同时，各军、州、路、府、县、部族，凡在军籍者，必须应征集结，一个月内完成军备。违令者，各地主持军政之重臣，交由朝廷有司议罪论处。都统夺职充军，士卒杀无赦！

签署完公文，萧奉先幽幽地说：“天子之怒，伏尸百万，血流在河。有人要倒霉了！”

耶律余睹率和谈使团日夜兼程，历时十一天，到达大金国都城会宁府。由于阿骨打在黄龙府军营，皇弟完颜吴乞买负责接待。阿骨打对辽朝的和谈伎俩洞若观火。他写信给吴乞买：

辽人派使臣和谈并无诚意，不过是为拖延时间而已。我朝以不变应万变，只向辽朝索要阿疏即可。辽钦差特使耶律余睹是个人才，可惜天祚帝昏庸不能用。此次受派来东北，估计是萧奉先清除异己的手段。弟可殷勤款待余睹，让其感受到我大金国招贤纳士、爱惜人才之胸怀。可寻机密嘱之，倘若他受奸人陷害在辽朝无法容身，可投奔我大金国，封上将军。

吴乞买到城外迎接耶律余睹一行。他与耶律余睹之前见过面。天祚帝那年到混同江吃头鱼宴，阿骨打带弟弟吴乞买应招前来侍驾。当时耶律余睹为御营将军，负责护驾。在捕鱼场上，吴乞买见过耶律余睹，两个人还搭过几句话。后来阿骨打不肯为天祚帝舞蹈，为避祸连夜带弟弟离开辽帝御营。

耶律余睹与吴乞买在会宁府城外见面，彼此还都有印象。吴乞买客气地引辽朝使团入城，安置在驿舍歇息。傍晚在大殿里举行晚宴，约定第二天正式和谈。酒宴气氛还算融洽，吴乞买给萧昂敬酒时，萧昂以不喝酒为由拒绝。过后他又端起酒碗自斟自饮。这惹怒金国陪酒的武将，差一点跟萧昂动起手来。吴乞买和耶律余睹从中劝解，事情才没闹大。

酒宴结束，吴乞买送使团的人回驿舍歇息。他悄悄派人到耶律余睹的客房，请他来到一间密室，重新摆下酒宴，两个人边喝酒边交谈。开始时，耶律余睹言语谨慎，希望吴乞买劝说阿骨打从黄龙府撤兵，拿出和谈诚意，促使和谈成功，以免两国交兵，致使生灵涂炭。吴乞买却微笑说，这次和谈不可能成功，因为辽朝没和谈诚意，否则就不会派萧昂这样的人来搅局了。吴乞买劝耶律余睹还是为自身的安危着想。

吴乞买说："久闻余睹将军忠义之士，可知身处险境吗?"

耶律余睹说："余睹家世受辽朝皇恩。但受君命，只求不辱使命。"

吴乞买说："我朝皇帝羡慕余睹将军忠勇之士，嘱托我一定要厚待将军。”

耶律余睹说：“感谢看重，只愿和谈成功。”

吴乞买说：“皇兄曾言，倘余睹将军在我朝，必封上将军。”

耶律余睹想起文妃与元妃后宫争宠，外甥敖鲁斡与秦王耶律定储君位之争，萧奉先的阴险狡诈，天祚帝的昏庸多疑。他遭受萧奉先的排挤陷害，朝不保夕，无路可走时外逃也是一条活路。可眼下，他不能有所表示，那样他便成为内奸了。毕竟他此时的身份是大辽国钦差特使。

吴乞买见对方只顾低头沉思，明白所要的效果达到了。他举杯敬酒，两个人不再言语，推杯换盏直到午夜。散席时，耶律余睹求吴乞买对此次私会一定要保密。吴乞买满口答应，派人送耶律余睹回客房。吴乞买唤过一个心腹之人，密嘱他设法把此次密会之事透露给萧昂。

第二天正式谈判。开始前，萧昂提醒耶律余睹拿出上国特使的派头，不能卑躬屈膝有辱使命。耶律余睹明白萧氏父子的阴谋开始了。丝毫没有诚意的谈判怎能有好的结果呢？但作为钦差特使的他又无能为力，只能力求自保了。

耶律余睹等人被带到一座毡房样式的宫殿里。吴乞买等人已在等候。谈判开始了，吴乞买先说话，他以东道主的身份欢迎辽国和谈使团的到来。他受皇兄的委托，愿意与大辽国钦差特使真诚和谈，也希望大辽国拿出和谈的诚意。

耶律余睹说话时，不得不按萧昂所说，摆出大国特使的派头。他说：“我大辽上国皇帝，特派钦差出使女直族，实乃广布仁德之举。女直人世居偏远弹丸之地，蕞尔小邦，不懂教化，横挑强梁。我大辽上国垂怜女直小邦不受屠族之祸，百姓免遭刀兵之灾，天下生灵难免涂炭。敦促女直酋首完颜阿骨打以下，罢兵言和，撤兵认罪，以保边境平安！”

耶律余睹的话刚说完，两名大金国的武将便愤然起身，抽出宝剑要杀人。吴乞买将武将斥退。耶律余睹的话早在他意料之中。昨天夜里私会完耶律余睹，吴乞买便得到手下人的密报：萧昂的随从曾透露，大辽国正从各地征调人马，准备御驾亲征。吴乞买已把此消息连夜派快马送达黄龙府城外的阿骨打。此前，大金国已经得到此类密报，这次进一步证实了。这已充分说明，大辽国派出钦差特使和谈毫无诚意。让吴乞买搞不懂的是，萧昂为何将此消息透露给金国？后来他想明白了，一定是萧氏父子在玩一箭双雕的游戏：促使和谈失败，加害耶律余睹。但令他气愤的是，耶律余睹称他们为“女直”，这是辽人对女真人的蔑称。

吴乞买仍然装作心平气和地说：“贵国既然来和谈，就应该有诚意，说出你们的和谈条件。”

耶律余睹说：“我上朝天国皇帝，怜悯你偏远小邦，饶恕你们犯上作乱的重罪。如你们从黄龙府撤兵，交还侵占的宁江州、初河店二城，我上国朝廷可承认你们为东怀国。阿骨打为东怀国君。东怀国每年必须向我大辽国进贡。”

吴乞买说：“你们的条件太苛刻，我们无法接受。”

耶律余睹说：“这么说，便只有刀兵相见了！”

吴乞买说：“我国已有宁江州、初河店的胜利。如今，黄龙府已在我围困之中。你们屡战屡败，还要摆出上国天朝的架势，难道不觉得可笑吗？”

耶律余睹说：“宁江州、初河店之败是你们偷袭一时得逞。倘若我天朝发百万大军，区区女直弹丸之地，一战可踏为平地。到那时，你们后悔已经晚了。”

这时，阿骨打派人从黄龙府城外传信回来。吴乞买看过信，重新回到谈判场地，说：“我大金国皇帝传来圣谕，辽国必须马上交出女真人的叛逆阿疏。否则，我虎狼之师即刻攻打黄龙府！”

耶律余睹说：“阿疏已受我朝保护，岂能交给你们！”

谈判一时陷入僵局。接下来又进行了两次谈判。大金国只管讨要阿疏，大辽国不但不给，还要求金国从黄龙府撤兵，并交还宁江州、初河店二城。这样又僵持两天，谈判宣告破裂。

阿骨打之所以有耐心让吴乞买与辽国特使进行注定没有结果的和谈，一是他将计就计给辽国留出各地征调兵马的时间，二是他想利用围攻黄龙府引诱天祚帝御驾亲征。他已经多次派人到辽国刺探军情民意，知道天祚帝极不得民心，致使辽国朝政昏暗，官吏贪腐，民怨沸腾。宁江州、初河店两场仗暴露了辽军将怠兵散、毫无战斗力的底细。而天祚帝从各地征调的兵马也好不到哪里去。如果天祚帝真能御驾亲征，阿骨打倒想较量一下。辽军兵多不足惧，羊群再大，也经不住十只狼的冲击。

吴乞买听从阿骨打的吩咐，尽量与辽国使团耐心周旋。其间，吴乞买再次私会耶律余睹。吴乞买告诉耶律余睹，萧昂已把辽国正从各地征调兵马准备御驾亲征的消息透露给他。这令耶律余睹很震惊。如此机密的军情，萧昂为何透露给女真人？这样做和谈已变得毫无意义。看来萧氏父子欲加害他，无所不用其极啊！

辽国和谈使团离开金国都城会宁府这天，吴乞买亲自送出城外。他在路边置酒，热情地敬耶律余睹上马酒。他说："欢迎余睹将军以后再来大金国！"

耶律余睹明知道吴乞买故意在萧昂面前演戏，但人家以礼相待，他又不好拒绝。喝过上马酒，离开会宁府，萧昂便发难了。他责怪耶律余睹没能再拖延几天，给国内各地征调兵马多争取些时间。耶律余睹解释说他已经尽力了，如果有人把各地调兵及皇上御驾亲征的消息透露给女真人，那他们所做的一切都是徒劳的。萧昂故意大惊小怪，说什么人胆大妄为，竟敢出卖如此机密军情？肯定有人与女真人私通，一定要查到这个人！

22. 胁迫求婚

耶律余睹听说此话心里一惊，难道吴乞买私下宴请他的事被萧昂知道了？真那样的话，他的处境便危险了。其实他私会吴乞买，只不过是出于礼节，两个人谈的也都是客套话。他怎会把机密军情透露出去呢！倒是吴乞买告诉他，萧昂透露了重要军情。可是，他又拿不出证据。一来他身单力薄，斗不过萧氏父子；二来吴乞买透露给他的消息也拿不到台面上来。

事实上，吴乞买私下宴请耶律余睹的第二天，萧昂便得知了消息。是吴乞买派人透露给萧昂的手下的。吴乞买的用意很明显，给敌人内部制造混乱。萧昂听说耶律余睹如投降金国可获封上将军的消息，如获至宝。他给父亲写了一封密信，派人骑快马回中京报信。

萧奉先收到儿子的信，马上进宫见天祚帝。天祚帝得知情况，气得暴跳如雷，如果当时耶律余睹在场，肯定被推出皇宫斩首了。天祚帝命令一队皇宫侍卫立即出发，见到和谈使团先将耶律余睹抓起来。

文妃从心腹太监处得知消息，天祚帝来后宫时，她求见天祚帝一番哭诉，求皇上不要偏听偏信，耶律余睹家世受皇恩，怎肯投敌叛国呢！当时萧莺也在场，她平时与文妃相处得不错。文妃不像皇后和元妃那样，整天给她脸色看，还尽在后宫散布她的坏话。萧莺便替文妃求情，劝天祚帝偏听暗、兼听明。天祚帝总算答应饶过耶律余睹。

和谈使团回到中京时，耶律余睹被皇宫侍卫控制起来。他请求进宫见皇上，得到的答复是皇上不愿意见他。他被押送回家里监视起来。之后接到圣旨：耶律余睹降为偏将军，在御营军听候调遣。

萧奉先本来要置耶律余睹于死地的。天祚帝却让萧昂拿出证据，证明耶律余睹通敌叛国。萧昂带手下人面见皇上，天祚帝说仅凭女真人透露给的消息便定钦差特使的罪，恐怕难以服众。后来萧奉先得知，文妃替耶律余睹求过情，萧莺还替他说过话，天祚帝才改变了态度。

萧奉先虽不甘心，但也只能暂时这样了。

大金国皇帝完颜阿骨打率兵围困黄龙府城。城内辽军粮草短缺，军无斗志，一战可下。阿骨打却只围不打，在等待天祚帝上钩。辽朝派来和谈钦差无功而返，却为黄龙府城的辽军争取到一个月的时间。阿骨打派细作打听到，和谈钦差耶律余睹回中京被降职，而辽朝廷向各地征调兵马一直无结果。阿骨打不愿意再拖下去了，这天清早，亲自指挥金军从北、东、南门攻打黄龙府城。中午时，东门、北门告破，守城辽军退守西门、南门。天黑前，南门被攻占，守城辽军大部分被俘，少部分从西门逃出。

天祚帝接到黄龙府失陷的消息，在朝堂上暴跳如雷。他发誓一定要御驾亲征，踏平女真领地，剿灭女真族人。他询问征调各地兵马之事。萧奉先说目前各地正在加紧补充兵丁，整顿军备，筹集粮草，估计一个月之后，所调兵马可开往黄龙府。天祚帝嫌征调兵马太慢了，宣布：即日起，以二十日为期，各地征调的五十万兵马在黄龙府城外会师；凡朝廷文武大臣，敢违抗君命或延误日期者，一律斩立决，灭门；各地朝廷命官一律斩立决，灭族；兵丁全部坑杀。

天祚帝抓起龙案上的宝剑，挥剑砍掉龙案一角。他冷笑地望着萧奉先等大臣说："朕倒要看看，你们谁的脖子比这案台还硬!"

离开朝堂来到北枢密院衙门，萧奉先与耶律俊商量，皇上这次真发火了，肯定有人要倒大霉。而北枢密院负责调集全国兵马，首当其冲。可是，二十日内各地征调兵马会师黄龙府城外，这任务根本完不成。就算现在各地兵马征调齐了，向黄龙府进发，二十天也未必都能到达。问题的关键是，目前各地征调兵马数还不到十万人。万一皇上怪罪下来，矛头直指北院枢密使萧奉先，斩立决、灭门都有可能。面临险境的萧奉先没了往日高高在上的傲慢，低声下气地向耶律俊讨主意。耶律俊却说近来被家事弄得焦头烂额，头脑中一片混沌，根本没办法可想。萧奉先问他家中出了什么事？耶律俊说他夫人萧莺被皇上宠幸了，致使他内宅空虚。如今六十多岁的老母亲每天催逼他填房。他哥哥家生养了六个女儿，传宗接代的重任便落在他的肩上。人不孝有三，无后为大。一旦他跟随皇上御驾亲征，战场上箭矢无眼，刀枪无情，万一他有个三长两短的，他家可就绝后了。

萧奉先以为耶律俊家出了什么大事，听他如此一说，赶忙表态说这事容易，他看上谁家小姐了，不管是达官贵人，还是豪门巨贾，只管说，替他保媒。耶律俊说，他是个被戴绿帽子的人，高不成，低难就，只怕他看中人家，人家看不中他。

萧奉先说："你妻子被皇上临幸，你没叫没闹，可谓忠义之臣。谁敢薄瞧你，本官一道奏折参上去，问他个欺君之罪！你相中谁家小姐只管对本官说。"

耶律俊立即跪倒磕头，说："在下有意尊府小姐，万望大人成全！"

萧奉先惊愕了，说："什么？你想娶骄儿？"

耶律俊说："下官非萧塔不烟小姐不娶！"

萧奉先一下瘫软在椅子上。他没想到这个平时唯唯诺诺的耶律俊，在关键时刻会给他来这一手。他萧奉先的女儿续弦给耶律俊当二房，别说女儿不会同意，他心里这关也过不去。他耶律俊算个什么东西？先是像哈巴狗一样打小报告，受到萧奉先的提携。后来靠老婆陪皇上睡觉擢升为北枢密院副使。他的官职根本不是正道来的。可眼下非常时期，北枢密院征调各地兵马之事全部由耶律俊承办。如果此时耶律俊撂挑子，萧奉先便死定了。

萧奉先说："此事以后再说，眼下最要紧的是征调各地兵马之事。"

耶律俊说："婚姻大事不解决，下官寝食难安！"

萧奉先说："如今我们是一根绳上的两只蚂蚱。一旦被皇上问罪，本官脱不了干系，你也逃不了。"

耶律俊说："婚姻大事定不下来，下官活着也没意思。"

萧奉先说："就算本官答应将骄儿嫁给你，你有办法完成征调兵马任务吗？"

耶律俊说："下官有一条妙计，可令恩相安然无恙。"

萧奉先说："你有什么妙计？"

耶律俊站在一旁低下头不再说话。萧奉先知道他在等什么，可他不能马上答复。他当时狠狠地想：皇上怪罪下来，你耶律俊的脑袋也保不住。可转念一想，有萧莺在皇上身边，他耶律俊可能真还没事。而他萧奉先就没把握了。一旦他倒霉，满朝文武恐怕没一个替他说句话的。这便是位高权重者的悲哀。他们的出路只有一条，那便是想方设法侍奉好皇上。

这天，萧奉先在北枢密院衙门待到很晚。回府后，他把自己关在书房里闷坐着。思来想去，他拿定主意要把女儿嫁给耶律俊。一来骄儿曾表示对耶律大石有好感。耶律大石是老贼萧兀纳的人，曾公然写文章诋毁过他。他怎能让女儿嫁给敌人呢？二来耶律俊虽为势利小人，但有利用价值，只要给他好处，能死心塌地为自己所用。

用人几次来喊萧奉先吃饭，他都不答应。最后惊动了夫人，萧夫人亲自来敲门。他却连门都不开，只推说身体不太舒服，让夫人吃了闭门羹。这是极罕见的，闹得阖府上下人心惶惶，不知道谁惹主人不开心了。以往出现这种情况，只要宝贝女儿出面，父亲的气便消了一大半。女儿为父亲捶捶背，揉揉肩，再撒一阵娇，父亲的气便烟消云散了。

这次母亲仍劝萧塔不烟来见父亲。父亲虽然听见女儿的声音便开门了，但萧塔不烟明显感觉到气氛与往次不太一样。她刚进门，父亲便十分严肃地让她坐下。父亲没瞒没藏，把耶律俊求婚，父亲眼下的处境，拒绝耶律俊可能引发的后果，全部说给女儿。从父亲的语气上，女儿感觉到这件事情的严重性。但是，让她嫁给耶律俊，这怎么可能呢？耶律俊那副龌龊、猥琐的样子，怎能与她心中深藏的那个高大伟岸的男人相比呢！

萧塔不烟说：“父亲您答应过，我的终身大事尊重我的意见。”

萧奉先说：“骄儿，那是以前，现在不一样了。”

萧塔不烟说：“就因为耶律俊求婚？”

萧奉先说：“为父如今正在用人之际，耶律俊将了我一军呀！”

萧塔不烟说："父亲为何不重用耶律大石？"

萧奉先说："耶律大石不是自己人，不能重用。"

萧塔不烟说："父亲既然一心为朝廷，心底无私，为何还要分谁的人呢？"

萧奉先说："骄儿，这些朝政上的事，父亲不想让你女儿家知道。朝廷是大染缸。只有置身其中的人，才知道个中况味儿！"

萧塔不烟说："怎么会是这样！"

萧奉先说："世事本来就是这样，那些外表光鲜的事物，可能金玉其外、败絮其中；那些表面上雍容华贵、道德高尚之人，背后极可能凄惨无比、卑鄙下流。"

萧塔不烟说："父亲此话是什么意思，可否明示？"

萧奉先说："汉、唐朝时，西北的匈奴劫掠边境。为安抚边界，汉、唐朝不得不走和亲之路，把公主下嫁给匈奴酋长。我大辽国为外部交好，也不得不命公主下嫁高丽国、大食国、西夏国等国王。重熙九年，兴宗命兴平公主嫁给西夏国主李元昊。兴平公主被李元昊折磨而死。那又能怎样？有时候，生在王侯将相家并不是一件好事儿啊！"

萧塔不烟眼含泪水说："这么说，父亲主意已定？"

萧奉先的眼圈红润了，无奈地微闭双眼，说："骄儿，为父迫不得已呀！"

萧塔不烟还想说什么，萧奉先摆手，示意她离开。萧塔不烟只好一步三回首地走出书房。

23. 卿本佳人

萧兀纳上次被强制离开中京，一直待在上京留守府。

上京因离东北较近，黄龙府城破逃跑的辽军散兵游勇多数逃进上京城。这些兵痞每天在街上聚众闹事。有的甚至打家劫舍、奸淫妇女，给上京的安定制造麻烦。受害者每天到留守府衙门喊冤。萧兀纳派人捉拿十几个闹事者，欲杀之震慑一下。无奈几百名散兵聚集在留守府门外，每日要吃要喝，声言如果敢杀他们的人，便砸烂留守府。这些散兵原来归萧保先节制，萧兀纳怕擅自杀人被萧氏兄弟弹劾，也怕聚集在留守府外的几百名散兵闹事，只好把捉拿的十几个人都释放了。这更助长了散兵的气焰，一座上京城被兵痞闹得乌烟瘴气。

萧兀纳实在忍无可忍了，决定进中京求见皇上。他没按惯例上觐见奏折，获准后再进中京，而是直接坐轿子来到中京城。按辽朝规矩，外臣没奉诏进京是要获罪的。萧兀纳管不了那么多了。大辽国已到危急关头，天祚帝犹如在梦中未醒，他宁愿冒擅闯宫禁之罪，也要向天祚帝进言。他要劝阻皇上御驾亲征。目前金兵势头正盛，天子贸然亲征，胜则犹可，败则一发不可收拾。朝廷眼下最好的办法是以广平淀为中心，构筑全国抵御金军进攻的防线，以逐次抵抗消耗金军的有生力量，达到最终拖垮并消灭金军的目的。

耶律大石听说恩师回中京了，便登门拜见。正好耶律余睹和耶律章奴也在，据说他俩是在街上遇见恩师的。耶律大石、耶律余睹、耶律章奴三个人是中京国子监同窗，也是“中京五友”之三，同是萧兀纳的门生。四个人不隔心，坐下便开始谈论朝政。说到黄龙府城陷落，各个义愤填膺。当初萧兀纳警告过天祚帝，金军下一个目标便是黄龙府，劝朝廷派得力大将去镇守，多派兵马，加固城防。天祚帝非但不听，还把萧兀纳大人赶出朝堂，驱离中京城。皇帝却率满朝文武到庆州打猎。如今黄龙府城被金军攻破，皇上才知道着急，又是剑砍龙案，又是扬言要杀人。可惜已经晚了。

耶律余睹说起他出使金国获罪被降为偏将军之事，也是气愤难平。在金国都城会宁府，他私下接受吴乞买的宴请，也是为和谈能达到效果。他没向金人透露任何军情，反倒是萧昂把辽国各地征兵的军情透露给吴乞买，致使和谈破裂。回到中京城，皇上偏听偏信萧氏父子，连见面的机会都不给他。耶律余睹越说越生气。他说如今朝廷君昏臣奸，豺狼当道。萧奉先把持朝政，任用小人，陷害忠良。这是官逼民反啊！

耶律章奴是天祚帝的堂弟，在御营军任行军都统。他一向看不惯天祚帝的做派，曾几次进宫劝谏，遭天祚帝的猜忌和嫌弃，后来干脆不允许他进宫了。他激动地说："如今的朝廷，被昏君奸臣操纵，内忧外患、一塌糊涂。正义之士应该揭竿而起，要么清君侧，剪除萧奉先奸党，要么废掉无道昏君耶律延禧，扶持德才兼备者以正君位！"

萧兀纳打断耶律章奴的话。他训诫耶律余睹和耶律章奴万不可妄言，更不可轻举妄动。如今大辽国外有强敌，内有奸臣，此时如果再生内乱，那离亡国灭种真就不远了。"我们是契丹人的子孙，大辽国是我们的祖居之地，背叛和叛乱都是可耻的，会受到祖宗的唾弃。"

耶律大石见争论越来越激烈，劝各位都冷静，别吵了。恩师刚从上京回来，一路上鞍马劳顿，应该让老人家歇息一下。三个人向恩师告别，离开萧兀纳府。大街上，耶律章奴还很激动，说天祚帝就是一堆扶不上墙的稀泥。现在如果有德才兼备者登高一呼，肯定应者如云。大辽国只有废掉昏君，另立明主，整顿朝纲，施行仁政，才可以外御强敌！耶律大石劝耶律章奴要冷静，这些话朋友之间说说尚可，万不可轻与外人言，那样会惹来祸患。

耶律章奴哀叹说："如果人人都谨小慎微，大辽国还有什么指望呢！"

耶律章奴说完悻悻而去。耶律大石和耶律余睹也各自回府。

耶律大石回到家，老何禀报说有一位公子来访，在客厅等候很久了。耶律大石来到客厅，见萧塔不烟正坐在木榻上拼命摇扇子。

耶律大石说："贤弟怎么得闲了？"

萧塔不烟说："这鬼天气，热死了！"

耶律大石带萧塔不烟来到后院一座凉亭上。凉亭周围杨树、柳树成荫，亭东侧还有一池清水，微风吹过，清凉之气沁人心脾。两个人坐在凉亭的石桌旁，老何带下人送来茶水。耶律大石吩咐厨房做几样小菜，要与骄弟小酌几杯。萧塔不烟赶忙阻止，说她这边都火烧眉毛了，哪有闲心品茶喝酒。

老何带下人离开了。耶律大石问到底发生什么事了？贤弟这般焦躁！萧塔不烟不说话，先摘下头上的帽子，露出一头浓密的秀发。耶律大石惊讶地站起来，目瞪口呆地看着她。

萧塔不烟娓娓道来，她的身世，耶律俊的丑恶嘴脸，考场相遇的缘故，城外囚车上救人的经过，如今遭遇耶律俊求婚，等等。耶律大石越听越觉得离奇，竟如置身云里雾里。一起参加科考的举子骄男竟然是女儿身，并且是萧奉先府上千金，这怎能不令他惊愕？他曾经一见如故，最投缘最信任的学弟耶律俊，出卖并监视过他，还欲置他于死地。这一切是真的吗？可她说得活灵活现又环环相扣，不容他不信。但是，他无论如何也转不过心里的那道弯。

萧塔不烟还告诉他，自从考场相遇，她便被他黑铁塔似的伟岸外表所吸引。他考试时下笔千言，洋洋洒洒令她惊叹；午夜街头他出手救人，令她刮目相看；平地松林他舍身救驾，奋勇一跃，使他成为她心目中的男神。她愿意终生追随男神，永不停歇，永不回头。

她的表白虽然令他心动，但他此时很冷静，因为心中的几个谜团需要解开。既然她是萧奉先的女儿，参加科考是为了监视他，可在考场上，她明明看见他的文章题目，为何当时没告发他？她说那时以及现在，她都坚信他与她父亲之间只不过是误解而已，他们都忠君保国，都想为大辽国朝廷效命，他们的初衷一样，目标一致，怎么会成为仇敌呢？

这个下午他们谈论了许多。傍晚时，老何带下人送来几样小菜，一坛老酒，耶律大石劝萧塔不烟喝酒。她只简单吃了一口饭，不肯喝酒。她要耶律大石帮助她对付耶律俊。说她宁愿出家做尼姑，也不会嫁给耶律俊那样的卑鄙小人。送萧塔不烟出府门时，耶律大石不知道该如何称呼她。庆州夏猎时，他们结拜为异姓兄弟，她称他为重德兄，他称她为骄贤弟。

萧塔不烟说他们之间称呼依旧。她依然喜欢男人装，依然喜欢别人称她为骄爷，只是在耶律大石面前，她才意识到自己是个小女人，也愿意在他面前做一个小鸟依人的小女人。

24. 奇葩交易

自从天祚帝在大殿上用宝剑砍下龙案一角，萧奉先真害怕了。他多年侍奉这位花花公子皇帝，深知他的离经叛道和喜怒无常。他心情恶劣时，什么事情都干得出来。他连杀父母之仇都不放在心上，可见内心根本没有人伦常理。萧奉先其实早已看透天祚帝。伴君如伴虎，伴天祚帝如伴一个恶魔。可他已经没有退路，与其失宠被朝臣唾骂践踏而死，不如死心塌地追随天祚帝。虽然这有可能是一条不归路，他已别无选择。

这天一早，萧奉先来到北枢密院衙门点卯。一个迟到的六品文官被他喝令打二十板子，罚俸禄半年。他在议事大厅警告众臣僚，各地征调兵马之事完不成，受到责罚，大家谁都脱不了干系。众臣僚战战兢兢地各司其职。萧奉先要来各地最新上报的征调兵马数，七拼八凑的，勉强凑够二十万兵马。其中，因战马和军械不足、粮草征集困难等原因，马上能向黄龙府开进的，不足十万兵马。而天祚帝规定的二十日期限，又过去五天。

萧奉先与耶律俊商量对策。目前看征调兵马的皇命根本无法如期完成。就算皇上再宽限些时日，最后也难以完成。一旦天祚帝朝堂上震怒，北枢密院首当其冲，众大臣墙倒众人推，后果不堪设想。眼下最要紧的，是想一个万全之策，能过天祚帝这一关。耶律俊说他有一个好主意，可保恩相安然渡过皇上这一关，也能堵住众大臣的悠悠之口。萧奉先问是什么主意，耶律俊却低头不语。

萧奉先知道耶律俊在等什么。他说只要耶律俊对萧府忠心不二，骄儿可以嫁给他。耶律俊激动得马上跪下表忠心。他就是恩相家的一条狗，永远忠心耿耿地追随主人！他希望在出征去黄龙府前，能与萧塔不烟完婚。只要小姐嫁进他家门，他就是萧府的女婿，外人再敢诽谤恩相，他一万个不答应。就算他随军上战场，家里有个女人等他盼他，他心里也有个想头。战场上刀枪无情，箭矢无眼，万一他有个三长两短的，家里有个女人守着，他死也不算是孤魂野鬼了。

萧奉先看着耶律俊那张冬瓜脸，渐渐握紧的拳头真想直接捣过去。他死了不算孤魂野鬼了，那骄儿怎么办？她刚嫁过去就守寡！萧奉先强忍着没发作，现在不是赌气的时候。他告诉耶律俊，婚事是家事，征调兵马是国事，只要国事解决了，眼下的危机解除了，家事一切好商量。

这时传来天祚帝宣萧奉先进宫的消息。萧奉先一下紧张起来，皇帝肯定催问征调兵马的事，他还不知道该如何回答，万一皇上震怒了，他可就倒霉了。他问耶律俊到底有什么好主意，赶快说出来以解燃眉之急。耶律俊却顾左右而言他。萧奉先无奈，只好答应三天后给他们办婚事。耶律俊这才说出他的主意：征调南京、东京、西京兵马！

萧奉先说："三京兵马不能调。东京辽阳府靠近东北，受金军威胁；南京析津府与宋朝接壤，宋军对燕云之地一直虎视眈眈；西京大同府与宋、西夏都搭边，戍边军务繁重。"

耶律俊说："这些都是皇上应该考虑的事情。我们北枢密院只管征调兵马。至于能否调动，就不是我们的事了。"

萧奉先考虑了一下，还甭说，耶律俊这个有些下三烂的招数还真能堵住天祚帝的嘴巴：你不是要征调五十万大军吗？守卫南京、西京、东京的兵马，加起来要超过五十万。北枢密院把调兵数目报上去，就算完成自己的职责。至于是否下旨调兵，那便是朝廷和皇上应该决定的事情了。萧奉先当即拟就征调三京兵马北上黄龙府的奏折，进宫见天祚帝。

皇上这天的心情不太好。从庆州回来有些天了，整天待在皇宫里的滋味很难受。天祚帝想出去游猎，黄龙府的事情又令他难以向群臣启齿。他希望朝廷尽快完成兵马调集，尽快发兵黄龙府，尽快灭掉大金国。他也好抽出时间带萧莺出去游猎。可是，朝廷向各地征调兵马很长时间了，却没听说有一兵一卒向黄龙府开进。这才有了他在朝堂上剑砍龙案的愤怒。他想好了，要利用出兵黄龙府之事，斩杀几个大臣，否则不足以立威。他宣萧奉先进宫，便是催问征调兵马之事。他近来对萧氏兄弟很有看法。东北路统军使萧嗣先无能，致使宁江州、初河店二城被金军攻破。庆州夏猎前，萧兀纳建言加强黄龙府城的防御。萧奉先却投其所好，劝他去庆州游猎，致使黄龙府城被金军攻破。萧奉先体贴的侍奉虽然令他舒服，但无法挽回东北的战局。如果这次北枢密院完不成征调兵马任务，他将不惜先拿萧氏兄弟开刀。

萧奉先参见天祚帝，递上拟写好的征调各地兵马的奏折。天祚帝接过来看：征调南京兵马二十万，西京兵马五万，东京兵马五万，加上各路、军、州、府、部族，合计征调兵马五十万，号称大军百万征讨金国。天祚帝好大喜功，看完这份征调兵马奏折很高兴。他才懒得考虑三京兵马是否能调动。他关心的是天子御驾亲征的威势。五十万兵马，号称百万大军，就算吓不死阿骨打，这么多兵马人踩马踏，金军区区二万人的军队，应该被踏成肉酱了。

天祚帝龙颜大悦，称萧爱卿真是用心了。他命即刻宣耶律大石进殿拟圣旨，向三京下达征调兵马的诏命。萧奉先心里有鬼，这份征调三京兵马的奏折只是糊弄天祚帝一个人的，明眼的大臣一下便能看穿。这样的圣旨就算发下去，三京也不会派一兵一卒去黄龙府，弄不好还会引来不必要的麻烦。最好的办法是召集廷议，让那些敢直言的大臣出面反对，使这份征兵圣旨胎死腹中。到那时，征调兵马的任务完不成，皇上怪罪不着他萧奉先，便万事大吉了。他不担心朝堂上没人提反对意见。他已听说萧兀纳违禁来中京的事。他原想把这消息奏报给皇上，让皇上问罪并驱萧兀纳出中京。现在看为时过早，也许萧兀纳这个倔强的老头出面，事情会有意想不到的效果。

萧奉先说：“皇上，如此重大事宜，臣请召集廷议定夺。”

天祚帝说：“爱卿所言极是。”

萧奉先建议明日早朝便议定此事。天祚帝斟酌再三，决定后天召集廷议。萧奉先告别时，天祚帝说他刚想起来，明日是元妃的生日，后宫要摆筵席祝贺。萧爱卿可带府上女宾过来同贺。那一刻，萧奉先心里一热，感觉与皇上多日来的隔阂一下便消除了。

第二天，萧奉先带夫人来后宫，参加妹妹元妃的生日筵席。他原来想带女儿一起过来。一来萧塔不烟不喜欢进宫，不愿意去受拘束；二来萧奉先忌惮天祚帝的好色，向来不主张府上女眷去后宫抛头露面。这使恨不得网罗天下美女的天祚帝一直不知道萧奉先府上，有个年轻貌美的小姐萧塔不烟。

25. 廷议之争

廷议如期举行，在京的文武百官齐聚皇宫大殿。

天祚帝即位以来，很少召集廷议，连一般的朝会都懒得召开。没坐上皇位前，他喜欢一个人待在阴暗的角落里胡思乱想。贵为天子后，他也不喜欢在公开场和露面。后宫有皇后、嫔妃若干，他却喜欢到宫外去寻找女人。见到中意的女人，无论年长年幼，是否已婚，他都会不择手段地弄到手。然后带着这个女人游山玩水，直到玩累了，倦了，厌烦了，这时往往又会遇见另一个中意的女人。

这次召集廷议，正当黄龙府城失陷不久。众大臣以为皇上醒悟了，要励精图治了，都早早来到朝堂上。太监王华再三邀请，一副刚睡醒模样的天祚帝才慢悠悠来到朝堂上。在王华的搀扶下，天祚帝慵懒地坐在龙椅上。没有开场白，也不公布廷议事项，天祚帝便命萧奉先宣读向三京征调兵马的奏折。奏折宣读完，群臣才明白与历次廷议一样，只不过是萧奉先与天祚帝演出的双簧戏。群臣听完奏折，都低着头不说话。

天祚帝说："众爱卿无异议，就拟写圣旨发往各地吧！"

朝堂上仍无一人发声。

王华高声喊道："众朝臣无事奏报，散朝！"

这时，隐身在群臣中的萧兀纳忽然出班，跪倒在龙案前，说："皇上，老臣有话要说啊！"

天祚帝说："萧兀纳，你怎么来了？"

萧兀纳说："皇上，三京兵马不能调，天子不可轻率出征啊！"

王华说："萧兀纳，不奉诏擅自进京，你可知罪！"

萧兀纳说："皇上，就算砍脑袋，也等老臣把话说完。南京之地与宋朝接壤，宋人觊觎我幽燕之地非一日。南京兵马一旦北调，宋军乘虚而入，无异于把南京富庶之地拱手让给宋人。东京、西京都是边关重镇，兵马只能加强，不能削弱啊！"

天祚帝面露厌烦之色。王华招来两名殿前侍卫，欲强行将萧兀纳扭送出去。群臣看萧奉先的脸色，也叫喊着将萧兀纳驱赶出去。萧奉先却低着头一句话不说。

萧兀纳推搡着近身的侍卫，说："皇上，金国之患，派一上将军督率十万兵马讨伐即可。皇上乃万尊之躯，轻易御驾远征，胜则犹可，败则不可收拾。老臣奏请皇上御驾亲临广平淀，统筹调集全国兵马，做长期防御之策！"

事实上，萧奉先早知道萧兀纳混迹在朝臣中进入大殿，也猜到这个倔强的老头儿有话要说。他没有向萧兀纳发难，是希望皇上听到反对从三京调兵的声音。他听从耶律俊之言，献上调集三京兵马的奏折，实属无奈的自救之举。如果因调南京兵马北上，致使宋军乘虚而入攻占南京，他的罪责可就大了。但当他听到萧兀纳反对御驾亲征时，他沉不住气了。天子亲征也是萧奉先的主意。一来天子率军亲征可提士气，壮声威，有利于战胜金军；二来万一征讨失败，天祚帝无法将责任推到他身上。

萧奉先这时打断萧兀纳的话，跪倒在龙案前："皇上，大军征调，军纪要严。萧兀纳擅自无诏进京，混入朝堂，妄言犯上，混淆视听，欺君大罪，罪在不赦。请皇上严明纪律，整肃朝纲！"

萧兀纳已经被两名侍卫拖到大殿门口，又挣扎着跑过来："皇上，萧奉先把持朝政，任人唯亲、贪赃枉法。他上奏折征调三京兵马，实属包藏祸心，欲图谋不轨啊！"

天祚帝愤怒地站起身，狠拍一下龙案，说："来呀！剥夺萧兀纳上京留守之职，乱棍打出大殿，驱逐出中京城，永不录用！"

萧兀纳声嘶力竭地说："皇上，老臣一片忠心，老臣无罪呀！"

萧兀纳被两名侍卫从龙案前拖过来。他奋力挣扎，帽子掉了，朝服被撕破了，脸上被抓出两道血痕。

萧奉先说："皇上圣明，吾皇万岁，万万岁！"

群臣全部跪倒高呼："吾皇万岁，万万岁！"

耶律大石看到这一幕，几乎怒发冲冠。以他的职位，他是无权在朝堂上说话的。但他实在忍不住了，便向前迈出一大步，刚要跪倒替恩师申辩，萧兀纳刚好被两名侍卫拖过来，路过耶律大石身边时，萧兀纳猛推耶律大石一把，用眼神严厉示意他不可轻举妄动。耶律大石只好后退一步，回到原来的位置。萧兀纳被几名侍卫乱棍打出殿外。

萧奉先把这一切都看在眼里。

天祚帝看着老态龙钟的萧兀纳被赶出大殿。他忽然觉得萧兀纳的话也有几分道理。一旦南京兵马调往黄龙府，宋朝趁机攻城怎么办？毕竟宋朝在辽、宋边境驻扎常备兵马二十万。天祚帝让北枢密院再议征调兵马之策。萧奉先与耶律俊在朝堂上匆匆商量后，削减了向三京征调兵马数量。最后敲定：征调南京兵马五万，东京兵马二万，西京兵马三万，加上各地已经上报的应征兵马数及民夫杂役等，合计征调兵马三十万。

天祚帝说："区区三十万兵马，不足以宣示我大辽国天子之声威！"

萧奉先说："皇上，常言道'兵发过千，扯地连天。兵发上万，无边无沿'，我三十万威武之师，皇上御驾亲征，号称百万雄兵，浩浩荡荡杀奔混同江。女真人即便吓不死，也会落荒而逃啊！"

天祚帝说："三十万兵马怎可号称百万？"

萧奉先说："那就号称七十万如何？"

天祚帝最终同意，发兵马三十万，号称七十万，御驾亲征黄龙府。耶律大石被召进大殿，拟写圣旨如下：

制曰：女真人犯上作乱，横挑强梁，陷我城池，杀我黎民，以致天人共愤。今朝廷调集三十万兵马，号称百万，天子御驾亲征。限十五日为期，各地征调兵马会师黄龙府城下，违令或延误者斩立决。我天朝上国大军扫荡混同江，擒杀反贼酋首，剿灭叛逆，踏平女真人领地，不获全胜，誓不罢休。

钦此

耶律大石拟写完圣旨，萧奉先核对后呈送天祚帝过目。天祚帝从来懒得看这类文书，便命掌印太监王华用印。之后圣旨在朝堂上向众臣宣读。萧奉先接旨后赶回北枢密院衙门，以北枢密院的名义向三京及各地下达征调兵马数目及到达黄龙府日期。萧奉先忙完这些长舒一口气。一道看似难以逾越的坎儿，终于安然地迈过去。他坐轿回府后，特意喝一口契丹老酒。他对一直陪在身边的夫人说，终于能睡个安稳觉了！夫人劝他这次出征回来，便告老还乡回上京，颐养天年。

萧奉先叹息说："上船容易，下船难呀！"

26. 催婚

萧奉先刚睡一宿踏实觉，麻烦便来了——耶律俊上门送喜礼来了。

萧奉先内心很反感，觉得耶律俊太心急了，但表面上还要过得去，毕竟征调兵马这道坎儿是靠耶律俊出的主意迈过去的，以后北枢密院及朝廷上的事还离不开耶律俊。但从内心讲，他很讨厌耶律俊，更瞧不起他的小人做派。他知道女儿痛恨这段姻缘，他其实也极不情愿，可又没办法，不得不答应这桩婚事。

萧奉先在客厅接待耶律俊。看了礼单，还算丰厚。他派人去后院请小姐和夫人出来。夫人出来了，耶律俊赶忙行礼拜见。夫人已知萧奉先答应三天后完婚之事。从本意讲，她对这桩婚事极为厌恶，形象猥琐、为人龌龊的耶律俊，怎能配得上她的女儿？可又没办法，这桩婚事成了，萧奉先便多个帮手和死党，不成肯定多一个死敌。与耶律俊这样的小人为敌，后果不堪设想，因为他什么样的下三烂手段都使得出来。更重要的一点是，女儿仰慕耶律大石，而耶律大石是萧奉先的死对头。一旦女儿与耶律大石走到一起，那将成为萧府的心腹大患。

去后院请小姐的女仆回来禀报，小姐没在闺房中。派人到院子里寻找，前院后院都找遍了，不见小姐的身影。夫人很纳闷，昨晚小姐在府上，临睡前还向她请过安，早上怎么就不见了？就算小姐要出府去，也该向母亲打声招呼。

萧塔不烟是从南侧门悄悄出府的。一匹马，一身男儿装，手挽长弓，身背箭壶，一副外出打猎的模样。萧府守门侍卫认得骄爷，都规规矩矩站着，哪个敢上前问话。骑马出萧府侧门，萧塔不烟打马向进士府邸奔去。她是听心腹女仆密报耶律俊来府上送喜礼了，才决定悄悄出府的。昨天夜里父亲回府，与母亲说话到很晚。府上管家还被喊去吩咐了差事。管家出来后，便吩咐几个老仆男丁连夜制作红喜字灯笼等物件。萧塔不烟听说后，猜到要张罗给她办喜事了。本来她还希望能说服父亲辞掉这门亲事。今天早上听说耶律俊上门送喜礼来了，她心中的希望完全破灭了。

萧塔不烟来到进士府邸时，耶律大石正准备出门。昨天他目睹恩师被乱棍打出朝堂，心情特别郁闷。散朝后他骑马去萧兀纳府邸，见大门被御营军贴上封条。打听街坊得知，恩师一家已被驱赶出中京城。耶律大石骑马追到北城门外，打听守门士卒，得知萧兀纳一家已出城门多时。此时天已向晚，城门即将关闭，耶律大石只好拨马回府。

耶律大石将萧塔不烟迎进书房。她把家里正在操办婚事，耶律俊已上门送喜礼，她宁死不嫁耶律俊的意思说出来，希望能得到他的帮助。萧塔不烟告诉他耶律俊出卖并监视他，还派武士押送囚车到城外杀他。感情上，他不愿意相信这是真的。在中京国子监同窗中，他与耶律俊是最好的朋友，感情胜过亲兄弟。那时耶律俊因身材瘦弱，总被别的同窗欺负。他总能及时出现，替学弟打抱不平。耶律俊家境较富裕，经常资助穷困的耶律大石，给他买吃的穿的，关心他的起居冷暖，这些令从小没人疼爱的耶律大石很感动。耶律俊曾提议结拜为异姓兄弟，耶律大石却说彼此的同胞之情因结拜反倒生分了。但是，理智上，他又不能不相信萧塔不烟所言。他以“石重德”的名字参加科考是极秘密的。他在上京城通过了乡试和府试，到中京参加省试时，与耶律俊见面喝酒。第二天考试时，萧奉先便派萧塔不烟监视他。他被御营军抓进天牢，耶律俊提他出来，并派四名武士押送囚车到城外。说好要释放他，囚车停在城外时，武士却要举刀砍他。若非耶律俊欲加害他，这些事便无法解释。可是，学弟为什么要杀他呢？他百思不得其解。

萧塔不烟在城外射杀四名武士救他，带他入城藏身萧府后花园，后又带他见萧奉先，这才有了朝堂上他个人命运的反转。尽管后来证实，她是大奸臣萧奉先的女儿。可她屡次救他，在他遭遇危机时，能伸手拉他一把，无论如何，她是可以信赖的。胜似亲兄弟的昔日同窗背叛了他，成为他最隐秘最危险的敌人；被他视为仇敌的大奸臣的女儿却成为救他帮他的朋友。这反转来得太突然，他一时难以接受和适应。

她说：“重德兄愿意帮我吗？”

他说：“只要能尽力，万死不辞。”

她说："难道，你不怀疑我？"

他说："你刀下救过我命，何言怀疑！"

她说："可我是萧奉先的女儿。"

他说："在我眼里，你永远是骄男贤弟！"

萧塔不烟激动地上前拥抱耶律大石。他吓得向后躲了一下。

她嗔怪地说："你躲什么？"

他笑说："君子发乎情，止于礼。"

萧塔不烟表示她不回家了，怕被逼婚，就住在耶律大石府上。两个人坐下来商量，又觉得她住在这里不妥。萧府小姐失踪了，动静肯定小不了，她兄长萧昂掌管皇宫侍卫队，肯定会满中京城寻找。另外，她对他府上的用人老何等人也不放心，只怕是耶律俊送来当卧底的。她几次来进士府邸，发现老何对她过于热情。她的一举一动似乎都在老何的监视下。恐怕这会儿老何已把她在这里的消息报告给耶律俊了。耶律大石考虑后，决定带她去外城汉人街躲避。为保险起见，临出门前，耶律大石指派老何到街上买东西。支走老何，他们才骑马出府门。

耶律俊一直在萧府等待小姐的消息。天快晌午了，仍不见小姐回来，他只好告辞出来。事实上，耶律俊已猜到萧小姐可能在耶律大石府上。前几天，老何曾向他密报，说有个富家公子打扮的人两次到府上与耶律大石相会。根据老何的描述，耶律俊猜到此人极可能是萧小姐。因为他从来没见过萧小姐穿女儿装，每次看见她都是一副富家公子打扮。老何还告诉他，皇上去庆州夏猎前，某天夜里，一个神秘的黑衣人造访过进士府邸，与耶律大石在书房摸黑密谈很久。夜深了，那人才跃过后院墙离开。老何一直躲在书房门外监视，想看清此人的容貌，因天太黑，又不敢靠太近，所以没能看清楚。

耶律俊马上联想到平地松林袭驾案。他正奉命追查袭驾案凶手。根据对平地松林袭驾现场的分析，凶手事先获知了皇帝出行的准确路线。为追查消息泄露源头，他派人秘密调查了所有随驾大臣出行前几天的行踪。其他人的怀疑基本可以排除了。只有耶律大石的疑点最大。如果能证实耶律大石与袭驾凶手有关，那可是一石三鸟的美事：一来追查到袭驾案凶手，他可以在朝堂上露一次大脸，肯定受到皇上的奖赏；二来除掉耶律大石，可去掉他一块沉重的心病，又沾不上学弟害学兄的恶名；三来可将自己的情敌消灭在萌芽状态。

耶律俊回到家门外，老何正站在门口等他。耶律俊得知萧小姐果然在耶律大石府上，马上转身欲去禀报萧奉先。老何又说两个人已离开进士府邸。耶律俊问去了哪里？老何说他只在府门外大街上远远地盯着，不敢太靠近，只看见两个人骑马向城南方向走去。耶律俊捶胸顿足，却还得掏出身上的银子奖赏老何。他叮嘱老何，一旦发现萧小姐的行踪，即刻前来报告。老何答应着接过银子离开。

27. 西伯身世

耶律大石与萧塔不烟骑马来到外城汉人街，找到西伯居住的那座小院。西伯、西樱、耶律铁哥、耶律燕山都迎出门外。自从庆州随驾夏猎回中京，耶律大石这还是第一次来汉人街。没办法，翰林承旨的身份决定他每天必须进宫，准备随时听候皇帝的传唤。尽管朝政多半由萧奉先处理，天祚帝懒得理政，很少召集朝会，耶律大石却从不敢懈怠。西樱夜访进士府时，他曾让她给师父传话，劝他们搬来进士府住。这次见面，他又劝师父搬进进士府去。师父却说他是个懒散之人，住不惯亭台楼阁，茅房草屋吃得饱、睡得香。他也就不好勉强了。

萧塔不烟与西樱一见如故。西樱一眼便看破一身男人装的萧塔不烟是女儿身。这令耶律大石和萧塔不烟都很意外。问原因，西樱却笑而不答。后来两个人熟悉了，西樱说第一眼看见她，便觉得她像个大家闺秀。走近了，她两个耳垂下边的耳环眼出卖了她。

事实上，平地松林袭驾便是西伯率领几个徒弟干的。当然，这一切耶律大石并不知情。他其实对师父的身世所知甚少。西伯的真实身份是大辽国西北部遥远的草原上，一个叫西族的古老而神秘的部族之人。这是个不足千人却精通占卜咒术的弱小部族，世代在大草原上游牧打猎为生。这个部族的酋长叫西老，西樱是酋长的女儿，西伯是部族执事，相当于酋长的助手。他们从遥远的西北草原而来，是执行酋长西老临终前的咒语：绝杀契丹人耶律延禧！

一〇九一年（辽道宗大安七年），十六岁的耶律延禧被授予大辽国最高军职——天下兵马大元帅，同时兼任北、南枢密院枢密使。上年冬天，大辽国西北部草原遭遇百年不遇的雪灾，许多游牧部族饲养的牲畜大多冻饿而死。西族人少力单，牲畜损失十之八九。一些人家把小部分种畜带进人住的草屋、毡房、地窖里，才使种畜不致灭绝。

因为这百年不遇的白灾，西北部草原上的部族很少有交得起捐税的。新官上任的耶律延禧派使臣到草原上催缴捐税贡品。富裕一些的部族勉强交上捐税，西族这样的贫穷弱族，人畜活命尚且艰难，根本没钱交捐税贡品。

耶律延禧为显示铁腕和魄力，决定武力征缴以儆效尤。他亲自率领一支精锐骑兵，深入大漠边缘，到达西族的领地。契丹兵马包围西族居住的山谷。耶律延禧命人把酋长西老用绳索捆绑起来，把所有族人都聚集到部落住地中间的空地上。酋长意识到西族的大灾难来了。他命令族人把所有的财产都献出来。耶律延禧看着少得可怜的财物，认为西族酋长隐藏财富，有意蔑视他，便命士兵拉出酋长七十岁的老母亲，一刀砍下其人头，然后像什么事都没发生一样，笑问西老：“老家伙，说吧，你要命还是要钱？”

西老说：“西族所有的财物，都在这里了。”

耶律延禧说：“果然是舍命不舍财的老家伙！”

西老仰天长叹说：“祖宗啊！五百年前你算定，西族人会有一次灭族之灾，这一天终归来了！”

耶律延禧哈哈大笑说：“原来是上天注定的，那还等什么，杀!”士兵纷纷拿出弓箭，向被围在中间的西族人群射箭。只一会儿工夫，几百人的西族被屠族。西老痛苦地闭上眼睛。

耶律延禧说：“老西东，这下你满意了吗?”

西老说：“你屠我族，我咒你灭国、屠族、子孙灭绝!”

耶律延禧说：“你死了，咒语还有用吗!”

西老说：“此咒必灵验。”

耶律延禧说：“可惜你看不见了!”

耶律延禧命人把西老拉到一棵树下捆好，无数士兵举箭齐发，一瞬间西老被射成筛子眼儿。耶律延禧下令一把火将西族住地烧个干净。

所幸西伯和西樱躲过这场惨绝人寰的杀戮。这天早上，西伯奉酋长之命骑马带五岁的西樱去百里之外找萨满神师，为西樱做“再生”之礼。当他们回到部族住地时，耶律延禧已率辽兵离开。部族住地燃起的火焰高过四周的高山。

西伯被这人间地狱般的景象惊呆了。他来到身上箭头密布的酋长面前，酋长竟然还活着，瞪着一双充血的白眼珠看他。西伯上前为酋长松绑，酋长气若游丝地说：“别动我，我憋住一口气等你回来。气一散，就完了。”

西伯停手，焦急加悲痛，西樱哭喊着扑向父亲，被西伯一把拉住，紧紧抱在怀里。西老艰难地喘息说：“契丹皇孙耶律延禧带人屠灭我族。这是劫数，也是天命。我已设下咒语，屠我族者灭国、屠族、子孙灭绝！我家毡房地下三尺，埋有祖宗传家宝贝——图符和金币。西伯速带西樱去辽国。记住：用杀人恶魔耶律延禧的血，祭我西族冤魂……”西老说完此话，狂吐一阵血，身亡。

西伯按西族人树葬的风俗，把西老及被杀西族人的尸体安葬在周围没烧毁的树上。他找到西老家被烧毁的毡房，挖出图符和金币收好，带着西樱骑马离开。

西伯尾随耶律延禧的脚步，想在路上刺杀他，完成酋长交给的使命。耶律延禧有军队保护，西伯很难寻找下手的机会。就这样他们一路尾随，一直来到辽中京。进城后，西伯发现想刺杀耶律延禧太难了。一来他深居宫中，很难寻找下手的机会；二来他偶尔出宫，也是左呼后拥，保护严密，极难下手。西伯曾想结交辽国朝廷官员，以便获得耶律延禧出宫的消息，预先埋伏完成刺杀，这样成功的机会大一些。但是，结交朝廷官员是需要大笔钱财的，他们此时已经囊中羞涩，还有语言的障碍也造成诸多不便。刚进中京城，西伯只会几句简单的契丹语，汉语一点都不懂。这时传来道宗驾崩，耶律延禧即皇帝位的消息。西伯知道他的使命更难完成了。

辽国五京中，中京城是皇帝常住的京城。中京城分外城、内城、宫城三部分。内城是外城的城中城，宫城又是内城的城中城。宫城即皇宫，是皇帝办公和居住的地方。内城居住的则多是达官显贵。外城居住的多是小吏，或平民及小商小贩。西伯带西樱初到中京城，住在内城的一家客栈里。这里有一条商业街，居住的多是经商的契丹人、汉人、回族人等。由于离宫城较近，经常遇到官府的盘查，西伯担心常住会出事，再说他们的盘缠也所剩不多了。他听过往的商家说，南京析津府繁荣发达，人口稠密，与宋朝、高丽、高昌、女真等开展商业活动。思来想去，西伯决定带西樱到南京去，先想办法找到生计，活下来，立住脚，再想办法完成酋长交给的使命。

第四章　最佳的敌人

28. 使命

西伯带西樱离开中京城。为筹措盘缠，也为不引人注意，西伯卖掉马匹，背着西樱上了路。一路上，西伯每遇村镇便摆地摊耍武把式。契丹是个尚武的民族，西伯精湛的武艺经常博得围观者的喝彩，许多人纷纷解囊相助。西伯沿途挣了许多钱，还了解了契丹人、汉人的生活风俗，学会了契丹话及汉语。来到南京城，西伯索性在汉人街租下一间门面房，开起武馆。

那天西伯被一群街头混混纠缠，耶律大石出现后，试探西伯的手段。耶律大石发现西伯果然怀有绝技，便跪倒请求拜师学艺。当时西伯很犹豫，他没想这么快便招收徒弟，就算收徒弟，也不会收一个靠打猎度日的穷人。但是，当他弄清楚耶律大石竟然是辽太祖八世孙时，他接受了耶律大石的请求。他当时的想法很简单，凭耶律大石的皇族身份，如果是个可塑之材，肯定不会久居人下。倘若耶律大石走上仕途，说不定能成为天子的近臣。那样的话，西伯便有机会完成酋长交给的使命。通过一段时间观察，西伯发现耶律大石人品端正，为人厚道，也肯下苦功习武，便暗下决心，把宝押在耶律大石的身上。

耶律大石拜师学艺的第三年，西伯决定送他读南京府学。之前耶律大石也识得一些契丹文字，略懂汉文，都是躲在私塾窗外偷学来的。他因家贫交不起学费，没读过私塾。在西伯看来，武艺再精湛，没有文化，只能当个冲锋陷阵的偏将军。要想走仕途，出相入将，不读书是不行的。西伯的武馆里有一个很大的储钱罐，某一天，他当耶律大石的面打开储钱罐，倒出里面的金币、银币及散碎银两。这些钱有中京卖马的钱，有来南京的路上耍武把式挣的钱，有在南京开武馆挣的钱。大致清点了一下，数目大得惊人。耶律大石从来没见过这么多的钱。当师父告诉他，这些钱要供他读书时，他感动得热泪盈眶。从此他离开师门，先读南京府学，后读中京国子监。国子监师满，他不入仕也不行武，竟然往南京给师父捎个口信便销声匿迹了。后来断断续续接到耶律大石捎回来的口信，西伯得知他走遍大辽国的山山水水，去过西夏国，到过大食国，还去东北入过女真人的禁地。西伯弄不清这个徒弟到底想干什么。他甚至一度怀疑押错了宝，把希望寄托在一个不成器的人身上。直到在中京城街头与耶律大石午夜相遇，西伯才知道他参加了科考。后来耶律大石被钦点新科进士，封为翰林应奉，西伯心里的一块石头才算落地。很快西伯多年的播种有了收获。西樱夜访进士府邸，获得皇上去庆州夏猎的确切消息。

这应该说是一次精心谋划的刺杀。西伯带着西樱和两个徒弟，在准确掌握了天祚帝的行踪及出行时间后，在平地松林深处，西拉木伦河某个必经的渡口边布下了天罗地网。美中不足的是，不期而至的狼群影响了行动，使刺杀行动在火候把握上出现纰漏，没能使天祚帝第一时间葬身火海。而耶律大石奋不顾身的救驾行为又使那些射向天祚帝的火箭有所顾忌，导致刺杀行动失败。耶律大石的穷追不舍使西伯等人处于危险中。西伯无奈之下使出杀手锓，一把迎面而来的弯刀逼迫耶律大石只能躲闪。西伯等人这才借森林的掩护逃离。当然，耶律大石对这些一无所知。

萧塔不烟与西樱在另一间房里聊天。两个人的话题总离不开耶律大石。交谈中，萧塔不烟发现汉语和契丹话都说不太利落的西樱对耶律大石由衷地崇拜和喜欢。提起耶律大石的名字，她便流露出满满的柔情。萧塔不烟凭直觉断定，西樱喜欢耶律大石。

耶律大石与师父说了一会儿话，便告辞欲离开。他要去皇宫点卯，怕朝堂上有事找他。萧塔不烟和西樱出来送耶律大石。他没说出萧塔不烟的身世，只说是一个朋友的妹妹，需要在这里住几天。西樱高兴坏了，从小到大都是她一个人住，太孤单了，这下有了伴儿。

西伯送耶律大石到院外，似无意地问他，近来还随驾出行吗？耶律大石借与师弟师妹告别的机会，没正面回答，只含混地说近期可能不出门。并非他对师父起疑心了，上次平地松林袭驾事件使他意识到身为翰林承旨的他，有机会接触到朝廷机密，要处处谨言慎行，避免无意间泄露消息。

耶律大石离开外城汉人街，快马加鞭向宫城赶去。

萧府一大早不见了小姐，闹哄哄找了一上午，仍没见小姐的身影，也没有一点小姐的消息。萧奉先早上离家时，吩咐多派人出去寻找，天黑前一定要把小姐找回府。傍晚，萧奉先从北枢密院衙门回到家，仍不见小姐的身影。这时耶律俊又来府上探问小姐的消息。萧奉先气坏了，一改往日儒雅的做派，当着耶律俊的面摔茶碗，骂用人，还指责夫人对女儿看管不严，致使任性的女儿经常无故出府，有时还夜不归宿。

耶律俊见萧奉先真生气了，这才相信萧塔不烟是私自出府的。之前他还怀疑萧府上下为赖婚串通好糊弄他。耶律俊告诉萧奉先，耶律大石知道萧小姐的去向，有人曾见萧小姐到过进士府邸，后来与耶律大石一起骑马出门。萧奉先开始时不相信。他今天进宫见皇上时，看见耶律大石守候在大殿门外。耶律俊这才说出他派老何卧底进士府邸，萧小姐去找过耶律大石，是老何亲眼所见。萧奉先这下相信了，同时感到后背发凉，耶律俊太阴险了，别人家里都被他安插了人。如果他的家里也被耶律俊安插上人，那太可怕了。

耶律俊主张萧府派人去向耶律大石要人。萧奉先担心事情闹大，传出去太丢人。再说萧塔不烟已经离开进士府邸，再向耶律大石要人便不妥了。耶律俊虽不甘心，但也没办法，只好回家等待。

一连几天萧府派人出去寻找，耶律俊私下动用御营军搜寻，整个中京内城、外城都找遍了，仍不见萧塔不烟的身影。耶律俊传令老何严密监视进士府邸，还派人秘密跟踪耶律大石。几乎耶律大石的一举一动都有人监视。只见他每天规规矩矩地按时进宫当值，离开皇宫便回进士府邸，把自己关进书房里看书，或者去后花园习武。眼看着三天成婚的希望泡汤了，耶律俊气急败坏，却无处发作。

御驾亲征的日期临近了，北枢密院忙碌起来。萧奉先和耶律俊被繁重的公务缠身，婚事便搁浅了。每天开往黄龙府的各地兵马，北枢密院需要掌控行踪。皇上及随行官员的出行，需要安排护卫、调集粮草和军需。一宗宗一件件，一应事务都归北枢密院调度，两个人忙得团团转了，仍显捉襟见肘。

这时仍无萧塔不烟的消息。耶律俊只好与萧奉先商定，婚期推迟到出征回来再办。他把这股怨气和仇恨都记在了耶律大石的头上，一直暗中盯紧耶律大石，寻找出手的机会。两个人偶尔碰面，耶律大石尽量不动声色，他需要对听到的传闻进行验证。耶律俊则显得比以往更亲近。

29. 御驾出征

经过一段时间的准备，天祚帝终于御驾亲征了。

天祚帝是在得知各地征调的二十多万辽军有的已经到达，有的正在接近黄龙府城时，才下决心起驾出征的。这一天，天祚帝任命萧奉先为御营都统，总摄全国兵马，耶律章奴为都监，耶律俊为先锋都统，在五千御营军及三百皇宫侍卫的保护下，在朝廷近百位随行文武大臣的簇拥下，御驾亲征兵马离开中京城。路过城外灵感寺，神师慧材主持盛大的祭拜仪式。敬拜完天地神鬼，远征队伍浩浩荡荡向东北混同江进发。

耶律大石因平地松林护驾有功，获准持枪带弓跟随宫驾行动。萧奉先、耶律俊等一班近臣侍奉在皇宫车马的周围。萧昂率三百皇宫侍卫保护皇帐，五千御营军环卫在御驾周围。耶律余睹率二百御营军为御驾押后。御驾队伍的前后左右，有从中京、上京等地征调的五万契丹精骑兵护驾。

御驾亲征队伍林林总总，外围还有几万各地征调的兵马护驾。这支绵延几十里的行军队伍，散散漫漫，磨磨蹭蹭，没有统一号令，粮草及军需供给各行其是，甚至连军服都不统一，远远看去，根本不像是一支奔赴战场的军队，倒像一群游山玩水的散兵游勇。

八月的北方草原天高地阔，白云悠悠，碧草连天，花开遍野。天祚帝与萧莺有时坐在宽大的宫车上，有时骑两匹快马到大草甸子上狂奔，像两个贪玩的孩子。遇见山水美景，两个人便流连忘返，有时住在野外，有时在水边搭建帐篷野炊。这便苦了三百护驾侍卫和五千御营军。皇上走到哪里，他们便护卫到哪里，有时来不及搭建帐篷，他们只能野外露宿。御驾不走了，几万随行的兵马只能扎营等待。就这样走走停停，八月中旬了，御驾亲征队伍才接近黄龙府城。

此时辽国各地征调来的二十多万兵马，多数聚集在黄龙府城外。这些缺乏统一指挥的兵马，在黄龙府城外西、北、东三面扎营。所扎营寨混乱无序，连绵几十里外。这座营里吹号，那座营里擂鼓，怠将懒兵进进出出，看上去极像一个杂乱的大集市。

这天上午，天祚帝骑马登上一座小山丘，注视远处插满金军旗号的黄龙府城，以及城外金军营寨。萧奉先奏报说，黄龙府城已被大辽几十万大军包围，阿骨打率二万女真军龟缩在黄龙府城周围，只等皇上一声令下，攻破黄龙府城，生擒阿骨打指日可待。天祚帝却表示不要马上攻城，要先请神师慧材举行祭拜仪式，敬告天地神鬼后方可攻城。

辽帝耶律延禧驻足小山丘打量远处的黄龙府城时，金帝完颜阿骨打正站在黄龙府城高大的城门楼上，打量城外绵延几十里的辽军营寨。阿骨打对众部将说，辽军号称百万，可依朕看来，加上民夫杂役，不过三十万兵马；从纷乱的营寨和杂乱的旗号看，辽军主帅不知兵机，号令不统一，这样一群乌合之众，肯定是不堪一击的。大将宗翰建议趁辽军刚到，立足未稳，马上发起攻击，可一战击溃辽军。阿骨打说辽帝这次调来的兵马应该是辽国目前所能调动的生力军了，击溃战没意思，全部消灭才能扬金军声威。宗翰忧虑地说以二万金军消灭几十万辽军，恐怕不容易做到，就算漫山遍野的几十万头猪，想要一头头都捉住，也并非易事。

阿骨打说："难道你们没见过狼群围猎黄羊吗？"

宗翰说："那是围猎，这是打仗。"

阿骨打说："打仗就是围猎。"

这时探马来报，辽国皇帝已经到达黄龙府城外。阿骨打手指远处山丘上一顶黄色伞盖，说耶律延禧这个花花公子果然来送命了。宗翰再次请战，要擒贼擒王，率兵活捉天祚帝。阿骨打说火候还没到。他命人写一道乞降的诏书，派一个信使给天祚帝送去。众将不解其意。阿骨打说："辽军尽管是乌合之众，但几十万大军初来黄龙府，尚有锐气。此时我军贸然进攻，胜则只是击溃战，不胜则打成混战，这都不是我们想要的。眼下最好的办法是我方先行示弱，装作被其几十万之众吓破胆。这样能安其心，泄其锐，弱其志。我大军待机而动，择时发动突然攻击，辽军可破。"

天祚帝到达黄龙府城外的第三天，召集众将领举行祭祀仪式。他先命军士在军营内高筑一座土台，然后率众文武大臣登上土台，最后请出国师慧材主持祭祀仪式。这时，一身青衣青裤的慧材来到土台中央，在一个木制几案前站定。几案上摆放一个微型青铜鼎，里面装满白水。慧材拿出一张牛皮制作的假面具扣在脸上，手提鬼头大刀，在几案的四周上下舞动，口中发出鬼哭狼嚎般的声音。过了一会儿，慧材跑到天祚帝面前躬身禀报："皇上，天地神鬼及列祖列宗都接到圣上发出的征讨文书。我天朝上国大军必受护佑，剿灭女真军只在近日！"

天祚帝环视众文臣武将："卿等可听见了，我大军有天地神鬼及列祖列宗的护佑，岂有不胜之理！"

慧材回到几案前，围着几案转一圈，口中念念有词。他突然高举鬼头刀，砍向青铜鼎内的白水。只听"哗"的一声，白水忽然变成血红的颜色。青铜鼎内"腾"的一下燃起一股青烟。紧接着，青烟渐渐升高，变成一团烟雾。

慧材说："皇上，助女真人之妖魔已被我斩杀！"

天祚帝说："天助朕也。辽国必胜，女真必败！"

众文武大臣大声叫喊："辽国必胜，女真必败！"

祭祀仪式结束，天祚帝回到军营中的皇帐内休息。萧莺为他揉肩捶背。她感叹说："慧材法师真神呀！一刀斩尽妖魔鬼怪！"

天祚帝怪异地一笑："谁知他斩的是什么鬼东西！"

萧莺说："水都变成血了，肯定是妖魔鬼怪！"

天祚帝说："古往今来，有谁真见过妖魔鬼怪？"

萧莺说："这么说，皇上不信鬼神？"

天祚帝说："朕只相信世人装神弄鬼。"

萧莺说："那为何还要请慧材装神弄鬼呢？"

天祚帝说："朕不信，可他们信啊！"

这时王华带来金国信使，呈上乞降书。阿骨打在信中说："金国原不想与强大的辽国为敌，只想讨要叛逆阿疏。如今天朝上国发百万大军，金国之兵不足万人。区区蚍蜉，何以撼树！我阿骨打愿率众投降，献出我们的土地、牲畜、财富、女人，祈求皇上开恩准降，以免我女真族生灵涂炭，混同江水变成红色。"

天祚帝看后大喜，重赏信使，召集萧奉先等文武大臣议事。天祚帝相信阿骨打扛不住了，被天朝上国的大军吓破胆了，这封乞降书是真的，这叫不战而屈人之兵，善之善者也。萧奉先等众大臣都随声附和。

耶律大石怀疑阿骨打的乞降书有诈。按理说他是无发言权的，但站在皇帐门外的他实在忍不住了。他跪倒在皇帐门口："皇上，恕臣直言之罪，女真军犯上作乱非一日。如今我大军劳师远征，女真军以逸待劳。一仗没打，便送来降书，肯定有诈。望皇上及各位大人三思！"

萧奉先终于等来弹劾耶律大石的机会。他奏请天祚帝治耶律大石妄言朝政、扰乱圣听之罪。如果按此罪论处，耶律大石至少被罢官赶出朝廷。天祚帝看在其平地松林护驾有功，也觉得他的话并非没有一点道理，便将他斥责出帐外了事。

30. 内乱

耶律大石被轰出帐外，心中郁闷，便走出皇帐禁地，到近处的一座军营转悠。这是一支刚从南京开过来的辽军，军营扎在皇帝寨的北边。南京兵马因镇守辽、宋南部边界，加之南京为富庶之地，军资充足，无论军械、马匹、粮饷、铠甲都比其他地方的兵马要好许多。即便这样，耶律大石在军营里看到的，仍然是一副军容不整、军纪涣散的老爷兵模样。偶然之间，他竟然在军营里遇见当年的南京街坊混混张撒八。张撒八上身穿一件军服，腰围一件软铠甲，下身穿一条汉族富贵人家子弟常穿的绿色灯笼裤。当时他正跟几个兵勇抢一坛酒喝。张撒八看见一身朝服的耶律大石，愣了一下，赶忙跑过来跪倒磕头。

张撒八说："石爷，小人听说你老人家被钦点为进士，入朝为官了，可喜可贺呀！"

耶律大石搀扶他起身，问他为啥当兵了，几时来的黄龙府。张撒八一一回答。当年，张撒八在南京析津府街面上是个头号好吃懒做的主儿。耶律大石每次打回猎物，他都殷勤地帮助耶律大石剥兽皮，跑前跑后，就为能吃顿野味儿。他自己却从不上山打猎，嫌累。他整天跟一伙街头混混赌钱，打群架，瞎胡闹。某一年，他时来运转，赌钱大赢，娶妻成家了，还盘下街上一处杂货铺。但好景不长，再赌时输得一塌糊涂，媳妇、杂货铺都输出去了，还落下一屁股债。这次便因无钱还债，顶替债主来当兵。

耶律大石看见张撒八腰间挂着旱烟袋和酒葫芦，却没一件兵器。张撒八说给他发过一杆标枪，一把腰刀，行军路上都换酒喝了。他身边的兵勇，十有七八没兵器，都在行军路上换酒喝换肉吃了。耶律大石问没武器如何打仗？张撒八说谁他妈的愿意打仗？大伙早都准备好逃跑了。听以前从初河店溃逃的兵勇说，女真兵是魔鬼变的，马快枪也快，刚听见马蹄声，人马就旋风似的到跟前了。他跟身边的弟兄们都商量好了，只要听见女真人的马蹄声，甭管三七二十一，撒腿就往南跑，谁跑得快谁能逃命。耶律大石问他们的带兵官在哪里？张撒八说他一直没见过，据说是个酒鬼加烟鬼，从南京北来雇佣一辆马车，车上装着酒肉，还有一个窑姐。耶律大石气愤地想，这样的军队怎能指望打胜仗！张撒八求耶律大石帮他求个情，让他脱下军装回南京。他家里还有七十岁老母要养活。耶律大石想到自己刚被昏君奸臣斥出帐外，哪有能力帮助张撒八。

离开南京兵马军营，耶律大石回到皇帐禁地，他的心情十分不好。这样烂透了的军队，由萧奉先之类不懂军事的奸臣指挥，对阵能征惯战的女真军，能打胜仗才怪。接近皇帐时，看见萧奉先匆匆跑进皇帐，耶律大石紧走几步站在帐门外倾听。萧奉先向天祚帝禀报，耶律章奴造反了。

耶律章奴这次出征被任命为御营军都监。他率三百精骑兵跟随皇帐行动。一路上，耶律章奴看不惯天祚帝奢华浮躁的做派，一直消极怠慢，拖延行军速度，渐渐与大队兵马拉开距离。在涉过一条大河时，因上流降雨，河水暴涨，冲走许多马匹和粮草军资。耶律章奴一气之下，命令兵马停止过河，在河岸安营扎寨。想到在昏君奸臣的瞎指挥下，兵马到达黄龙府也是白白送死，耶律章奴忽然想何不趁昏君奸臣远征的时机，振臂高呼，废除昏君，另立明主呢！只有废掉昏君，除掉奸臣，大辽国才有希望。有了这个念头，他首先想到被驱逐出中京城，一直住在上京城的萧兀纳。如果得到恩师的支持，这件事便有成功的可能。

这天夜里，耶律章奴率三百心腹骑兵悄悄离开河岸，调转马头向上京城驰去。第三天早上，到达上京城外，守城辽军问耶律章奴不去黄龙府，来上京城有何公干。耶律章奴见无法进城，便请萧兀纳到城墙上说话。

萧兀纳再次被逐出中京，并被撤去上京留守一职。他回到上京城便安心在家养病。听说皇上御驾亲征了，他心头掠过一丝不祥的预感，担心辽军难敌金军的弯刀强弩，花花公子天祚帝斗不过狡黠而凶狠的猎手阿骨打。这时忽闻耶律章奴率几百骑兵没奉明令而从东北返回，在上京城外请求见他一面，他便预感到耶律章奴要惹祸蛮干。他知道耶律章奴一向看不惯天祚帝，多次在他面前提出废立之事，都被他劝阻并训斥。萧兀纳也知道天祚帝并非明君，更知道朝政被奸臣萧奉先把持，但是，臣子擅谋废立之事，自古便是大逆不道，成则犹可，败则灭族。如今天子御驾亲征，虽嫌孟浪，但已箭在弦上，此时生内乱，是自毁长城。

萧兀纳在家人的搀扶下来到城门楼，与城门外骑马持枪的耶律章奴见面。耶律章奴开门见山，表明要废掉昏君天祚帝，另立仁德明君，清除奸臣，任用忠良的决心。萧兀纳斥责耶律章奴妄言废立、图谋叛逆，已犯下重罪，劝他立即率兵马返回东北，负荆请罪，效命黄龙府城下，以求皇上的宽宥。耶律章奴见恩师不配合，恼羞成怒，欲率兵马攻城。萧兀纳当即指挥守城兵马放箭。耶律章奴所率兵马太少，攻城无望，只好率兵绕开上京城，直奔祖州城。祖州城守卫松懈，耶律章奴率兵马奇袭，很容易便攻进城去。耶律章奴裹胁祖州城兵马，打开监狱令囚犯穿上军装，兵马壮大到几千人。他率领这支兵马一路打下庆州、饶州、怀州等地，所到之处收编辽军，收拢流浪汉和土匪，大肆扩充人马。他打出“废昏君，除奸臣，立明主，救辽国”的旗号，竟然得到许多人的支持。仅用十几天的时间，他率领的兵马壮大到几万人，浩浩荡荡杀奔广平淀城下。

天祚帝正盘算如何接受阿骨打的投降，率得胜之兵进入黄龙府城时，接到耶律章奴率兵马反叛的消息。当听说叛军一口气攻下祖州、庆州、饶州、怀州等城，如今已率几万之众兵临广平淀城下，天祚帝坐不住了。广平淀城有皇帝行宫，皇后、元妃等一些后宫嫔妃都在那里避暑。朝廷的四季捺钵和五色旗鼓也存放在城里。一旦叛军攻破城池，后宫嫔妃受辱，天祚帝的脸面往哪里放！天祚帝当即召集众臣，商议御驾率兵回广平淀平定叛乱之策。

天祚帝一心要率兵回广平淀平叛。萧奉先及众朝臣明知道大军云集黄龙府城外，大战在即，此时士气可鼓而不可泄。一旦皇上率军离开的消息传开，恐怕军心不稳，自乱阵脚。这时需要有人劝阻天祚帝，毕竟几十万大军云集，金国皇帝被包围在黄龙府城内，战胜金军事关辽国生死，而对付叛军则在其次。无奈萧奉先不肯劝阻，其余朝臣噤若寒蝉。天祚帝见无人有异议，便传命亲率十万兵马，明日四更天行动，杀奔广平淀城，平定叛乱。

31. 平叛

耶律大石见无人站出来说话，既气愤又焦急，只好再次冒着被斥责的危险，跪倒在天祚帝面前。他说：“皇上，恕臣妄言之罪。叛将耶律章奴，区区几万乌合之众，遣一将军率一万兵马回师广平淀平叛即可，何必皇上劳师远征。眼下我们最大的敌人，是女真军啊！”

萧奉先见耶律大石又说话了，马上奏请皇上再治耶律大石妄言之罪。天祚帝却觉得耶律大石的话有道理，示意他继续说下去。

耶律大石说：“臣奏请皇上，愿提一万精兵，日夜赶往广平淀平叛！”

萧奉先说：“皇上，耶律大石与叛贼耶律章奴是中京国子监同窗。他们都是萧兀纳的学生！”

耶律大石说：“皇上，臣与叛贼耶律章奴昔日是同窗不假。可如今臣是翰林承旨，臣对皇上忠心耿耿！请陛下相信，臣定不辱使命！”

萧奉先跪倒磕头说：“皇上，万不可轻信此人呀！”

天祚帝犹豫起来。以前他对萧奉先言听计从，可许多事情并没达到他想要的效果。通过上次平地松林救驾，天祚帝认定耶律大石是个忠义之臣，磨炼一下说不定将来能成为股肱之臣。

天祚帝说：“耶律大石，朕拨你精兵五千，立即赶往广平淀平叛！”

耶律大石说：“臣，接旨。”

天祚帝说话了，萧奉先只好交出五千兵马的调兵符，但征调的兵马却是军纪散漫、毫无战斗力的扈从军。耶律大石领到调兵符，拜辞天祚帝，离开皇帐。

萧奉先说：“皇上，耶律大石非我心腹之臣，万一他率兵与叛贼合兵一处，可就不好对付了！”

天祚帝说：“萧爱卿多虑了，朕观耶律大石外表忠厚，腹藏良机，非心怀异志之臣。朕最担心的，是南京留守耶律淳。朕的这位皇叔若有异志，才是心腹之患！”

萧奉先说：“皇上所虑极是，叛贼耶律章奴扬言拥立耶律淳为帝，我们应该早做安排。”

天祚帝说：“朕要亲提十万精兵，明日发往广平淀，平定叛乱。”

耶律余睹在皇帐外侍卫。他这时走进皇帐，跪倒在地施拜见之礼。他说：“皇上，臣斗胆建言，发兵广平淀之事，必须机密行事。万一泄露消息，其一恐女真军趁乱进攻，其二恐我军自乱阵脚呀！”

天祚帝说：“你有什么好主意吗？”

耶律余睹说："臣斗胆请皇上离开时，其一命各军严守营寨，没有皇命，不许擅自进攻；其二请将黄罗盖伞留在军中以迷惑敌人。"

天祚帝认为耶律余睹的建言有道理，当即传令：严密封锁御驾广平淀平叛的消息；发往广平淀的十万大军，明天三更造饭，四更出营南行，不许明火执仗，人衔枚，马摘铃，严禁嘈杂；每座营寨虚留一队兵马，夜晚生火值更，白天操练巡逻，造成兵马在营的假象。

萧奉先对耶律大石和耶律余睹纷纷逾规向皇上建言很气愤。无奈，皇上听信并采纳了他们的建议。萧奉先心里不痛快，却不敢违抗皇命，只好任耶律大石提五千兵马去广平淀，又不得不按耶律余睹的建议安排调兵及各营留守事宜。好在皇上御驾去广平淀，他随驾而往。他要抓住此时机，设法置耶律大石于死地。

耶律大石率五千老爷兵赶到广平淀城外时，耶律章奴正率不足一万兵马攻城。耶律章奴的兵马曾经壮大到五万多人。但因筹措给养困难，士卒又多是七拼八凑的乌合之众，一路上抢劫百姓，鱼肉乡里，很快臭名远扬。后来路过的村镇，百姓要么外逃躲避，要么深沟高垒对阵，致使兵马无法筹措到给养，许多部队自行解散或落草为寇，到达广平淀城外时，队伍只剩下不足万人。

耶律章奴率军来到广平淀，完全是受耶律大石那篇文章的启发。只要控制这座小城，占据皇帝行宫，辽人称"捺钵"，再夺得象征契丹王权的五色旗鼓，便可诏令西北部契丹部族。同时，耶律章奴已派人去南京，与南京留守耶律淳联系。只要耶律淳答应废掉天祚帝，登基为新君，他们的目的便算达到了。

广平淀城外，耶律大石与耶律章奴，昔日同窗，今日兵戎相见。耶律大石所率虽是扈从老爷兵，但供给充足，军备齐整，马匹强壮，队列还算整齐，刀枪闪亮。耶律章奴所率兵马，服装杂色，衣衫不整，马瘦人饥，军备低劣，队形散乱，一群乌合之众模样。两支兵马虽没经战阵，但明眼人一看，胜负高下已现。

耶律大石单人独骑离开本军队列，来到耶律章奴阵前，两个人都骑在马上，相距一箭之地。

耶律大石拱手说："章奴学兄，重德这厢有礼了！"

耶律章奴拱手说："没想到呀！我们兄弟，有朝一日会兵戎相见。"

耶律大石说："重德不避嫌疑率军前来，是有话要对学兄说。"

耶律章奴说："重德学弟，你我兄弟该说的话早都说过了。如今，愚兄誓要废除昏君耶律延禧，另立仁德君子为新君，以正朝纲，谋求救国。不成功，便成仁！"

耶律大石说："章奴兄此时悬崖勒马还来得及。"

耶律章奴说："晚了，但我不后悔！"

耶律大石说："既然这样，章奴兄你赶快走吧！"

耶律章奴说："两军对阵，岂能说走就能走得了。"

耶律大石说："我们假意厮杀一场，各自收兵。夜里兄可悄悄撤兵，远走高飞吧！宋朝、高丽、西夏甚至金国，都应该有兄容身之地。"

耶律章奴说："重德弟，谢你这番好意，愚兄立志废除昏君，不达目的绝不罢休！"

耶律大石说："既然如此，弟劝兄还是降吧！重德拼命死谏，也要救你！"

耶律章奴说："投降不是我的性格，重德弟，你撒马过来吧！"

耶律大石不忍亲自动手，派副将耶律小乙与耶律章奴交锋。耶律小乙挥刀向耶律章奴砍去，耶律章奴不接耶律小乙的刀锋，举枪直刺耶律小乙前胸，耶律小乙中枪摔下马去。

耶律大石心中感叹：章奴兄真是将才，可惜这样的人才不能为大辽国所用。耶律大石挺起三刃枪催马向耶律章奴刺去，谁知耶律章奴并不躲闪，扔掉手中枪坐在马上等死。耶律大石发一声喊，才把已刺中耶律章奴身上盔甲的三刃枪收住。军士们一哄而上把耶律章奴拉下马捆起来。

耶律大石说："章奴兄，你何苦如此啊！"

耶律章奴说："大丈夫为民请命，为天下苍生而死，虽死犹荣！"

耶律大石只好命人将耶律章奴押上囚车，严加看管。

这时，广平淀城门开了，皇后命人来见耶律大石，请他进城到行宫说话。耶律大石此时已接到消息——天祚帝亲率十万人马奔广平淀而来。他命兵马城外十里扎营，告诉皇后的信使，为防备叛军散兵兴风作浪，他暂时不敢进城，要督率兵马守卫城池。皇后接报并没生气，反夸赞耶律大石是忠臣良将。

天祚帝亲率十万大军离开黄龙府，亲临广平淀。他之所以如此兴师动众，所虑并非耶律章奴率领的乌合之众。他忌惮的是南京的耶律淳。耶律淳的父亲和鲁斡是辽兴宗仁懿皇后所生，与道宗皇帝系同母兄弟。道宗时期，和鲁斡进封为宋魏国王，任南京留守、天下兵马大元帅。天祚帝即位后，耶律淳承袭南京留守之职，成为手握重兵，镇守南京的重臣。

耶律淳家世显赫，一表人才，为人仁厚，在朝臣中威望很高。当年耶律乙辛曾建议道宗皇帝立耶律淳为太子。只有萧兀纳极力反对，道宗皇帝才改立耶律延禧为太子。

32. 天祚智谋

天祚帝在萧奉先、耶律俊的陪伴下，率十万铁骑兵临广平淀城下。这时叛乱已被耶律大石平定，耶律章奴被押在囚车中，叛乱部众已经四散逃亡。天祚帝被皇后、元妃等迎进城内行宫。皇后奏报了耶律大石平叛后，率兵驻扎城外保护之事。天祚帝欲行封赏，萧奉先却抓住耶律大石不奉皇后召唤入城，有轻蔑皇后威仪之嫌。天祚帝只好令功过相抵。

耶律大石押解耶律章奴进城入行宫面君。当时，天祚帝刚用过午膳，正在寝宫与萧莺玩双陆棋消遣。天祚帝随手走一步棋，发觉有危险，赶紧悔棋又退回来。

萧莺嗔怪说："皇上，不能玩赖啊！"

天祚帝说："朕玩赖了吗？"

萧莺说："是啊，皇上悔棋了！"

天祚帝说："谁规定不许悔棋了？"

萧莺说："这是多少年的棋规啊！"

天祚帝说："朕的规矩，是可以悔棋。"

萧莺说："那谁还愿意跟皇上玩棋呀！"

天祚帝说："不跟朕玩棋，赐死，这就是规矩！"

萧莺发现天祚帝忽然变脸，吓得不敢再说话。这时外边奏报耶律大石押解叛贼耶律章奴觐见。天祚帝命带人进来。耶律大石押解耶律章奴进来。两个人跪倒在天祚帝面前。天祚帝不看耶律大石，眼睛只盯着耶律章奴。耶律章奴是天祚帝的堂弟。耶律大石以为有这层近亲关系，叛乱又没造成多大危害，耶律章奴如肯认罪，性命应该无忧。这也是他擒拿耶律章奴的主要原因。

天祚帝盯住耶律章奴看了一会儿，随手从墙上摘下一把宝剑，抽剑出鞘，信步走到耶律章奴身旁。

天祚帝说："好剑，久未磨砺，不知快否？"

萧奉先这时进门，恭敬地走过来说："皇上，宝剑无须磨砺。"

天祚帝说："这要试过才能知道。"

天祚帝漫不经心地说着话，忽然挥起手中剑，向耶律章奴的胸膛刺去。只听见"噗"的一声，耶律章奴被刺个前胸透后背。耶律章奴痛苦地瞪大双眼，嘴巴大张开，鲜血从口鼻处流淌出来。他倒吸一口冷气，摔倒在地，挣扎几下，气绝身亡。

那一刻，耶律大石惊愕了。他万没想到天祚帝会不问一句话便亲自动手杀人。他原本已想好替耶律章奴申辩的理由，请求天祚帝恩准耶律章奴戴罪立功，到黄龙府前线杀敌报国。哪怕战死疆场，强于叛逆罪被斩杀。直到耶律章奴满嘴血地倒地身亡，耶律大石才回过神来。他悲愤地大叫一声："皇上!"

天祚帝不理耶律大石，没事人似的把宝剑插入剑鞘说："好剑。"

萧奉先大快人心地满脸笑容，谄媚地接过宝剑，挂在墙上。

天祚帝回到萧莺身边，悠然地喝了一口茶，说："莺儿，接着下棋。"

耶律大石气愤地怒目圆睁。他双手握紧拳头，可又不能发作，毕竟耶律章奴已死。门口两名持刀站立的侍卫正虎视眈眈地看着他。这时萧昂带几个侍卫进来，将耶律章奴的尸体抬了出去。地上的血污很快被清理干净。

耶律大石只好起身退出门去。

萧奉先说："皇上，章奴逆贼已诛，可灭其族，以儆效尤!"

天祚帝走了两步棋，叹息说："自太祖立国以来，朝廷从没用过灭族之刑。我契丹人就皇族耶律氏和后族萧氏。若大开杀戒，恐怕皇、后两族早已灭绝了。"

萧奉先说："据说叛军已派人去南京与耶律淳联系。朝廷没接到耶律淳的任何消息，恐怕南京留守大人已从贼。臣请御驾亲征南京，兴师问罪!"

天祚帝说："再等等看，朕想耶律淳是个明白人，应该不做糊涂事。"

天祚帝所率十万大军在广平淀城外按兵不动驻扎十天。耶律大石所率五千兵马的指挥权已经交还。耶律大石与众武将心急如焚。此时东北黄龙府城快马送来边报：阿骨打亲率女真军，每天到营寨外叫战，辽军只能深沟高垒，免战牌高悬。万一女真军获知军情，突袭辽军大营，后果不堪设想。天祚帝却每天带着萧莺到城外游玩，或回到城内行宫喝酒玩乐，全然不理睬众将的焦急。

第十一天早上，萧奉先沉不住气了，进行宫奏请皇上要么北返黄龙府，要么南下征讨南京城，不能再按兵不动了。天祚帝却说此时按兵不动，胜过百万雄兵。萧奉先以为天祚帝信口开河，并没相信。

这时太监王华进来奏报说："南京留守耶律淳城外求见！"

萧奉先面露紧张之色，说："他带了多少兵马？"

王华说："只带随行亲信，没见一兵一卒。"

萧奉先这才松了一口气。

天祚帝说："朕这位皇叔，果然是聪明人。"

萧奉先恍然大悟地说："皇上圣明，这便是十万大军按兵不动的玄机！"

天祚帝说："倘若大军南征，是逼迫耶律淳反叛。朕按兵不动，以安其心，他才会带着劝反者人头来广平淀见驾。"

萧奉先说："吾皇智慧过人，真天神下凡也！"

萧奉先到城外迎接耶律淳进城。来到行宫，拜见皇上，耶律淳命手下人将两颗叛逆者人头献上。

原来，耶律章奴上京城劝萧兀纳反叛不成，便派亲信萧敌里和萧延留两人星夜赶往南京城，劝耶律淳在南京登基称帝。萧敌里是耶律淳的妻兄，萧廷留是他的外甥。他俩到南京后，谎称天祚帝御驾亲征已经失败逃亡，金军正由北向南杀奔南京城，此时只有耶律淳登基称帝，振臂高呼，辽国各地军州群起响应，才能抵御金军，保护辽国的土地和城池。

耶律淳没轻信两个人之言，派人送他们去吃饭休息，然后派人找来李处温密议。李处温原是宋朝人，小时候被辽兵掠来。他因满腹诗书、才高八斗，曾任南京府学汉文教师，后被耶律淳看中，升为南京析津府参知政事，现为南府宰相。

李处温考虑后说，耶律章奴气盛易怒，非谋大事之人；萧敌里和萧延留都是耶律章奴的心腹，不可轻信；要尽快派人打听确实消息，然后再做决断。耶律淳想起早年间，奸臣耶律乙辛提议立他为太子，结果被萧兀纳阻止。虽事过多年，天祚帝因此事一直猜忌他。他父亲任秦晋国王、天下兵马大元帅，这是个世袭的职位。他父亲死后，天祚帝只任命他为南京留守，秦晋国王及天下兵马大元帅却迟迟不肯让他继承。

耶律淳派快马北上打听，探知皇上亲率十万大军由黄龙府南返广平淀城下，耶律章奴已被耶律大石生擒，部众被打散。皇上率军到达广平淀，十万大军按兵不动已经七天。李处温认为，皇上亲自率大军到广平淀平叛，便是对南京不放心。如今十万大军按兵不动七天，是在等待南京的动静。此时南京与朝廷开战，受益的只能是金国皇帝阿骨打。眼下最好的办法是杀掉萧敌里和萧延留，耶律淳亲赴广平淀向天祚帝请罪，这样才能打消天祚帝的猜疑，说不定还会有好事降临。

耶律淳思虑再三，觉得别无选择，只好忍痛传令杀掉萧敌里和萧延留，将两颗人头用木盒盛装，自己只带几个亲随，快马加鞭赶往广平淀。

耶律淳进行宫拜见天祚帝，跪倒行君臣之礼，口称前来请罪。天祚帝喜笑颜开，上前扶起耶律淳，说卿是朕的皇叔，不但无罪，还立下大功一件。耶律淳奏报了妻兄萧敌里、外甥萧延留受叛贼耶律章奴蛊惑，到南京妄言废立之事。他再次跪倒磕头："臣家族世受朝廷恩典，皇恩浩荡，我朝自皇上即位以来，内修明政，外抗强敌，呕心沥血，振作朝纲……臣已斩二贼首级在此，请皇上恕臣杀兄灭甥之罪！"

天祚帝再次搀扶耶律淳起身，赐座。他说奸臣逆子，人人得而诛之，皇叔无罪而有功，朕当奖赏你。如今女真人犯上作乱，阿骨打叛逆建国称帝，弥天大罪，朕御驾亲征。皇叔忠臣之后，智勇过人，坐镇南京，镇守大辽国南疆，朕才可放心北征。天祚帝当即命耶律大石进殿拟旨：南京析津府留守耶律淳，拜为大辽国天下兵马大元帅，元帅府设在南京析津府；封耶律淳为秦晋国王，觐见天子可免跪拜之礼；允许耶律淳在南京析津府自己招募、编练军队，自行任命将士，不必请示朝廷，以备不时之需。

耶律淳涕泪长流，伏地谢恩。

33. 大战前夕

耶律淳在广平淀住十余日，几次觐见天祚帝，表忠心，誓效忠，终于得到秦晋国王的继承权，以及天下兵马大元帅的任命。他告别天祚帝，回南京城驻守。天祚帝在广平淀又盘桓几日，之后率十万大军北返。

天祚帝再次率军到达黄龙府城外时，已是十月末天气，此时的东北已天寒地冻、冰天雪地。从各地征调来东北的辽军兵马，因后方路途遥远，粮草军需运转困难，连棉衣都没有，取暖更谈不上了。士气已到崩溃的边缘。

阿骨打像一个冷酷而老道的猎手，密切注视着辽军的一举一动。天祚帝率十万大军南下广平淀，虽然留下皇帐及黄罗盖伞，各军营还留下疑兵，但阿骨打很快便得到确实的消息。当时有部将建议趁天祚帝南下辽军营空虚，金军全力出击可打胜仗。这却不是阿骨打想要的。他严令各部只许严密监视，不许出击。天祚帝平定了广平淀叛乱，再次率十万辽军北上黄龙府，阿骨打觉得时机差不多了。此时黄龙府城外的辽军劳师远征，野外扎营，却久没打仗，锐气尽失，加之辽军粮草军需供给不济，士卒怨声载道。天祚帝所率十万兵马，往返广平淀与黄龙府之间，旅途奔波，人困马乏，需要休整。围猎黄羊群的狼怎会给猎物喘息之机呢？

这天夜里，天空阴沉，寒风凛冽，阿骨打在宗翰的陪伴下，走上黄龙府城外城楼。他遥望从广平淀远道而来的辽军人困马乏进入营寨的身影，脸上露出满意的笑容。

阿骨打说：“围猎该开始了。”

宗翰说：“什么时候动手？”

阿骨打说："如果老天肯下一场小雪，就再好不过了。"

两个人下城门楼时，天空真的飘起了雪花。阿骨打伸出手掌，接几个雪花，举到眼前观看。他喜形于色："真是天助我啊！明早四更做饭，五更出征。"

第二天五更天，阿骨打率领吃饱穿暖、马壮弓强的二万金军铁骑，悄悄来到靠近黄龙府城的两座辽军营寨外。此时风停了，天晴了，大地被一层白雪覆盖着。阿骨打骑马来到金军队列前，众军将及女真各部族首领都整装待发。阿骨打在众人面前抽出腰中佩剑，在自己脸上划了一道，很快半边脸被鲜血染红。

阿骨打道："这些年来，辽朝对我女真人极尽盘剥、羞辱之能事。辽人杀我同胞，奸淫我妇女，抢夺我们的财物和牲畜，逼迫我们进贡海东青和大珠。辽人的压迫，使我女真人失去家园和财产，家破人亡、流离失所。他们的罪恶罄竹难书。今天，辽帝亲率大军向我逼来，尽管我们事先派人送去降表，他们仍不愿赦免我们，他们是想赶尽杀绝呀！各位同胞，事情到如此地步，我们只能同心协力，决心死战，抵抗辽军的侵害。如果你们大家怕死，怕累，怕受牵连，我阿骨打宁愿捆绑起自己和家人，去向天祚帝请罪求饶！"

众部族首领及文武大臣纷纷离鞍下马，跪倒在地哭喊："皇上，事已至此，我们大伙只能拼死一战了。女真人生死存亡的时刻到了。战则生，不战则死，请你下命令吧！我们宁愿战死，血洒疆场，不愿被辽人羞辱、奴役、杀戮！"

阿骨打这时跳下马背，俯身将众人一个个搀扶起来。

阿骨打说："这次辽军来黄龙府，号称大军七十万，其实能打仗的士卒不过二十万人，又都是贪生怕死的胆小鬼。辽国皇帝耶律延禧，是一头坐在龙椅上的猪。如今的大辽国就像一头虚胖又生了病的大象。黄龙府城外这几十万辽军，缺吃少穿，饥寒交迫，是一群待宰的羔羊，已经不堪一击。这是上天恩赐给我们的最佳的敌人。只要我们不怕死，不畏艰难，勇往直前，消灭辽军，生擒天祚帝，就在今天!”

众将说：“皇上，下命令吧!”

阿骨打跨上战马，高举手中剑，众将纷纷跨上战马，抽出佩带的刀剑。

阿骨打说：“诸军听我号令，向辽军进攻。擒贼先擒王，但见黄罗盖伞者，猛冲猛打。擒获天祚帝者，重赏!”

两万精锐金军铁骑在阿骨打及众将的率领下，漫山遍野向辽军营冲杀而去。

金军发起进攻的这天清早，耶律大石在帐篷里被冻醒。他起身背弓提枪走出军帐，骑马到相邻的军营巡视。这是南京兵马的营寨，天祚帝为表示对耶律淳的敬重，特意让南京兵马紧挨御营驻扎。耶律大石以前来过这座营寨，还在这里遇见了南京的邻居张撒八。耶律大石得到守寨军校的许可，骑马进入南京军营寨，迎面看见帐篷外的雪地上架起一堆柴火。张撒八等几十个士卒身穿单衣，双手抱在胸前，围聚在堆火前取暖。

张撒八说：“这天真冷，快冻死人了!”

士卒甲说：“这苦日子，啥时候到头呀!”

耶律大石骑马走过来。张撒八等人聚拢过来。张撒八说：“石爷，这仗啥时候开打呀?”

耶律大石说：“怎么，想打仗了?”

张撒八说：“想跑。可不打仗，没法跑呀!”

耶律大石说：“为什么想跑?”

张撒八说：“人们都传说：女真兵满一万，天下无敌呀!”

耶律大石说：“女真人不是神，他们也是肉胎凡身，有什么可怕的。”

张撒八说：“这日子吃不饱，穿不暖的，哪有心思打仗呀!”

耶律大石说：“难道，你们都这么想的?”

张撒八等士卒齐点头。

忽然，远处传来隆隆的轰鸣声，伴随着隐约的喊杀声。耶律大石扭头向军营外看，远处山坡上，先出现一个黑点，紧接着出现蚂蚁般黑压压的人群，然后是马蹄声轰鸣，喊杀声动地。张撒八急忙趴在地上，将耳朵贴在地皮上倾听。他忽然跳起来，惊讶地叫喊："马蹄声，女真兵杀过来了。快跑啊！"

张撒八说完转身便向军营外跑去。他身边的几十个士卒边叫喊边跟随张撒八向营寨外跑去。这时无数士卒从军帐里跑出来，有的赤手空拳，有的扔掉手中的兵器，混乱地向营寨外跑去。守卫寨门的士卒企图阻拦，被潮水般涌来的士卒们推开。营寨门被推开，士卒们纷纷跑出军营，向南方跑去。

耶律大石被这场景惊呆了。他想上前阻拦逃跑的士卒，却发现太多了，似乎整座军营的士卒都无心打仗，纷纷弃营南逃。远处，金军的铁骑潮水般冲杀而来。北边的几座辽军营寨已被金军的铁骑踏破。辽军微弱的抵抗被金军铁骑的洪流很快淹没。耶律大石想到自己的职责，赶快调拨马头，向御营方向奔去。

34. 溃败黄龙府

金帝完颜阿骨打率两万女真兵铁骑发起攻击时，辽帝耶律延禧正躺在温暖的皇帐内，拥着美人萧莺酣睡。尽管帐篷外冰天雪地，帐篷内因生起两盆炭火而温暖如春。昨天夜里三更天，天祚帝才率领十万兵马回到黄龙府城外的御营里。这时辽军各营统兵官都守候在皇帐外求见皇上，准备诉说自己军营遇到的各种困难，希望朝廷帮助解决。天祚帝接连赶几天的路，又困又乏，传令今夜谁都不见，有事三天后再说。他要好好歇息两天，养精蓄锐，再面对军营里的各种麻烦。行军路上，萧奉先已经奏报了辽军面临的许多困难。天祚帝的想法很简单，只要几十万辽军齐集黄龙府城下，一声令下发起进攻，区区女真军两万人马，人踩马踏便成为肉酱了。

辽朝许多文臣武将，包括萧奉先在内，都抱有这种盲目的乐观态度。他们认为打仗只是双方兵马数量的较量。兵多将广的一方肯定能获得胜利。耶律大石、耶律余睹等几个懂军事的人虽然看出辽军潜在的巨大危机，但是他们没有话语权，朝廷根本没有他们说话的位置。天祚帝好大喜功，谁说好听的话他便喜欢谁，谁在他面前忠言逆耳，轻则受到斥责，重则获罪。

萧奉先得知金军发起进攻，北边靠近黄龙府城的几座辽军营寨已经被攻破，辽军死伤惨重，逃跑的散兵漫山遍野。他预感到大事不好，赶忙跑到皇帐外求见天祚帝。王华守在皇帐门口，说昨夜皇上与萧莺喝酒到四更天，刚睡下没多大会儿。谁都知道皇上睡下后，没人敢轻易打扰。据说天祚帝即位不久，某次外出游猎，一个侍卫打扰了他的梦境，他命人把这个侍卫活活打死。

天祚帝这天睡得特别香，特别沉。皇帐外都能听见北边传来的马蹄声和喊杀声了，他才慵懒地从睡梦中醒来。他没起床穿衣便命传萧奉先进帐。萧奉先急忙跑进皇帐，没来得及开口，天祚帝便命他马上派人去黄龙府城，找阿骨打问罪，降书已经递过来许多天了，怎么不见阿骨打来投降。

萧奉先说："皇上，阿骨打递降书是假，女真军进攻了！"

天祚帝说："什么？阿骨打竟然敢骗朕！"

萧奉先说："皇上难道忘记了，混同江吃头鱼宴，阿骨打不肯舞蹈的事了？"

天祚帝咬牙切齿地说："悔不该当初放过他！"

萧奉先不敢接话了。当初阿骨打不肯为天祚帝舞蹈，被从各地来觐见的部族首领看在眼里。天祚帝恼羞成怒，萧兀纳奏请杀阿骨打以绝后患，萧奉先却劝谏说，因不肯跳舞就杀人，恐怕寒了众部族首领的心。

天祚帝听信萧奉先之言，放虎归山，这才遗下今日之患。

这时皇帐外的马蹄声和喊杀声越来越真切了。天祚帝与萧莺这才慌忙起床穿外衣。天祚帝来到皇帐外，发现金军骑兵从西、北、东三面潮水般涌过来。他能够看清金军将校头上闪亮的头盔和红缨，以及金军马队高举起来的、闪亮如林的弯刀。辽军的溃兵在金军追击下溃不成军，纷纷落荒而逃，逃跑慢的，便被赶上的金军挥刀砍下马背。

天祚帝这是第一次上战场，第一次看见两支兵马打仗，没想到他亲自指挥的辽军在金军面前如此不堪一击。以前萧兀纳告诉他金军打仗如何勇猛，阿骨打指挥作战如何刁钻，他全部嗤之以鼻，认为萧兀纳老迈昏庸，长敌人锐气，灭自己威风。如今亲临战场，亲眼所见，才知关于金军勇猛的传言并非虚妄。但是，此时醒悟已经晚了。由于阿骨打传下擒贼先擒王的将令，众金军看见御营里的黄罗盖伞，全部向御营这边冲杀而来。眼看着天祚帝无法逃脱了，这时只见耶律大石骑马来到御营外。他将手中铁枪挂在马鞍上，摘下背上的三百石铁弓，搭箭拉开弓，向蜂拥而来的金军射去。只见冲杀在最前边的一名金将脸上中箭，惨叫一声摔下马背。耶律大石连发三箭，三名金军将士中箭落马。金军的攻势一下慢下来。耶律大石收起铁弓，摘下铁枪握在手中，用枪指向身旁一队御营军，命令跟他一起冲杀。耶律大石打马持枪向金军冲去。这队辽军御营兵见皇上就在身边，不敢怠慢，纷纷跟随耶律大石冲杀而去。金军凌厉的攻势总算延缓下来。

天祚帝这才松了一口气，急命随从牵两匹快马过来，与萧莺一起跨上马背，在萧昂率领众侍卫的保护下，向南方跑去。萧奉先等人见状，纷纷找寻马匹骑上，打马跟随天祚帝逃跑。

辽军没被金军攻击的各营寨本来无心恋战，如今听说皇上跑了，都怕跑慢了成为金军的刀下之鬼。各寨将领纷纷弃营逃跑，士卒扔掉手中的兵器跟在将领身后没命地逃跑。这场大仗，成为辽军竞相逃命的长跑比赛。

天祚帝在侍卫队及御营军的保护下，在南逃的辽军人群中左冲右突。由于黄罗盖伞分外醒目，宗翰等金军将领率领几支金军马队专门追杀辽朝御营兵。天祚帝逃到哪里，金军便追到哪里。一次宗翰率领五百金军铁骑将拼命南逃的天祚帝拦在一条河边。萧昂率侍卫队拼死抵抗，无奈金军只认黄罗盖伞，声言活捉天祚帝，萧昂的侍卫队死伤惨重。天祚帝眼看被金军生擒了，耶律大石率领一队御营军及时赶来。

天祚帝激动地握住耶律大石的手："爱卿是朕的猛将啊！"

耶律大石率领御营军摆开阵势，拦住迎面而来的宗翰。天祚帝、萧莺、萧奉先等人才得以过河。宗翰此前没听说过耶律大石的名字，如今见一员辽将如此勇猛，眼看着到手的天祚帝逃跑了。他恼羞成怒，与耶律大石在两军阵前一番厮杀。两个人大战五十多个回合，难见胜负。这时耶律余睹率领一支御营军赶来，宗翰本来是轻军冒进，只想生擒天祚帝，如今见天祚帝已逃，辽军援军又到，只好率领金军后退了。

天祚帝逃到一座名叫护步答冈的山上，终于将追击的金军远远甩开。此时，天已近中午，远处原野上辽军雪崩似的溃逃，金军潮水般追杀，人间地狱般的惨象不忍目睹。天祚帝又累又渴又冷，太监王华生起一堆火，化一碗雪水端到天祚帝面前。天祚帝喝几口热水，吃一块萧奉先送来的糕点，才觉浑身暖和一些。

这时耶律大石、耶律余睹率一队御营军赶来。一些逃散的朝臣和溃败的辽将也都聚拢过来。几十万兵马糊里糊涂地溃败了，收拢残兵败将再战已无可能。天祚帝与萧奉先等人商量，想去庆州打猎散心。萧奉先表示赞同，其他朝臣将领不敢说话。耶律大石实在看不下去了，将手中铁枪插在地上，跪倒在天祚帝面前。

耶律大石道："皇上，恕臣妄言之罪。经历此次惨败，朝野震惊，军心动摇，民心纷乱。陛下万不可去庆州游猎，臣请皇上驾临广平淀，收拢溃兵，稳固军心，安定民意，重整旗鼓，以利再战！"

天祚帝已经被眼下的惨败击垮了。他毫无斗志，更不愿意面对朝廷文武百官，只想远离尘世，远离纷扰，到庆州去休养身心。至于接下来该怎样做，他不愿意想，也想象不出。他只想像童年时那样，受到惊吓或委屈，一个人躲在黑暗的角落里，默默承受。

萧奉先见天祚帝不说话，担心久拖不决，一旦金军追赶而来，保护的兵马难敌，后果不堪设想。

萧奉先说："皇上，臣请移驾庆州，远离战场，远离喧嚣，静心休养龙体!"

天祚帝点头应允。

耶律大石不好再说什么。

35. 自己的敌人

金帝完颜阿骨打称天祚帝是女真人"最佳的敌人"，又称天祚帝为"一头坐在龙椅上的猪"。当年在混同江畔，阿骨打敢于不向天祚帝献舞，便因从骨子里瞧不起这个花花公子皇帝。后来敢于横挑强梁公然反叛，一打宁江州，二打初河店，在会宁府建立大金国，登基称帝，这一切都是因为阿骨打对天祚帝的蔑视。阿骨打曾对身边的人说：只要天祚帝一直坐在龙椅上，我们就能消灭大辽国。

与历史上多数亡国之君类似，天祚帝的才能和兴趣使他在短短二十多年的时间，便把从祖辈手中继承下来的强大的辽王朝断送得一干二净。在这一点上，天祚帝与同时代的宋徽宗赵佶有异曲同工之妙。

宋哲宗去世后，向太后坚持立端王赵佶为新君。大臣章惇反对说："端王轻佻，不可以君临天下。"章惇为此言付出的代价是，赵佶即皇帝位后，他连遭贬谪，七十岁时死在湖州团练副使任上。

耶律延禧即位之前，他身为当朝太子的父亲以及祖母和母亲，都在佞臣耶律乙辛的陷害下，被道宗皇帝赐死。辽道宗成为中国历史上继汉武帝之后，眼睁睁看着自己立的太子——嫡长子被奸臣迫害而死的帝王。辽皇孙耶律延禧比汉皇孙幸运，他没跟自己的父亲一起被害死。当佞臣耶律乙辛将下一个陷害的目光盯在耶律延禧身上时，当时的北院宣徽使萧兀纳奏报说：“窃闻车驾出游，将留皇孙，苟保护非人，恐有他变。果留，臣请侍左右。”道宗联想到之前一妇女向他献上的《挟谷歌》，才猛然省悟。道宗决定带皇孙耶律延禧出行，才避免一次可能的陷害。

萧兀纳冒着得罪大奸臣耶律乙辛的危险，提醒辽道宗从而救下孙皇的命，还被任命为孙皇的帝师。耶律延禧即皇帝位后，萧兀纳的处境却每况愈下。最后萧兀纳被夺去官职，驱离辽中京，回到辽上京隐居。

有意思的是，这两个亡国之君即位之前都有人反对过，也都有人保护过。最终保护的人获得成功，把两个亡国之君扶上龙椅。这就是真实历史的残酷。从这一点上看，大辽国和北宋王朝真正的敌人，是天祚帝和宋徽宗两个极不称职的皇帝。

天祚帝离开东北向庆州进发时，阿骨打率金国得胜之兵占领了护步答冈。阿骨打站在天祚帝刚刚离开的山丘上，目送辽朝的御旗以及天祚帝专用的黄罗盖伞远去。宗翰等金将不甘心，欲追击擒获天祚帝，被阿骨打阻拦。经过这次狼围猎黄羊般的大战，阿骨打改变了作战之初急欲生擒天祚帝的想法。他对身边的人说：“因为辽朝有天祚帝和萧奉先这样的昏君奸臣，我们反辽才有成功的希望。假如现在擒获天祚帝和萧奉先，杀之无用，放之不能。万一辽朝另立一个圣明的君王，励精图治、整顿纲纪，聚全国之人力、物力、财力抵抗我军，就算我们最终取得胜利，也要付出惨重的代价。”

宗翰禀报说：“辽军中两个智勇双全的人物——耶律章奴和耶律余睹，一个被杀一个遭贬，天祚帝帮助我们除掉了两个劲敌。不过，这次打仗时遇见一个骁勇的辽将，此人能开强弓，箭无虚发，使一支丈八铁枪，力大无穷，勇猛难敌。若非他几次救驾，天祚帝早被我们活抓了。我派人打听了，这个人叫耶律大石，在辽朝廷任翰林承旨，是个文官。”

吴乞买禀报说："这个耶律大石是辽太祖的八世孙，祖传一张三百石铁弓，武艺高强，文采出众。曾写文章弹劾过萧奉先，后被天祚帝点为新科进士。此人曾建议辽朝以广平淀为中心，构筑抵抗我军的防御之策，但天祚帝没采纳他的建议。"

阿骨打心有余悸地说："万幸天祚帝没采纳，否则我们就难了。"

吴乞买建议用离间计除掉耶律大石，以免久后为患。阿骨打却说："不用担心，相信萧奉先会替我们办这件事的。自古忠奸势同水火，萧奉先是不会容忍身边有能人的。再说了，耶律大石这样的人也不会受到天祚帝的器重。否则，天祚帝就不是天祚帝了！"阿骨打命人把耶律大石的名字刻在令牌上，晓谕全营将士，日后战场上遇见此人要万分小心。

吴乞买禀报说："此战金军斩杀辽军三万余人，击溃辽军十几万。缴获马五万多匹，牛、羊、骆驼数万，军械、粮草、财物等若干。"

阿骨打对这些不甚感兴趣，问："辽东京辽阳府那边可有什么动静？"吴乞买说："已多次派人暗访过，如今的东京留守萧保先是萧奉先的族弟。此人贪财好色，每日醉酒，酒后鞭打官民。他任人唯亲、巧取豪夺、一意孤行，致使东京城官怨吏恨，民怨沸腾。"

阿骨打说："辽东京，是下一个进攻的目标。"

天祚帝抛下东北惨败的烂摊子不管，在萧奉先、耶律俊等近臣的陪伴下，辗转一千多里，从东北护步答冈来到庆州。庆州的原野上一派萧索。但与东北的冰天雪地相比，庆州的山谷丛树，别有一番冬的韵味。

天祚帝住进行宫，拜谒了庆州白塔，这座曾经被叛军攻占的城池并没遭受大的破坏。当初跟随耶律章奴叛乱的官吏和军将纷纷前来庆州向皇上请罪，图谋得到皇上的宽宥。天祚帝却命将这些人吊在城墙上冻饿而死。天祚帝对萧奉先等人说："朕最痛恨的，便是叛逆之臣，见一个杀一个，把他们全部杀光，才能解朕的心头之恨。"

天祚帝在庆州行宫中歇息两日，便坐不住了，带着萧莺骑马携弓，穿林海，踏草原，射猎游玩。初来庆州那几天，天祚帝的情绪很低落，时常想起刚刚经历过的黄龙府败仗。疯玩几天之后，他便把那些不快的事情全忘记了，完全醉心于庆州冬季的河谷山川风光。萧莺与天祚帝不同，她曾跟随天祚帝到过黄龙府城外，辽军几十万大军惨败的景象无法从她的记忆中抹去。她因此整天忧心忡忡，难以释怀。

天祚帝说："莺儿因何事不开心？"

萧莺说："臣妾忘不了黄龙府城外的冰天雪地。"

天祚帝说："这里是庆州，不是黄龙府。"

萧莺跪倒说："皇上恕罪，可臣妾就是忘不了！"

天祚帝为逗萧莺开心，抹去那些不堪的记忆，命令萧奉先准备一次猎鹿游戏。

36. 庆州猎鹿

辽朝的历代皇帝都喜欢游猎，辽国宫廷把皇帝四季游猎称为"春水秋山"。天祚帝尤其喜欢游猎，一刻都不愿待在皇宫中，似乎一年四季都在野外游猎才惬意。契丹人有猎鹿的习俗，由于鹿浑身是宝，肉可食，皮张可缝制衣服，筋、骨、茸、血可入药，契丹人把学习猎鹿当成谋生的重要手段。

辽朝皇帝猎鹿时，要有专门的"唤鹿人"。这些人要事先埋伏进狩猎场，穿好用鹿皮缝制的衣服，头上套一个掏空了的鹿头，扮成鹿的模样。他们会先在野鹿出没的地方撒盐，然后学习野鹿的叫声，将鹿群引出丛林。野鹿平时活动在山谷中，吃蒿草，喝泉水，食物中缺少食盐，一旦遇见盐，便相互拥挤着舔食，警惕性便降低了。这时事先守候的皇帝及王公贵族们，便纷纷拿出弓箭射鹿。这样的猎鹿场面，每次都是血淋淋的杀戮。

天祚帝为萧莺准备的这场猎鹿游戏如出一辙。这天黎明前，几名唤鹿人便悄悄来到事先选好的猎场。经过一番伪装、撒盐后，唤鹿人躲在草丛中等待命令。天刚亮时，萧奉先、耶律俊、萧昂等人陪伴天祚帝和萧莺骑马来到狩猎场。耶律大石因职责所系，不得不骑马跟在队伍之后。

天祚帝骑一匹通体红色的高头大马。这是大食国进贡的良种马，四肢强健，奔驰如风。天祚帝特意穿一身猎人装，手握一把雕弓，左肩上站一只海东青，看上去像一个精干的猎人。萧莺骑一匹白色的跑马。这种马是西夏国进贡的，体形较小，但十分健壮，奔跑速度不算快，却耐力惊人。萧莺手持一张小巧的雕花细弓，腰悬一只缝制精巧的兽皮箭壶，看上去飒爽英姿。

随行的还有一百多位朝廷的文臣武将，有从东北跟随天祚帝败逃过来的，也有留守中京城，听说皇上来庆州了赶过来的。这些人都骑马挽弓，准备跟皇上一起射猎取乐。

天祚帝、萧莺及随行众人来到猎场，按指定位置隐藏在猎场周围的蒿草丛中。一切看上去天衣无缝了，该唤鹿人上场了。萧奉先为讨天祚帝喜欢，换穿一套唤鹿人的服装，跟随几个唤鹿人悄悄进入一片丛林。过了一会儿，丛林中响起几声惟妙惟肖的鹿鸣声。这是唤鹿人在模仿野鹿的叫声。紧接着，树林深处传来此起彼伏的鹿鸣声。时过不久，在一头健壮公鹿的带领下，几十只野鹿警惕地走出丛林。一只野鹿发现了撒在草丛中的食盐，试探地走过去舔食。其余野鹿观察一下四周的动静，便一只接一只地跑过去舔食食盐。最后十几只野鹿拥护在一起，抢食食盐。突然，猎场外吹响几声牛角声。这是围猎开始的信号。野鹿群里，领头的健壮公鹿似乎意识到了什么，警觉地高抬起头，发现了猎场外忽然出现的猎人们。它马上向同伴发出警告声。但为时已晚，随着一阵“嗖嗖嗖”的声音，将猎场三面围定的猎人们纷纷开始射箭。

天祚帝第一个拉满弓箭，瞄准那只领头的公鹿。但是，当他看见众人欢呼雀跃地射箭，鹿群在如雨的箭丛中惊慌失措，纷纷四散逃跑或中箭倒地哀鸣时，他却扫兴地收起弓箭。

萧莺正拉开弓瞄准一只幼鹿，见天祚帝收起弓箭，也将弓箭收起来。她说：“皇上为何一箭不发？”

天祚帝说：“这样的射猎，没意思。”

天祚帝调转马头欲离开，忽然看见骑马在人群之外的耶律大石。他手提铁枪，铁弓挂在马背上，一个人望着远处出神。他看上去神情落寞、郁郁寡欢。天祚帝默默地盯着耶律大石看。

萧莺说：“他连弓都没摸。”

天祚帝说：“他不屑于这种游戏。”

萧莺说：“他心慈吗？”

天祚帝说：“满朝文武，朕只摸不透他的心思。”

天祚帝说完拨回马头，向远处一片大草甸子跑去。萧莺骑马紧跟在后。

路过一片树林时，一只健壮的野鹿忽然从树林中跑出来，惊慌失措地向远处奔去。天祚帝这下来了精神。他一边挥鞭打马追赶，一边取下弓搭上箭，向奔跑的野鹿瞄准。结果连射三箭不中。野鹿近在咫尺，狂奔的红马前蹄几乎踏到野鹿身上，但是天祚帝连射三箭而不中。急切之下，天祚帝举起雕弓抽打野鹿，野鹿惊慌地转身向树林跑去。萧莺勒住马，举起雕花细弓，也不瞄准，胡乱向野鹿奔跑的方向射去，竟然歪打正着，射中野鹿的一条后腿。野鹿中箭后跑速明显慢了。天祚帝和萧莺打马追赶，跑过一座山冈，中箭的野鹿因流血过多终于跑不动了，摔倒在草丛中惊恐地喘息。

天祚帝勒住马，跳下马背，走上前，一只脚踏在受伤野鹿的身上。萧莺也勒住马，跳下马背，来到天祚帝身边。

天祚帝沮丧地说：“朕老了，不中用了！”

萧莺说：“皇上正当壮年，怎可言老啊！”

天祚帝说：“朕发三箭而未中，莺儿却一箭射中，朕岂不是老了！”

萧莺说：“野鹿被皇上追逐得六神无主，臣妾歪打正着，捡了个便宜而已。”

天祚帝说：“莺儿在安慰朕，可朕心里很不是滋味啊！”

远处猎场上，围猎还在继续，几只受箭伤的野鹿被众人在草地上追逐取乐。耶律大石远离人群，骑马到一座山冈上远眺。

这时太监王华带领几个小太监驱赶一辆马拉的皇帐过来。皇帐车停稳，小太监们搬来石头堵塞车轮，固定住。天祚帝拉着萧莺的手来到皇帐外。王华打开皇帐门帘，里边两盆炭火燃烧正旺，温暖如春。两个人在太监的服侍下，洗过手，进入皇帐，脱去外衣，坐在柔软的卧榻上。一旁的几案上，摆着奶茶、酒壶及几样小吃。太监们离开，放下皇帐的门帘。天祚帝舒服地躺在卧榻上，喝奶茶、吃小吃、喝酒。萧莺为他揉肩、捶腿。

第五章 王朝魔咒

37. 天祚倾诉

天祚帝拉萧莺坐在身边，递奶茶和小吃给她。他刚喝了酒，面色红润，情绪有些激动。他劝萧莺忘记东北，忘记黄龙府，忘记过去所有的不快。他说人生短暂，应该及时行乐，安享荣华富贵，才不枉来世上走一遭。萧莺刚目睹过辽军在东北的惨败，几十万兵马说溃败便溃败了，如草原上暴雨过后涨潮的河水，波涛汹涌，泥沙俱下，一片狼藉。那雪崩似的溃败，血淋淋的杀戮，人间地狱般惨象，她每每思来便心有余悸。大辽国能有多少个黄龙府经得起丢弃？又有多少万兵马经得起风卷残云般溃败！这时萧莺才理解，文妃明知天祚帝不喜欢甚至厌恶，仍然吟诗作文劝谏天祚帝的良苦用心。她自知人微言轻，在后宫连个名正言顺的身份都没有，天祚帝一直说要封她为妃，却一直没见动静。尽管这样，她仍知道“覆巢之下，安有完卵”的道理。一旦什么都不放在心上的天祚帝真将大辽国断送了，每一个契丹族人的命运都堪忧。萧莺说她当然希望能永远依偎在皇上身边，服侍皇上，安享荣华富贵，可东北的冰天雪地令她每天夜里噩梦不断。她真担心梦中的景象会在现实中显现。所以，尽管与皇上一起游山玩水是她喜欢的生活，但是，她还是希望能跟皇上回到皇宫里，毕竟那里有许多应该做的事情。天祚帝拉过萧莺的手，温情地注视着她。他明白萧莺的心思，可他的心思又有谁能明白呢？从小到大，他过的大多是凄苦而孤独的日子。他身边的侍从、太监、宫娥如云，可他的真实想法和内心的苦闷从来不敢跟人说起。那座在别人眼里巍峨耸立、高不可攀的皇宫大殿，在他眼中简直就是人间地狱。今天，在目睹了猎鹿场面的血腥杀戮，联想到黄龙府城外的惨烈溃败，面对萧莺，他有一种强烈的倾诉欲望。他之所以想把憋闷在心中已久的话说给萧莺听，一来小鸟依人的萧莺是唯一令他心仪动情的女人，二来这些话说给萧莺听是最安全的。她眼下在后宫中还没位置，在朝臣中也没有靠山，不像皇后和元妃有萧奉先，文妃有耶律余睹。

天祚帝说："莺儿你知道吗？在皇宫里，朕曾经像那群被杀戮的野鹿，孤苦无依、任人宰割！"

萧莺愕然说："真的？怎么可能啊！"

天祚帝说："当年，道宗皇帝宠信耶律乙辛，朕的父母亲便死在耶律乙辛一伙手中。那时的朕，比这群野鹿还凄惨、狼狈。整日躲藏在殿宫角落里，担心被人杀害、被人暗算，害怕死无葬身之地。"

萧莺惊诧地看着天祚帝，一时不知该说什么好。

天祚帝说："你知道朕为什么不愿住在皇宫中吗？"

萧莺说："为什么？"

天祚帝说："恐惧、厌恶、痛恨……中京皇宫，建成一百多年了，有多少人在皇宫中生，在皇宫中死。这些人的命运如何？生时快乐吗？死时甘心吗？是被陷害死的吗？朕很小的时候，每到夜里，都龟缩在房间的角落里，从来不敢在宫中走动。尤其朕的父母含冤而死后，朕每时每刻都生活在恐惧中。每天午夜，朕能听到大殿里的那些冤魂在哭叫，在倾诉，在喊冤叫屈。那是一本本的血泪账啊！"

萧莺静静地倾听着，不敢插言打断。

天祚帝说："有一天夜里，朕一个人孤零零地睡在大殿的一角。午夜时，睡梦中的朕忽然被一位须发皆白的老人推醒。他说：‘孩子，别在这里睡，这里危险！’朕说：‘不在这里，能去哪里睡？’他说：‘到外面去，远离这里，越远越好。’第二天，朕把这个梦告诉奶娘。她说那个须发皆白的老人，应该就是传说中的太祖耶律阿保机！”

萧莺说：“真够神奇的！”

天祚帝说：“还有一次，朕夜里梦见了父亲，他浑身血地走过来，叫着朕的小名说：‘阿果，我死得惨啊！’朕说：‘谁害了你，告诉我，长大后我替你报仇！’父亲惨然一笑，说：‘报仇？记住，你千万别有这样的想法。你能找谁报仇？你根本找不到。害死我的那个人，是你的仇人。可是，他也是被别人害的啊！’朕说：‘父亲，那我该怎么办？’父亲说：‘没办法，谁让你生在皇宫中，生在帝王家，这是命啊！这座皇宫，才是万恶之源！’朕说：‘那我就一把火烧掉它！’父亲凄惨一笑，转身而去。”

萧莺张嘴要说点什么，天祚帝摆手制止。

天祚帝说：“还有朕的母亲，也在某个夜里托梦给朕。她站在朕头前，深情地看着朕。朕说：‘你是谁？’她说：‘阿果，我是你母亲呀！’朕说：‘不对，母亲病死了！’她说：‘孩子，记住，母亲是被人害死的！’朕说：‘母亲，是谁害了你？’她凄然一笑，说：‘是你父亲！’朕愕然地说：‘父亲怎么会害你？’她说：‘因为你父亲，母亲才嫁进这座宫殿里来啊！’”

天祚帝眼圈红了，难过地低下头。

萧莺伸手抚摸他，说：“没想到，皇上的身世这么苦！”

天祚帝拉住萧莺的手，说：“莺儿，这些话装在朕的心里，从来没对人说过。可是，朕愿意对你说。你知道为什么吗？”

萧莺感动又感激地说：“为什么？”

天祚帝说：“因为你是朕最爱的女人。”

她动情地把头深埋进他的怀里，他紧紧拥抱着她，良久。

萧莺说："你会烧毁皇宫吗？"

天祚帝认真地想了一会儿，摇头说："不知道。"

这时猎鹿活动结束，萧奉先带着文武大臣来到皇帐外。他高声奏报狩猎成果说："皇上，此次围猎大获全胜，共射杀野鹿二十九只……"

天祚帝说："知道了，你等退下吧！"

萧奉先答应一声，招呼众臣离开。

萧莺说："这哪里是围猎？分明是陷阱，是阴谋，是杀戮！"

天祚帝说："人世间也这样，充满陷阱、阴谋和杀戮。"

她靠在他的怀里，说："真希望就我们两个人，相依相偎，安安静静，直到永远。"

他拥紧她说："总会有那么一天的，就我们两个人，永远安静地待在一起。"

38. 软禁

天祚帝在庆州游猎二十多天。季节进入隆冬，接连下了几场雪，庆州大地一片白茫茫。野外路难行了，猎物很难寻找，天寒地冻，不适合游猎了。这时传来金帝阿骨打率领金兵回会宁府的消息。大辽国溃逃回来的各路兵马也都回到各自的驻地。

这一天，天祚帝传谕移驾中京城。皇宫车仗及随行官员的车马，加上护卫的侍卫队和御营军，行动起来绵延几十里。一路上，走走停停，到达中京城时，已是年末岁尾。

耶律大石苦盼回中京城，终于实现了。他将皇上车驾送进皇宫，点了卯便离开宫城。他没顾上回家，直接骑马来到外城汉人街。进门没见到萧塔不烟，西樱说骄儿姐早回内城的家了。耶律大石随驾离开中京城不久，萧塔不烟便说思念母亲要回家。那时西樱已知她便是北院枢密使萧奉先的女儿，是萧府的千金小姐。但这并没影响她俩的姐妹情谊。那天吃过早饭，西樱骑马送萧塔不烟回家。萧塔不烟还拉西樱在萧府住了一晚。西樱还拜见过萧夫人。萧夫人直夸西樱长得漂亮，希望她以后常来萧府玩。后来萧塔不烟两次来外城看望西樱，还送来许多好吃的好玩的东西。后来师父劝萧塔不烟少到外城来，这里是平民百姓待的地方，豪门小姐整天往这儿跑，会引起别人的怀疑。之后萧塔不烟就再没来过。

耶律大石没见到师父和两个师弟。西樱说师父到城外灵感寺出家了，法号普慧师父。两个师弟也跟师父去了，在寺里服侍师父。耶律大石惊问师父好好的，为何剃度出家了？西樱说一言难尽，让他还是去问师父吧。西樱为耶律大石做饭。他简单吃了一口便急着要去看师父。西樱劝他多待一会儿。她问东北溃败及庆州游猎的一些事情。耶律大石说改天详细告诉她。今天快傍晚了，他要去灵感寺看师父，再晚恐怕城门关闭，便出不了城了。西樱很不情愿，但又没办法，只好送他出门。

耶律大石快马加鞭来到灵感寺门外时已是掌灯时分。他在寺外下马，将马拴在寺前的拴马桩上。走进寺门，遇见一个小和尚担水往院里走。仔细打量，正是师弟耶律铁哥。他喊住耶律铁哥。师弟也认出了他，便带他到寺后一座幽静的小院见师父。

这是一座整洁清静的小院。院里有三间正房，为佛堂，两间侧室，为起居室。西伯住里边的那一间，耶律铁哥和耶律燕山住外间。

耶律大石见到西伯时，他正将那幅奇怪的鹿皮图案摆放在床榻上，用几枚金币占卜刺杀天祚帝的时机。他这次来灵感寺剃度出家，目标还是对准天祚帝的。没办法，他此生最大的愿望便是完成酋长西老交给的使命。上次平地松林刺杀行动失败，西伯痛定思痛，决定改变思路。辽朝历代皇帝都痴迷宗教，而且佛、道、萨满都信。天祚帝不但迷信，还将法师慧材留在身边，随时为他祈祷求福。灵感寺是辽朝皇家寺庙，专门为朝廷举办一些法事活动。御用法师慧材除居住在皇宫外，经常来灵感寺讲法布道。西伯正是看中这一点。他要设法接近慧材，等待天祚帝来灵感寺的机会。用这种办法除掉天祚帝，西伯一个人便可完成，还可免去祸及西樱和耶律大石的可能。如果能使西樱活下去，为古老的西族留下一根苗，功莫大焉。

耶律大石行师徒见面之礼。一身僧衣的西伯淡然让耶律大石坐下，让两个师弟见过师兄，献上茶水。耶律大石刚要开口说话，西伯双手合十盘腿而坐。

西伯说："重德，你我师徒缘分已尽。老衲普慧，见过施主！"

耶律大石说："师父，到底发生了什么？"

西伯说："老衲皈依佛门，是前世的缘分。"

耶律大石说："为什么？"

西伯说："阿弥陀佛，是是非非，一切休问。前因后果，彼此不爽！"

耶律大石还想说什么，西伯不再理他，拿起一只木槌敲起木鱼。耶律大石在寺里住了一夜，偷问两个师弟师父因何出家。他俩也是一头雾水。第二天一早，耶律大石想再见师父一面，有些事想问清楚。师父却不肯再见他，让师弟传话给他，让他好好朝堂上做官，如有空闲，多去看望西樱。耶律大石只好离开寺院，骑马回城。进入内城，他来到萧府门外，骑马在府门外的街上转了几圈。他希望能看见萧塔不烟，转念一想希望不大。他当然不能贸然进入萧府求见。萧奉先已把他当死敌，必欲除之而后快。

萧塔不烟此时已被父亲软禁在家中。她不可能出萧府的大门，甚至连平时居住的小院门都出不去。

上次她被耶律大石送到外城汉人街，在那里住了十几日，便因想念母亲而觉度日如年。后来耶律大石随驾去黄龙府，她父亲和兄长也随驾出征了。西樱送她回内城的家与母亲相见。父亲不在家，府上一应事务都要母亲操心。她平时懒得管家事，现在也无法替母亲分忧。好在府上管家是母亲的堂弟，是个能干又忠厚的人，这样母亲倒能省心不少。有时母女俩聊天，母亲问她这些天去哪里了。她如实相告，说与耶律大石的师妹住在一起。但她留了个心眼，没把外城汉人街的地址说出来。她向母亲坦白了对耶律大石的爱慕及对耶律俊的极端厌恶，希望母亲能帮助她。母亲却教导她，儿女婚姻大事，自古都由父母做主，父亲已经把她许配给耶律俊，她只能恪守妇道，遵从父命。她说父亲答应过的，她的婚事由自己做主。母亲说父亲自有他的难处，女儿应该体谅父亲。

萧塔不烟见求母亲没用，便在心里打定主意，只等耶律大石回中京，她便搬到进士府居住。她才不在乎别人怎么看、怎么说，自己的幸福就是要自己做主。如果耶律俊胆敢再逼婚，她就去皇宫求姑姑元妃替她做主。她相信事情闹大了、公开了，父亲也奈何不了她。父亲自小那么娇宠她，她要天上的星星，父亲恨不得派人架天梯去摘。她要海底的月亮，父亲恨不得派人将海水抽干。当然，就算父亲不原谅她，也没关系，大不了不认她这个女儿。只要她能与相爱的人在一起，其余她在所不惜。

那些日子，萧塔不烟让仆人把她的衣服和用品包裹好。她密切关注父亲及兄长的家书，探知东北战场上的消息。一旦听说天子回朝，她便带上东西去耶律大石家。后来传说东北辽军战败，她便与母亲一起替父亲和哥哥捏一把汗。她其实更牵挂耶律大石的安危，却无法说出口。得知黄龙府溃败后，皇上去庆州了，父亲和兄长也随驾去了庆州，她却打听不到耶律大石的任何消息。不过她并不担心，凭耶律大石的本事，他会转危为安的。

她估计皇上在庆州待不了太长时间，毕竟隆冬了，庆州比中京寒冷得多。一旦父亲或兄长传回家书，御驾要回中京，她便提前离开家，先去外城汉人街，耶律大石回中京后，她便搬去进士府。

萧塔不烟盘算得很精细，却没想到老谋深算的父亲比她棋高一招。萧奉先在家书中得知女儿在他离开中京不久便回府了，便料定得知他要回中京，女儿肯定还会离家。皇上决定离开庆州回中京了，萧奉先派心腹骑快马先行一步。他密写一封家书，告诉夫人及在家的两个儿子立即将小姐软禁起来，等他回府处置。

萧塔不烟见有人从庆州骑快马回府上，便猜到御驾要回中京了。她让仆人收拾好东西，备轿，准备离开，却被告知小院四周被府上护卫监视起来了，没有主人萧奉先的命令，任何人不许离开小院一步。萧塔不烟这时才意识到，自己行动晚了，被父亲算计了。她求见母亲，母亲带来父亲的密信，告诉她别无办法，一切只能等父亲回府再说。

39. 逼婚

耶律俊从庆州随驾回到中京城，便开始张罗婚事。

萧奉先写信回家让家里软禁小姐，其实是耶律俊的主意。他认定此前小姐失踪肯定与耶律大石有关。如今耶律大石随驾在外，萧塔不烟肯定因思念母亲会回家看望母亲。一旦萧塔不烟听说御驾回中京，可能还要离家出走。耶律俊找到萧奉先，把自己的想法和担忧说出来。萧奉先深表赞同，立即修家书一封命夫人软禁小姐。在回中京的路上，萧府派人送信来，说小姐已被软禁在府上。耶律俊兴奋得连连向萧奉先道谢。

耶律俊当初随驾离开中京时，曾吩咐家人收拾好新房，做好迎娶萧小姐的准备。从庆州回到中京，见家中一切准备就绪，耶律俊顾不上去北枢密院点卯，便跑到萧府拜见萧奉先和萧夫人，请求尽快与萧小姐完婚。萧奉先怕久拖生变，也同意尽快举办婚礼。萧夫人却说萧家就一个宝贝女儿，婚事不能太仓促，更不能迁就，要堂堂正正、风风光光地操办。耶律俊担心小姐再跑掉。萧夫人说小姐被软禁在院子里，跑不了也飞不走。这时宫中派人来传皇上口谕：后天是元旦日，也是契丹族传统的惊鬼节，每年皇宫都要举办祭祀活动。今年皇上决定要大操大办惊鬼节，驱除霉运，惊走恶鬼，祈福降瑞。萧奉先领了皇上口谕，送走宫人，派人请来阴阳先生查看黄道吉日。最后确定：惊鬼节后第三日举办婚礼。

萧塔不烟有个贴身丫鬟叫半月，她听府上管事的用人说，五日后小姐即与耶律俊完婚。半月回到小院，把此消息悄悄告诉了萧塔不烟。萧塔不烟听后又气又急，想求见父母亲抗婚，可冷静下来一想，这样几乎没有胜算。父亲写信吩咐软禁她，便是主意已定，估计无可更改。母亲明显不敢违拗父亲。现在最稳妥的办法便是想办法逃出萧府。可她住的这所小院子位于萧府的中院，与父母亲居住的小院相邻，原是她祖母颐养天年的地方，祖母过世后便闲置了。后来母亲为离女儿近一些，一来相见容易，二来便于控制女儿，便命管家修缮了这座院子，改成女儿的住所。萧塔不烟被软禁后，小院里增加了两个女佣，小院门口的门面房里住进两个带刀护卫。这些人名义上是伺候小姐的，实际上是来监视的。

半月十几岁时便做了小姐的贴身丫鬟。小姐平时对仆人态度较温和，对半月更多一分亲昵。在小姐的关心下，半月的吃穿用度比别的仆人要好一些。半月因此对小姐感激涕零。她知道小姐的心思，便自告奋勇要出府去给耶律大石送信，让他设法接小姐出去。萧塔不烟觉得此计可行，慎重考虑后，给半月写下一张需要购买的婚礼物品的单子，如内衣布料、香料等。半月按小姐的吩咐去见萧夫人，说小姐需要购买这些东西。萧夫人看了一眼购物单子，都是一些女人日常必用的物品。由于对女儿内疚，她并没深究，便命半月跟随一名女佣和一名男仆坐马车到街上店铺里购买。出府门前，半月去见小姐。萧塔不烟从脖子上解下一枚“心”形玉坠，让半月转交给耶律大石，表达她宁死不嫁耶律俊的决心。

半月坐马车来到大街上。马车在一家布料行门外停车。半月曾陪小姐去过进士府邸，只不过她没进院子，在府门外的街边上等小姐。她知道这家布料行离进士府邸不远，便让那个女佣和男仆进布料行选布料，她说要去香料店选香料。女佣和男仆答应一声走进布料行。她便急忙转身向进士府小跑而去。

半月来到进士府邸门外，被守门的家人拦住。小姐事先有言，一定要见到耶律大石才能道出实情。守门人问半月找谁，有什么事。半月说找翰林承旨大人，这事要见到大人面才能说。守门人说大人没在府上，让她改日再来。半月说她有急事，要马上见翰林承旨大人。两人正说着，刚巧耶律大石与西樱骑马过来。

原来，耶律大石从城外灵感寺回来，便想见萧塔不烟一面。他骑马来到萧府院外，围着院子转了两圈，希望能遇见萧塔不烟，或打探到关于她的消息。他没能见到萧塔不烟的身影，因身穿官服，又不便贸然打探萧小姐的消息，想到去外城汉人街找西樱，让她来萧府求见萧小姐也许更好一些。他便快马加鞭到西樱的住处，两个人又骑马返回萧府门外。西樱来到萧府门前，被守门的侍卫拦住。她说是萧小姐的朋友，想求见小姐一面，有要事相告。侍卫却告诉她，萧小姐在府上潜心钻研女红，拒绝见任何人，再说没有萧奉先大人的话，谁也不敢放人进府见萧小姐。

西樱从萧府门口退回来，与耶律大石骑马离开。耶律大石猜到萧塔不烟可能被软禁了。她曾说过，她从小最讨厌女红了，怎么会潜心钻研女红呢！

半月此前没见过耶律大石。但她看见守门人向他鞠躬，喊他主人，便跑到他的马前，张开双手拦住马头。耶律大石勒住马，问她是谁，为何拦马头。她悄声说是萧小姐的贴身丫鬟，萧小姐有话要传给他。耶律大石立即下马，带着半月和西樱进府门，径直来到书房。他关闭房门前警惕地向四周打量，确信无人盯梢后，才关好房门。

半月没待耶律大石问，便把萧小姐被软禁在家，萧老爷和夫人已经决定惊鬼节后第三日要为小姐办婚礼的事说了出来。半月掏出“心”形玉坠递上，说小姐让转交给耶律大石，让他尽快想办法救小姐出来。小姐说她宁死不会嫁给耶律俊。

耶律大石接过“心”形玉坠，紧紧攥在手中。他询问萧府院内的地形，半月却一知半解。她只知道小姐居住的院子位于萧府大院的正中间，是一处独门小院，与东边老爷、太太居住的院子中间隔一道花墙；两座小院外观几乎一模一样，都是石院墙，院内青砖红瓦二层小楼。耶律大石忽然想起，萧塔不烟曾带他从萧府后花园去前院见萧奉先。当时萧奉先就住在一栋青砖红瓦二层小楼上。他拿过笔纸，画了一张萧府院落的草图，标出两座紧邻的小院位置。半月点头说差不多。耶律大石让半月转告萧小姐：元旦日前一天夜里，三更天左右，会有人潜入萧府院内，设法救小姐出来；为了好辨认，那天夜里最好在小姐居住的二层小楼上悬挂一个黄色的灯笼。半月一一记下，便告别耶律大石，离开进士府邸。

由于耶律大石元旦日前夜要进宫参加皇宫举办的惊鬼节仪式，进入萧府营救萧塔不烟的事只能由西樱来完成。考虑到萧府墙高院深，护卫森严，西樱又从没去过那里，耶律大石很忧虑。西樱却请师兄宽心，说北院大王妃过世时，她曾跟随师父进过北院大王府。中京城内的王府格局都差不多，无非前院为王府衙门，中院为居住地，后院一般是花园。耶律大石觉得西樱说的有道理。他拿过那张草图，指点从萧府后花园进入萧府中院的路径。为了增强实地感，耶律大石带西樱来到萧府院外。他们围着萧府大院转了一圈，在萧府后院外一片树林里下马。他带西樱攀上一棵高大的垂柳树，可以看见萧府后花园的假山。他将进入萧府院子的路线指给西樱看，西樱默记于心。两个人从垂柳树上下来，西樱拿起一根短树枝在地上画进入萧府的路线简图。耶律大石认为差不多了，两个人才离开树林。

40. 惊鬼节

惊鬼节是契丹人每年元旦日举办的传统节日。辽朝历代皇帝都很迷信，类似惊鬼节这样的节日，每年举办得都很隆重。今年天祚帝事先传口谕，皇宫要大办惊鬼节。原因是这一年来发生的诸多事情都对辽国不利。天祚帝认为这是神鬼作祟的结果。他要大办惊鬼节，驱除恶鬼，以便天佑大辽国。

国师慧材在灵感寺给西伯等僧讲经布道时，接到皇上命他进宫主持惊鬼节的口谕。众多僧人因没进过皇宫，纷纷请示跟随慧材师父进宫见识一番。唯独西伯表示对此事没什么兴趣。慧材问原因，西伯说师父想带谁进宫自会有主张，做弟子的只管听师命便是；再说灵感寺是皇家寺院，在灵感寺内诵经，心诚则灵，一样可为皇宫和天下百姓除灾祈福。慧材夸赞西伯是个有慧根的可塑之材，特命西伯跟随自己进宫做法事。西伯表面上装作很平静，内心却异常激动。他太希望能跟随师父进皇宫了。这是一次难得的接近天祚帝的机会。如果刺杀天祚帝能够成功，他便完成了酋长的绝杀令，也算为西族人报仇雪恨了。如果论资排辈，无论如何轮不到他，他以退为进，反而被慧材师父点了将。

元旦日的前一天黄昏，西伯跟随慧材师父进宫，被安置在一间偏殿内等候。皇宫大殿内，站满等候参加惊鬼节仪式的王公大臣。夜里，三更天刚过，皇宫大殿内外便亮起无数灯笼、火把。四更天时，许多太监、侍卫从御膳房里抬出用糯米饭掺白羊髓做成的拳头大小的米饼。从大殿开始，给皇宫内的每一座宫殿都送进一个食盒，食盒内装有无数糯米饼。五更天时，开始从每座宫殿里往外扔糯米饼。有人专门负责查糯米饼个数。查出双数时，预示这座宫殿在新的一年里大吉大利。一旦查出单数，则预示新的一年诸事不利。

天祚帝带着萧莺来到皇宫大殿时，萧奉先、耶律俊、耶律大石等文武大臣早已恭候在大殿内。在皇宫大殿举行的惊鬼节仪式预示着大辽国新的一年的吉凶祸福，天祚帝及朝臣们都很重视，京城以外的各地文臣武将，甚至普通百姓也很看重。因此，每年朝廷的惊鬼节仪式都很隆重。今年，天祚帝事先传下口谕，惊鬼节仪式更加隆重。几个告老还乡的老臣都被请回皇宫来参加活动。

往年天祚帝会带皇后、元妃、文妃等嫔妃参加惊鬼节仪式。今年天祚帝只带萧莺参加。皇后被冷落了，文妃更被晾在一旁，甚至想见天祚帝一面都很难。元妃事先给皇上捎过话，希望能跟皇上一起到大殿参加活动。天祚帝传口谕，让皇后、元妃共同主持后宫的惊鬼节仪式，就不必过来了。

五更天时，天祚帝和萧莺被从大殿后的休息室请出来。王华指挥几个小太监抬过来一只大木盒。盒里装满糯米饼。天祚帝抓起第一个糯米饼扔出去，萧莺仍出第二个糯米饼。之后萧奉先等朝臣根据品级大小，先后扔出糯米饼。轮到耶律俊时，他抓起一个糯米饼扔了出去。耶律大石因品级太低，没轮到他时外边传来一声锣响，这是截止的信号。守在一旁的小太监把装糯米饼的木盒关闭了。很快，外边传来报数声："四十九个糯米饼!"

那一刻，天祚帝及大殿内的百官都惊呆了。扔出的糯米饼数是单数，这是历年惊鬼节所罕见的，这预示新的一年大辽国诸事不利。太监王华更惊愕了。事先在萧奉先的嘱托下，他都安排好了。木箱里一共装多少糯米饼，多少人参加扔糯米饼，谁扔过之后敲锣截止，这些都是经过精密谋划的。按谋划，耶律俊扔完敲锣截止，应该正好是四十八个糯米饼，取四平八稳之意，又是双数，大吉大利，皆大欢喜。往年惊鬼节扔糯米饼，都是如此谋划的，从没出过差错。今年鬼使神差，竟然扔出四十九个。王华悄悄问负责看守木箱的小太监，才知道错误出在萧莺身上。第一次参加皇宫惊鬼节的萧莺，忙乱之中抓起两个粘在一起的糯米饼扔了出去。

事情出了，责怪和埋怨都没用了。再说萧莺正得宠，也没人敢埋怨她。

天祚帝得知是单数，坐在龙椅上闷闷不乐。大殿里的朝臣们噤若寒蝉，气氛紧张而尴尬。王华求助地望着萧奉先。萧奉先其实已经准备好祝贺词，计划在糯米饼扔出双数时，带领群臣向皇上祝贺。如今出了变故，他一时也没了主意。王华向他使眼色。他忽然计上心来，快步走到龙椅前跪倒。

萧奉先说："陛下，常言道，天有莫测风云。今年糯米饼扔出了单数，或许并非是坏事！"

天祚帝说："爱卿何出此言啊？"

萧奉先说："我朝有神师慧材，有通天通神之奇功。何不请慧材神师做法，以求逢凶化吉，遇难呈祥啊！"

天祚帝说："好，即刻请神师慧材上殿做法！"

王华小跑着出大殿，一会儿带着慧材和西伯匆匆进殿。慧材头戴红色面具，腰间挂一串铜摇铃，手持驱鬼刀。西伯头戴白色面具，腰挂一串铁摇铃，手持收鬼幡紧跟其后。慧材围绕大殿快速奔跑，口中念着驱鬼咒语。西伯紧随其后，眼睛却瞄着龙椅上的天祚帝。

这时，几个小太监从大殿外抬进来一只青铜鼎摆在大殿中央。青铜鼎下放几块劈开的木柴，木柴洒上松油，点燃。慧材带领西伯来到青铜鼎旁，两个人同时往鼎内撒盐。一边撒盐，一边念咒语，同时用木棍击打青铜鼎。撒盐和击打青铜鼎都是驱鬼的意思。

西伯一直密切注意龙椅上的天祚帝，寻找合适的下手机会。无奈天祚帝身旁时刻站立四名带刀侍卫，虎视眈眈地注视着西伯师徒二人。西伯身上没有兵器。他原来在绑腿内藏了一把牛角飞刀，进宫时因检查太严，被他悄悄扔掉了。如果他赤手空拳便动手，估计到不了天祚帝身边，就会被四个带刀侍卫包围。如果能离龙椅再近一些，他凌空奔过去，双手死死卡住天祚帝的喉咙，就算被四个侍卫千刀万剐，估计在临死前，他能扭断天祚帝的脖子。

西伯试图靠近天祚帝时，慧材大叫一声，双手高举捉鬼刀在空中乱舞，这是发现鬼并与鬼搏斗的意思。西伯只能打消接近天祚帝的念头，双手举起收鬼幡，跟在慧材师父身后。慧材与鬼搏斗了一会儿，又是一声凄厉的大叫，一只手在空中乱抓一阵，之后将捉到的鬼扔进收鬼幡中。西伯将收鬼幡扔进被火烧红的青铜鼎内。慧材向青铜鼎内撒盐。在噼噼啪啪的响声中，收鬼幡冒出一道蓝色弧光，之后弧光化作一道青烟飘散。

慧材走到龙椅前施礼，说："陛下，恶鬼已被贫僧拘拿烧化。"

天祚帝满意地说："好，重赏神师！"

慧材说："谢皇上隆恩。"

萧奉先说："惊鬼节仪式结束。预示我大辽国今岁风调雨顺，大吉大利！"

众臣高声说："祝愿我大辽国今岁风调雨顺，大吉大利！"

天祚帝在众臣的祝贺声中起身离开龙椅，匆匆向大殿后走去。萧莺紧紧跟随。四个带刀侍卫前呼后拥地护卫。西伯眼看着天祚帝离开却无能为力。

萧奉先派耶律俊送慧材和西伯离开大殿。群臣也陆续离开大殿。往年惊鬼节仪式结束，糯米饼扔出双数，君臣皆大欢喜。天祚帝都会把慧材师徒叫到龙椅前，好言抚慰一番，奖金赏银，还会命御膳房赏一顿斋饭。今年糯米饼扔出单数，晦气，一切便从简了。慧材师徒二人领到黄金白银各五十两，便被送出皇宫。西伯想在龙椅前向天祚帝下杀手的愿望也落空了。

41. 营救

耶律大石在皇宫参加惊鬼节仪式时，西樱按计划展开营救萧塔不烟的行动。元旦日前一天夜里，二更天时，她骑马来到萧府后院墙外的树林里。她找到一匹拴在树上的有全副鞍具的白马，那是耶律大石进宫前送过来的，是为获救后的萧塔不烟准备的坐骑。两匹马拴在一棵树上，西樱从马背上的一个鹿皮袋内，掏出黑衣黑裤、青色面纱、短弯刀、攀墙绳索等。一番打扮之后，走出树林的她完全一副夜行人的装束。

三更天时，她来到萧府后墙外，找到白天选好的翻墙地点，将带铁钩的绳索抛上墙头，抓牢，然后抓住绳索攀上墙头。她伏在墙头上，借助满天星光观察萧府后花园。她看到耶律大石说的那座假山，便抓住绳索溜下墙头，悄悄来到假山上，找到那个秘密石洞。正是天寒地冻之时，她的手脚都被冻僵了。她进入石洞内，感觉明显比外边暖和多了。她打着火镰点燃蜡烛，从兵器架上选了一把宝剑挂在腰间，以备不时之需。这时，萧府前院传来四声更鼓声。她走出石洞，下了假山，找到一条去往前院的小路。她沿着小路蹑手蹑脚，通过一道拱形门，进入萧府中院。她来到两所紧挨着的小院外，看见其中一所小院的二楼上悬挂着一盏黄色的灯笼。这便是软禁萧塔不烟的小院了。

西樱来到小院墙外时，萧塔不烟在丫鬟半月的帮助下，也做好了逃离的准备。

白天时，半月与耶律大石约定好便离开进士府邸，来到商业街，找到一家香料行，买了几样香料，便赶到那家布料行，与萧府女佣男仆会合。此时，女佣男仆已将所购之物按单子买齐。三个人乘坐马车回到萧府。交了差，半月回到小院，见到萧塔不烟。她把去进士府见耶律大石及西樱的经过全说了。萧塔不烟听后很高兴，赏过半月，不许她透露出半分。半月不要赏赐，却希望能跟小姐一起走，说她生是小姐的人，死是小姐的鬼。萧塔不烟很感动，告诉半月别离开萧府。只要她在外边有了安稳的住处，便回来接她。半月虽恋恋不舍，但也只能如此了。萧塔不烟收拾要带走的衣服和物件，半月去找管家索要黄纸，准备糊灯笼。管家打发人到街上买了黄纸送过来。半月将小院门口悬挂的红灯笼取下一盏，拿到楼上，撕掉红纸，用黄纸糊上。四更天时，半月将黄色灯笼点燃，悬挂在二楼小姐卧室的后窗外。

西樱按事先约定，拾起一块小石子扔到二楼悬挂黄灯笼的窗上。此时，萧塔不烟正整装待发。传来“叮当”一声响，一块小石子打在后窗上。萧塔不烟起身到窗前，轻推开后窗，看见西樱站在后墙外的阴影里。她转回身来，躺在床榻上，双手抱住肚子喊痛。这是她与半月事先商量好的办法。由于小院围墙很高很难攀越，还容易被巡更的家丁发现，只能想办法支开两名女佣和两名守门家丁，萧塔不烟才能安然离开小院。

半月慌张来到一楼，这时两名女佣听见小姐的喊痛声，已纷纷跑出房间。两名守院门家丁也提着刀跑进来询问。半月冲两个女佣喊："快上楼去照顾小姐！"两个女佣哪敢耽搁，马上向二楼小姐的卧室跑去。进入卧室，一把宝剑便横在两个人面前。

萧塔不烟说："谁敢叫喊，便杀了她！"

两个女佣一下瘫在那里，直喊小姐饶命。萧塔不烟拿出事先准备好的绳索，将两个女佣堵住嘴，捆起来。

两个守门家丁听见叫喊，从门房跑出来，问发生了什么事。半月说小姐突发急症，肚子疼，快去西偏院喊轿子，请郎中，耽误了小姐的病可了不得。两个家丁站在那里不动。这时萧塔不烟双手抱肚子走下楼。两个守门家丁半跪在地上拱手："小人参见小姐！"

萧塔不烟虚弱地说："快备轿，请郎中！"

两个家丁面面相觑，不知该怎么办。

半月说："快去备轿啊！你们不想活了？"

两个家丁这才答应一声，急忙起身跑出小院门外，向西偏院轿夫们住的院子跑去。

半月赶忙上楼，拿下一个包裹递给小姐。萧塔不烟接过包裹，跑出小院门，来到院后墙下与西樱会合。西樱接过包裹，拉住萧塔不烟的手，两个人快速向后花园跑去。

半月送走小姐，守在小院门口。五更鼓响过，两个家丁才引一顶轿子匆匆而来。一个老年郎中下轿，要进院上楼为小姐诊病。半月拦住门不让进，说小姐刚上楼睡了，病症好多了。这时，隔院萧夫人听见动静，在两个丫鬟的搀扶下走过来。萧夫人问出什么事了。半月说小姐突发急症，肚子疼，这会儿好多了，在楼上卧房睡觉。萧夫人急命半月引她上楼。

半月引萧夫人上二楼，推开小姐卧室的门，萧夫人进去，半月却将丫鬟女佣们拦在门外。萧夫人进入卧室，发现两个女佣嘴被堵住，捆住手脚躺在地上。她惊讶地快步走到床前，拉开床帘，不见小姐的身影。这时，半月进门跪在萧夫人面前，直喊夫人救命。萧夫人此时已猜个八九不离十。她坐在床榻上，命半月如实招来。半月便把小姐派她去进士府邸见耶律大石，约好耶律大石派人来救小姐出去的经过如实说给萧夫人。这是萧塔不烟教给半月的活命办法。半月只有向萧夫人坦白，萧夫人才能救半月的性命。

萧夫人本来对逼女儿嫁给耶律俊很不情愿，但又不敢违拗丈夫。她知道凭女儿的性格，女儿是不会屈从嫁给耶律俊的。如今半月将女儿的所作所为一点不隐瞒地说给她，并说是小姐让她这样做的，看来女儿对自己还是信任的。萧夫人考虑良久，决定替女儿周旋这件事。她命半月为两个女佣松绑，两个女佣急忙过来跪倒辩解。萧夫人示意她们闭嘴。她告诫三个人，如想活命，就让这件事烂在肚子里，谁敢走漏半点消息，定杀不饶。三人跪倒磕头求饶，发誓绝不敢乱说。

萧夫人下楼打发走郎中，这时管家气喘吁吁跑过来，问发生了什么事。萧夫人说没事，不要大惊小怪的。她吩咐管家将两个守门家丁打发到城外去守祖墓，给两个女佣每人一笔钱打发回家。为遮人耳目，萧夫人命家人象征性地打半月几板子，罚她一个月工钱，明里将半月遣送出府，暗地里派人送她到萧夫人的娘家做女佣，实际上是保护起来，等日后小姐回府再接半月回来。

萧奉先办完惊鬼节从皇宫回府，萧夫人告诉他，女儿借惊鬼节之际看管之人的疏忽，竟然翻墙出府了。萧奉先初听此消息很生气，要亲自拷问看管之人，还要派人在城里搜查，但转念一想，小姐逃出家门，毕竟不是光彩之事，不能大张旗鼓地拷问和搜查。再说，从内心来讲，他对女儿的这桩婚事并不满意，只是迫于耶律俊的步步紧逼才不得不答应的。如今他当初的危机消除了，耶律俊手中已无能拿捏他的牌。况且是女儿自己逃跑的，并非他萧奉先违约。谅他耶律俊也不敢兴什么风浪。

耶律俊得知萧塔不烟在惊鬼节之夜逃跑了。开始时他怎么也不相信，认为萧奉先与其女儿合谋在骗他。萧奉先派人把耶律俊请到府上，带他到小姐居住的小院查看了，耶律俊仍然半信半疑。当一名受伤的巡更家丁被带过来，述说了那夜追赶小姐及一个黑衣人时，被黑衣人用牛角弯刀击伤，耶律俊才信以为真。他接过那把牛角弯刀查看，觉得与平地松林袭驾案现场留下的那把很相像。耶律俊怀疑此事与耶律大石有关。萧奉先说惊鬼节之夜，耶律大石一直在皇宫里，怎能抽身来这边？耶律俊要面见侍候小姐的丫鬟和用人。萧夫人说这些人都被责罚后，驱逐出府了。耶律俊请求以北枢密院的名义征调御营军，闭关中京城门，满城搜查。萧奉先说皇上正为惊鬼节之事不痛快，这时候尽量别若是生非了。再说小姐是私逃出府的，并非遭人绑架，怎么征调御营军呢！只能慢慢查问小姐的行踪了。

耶律俊显然不甘心，但又无计可施。他坚信耶律大石肯定与此事有关。就算耶律大石在皇宫参加惊鬼节，他可以派人来萧府帮助小姐逃跑。他甚至想进宫弹劾耶律大石破坏朝臣婚姻，却苦于拿不出证据。思来想去，他只能派人悄悄给老何捎信，让他严密监视进士府邸，一旦有可疑之人出现，立即向他报告。

42. 因言获罪

天祚帝惊鬼节只带萧莺参加，把皇后、元妃都晾在一旁。皇后年长色衰了，一心烧香敬佛，不以此事为意。元妃却受不了了，认为这是萧氏姐妹即将失宠的信号。天祚帝喜新厌旧之人，每个后妃都有失宠的那一天，元妃对此已有准备。唯一让她心有不甘的是，天祚帝一直没立太子，她的儿子秦王耶律定也没能成为大辽国的储君。此事如果再拖下去，到萧氏姐妹彻底失宠之后，家兄萧奉先孤掌难鸣，那时就毫无希望了。她想做最后一搏，一旦为儿子争到储君之位，萧氏家族的将来才会有保障。她派人传萧奉先来后宫，皇后、元妃、萧奉先三兄妹密谋立储之事。目前诸皇子中，文妃的儿子晋王敖鲁斡对秦王耶律定威胁最大。撺掇天祚帝立太子之前，一定要先除掉敖鲁斡。而剪除敖鲁斡，只能先从文妃下手。如今皇上专宠萧莺，文妃已经失宠。文妃的妹夫耶律余睹上次率和谈使团去金国获罪，已由御营将军降为御营偏将。如果此时找到文妃的过错弹劾，一定能轻易击倒她。文妃倒了，耶律余睹便不足为虑了，晋王敖鲁斡也就失去争夺储君之位的资格。到那时再极力撺掇天祚帝立储君，太子之位便非秦王耶律定莫属了。商议已定，萧奉先决定寻机陷害文妃。

惊鬼节之后第八日，天祚帝才带着萧莺从后宫一所院子出来。这是祖辈传下来的规矩，惊鬼节糯米饼扔出单数，天子要闭门思过七日。天祚帝来到皇宫大殿，便宣萧奉先进宫议事。天祚帝仍为惊鬼节的事闷闷不乐，认为这是上天给予的某种启示。萧奉先说既然上天给予启示，人间一定会有所风闻，不知皇宫内近期可有奇异之事发生？

天祚帝便召来王华，问他近来宫中可有什么蹊跷之事发生。王华遮遮掩掩、欲言又止。天祚帝命他从实招来。

王华跪倒在地说：“文妃自庆州夏猎归来，对皇上颇有怨言！”

天祚帝立刻沉下脸说：“可有证据？”

王华起身从怀里掏出一张宣纸，走到龙椅前递上。天祚帝接过宣纸看，是几句诗词：冬云掩日头，不得露容颜；妾心似日心，何日得舒展。盼子兴西风，疑云东南去；昏暗从此结，普天庆太平。

王华说：“这是文妃娘娘写的诗。还请伶官谱了曲，命人日夜在后宫弹唱。”

天祚帝说："不过是怨妇之言，没什么可奇怪的。"

萧奉先说："皇上，依臣看来，这首诗含有深意啊！"

天祚帝说："有何深意？"

萧奉先说："'盼子兴西风，疑云东南去。'这句话是文妃专为晋王写的。晋王惯会笼络人心，朝中许多大臣都暗夸晋王仁义、贤德！"

天祚帝说："这有什么不妥吗？"

萧奉先说："皇上再看这句'昏暗从此结，普天庆太平'是否喻示如今朝廷一片昏暗，只盼有人兴起一股西风，横扫一切……"

天祚帝听罢此言，下了龙椅，在大殿上转了一圈。他回到龙椅上，猛拍一下龙案，说："难怪朕御驾亲征不利，诸事不顺，原来都是这个倒霉的婆娘闹的。传旨，即刻将文妃打入冷宫，听候发落！"

萧奉先慌忙跪倒说："皇上息怒，文妃虽有大过，可皇上如此处罚，恐晋王心生怨恨，将来对陛下不利呀！"

天祚帝思索片刻说："其母如此，其子又能如何呢！罢了，从即日起，将晋王敖鲁斡幽禁宫中，不经朕允许，不得离开皇宫！"

王华说："是，皇上。"

第二天，天祚帝召集朝会，在中京的文武大臣都来参加。太监王华当众宣读惩罚文妃、幽禁晋王敖鲁斡的诏命。众大臣明知道萧奉先陷害文妃母子，却无一人敢站出来说话。耶律大石心中替文妃母子不平，又替耶律余睹担心，但因职责所系，无权在朝堂上说话，只能胸中气愤。

这时东京辽阳府送来紧急边报：渤海人高永昌聚众叛乱，率叛军攻破东京城；东京留守萧保先被杀，辽东五十余州悉数被叛军攻占。此消息在堂朝上引起轩然大波。天祚帝没待发话，萧奉先突然放声大哭。耶律俊几个大臣一番劝慰，萧奉先终于止住悲声。他跪倒在龙椅前，历数其弟萧保先任东京留守期间，为朝廷分忧，为百姓劳苦，可谓呕心沥血。其弟治下的东京辽阳府，官场清正，民风古朴，市井繁华，百姓安居乐业。如今一方大员被叛军所杀，他恳求皇上恩准，他愿亲提十万大军即刻赶赴辽东平叛。一为朝廷立威，二为严惩叛乱，三为其弟报仇雪恨。

萧奉先说完，文武百官一片附和声。天祚帝便命耶律大石拟旨：十日内调集大军十万，由北院枢密使萧奉先统率，杀奔赴东京辽阳府，剿灭叛贼高永昌。耶律大石实在忍无可忍了，将手中笔掷到几案上，快步走到龙椅前跪倒。

耶律大石说："皇上，恕臣妄言之罪。据臣所知，东京留守萧保先为官贪婪、为政严酷、贪赃枉法、欺压百姓，弄得东京辽阳府天怒人怨、民怨沸腾，萧保先才有今天身首异处之祸！"

萧奉先这时跪倒在龙椅前，以头触地说："皇上，耶律大石一派胡言，臣请治他妄言欺君之罪！"

耶律大石说："皇上，就算臣罪该万死，也让臣把话说完。东京的逆贼确实该剿灭，但万万不能派萧奉先这样不懂军事的人到前方去瞎指挥了。鉴于此，臣冒死奏报：其一，皇上立即驾临广平淀，坐镇处置全国军务；其二，由懂军事的南京留守、天下兵马大元帅耶律淳统筹指挥全国军务；其三，在东北路、东京道等地构筑州、府、县城防御，多屯扎擅长守城的汉军，用深沟高垒对付女真的快马硬弓，以己之长，击敌之短；其四，派一能征善战将军，统率二万精兵即可平定辽东叛乱；其五，建议皇上勤政爱民，亲贤臣，远小人，整肃朝纲、肃清吏治，安抚民心；其六，文妃娘娘无罪而被打入冷宫，晋王受到牵连被限制离宫，此事为亲人痛、仇者快……"

天祚帝之所以容忍耶律大石在朝堂上说话，一是为显示自己的宽容，能够倾听不同的声音，二是为辖制萧奉先，让萧奉先有所收敛，不敢为所欲为。但耶律大石的话越来越逆耳。他终于忍无可忍了，忽然站起来，将龙案上的一应物品全部扫下地去。

天祚帝气急败坏地说："反了，简直是反了！小小的翰林承旨竟敢妄言朝政。照你这样说，朕是昏君，满朝文武都是奸臣？"

耶律大石以头触地说："皇上，臣不是那个意思！"

萧奉先说："皇上，耶律大石妄言犯上，胡说八道。自皇上即位以来，励精图治、勤政爱民、为朝廷日夜操劳，我等臣子有目共睹。哪个奸臣贼子敢诬陷、诋毁皇上，臣跟他拼命！"

萧奉先说完，起身向耶律大石扑过来。萧奉先的几个亲信也向耶律大石扑过来。耶律大石愤然用力，将萧奉先几个推倒在地。

天祚帝猛拍龙案说："侍卫何在！"

几名带刀侍卫冲过来，持刀将耶律大石包围。耶律大石哪敢与御前侍卫动手，只能束手就擒。

天祚帝说："把这个妄言犯上、混淆视听、用心险恶的乱臣贼子推出去，候斩！"

耶律大石没用侍卫动手，自己转身向殿外走去。

大殿内一时沉寂下来。

43. 死局

耶律大石被押出皇宫候斩。萧奉先仍请旨亲率大军征讨东京辽阳府。天祚帝看着行动缓慢、老态毕现的萧奉先，忽觉耶律大石刚说的话很有道理。萧奉先确实不懂军事，也非治世之能臣，只不过擅长揣摩君主的心思，会察言观色、见风使舵罢了。这样的人身边不能没有，但又不能太依靠他。这几年可以说对他言听计从，结果往往事与愿违。

天祚帝最终没派萧奉先率兵征讨辽东，而是派知南院枢密事张琳率领一万精骑兵赶往东京辽阳府平定叛乱。萧奉先看上去不很高兴，但毕竟朝廷发兵平叛，替萧保先报仇了，他还是很欣慰的。

耶律大石被押送到皇宫西门外的法场上。这里是专门处决朝廷要犯的地方。他被五花大绑捆起来，四名带刀侍卫看守着，等待监斩官的到来。耶律大石没想到因言获罪，会引来杀身之祸。但他不后悔，毕竟他把积聚心中的许多话都在朝堂上说出来了。他此时只想在临死前，能见萧塔不烟和西樱一面。

元旦日前夜，西樱把萧塔不烟从萧府救出来。第二天，耶律大石去外城汉人街与萧塔不烟见面。萧塔不烟见到耶律大石，激动得一下扑进他的怀里。他也紧紧地抱住她，两个人激情拥抱，竟有劫后余生的隔世之感。西樱见两个人动了真情，便退到门外去。两个人这才发觉冷落了西樱。萧塔不烟跑出门外，将西樱拉进来。耶律大石询问救萧塔不烟出萧府的经过。西樱娓娓道来。

元旦日前夜四更天，萧塔不烟逃出居住的小院，与等候在外的西樱会合。两个人向后花园奔跑时，遇见两个巡夜的家丁。家丁大声喝问是什么人。两个人不敢答应，只能匆匆快跑。一名家丁提着灯笼追赶，另一名家丁跑向前院喊人。为摆脱追赶的家丁，西樱只好拔出小巧的牛角弯刀向追赶的家丁打去。家丁被牛角弯刀击中，惨叫一声摔倒在地。两个人才跑进后花园，找到绳索攀墙而上。她们刚攀上墙头，后边许多萧府护卫和家丁举着火把、提着刀枪追赶过来。西樱先用绳索将萧塔不烟送下墙。她自己跳墙时，不小心扭伤了脚。好在萧府围墙很高，她们下墙后，将绳索扯下来。等萧府的护卫、家丁等人搬来梯子攀上墙头，她俩已经骑马从容离开。

耶律大石询问西樱的伤势，西樱说已涂抹上师父配制的外伤药水，很快就会好的。萧塔不烟询问耶律大石随驾征讨东北溃败之事，触碰到他心中的隐痛。他述说了跟随御驾亲征东北，黄龙府城外溃败，辽军损失惨重的经过。而天祚帝不思收拢残兵，聚拢人心，整军再战，反倒丢下溃军，跑到庆州去游猎。如今的东北征战之地，金军军备充足，士气高涨，时刻准备发起新的进攻。辽军却困守一座座孤城，内缺粮草，外无救兵，军无斗志、士气低落。如此情形，只要金军发起进攻，辽军肯定如黄龙府城之战，纷纷溃逃。这样下去，尽管辽国疆域广大，也经不起如此丢弃。

萧塔不烟劝他宽心，如今天下纷乱，正是豪杰用武之时。他守在皇上身边，又得不到重用，何不谋求出任地方官吏，或守一州，或保一城，上可不负朝廷，下可保一方百姓平安，这才是好男儿应该谋划的事情。耶律大石听她一番言语，茅塞顿开。他心悦诚服："果然相府千金，见识就是不一样！"

耶律大石还没来得及申请外任，便因言获罪。被押解到皇宫西门外法场的他，自思这次恐怕要把命搭上了。朝堂之上再无萧兀纳替他说话，这次必死无疑了，他思来难免心灰意冷。

萧奉先离开皇宫，回到北枢密院，立刻传耶律俊来见。问他平地松林袭驾案查办得怎样了，此案是否与耶律大石有关系。虽然耶律大石在朝堂被皇上斥责，并被押解法场候斩，他担心皇上并无杀耶律大石之意。如果能证实耶律大石与平地松林袭驾案有关，他这次便死定了。耶律俊这时掏出两把几乎一模一样的牛角弯刀，递到萧奉先面前。他说这两把牛角弯刀，一把是平地松林缴获的，一把是元旦前夜击伤萧府家丁的。如果能证明耶律大石与萧小姐出逃有关，便能证实他与平地松林袭驾案有关。萧奉先说欲加之罪，何患无辞，这就看怎样向皇上奏报了。耶律俊会意，当下两个人商定陷害耶律大石的办法。

第二天早上，萧奉先带耶律俊进宫见天祚帝。耶律俊奏报说，耶律大石与平地松林袭驾案有关。他拿出两把小巧牛角弯刀，说出两把刀的来历，并说耶律大石府上管家何三，出首揭发耶律大石暗通逆贼，图谋不轨。天祚帝听后很震惊，平地松林遇袭那天，目睹耶律大石舍己救驾，如此忠勇果敢之人，难道会与袭击凶犯有关？天祚帝命令立即传唤何三，他要亲自审问。何三已受耶律俊的指使等在宫门外。他进入大殿见到皇上，吓得浑身哆嗦。他说圣驾去庆州夏猎前，某天夜里，一个神秘的黑衣人曾到过进士府邸，与耶律大石密谈了很久。那人离开时没走正门，是从后院越墙而走的。

天祚帝一时很难相信耶律大石会勾结凶手袭驾。包括黄龙府城外救驾在内，耶律大石舍身救驾的行为，他是亲眼所见的，那是不避凶险的勇敢行动，是装不出来的。他一直为能有这样的忠勇之士护驾而欣慰。他知道萧奉先一直欲加害耶律大石，所以他时刻保持清醒，不上萧奉先的当。就算这次耶律大石在朝堂上出言不逊冲撞了他，他也没真打算要耶律大石的命，只想吓一吓他，磨一磨他的棱角罢了。不过，如今人证物证俱在，直指耶律大石与平地松林袭驾案有关，他便不能袒护耶律大石了。毕竟自古有才干之人大多怀有异志。天祚帝权衡再三，终于给耶律大石定罪：勾结逆贼，图谋忤逆，游街示众后，押赴闹市斩首，以儆效尤。

耶律大石被一辆囚车载着游街。行人纷纷往他身上吐口水。那一刻他万念俱灰，自知被萧奉先等人做成死局，此番必死无疑。囚车走到一处闹市十字路口停下。这里便是临时法场。此时，大批御营军已将街口围起来。街口摆一张木制台案，耶律俊端坐在台案后的木椅上。他是监斩官，是特意向萧奉先争取来的。他命人将耶律大石从囚车上押下来，强摁跪倒在他面前。耶律大石的后背上插有一块画着红“X”的木牌子。两名粗壮刽子手手持鬼头刀站在耶律大石身后。

耶律俊心情沉重地走到耶律大石面前。他蹲下身，注视着面如死灰的昔日学兄。他沉痛地说：“学兄啊！没想到你我兄弟，会以这种方式告别!”

耶律大石睁眼看他一下，不屑地闭上眼睛。

耶律俊嘴边闪现一丝不易觉察的笑。他说：“学兄，实话说，学弟很为你惋惜。以学兄定国安邦之才，如果走正路，出将入相何足挂齿。只可惜学兄太心急，太想出名了。一心想干件惊天动地的大事，一鸣惊人、耀祖光宗!”

耶律大石突然睁眼，轻蔑地一笑，说：“你等燕雀辈，焉知鸿鹄之志哉！可惜我空怀满腔报国之志，到头来却遭你等奸臣小人陷害，死不瞑目啊!”

耶律俊淡然一笑，说：“学兄，你是将死之人，学弟不与你计较。如果能有来生，希望学兄能老实本分做人，踏实厚道做事。别整天一副万人皆睡你独醒的样子。你清醒有什么用？到头来还不是做刀下之鬼！想开些吧，这大千世界，芸芸众生，清者自清，浊者自浊。哪座山上没有凶神恶煞？哪座庙里没有屈死鬼啊！”

耶律大石一阵仰面大笑，笑过之后，又呜呜痛哭起来。

耶律俊怜悯地说：“学兄，你心里难受，就哭出来吧！”

耶律大石愤然说：“男子汉大丈夫，生何欢，死又何惧！我只是为大辽国的江山社稷和黎民百姓而哭呀！”

耶律俊抱起酒坛子，倒一碗酒，递到耶律大石面前，说：“学兄，最后这碗送别酒，学弟敬你！实话说，学弟一直敬重你，从来没有害你之心！”

耶律大石鄙视地看他一会儿，摇摇头，闭上眼睛不再理他。

耶律俊扫兴地将酒碗摔在地。酒液与碎碗片洒落一地。他向两名刽子手摆手。一名刽子手上前将挂在耶律大石脖子上的沉重木枷取下，双手拉住耶律大石的头发，露出耶律大石的脖子。另一名刽子手高举起鬼头砍刀。

突然随着一声叫喊，萧塔不烟从围观人群中跑出来。她推开一名试图阻拦的御营军，跑到耶律大石身边，双手抱住耶律大石的头。她不说话，紧闭双眼，一副决心与耶律大石一同赴死的样子。

44. 法场诉情

耶律大石没想到骄儿这时候会来。

原来囚车载着他游街时，刚巧她与西樱在街上走。当初离家时，她只带几样生活必需品。住进外城汉人街后，总觉得缺东少西的。前几日便想出来买东西，只怕那时刚逃出来，被萧府的人发现。今天她俩无别的事，便老早来到街上，谁知便遇见被押往刑场的耶律大石。她俩隐藏在围观人群里，寻找营救的办法，却一直没有机会。一直跟随来到法场，眼看着刽子手要动手了，她只能豁出去了。反正她知道，凭萧府小姐的身份，刽子手不敢杀她。西樱也要冲出来，被她拉住了。她告诉西樱老实待在人群里，千万不要妄动。

耶律俊见萧小姐果然出现了，心中一阵暗喜。事先他执意要当监斩官，并在闹市街区招摇过市，便猜到如果萧塔不烟得知消息，可能会到法场来。耶律大石人头落地时，她一定会被吓晕过去。到那时，他趁机将她接回家，就算她有天大的本事，再想逃跑也不可能了。

这时一个刽子手上前拉萧塔不烟。萧塔不烟推开他的手，厉声说："你敢对萧府千金动手动脚，不想活了！"

两个刽子手听说她是萧府小姐，萧奉先大人的女儿，哪敢再上前，都向后退几步。

这时耶律俊走上前来。他皮笑肉不笑地说："萧小姐，别来无恙！"

萧塔不烟不理他，仍然一只手搂住耶律大石的脖子不松开。似乎她一旦松手，耶律大石便会被砍头似的。

耶律俊说："萧小姐，钦犯耶律大石，被皇上判定斩首。你这样做，可是犯上之罪啊！"

萧塔不烟说："重德兄本无罪，都是你等奸邪小人在皇上面前进谗言陷害好人！"

耶律俊说："萧小姐，钦犯耶律大石咆哮朝堂，阴谋攻击令尊萧大人，才被问罪。"

萧塔不烟说："欲加之罪，何患无辞！"

耶律俊说："萧小姐，你如此执迷不悟，万一皇上怪罪下来，恐怕谁也救不了你！"

萧塔不烟面对围观的人群大声说："本人是萧奉先的女儿，名字叫萧塔不烟。在这里，我想请众位做见证人：本小姐已与翰林承旨耶律大石订下终身。今天就是我俩结亲的大喜日子。我们不求同年同月同日生，但求同年同月同日死！”

围观人群一阵嗡嗡声。

一个须发皆白的老者高声喊叫：“好一个仗义奇女子！”

耶律俊焦急地说：“萧小姐，你疯了！萧大人已将你许配给本官了！”

萧塔不烟愤慨地说：“呸！耶律俊，你算什么东西，本小姐宁愿死，也不会嫁给你这样的无耻小人！”说完，萧塔不烟搬起身边的酒坛子，拿过剩下的一只碗，倒满酒，双手端到耶律大石面前。

耶律大石感动得热泪长流。他说：“骄儿，你这是何必呀！”

萧塔不烟说：“重德兄，今日是我俩喜结良缘之日。你我夫妻共饮一杯酒，黄泉路上结伴而行。来，喝！”

耶律大石流泪喝下半碗酒。他几乎哀求地说：“骄儿，听话，你赶紧离开。”

萧塔不烟喝下几口酒，与耶律大石并排跪下，向刽子手招手说：“来，动手吧！”

两个刽子手面面相觑，扭头看监斩官。耶律俊已退到围观人群之外。

萧奉先在北枢密院等候耶律大石被斩首的消息。没想到耶律俊气喘吁吁地跑来，述说了萧塔不烟闹法场的经过。耶律俊求他马上去刑场劝萧小姐，否则耽误了行刑，惊动了皇帝，可不是闹着玩的。萧奉先听说女儿当众宣布要与死刑犯耶律大石结亲，已经气得浑身哆嗦。再说他哪能去法场当众丢人现眼呢！思来想去，他派人传话给长子萧昂，让他赶快去法场把妹妹弄回家。

萧昂率一队御营军来到法场。他先是好言相劝，希望妹妹迷途知返，跟他回府。萧塔不烟却不听那一套，明确表示她已与耶律大石成亲，不能生同衾，甘愿死同穴。萧昂见软的不行要来硬的，命令几名御营军上前拉扯。耶律大石也劝萧塔不烟离开，扰乱法场那可是重罪。萧塔不烟突然从头上拔下一枚金簪子，双手握住簪子，尖头处对准自己的咽喉。扬言谁再逼迫，她就死给谁看。萧昂一时也无计可施。他只这么一个妹妹，自小兄妹感情一直不错，他怎能逼死妹妹呢！

事情这样僵持起来。午时三刻已过，却无法行刑，耶律俊不敢再隐瞒，只好进宫求见天祚帝，把事情的来龙去脉奏报了。天祚帝初听说有人闹法场，简直气坏了，皇上钦点的凶犯，竟然有人敢捣乱，这还了得，不杀不足以立威。可当他听说闹法场的是萧奉先的女儿，并且当众自作主张宣布她与死刑犯结成夫妻时，天祚帝却禁不住笑了。他说："想不到萧爱卿还有如此烈性的女儿！"耶律俊说："萧奉先将女儿许配给他，萧小姐却两次逃跑。这次竟然在法场上当众宣布要与钦犯耶律大石成亲。如此离经叛道之举，太有辱斯文了，也太令人气愤了。此歪风绝不可助长，请陛下降旨严惩扰乱法度之人！"耶律俊说这些的意思是想让天祚帝替他做主。如果皇上降旨谴责萧塔不烟瞎胡闹，将她强行驱离法场，斩耶律大石之首；若再能赐萧小姐与他耶律俊完婚，那是再完美不过的结局了。

天祚帝自然明白耶律俊的意思，但他觉得这件事情很好玩。他正苦于生活的单调乏味，如今来一场好玩的闹剧，自然不喜欢这场闹剧过早收场。再说了，萧府小姐如此刚烈，胆敢闹法场，甘愿与钦犯一同赴死，就算自己降旨给她，她也不见得听命，事情传扬出去，还会有损皇家威严。思来想去，解铃还须系铃人，天祚帝决定把球踢给萧奉先，看萧大人如何唱好这台戏。于是，天祚帝传口谕，命萧奉先大人相机裁处此事。

耶律俊听了皇上的口谕，一时哭笑不得。他是瞒着萧奉先进宫见皇上的，原指望皇上替他做一回主，毕竟他的妻子萧莺被皇上霸占了，没想到天祚帝把球踢给了萧奉先。

45. 情缘

天祚帝回后宫，把此事当笑料说给萧莺。萧莺感动得热泪盈眶，说："不求同年同月同日生，但求同年同月同日死。这是千古难得的爱情绝唱啊！想不到我契丹族人，还有如此情痴义重的奇女子！"

天祚帝也觉得萧塔不烟性虽烈，却是个响当当的不让须眉的女汉子。两个人就此展开议论。天祚帝认为："普天下的女人分许多种。一种像母亲，母爱博大无边又无微不至。可惜这种感情他无福享受。他两岁时，母亲便被奸臣陷害死了。一种像保姆，悉心照顾你的饮食起居，对你一心一意，有时还要讨好你，巴结你，元妃是这种人。一种像诤友，总想潜移默化地影响和改变你。只要你在她身边，总有自惭形秽之感，觉得你不如她，比她矮一截，让你感觉不自在，不舒服，所以你就不想到她身边去，尽管也觉得她不可能害你。但你却讨厌她，希望她离你远远的。文妃是这种女人。另有一种像朋友，像前世的知己，一见倾心，一见如故，两心相系，两情相悦。在她的身边你很随意，很舒服，你想坐就坐，想躺就躺，想说就说，想笑就笑，想打哈欠想伸懒腰都无所顾忌。有她在你的身边，你才知道什么叫情，什么叫爱，什么叫红颜知己。你就是这样的女人。"

萧莺脸上浮起红晕，说："感谢皇上拿莺儿当朋友看。其实，莺儿是个没什么见识的女人。莺儿只感觉皇上有一种亲和力，有一种令人无法抗拒的吸引力。这种力量能让莺儿忘掉一切，忽略一切。只要能待在皇上身边，能服侍皇上，照看皇上，或者哪怕只远远地看着皇上，莺儿就心满意足了！"

天祚帝动情地说："莺儿，你就是朕的红颜知己。朕有你此生足够了！"

萧莺说："莺儿希望皇上只是个富家翁，莺儿此生追随陪伴便知足了。可惜皇上是天子，是大辽国的君主啊！”

天祚帝愕然地说：“莺儿，因何说这样的话？”

萧莺跪在天祚帝面前。天祚帝伸出手说：“莺儿，跪什么，快起来！朕刚说完咱们是前世的朋友，是知己啊！”

萧莺却不起来，说：“皇上，人吃五谷杂粮难免会生病，是吗？”

天祚帝笑说：“那还用说！”

萧莺说：“人得了病，有人送药。这药苦涩难咽，却能治病。有人送御液琼浆，这东西甜蜜可口，却与治病无关，甚至还会加重病情。皇上说，是有人送药好，还是有人送御液琼浆好？”

天祚帝不假思索地说：“当然是有人送药好啊！”

萧莺说：“皇上，恕臣妾直言，文妃、耶律大石就是那送药的人啊！只是他们不讲究送药的方法。耶律大石在平地松林救驾时，臣妾亲眼所见，他那股奋不顾身的劲头，令臣妾看了动容。当时臣妾心里暗暗为皇上高兴。能有这样的忠勇之士护驾，皇上的安全无虞，大辽国的万里江山永固啊！”

天祚帝不悦地说：“莺儿怎么会替文妃和耶律大石说话？难道是受人指使的吗！”

萧莺委屈地说：“臣妾与文妃和耶律大石素无交集。从感情上讲，臣妾倒希望萧小姐能嫁给耶律俊，了却臣妾的一桩心事。”

天祚帝皱眉说：“耶律大石这人很勇敢，也很有谋略，就是太好管闲事儿。这次他便死在多嘴上了。”

萧莺说：“皇上，莺儿虽没读过多少书，却听人说，为君者，最不喜欢的就是朝臣之间勾结起来，狼狈为奸对付君主。朝臣们互相之间有不同见解、有争执，才能显出君主的高贵和公正！文妃娘娘、耶律大石之所以敢于在皇上面前提出不同意见，说明他们心中有皇上，有家国天下。如果偌大一个朝廷，整天只能听见一种恭维的声音，那样做君主的才可怕呢！”

天祚帝说："萧兀纳没少给朕讲过古代贤明君主听谏纳言的故事。朕只是从心里反感他，即使明知道他说得对，朕也不愿意听他的。文妃和耶律大石也是这样，朕很讨厌他们多嘴。"

萧莺说："古代明君能听言纳谏，国家才会强盛啊！"

天祚帝说："依莺儿之见，朕赦免了文妃和耶律大石之罪，便是明君了？"

萧莺磕头说："臣妾替文妃娘娘和耶律大石，谢主隆恩！"

天祚帝对文妃和耶律大石原本只是讨厌，况且萧奉先陷害二人的缘由他也心知肚明。如果执意杀掉耶律大石，坚持处罚文妃母子，恐怕真被人背后骂为昏君了。天祚帝便命人传口谕："赦文妃无罪，即日起移出冷宫，回后宫居住。取消对晋王敖鲁斡的限制，可与母亲见面。赦耶律大石无罪，立即释放，仍为翰林承旨。"萧莺建议皇上赐耶律大石与萧塔不烟完婚，使有情人终成眷属。天祚帝说："毕竟耶律大石在朝堂上妄言犯上，不能令他太得意了。再说，既然把球踢给萧奉先了，就让萧大人裁处去吧！"

法场上释放耶律大石是萧奉先亲自去的。这也是他的狡猾之处。他知道皇上给他一个顺水人情，缓和他与耶律大石之间的关系。他原想以身体欠佳为由拒绝，转念一想，既然无法置耶律大石于死地，缓和一下关系，可以体现他身为朝廷重臣的胸襟。耶律俊没想到已入死局的耶律大石，竟然奇迹般反转，尽管他心里十分抵触，却不敢违抗皇上的命令。

法场上，耶律大石被除去刑具，与萧塔不烟一起被带到萧奉先面前。萧奉先屏退左右，萧昂和耶律俊也退到后边去了，只余下萧奉先、耶律大石、萧塔不烟三个人。萧奉先讨好说，他去皇宫求见皇上，才保住耶律大石的一条命。他为的是自己的女儿，再就是自己的这张老脸。至于骄儿的婚事，皇上已下口谕，由他来裁处。婚姻大事，原本是父母之命，媒妁之言，他俩在法场上胡闹的那些不能算数。骄儿一会儿必须跟他回府，耶律大石不能再与骄儿联系。否则，他必奏报皇上，请治耶律大石欺君之罪。

耶律大石不相信萧奉先会替他求情。不过，事情既然有了转机，他也不能太任性，留得青山在，不怕没柴烧。他跪倒在地，谢皇上不杀之恩，谢萧大人救命之恩。萧塔不烟一心想跟耶律大石走，但在父亲面前，又不敢说出口。她勇闯法场总算保住耶律大石的命，这令她很欣慰。法场上她说的那些话，一半是真情流露，一半是为把事情闹大，惊动她的父亲甚至皇帝，她才不至于跟随耶律大石殒命法场。如今愿望实现了，圣谕赦免了耶律大石之罪，她已经心怀感激。如果她此时执意要跟耶律大石走，恐怕事情会节外生枝。但她向父亲提出，回府后，父母不能再逼她嫁给耶律俊，否则，她宁愿死在法场上。

萧奉先一心想结束这场闹剧，只好答应了女儿的要求。

西樱一直隐藏在人群中。她已做好准备，只要刽子手动手，便打出仅剩的两把牛角弯刀，先杀掉刽子手，然后劫法场。明摆着成功的希望不大，但她别无选择，为师兄和萧塔不烟，她宁愿拼死一搏。后来事情逆转了，师兄的命保住了。萧塔不烟跟随父亲回萧府，耶律大石回进士府邸，她只能回外城汉人街的家里。

西樱与耶律大石和萧塔不烟告别时，引起耶律俊的注意。他暗派心腹之人悄悄跟踪西樱，一直跟到外城汉人街，发现了西樱的住处。西樱对此却一无所知。

第六章　不甘沉沦

46. 中京离别

耶律大石意外被皇上赦免，仍为翰林承旨。他这日上朝向天祚帝谢恩。天祚帝告诉他，是他与萧小姐的真情感动了萧莺，萧莺替他求情，才被赦免。耶律大石向皇宫的方向跪倒磕头，谢萧莺求情之恩。之后，他奏请皇上批准他离开朝廷，到辽、金前沿去，可以带兵打仗，也可以守卫一城一池。天祚帝听后沉吟，他喜欢游猎，不愿待在皇宫中，希望耶律大石这样的勇猛之士能够留在身边侍卫。

萧奉先听见耶律大石的奏请，眼前一亮，这正是借金人之手除掉耶律大石的好机会。萧奉先马上奏请皇上批准耶律大石放外任。萧奉先说如今金人秣马厉兵、虎视眈眈，大有犯大辽国疆土之势，东北正缺贤臣良将，希望皇上把耶律大石这样的青年才俊派到东北去，守卫国土，抗击金军。天祚帝问拟派耶律大石去何地，委以何职？萧奉先与耶律俊商量：如今泰州城正与金军对峙，原泰州刺史年老多病，可派耶律大石去泰州任刺史，守卫泰州城。天祚帝当即降旨：任耶律大石为泰州刺史，限三日内离开中京城，两个月内到泰州刺史任上。

耶律大石领旨谢恩，离开皇宫。

耶律大石总算离开朝廷这个是非之地，离开了喜怒无常的天祚帝。尽管他知道泰州地处辽、金前沿，金军随时可能发动对泰州的进攻，他仍欣然接旨，回到家里准备去泰州赴任。离开中京前，他多么希望能见萧塔不烟一面，把去泰州任刺史的消息告诉她。但他知道这是不可能的，萧奉先好不容易把萧小姐弄回家，怎能轻易让她出来呢？

这一天，耶律大石到城外灵感寺见师父西伯。西伯对他很冷淡，称他为施主，连杯茶都没请他喝。他说了要去泰州任刺史之事，普慧沉思一会儿，从一个木箱里拿出鹿皮图符和金币。他占卜一卦，审读一会儿，说是吉卦，此去如鱼临深渊，如鸟越高山，经过一段磨难后，会有大作为，到那时便鲲鹏展翅，蛟龙入海，不过，会一路坎坷，需有高人指点，方可成就大业。耶律大石请师父说详细些。普慧说干天机者身危，察渊鱼者不祥。耶律大石告辞时，普慧将他送出寺外，并让耶律铁哥和耶律燕山跟师兄走。耶律大石说留下二位师弟照顾师父吧。普慧说出家人自会照顾自己。耶律大石将来要干一番大事，需要左膀右臂，就让铁哥和燕山跟他去历练吧。再说，他俩尘缘未了，岂能空守庙堂。耶律大石担心他走后，师妹西樱无人照看。普慧说她自有该干之事，一切随缘吧。

耶律大石带着两个师弟来到外城汉人街。西樱迎进屋，晚饭他们吃烤鹿肉。饭后，几个人说一会儿话，两个师弟先睡了，耶律大石与西樱相对无言。良久，耶律大石劝西樱跟他去泰州。西樱说她怎能扔下师父不管呢。

夜深了，两个人都没有睡意。说起在南京时的一些往事，都感叹日月如梭，光阴似水。记得一次耶律大石上山打猎，十三岁的西樱非要跟着。被缠不过，只好带她上山。俩人骑马刚进山谷，便遇见一头巨大的灰熊。这是一头异常暴躁的灰熊。它发现耶律大石和西樱后，竟然从山坡上“吰吰”叫着急扑过来。

耶律大石当时骑一匹白马，被灰熊惊吓后，白马嘶鸣着转身便向山谷外跑。耶律大石一边护住西樱，怕她摔下马，一边从马背上摘下铁弓搭上箭，向紧追不舍的灰熊射箭。每次射猎几乎百发百中的他，这次却连发三箭没射中。西樱被气势汹汹的灰熊吓坏了，骑在马背上浑身哆嗦。耶律大石再次拉弓射箭时，马突然失前蹄，两个人都被摔下马背。这时，灰熊向瘦弱的西樱扑去。耶律大石急了，扔掉铁弓，拔出腰刀，举刀向灰熊的眼睛刺去。只听见“噗”的一声，腰刀刺进灰熊的左眼。灰熊惨叫一声，腾空跃起，摔下了山崖。

耶律大石上前拉起被吓傻了的西樱。他们来到山坡下，找到血肉模糊的灰熊，腰刀已被折断，灰熊因血流干而死。有惊无险，还猎杀一头灰熊，耶律大石很高兴。他掏出一把专门剥兽皮的尖刀，开始肢解熊尸，这样容易携带。这时，一条花斑蛇突然蹿出草丛，在耶律大石的右腿上咬了一口。耶律大石挥刀将蛇斩断，蛇头仍死死咬住他。他感觉一阵钻心的刺痛，之后渐渐晕眩和麻木，竟然瘫倒在地动弹不得。

西樱用尖刀挑开他的裤子，看见伤口处肿胀了，周围肌肉变成黑紫色。耶律大石艰难地喘息，说他被毒蛇咬了，肯定活不成了。西樱劝他别害怕，她有办法对付蛇毒。她说着从怀里掏出一个碎花布口袋，打开，里边有各种颜色的小布包。她从中拿出一个白布小包，展开，倒出些许白色药粉，敷在他的伤口处。她说这些药粉是师父配制的，是专门对付蛇毒的。她家乡的山谷便是一个蛇盆地，山上遍布各种毒蛇。涂上药面大约半个时辰，耶律大石渐渐清醒了，觉得浑身的酸麻之感消失了，体力也渐渐恢复了。西樱告诉他，她的族人称这种花斑毒蛇为“十步毒”，人畜被这种蛇毒伤了，如果施救不及时，十步之内便会丧命。

这天发生的事情很戏剧化。他们互相救对方一命，两个人的关系从此如同兄妹。

这天夜里，两个人几乎说了个通宵。传来五更鼓声时，他们才各自眯了一会儿。天亮了，吃过早饭，耶律大石与西樱走到院门口，两个师弟先出门去了。跟在身后的西樱，轻喊一声：“师兄！”

耶律大石停步，转回身，发现西樱眼里含满泪，一副生离死别的模样。他不禁上前拉住西樱的手，说若非泰州离战场太近，太危险，他一定会带上她的。他嘱咐她经常去看师父，更要照顾好自己。另外，要设法去萧府见骄儿一面，把他去泰州的消息告诉她。他到泰州后，安顿下来，便派人回来接她俩。

西樱突然说："师兄，你爱过我吗？"

耶律大石一下怔住了。他一直拿她当亲妹看，还真没往爱情方面想过。当然，在与萧塔不烟情感交流之前，已经变成大姑娘的西樱也曾令他心动过。不过，经历了与萧塔不烟的爱情之后，特别是法场诉情后，他才知道什么是刻骨铭心的爱情。

耶律大石望着西樱期待的眼神，却不知道该说什么好。过了一会儿，她凄然地冲他笑一下，向他挥一挥手，转身回到院里，轻轻关上院门。耶律大石在门外默站半天，才转身离开。

47. 泰州赴任

耶律大石带着耶律铁哥和耶律燕山回到位于内城的进士府邸。他将府上除老何外的九个家人召集起来，宣布他要离开中京去泰州赴任的消息。他离开中京到泰州任刺史，便属于地方官吏，没有朝廷诏令是不能随便进京的。他决定在离开中京前把进士府邸退还朝廷，所有用人只能辞退。他将家中财物清点了一下，除去带往泰州的，其余全部作为遣散费发给九个用人。管家老何因做伪证陷害主人，差点要了主人的命，再无脸来进士府邸，他那份钱也被分散给大家。

耶律大石安顿完家事，到北枢密院拿上任职公文，带着两个师弟离开中京赶往泰州城。出了中京城东门，一共有三条路，一条往北去往上京城，一条往东北去往泰州城，另一条往东直奔东京辽阳府。耶律大石选择了往北的路，他要绕路去上京城拜见恩师。

从中京赶往上京城，快马加鞭两天便到了。耶律大石进入上京城，直奔萧兀纳府邸。萧兀纳听说后，亲自拄拐杖到府门外迎接。仅仅半年多没见，萧兀纳看上去衰老多了。他布衣布鞋，须发皆白。耶律大石上前行师生之礼。萧兀纳搀扶他起身，说他是朝廷命官，自己是闲散之人，怎敢受他的礼拜！耶律大石说，一日为师，终身为父，重德今赴泰州任职，内心惶惶，特来拜见恩师，请求指点迷津。萧兀纳迎耶律大石进会客厅，屏退家人，只两个人促膝而谈。萧兀纳说，他对天祚帝这个花花公子彻底失去了信心。如今大辽国这艘巨船，已驶入波涛汹涌的大海。船虽大，可舵手无能，且船底已四处漏水，非发生奇迹，无以挽回败局。他劝耶律大石别指望天祚帝了，被萧奉先之流把持的朝廷也靠不住。一旦金军发动进攻，上京、中京、广平淀等城失守，大辽国将再无可守之城。不过，有一块地方他要早做谋划，那便是庆州以西以北的大片草原。那里有许多古老的契丹部族，只要能占据可敦城，号令各地契丹部族兵马，可为契丹族人保留一块安身立命之地，使契丹族子孙不至于灭绝，便是一件功德无量之事。

耶律大石虽对天祚帝也失去信心，但没萧兀纳这般悲观。他劝恩师放宽心，眼下局面还没那么糟。如果此时皇上能清醒过来，亲贤臣，远小人，励精图治、秣马厉兵，凝聚全国之力以抗金兵，事情或尚有可为。

萧兀纳痛惜地摇头说："耶律延禧是大辽国的灾星、掘墓人！庆父不死，鲁难未已啊！"

耶律大石说："可他是皇上，谁又能奈何他？"

萧兀纳忽然落泪，说："是老朽害了大辽国。只怕死后，无脸去见列祖列宗呀！"

耶律大石说："恩师何出此言啊！"

萧兀纳说："道宗年间，奸臣耶律乙辛提议立耶律淳为太子。是老朽痛责了他，向道宗皇上力荐皇孙耶律延禧。结果倒好，把个不成器的花花公子推上太子之位！”

耶律大石说：“如果当年立耶律淳为太子，岂能坐视女真人为祸东北，大辽国也不至于走到今天这一步啊！”

萧兀纳捶胸顿足地说：“都怪老朽有眼无珠，所荐非人，既害了老朽自己，也连累了大辽国呀！”

耶律大石好言劝慰，萧兀纳才止住悲声。耶律大石请恩师指点他到任泰州后的为政之道。萧兀纳叹息说，恐怕耶律大石到不了泰州，泰州城便陷入金军之手。金军打下黄龙府城后，一直在整军备战，估计很快便会发动新的进攻。泰州、春州等城会首当其冲。这些城池失守后，上京城将很快处于金军的刀锋之下。一旦上京城破，他岂能贪生，恐怕他们今日一别，很难再相见了！

耶律大石内心一阵悲戚，但又无能为力。他问一旦泰州城失守，他该如何处置。萧兀纳劝他别急着去泰州，沿路多方打探消息，一旦得知泰州失守，马上向朝廷奏报。没到任的官吏是不必负失城之责的。耶律大石说他希望能率军上战场，与金军抗衡。萧兀纳说兵败如山倒，到时候独木难支，一将一兵是无法抗拒金军的。耶律大石一时觉得毫无头绪了。萧兀纳说他可以写信给南京的耶律淳，让耶律淳向朝廷索要耶律大石。如今的大辽国，只有耶律淳率的南京兵马还算齐整，如果耶律大石能去南京任职，也许还能有所作为。

萧兀纳当即给耶律淳写推荐信，派亲信家人立即送往南京析津府。耶律大石在萧府安歇一夜，第二天一早便辞别恩师，出上京城，向东直奔泰州而行。

一路上，耶律大石按萧兀纳所嘱，并不急于赶路，而是多方打探东北的军情。泰州城（今黑龙江省齐齐哈尔市泰来县塔子城西南）隶属上京道，距离上京城一千多里。离开上京地界，沿途由东向西的逃难散兵及百姓渐多起来。耶律大石向逃难人群打听，得到的答复是泰州和春州要打仗了。越是接近泰州地界，逃难的散兵和百姓越多。耶律大石拦住人群打听，并没人真见过金兵，只是传说要打仗了，人们便纷纷向辽国内地逃难。

耶律大石一行人来到泰州边界，发现所过村镇断壁残垣，十室九空，已有战争的痕迹。耶律大石在路边搭帐篷住下来，派人四下打探消息。这天午后，一支辽军散兵从东边溃逃而来。耶律大石率领两个师弟骑马持枪拦在路边。一名辽军小头目上前跪倒，说金军已经攻破泰州城，守城辽军大半被击溃，请求耶律大石放他们一条生路。耶律大石劝他们别逃了，跟着他准备收复失地。溃逃辽军听说过耶律大石的名字，得知他新任泰州刺史，跟着他至少能吃饱肚子，便答应不跑了。耶律大石命令在路边山坡上扎下营寨，竖起“泰州刺史耶律大石”的旗帜，收拢渐渐增多的辽军溃兵。几日时间，竟然收拢散兵五百人。

这一天，耶律大石得到泰州城破的确切消息。他身为习武之人，怎能眼瞅着泰州城破而袖手旁观？于是，他将五百名散兵集合起来宣誓，明天向泰州进发，收复失地。这天夜里，耶律大石向朝廷写了闻听泰州失守的奏折，派耶律铁哥连夜送往中京城。第二天五更，耶律大石命令耶律燕山集合队伍，准备向泰州进发。耶律燕山吹响号角，半天无动静。他跑进附近的军帐中察看，发现五百人的队伍，除十多名老弱病残外，全部趁黑夜逃跑了。

耶律大石只好打消率军去泰州的念头。九日后，耶律铁哥从中京城归来，带来朝廷任耶律大石为辽兴军节度使的公文。原来，南京耶律淳接到萧兀纳的推荐信时，正巧南京治下的辽兴军节度使到任了。节度使衙门在平州，平州是南京东北的门户，需要一员文武全才的猛将镇守。耶律大石曾读过南京府学，耶律淳曾兼任过南京府学学监，他们虽然没共过事，但名义上有师生之谊。耶律淳听说过耶律大石弹劾萧奉先、平地松林救驾、黄龙府城外护驾等事迹，听说他是个正人君子，便立即给天祚帝写奏折，请朝廷任耶律大石为辽兴军节度使。

耶律大石的泰州失守奏折与耶律淳要人的奏折几乎同时到达中京。

萧奉先正想利用泰州失守的机会治耶律大石的罪。天祚帝接到耶律淳要人的奏折，考虑到上京、中京城事急时，皇驾有可能移往南京，便命北枢密院拟公文，任命耶律大石为辽兴军节度使。以萧奉先的意思，即使派耶律大石去南京，也不会任命他为集军政大权于一身的节度使。但皇命难违，北枢密院只好行公文，调原辽兴军节度使回朝廷另用，任耶律大石为辽兴军节度使。

48. 西樱落难

萧塔不烟闹法场之事令耶律俊感觉很没面子。原本萧奉先已将女儿许配给他，萧小姐却当众宣布她与耶律大石法场上成亲，不能同生，但愿同死。如果说当初他妻子被皇上霸去，人们对他还很同情。如今未婚妻宁愿与别人同死，也不愿意嫁给他，使他成为街头巷尾的笑谈。

萧塔不烟跟随父亲回到家，耶律俊马上到萧府拜访，希望尽快办婚事。萧奉先却劝他少安毋躁。萧奉先答应不逼婚，女儿才同意跟随回家，如果马上逼婚，恐生变故。再说，耶律大石已离开中京城，去往泰州赴任。泰州处于辽、金前沿，耶律大石可谓九死一生。就算他命大死不了，没有朝廷诏令，他随便回不了中京。等过一段时间，骄儿情绪平复了，或许会回心转意，到时候再操办婚事也不迟。

耶律俊尽管极不情愿，可又无计可施，只好把满腹怨恨全撒在耶律大石的身上。他得到耶律大石离开中京的确切消息，便带人到外城汉人街捉拿西樱。为防止走漏消息，他连萧奉先都没告诉。他率几名手下来到西樱家门外时，刚巧西樱打开院门出来。耶律俊一声令下，几名手下一拥而上，将毫无准备的西樱扭住，捆绑起来。

耶律俊命人将西樱带进小院。他命手下人仔细搜查院子，很快搜到几把小巧的牛角弯刀。耶律俊拿起小巧的牛角弯刀察看，似乎与萧府打伤巡更家丁的、平地松林袭驾现场发现的差不多。他断定此女不简单，肯定与救萧小姐出府，以及平地松林袭驾案有关。如果能证明她与耶律大石相识，他即刻便进宫见皇上，到那时，恐怕耶律大石跳进黄河也洗不清了。他立大功了，耶律大石进地狱了，萧小姐除了嫁给他，还有别的选择吗！

耶律俊命手下带西樱进屋，他要亲自审问。他坐在一把木椅上，西樱双手被捆站在他面前。他一双鹰眼盯着她看，却故作高深一言不发。他相信没见过多少世面的女人会被他盯得心发慌，腿发软，他问什么，她便竹筒倒豆子了。没想到西樱一副满不在乎的样子，根本不看他一眼。

耶律俊声色俱厉地说："你跟耶律大石是怎么认识的？"

西樱不说话，不抬头。

耶律俊说："你到过萧奉先府邸吗？"

西樱仍然是老样子。

耶律俊突然高声地说："你去过平地松林吗？"

西樱脸上忽然闪过一丝惊慌，抬头看了他一眼，又故作平静地低下头。耶律俊得意地笑一下，不再审问。他命手下将院门贴上封条，押解西樱离开汉人街。

耶律俊没将西樱押往天牢，担心那样会走漏消息。他将西樱秘密带进他府上，关进后院一间土牢里。这所院子是他家祖上立战功御赐的，后院的土牢是关押处置犯错的家人的。耶律俊吩咐几个手下，谁敢把此事泄露出去，他砍谁的脑袋。手下纷纷表示绝不敢透露出去。他打发走手下后，一个人站在土牢门外，得意地打量里边的西樱。他已打定主意，要独自审办这桩案子，西樱一个女人，谅她挺不过土牢里那几件刑具。只要她开了口，平地松林案便算破了。这件大功只能落在他的头上。他不能永远被罩在萧奉先的阴影之下。他应该办成一件令人刮目相看的大事，向皇上也向朝中大臣施展一下他的才干，也让那些喜欢嚼舌根子的人看看，他耶律俊是有真本事的，并非仅靠老婆陪皇上睡觉才能飞黄腾达。

接下来的几天，耶律俊在土牢里对西樱进行了严厉的刑讯。自以为女人好对付的他，使用各种手段，西樱就是不开口。耶律俊气急败坏了，开始用刑，土牢里的几件刑具几乎用遍了。皮鞭、夹手指、竹签、乳夹、木驴，西樱被折磨得面目全非，却咬紧牙关不说一句话。

事实上，西樱自从被抓那一刻起，便打定主意宁死不说一句话。自从懂事那一天起，她便知道自己的使命是什么。为完成这个使命，她可以不顾一切，贡献一切。刚开始动刑时，她很恐惧很敏感，一阵阵钻心的疼痛令她痛不欲生。她咬紧牙关坚持着，经受着各种刑具的折磨。遍体鳞伤以后，她感觉麻木了，痛感也不那么强烈了，好像正经受折磨的肉体已经不是她的了。有时半昏半醒间，她似乎感到灵魂游离了肉体，悬浮在半空中，旁观歇斯底里的耶律俊疯狂地摧残她。有时睡梦中，她会与被乱箭穿心的父亲见面。父亲远远地望着她，不说一句话。清醒后，她明白父亲的在天之灵希望她怎样做。有时她会在梦中看见耶律大石，挽弓持枪，骑马驰骋在疆场上……

萧塔不烟经历了法场之变，营救了耶律大石，被父亲带回家。后来父亲告诉她，耶律大石已经去泰州赴任。期间，耶律俊几次造访萧府，请求见面，都被萧塔不烟拒绝。她仍然被软禁在那座小院内，但比上次宽松多了。她可以在丫鬟、用人的陪伴下，到后花园游玩。当然，府门是不允许她出去的。她很惦记西樱的安危，想去外城汉人街探望，几次请求父亲允许她出门，都被父亲驳回。

渐渐地，天气转暖了，后花园里的杏花开了，红的、粉的、白的花朵竞相绽放。这一天，萧塔不烟到后花园赏杏花，中午在凉亭小睡一会儿，忽然感染风寒。回到闺房，她浑身燥热，咳嗽不断，病情渐渐加重，竟然昏迷了。母亲听说后赶过来，日夜守候在病床边。父亲派人四处求医问药，连皇宫中的太医都请来了，汤药吃了无数，病情却不见好转。萧夫人焦急地四下探问，听人说城外灵感寺的普慧法师可自配草药，能治各种疑难杂症。萧夫人亲自到灵感寺，请普慧法师到萧府为小姐看病。普慧被请进萧府，给萧塔不烟配了药，服用后竟然见效了。

这期间，耶律俊忙于审问西樱，急于得到口供进宫报功请赏，更主要的，想利用此事置耶律大石于死地。自从刑场上，他与学兄撕破脸面，他便把耶律大石视为最大的敌人，必欲除之而后快。他太了解耶律大石了，是朋友他会为你两肋插刀，是仇敌他会追杀你到天涯海角。那天耶律大石刑场上奇迹般生还，耶律俊心中的病根便算落下了。他自此寝食难安，一直冥思苦想如何除掉这个死敌。抓住西樱，他看到了希望，只要西樱说出与耶律大石有关系，凭那几把牛角弯刀，便能把耶律大石与平地松林袭驾案联系上。那样的话，他这位学兄便必死无疑了。由于他太心急了，用刑太重，西樱遍体鳞伤，又感染了风寒，几乎奄奄一息。耶律俊恐怕西樱死掉，那样他便竹篮打水一场空了。他只好把西樱从地牢里弄出来，住进他家后院，请来郎中为西樱治病。

49. 平州立威

耶律大石在泰州边界接到朝廷任他为辽兴军节度使的公文，便带领耶律铁哥和耶律燕山日夜兼程赶往平州。平州在南京析津府的东边（今唐山一带），辽兴军节度使衙门设在平州城内。此地东傍渤海，西倚燕山，北接辽东京辽阳府地界，锁控辽西走廊，是南京等地通往东北的咽喉要道。

耶律大石等人从泰州赶往平州，所过之地多为东京辽阳府地界，当时朝廷正派知南院枢密事张琳率一万兵马征讨高永昌叛乱。张琳一边向辽阳府行进，一边招募兵勇，很快使兵马扩充到两万多人。张琳以沈州为根据地，对东京辽阳府展开攻击。经三十余战，终于迫使高永昌退守城内。高永昌经受不住张琳军的围攻，被迫向金军求救。金军一支南下的骑兵突然袭击沈州城，辽军很快被击溃。城破之际，张琳率少部分亲随夺路而逃。辽阳城的危险解除后，高永昌派人带着金、银牌到金军大营投降。在这之前，金人已获知高永昌投降只是权宜之计，金军便直逼辽阳府城下。高永昌率军抵抗，终因寡不敌众，被金兵擒获并杀掉。至此，东京的所有州县，以及南路的一些女真部族，全部归顺大金国。

耶律大石期间多次绕路而行，几次与金军遭遇，所幸都是金军小股马队。耶律大石或箭射金军小头目，或挥刀斩杀金军士兵，小股金军纷纷后退。他们辗转两个多月，才到达平州城。此时，已占领东京辽阳府全境的金军正向平州地界逼来。平州城内已经陷入恐慌，有钱的大户人家纷纷举家迁往南京。一些官宦人家或殷实百姓也准备随时离城南逃。无力外逃的平民则人心惶惶，一日数惊。

辽兴军节度使衙门设在城北。耶律大石等人赶到时，原节度使已经离开，只有一名掌印的文吏等候新官上任。这个文吏名字叫左雄，他的哥哥左企弓是南京留守耶律淳的座上军师。左雄原打算交割了印信，便离开平州，去南京投奔哥哥。耶律大石通过与左雄交谈，发现他上知天文，下知地理，对朝政时事以及世间百态都有自己独到的见解。耶律大石便恳请左雄留下来，共同应付艰难局面。左雄久闻耶律大石之名，见面之后相谈甚欢。他思考再三，答应暂时留下帮助耶律大石，待平州危机解除后，再告辞离开。

此时的平州城已处于混乱无序状态，沿街店铺多数关闭，地痞流氓趁火打劫，抢劫、强奸甚至杀人越货事件时有发生。耶律大石认为面临的首要任务便是控制局面，稳定人心，打击地痞恶霸。他问左雄，平州城里近期是否发生过有影响的事件。左雄说前段时间，有一件醉酒杀人案，引起很大的轰动。杀人凶手是朝廷东北路统军使萧嗣先的妻弟，名字叫耶律爽。当时有许多商人或百姓聚集到官府门前，要求严惩凶犯，还世间公道。无奈当时的官府不敢得罪萧氏兄弟，人们到节度使衙门前，请求节度使大人主持公道。那时前任节度使已接到回朝廷另用的公文，也不愿意多管闲事，致使凶犯一直逍遥法外。

原来，耶律爽仗着萧家兄弟是当朝权臣，平素在平州城里欺行霸市、欺男霸女、为非作歹。某一天，喝醉酒的他率人把生意上的对手汉人赵四给杀了。当时的平州官府慑于萧家的威势，只判罚凶手耶律爽赔偿赵四家属一百块天庆元宝。辽朝最早的法律，有契丹人杀汉人赔偿牛、马、羊或钱币，汉人杀契丹人偿命的条款。

耶律大石本来对萧氏兄弟当权祸国不满已久，如今听说萧嗣先的妻弟在平州敢仗势欺人，便想借这件事杀一儆百，也给萧家兄弟一点颜色看看。他让左雄找来赵四的家属，鼓励他们到节度使衙门鸣冤。接到赵四家属递上来的状子，他便派耶律铁哥带人把耶律爽拿来。耶律爽为人很高调，也很狂妄，见了耶律大石不跪拜，还张口闭口他姐夫萧嗣先如何如何。耶律大石耐着性子问案由。耶律爽大言不惭地说，汉人赵四胆敢跟他抢生意，谁敢断他的财路，他就断谁的生路。耶律爽还劝耶律大石少管这件事，知道得太多对他没好处。

耶律大石实在忍无可忍了，狠拍一下惊堂木，大声说："大胆狂徒耶律爽，光天化日之下，你竟敢为非作歹，滥杀无辜！来人，把这狂徒推出去砍了。"

耶律爽惊讶地瞪大眼睛说："咋的？你竟敢杀我！"

耶律大石咬牙说："杀无赦！"

左雄走到案前悄声提醒说："节度使大人，此恶人就算该杀，也要按审案规矩来。"

耶律大石说："管不了那么多，先砍头再说！"

耶律爽见耶律大石真要杀他，躺在地上耍赖。耶律铁哥、耶律燕山上前拖起他往外走。他杀猪似的大喊大叫："耶律大石，你敢碰我一根毫毛，我姐夫饶不了你！"

耶律铁哥和耶律燕山把耶律爽拉到衙门外的大街上。此时街上已是人山人海。听说新任节度使要杀平州恶霸耶律爽，远近百姓、商家都纷纷跑来观看。耶律铁哥、耶律燕山把耶律爽推到人多处，一个拉住人犯的头发，另一个举起砍刀，手起刀落，耶律爽的人头便落地了。围观人群一阵沉静之后，突然响起掌声和叫好声。

耶律铁哥和耶律燕山提着耶律爽的人头回到衙门，向耶律大石复命。耶律大石谈笑自若，左雄却吓得要死。他说按理这件案子应该由平州官府来审，节度使衙门不必过问。就算此案民愤极大，节度使衙门要管，也应该按规矩审理。判凶手死刑，需要有凶手的招供词，要签名画押，还要有人证物证。这些文案齐全了，还要上报南京析津府，获准后才能行刑。何况所杀之人是北院枢密使萧奉先大人的亲戚，这是在太岁头上动土啊！

耶律大石说："治乱世，用重典，哪顾得上那些穷讲究！"

左雄说："萧氏兄弟权倾朝野，不好惹呀！"

耶律大石说："人杀了，马蜂窝捅了，就让萧氏兄弟冲我来吧！"

事实上，耶律大石也是迫不得已。此时辽、金前线的形势对辽朝更加不利。随着东京辽阳府、春州、泰州等地的失陷，金军的刀锋渐渐逼近辽上京、中京、广平淀等地。一旦这些地方失守，金军的铁骑便会滚滚南下，压向南京地界。而平州处于南京最北端，是金军南下的必由之路。如今金军没到，平州城便先乱了，他身为辽兴军节度使，镇守咽喉要道平州城，必须使用霹雳手段控制局面、安抚民心。还甭说，耶律大石新官上任第一把火便烧到恶霸耶律爽的头上，杀一儆百，震慑了恶人，稳定了民心。一时间，平州城内的混乱得到控制，官府衙门不敢再懈怠，地痞流氓收敛了许多，沿街店铺开张营业了，集市也有人叫买了。

50. 南京议事

耶律大石到达平州时，耶律淳便派人招他去南京议事。无奈当时平州城一派乱象，耶律大石刚接任节度使职，人生地不熟，不敢马上离开。经过近一个月的大力整治，平州城总算安定了，官府及军中将佐也纷纷表示臣服。这时，耶律淳再派人传他去南京议事，耶律大石决定立即前往。临行前，他安排耶律铁哥坐镇平州军营，左雄主持平州政务，耶律燕山率五百骑兵保护他去南京。

耶律大石来到南京城，进入南京留守府衙门，求见南京留守兼天下兵马大元帅耶律淳。侍卫通报后，耶律淳亲自到中门迎接。这是很少见的，朝廷官吏经常来南京公干，耶律淳从没出门迎接过任何人。由此可见耶律淳对耶律大石的器重。

耶律大石被请进议事厅，与南京留守府宰相李处温、参知政事左企弓等官吏见面。在这里，他还见到了中京国子监同窗萧干。当年国子监师满，萧干便来南京留守府任都统。两个人已多年没见面，此次相见倍感亲切。

众人寒暄一阵，便开始商议军机大事。首先，李处温介绍了南京析津府目前面临的形势。东北方向，东京辽阳府尽被金军攻陷，金军的刀锋正向南京逼来，平州城将首当其冲。南及西南方向，辽、宋边界形势更加严峻。幽州、蓟州等辽、宋边界线上，宋朝驻屯重兵，对南京虎视眈眈。据密探送回来的情报：以前叛辽投宋的商人马植如今正受宋徽宗赵佶的器重，被宋朝廷委任为中奉大夫、右文殿修撰，宋徽宗还赐其国姓“赵”，马植便改名字为赵良嗣。此人早年间曾多次往返上京、中京、南京等地贩马，对辽国情况很熟悉，与东北女真人也有过交集，已经成为大辽国的心腹大患。

这个马植耶律大石认识，他是汉人，祖辈、父辈是南京最大的马贩子。耶律大石读南京府学时，一个偶然的机会与马植相识。马植很赏识耶律大石的才华。他子承父业后，曾送给耶律大石一匹西夏国产的纯种走马。天祚帝登基以后，辽朝政日渐昏暗，官吏越来越腐败。马植经常往返于渤海、上京、中京、南京等地贩马，时常被各级官府盘剥，苦不堪言。几年前，宋朝使臣童贯出使辽朝，回去时路过南京，马植得知消息，便在路上等候。马植遇见童贯后，献上厚礼的同时，还献上“联金灭辽”之策：如今辽朝天祚帝昏庸无道，不理朝政，奸臣萧奉先瞒上欺下、任人唯亲，致使辽国君臣离心离德、官吏腐败、百姓怨恨；居于混同江的女真人视辽国为仇敌，久后必反……若宋朝派人越东海与女真人结好，订立夹攻辽国之策，辽朝何愁不败，燕云十六州何愁不归！

童贯此次出使辽国，肩负的秘密使命便是搜罗大辽国的军情民俗，如今得遇出手大方的富商马植，又听其“联金灭辽”之高论，当即视他为心腹，为他改名为“李良嗣”，让他跟随使团回宋朝。童贯引荐马植晋见了宋徽宗。一直幻想成就一番经天纬地之功的赵佶，听了马植的“联金灭辽”之策，大呼高论，当即赐国姓，任朝官，命他密切注视大辽国的动向，一旦有机可乘，便图收复燕云之地。为此，宋朝秘密增加了辽、宋边界的兵力。

李处温介绍完情况，耶律淳分析说，目前南京各处兵马号称几十万，其实，能征惯战者不足十万人。如今金军攻占了东京、泰州、春州等地，不久之后，兵锋便会指向上京、中京、广平淀等地。倘若上述地方失守，到那时，金国大军滚滚南来，南京析津府北要对付金军，南要防备宋军，两面受敌，能够支撑几时？因此，还要早做筹划。

接下来，大家七嘴八舌地议论。有主张整军备战的，有主张以战促和的。一向对宋朝抱有幻想的李处温建议南面示好宋朝，北面抗击金国。宋军战力弱，又善于坐山观虎斗，肯定不会先金军向南京进攻。可屯兵平州城外，趁金军南来立足未稳，一战击溃金军，宋军便不敢轻举妄动，南京城可保无虞。

耶律淳说：“只怕宋朝人趁火打劫，背后捅我们刀子。”

李处温说：“毕竟澶渊之盟以来，辽、宋和好百年了。”

耶律淳说：“不知宋人是否与金人勾结？”

李处温说：“风闻宋朝曾派人浮海北渡，与金人联系，不知结果如何。”

耶律大石一直在听，不发一言。耶律淳问他有什么主意，耶律大石说："末将感淳帅知遇之恩，当以实言相告。"

耶律淳说："事关南京存亡，重德尽管实话实说。"

耶律大石说："以末将愚见，无论将来面临什么情形，打铁还需自身硬，当务之急，我们应该修筑城池，扩军备战，训练士卒，积草存粮，此为守备良策！"

耶律淳十分赞同耶律大石的观点。他当即决定：除平州城原有守备兵马外，由耶律大石在平州大量招募新兵，加紧训练，军械和粮草全部由南京供给；平州是南京的门户，必须严防死守。耶律大石领命。耶律淳又部署了南京城及所属各州县的防御之策，议事便结束了。

耶律淳在留守府设宴款待耶律大石。席间说起辽金之战，强大的辽国被弱小的女真族一败再败，匪夷所思。李处温说这些不难从历史上找到答案。秦二世胡亥短短几年便断送了强秦。隋炀帝杨广，继位十几年便给自己的脖子上赢得一条夺命绳索。君运即国运。耶律淳与李处温关系密切，两个人时常谈论时事，臧否人物，也经常议论天祚帝的德行。但今天南京留守府的文臣武将都在，尤其耶律大石从平州远道而来，这些话便显得不妥了。耶律淳咳嗽几声，李处温自知失言，便不再说什么。

左企弓给耶律大石敬酒，请求放他弟弟左雄回南京，也好兄弟相聚。耶律大石夸左雄高才，希望他能留在平州施展才华。耶律淳说如今国事危难，兄弟相聚是私情，防御平州是国策，岂能因私而废公。左企弓这才说实话，他担心弟弟左雄才疏学浅，纸上谈兵，误了平州防御大计。耶律大石请左企弓放心，他会用人所长，容人所短，群策群力，固守平州。

这是耶律大石第一次与南京留守府的臣僚相见。他在李处温的带领下，与在场的每一位敬酒相识。他宽容厚重、彬彬有礼、酒量惊人，给南京的同僚留下极深的印象。这天晚上，耶律淳让耶律大石住在留守府。他问了耶律大石读南京府学时的情况，耶律大石施以师生之礼，两个人的关系便更近一些。

51. 剿匪

第二天，耶律大石告别耶律淳，离开南京城。回到平州，耶律大石开始大张旗鼓地扩充兵马，招募兵勇。兵荒马乱年月，普通百姓活命艰难，主要是缺吃少穿的。听说官府招募士卒，管吃管穿还发军饷，平州城附近的契丹族贫家子弟纷纷前来投奔。两个多月的时间，招募兵勇五千多人。平州城西门外，原有一座辽军兵营，归辽兴军节度使节制，负责平州城守卫。耶律大石在平州城东门外又建造一座兵营，命令耶律燕山统率五千新兵驻扎，每日演练兵马。南京留守府派人送来一万兵马的军械、服装、粮饷等。

距离平州城七十里的东山上聚集了一伙土匪。据说这伙土匪只跟官府作对，抢官府的财宝，伏击辽军运往东北的粮草，但不祸害百姓。因此东山一带的百姓竟然不认县衙门，只认东山上的山大王。民间有了纠纷，不去县衙门论理，都到东山找山大王断理。山大王受到鼓舞，某日竟带人偷袭县城，占据县衙，赶走县官，人模狗样儿做起县太爷。

耶律大石到任平州后，便对东山上的土匪很感兴趣。他派人暗中打探，摸清了这伙土匪，原来是农民起义者董庞儿的部下。董庞儿被辽军剿灭后，这伙人便逃离涞水县，占据平州的东山，一来二去，竟然聚集上千人。据说山大王叫张撒八，是从黄龙府溃败下来的辽军散兵。他们杀了原来的山大王，拥立张撒八为山寨之主。

耶律大石猜测这个张撒八应该是他早年的南京邻居。他们在黄龙府城外见过面，记得张撒八的队伍军纪涣散，刀枪都被他们换酒喝了。后来黄龙府城外辽军溃败，耶律大石保护天祚帝西去庆州，便再没了张撒八的消息。不过，如今大辽国昏君在位，奸臣当道，小人得势，忠臣受害，许多人被逼无奈才铤而走险占据山林。这些人如果晓之以理，动之以情，或许能悬崖勒马。耶律大石派人详细察看过东山的地势。这是方圆百里内的第一高山，山势陡峭，悬崖峭壁，易守难攻。如果派兵剿匪，强攻硬打，只怕损兵折将也难以攻克。倘或派人前往劝降收编，倒是一件两全其美的好事。

辽军早期士卒以契丹族人居多，称为“契丹军”。辽朝后期，一些州府县开始招募汉族子弟，组建汉军。此后，汉军成为辽军中的一支有生力量。

耶律大石在平州招募的五千契丹军多为契丹族贫民家子弟。这些士卒因之前在家食不果腹，衣不蔽体，一个个身体虚弱，面黄肌瘦，似乎来股风都能吹倒。这样的队伍怎能上战场杀敌？耶律大石首先注重调理兵营的伙食，让士卒吃饱吃好，然后是加强体魄训练，再后是训练队列，演习刀枪。经过一段时间的训练，这五千士卒的队列、协调、搏击等都大有长进。这一天，耶律大石到新兵营检视。在耶律燕山的指挥下，五千士卒队列整齐、刀枪闪亮、军容威严。耶律大石觉得差不多了，便决定率领这支队伍去东山剿匪。

第二天，五千兵马离开军营，旌旗招展、刀枪如林，浩浩荡荡向东山进发。来到东山山脚下，耶律大石命令排兵布阵，压住阵脚。他骑马来到阵前，向东山上瞭望。只见在半山腰上，有一座石头大寨，寨墙上悬挂一面黑色大旗，旗上有一个白色的“王”字。耶律大石命令擂响战鼓，士卒们摇旗呐喊，制造声势。

此时，在东山半山腰的寨墙上，张撒八身穿四不像的天大王服，手持一把鬼头砍刀，紧张地注视着山下的辽军。他身边拥挤着无数手持刀枪的汉子。这支队伍衣着杂乱，五花八门，有的穿辽军服装，有的穿汉族和契丹族的百姓杂衣，还有的穿马戏班的演出服。士卒手中的兵器也杂乱无章，有长枪、短刀、弯刀、砍刀，还有手握杀猪刀和菜刀的。

张撒八自从当上山大王，这还是第一次与辽军大部队摆战阵。以前他们也与辽军打过仗，多半是小股辽军溃兵，再就是运送粮草的辽军护卫队。张撒八都是事先选好地形，打辽军个措手不及，很容易便取胜了。今天辽军大部队前来征剿，山脚下的辽军展开队形，军容肃整、军纪森严、刀枪闪亮、战鼓如雷。这气势令张撒八心里发虚。聚集在他身边的弟兄七嘴八舌，有主张硬拼的，也有主张智取的，还有主张从山后小道撒丫子逃跑的。张撒八自觉与大队辽军打仗心里没底，一时没了主张。

耶律大石命令擂一阵进军鼓，然后命耶律铁哥单人独骑上山，到半山腰的寨门前传话：大辽国辽兴军节度使耶律大石，命令山大王张撒八，到两军阵前说话。张撒八身边一个弟兄拉弓欲射箭，被张撒八伸手拉住。他欣喜地说："难道是石爷来了？"

张撒八决定只带两名护卫下山见耶律大石。身边弟兄劝他小心上当，他说如今山寨大兵压境，这道坎咋着也要迈过去。弟兄们占山为王，只为大碗喝酒，大块吃肉，快意恩仇，活个逍遥自在，谁愿意把脑袋掖在裤腰带上，跟大队官军对阵。

张撒八骑马来到辽军阵前。耶律大石也打马走出队列。张撒八认出耶律大石，赶忙离鞍下马，跪倒在地磕头，说："小人拜见石爷！"

耶律大石跳下马，走上前拉张撒八起身，说："果然是你小子，怎么当起山大王了？"

张撒八长叹一声，说来话长。去年黄龙府城外兵败，张撒八因事先有准备，抢夺了一匹马，跑在溃逃大军的最前边。别看辽军在金军面前不堪一击，在穷苦的契丹百姓面前却耀武扬威。溃逃途中，溃兵们明抢明夺，打家劫舍，每人身上都背满抢夺来的财物。某一天，张撒八等几十名溃兵跑到平州地界，时近中午，又渴又饿。他们进入一座县城，想找点儿吃的，顺便再抢些财物。在大街上，他们看见一群契丹穷人正在围打一个女真人。女真人装在怀里的几颗珠子散落在大街上。围打的契丹人抢夺珠子，张撒八等人也跑上前哄抢。与契丹人发生了争吵，一个溃兵欲举刀杀人，被张撒八拦住。这时，一阵官吏出行开道锣声传来，一抬官轿由远及近。几个契丹人见县官来了，纷纷跑上前拦住轿子喊冤，说以张撒八为首的一群溃兵抢了他们的财物。县官本来对溃军扰民便恨之入骨，见张撒八等人穿汉军服，更是厌恶至极，便一声令下，十几个带刀差役一哄而上，把张撒八等十多个溃兵抓起来。张撒八等人被押到县衙，先每人二十板子，然后搜出抢的大珠没收充官。

张撒八等人被从县衙赶出来，栖身在一座破庙里。大珠没得到，还挨一顿暴打。张撒八越想越气：这年头总是穷苦人倒霉，老实人吃亏，干脆一不做二不休，砸了县衙，到东山占山为王去。张撒八召集溃兵五十多人，这天夜里手持刀枪棍棒越墙进入县衙，把县官差役全杀光，抢了县官家的财宝，连夜带人上了东山。

耶律大石听了张撒八的经历，觉得虽然做许多恶，但仍可改邪归正，便想拉他一把。他劝张撒八毁掉山寨，带队伍跟随他下山，为国效力，编练汉军，准备抵御金军入侵。张撒八担心他手上沾过县官的血，怕朝廷秋后算账。耶律大石说只要他痛改前非，一心效命朝廷，便可将功补过。张撒八便欣然听命。他返回山寨，亲手砍倒大王旗，一把火烧掉山寨，带上财宝粮草，率一千多弟兄下山，跟随耶律大石进入平州城。

52. 劫难

金军攻占东京辽阳府、泰州、春州等地后，金、辽战场上出现一段平静期。大金国忙于消化战利品，新占领的大片土地和人口也需要按女真人的“猛安谋克”制度改造。

耶律大石担心的金人铁骑大批南下在平州并没发生。他利用这段时间，加紧修固城墙，扩充和训练兵马。此时，耶律大石节制的平州兵马达到一万五千人，其中，契丹兵马一万二千人，汉军三千人。耶律大石在平州城外建三座大营，将平州契丹兵马分成左、中、右三军：左路军三千人，耶律铁哥为都统，驻守城西大营；中路军六千人，耶律大石亲自统帅，驻守平州城内；右路军三千人，耶律燕山为都统，驻守城东大营。汉军三千人，张撒八为汉军都统，驻守城南大营。左雄为军师，跟随耶律大石的中路军行动。

南京析津府每月按时运送粮草军需。耶律淳还特命耶律大石可以在平州自筹一部分粮饷。平州兵马因此供给充足。耶律大石每日亲自指挥操练兵马。这天夜里，耶律大石登上城墙，察看守备情况。站在高高的城门楼上，他仰望静谧的夜空，忽然思念起萧塔不烟和西樱来。转眼离开中京城快半年了，时节已进入秋季，秋风乍起，略带凉意，怎不教人思念故都故人。不知她们在中京城怎样了。

耶律大石下了城墙，回到城中节度使衙门。他派人找来左雄，商量派他去一趟中京城，打听一下朝廷的动向。金兵侵泰州、占春州，进而拿下辽东全境。兵锋所指，辽军溃败如决堤之水。当此山河沦陷之际，没见朝廷有任何防御之举。只是在每座城池陷落之后，北枢密院会发一道问责文告，严厉谴责守城官吏将士，然后便千篇一律地严令各州府县衙门各自为战、严防死守。耶律大石写一道奏折交给左雄，请他代为转交朝廷。奏折上他强烈建议朝廷委任南京留守耶律淳坐镇广平淀总督全国兵马，尽快形成抵御金军的防御体系。此外，他请左雄去外城汉人街找西樱，设法打听萧塔不烟的消息，如有可能，可把二人接到平州来。

左雄欣然领命，当晚准备好行囊，第二天清早，他骑快马离开平州城，向中京行进。

耶律俊急于得到西樱的口供，遍请中京城知名的郎中为西樱治伤病，一个多月过去了，却没见起色。这期间，他哥哥得暴病身亡，他忙于哥哥的丧事，只命家人按时给西樱问医求药。忙完哥哥的事，他发现西樱的伤病起色不大。正焦急时，一次他到萧奉先府上，听说萧小姐的病，请来灵感寺的普慧法师诊治，疗效显著。他便亲自到灵感寺，请普慧法师为西樱看病。

普慧法师刚开始拒绝了。他正为多日不见西樱而担忧。他曾借口出去云游，一个人进城到西樱的住地寻找，却见院门上锁，问左邻右舍，说很长时间没见这院子里有人了。他守在院门外等了两天，没见西樱的身影。他趁夜越墙进去，院里屋里的物品依旧，不像发生什么事情的样子。他在中京城转悠了几天，没见西樱的身影，也没听到一丝相关的消息，好像西樱突然从人间蒸发了。回到灵感寺，他一直惦念西樱，却又得不到她的消息，正纠结时，耶律俊找来了。普慧询问病人的情况，这是他多年来养成的习惯，事先要对病人的情况简单了解，以便对症下药。耶律俊遮遮掩掩，一会儿说病人是个未婚姑娘，一会儿又说是已婚女人；一会儿说感染了风寒，一会儿又说受了外伤。普慧问病人是契丹人还是汉人，针对不同民族的人，药方会略有不同。耶律俊却支支吾吾说不上来。普慧见他不诚实，便借口身体欠安拒绝了。耶律俊只好亮明自己的身份，说这个女病人是他从外城汉人街抓来的，是个涉嫌平地松林袭驾案的女钦犯。普慧听到这里，忽然联想起西樱，便要去看个究竟。他跟随耶律俊离开灵感寺，进了中京城。

普慧在耶律俊府上后院一间屋里，见到被折磨成皮包骨头的西樱。那一刻，他的心都碎了。他暗暗握紧拳头，强忍着没打在耶律俊的脸上。渐渐冷静后，他劝自己不可鲁莽行事，要先为西樱治伤病，待西樱伤病好转后，再想办法接她出去。普慧找出外伤药，让女佣为西樱敷上，又找出内服药，让女佣给西樱喝下去。耶律俊有事离开时，普慧便支走女佣，轻声呼唤西樱。西樱竟然睁开眼睛，认出了师父。师徒二人简短交谈几句，普慧劝她安心养伤病，师父会想办法救她出去。西樱虚弱地点一下头，便闭眼昏睡过去。普慧不便久留，叮嘱按时为病人用药，便告辞离开耶律俊家。此后，普慧几次到耶律俊府上为西樱诊病开药方。经过一段时间的治疗，西樱的病好了，伤口也渐渐痊愈了。但为迷惑耶律俊，西樱一直装作昏迷不醒。

这一天，普慧主动到萧奉先府上询问萧小姐的病情。其实，萧塔不烟的病早好了，但她怕耶律俊逼婚，一直装作未痊愈的样子。萧夫人听说普慧来访，亲自陪普慧进小姐的闺房。普慧为萧小姐诊脉，之前萧塔不烟在午夜的街头救过被散兵游勇围困骚扰的西伯和西樱。西伯在灵感寺出家成为普慧法师，西樱也曾带萧塔不烟去见过面。因此他们算是熟人。上次普慧来为她看病，她悄悄问过西樱，当时他也正为毫无音讯的西樱焦急。这次诊脉时，他故意磨蹭时间，萧夫人久陪不起，暂告失陪离开。他趁机悄悄告诉她，西樱被耶律俊抓进家里，严刑拷打，伤病交加，差点没了命。耶律俊请他去府上为西樱治病，一个多月了，西樱的病好了，伤口也愈合得差不多了。为防耶律俊再害她，他隐瞒了她的病情，令她一直装作昏迷不醒。

萧塔不烟得知西樱的消息，便猜到耶律俊抓西樱拷问，实际是针对耶律大石。她与普慧商量，要想办法尽快救西樱出来。普慧说这也是他今天主动上门的原因。他曾想强动手救西樱出来，又一想，那样就算能逃出耶律俊家，想出中京城估计很难。萧塔不烟说不能蛮干，要想个稳妥的办法。

普慧诊完脉开好药方离开，萧塔不烟躺在床上装睡，思考营救西樱的办法。此时她已从兄长萧昂处听说，泰州被金军占了，耶律大石获任辽兴军节度使，已到达平州任所。萧塔不烟便暗自打定主意，要想办法救出西樱，带她去平州找耶律大石。不过，眼下要想救西樱，耶律俊这关是绕不过去的。近几天，耶律俊听说她病情好转了，便几次登门求见，都被她拒绝了。她听母亲说，耶律俊一直在催促操办婚事，父亲以她病没好为由拖延，可这么拖着并非长久之计。她想能否利用耶律俊救出西樱，然后带西樱离开中京城呢？她一连苦思冥想好几天，终于想出一个金蝉脱壳的计策。

53. 自救

这一天，萧塔不烟告诉母亲，她想通了，准备嫁给耶律俊。萧夫人感觉很意外，问女儿到底怎么想的。萧塔不烟说耶律大石一去无音讯，如今世道乱了，人心也会变。倒是耶律俊一心想娶她，一直没变。不如就嫁给耶律俊，父亲会多个死心塌地的帮手，她也算有了依靠。母亲初听不太相信，见她言之凿凿，细想一下也有道理，便信以为真。

萧奉先这天晚上下朝很晚，萧夫人一直等他吃饭。饭后喝茶时，萧夫人把女儿的话说给他听。他没像夫人想象的那样露出高兴的样子，反而展现出一副愁容。他端起茶碗，却没喝茶，又放下茶碗，一言不发地去了书房。他反锁书房的门，仆人送茶送蜡烛都被他回绝了。他在黑暗中静静地坐着，内心五味杂陈。如今局势越来越糟，金军占领了东京、泰州、春州等大片疆土，除上京、中京、广平淀以外，辽国腹地竟无可守之城。金军获胜休整后，估计很快会攻打上京、中京。朝廷向各地征调兵马守卫京城，各地均以兵马不足为由或拒绝或拖延。

天祚帝本来不愿意住在宫里，如今上京、中京受到金军威胁，天祚帝更不愿意回京了。春季时在庆州游猎两个多月，现在又提出要去夹山秋猎。每天各地告急奏折如雪片般飞来。有些奏折标注请皇上御览，萧奉先呈送上去，天祚帝却懒得看一眼。各地官僚便纷纷传言，萧奉先扣压奏折不让皇上看，他平白无故地落下骂名。好在近期各地探马纷纷回报，金军并无再起战端的迹象，已经准备好去夹山的天祚帝，在萧奉先的劝说下，才肯在中京皇宫住下来。

前段时间，传来耶律大石在平州斩杀耶律爽的消息。弟弟萧嗣先因指挥东北路作战不利，在中京城家里闭门思过。正一肚子气无处撒的萧嗣先，听说小舅子被耶律大石杀了，带着老婆到哥哥家吵闹。萧嗣先说萧家被人欺侮成这样，是可忍，孰不可忍，他要率一支兵马杀奔平州，取耶律大石的脑袋。萧奉先好说歹说，才把弟弟和弟媳劝回去。他想在朝堂上弹劾耶律大石滥杀无辜，又一想耶律大石如今归南京留守府节制，就算皇上想治他罪，估计耶律淳也不会买账。一连多日，萧奉先想不出对付耶律大石的良策。弟弟却三天两头去他家里催问。他正无计可施时，今天早上，耶律俊前来献计：可命令萧昂率殿前侍卫密赴平州，出其不意除掉耶律大石。一来成功的可能性极大；二来替萧嗣先大人报了仇；三来也算除去他们的心腹大患。萧奉先说动用殿前侍卫杀人容易，可要师出有名，一旦过后南京耶律淳闹起来，该如何应对？耶律俊说加个罪名容易，耶律大石未经允许，私自收编了平州东山的土匪张撒八。若皇上问起来，便说耶律大石在平州私募兵马、收编土匪，意图谋反。到那时耶律大石已除，估计皇上不会揪住不放的。

萧奉先听后连说绝妙，耶律俊当即提出要与萧小姐完婚，萧奉先只好再拿女儿的病情当挡箭牌。耶律俊明显不高兴了，说如果萧小姐悔婚，他就找皇上评理去。萧奉先只能好言抚慰。应付完耶律俊，萧奉先派人找来萧昂，密令他选八名精干侍卫，明日一早离开中京赶往平州，秘密除掉耶律大石。萧昂得令回去准备。

萧奉先安排完这些事，天便很晚了，坐轿回到家，听说了女儿愿意嫁给耶律俊的消息。那一刻，他悲从中来。堂堂大辽国北院枢密使，位极人臣，却无法左右女儿的婚事，能不令他感到悲哀吗？当然，难过归难过，他在书房枯坐到半夜，便一切都想开了。这时，夫人亲自过来看他，他才打开书房门，跟随夫人去卧室歇息。

第二天，耶律俊得知萧小姐答应办婚礼，赶忙来到萧府，与萧塔不烟在客厅见面。她问新房准备得怎样了？他说早就准备好了。她说如果新房不遂她心意，她是不会嫁过去的。他说小姐如果不放心，可以过去看一看。她流露出想去看一看的意思，耶律俊高兴坏了。这是萧小姐第一次拿正眼看他，并且当面说要嫁给他。他强支撑着没乐晕过去，赶忙派家人回去备轿，准备接萧小姐去府上。萧塔不烟却不坐轿，非要骑马去，而且不带丫鬟和用人，只让府上管家带两名护卫陪她过去。萧奉先大清早便上朝了。夫人听说女儿要去看新房，虽觉不成体统，却也没说什么。好歹女儿肯嫁了，这桩心事总算要了了。

耶律俊赶忙先一步回到家，一边命府上的家人奴仆马上清扫院子，黄土铺街，清水洒地，一边命人向同僚、亲朋发送喜帖，后日是他与萧府小姐的大婚之日，请众亲朋务必前来捧场。他还特意命府上管家送一张大红喜帖给萧府。他之所以这样做，是想造成木已成舟之势。既然萧塔不烟敢登他家门，他便没想再让她离开。他要利用此事大造声势，把夫人萧莺被皇上占去、萧小姐在刑场令他出丑的影响都挽回来。

萧塔不烟这天午后来到耶律俊府上，正巧普慧法师来给西樱看病。这是萧塔不烟与普慧约好的。昨天萧塔不烟想好营救西樱的办法，便写了一封密信，派一个心腹送到城外灵感寺交给普慧。普慧应约来到耶律俊家时，耶律俊正带着萧塔不烟看新房。萧塔不烟与普慧见面，明知故问他来干什么。普慧说来给一个女眷看病。耶律俊不想让萧塔不烟知道，便命家人带普慧去后院。萧塔不烟问这个女眷是谁。耶律俊支吾着不想说。萧塔不烟故作生气地问，难道他另有女人？耶律俊才不得不说实话。萧塔不烟表示怀疑，要亲自见一见这个女眷。耶律俊不敢阻拦，只好让一个女佣带萧塔不烟去看西樱。

普慧正给西樱看病，萧塔不烟走进来。普慧已把萧塔不烟的计划悄悄告诉西樱，为不引起耶律俊的怀疑，萧塔不烟只用眼神与西樱交流了一下，便离开回到前院。萧塔不烟表示对新房很满意，耶律俊高兴极了。萧塔不烟告辞要回家，耶律俊坚决不允。他说萧小姐即将成为这里的主人，第一次登门，岂有不吃饭便走的道理。萧塔不烟只好答应吃了饭回去。这时普慧从后院前来，告诉耶律俊，西樱病情有好转，但身体极度虚弱，需要安心静养一段时日。普慧开出药方留给耶律俊，便告辞欲离开，耶律俊假意留客吃晚饭。普慧推说灵感寺有事，耶律俊派一辆马车送他离开。

晚宴很丰富，可谓山珍海味，耶律俊与萧塔不烟在一个单间用餐。吃饭前，耶律俊为让萧塔不烟死心，便把耶律大石在平州杀了耶律爽，气疯萧嗣先大人，也气坏了恩相，他为恩相献上诛杀耶律大石之计，明天一早萧昂将率八名皇宫侍卫赶往平州，耶律大石的小命即将玩完，等等事情都告诉了萧塔不烟。萧塔不烟听后内心焦急。她早对两个叔叔借父亲之势横行无忌心怀不满。她曾提醒父亲不要骄纵兄弟，以免引来祸端。父亲却劝她一个女儿家，少操心朝廷上的事。如今倒好，萧保先因横征暴敛，在东京被叛乱者杀害。萧嗣先的亲戚因横行乡里，被耶律大石斩杀。不过，萧塔不烟更关心的，还是兄长萧昂去杀耶律大石之事。

耶律俊让用人送来一坛酒，说是皇宫御用之物。他倒满两碗酒，提出与萧塔不烟喝交杯酒。萧塔不烟以病没痊愈为由婉拒。她起身拿过酒坛子，亲手为耶律俊斟酒。她说耶律大石随意斩杀她的亲戚，一点情面都不讲，可见他心里根本没有她。这样的男人只令她痛恨。倒是耶律俊心中一直有她，锲而不舍，令她感动。其实，女人嫁人图什么，还不是想找个靠得住的男人。她劝耶律俊娶她以后，一定要善待她，不许三心二意；要多替她父亲分忧，多为朝廷出力，忠君报国，以求青史留名。耶律俊听这一席话都说到他心里去了，之前留有的一点防备之心早忘得一干二净。他为显示大丈夫气概，来而不拒，连喝三大碗酒。萧塔不烟提议让家人们也喝点酒，就算提前庆祝他们的婚事。耶律俊一想有道理，乘着酒兴喊来管家，让他招待萧府管家及两名护卫喝酒。府上除守门人外，家丁、用人都可以喝酒同乐。

萧塔不烟事先吩咐过酒量奇大的萧府管家，让他把耶律俊府上的人都灌醉。管家不知道小姐葫芦里卖的什么药，也不敢多问。喝酒是他的长项，也是最爱，他在自己吃饱喝足的同时，把耶律俊府上的管家、用人都陪醉了。他还乘兴来到单间，给耶律俊和萧小姐敬酒，祝他们婚事顺利，和好百年。耶律俊喝下管家敬的一碗酒，一下便瘫坐在木椅上。萧塔不烟又倒满两碗酒，让管家敬耶律俊，两个人在萧塔不烟的劝说下，勉强将酒喝下去。耶律俊眼睛发直了，一下滑到酒桌底下去了。管家见状俯身去搀扶耶律俊，却因站立不稳，一下摔倒在地。两个醉鬼相挨着躺在酒桌下边，鼾声如雷。

萧塔不烟走出单间，关上房门。路过饭房时，听见里边还在吵嚷着喝酒。她悄悄绕到后院，进入西樱的房间。两个守门女佣起身相迎，萧塔不烟突然上前扭住前边女佣的手。这时西樱忽然从床上下来，将后边女佣的手扭住。两个女佣被捆住手脚，嘴里塞上毛巾，推倒在床下。

54. 出樊笼

萧塔不烟与西樱换穿上两套契丹族男人装。她们从后院来到前院时，两名萧府护卫站在院子里等候，每人牵一匹备好鞍具的马匹。这是萧塔不烟事先吩咐好的。萧塔不烟跨上马背，西樱身体较虚弱，在一名侍卫的帮助下才骑上马背。两名护卫前边开路，萧塔不烟与西樱骑马跟在后边。来到府院门前时，两扇黑铁门紧紧关闭，两名守门家丁拦住去路。萧塔不烟让家丁开门，领头的家丁抱拳施礼说，耶律俊大人吩咐过，到了夜里，没有大人的话，谁都不许出这座院子。两名萧府护卫持刀上前欲动手。领头的家丁拿起胸前的牛角号欲吹。突然，黑暗中飞来一块石子，击打在领头家丁的脖子上。领头家丁惨叫一声，扔掉牛角号摔倒在地。两名萧府护卫上前控制住另一名家丁，从家丁身上搜出钥匙，打开大门。萧塔不烟与西樱骑马出门。

出了府门，来到大街上，萧塔不烟让两个护卫赶紧返回去，到单间里喊醒酒醉的管家，马上离开这里回家。一个护卫问萧小姐去哪里。萧塔不烟让他捎话给萧夫人：小姐出城去平州了，请母亲大人不必惦记！护卫担心放走小姐回去受责罚。萧塔不烟说若敢不听话，现在就抽他！两个护卫不吃眼前亏，转身返回耶律俊府邸。

萧塔不烟和西樱骑马奔城南门，来到一处路口，见普慧身穿一身便装站在路口等候。两个人骑马过来，西樱欲下马，被普慧拦住。萧塔不烟马背上鞠躬，谢相助之情。原来，普慧昨天离开耶律俊府并没出城回灵感寺，而是在府院外隐藏起来。刚才她们被守门家丁拦住，普慧打出石子击伤一个家丁，她们才得以出府门。

普慧手提一个羊皮袋子，说袋子里是吃的和喝的，他把羊皮袋子捆在西樱的马背上。他又掏出一个小布袋，掂在手里哗哗响，可知里边装有银钱。他叮嘱她们一路上要小心，到平州后捎个平安信回来。萧塔不烟感谢普慧法师想得周到。她离家时太匆忙，忘记带吃食和盘缠。西樱惦念师父不忍离开中京，普慧说她已被官府盯上了，留在中京更危险。此时天光已亮，普慧催促她们快走。她俩告别普慧，快马加鞭向城南门奔去。

她们来到城南门时，天已大亮，城门早开了。她们跟在几辆装木料的马车后边出城门。守城门士卒以为是护送木料的，只盘问第一辆马车上的人几句，便放行了。出了城门，她们向路人打听了去平州的路，便挥鞭打马向平州奔去。

两个人快马加鞭一上午，中午时，仍不见有人追来，便放心了。路过一个集镇，她们在路边一家饭馆买了两碗热水喝，吃了羊皮袋里的熟牛肉和干粮，略歇息一会儿，便继续赶路了。

一路上，她们晓行夜宿，加紧赶路。这天中午，她们骑马越过一座山丘，被山脚下一条汹涌的大河拦住去路。来到河边，两个人下马，西樱拾起一块茶碗大小的石头扔进河里，湍急的河水立即将石头吞没。西樱说这河水又深又急，骑马肯定过不去，只能另寻过河地点了。萧塔不烟从小到大一直住在深宅大院，这是第一次出中京城。这一切对她来说新鲜而陌生，她只能一切听西樱的意见。

她俩牵马沿河边往前走，发现前边不远处的河畔上，坐着一个头戴斗笠的老者，他身边趴着一只通体黑色的牧羊犬。远处河岸边，一头瘦驴正懒散地在草地上吃草，看上去像是老者的坐骑。她们向老者走去，突然，黑牧羊犬“腾”的一下起身，一双三角狗眼凶恶地望着她们。这时老者叫喊一声，黑牧羊犬听话地又趴下去。老者轻抚着牧羊犬，揣测地打量来人。她们在离老者不远处停步，西樱上前鞠躬，说：“老人家，我们想过河，可这河水太深太急了！”

老者说：“上游下大雨了。”

西樱说：“那要啥时候才能过河呀？”

老者说：“看这水势，明天再说吧！”

她俩靠近老者坐下，西樱与老者攀谈起来。老者说这条河叫通地河，当初是王母娘娘用银簪儿划出来的一条河。平时河水不深，水流也不急，骑马便能涉过去。今天早上，几个骑高头大马的武士便涉过去了。晌午时，水势突然涨起来，再想过去便难了。萧塔不烟听了老者的话，联想到耶律俊所说的萧昂率殿前侍卫去平州害耶律大石之事，便一下警觉起来。她问老者骑快马的武士共几人，什么打扮，领头的人长什么样儿。老者说他们过河时，他正好在河边放驴，闲来无事，还真数了。共九个人，都佩剑挂刀的，身穿紫色长袍，最前边那个像领头的，黑大个儿，络腮胡子，粗喉大嗓的，像有什么急事，腾云驾雾似的便涉过河去。

萧塔不烟猜测那个黑大个儿、络腮胡子，应该是她的兄长萧昂。其余八个，应该是皇宫侍卫。看来耶律俊所言非虚，要尽快赶到平州告诉重德兄，晚一步恐怕重德兄会有危险。

萧塔不烟说：“老人家，我们急着赶路，这附近有桥吗？”

老者摇头说：“这是条流沙河，经常改河道，没法建桥。”

萧塔不烟说：“老人家，你能想办法帮我们过河吗？”

老者说：“办法倒是有。”

萧塔不烟说：“那就求你了，我们必有重谢！”

老者哂笑说：“你俩后生身无长物，拿什么谢我呀？”

萧塔不烟说：“我们的马过不了河，归你了，你看如何？”

老者露出贪婪之色，扭头看两匹在河岸边吃草的马，说："过了河，没马骑你们怎么赶路？"

萧塔不烟说："这个我们有办法！"

西樱弄不清萧塔不烟的意思，就算过了河，没马怎么赶路？再说急什么，等河水落潮了涉过去也不迟，身后又没人追赶。西樱询问地看萧塔不烟。萧塔不烟向她使眼色，示意她别说话。

老者站起身，伸手拍一下牧羊犬，说："大黑，干活喽！送这两位公子过河，回来给你牛肉吃。"

萧塔不烟愕然地说："让它送我们过河？"

老者说："它本事大着呢！能驮人过河，还能潜水取物。"

老者说着拾起身边一块拳头大小的黄色石头，在大黑眼前晃了晃，然后把石头扔进水中。大黑"腾"的一下跃起，快速跑到河边，"扑通"一下潜入水中。过了一会儿，它浮出水面，嘴里叼着那块黄色石头。

萧塔不烟试探地走上前，伸手轻抚一下大黑，轻声说："大黑！"

大黑抖落身上的水珠儿，靠近萧塔不烟嗅了一下，向她讨好地摇了几下尾巴。

老者笑说："今年雨水少，大黑馋牛肉了！"

萧塔不烟转身到西樱骑的黄马旁，解下马背上的羊皮袋背上。她下意识地伸手进袋里摸了一下，触碰到那块被吃掉一半的熟牛肉。她来到河岸边，要自己先过河试一下，安全了，再让西樱过。西樱却不同意，执意她先试过河，萧塔不烟只好让西樱先过河。

老者这时带大黑来到西樱身边。他拍一下大黑的脑袋，手指一下西樱，大黑顺从地走到河边，"扑通"一声跳进水里，然后又游回岸边，站在河边等着。西樱在老者的指点下，涉水走到大黑跟前，试探着跨上大黑的背。大黑连晃一下都没有，很平稳地站在水中。老者让西樱双手抱住大黑的脖子，嘱她抱紧了，闭上眼，别松手。然后老者在大黑屁股上使劲儿拍了一下，大黑便像一条平稳的船驶进河水中。

萧塔不烟站在河边担心地看着。大黑驮着西樱游到河中间水流湍急的地方，它的大半个身子没入水中，在急流中流动着，西樱就像腾云驾雾一般漂过河去。终于到达河对岸，西樱兴奋地站在河岸边，向萧塔不烟招手。萧塔不烟心中暗暗称奇。

萧塔不烟骑在大黑背上，笑望着老者说："老人家，我的两匹马总抵得上你的大黑吧？"

老者摇头说："我的大黑，有人出过一千天庆元宝，我没舍得卖。"

萧塔不烟说："真是个好宝贝呀！"

老者似乎预感到了什么，说："后生，老朽可没想占你们便意。这两匹马先寄存在我这儿，你赶紧去办事，办完事回来，给我十个天庆元宝，这两匹马你牵走。"

萧塔不烟说："这两匹马归你了。牵到集市上卖了，够你养老了。"

萧塔不烟眼见了大黑驮西樱过河，轮到她时，还是很紧张。她将羊皮袋捆在背上，双手死死抱住大黑的脖子。下水后，她紧闭双眼，只听见水流湍急的"哗哗"声。到了河对岸，西樱拉住她的手，她才敢睁开眼睛。

第七章　铁血芳华

55. 智赢先机

萧塔不烟上了岸，大黑欲返回河对岸，她叫一声“大黑”，解下背上的羊皮袋，从里边掏出一块熟牛肉，用刀割下一块扔到大黑面前。它低头嗅一下，一口便叼起牛肉，似乎没咀嚼便吞了下去。大黑摇摆尾巴，讨好地向萧塔不烟走过来。萧塔不烟背起羊皮口袋，转身离开河边，沿大路向前走去，她边走边晃动手中的熟牛肉。大黑回头看了一眼对岸，犹豫一下，还是无法拒绝牛肉的诱惑，跟随萧塔不烟而去。萧塔不烟又割下一块牛肉，这次伸手递到大黑嘴边。它贪婪地一口吞掉牛肉。萧塔不烟轻抚它的头，说：“大黑，跟我吃牛肉去！”

大黑似乎听懂了，哼叽几声，亲昵地摇摆尾巴。萧塔不烟搂住大黑的脖子，抚摸了几下。她转身看河对岸，老者站在河边，又是招手又是叫喊，呼喊大黑回去。萧塔不烟向老者挥一下手，又向大黑晃动一下手中的牛肉，她沿着大路向远处跑去。大黑盯紧她手中的牛肉，跟随她跑去。

西樱难为情地站在河边看对岸叫喊的老者。萧塔不烟喊她快走，说两匹马换一条犬，还是老人家占了便宜。西樱这才离开河边。她身上的伤还没痊愈，走一段路便走不动了。路过一个村庄时，萧塔不烟花钱雇了一辆马车。她俩坐马车。大黑跟在车后跑，萧塔不烟手中的熟牛肉已所剩不多。

傍晚时，路过一个集镇，车夫说过了这个镇子便是平州地界了，他对那边不熟悉，不敢再往前走了。萧塔不烟求他再送一程，可以多给钱。车夫说那边人生地不熟，又兵荒马乱的，给多少钱他也不敢去。萧塔不烟只好让车夫找一家客栈她们先住下。马车停在路边一个大院子的门口。车夫说这是镇子上最好的客栈。萧塔不烟只好下车。她站在院门口打量院内，是那种常见的车马店，坐北朝南，正面一排十几间客房，东侧是几间粮草库，西侧是一排马厩。她看见几匹高头大马正在一排马槽里吃草。一个穿紫衣的武士正大声吩咐客栈伙计派人出去割些新鲜青草，上些好马料，让马吃饱喝足了，明天四更天还要起早赶路。客栈伙计点头哈腰地答应。

萧塔不烟坐上马车，让车夫立即离开这里。车夫莫名其妙，也只好赶马车离开。马车驶出镇外，在路边一片树林处，萧塔不烟喊停车。付过车钱，她俩下车，马车离开，萧塔不烟带西樱进入路边的树林。秋季的夜晚，树林里已有些凉意。西樱弄不清楚为何不住客栈，反而到野外树林里来。萧塔不烟这才把九个皇宫侍卫正赶往平州城，欲害耶律大石之事说给她。刚才在那家客栈里看见的那些高头大马，应该就是皇宫侍卫们的坐骑。现在应该想个办法，给侍卫们制造点麻烦，让他们赶不成路，或者延迟他们赶路。她们要加快行程，早一点到平州，给重德兄报信。刚才之所以不敢在客栈停留，是怕她被人认出来，因为她兄长萧昂是这些侍卫的头儿。兄长奉令而行，她估计劝阻不了，她的行踪也不能让兄长知道。西樱说这事好办，她们马上进镇子，潜入那家客栈，弄两匹马骑，把其余的马放掉。萧塔不烟想了一下，这还真是个不错的主意。她担心西樱的身体，西樱说她没那么金贵。主意已定，两个人掏出羊皮袋里的吃食，吃饱喝足了，便离开树林向镇子走去。

她俩进入镇子，来到那家客栈院外时，传来二更鼓声。此时夜渐深了，街上已无行人，客栈木栏式的院门关上了。院子里很安静，客房都熄灯了，只有院子中间的一根木杆上悬挂的两只牛皮灯笼发出昏暗的光。她们来到马厩墙外，悄悄翻墙进入马厩，隐藏在黑暗处。这时一个客栈伙计模样的人从粮草库里出来，手里提着一只木桶进入马厩，往马槽里添加一些马料，然后提着空木桶离开了。

她俩又等了一会儿，四周一切平静了。她们来到马槽边，九匹马正低头吃草料，九套马鞍具整齐地摆放在每匹马的身后。她俩备好两匹马的鞍具，将其余七匹马的缰绳割断。西樱牵马走出马厩，来到院门处，打开院门。萧塔不烟跨上马背，挥动马鞭，驱赶七匹马出马厩。西樱也跨上马背，挥动马鞭，驱赶七匹马出了院门。

这时客栈执更的伙计听见动静，从屋里跑出来，看见两个人骑马驱赶其余的马出院子。客栈伙计大声叫喊："不好了，有偷马贼!"

一排客房的灯都亮了，萧昂等人先后持剑提刀跑出来。只见客栈院门洞开着，马厩里已经无一匹马。萧昂气急败坏，挥刀砍杀了执更的伙计。客栈老板吓得跪倒在地，浑身哆嗦。萧昂一把拉起客栈老板，命他马上派人出去找马，一旦马匹丢失，耽误了他们的行程，客栈的人一个都别想活。客栈老板马上派人提灯笼举火把，协助萧昂等人找马。到第二天中午才找回七匹马。萧昂向老板索要了一大笔钱，新买了两匹马。县令闻讯带领几个捕快赶来。萧昂勒令客栈关门，客栈老板被押入县牢房，听候处理。忙完这一切，已是第二天傍晚，萧昂等人只好连夜赶路。

萧塔不烟和西樱将马群赶出镇子，两个人便快马加鞭向平州赶去。第三天中午，赶到平州城北门时，已是人困马乏，一步都走不动了。耶律大石闻讯，亲自带人过来，将她们接进城去，住进节度使衙门。这时她们才听说，耶律大石已派左雄去中京寻找她们。

那天耶律俊酒醉滑到酒桌下边，与萧府管家相挨着醉眠，萧塔不烟如何离开去后院，如何带西樱出府门，他一概不知。府上守门家丁一个因阻拦萧塔不烟被黑暗中飞来的一块石子打伤，另一个被控制住夺去了钥匙。萧塔不烟和西樱出了府门，被控制的家丁才背着受伤的家丁跑进院里报信。当时府上管家及仆佣等人正在饭房喝酒取乐。萧府两个护卫已将不省人事的萧府管家抬出单间，抬上一辆马车离开。

家人把耶律俊从酒桌下抬出来，却怎么也喊不醒他。直到第二天日上三竿了，他才清醒过来。耶律俊听说跑了萧小姐和西樱，萧府管家和两个护卫也离开了，气得暴跳如雷，吩咐把两个守门家丁，连同两个被捆住手脚堵住嘴巴的女用人，都拖到院子里，他亲自用皮鞭拷打。后来他弄清楚了，萧小姐和西樱往城南去了，萧府两个护卫和管家往城北回萧府了。他猜测这一切应该是萧塔不烟策划的。他后悔不该把萧昂带皇宫侍卫去平州的事告诉她。如果她与西樱出中京城，去平州向耶律大石报信，那萧昂等人的行动便有可能落空。当时他第一个念头是派人骑快马追赶，可转念一想她俩离开已经半日了，此时追赶怕来不及了。他又一想萧昂等人的坐骑都是日行几百里的大食国宝马，就算萧小姐和西樱想去平州向耶律大石报信，估计她们到达时，耶律大石的人头早已落地了。

耶律俊猜想萧小姐这次逃跑应该与萧奉先关系不大。但他已经给同僚和亲朋送出大量喜帖，一些同僚和亲朋已经派人送贺礼过来。说好即将举办婚礼，如今新娘却跑了，让他如何向众同僚和亲朋交代！

耶律俊来到萧府求见萧奉先时，萧奉先已从管家口中知道了事情的来龙去脉。他责怪萧夫人不该让女儿出府门，责骂耶律俊是一头蠢猪，小姐竟然从他府上走掉了。萧家没向他去要人便不错了，他还敢来萧府滋事。耶律俊被萧奉先训斥一顿，想反驳又没理由，只能站在一旁听着。当然萧奉先深知耶律俊的为人，这类势利小人偶尔教训几句可以，万不可得罪他。常言道：得罪君子一条路，得罪小人一道坎。萧奉先只好又安抚耶律俊几句，大意是待日后打听到小姐的下落，派人接回来与他完婚。耶律俊明知这是推诿之词，却一时无话可说。萧奉先派人礼送耶律俊出府。他也坐轿进宫见皇上。

路上，萧奉先苦思冥想对付耶律俊的办法。小姐不知了去向，耶律俊不会善罢甘休的，与其这样推诿拖延、得过且过，莫如想一个一劳永逸的办法。忽然，他想起一件事：一个多月前，耶律俊的哥哥耶律果暴病而亡。耶律果的妻子名字叫萧妹，是天祚帝亲姑姑的女儿。天祚帝曾命萧奉先代为前往吊唁，萧妹亲自出来迎接致谢。萧奉先回宫奏报时，天祚帝面露哀伤之色，替萧妹年纪轻轻便守寡而叹息。当时天祚帝吩咐萧奉先，如有合适人选，可考虑让萧妹再嫁。萧奉先满口答应，却苦于寻不到合适之人。契丹人的风俗，有兄死妻嫂的习惯。萧妹不到三十岁，人长得很漂亮，为人也很大方泼辣。如今何不奏请皇上降旨，命耶律俊娶嫂子萧妹。一来可了却皇上的心愿；二来可绝了耶律俊对骄儿的想头。这正可谓一箭双雕的良策。

56. 计中计

萧奉先打定此主意，进宫见皇帝时便想寻机提这件事。正巧这天皇上心情不佳，原因是萧妹的母亲天祚帝的姑姑刚进宫见过皇上，娘儿俩为萧妹的命运感伤一回。天祚帝说出让萧妹改嫁的想法，姑姑表示赞同，并请天祚帝做主玉成此事。天祚帝满口答应，刚送走姑姑，萧奉先便进殿了。天祚帝便以责怪的口吻问他替萧妹选婿之事怎样了。萧奉先讨好地说，他这些天专为此事奔波，终于寻到一段好姻缘。天祚帝问什么好姻缘。萧奉先奏报说，依照契丹人古制，皇上可降旨恩准，令耶律俊兄死妻嫂，岂不是一件两全其美之事。一来可解萧妹之忧；二来可慰耶律俊失兄之痛；三来可安萧莺之心，使她一心一意侍奉皇上。天祚帝听后觉得有道理，便喊来太监王华，命他马上拟旨，令耶律俊遵古制，兄死妻嫂。萧奉先奏请擢升耶律俊为天下兵马副元帅，以慰其心，以坚其志。天祚帝应允，命太监王华即刻往耶律俊府上宣旨。萧奉先给皇上出此主意，其实玩的是金蝉脱壳的把戏。他相信耶律俊也会想到这一点，并由此忌恨他。他提议升耶律俊的职，实际上是在抚慰耶律俊，使两个人不至于公开决裂。如今天下纷乱，大辽国丧师失地，天下兵马副元帅的虚职其实已无多大意思。

耶律俊刚回家，王华便来宣旨。他跪倒在王华面前，接到的竟然是兄死妻嫂的旨意。那一刻，他如同吃进一只死苍蝇，从心里往外恶心。嫂子萧妹是出名的母老虎，平时依仗皇亲国戚的身份，蛮横霸道，哥哥耶律果就是个受气包。传言萧妹不许耶律果出门，两个人整天鼓捣床上那点事，弄得耶律果身形憔悴，骨瘦如柴。耶律俊曾暗地劝哥哥出去找点事做，别整天待在家里。萧妹听说后，跑到耶律俊府上指桑骂槐，弄得耶律俊灰头土脸的。

耶律俊接下圣旨，送走钦差，像手里捧了一只刺猬，捧不住，也扔不了。抗旨不遵，他没那个胆量。遵旨娶嫂子，他又心有不甘。他猜想这样的馊主意指定是萧奉先想出来的。他曾听说皇上命萧奉先替萧妹选婿改嫁，没想到萧奉先这只老狐狸将鬼主意打到他的头上。萧奉先肯定为推掉他与萧小姐的婚事才想出这样的损招儿。他心里暗暗发狠：一定要寻机会出萧奉先的丑，让老东西知道，他耶律俊不是任人拿捏的软柿子。

兄死妻嫂，这是契丹族的古老习俗。后来随着大辽国疆域的扩大，人口增多，特别是汉、奚、回、高丽等民族的融合，一些契丹族古老的风俗正在悄然改变。譬如兄死妻嫂的习俗，如今的契丹族人已经很少如此了。如果耶律俊去找嫂子，说明这是萧奉先的一个圈套，也许嫂子会通情达理。只要萧妹能进宫见皇上，推辞这桩婚事，这次危机便算解除了。

耶律俊去见嫂子之前，做了精心的准备，买了许多嫂子喜欢的东西。这天，他带着礼品来到嫂子府上，家人带他进院子，只见萧妹一个人坐在凉亭上发呆。耶律俊上前见礼："耶律俊拜见嫂嫂！"

萧妹看他的目光渐渐转冷，什么话都没说，起身便向屋里走去。耶律俊一下怔在那里，不知道嫂子为何如此对他。过了一会儿，一个女用人走过来，说主人请大人到后院相见。耶律俊跟随女用人来到后院一间屋子，只见屋子地上摆放一张餐桌，桌上摆着山珍海味及一坛皇宫御用酒。萧妹坐在餐桌旁不冷不热地看着他。她身后是一张挂着帷帐的床榻。

耶律俊之前很少到哥哥家来，猜测这间屋子应该是嫂子的卧室。他站在门外犹豫，拿不准是否进去。萧妹说："进来吧，我吃不了你！"

耶律俊只好进屋，在嫂子对面坐下。萧妹让女佣斟酒，耶律俊推辞说近来偶感风寒，不宜喝酒。萧妹接过酒壶，让女佣退下，亲自为耶律俊斟酒。她劝耶律俊不用紧张，虽说皇上降旨赐昏，她却不愿意勉强，强扭的瓜不甜，今天喝顿酒，把话说开了，明天各走各的路，皇上那里她会去说明白。

嫂子一番话，句句说在耶律俊的心坎上，他的疑虑全打消了，端起酒碗敬嫂子酒。两个人连碰三碗酒，他碗碗喝干，萧妹连说痛快。他喝干第一碗酒时，感觉味道有些怪，怀疑萧妹做了手脚。不过，酒坛子是当他的面启封的，萧妹斟酒时，他亲眼所见。倘若酒有问题，她也难逃脱。这么一想，他便释然了，还自责自己太多心了。他喝干第二碗酒时，感觉酒没问题了，他自己有问题了，除了头晕得厉害，还浑身燥热。他喝干第三碗酒之后，便感觉有些飘飘然了。他瞪着一双充血的眼睛看萧妹，发现她越看越耐看，美丽、白皙，充满青春活力，完全是他梦中女神的模样。他此时的体内如同暴风雨前的乌云般翻滚，只需一道闪电划过，便会大雨倾盆。这时他的头脑还有几分清醒，他努力克制着，坐在木椅上一动不动。

萧妹的脸被酒精燃烧得灿若桃花。这场她自编自导自演的喜剧正朝着她预计的方向发展，她的心中生出一阵窃喜。萧妹像许多契丹贵族女人一样，思想比较开放，自我意识比较强。当得知耶律果得了不治之症，她一边为丈夫的病情担忧，一边为自己日后的孤独岁月难过。她还不到三十岁，正是女人风情万种的年龄，怎甘心余生在守寡的清苦中度过呢？她也曾想过守身如玉、从一而终这些汉族人推崇的人生观念，可转念一想，人生在世，应该为自己活着，何必死要面子活受罪。何况契丹族人早有夫死女再嫁的先例。辽道宗的二女儿赵国公主下嫁大臣萧挞不也，萧挞不也遇害了，道宗便命赵国公主再嫁萧挞不也的弟弟都干。据说当时赵国公主还不太情愿，可父命难违，她只能被都干一抬花轿娶回家去。这件事使萧妹联想到自己的小叔子耶律俊。自从弟媳萧莺被天祚帝宠幸后，耶律俊一直单身。传言萧奉先把女儿萧塔不烟许配给耶律俊，后来传出刑场上萧塔不烟自己做主，嫁给了钦犯耶律大石。耶律俊一时被传为笑柄。

耶律果死后，萧妹守寡，正挖空心思地想如何能再嫁时，传来天祚帝降旨耶律俊，命他兄死妻嫂的消息。那一刻，萧妹欣喜若狂。可渐渐地，她冷静了下来。按理说耶律俊领旨后，应该马上来府上见她，商量婚期等事宜，却一连几天不见动静。她派人去耶律俊府上打探，得知他买了许多礼品欲来府上拜见她。如果他是来商量婚事的，何必要买礼品，可见他另有打算。他一定还惦记着娶萧府千金，不愿意娶她这个寡嫂。萧妹思来想去，想到了给他上演一出戏，不怕他会不上钩。

耶律俊果然上钩了，三碗酒下肚，欲火中烧地望着她。她觉得火候差不多了，便靠他更近一些，更加妩媚地看着他。

耶律俊情不自禁地说："嫂嫂，你真漂亮！"

萧妹嗔怪地说："你说什么呢！"

耶律俊说："秀色可餐！"

萧妹说："你要吃人呀？"

耶律俊体内的酒精和春药令他完全失去了理智。他上前抱起萧妹，踉踉跄跄向床榻走去，一把扯开帷帐，将萧妹扔在床上。他像一头饿兽扑上去，撕扯萧妹的衣服。

耶律俊这天来见嫂子，是想劝她去找天祚帝辞婚的。没想到萧妹精心准备的一桌酒席令耶律俊欲火中烧，失去了理智，与萧妹同床共寝了。这一夜，他被酒精和春药折腾得不知疲倦，鸡叫了，才从萧妹的身上下来。他与萧妹相拥而眠。第二天午后，他才迷迷糊糊睁开眼睛，发现赤身裸体的萧妹躺在他身边，一条雪白的大腿压在他黑瘦的腿上。他当时脑袋“轰”的一下，心里说一切全完了。

这时萧妹醒了。她猛然坐起身，大哭大叫起来。他赶忙起身穿衣服，却被萧妹一把扯住。她劈头盖脸给他一顿巴掌，开始呼天抢地。

萧妹说：“老天呀！真丢人，这可怎么活呀！”

耶律俊低声下气地劝她别声张，说：“皇上已经赐婚，这也不算丢人的事，只要你情我愿，过后热热闹闹办个婚礼就行了。”萧妹说：“你酒后无德，还说你情我愿！”耶律俊心说这不是恶人先告状吗？不摆酒席能出这样的事吗？他虽说不是海量，三碗酒还是放不倒的。谁知道她在酒里掺了什么！但是，他心中纵然有千般不平，此时却百口莫辩。

萧妹见他心有不平的样子，知道他有所怀疑，上前拉他的手，说要找人评理去。耶律俊一只手抓住床不松开，求她别声张，别再叫喊，家丑不可外扬！她说：“反正不想活了，还要脸面干什么！你现在敢欺侮我，以后就敢不拿我当人，咱们这就进宫见皇上，看有没有说理的地方。”这时传来一阵紧似一阵的敲门声。萧妹家的男仆女佣在门外粗喉大嗓地问主人出了什么事。萧妹说出大事了，吩咐家人备轿，她要进宫见皇上。

耶律俊素知萧妹是个狠角色，惯会胡搅蛮缠，此事一旦闹大，他跳进黄河也难洗清。其实，他心里明白萧妹要什么，只好跪在她面前，低三下四地说：“别闹了，我这辈子非你不娶！”

萧妹说：“这是真心话？”

耶律俊说："我冲天发誓，是真心话！"

萧妹怕夜长梦多，当天便请人写好喜帖，派人给皇上、后宫、朝廷各衙门诸多亲朋散发。第二天便举行婚礼。天祚帝带着萧莺及后宫嫔妃来喝喜酒。萧奉先率领朝廷百官前来祝贺。萧奉先送上一份厚礼，还亲书"郎才女貌"四个大字贴在四个大红灯笼上，挂在新房窗外。夜里，祝贺的人们离开了，耶律俊命人把四个大红灯笼摘下来烧掉。他在心里恨恨地说："萧奉先，你这个老东西，咱们走着瞧！"

57. 巧解危局

那天耶律大石安顿萧塔不烟和西樱在节度使衙门后院住下。两个人都曾患病，又赶了很远的路，既紧张又疲劳，身体十分虚弱，都再次卧病在床榻上。耶律大石请来郎中为她们诊脉开药方，还亲自熬药，将汤药端到床榻前。

萧塔不烟到达平州城，见到耶律大石的面，便把她从耶律俊那里听说的，萧昂受萧奉先的指使，率领八名皇宫侍卫来平州刺杀他的消息告诉他，提醒他早做准备。耶律大石根据萧塔不烟所说，她们在路边一个集镇的客栈里割断萧昂等人的七匹马缰绳，将马赶出客栈院子，然后骑两匹快马日夜兼程赶来平州的情况，判断萧昂等人至少要一天时间才能到达平州。他劝她俩不必担心，他有办法对付萧昂等人。他派人买来女儿家所需的各种生活用品，命人将她们所住的房间精心装饰一番，雇了两个女用人服侍她们的生活起居。

萧塔不烟来到平州城，见到耶律大石，精神放松了，心情愉悦了，她安睡了一夜，第二天便觉精神清爽多了。她带着大黑来到节度使衙门，耶律大石正在处理公务。她在衙门前转了几圈，耶律大石处理完公务，招她进歇息室喝茶。两个人已经大半年没深入交谈了，心中都憋了许多话。萧塔不烟从他离开中京后说起，把她如何得病，普慧为她治病，她从普慧口中得知西樱被囚在耶律俊府上而且伤病很严重，她便借到耶律俊府上看新房的机会与西樱见面，然后喝酒灌醉耶律俊，她俩在普慧的协助下深夜逃出耶律俊府，天亮后跟随运木料的马车出中京城，在来平州的路上她们在通地河边被阻，多亏大黑驮她们过河等经历，详细说了一遍。耶律大石听说大黑有如此大的本领，很高兴，马上派人买来新鲜牛肉，给大黑吃。

萧塔不烟问耶律大石将如何应对萧昂等人。耶律大石故意说，敌人来攻，只能刀兵相见！萧塔不烟面露忧虑之色。两个男人，一个是她的所爱，另一个是她的兄长，她显然不希望他们血拼。耶律大石便笑说，这些他早都考虑过了，已经派耶律铁哥出平州城三十里迎接萧昂等人。萧塔不烟一时没解其中奥妙。耶律大石说，所谓暗杀，要在暗中进行，是密室之谋，见不得光，如今大白于天下，还怎能施行？萧昂大人到平州城外时，他这个节度使还要去迎接，请问萧大人敢在众目睽睽之下无朝廷明令，擅杀朝廷命官吗？萧塔不烟这才体会耶律大石的苦心，暗自称赞如此化解刺杀危机，再高明不过了，真正是四两拨千斤。两个人谈论了一会儿，耶律大石提议去看一眼西樱。西樱因受耶律俊严刑拷打，伤病缠身，虽经普慧治疗，仍未痊愈。耶律大石劝她按时服药，安心静养一些时日。他俩来到西樱住处，西樱正安静地躺在床榻上。三个人说了一会儿话，这时来人禀报，耶律铁哥在城北三十里处迎接到萧昂大人一行，正向平州城而来。耶律大石命手下的文武臣僚马上到城北门迎接。萧塔不烟怕出意外，想跟随耶律大石去北门迎接兄长。耶律大石考虑后，建议她暂时不露面，毕竟耶律俊一直在逼婚。萧塔不烟同意。

萧昂率人离开那个小镇上的客栈后，日夜兼程赶往平州。由于新买的两匹马脚力不行，他们每日的行进速度只有原来的一半不到。他们到达平州城北三十里的镇子上时，萧塔不烟和西樱已经到达平州城一天一夜了。萧昂原以为偷马者不过是图财的小毛贼，因此并没多想。为不暴露行踪，他决定夜里翻越城墙进平州城，悄悄找到节度使衙门，神不知鬼不觉地干掉耶律大石，然后撤出城外，回中京城复命。他们到达小镇后，萧昂命手下寻找一家客栈，吃饭歇息，夜幕降临时，再赶往平州城。

萧昂等人正在小镇街上寻找客栈，忽见一名辽将率领一队辽军骑马而来。萧昂急忙避在路边，想等这队辽军过去，却见辽将在他面前勒住马，向他躬身施礼说："平州城左军都统耶律铁哥奉节度使耶律大石之命，前来迎接殿前侍卫都尉萧昂将军！"

萧昂一下惊呆了，打量面前的黑大汉，并不认识，此次前来是秘密行动，耶律大石是怎么知道的。不过，既然行动暴露了，他只能见机行事，不能太张扬。一旦得罪了平州地方官，弹劾他私自出京，骑官马放私骆驼，够他喝一壶的。最好的办法是见风使舵，息事宁人，哪怕刺杀不成，也不能传扬出去，弄得满城风雨。

萧昂说："本官奉上命差遣，来平州公干，事先并没通知地方官府，你等是如何知道的？"

耶律铁哥说："末将奉节度使大人将令前来迎接萧将军，其余并不知情！"

萧昂说："既如此，有劳你前头带路。"

耶律铁哥答应一声，所率一队辽军变为二队，一队在前，一队在后，萧昂等人被夹在中间，名为保护，实为监视。去往平州的路上，萧昂心里想，此次系奉父亲和耶律俊的差遣秘密来平州除掉耶律大石。他们所穿的服装并非殿前侍卫的红色锦衣，而是普通皇宫侍卫的紫色锦衣。他们一路上晓行夜宿，低调行事，除了在一家小镇上的客栈内丢失两匹宫马惊动了地方官府外，一直与地方官府无联系。就是那次惊动当地县衙，萧昂并没亮明真实身份。如此秘密的行动，耶律大石是怎么知道的？看来此人还真不能小看。更关键的是，他此次的使命该如何完成？暗杀改为明杀！耶律大石绝非平庸之辈，明动手未必能胜他。就算侥幸刺杀成功，平州几千兵马能让他们全身而退吗？再说没有朝廷明令，更无天子圣旨，他擅杀朝廷命官，一旦真相大白，他怎能逃脱干系。思来想去，他意识到这次平州之行只能白跑了。

耶律大石率平州城同僚在北城门外隆重迎接萧昂，礼送到馆驿歇息，晚上盛宴款待。第二天，耶律大石邀请萧昂登上平州城楼，观看一万三千兵马演练。看着平州兵马雄壮的队伍、闪亮的刀枪、严肃的军纪、高昂的士气，萧昂暗自惊叹耶律大石真是个统军奇才。

耶律大石问萧昂此次平州之行的使命。萧昂含混说上命差遣，检视平州地方军备。耶律大石便带他出平州城，登上东山顶峰，遥望北方辽阔的大地。耶律大石告诉他，眼下与平州相邻的东京地界已出现小股金军，并没发现金军大队人马，因此，暂时平州还是安全的。萧昂称赞耶律大石身为一方节度使，镇守平州有方，回京后，有机会定向朝廷奏报表功。耶律大石明知道是敷衍之词，还是深表感谢。

萧昂在平州城住了三天，因急于回京复命，更怕皇上找不到他而动怒，第四天清早，谢绝耶律大石的盛情挽留，率八名侍卫离开平州回中京。

58. 西夏使臣

耶律俊大婚之后，带新婚妻子萧妹进宫谢恩。正巧这天西夏国派使臣来朝见，萧奉先因病没上朝，天祚帝命耶律俊出宫迎接。以往各国使臣前来朝见，要在馆驿等待很久才能觐见辽国皇帝。如今大辽国遭强敌入侵，屡战屡败，内忧外患，前来朝见的外邦很少了。当此时候，西夏国派使臣来朝见，怎能不令天祚帝感动？他令耶律俊高规格接待，凡是西夏国使臣提出的要求，只要辽国能办到，便要全力以赴。

耶律俊引西夏国使臣李然进宫，天祚帝在皇宫正殿接见。李然代表西夏国主呈上国书的同时，献上一份丰厚的礼单：西夏国产良马五百匹，紫绢五千匹，各式奇珍异宝一千件。

李然行朝见之礼，说："我西夏国主李乾顺，问候大辽国皇帝陛下圣安！"

天祚帝说："西夏国主派贵使跋涉万水千山而来，一路辛苦！"

李然说："西夏与大辽上国乃兄弟之邦，小使付出些辛苦自是应该的。"

天祚帝说："路遥知马力，日久见人心，大辽国与贵邦乃兄弟之情，手足之谊。贵使有何要求，尽管提来。"

李然说："我国主李乾顺正当壮年，精力充沛，一向仰慕贵国文化。特求皇帝陛下赐一位契丹公主赴西夏和亲，使两国友谊永固，亲如一家！"

天祚帝略沉吟一下，说："自重熙元年，辽兴平公主出嫁西夏国主李元昊以来，两国通婚不止一次。只是，现今宫中缺少年龄合适的待嫁公主……"

李然说："陛下，现今大辽国北受金军侵略，南临宋朝威胁，可谓腹背受敌。如果陛下遣一位契丹公主赴我国和亲，辽国与西夏便为至亲邦交，一旦宋朝胆敢犯辽境，我西夏绝不会坐视不管！"

天祚帝说："贵使先去驿馆歇息，此事容朕细思！"

李然软中带硬地说："陛下，小使奉国主之命而来，岂敢有辱使命，专等贵国消息了！"

耶律俊礼送李然等人出皇宫，派人引去馆驿歇息。他返回皇宫，天祚帝仍在大殿内徘徊。如今辽国被金国侵犯，丧师失地，内忧外患。原来每年向辽朝进贡的一些附庸之国如今几年不来朝见。风闻一些小国已经转向金国进贡。此时西夏国能派使者来朝见，难能可贵，李乾顺提出的和亲要求并不过分。如能和亲成功，两国便算亲上加亲，一旦辽国陷入危机，西夏国岂能袖手旁观？倘若将来辽地尽失，西夏国或可成为辽国皇族的避难之地。

天祚帝与耶律俊、王华商议："眼下辽国能与西夏和亲，有百利而无一害。可惜如今皇宫中几位公主尚年幼，不到婚配的年龄。如果能在皇亲国戚中选一个合适的女子，赐以公主的名分，令赴西夏和亲，也不失为折中的办法。”三个人绞尽脑汁地想，契丹皇、后两族中，谁家有合适的待嫁之女？

耶律俊其实第一时间便想到了萧塔不烟。他想娶萧小姐的梦想被老奸巨猾的萧奉先的“兄死妻嫂”的阴招击个粉碎。如今萧小姐下落不明，估计去平州找耶律大石了。他耶律俊吃不到嘴里的天鹅肉，也不能让耶律大石吃到。老狐狸萧奉先使阴招算计了他，他不能让那个老东西得了便宜还卖乖。如果能劝说皇上给萧塔不烟一个公主的封号，让她去西夏国那个兔子不拉屎的地方和亲，便是一箭双雕的好计策。一是以其人之道还治其人之身。萧小姐不嫁他耶律俊，远嫁他国异邦的凄苦滋味更不好受。让萧奉先这个老东西后悔难过去吧！二是打碎了萧小姐与耶律大石在一起的美梦。不过，耶律俊知道，不能轻易提出这个建议，要让天祚帝因无合适人选而焦头烂额之际，他装作猛然想起的样子提到萧小姐。这样天祚帝会感觉到他急朝廷所急了，还避免了他公报私仇的嫌疑。

天祚帝在大殿内徘徊到深夜，仍没想出化解和亲之事的办法。耶律俊和王华也只能陪伴在左右。天祚帝又累又乏，却无一点头绪。王华建议事情先搁在那里，慢慢想办法。天祚帝认为此事不能久拖，为显示对西夏国主李乾顺的重视，最好明天便召见西夏国使，宣布和亲公主的人选。这时，殿外传来三更鼓声，天祚帝终于支撑不住了。他垂头丧气地命令王华明天一早传萧奉先大人进宫，他是老臣，一定会有办法的。

耶律俊装作眼前突然一亮的样子，跪倒在天祚帝面前。

耶律俊说：“皇上，臣忽然想到一个合适的人！”

天祚帝瞪大眼睛说：“谁？”

耶律俊说：“萧奉先大人府上千金萧塔不烟！”

天祚帝说：“闹刑场的那个？”

耶律俊说："正是，此女小字骄儿，人物风流俊美，习过武，能诗文，琴棋书画无所不能！"

天祚帝双眼放光地说："萧大人府上，果然有此奇女子？"

耶律俊说："千真万确，此女年已二十，仍待字闺中，是和亲西夏的绝佳人选。西夏国主李乾顺得此女，定会感佩我大辽上国之美女风采，感恩皇上赐予美满姻缘。倘或将来陛下有所驱使，李乾顺能不竭尽全力吗？"

天祚帝说："如此，倒是一件美事。只是，萧大人他……"

耶律俊说："萧家小姐能赐公主身份，耀祖光宗，想必萧大人会求之不得！"

天祚帝说："明天传萧大人上朝，与他商量一下。"

耶律俊说："即便萧大人舍不得女儿远嫁，他也应该以国事为重！"

天祚帝说："是呀！眼下我大辽国能依靠的，只有西夏国了。"

耶律俊说："臣请皇上，当断则断呀！"

天祚帝说："好，王华即刻拟旨：赐北院枢密使萧奉先之女萧塔不烟为成安公主，十日后，随西夏国使臣李然赴西夏国，与国主李乾顺完婚。"

王华与耶律俊商量着拟完圣旨，天祚帝过目后，用完印信。天祚帝命王华明天一早赴萧奉先府宣旨，不得有误。王华领命。天祚帝终于长舒一口气，离开大殿，去偏殿安歇。耶律俊出皇宫时，已经四更天，虽有些困乏，却感觉心情舒畅。

59. 和亲陷阱

萧奉先闻听王华来府上宣旨时，正躺在床榻上养病。季节已近中秋，天气渐凉了，几场秋雨过后，萧奉先受了湿凉，咳嗽又发热，一把鼻涕一把泪的。元妃指派宫里的御医过来，诊脉开药方，吃过几服中药，萧奉先的病情才见好。他已经几天没上朝了，今天已命家人备好上朝的轿子，王华忽然送圣旨上门了。

萧奉先已经听说西夏国主李乾顺请求契丹公主和亲之事，他正在心中物色和亲公主的人选，以备皇上垂询时奏报。他知道天祚帝离不开他，朝廷每遇事情，无论大小，天祚帝第一个便与他商量。一般情况下，他出的主意，天祚帝很少反驳，多半会采纳。昨天晚上，他接到宫中眼线的密报：皇上命耶律俊接待西夏国使臣。他以为还与往次一样，耶律俊能干的只是些迎来送往的粗活，重大事情的参与及决定权还握在他的手中。没想到这次很意外，和亲人选这么重要的事情，皇上并没征求他的意见，便派太监王华送来赐萧塔不烟为成安公主，赴西夏国和亲的诏命。

萧奉先焚香磕头，从王华手中接过圣旨的那一刻，便想到了耶律俊挟私报复。他请王华进内间吃早茶，送上几件大食、花剌子模等国进贡的珍玩，王华便把昨夜皇宫中商议和亲人选的情况和盘托出。萧奉先一时后悔不迭，昨天他病情好多了，天祚帝还派人来问候，希望他能上朝处理这几天积压的一些事情。他却故意拿大，又告一天的假。他想让天祚帝多尝一天身边没有他侍候的滋味。没想到耶律俊趁机钻了空子，把和亲公主的帽子扣在萧塔不烟的头上。

西夏国偏居一隅，蕞尔小邦，经济、文化都无法与宋、辽两个大国相比，生活水平自然相对较低。即便是公主和亲，女儿一旦嫁过去，日子也好过不了。早年间，辽兴平公主远嫁西夏国主李元昊。因兴平公主与李元昊感情不好，兴平公主生病了，李元昊竟然不向辽朝报告。兴平公主病死了，辽朝才得知消息。辽兴宗便派使者持诏书诘问李元昊，致使两国关系出现裂痕。兴平公主是辽兴宗的姐姐，正牌的辽国公主，皇家血统，嫁到西夏后遭遇尚且如此。萧塔不烟只是个加封的公主，冒牌货，一旦嫁过去，后果堪忧。

萧奉先不甘心被耶律俊算计，更不能眼瞅着自己的女儿往火坑里跳。他送走太监王华，便坐轿进宫见天祚帝。他自信凭自己的智慧能够让女儿躲过此劫。萧奉先进宫时，天祚帝正召见西夏国使臣李然。天祚帝告诉李然，辽国朝廷为表示对西夏国的重视，以及对西夏国主李乾顺的敬重，昨夜便确定了和亲公主的人选。李然代表西夏国主李乾顺致谢，希望能尽快请公主上路，在寒冬来临前赶回西夏国，并在年前令国主与贵国公主完婚。天祚帝说已经下旨，正在派人筹备嫁妆，十日内公主可随贵使上路。

萧奉先见到天祚帝时，西夏国使臣李然已回馆驿歇息，等待辽朝廷准备齐整嫁妆，便接成安公主启程。天祚帝简单问了萧奉先的病情，便令他往府里捎信，让其女萧塔不烟即刻进宫觐见。萧奉先心中暗暗叫苦。他素知天祚帝荒淫顽劣，经常派人打探皇亲国戚中谁家有美女。一旦看上哪个女人，不管是谁家的，也不管已婚与否，他都会不择手段地占有。这也是萧奉先容忍女儿整天一身男儿打扮的主要原因。

事实上，天祚帝听说萧塔不烟是个美女后，心中便暗自懊悔。萧奉先府上养有美女，他竟然一点风声没听见，这太匪夷所思了。他要在萧塔不烟出嫁西夏国前，一睹她的芳容。假如她真是倾国倾城之貌，他便留她在后宫，可以再选一个贵族的女儿，封为成安公主送往西夏。历史上汉元帝的错误，他是不会犯的。

萧奉先听说皇上要见女儿，便猜透了天祚帝的心思。他的两个妹妹已经在后宫，一个贵为皇后，一个是元妃。可以说身为国舅，他已经沐浴足了皇恩，没必要再把女儿搭进去。再说依女儿的个性，不会得到喜新厌旧的天祚帝专宠的，弄不好还会失宠招灾，为萧家带来灾祸。萧奉先既不愿意女儿远嫁西夏，也不愿意她进宫朝见。好在女儿此时不在府上，耶律俊也知道此事，他只能先把和亲的事应下来，之后再替女儿想办法躲过此劫。

萧奉先首先谢恩，表示女儿被封为成安公主，显赫门庭，耀祖光宗。之后据实奏报，女儿在耶律俊府上失踪了，至今不知所踪。耶律俊当时在场，天祚帝便问他怎么回事。耶律俊其实早已料到萧奉先会来这一手，并且准备好了应对之策。他当即跪倒在地，将萧小姐以看新房为名去他家，灌他酒醉后逃跑之事和盘托出。天祚帝联想到萧奉先“兄死妻嫂”的建议，忽然有所觉悟，猜到萧氏父女拿耶律俊当猴儿耍了。可眼下的关键是，他已经封萧小姐为成安公主，圣旨已下，十日后便要动身赴西夏，此时不知萧小姐身在何处怎么了得！天祚帝愤怒地看着耶律俊。昨夜他举荐萧小姐时，便应该知道她的情况，这不是故意捣乱吗！

耶律俊见皇上如此看他，便猜到天祚帝心中所想。他胸有成竹地跪倒在地，自请为钦差大臣，赴平州为萧塔不烟宣旨。耶律俊之所以这样自信，是因为跟随萧昂去平州的侍卫中，有一个被他秘密收买的人。这个侍卫派人送信回来，说了他们去平州的路上，在一个小镇的客栈丢失两匹快马，余下七匹马被割断缰绳驱散。他们到达平州后，耶律大石已经得到消息，派人到城外三十里迎接。耶律俊由此断定，小镇客栈偷马的人一定是萧小姐和西樱。因为耶律俊曾把刺杀耶律大石的计划说给萧小姐听。

天祚帝听说萧小姐在平州，内心感觉很失落，他肯定无缘与她见面了。十天的期限已定，不能随便更改。辽国将来必有求于西夏国，不能失信于西夏国主李乾顺。天祚帝正左右为难，耶律俊出主意说，他带领出嫁宫车及随行宫娥从中京出发去平州。七日可到达平州，即令成安公主准备。十日后，皇上可令西夏国使臣李然从中京出发，臣督促成安公主从平州出发，两支队伍到西京会合，那里离西夏国边界很近。天祚帝思量再三，忽然灵机一动，他正要外出游猎，却因前方战败国事维艰一时无法开口。如今正好借口礼送西夏国使臣出境，以示两国交好。一来可出去游玩，免得整天闷在皇宫；二来可借机一睹萧塔不烟的芳容。于是，天祚帝便命耶律俊为宣旨钦差，准备好成安公主所用之物，三日后从中京出发去平州，同时，命萧奉先为天子出行做准备。

萧奉先没想到耶律俊会来这一手。他因一时毫无准备，又因没接到萧昂去平州刺杀耶律大石成功与否的消息，无法证实女儿萧塔不烟是否去了平州。他只能听任天祚帝命耶律俊为钦差赴平州。他满腔对耶律俊的恨，暂时却无所作为，只能听之任之。但在内心里，他与耶律俊已结成死结，思谋久后必定除之而后快。当然，皇上礼送西夏国使出境，他肯定要随行，还有机会见女儿一面，他焦灼的心情略平复一些。

60. 平州索人

萧昂从平州无功而返，回到中京城才听说妹妹已被皇上封为成安公主，即将远嫁西夏。萧奉先问萧昂可曾在平州遇见妹妹，萧昂说未曾遇见。萧奉先便说了耶律俊在皇上面前打包票，一口咬定骄儿就在平州，他已经自请为钦差大臣，要去平州向骄儿宣旨。萧昂说了这次去平州路上丢失了两匹马，到达平州时，耶律大石已经派人在离城三十里处迎接的经过。这说明他率侍卫去平州，有人向耶律大石透露了消息。萧奉先思虑再三后判断：一定是耶律俊在骄儿面前显摆萧昂已率侍卫赶往平州刺杀耶律大石，骄儿这才深夜逃出耶律俊府，离开中京赶往平州，路上偷两匹快马，先萧昂一步到达平州报信，这才有了耶律大石派人在城外迎接萧昂之事。爷儿俩密谋后决定，由萧奉先出面奏报皇上，派萧昂跟随耶律俊去平州。到达平州后，萧昂要与耶律大石暗通款曲，最好让骄儿离开平州，躲藏得远远的。耶律俊找不到骄儿，宣旨不成，误了和亲大事。萧奉先趁机弹劾他欺君之罪，皇上盛怒之下，耶律俊必死无疑了。此为一箭双雕之计，既除掉了耶律俊，又免去骄儿远嫁西夏之苦。

第二天，成安公主的嫁妆、服装、首饰等一应物件准备齐全了。耶律俊进宫向天祚帝辞行，准备启程去平州。萧奉先奏报说，为保证送亲队伍的安全，可派殿前侍卫都尉萧昂随行保护。天祚帝觉得有道理，当即同意，还称赞萧奉先思虑周密，忠心可嘉。耶律俊一时摸不透萧奉先葫芦里卖的什么药，也不好说什么。他暗中派人留意萧昂的一举一动。

好在萧昂一介武夫，不似其父一样老奸巨猾，耶律俊能对付得了。

耶律俊和萧昂到达平州前，萧塔不烟已得知她被封为成安公主，即将远嫁西夏的消息，是左雄在中京打听到的。前些天耶律大石派左雄去中京，一是向朝廷递奏折，二是设法接应萧塔不烟和西樱来平州。左雄赶到中京城，先到北枢密院衙门递上耶律大石的奏折。本来他想求见北院枢密使萧奉先，把平州的情况禀报一下，以便引起朝廷对耶律大石奏折的重视。衙门负责接收奏折的官吏告诉他，萧奉先大人整天日理万机，是谁想求见就能见到的吗？左雄只好递上奏折，希望尽快呈给皇上。这名官吏冷笑说，如今各地急报每天如雪片一样飞来，朝廷应接不暇，哪有闲工夫看这样的折子。左雄事没办成，还惹了一肚子气，只好离开北枢密院衙门，到萧府门外打听萧小姐的消息。他花钱买通萧府后院一个负责女眷起居的女管家，打听到萧小姐已经离开中京城，但去向不明。他到灵感寺见普慧法师，说是耶律大石的朋友，来中京城接西樱去平州。普慧说萧小姐和西樱离开中京去平州了。左雄听说后松了一口气。他又在中京城逗留几天，通过哥哥左企弓在朝廷为官的一位朋友，打听到西夏国派使臣前来求婚，天祚帝已封萧府小姐为成安公主，近日即将远嫁西夏的消息。左雄不敢耽搁，日夜兼程赶回平州城。

萧塔不烟听到此消息，深恶痛绝。她想不明白，父亲和兄长都在朝廷任要职，为什么他们不阻止？看来他们是舍弃她了，不念亲人情分。不过，她宁死不会嫁到那么偏远的地方去。西樱也很激愤，说朝廷拿一个无辜的女人做交易。耶律大石更加忧虑，平州城距离西夏国都城隔着千山万水，甭说嫁过去能否幸福，只是长途的跋涉和旅途的颠簸也够受的。再就是路途的安全问题，也令人担心。几个人商量了一下，认为眼下最好的办法是让萧塔不烟躲起来，让朝廷找不到她。错过和亲日期，西夏国使臣回国，这事也就不了了之了。

耶律大石担心平州城不安全，就算她们的行踪很隐秘，也难免走漏风声。他决定马上送她去南京。南京城兴隆昌盛之地，市井繁华，人口众多，隐藏一个人应该很容易。耶律大石刚吩咐左雄准备送萧塔不烟去南京，便接到耶律俊和萧昂已经进入平州城的消息。他们来平州城干什么？知道了萧塔不烟的下落？应该不可能呀！事出突然，只能暂时让她们隐藏在节度使衙门后院，多派人守护，不许一个外人进入。

耶律大石来到衙门外时，耶律俊和萧昂已经到达。随行的几辆宫车披红挂绿，每辆宫车外站着两名随嫁的宫娥。宫车的四周是身穿铠甲、手持刀枪的侍卫。耶律俊上前见过耶律大石，亮明他此行的宣旨钦差身份。耶律大石虽然厌恶他，表面上的官场文章还是要做。他将两个人引进衙门客房歇息，派人献上茶果点心。耶律俊开门见山，说皇上已下圣旨，封萧塔不烟为成安公主，即日赶往西夏国与李乾顺完婚。他作为宣旨钦差大臣，特来督促成安公主启程。耶律大石故作惊讶，说没听说成安公主在平州。耶律俊说他得到确切消息，成安公主就在平州城，希望节度使衙门协助完成皇命，倘或有所疏忽，贻误了和亲大事，恐怕谁都担当不起。耶律大石极度反感这种恐吓式的语调。他说成安公主根本没在平州，节度使衙门无从协助查找。

耶律俊冷笑说：“学兄说话可要留后路呀！”

耶律大石冷笑说：“事实就是如此。”

耶律俊说：“人还没寻找，学兄如何便断言没在平州？”

耶律大石说：“那你去寻找好了。”

虽然话不投机，耶律大石却无法拒绝帮助寻人。在耶律俊的要求下，满城张贴了寻人告示，每座城门都加派了搜查人手。忙完这些，耶律俊确信萧小姐无机会逃出城外，便整日坐在节度使衙门等消息。期间，萧昂牢记父亲的嘱托，一直寻机与耶律大石私聊，以便叮嘱他隐藏好骄儿，最好让她离开平州城，让耶律俊找不到她。但是，进入平州城，耶律俊便与他寸步不离，根本不给他向耶律大石递话的机会。

第三天中午，寻人仍无结果，耶律俊似乎心灰意冷了。他与萧昂商量要启程回中京复命，萧昂自然同意。耶律大石设午宴款待，之后礼送耶律俊一行出北城门。回到节度使衙门，耶律大石带左雄进入后院，见萧塔不烟和西樱。左雄担心耶律俊不会甘心，耶律大石也悬着心，但眼下无更好的办法，只能加强节度使衙门后院的护卫，不让一个外人进来。只要耶律俊一行离开平州地界，便安全了。

61. 远嫁之忧

耶律俊一行人离开平州城北门，向中京方向行进。到达城北三十里处的集镇，耶律俊吩咐不走了，在镇里一家客栈停下歇息。日头偏西时，耶律俊让众人备马套车，返回平州城。萧昂不解其意，耶律俊说："你就等着看戏吧！"

傍晚时，耶律俊一行回到平州城北门。守城门军士拦住查问，耶律俊让手下将几个守城门军士控制起来。之后，耶律俊率人向节度使衙门赶去。萧昂虽觉莫名其妙，还是率领侍卫们跟上。耶律俊带人来到节度使衙门外时，天已黑透。他率人不进正门，直接从侧门进入后院。两个守门士卒上前拦截，被耶律俊的人控制住。耶律俊这时才告诉萧昂，他已经密派人查清，成安公主就隐藏在这座院子里。他希望萧昂能够履行职责，协助他找到成安公主，完成皇命。否则，回朝廷时，他会向皇上如实奏报。

萧昂没想到事情会到这一步。如今箭在弦上，不得不发，倘或他公然抗命，贻误和亲大计，一旦被耶律俊弹劾，皇上那一关肯定难过。如今他只能表面上配合，暗中见机行事，再就是祈求妹妹没在这座院子里。

耶律俊、萧昂带人来到萧塔不烟的住处门外时，耶律大石正与萧塔不烟和西樱秉烛夜谈。说起兴宗朝远嫁西夏国的兴平公主的遭遇，三个人难免唏嘘。这时，门外突然传来卫兵的喝问声。紧接着，传来一阵紧似一阵的敲门声。

耶律大石马上意识到自己的疏忽可能造成了无法弥补的后果。之前他虽然加强了这座院子的护卫，门卫处却没加派得力之人。他应该预想到耶律俊会杀回马枪，而将她俩转移到别处。耶律大石马上吹灭房间的蜡烛，让她俩隐藏在屋里别动。他上前打开屋门，门外有无数灯笼和火把，耶律俊和萧昂站在门外，周围簇拥着许多提刀持枪的侍卫。

耶律俊得意地笑说："学兄，打扰了！"

耶律大石说："你们这是干什么？"

耶律俊说："我们在奉旨公干，请成安公主出来吧！"

耶律大石说："这里是节度使衙门内眷的住所……"

耶律俊扭头看一个身边的人，此人叫耶律强，在北枢密院当差，是耶律俊的心腹。此人受耶律俊密派，化装成商人，提前三天来到平州城。耶律俊、萧昂等人到达时，耶律强已经摸清了萧塔不烟的藏身之处。耶律俊之前没带人来这里，是怕耶律大石有防备，双方会发生火拼。如今突然杀个回马枪，给耶律大石来个措手不及。

耶律强说："节度使大人，在下已经打听清楚，成安公主就在这所房子里。"

耶律大石说："你信口胡说！"

耶律强说："在下亲眼所见，愿以项上人头担保！"

耶律俊说："其实，这事很简单，学兄让我们进去看看，不就一目了然了吗？"

耶律大石说："放肆，无皇上诏令，你敢擅查节度使衙门？"

耶律俊说："学兄何必这么大火气？学弟奉皇命而来，也是身不由己！"

耶律大石说："我再说一遍，这里没有成安公主！"

耶律俊冷笑说："既然这样，学弟可就不客气了！"

耶律俊将右手中指弯曲，伸进口中，吹响一声呼哨。突然，房间里传来叫喊和打斗的声音。耶律大石急忙跑进房间，耶律俊、萧昂也跟进去。

房间内，窗子大开，萧塔不烟和西樱各手持宝剑与两名侍卫对峙。另外两名侍卫手举火把站在窗前。原来，耶律俊、萧昂带人来到前院时，四名侍卫悄悄绕到后窗下。耶律俊吹响口哨便是命令，侍卫们破窗而入，与萧塔不烟和西樱对峙起来。

耶律俊上前笑看萧塔不烟，萧塔不烟轻蔑地转过身去不理他。耶律俊从怀里掏出圣旨，展开，说："萧塔不烟接旨！"

萧塔不烟怔了一下，站在那里不动。萧昂上前小声说："骄儿，快接旨！"

萧塔不烟这才不情愿地跪倒在地。

耶律俊宣读圣旨："赐北院枢密使萧奉先之女萧塔不烟为成安公主，十日后，随西夏国使臣李然赴西夏国，与国主李乾顺完婚。钦此。"

萧塔不烟接过诏书。

耶律俊说："皇上与西夏国使臣今日已出中京城。请成安公主梳洗换装后立刻动身，前往西京与皇上和西夏国使臣会合！"

这时，几辆宫车驶进院子，一名后宫女执事带领几名宫娥下车，手捧首饰、衣服、化妆用品等走进来。

耶律俊走到西樱身边，凶恶地看着她，说："把这个人带走！"

萧塔不烟将西樱拉到身后，说："你干什么？"

耶律俊说："此人涉嫌一桩案子，本官要带走查问。"

萧塔不烟说："不行，她是我表妹，谁都不许动她！"

耶律俊见萧塔不烟态度蛮横而坚决，心想眼下最关键的是尽快送萧塔不烟出平州城，以防夜长梦多。西樱是贼骨头，上次关押拷打她几个月，她一个字都没说，现在就算强行抓起来，估计短时间内也问不出什么，还得罪了萧塔不烟，惊动了耶律大石，不如先派人监视她，等打发走萧塔不烟再说。

耶律俊转身走出房间，悄悄吩咐一个手下，等成安公主走后，他留下来秘密监视西樱。那人答应一声退后。耶律大石和萧昂也从屋里出来。耶律俊走到二人面前，假意说他其实也不愿意萧小姐远嫁西夏，无奈皇命差遣，他身不由己。

这时后宫女执事过来说成安公主拒绝更衣。耶律俊请萧昂去劝说。萧昂无奈地笑说劝不了，刚才他与妹妹说话，妹妹根本不理他。耶律俊说软的不行，只能来硬的。按约定今日皇上已从中京城起驾，与西夏国使臣李然赶往两国交界处，他们今夜必须护送成安公主离开平州城。一旦误了行期，皇上怪罪下来，谁也担当不起。

62. 调包计

耶律俊希望耶律大石能去劝说萧塔不烟。这正中耶律大石的下怀，他正有话想对萧塔不烟说。耶律大石进入房间，后宫女执事带着宫娥们退出门外。这是耶律大石要求的，既然要劝说，就要说些知心话，在场人太多，一些话怎能说出口。耶律俊很不情愿，他需要萧塔不烟在宫娥的严密监视下。但又不得不同意，他自然不希望将成安公主强行押上宫车。

耶律大石、萧塔不烟、西樱三人坐下来，商量对付耶律俊的办法。萧塔不烟表示宁死不会去西夏。西樱说那就拼了，杀出一条血路逃出去。耶律大石说此事只能智取，不可硬拼，毕竟是皇命，不能公然抗旨。他想好了，可在宫车出平州境后，他亲自率一队人马化装成土匪抢劫。萧塔不烟否决说：“你身为辽兴军节度使，平州城如今已处于金军的刀锋之下，你守土有责，怎可因我个人的安危陷你于不利之境。那样就算我获救，又于心何安！”三个人商量了几个办法，还是都觉得欠妥。萧塔不烟最后说，眼下无良策，她只能先领旨上路，然后在路上寻找脱身的机会。耶律大石觉得无更好的办法，目前只能先这样了。

耶律俊听说成安公主答应遵旨了，非常高兴，吩咐宫娥赶快帮助公主洗漱打扮，准备上路。萧昂听说后，进房间见了妹妹，还行了拜见公主之礼，表达了哥哥无能，无法替妹妹分忧的意思。萧塔不烟劝哥哥宽心，让他回中京后转告父亲，受封公主是荣耀门庭之事。她已经想开了，女人总是要嫁人的，嫁到西夏虽说远一些，毕竟是嫁给国王，应该不是坏事。送走萧昂，萧塔不烟听从女执事及宫娥的摆布，沐浴更衣，穿戴整齐。她站在铜镜前满意地打量自己。女执事将一面粉红色的面纱轻轻蒙在萧塔不烟的头上，铜镜里的她更增添了一种梦幻般的美。

西樱惊叹地说："姐姐太漂亮了！"

萧塔不烟说："妹妹若穿这身衣服，会更漂亮！"

西樱不信地摇头。萧塔不烟想了一下，让宫娥们退到门外，说她稍做整理后便启程。女执事带着宫娥们退到门外。西樱跟过去关上门，上好门闩。她转过身来，说想试一下公主服。萧塔不烟没多想，一件件地脱下来，西樱啧啧地一件件穿上。

西樱说："姐姐上了路，一旦无脱身机会怎么办？"

萧塔不烟说："好办，有死而已。"

西樱说："姐姐这么漂亮，死了多可惜呀！"

萧塔不烟说："为重德兄守身而死，值得！"

西樱说："西樱愿意代替姐姐远行，如何？"

西樱的话刚出口，萧塔不烟一下便怔住了。她愕然地打量着西樱，好像不认识似的。事实上，耶律俊逼迫萧塔不烟接圣旨的那一刻，西樱便产生了偷梁换柱的念头。尤其听见耶律俊说成安公主将前往西京，与皇上和西夏国使臣会合时，更加坚定了她的信心。她替骄儿姐去西夏，便有机会见到天祚帝，这是完成酋长绝杀令的绝佳时机，一定不能错过；同时，能让骄儿姐留下来，与重德兄有情人终成眷属，岂不是两全其美的好事！

萧塔不烟认为西樱在瞎胡闹，那样会很快被发现的，西樱是在送死。西樱说她俩的身材差不多，她的脸比萧塔不烟的略瘦些，只要换好衣服，戴好头饰，蒙上面纱，宫娥这关肯定能过去。萧塔不烟说过了宫娥这一关，还有耶律俊那关呢？西樱说只要上了宫车便开始赶路了，他耶律俊没事见公主干什么？萧塔不烟说就算路上没事，到了地方，还要见皇上和西夏国使臣，她还能蒙混过关吗？西樱说那就更没事了，皇上没见过萧塔不烟。就算耶律俊认出来，他还敢声张吗？估计到时候他还会帮助她蒙混过关呢！至于尊兄就更不用担心了，难道他希望妹妹远嫁异国他乡吗？

西樱无论如何劝说，萧塔不烟就是不答应，她怎能让西樱代她往火坑里跳呢！萧塔不烟让西樱赶紧换下衣服，一会儿趁乱逃出这所院子，隐藏到别处，千万别被耶律俊再抓住。西樱表面上答应，借口替萧塔不烟整理头发，转到她的背后，突然抬手在她后背靠近脖子处击打一下。萧塔不烟浑身哆嗦一下，便软绵绵地瘫倒了。西樱抱起萧塔不烟来到床边，将她轻放在床上，拔掉她的头饰，来到铜镜前，学着宫娥给她装扮的样子，将头饰一件件插在自己的头上。

西樱在床前的桌子旁坐下。桌上明亮的红烛台边是几页展开的宣纸，旁边是一方砚台，打开砚台盖，里边有研好的墨汁。西樱提起毛笔，蘸上墨，在宣纸上一笔一画地写起来。她只会写契丹小字，是耶律大石教的，那时她才十多岁，不愿意学。耶律大石便哄她说，学会写字，将来可以给他写信，她才开始学识字，没想到今天真派上了用场。

门外传来女执事的催问声音。西樱放下笔，来到床边。萧塔不烟无力地躺在床上，瞪大眼睛看着她。她刚才拍打了萧塔不烟后背的穴位，那是西伯教她的防身术，被拍打的人会在一段时间内浑身无力、动弹不得。但时间会很短，西樱怕她再动，扯过一条细绢捆住她的手脚。

萧塔不烟软弱地说："妹妹，你在做傻事！"

西樱想了想，拿过一块手帕，塞进她的嘴里。两个人默默对视，泪水模糊了彼此的眼睛。西樱把写好的信放在她身边。

西樱说："好姐姐，西樱的身世都写在信上了，重德兄和你慢慢看吧！西樱知道你俩真心相爱，祝你们有情人终成眷属！”

西樱说完向萧塔不烟摆一下手，拿起床上的面纱，拉上床幔走到屋门口。她转身打量一下房间，之后拔下门闩，打开屋门，女执事及几名宫娥马上簇拥过来。

院子里，耶律俊、萧昂、耶律大石等人目睹一身契丹公主装扮的西樱被宫娥们簇拥着向宫车走去。路过耶律俊面前时，他似乎感觉到哪儿不太对劲儿。他盯住西樱蒙着面纱的背影看，无奈灯笼和火把的光亮昏暗，看不十分真切。直到西樱被宫娥搀扶进宫车，耶律俊才悻悻地命令队伍出发。

耶律大石站在较远的地方。他只能远远地看着那个身穿公主服装的影子被宫娥簇拥进宫车。随着耶律俊的一声令下，宫车启动，侍卫前呼后拥。那一刻，他感觉心脏被深深刺痛了一下。目睹深爱的女人被逼迫远嫁异国，他却无能为力，他周身被一种无力感包围。

63. 风萧萧兮易水寒

耶律大石站在节度使衙门后院门外，目送宫车队伍渐行渐远。

耶律燕山率人押解一个人走过来。这个人一直在衙门外探头探脑的，很可疑，被抓住拷打了几下，便招供说是耶律俊的手下，奉命留下来监视西樱。耶律大石摆了一下手，这个人便被扭到一旁砍了头。

耶律大石回到节度使衙门后院，来到萧塔不烟居住的屋外，他的心里空落落的。与她相识以来的一幕幕，犹如云霞，一片片在他脑海中飘过。他在心里责问自己：连自己心爱的女人都保护不了，你还算个男人吗？

院子里漆黑一片，只有萧塔不烟的屋里亮着灯。耶律大石忽然想起来怎么半天没见到西樱了？他快步走到西樱的屋外，里边没一点动静。他想起来了，西樱一直在萧塔不烟的屋里。他再快步走到萧塔不烟的屋外，推开屋门，房间里静悄悄的，床幔拉着，桌上的红烛残了，烛光昏暗。

耶律大石说：“西樱在吗？”

没有回音，屋内一片寂静。忽然，床榻轻动了一下，他几步来到床前，伸手拉开床幔，只见萧塔不烟被捆住手脚，嘴里塞着手帕躺在床上。他轻扯下她嘴里的手帕，解开细绢，搀扶她坐在床上。

耶律大石说：“你这是怎么了？”

萧塔不烟说：“西樱干的。”

耶律大石说：“她呢？”

萧塔不烟说：“替我去了。”

耶律大石这才知道，就在刚才在他的眼皮底下发生了偷梁换柱之事，他竟然被欺瞒了，一点也没觉察到。他没想到平时寡言少语的西樱，临事头上，心计这样深，胆子这样大。此事连他都瞒过了，相信耶律俊等人一时半会儿发现不了。可这终究不是长久之计，一旦被发现，她便是死路一条。

萧塔不烟拿起床上的信递过来。他接信在手，展开，凑近烛光，却看不清楚。她起身换一根红烛，光线亮多了。他这才看清楚，那一手歪歪扭扭的契丹文小字正是西樱的笔迹。早年间，在南京时，他教她识字写字时的情景，历历在目。

师兄、骄儿姐：

临行前，我想应该把自己的身世交代一下：我是大辽国西北部一个遥远的部族——西族酋长西老的女儿。西伯其实不是我父亲，他是我们部族的执事。多年前，耶律延禧任大辽国天下兵马大元帅。因上年遭受罕见的白灾，西族没钱交贡品，耶律延禧率军队灭了我们的部族。当时，西伯奉酋长之命带我去百里之外的萨满神师家中做“再生”之礼，我俩因此躲过一劫。

那天黄昏，我们回到部族住地，看到的是人间地狱般的景象：整个部族住地一片火山、血海。族人无论老幼横七竖八地躺在地上，每个人的身上都中了箭，伤口往外浸血。父亲被捆绑在一棵柏树上，身中数不清的箭，却还留着最后一口气，等着我和西伯回来。父亲告诉西伯，五百年前，部族祖先就曾占卜过，西族将来会有一次灭族之祸。祖先那时便种下魔咒：屠我西族者，后人同样遭灭族。父亲命我拜西伯为师，以父女名义赴辽国，寻机剪除耶律延禧，为西族报仇！

今天，西樱替骄儿姐远嫁西夏，一是报答二位的相遇相知之情。你们是天造地设的一对儿。师兄有经天纬地之才，骄儿姐有母仪天下之尊贵。愿你们相亲相爱、地老天荒。二是完成西族酋长的使命。耶律延禧对于我来说有灭族之恨，此仇不报，天理难容。

重德师兄、骄儿姐，情长纸短，欲说哽咽。西樱即将赴死，无论成败，自思绝无生还之理。人之将死，其言也善。西樱有两桩心愿未了：其一，西樱此行无论成败，都请设法转告师父西伯，让他珍重；其二，倘或师兄将来有机会路过西族故地，请替西樱在西族人亡灵前祭奠，西樱没忘记族人的鲜血和仇恨……

耶律大石看完信，眼睛模糊了。萧塔不烟几乎泣不成声。两人个惊叹：西樱小小的年纪，却背负如此沉重的部族使命。耶律大石收好信，说要想办法救西樱。她不可能有接近皇上的机会。一旦发现她是假冒的公主，她必死无疑。萧塔不烟一直为西樱替她去受难而纠结。她想骑快马去追赶，将西樱换下来。他说那样并非良策，恐怕她们两个都得搭进去。萧塔不烟说干脆装扮成马匪，杀了耶律俊，劫了宫车，救下西樱，这样痛快。耶律大石说宫车有萧昂率皇宫侍卫保护，并非那么好劫持的。再说，那是公然与朝廷作对，万一走漏风声，后果不堪设想。萧塔不烟说如今的大辽国，君昏臣奸，豺狼当道，这样的朝廷不值得孝忠。

耶律大石赶忙阻止她再说下去。思来想去，耶律大石决定率一队兵马去追赶宫车。到时候，见机行事。

此时天光已亮，耶律大石命令耶律燕山代他镇守平州城，命令耶律铁哥点齐五百精骑兵跟随他去追赶宫车队伍。萧塔不烟要跟着去，耶律大石让她穿一身士卒服，隐身在骑兵中。

耶律大石率军追赶而来时，西樱所在的宫车队伍正行进在平州去往西京的官路上。这条路平时行人稀少，年久失修，道路坑洼不平，宫车颠簸得厉害。耶律俊为赶进度，让车夫快马加鞭。

萧昂率领侍卫队在前边开路。一路上他心情郁闷，父亲让他与耶律大石暗通款曲，别让耶律俊找到妹妹的使命没完成。到达平州后，他曾试图与耶律大石暗中联系，却因耶律俊盯得紧而没得逞。另外，耶律大石因信不过萧昂，似乎有意躲着他，也使他们失去了联系的机会。如今妹妹被逼迫远嫁，他成了帮凶，让他的内心怎能不纠结。

耶律俊其实也知道萧昂的心思。萧塔不烟被封为成安公主，完全是耶律俊报复萧府的结果。有前朝兴平公主嫁西夏国的先例，契丹皇族再无公主愿意远嫁西夏国。萧家也是如此，如今辽国后宫中，皇后、元妃之位均被萧氏姐妹占据。萧奉先执掌北枢密院，萧家可以说权倾朝野。区区成安公主的封号，萧家根本没瞧在眼里。萧小姐更不会在乎什么公主的封号，她一心想嫁给耶律大石，为此她逃离中京去了平州。耶律俊对这一切洞若观火，所以才在皇上面前力荐萧小姐远嫁西夏国和亲。他希望看到萧家倒霉，就是要让萧奉先尝到骨肉分离的苦果。

西樱被当作成安公主簇拥上宫车，在两个宫娥的陪伴下一路颠簸西行。宫车共有三辆，前边一辆是女执事和两名宫娥，西樱乘坐的宫车在中间，后边一辆装载着公主的日常所用之物。宫车前边，萧昂的侍卫队开路。宫车后边，耶律俊率一队御营军殿后。一路上，耶律俊担心出差错而盯紧宫车。路边停车休息或用膳时，他曾试图靠近宫车，想看萧小姐的笑话，但被女执事善意地阻拦。女执事说，宫车所在之地即为后宫，岂是外臣可擅自出入的。耶律俊心有不甘，但又不敢造次。

西樱一路上的心情很平静，不断地在心中默念耶律大石早年间教给她的《易水歌》：风萧萧兮，易水寒，壮士一去兮，不复还。师兄给她讲过荆轲刺秦王的故事。此时的她，便犹如舍生取义的壮士荆轲。她最初听说骄儿姐被封为成安公主，赐嫁西夏国王时，觉得很好笑。她曾取笑骄儿姐说，这不是掺假糊弄人吗？当宫娥们强行为骄儿姐更衣化妆时，西樱才意识到一个弱女子远嫁异国他乡的残酷。别看她与骄儿姐互称姐妹，其实在内心里，她是防着骄儿姐的。这很好理解，她是西北边陲一个弱小部族酋长的女儿，骄儿姐是当朝权贵府上的千金小姐，两个人无论出身还是性情都有很大的差别。令她奇怪的是，自从相认的那天起，骄儿姐便待她亲如姐妹，没有一点贵族小姐高高在上的架子。渐渐地，她对骄儿姐的戒心消失了。她救过骄儿姐出萧府，骄儿姐救过她出耶律俊家。两个人一起历尽千辛万苦来到平州。那天夜里，在骄儿姐的住处，她看到骄儿姐为即将的远嫁伤心落泪，她被一种无奈的痛苦刺痛着。当听说天祚帝将陪伴西夏国使臣去西京与成安公主会合时，她眼前一亮。这是接近天祚帝并剪除他的绝佳时机。既然骄儿姐痛恨远嫁，她何不化装成公主偷梁换柱？那一刻，她也有过犹豫和动摇。对于她来说，那明显是一条死路，只要迈出去便无生还之理。那样的话，她多年来深藏在心中的对师兄的爱便成了泡影，连表白的机会都没有了。不过，能为西族人报仇雪恨，能报答师兄和骄儿姐的知遇之恩，她纵然粉身碎骨，也无怨无悔了。

第八章　大辽宿命

64. 遇劫

这天午后，宫车队伍出了平州地界，向西京奔去。路过一片茫茫的原始森林时，西樱坐在颠簸的宫车中迷迷糊糊睡着了。当她在睡梦中被人喊马嘶声惊醒时，掀开宫车帘子向外看，发现萧昂的侍卫队和耶律俊的御营军都不见了，只余下三辆宫车，被一群奇装异服的人包围着。前边那辆宫车上的女执事和两个宫娥被拉下宫车，跪在地上瑟瑟发抖。几个穿奇装异服的人手持弯刀站在路边，用一种陌生的语言说着什么。西樱一时不知道发生了什么，同车的两个宫娥挤在她身边浑身哆嗦。

这时一个穿契丹长衫的人引领一个满脸络腮胡子的壮汉走过来。穿契丹长衫的人打量西樱半天，说："你是成安公主吗？"

西樱摸不清对方的用意，只好点一下头。

"我叫萧佐，是契丹人！"穿契丹长衫的人手指络腮胡子说，"他叫丹珠，花剌子模国人，是我们的头领。"

西樱说："你们要干什么？"

丹珠对萧佐说了几句什么，萧佐点头，之后扭过头来说："丹珠头领问，你愿意去花剌子模国吗？"

西樱说："我为什么要去花剌子模国?"

萧佐说："是这样，花剌子模国的商队被大辽国的人抢劫了。丹珠头领担心回去被国王砍头。你是辽国公主，可以抵销被抢的财物!"

西樱说："这是大辽国的疆土，你们怎敢劫持辽国公主!"

萧佐对丹珠说了几句什么，丹珠摇头。他向站在路边的几个持弯刀的人做了一下砍头的动作。几个人纷纷举起弯刀，跪倒在地的女执事和两个宫娥人头落地。

西樱惊恐地叫喊一声，闭上眼睛。车上的两个宫娥被吓得惊叫一声，昏死过去。

丹珠这时对萧佐说了几句什么。

萧佐说："丹珠头领说了，到了花剌子模国，你可以做王妃。"

西樱想了一会儿，说："实话告诉你，我这个公主是假冒的!"

萧佐疑惑地看了她一眼，扭头对丹珠说了几句什么。丹珠摇头，快速说了几句什么，又做了个砍头的动作。

萧佐说："公主怎么会有假冒的!你想活命，就乖乖跟丹珠头领走。"

西樱还想说什么，身边两个清醒过来的宫娥用力扯她的衣角，示意她别说话了，活命要紧。她只好叹息一声，将宫车帘拉下来。

前边那辆宫车上的物品被拿下来，后边两辆宫车启动，颠簸着上路，比原来走得更急了。

耶律大石率人赶到这片森林时，路边只余下几具宫娥的尸体，西樱已被花剌子模国商队裹胁远去。耶律大石出平州城已经十几天，一路上加紧追赶。他开始时判断宫车会往南京走，然后从南京奔西京。这条路平坦易行，所过之地人烟稠密。没想到耶律俊选择了直接奔西京的路。那条路虽近一些，却极难行。耶律大石发现错误后，返回来再奔西京，追赶到平州地界之外的原始森林，才发现了宫车的踪迹。

原来，花剌子模国的商队是被耶律俊和萧昂率人抢劫的。他们知道这些来往于西域、辽国或宋朝的商队，许多都是西域诸国的宫廷官商，经销的商品不乏奇珍异宝。在这茫茫的原始森林中，抢夺了商队的财宝，杀人灭口，可以人不知、鬼不觉地发一笔横财，两个人一拍即合。他们将三辆宫车隐藏在路边的树林里，然后率领侍卫队和御营军向匆匆赶路的商队追去。商队觉察后，一边射箭一边逃跑。跑过两座大山之后，终于被追上，经过一番浴血拼杀，商队除少数几人逃脱外，全部被杀，财物悉数被抢。

商队头领丹珠率领十几人侥幸得脱。他们返回西域时，发现了隐藏在树林里的辽国宫车。当即杀掉几个看护宫车的御营军，缴获了三辆宫车。通过几名宫娥，打听出抢劫商队的人竟然是辽国宫廷侍卫和御营军。他们想留下来与辽朝廷交涉，又因杀了保护宫车的御营军怕遭报复，索性一不做二不休，杀掉宫娥，劫持辽国公主，这样回国交差可保住性命。

耶律俊和萧昂杀散商队护卫，抢劫了财宝，自以为做得天衣无缝，谁知返回树林时，只见到御营兵和宫娥的尸体，不见了三辆宫车。幸好一个受重伤的御营兵还有一口气，询问得知宫车被逃脱的西域人劫持了。因杀光了商队的活口，他们弄不清这支商队是西域哪国的。更糟的是，成安公主被劫持了，该如何向皇上交代。萧昂见妹妹不见了，更是捶胸顿足，甚至与耶律俊厮打起来，埋怨耶律俊撺掇他抢劫商队。耶律俊被打得鼻青脸肿，却不能还手，还要好言劝说萧昂，萧小姐不见了，可以多派人寻找查访。丢了成安公主，坏了和亲大计，皇上不会轻饶他们。两个人冷静下来想，到达西京见到皇上，只能把脏水泼在西域人的身上，就说西域的一队马匪趁人不备抢劫了成安公主西逃了。

耶律大石在附近的树林里找到了耶律俊和萧昂。此时，萧昂刚把侍卫队的人派出去寻找公主。耶律大石听说宫车被西域马匪抢劫了，欲率兵向西追赶。耶律俊怕耶律大石追赶上西域人，得知了真相向朝廷弹劾他和萧昂。他劝耶律大石马上回平州驻守，寻找成安公主之事不劳他费心。一方节度使，没奉朝廷诏令，怎可擅离职守？耶律大石思考再三，决定率人回平州。这片原始森林，离辽、宋边界和辽、西夏边界都只几百里。这里山高林密，地形复杂，道路四通八达，想追赶一支西域马匪并非易事。既然萧昂派侍卫去寻找了，他只好先回平州等消息，再做下一步打算。

65. 国事凋敝

耶律俊和萧昂是在中京通往西京的路上，拦截住天祚帝一行人的。

此前，天祚帝一直沉浸在想入非非之中。他对女人有一种天然的强烈占有欲，尤其是漂亮女人。在他的记忆中，从没听说过萧奉先有个漂亮女儿，是不是萧奉先这个老滑头故意隐瞒他？自从即位以来，天祚帝为搜罗美女，时常到契丹贵族家中转悠，文妃和元妃都是他自己搜寻来的。但是，他一直有个遗憾，便是没能像唐玄宗得到杨玉环一样，遇见一个完全令他神魂颠倒的女人。当初的元妃、文妃尚可，可惜时间久了，他已经失去了兴趣。后来的萧莺不错，可惜是从臣子手中抢来的，这让他总感觉缺少点什么。如果他真有艳福，成安公主应该是个绝代佳人。他一定明媒正娶进后宫，哪怕把皇后之位给她也在所不惜。

天祚帝正沉浸在幻想之中，突然被耶律俊和萧昂拦住去路。当他听说成安公主被西域马匪劫持了，他暴怒地从身边一个侍卫手中夺过一把宝剑，快步走到两个人面前。若非萧奉先死死拉住，他真想亲手砍掉两个人的脑袋。

萧奉先一番劝慰，天祚帝总算将宝剑还给侍卫。萧奉先拉儿子到一旁，详细问清楚事情的原委。他告诫儿子，事情的真相千万不能让皇上知道，否则，他和耶律俊都要倒大霉。萧奉先内心隐隐为遭劫持的女儿担忧。他奏报天祚帝说，萧昂正在派人寻找成安公主，相信一定能够找到。天祚帝却眉头紧锁，就算成安公主真是绝代美人，被西域马匪劫了，还能守身如玉吗！

西夏国使臣李然听说公主被劫持了，请求天祚帝再赐嫁一个契丹公主，否则他无法回国交差。天祚帝只好返回中京城，从一个契丹王公府上选了一个小姐，封为成安公主，赐嫁西夏国主李乾顺。李然护送新成安公主离开中京城，回西夏国。

这期间，大辽国与大金国的战事暂停下来，双方互派使臣进行和谈。辽朝共派和谈使臣十二次。金国也向辽朝派和谈使臣四次。金帝完颜阿骨打要求辽帝称金帝为兄，每年向金国进贡；同时，辽国割让上京、中京、兴中府三路州县给金国；辽国派亲王、公主、驸马、大臣的子孙赴金国为人质；此外，辽朝发给宋朝、西夏、高丽等国的诏书，也要同时报送金国一份。通过双方多次谈判，金帝同意免除割让土地、人质，进贡岁银减半，但要求辽朝按汉礼册封金国皇帝。

辽朝权衡利弊，派使臣前往金国，册封完颜阿骨打为东怀国皇帝。此时，金国已经与宋朝取得联系，正在洽谈“海上之盟”，准备金、宋两国联合灭辽国。完颜阿骨打便派人驱逐辽使，并下令金军准备武力讨伐辽国。

天祚帝得知和谈失败，金军准备进攻辽国的消息后并不觉惊奇。事实上，他一直没把国事放在心上。在辽、金停战和谈的几年间，他很少在京城皇宫内处理政事，总是带着萧莺外出游玩。夹山、庆州、广平淀等地，春山秋水，猎鹿捕鱼，忙得不亦乐乎。

金军再度扬言进攻辽国之际，辽国的东部重镇东京、沈州、显州、春州、泰州等地，相继被金军攻占；乾州、濠州、徽州、成州、惠州等地，先后投降金朝；辽国北部上京、中京、广平淀等城池，直接处于金军的刀锋之下。这时天祚帝仍没有抵抗金军的准备。被萧奉先之流把持的辽国朝廷也是浑浑噩噩，文臣相互猜忌，武将缺乏斗志，士卒只想逃命。

天祚帝这种吊儿郎当的做派，让一个人实在看不过眼了，此人便是闲居在上京城的萧兀纳。当听说和谈破裂，金军准备再度伐辽时，萧兀纳对天祚帝彻底失望了。这根扶不直的软藤不可雕的朽木，具备亡国之君的所有品格。他偏执、自私、贪婪、虚假、文过饰非、狂妄自大、言而无信、嗜血、喜怒无常……这些极端的品性，加上皇帝的身份，使他足以把立国二百余年，幅员辽阔的大辽国，断送得一干二净。

说起来，天祚帝能够坐上龙椅，还多亏了萧兀纳的保护和扶持。

当年耶律乙辛一伙担心耶律延禧继承皇位后，会报他们陷害昭怀太子之仇，便极力蛊惑道宗皇帝立耶律淳为皇太子。萧兀纳却力排众议，极力推荐皇孙耶律延禧为皇太子。道宗皇帝思考再三，最终同意了萧兀纳的主张。柴册耶律延禧为太子那天，正好宋朝使者苏辙在中京。

苏辙作为宋使曾多次出使辽国，与辽朝许多大臣关系都不错。萧兀纳敬佩苏辙的才学和为人，两个人建立了很深的个人友谊。苏辙会相面，无论什么人，只要从他面前走过，他便能说出此人过去几件私密事，很多人都被说中了。当然他也能预测未来，但以“干天机者身危”“察见渊鱼者不祥”为借口，从不轻易开口。耶律延禧被封为太子之后，萧兀纳曾私下拜访过苏辙，请他预测一下太子的未来。苏辙推辞再三不肯说，萧兀纳几次请求，几乎要跪下了，苏辙才勉强开口。

苏辙说：“耶律延禧这个人相貌平常，身体瘦弱，阳气不足，阴气有余，缺乏阳刚正气……”

萧兀纳说：“他没被耶律乙辛一伙害死，能活下来，很不容易呀！”

苏辙说：“他目光尖刻，看人从来不用正眼……”

萧兀纳说：“那又怎样？”

苏辙说：“说明此人内心阴暗，命途乖舛，难堪大任啊！”

萧兀纳说：“这么说，他不适合君临天下？”

苏辙说：“倘或贵朝将来有什么灾难的话，可能要应验在此人的身上。”

萧兀纳一下怔住了，感觉浑身的血液凝固了。如果苏辙的预测将来灵验了，他便是大辽国的千古罪人！

苏辙说："你我今日之言，万不可泄露出去。太子登基之日，还请萧大人速谋自保之道，否则身危！"

萧兀纳只能点头了。

66. 人生宿命

事情不幸被苏辙言中了。自从被立为太子，耶律延禧便渐渐显露出小人得志的嘴脸。萧兀纳是道宗皇帝指定的太子师，恪尽职守，经常指出耶律延禧的缺点和错误，按一位圣明君主的标准严格要求他。耶律延禧虽然很反感，但不敢造次，萧兀纳是得到晚年道宗皇帝的信任与器重的老臣。其实，那时萧兀纳便对耶律延禧有了一些看法。他曾扪心自问：我极力把耶律延禧推上太子之位，难道不是干了一件蠢事吗？他曾想把自己的想法奏报道宗皇帝，请皇上再考虑一下太子的人选。他还没来得及付诸行动，道宗皇帝便在去混同江游猎时突然驾崩了。当时，萧兀纳一直陪伴在皇上的周围。道宗去世前留下一道遗诏：太子耶律延禧即皇帝位！萧兀纳看见遗诏，知道已别无选择，只好扶道宗灵柩回中京城，拥立耶律延禧登基称帝，是为天祚帝。

萧兀纳谨记苏辙的嘱托，寻找退身自保之策。但是，他还没来得及行动，便接到天祚帝撤销他帝师资格的诏令，同时，调他离开中京朝廷，到辽上京做留守。萧兀纳接到诏令，马上收拾东西，带家眷离开中京城。登基之后，首先贬谪帝师，天祚帝的品行可见一斑。可在天祚帝看来，没把这个讨厌的老东西拉出去砍头，就是皇恩浩荡了。他太厌恶这个爱唠叨的老家伙了。在心里，他已经把这个老头儿千刀万剐了无数次。

萧兀纳举家离开中京去上京。一路上，他心情沉重，忧思重重。他极力保护并推荐的太子，一坐上龙椅，首先就拿他开了刀。他注定会成为朝臣们的笑谈。不过，那时他对天祚帝还抱有一丝幻想。后来经历了许多变故，他终于认清了天祚帝的本质。最后他被削去一切官职爵位，困居在上京城时，他终于万念俱灰了。他感叹苍天弄人，命运无常，一切似乎都是命中注定。从那时起，他便做好了随时被砍头，甚至满门抄斩的准备。他散尽家中的余财，断绝与外界的一切联系，仆佣多数被遣散，儿子送往高丽国经商，女儿远嫁西北偏远的契丹部族。

这一天，萧兀纳写了一道“劝勉折”，历数天祚帝登基以来的种种悖行，公然称之为亡国之君、契丹族的千古罪人。他派人把这道折子送往中京，便坐在家里等死。他写此奏折的用意，是想用严词警句激怒天祚帝，使其顿悟，使其猛醒，使其悬崖勒马。那样大辽国或许还有救。纵然他会因辱君犯上被砍头，甚至满门抄斩，他毫不吝惜。

他每天清晨醒来，会伸手摸一下脑袋，发现还在脖子上，便庆幸又多活了一天。他在这种心态下打发日子。期间，他因受风寒，患病在身，却不医治，还欺瞒家人，致使病情不断加重。当有一天天祚帝派钦差大臣来捉拿他时，他已经病入膏肓，无法行动。

钦差早年曾受萧兀纳的恩惠，不忍逼迫太甚。他凑近萧兀纳耳边说：“萧大人，在下奉皇上差遣，带你去中京问罪！”

萧兀纳说：“回去告诉皇上，老臣不中用了，去不了中京喽！”

钦差说：“那在下该如何回复皇上？”

萧兀纳说：“你回去跟皇上说，老臣知道他一直想杀我，可直到今天，老臣还留有一口气。这说明，皇上对待老臣，还算宽厚仁德……老臣提着这口气没敢咽下去，就是在等皇上的旨意。老臣可不想死后被刨棺鞭尸呀！”

钦差守在床榻旁观看一会儿，发现萧兀纳确实病情严重，不像装的，看光景也就再挨个十天半个月的，便离开上京回去复命。

天祚帝听钦差说萧兀纳病危了，还不太相信。他太希望把这个老东西捉拿来，在朝堂上活活打死，以解心头之恨了。就算他是前朝老臣，曾经的太子师，竟然敢上“劝勉折”辱骂皇上，这不是找死吗？此风绝不可助长，萧兀纳必死无疑。

天祚帝说：“应该用牛车把这个老东西拉来。”

钦差说：“将死之人，哪经得起路途颠簸。”

天祚帝说：“他真要咽气了？”

钦差说：“进气少，出气多，挺不了几天了。”

天祚帝说：“可恨，不能目睹老贼暴毙！”

钦差念着萧兀纳旧日之恩，便劝皇上不必与一个将死之人计较，况且此人还曾是太子师。萧兀纳不念师生之谊，上奏折辱骂皇上，皇上倒念师生之情，赐以哀荣，才显得皇上宽厚仁德！天祚帝仍恨恨不能释怀。钦差将萧兀纳最后那片话转述了，天祚帝才稍微宽心一些。

天祚帝沉吟良久，说：“你即刻返回上京，传朕的口谕：赐予萧兀纳王公之礼……”

钦差说：“皇上，万一臣到上京，萧大人还没咽气呢？”

天祚帝脸上露出一丝不易觉察的笑，转身向殿门口走去。他在殿门口停步，转回身说：“厚葬！你要全程监督。”

天祚帝离开了大殿，钦差浑身禁不住哆嗦一下。

钦差又回到上京城时，萧兀纳的病情竟然好转了。原来家人在他昏迷时，给他灌了药。本来因风寒引起，不是要命的病，喝过几次药之后，他渐渐地康复了。钦差到来这天，家人正搀扶他下床溜达。他不想落下欺君的口实，只好重新躺在床上装作昏迷不醒。

钦差向萧家人传达皇上的口谕。躺在病床上的萧兀纳明白，天祚帝怀疑他装病，这是派钦差来催命了。如果他是装病，这道口谕就是诛杀令，他不死也得死；如果他真病重了，倘或还有一口气，“厚葬”二字也是夺命符；倘或钦差发现他病情好转了，他会又多一项欺君之罪，那样死得会更难看。思来想去，他只余下死路一条了。可恨天祚帝用尽心机，对付他这个将死之人，难怪大辽国的江山社稷眼看着要断送在此人手中。而把这个亡国之君极力推上龙椅的，正是他萧兀纳，他因此在九泉之下无颜见列祖列宗。

在钦差的监视下，萧兀纳被活着抬进棺材入殓。儿子曾试图救他，被他断然拒绝。他悄悄告诉儿子，死是他对家族的最好保护，也是他自己最好的归宿。

葬礼按王公之礼举行，极具哀荣。楠木棺材之外，套一层石棺，棺上有彩色图案。家族墓地里，墓室早已修好，宽敞幽深，墓室墙壁上绘满各色图案。为体现皇上隆恩，在这些图之上，添加上象征王公地位的图画。随葬品按萧兀纳平时的嘱托，只放各类陶器，不放金银器皿。送葬时，动用了留守上京的皇宫卫队。上京城万人空巷，人们都为萧大人送行，场面宏大而感人。

棺椁入土那一刻，萧兀纳的意识还清醒，只是棺内空气稀薄，他呼吸越来越困难。直到棺椁被泥土掩埋，棺材内空气耗尽，他才因窒息而死。

67. 海上之盟

“海上之盟”特指宋、辽、金三国争雄时代，宋朝与金国签订的联合灭辽盟约。此事要从辽、宋时期的“燕云十六州”说起。

北宋立国初年，宋朝一心要夺回被后晋国主石敬瑭拱手割让给辽国的燕云十六州。九七九年（宋太平兴国四年），辽、宋高梁河一战，以宋军大败而收场；九八六年（宋雍熙三年），宋朝遣三路大军北伐，被辽军各个击破。一〇〇四年（宋景德元年），辽圣宗与萧太后亲率大军南下伐宋。宋朝措手不及，京师震动。十一月，契丹大军进抵宋朝澶州（今河南濮阳），宋真宗在宰相寇准的建议下，亲率大军到澶渊督战。辽、宋两军作战各有胜负。其实，此次辽军南下，主要是想以战逼和。辽、宋连年征战，使大辽国朝廷中那些世袭掌握军权的贵族手中的权力不断扩大，地位不断提高，甚至威胁到辽圣宗和承天太后萧绰的地位。而宋朝连年与辽国征战，苦不堪言，也有求和的意思。于是，辽朝遣王继忠与宋朝沟通，宋朝派使者曹利用到辽军大营，见辽承天太后萧绰和辽圣宗，双方订立了澶渊之盟。约定宋朝每年送给辽朝银十万两、绢二十万匹。双方各守疆界，互不骚扰，成为兄弟之邦，互称南北朝。

当时宋真宗比辽圣宗年长，因此写信给辽称圣宗为弟，称圣宗母承天太后萧绰为婶，开启了辽、宋百年无争战的友好。但这种友好在宋朝君臣看来，无疑是一种屈辱，是一种不平等的友好。宋朝君臣的心态可以说从来没平衡过。

宋徽宗赵佶即位以来，一直想做一件前无古人、后无来者的惊天大事，以证明自己的非凡才干，以便青史留名。他把目光投向了燕云十六州，却又不敢轻举妄动，此时澶渊之盟已使辽、宋两国合好百年。更关键的是，宋军无把握击败强大的辽军，夺回燕云十六州。

辽国境内的女真族起兵反辽，成立大金国，攻城略地，宁江州、初河店之战击败辽军。黄龙府之战，辽国天子御驾亲征之师被金军击溃。这使宋徽宗看到了希望：倘或宋军趁辽军溃败之际，把握时机出兵收复燕云十六州，肯定容易得手。一旦失去近二百年的燕云之地在他当皇帝之际收复，他无疑将成为光复大宋朝国土的中兴之主，历史会浓墨重彩地记录他的功绩。

降宋被赐以国姓的赵良嗣看透了宋徽宗的心思，提议宋朝派使臣浮海去东北与金朝联系。如果金朝肯与宋朝联合，南北夹击，辽国必败，燕云之地何愁不归！宋徽宗觉得这是个绝好的主意，当即决定委派武义大夫马政从山东蓬莱乘船渡海去东北。四个月之后，马政从东北归来，通报了他与金朝联络，达成宋、金两国联合夹击辽国的“海上之盟”。此时宋朝君臣才得知，金军已经攻占了辽国东京、春州、泰州、沈州等大片国土。金军势如破竹，辽国丧师失地，金帝阿骨打正准备率兵攻打辽上京。

宋徽宗召集群臣商议军机。赵良嗣建议宋军立即出兵攻打南京。他可以出使金朝，求见金帝完颜阿骨打，协商夹击灭辽的详细步骤。太师蔡京同意赵良嗣的建议。他认为联金灭辽是上天赐予宋朝收复幽燕失地的绝佳时机，不容错过。童贯等大臣纷纷附和，同意联金灭辽收复幽燕失地。

宋朝翰林大学士宇文虚上奏折反对联金灭辽。他认为宋朝与辽国自澶渊之盟以来，已和好百年，如今辽国遭受强悍金国的攻击，辽朝君臣对宋朝恭顺多了。宋朝此时正应该联辽抗金，与辽朝协商讨回燕云之地。

童贯讥笑说："辽朝势微，金国正盛，岂有联弱抗强之道理！"

宇文虚说："背后捅辽国的刀子，非君子所为！"

童贯说："腐儒不足与谋！"

宇文虚说："辽国是羊，金国是狼，岂能与狼做邻居啊！"

一心想青史留名的宋徽宗不会采纳宇文虚的意见。短视的蔡京、童贯等人最善于排挤异见者。宇文虚当即被驱逐出朝堂。宋徽宗连降两道圣旨：其一，童贯调集二十万兵马，限期向辽、宋边界进发，准备适时攻占辽朝南京析津府；其二，赵良嗣作为宋朝使臣，即刻出使金国，协商宋、金两国夹击灭辽的详细事宜。赵良嗣领旨回家准备，第二天一早便向金国出发。童贯领旨后，在一个月内点齐二十万宋军。他命令种师道、辛兴宗各率十万兵马，向宋边界的白沟和范村进发。

赵良嗣一行人悄悄越过宋、辽国界，辗转到达东京辽阳府，与那里的金国官员见面，亮明宋朝使者的身份。在一队金军的护送下，赵良嗣一行从东京辽阳府出发，赶往辽上京。因为此时，金帝完颜阿骨打正亲率金军数万兵马向辽上京开进。

赵良嗣一行到达辽上京城外时，阿骨打已率金军兵马将辽上京团团包围。赵良嗣在金国皇帐中，拜见了阿骨打。他表达了宋朝皇帝联金灭辽的决心，希望宋、金两国尽快协商夹击辽国的具体事宜。阿骨打却劝他少安毋躁，等金军攻占了辽上京再谈不迟。赵良嗣早年多次到过辽上京，知道上京城墙坚固，易守难攻，金军想攻占上京城，恐怕并非易事。

阿骨打设宴款待赵良嗣一行，邀请赵良嗣第二天观看金军攻打辽上京。赵良嗣慨然应允。第二天一早，他起身骑马，跟随阿骨打来到辽上京城下。这是一个微风和煦的五月天，天高云淡，艳阳高照。远远望去，辽上京城墙高大，城门楼挺拔。城墙上，辽军旌旗飘扬，刀枪如林。城外，金军兵马如蚁，战车、云梯等攻城工具齐备。

阿骨打指挥若定，谈笑风生。赵良嗣听说过，阿骨打自反辽以来，每战必亲临战场，指挥杀敌。金军将士用命，士气大振，抢功争先，这便是金军所向披靡的制胜法宝。不过，对于城池坚固、辽军重兵把守的辽上京，赵良嗣相信金军不会轻易攻占。他骑一匹高头黑马站在离阿骨打不远的地方，伸出一只手遮挡头上明晃晃的太阳，看着如蚁般的金兵做好攻城准备，他这个曾经的辽国人内心感慨万千。

68. 破上京

辽上京是大辽国建筑最早的都城。九一八年（契丹神册三年），辽太祖耶律阿保机任命礼部尚书康默记为版筑使，在西楼故地建皇都辽上京。上京城周长二十七里，城墙高二丈余，分南北二城。北边是皇城，南边是汉城。皇、汉两城呈“日”字形排列。皇城是皇上及王公贵族居住的地方。汉城居住着汉人及管理汉人事务的官员。

一一二〇年（辽天庆十年）五月，金军向辽上京城发起攻击。金军先锋完颜宗雄率领金军士卒潮水般向城墙云涌。辽上京留守挞不野率领辽军拼死抵抗。一时间辽上京城内外尸横遍野，血流成河。阿骨打发现攻城战遇阻，亲冒箭矢策马来到城东门外。此时攻城战正酣，城墙上滚木、雷石如雨而下。金军士卒推着战车冲到城门外，用巨大的圆木撞击厚重的城门。城门楼上，辽军大旗迎风招展，战鼓雷鸣，号角连声。

阿骨打打量城门楼的辽军战旗，伸手接过大将完颜宗翰手中的一张铁弓，箭上弦，拉满弓，瞄准城门楼上的辽军战旗。弓弦响过，一支利箭向辽军战旗飞去。利箭准确射中战旗上悬挂的绳索，辽军战旗随风飘落下来。攻城金军受到鼓舞，拼死攻城，中午时，辽上京外城被攻破。

阿骨打下令停止攻城。他派黄龙府城之战时投降的辽将马乙，持劝降书进内城，劝辽军投降。辽将挞不野深知孤军守城，外无援兵，城破只是时间问题。更关键的是，辽军将无斗志，士卒怕死，在严厉监督下才勉强作战。这样的作战，岂能持久？在马乙的劝说下，挞不野同意率残兵出城投降。

宋使赵良嗣、辽使习泥烈观看了上京城破的场面。

阿骨打率得胜之师进入上京城，邀请赵良嗣和习泥烈同行。他们从东安门进入上京皇城。目睹高大的皇城、巍峨的宫殿转眼易主，赵良嗣感慨良多。

这天晚上，阿骨打在上京皇城大殿举行盛大的庆功酒会，赵良嗣和习泥烈应邀参加，陪坐在阿骨打左右。席间，说起女真人起兵反辽，建立大金国，短短五年间辽国丧师失地，辽上京城破，阿骨打感叹天意难违，造化弄人。他说："耶律延禧只知吃喝玩乐，命运却把他推上龙椅，此是天灭大辽国呀！"

包括习泥烈在内的众人发出一片叫好声。赵良嗣却微笑着一言不发。

阿骨打说："赵大人曾经是辽人，今日目睹辽上京城破，有何感想？"

赵良嗣慨然说："城破国亡，不过是顺应天道人心。只可惜天下苍生苦难，生灵涂炭！"

赵良嗣将跟随金军进入辽上京皇城时即兴吟成的一首诗，在席间朗诵出来——《看辽上京为金人所破》：建国旧碑胡日暗，兴王故地野风干。回头笑谓王公子，骑马随军上五銮。

阿骨打及众宴饮者无不低首默然。良久，阿骨打伸出大拇指说："好诗!"

众人这才纷纷称赞，举杯敬赵良嗣酒。

完颜吴乞买说："赵大人文采飞扬，当初何必降宋，为何不投靠我大金国?"

赵良嗣面色沉重地说："良嗣当初弃辽投宋，是回归故国，认祖归宗。"

完颜宗翰说："现在投我大金国也不晚。宋军是辽军手下败将，我金军战辽军如摧枯拉朽!"

赵良嗣忽然变色说："宗翰将军视良嗣为反复无常的小人吗?"

场面一下尴尬起来，吴乞买马上起身举杯，敬赵良嗣酒。他说："宗翰一介武夫，酒醉之言，赵大人千万莫怪!"

赵良嗣说："良嗣此次奉我宋朝君命而来，肩负使命，岂能在乎酒醉之言!"

阿骨打示意让习泥烈离席，当即两名侍卫粗暴地拉习泥烈离开。赵良嗣目睹金人对战败国使臣如此粗暴无礼，耳边忽然响起宇文虚的话：辽国是羊，金国是狼，岂能与狼做邻居啊!

阿骨打说："赵大人，前次与贵国使臣马政订下'海上之盟'。如今我大军破辽上京。辽中京和广平淀等城指日可破。不知宋军可按约定进攻辽南京城否?"

赵良嗣说："我朝已派童贯总督二十万大军兵临南京城外。只待贵朝攻打中京城，我军必攻幽燕之地!"

阿骨打听后摇头不语，只顾饮酒。

赵良嗣与金朝皇弟吴乞买私下聊天时，吴乞买曾透露阿骨打认为宋朝派童贯督军伐宋，是所用非人。童贯言过其实、好大喜功、不懂兵策、不知进退、文过饰非。早年间，童贯出使辽朝曾闹出过许多笑话，辽朝官员私下里曾讥笑宋朝没人了，才会派童贯这样的半吊子为使臣。这事传到女真人这边来，阿骨打便记住了童贯的名字。阿骨打担心童贯不是辽将耶律淳、耶律大石等人的对手。一旦宋军进攻失败，宋国朝廷内外又起一片和谈之声。宋徽宗本来没什么主见，只怕宋、辽再搞和谈，金朝的利益便会受损。

赵良嗣说："请金国皇帝陛下放心，此次我宋朝君臣一心，必报燕云十六州去国近二百年之耻！"

阿骨打说："好！金、宋两国夹击辽军，辽国必亡。到那时，南京等地归宋朝，你们可将每年进贡辽朝的财物，转呈我大金国！"

赵良嗣说："如果金军助我攻打南京等地，我朝可每年补偿贵国军费三十万银币。"

阿骨打说："不可，这不公平！南京城在辽人之手，宋朝每年尚向辽国进贡银币五十万。我军助贵朝攻取南京城，得到的补偿反而少了？"

赵良嗣说："本使臣能答应的，最多是每年五十万银币。再多便无能为力了。"

阿骨打与吴乞买等人商量后决定先答应下来，毕竟金军的势力暂时还到不了南京。赵良嗣见阿骨打答应得很痛快，便借机提出把西京大同府也归还宋朝。阿骨打说西京的事情以后再议。两国在酒桌上签下"夹击灭辽"协定。阿骨打命令重新上菜上酒，命引来在皇城后宫抓获的辽国吴王妃到桌前跳契丹舞蹈助酒兴。吴王妃是天祚帝的儿媳妇，如今城破沦为亡国奴。在一群辽朝宫廷乐师的伴奏下，年轻美丽的她只能翩翩起舞，供战胜者玩乐。

夜深了，酒席散了，赵良嗣被人送去就寝。

阿骨打说："宋朝人太温顺了，南京本来就是他们的地盘。他们派兵攻打下来，还要给我们交贡银。这样划算的买卖，真是打着灯笼都难寻呀！"

吴乞买说："宋朝二十万大军开往南京，我担心宋军不是辽军的对手。”

阿骨打说：“那样的话，宋军可太窝囊了！”

吴乞买说：“我们拭目以待吧！”

宗翰说：“宋军如此不堪，我军干脆一鼓作气打到东京汴梁城！”

阿骨打说：“只要我们君臣同心，将士用命，天下便没有金军攻不破的城池！”

金朝内官来请示：“这里有一间辽太祖耶律阿保机的寝宫，一直保留着，皇上可否在那里安歇？”

阿骨打说：“朕正要跟这位前辈聊聊，他当年率领契丹人开创的万里基业，怎么就被不肖子孙天祚帝这样快地糟蹋了！”

阿骨打被送进寝宫，十几个契丹美女待选侍寝。他打量半晌，没一个中意的，命人去接舞蹈的吴王妃来侍寝。内官出去好一会儿，返回来说吴王妃舞蹈完，回后宫便服毒自尽了。

阿骨打沉默良久，说：“烈性女子，厚葬！”

69. 煮酒论天下

上京城破的消息传到平州时，耶律大石正在指挥平州兵马操练。这几年，趁辽、金停战和谈之机，耶律大石在平州城招募和操练兵马，加固城池，为战端再起做准备。此时的平州兵马总数已达三万人。契丹兵马二万五千人，汉军五千人。耶律大石亲率一万契丹兵马驻守平州城。城外建有三座兵营。耶律铁哥为左路军都统，率令八千契丹兵马，驻扎城西大营；耶律燕山为右路军都统，率领七千契丹兵马，驻扎城东大营；张撒八为汉军都统，率领五千汉军兵马，驻扎城南大营。

西樱被劫持后一直无消息。耶律大石回到平州，被政务军务所累，无法顾及她。萧塔不烟回到平州城，还住节度使衙门后院。由于和亲事件，她一直不敢暴露身份，只好女扮男装，化名骄男，在耶律大石帐前听命。耶律大石任命左雄、骄男为左右二军师。两个人的感情虽然一直很好，却无法谈婚论嫁。好在他们都一心为国事分忧，儿女私情都放在其次。

这一天，耶律大石设便宴，只请萧塔不烟和左雄二人。席间，耶律大石敬二人酒，说："如今国事纷乱，上京城破了，中京和广平淀已处金军刀锋之下，平州和南京也会很快受到金军的威胁，今天设家宴，煮酒论天下，想听听二位的高见。"

左雄说："以现在的天下大势看，节度使不能只把眼光局限在平州地界。如今金军势盛，辽国势微，天下纷乱，大丈夫生于乱世，应该把握机运、审时度势。王侯将相，宁有种乎？节度使乃契丹族皇亲国戚，太祖八世孙，应该迎难而上，举起复国中兴的大旗。自古得人心者得天下，节度使应该重新聚拢大辽国散失殆尽的人心，以平州为本土，背靠南京城，高举抗金复国大旗。倘若朝廷有变，天祚帝遭遇不测，节度使便可先自立为王，再图继承大统。到那时一呼百应，相信天下的契丹人都会归心！"

耶律大石听了左雄的话陷入沉思。

萧塔不烟说："依我看，平州不可守，南京也守不住。大辽国是从上京城以西以北的大草原起家的，如今国势危急，解困的办法还要从大草原上着眼。南京以汉人汉兵为主，汉人注重农耕，汉兵喜欢深沟高垒死守城池。事实证明这些招数对付金军不管用。要想反败为胜，重振大辽国雄风，打败金军，只有发挥契丹人马背民族的特长，在万里大草原上，以金戈铁马对金军的彪悍铁骑！"

耶律大石听得目瞪口呆。他没想到她能说出这样一番见解独到的话来。左雄也由衷地伸出大拇指。

萧塔不烟说："眼下最要紧的，是派人去上京城以西以北的大草原上，把那里的诸契丹族部落联络起来。就算将来中京、南京、西京都丢了，我们在庆州以西以北的大草原上，占据可敦城，背靠西域大食国、花剌子模等国，南联宋朝和西夏国，仍可保住大辽国西北部的半壁江山，为我契丹族守住一块繁衍血脉之地。”

耶律大石感叹说：“骄儿金玉良言，点醒我这个梦中人呀！”

左雄说：“萧小姐胸藏韬略，腹有良谋，真乃王佐之才。此番高论，或可开西辽万里江山！”

耶律大石说：“左先生此言何意？”

左雄说：“节度使容在下直言！大辽国已日薄西山，注定要断送在天祚帝手中。纵观历史上的败家子皇帝，无论是秦二世胡亥，还是隋炀帝杨广，不把祖宗的基业折腾得一干二净，他们是不会善罢甘休的。自古昏君身边只容得下奴才，而留不住人才。节度使想扶大辽国之大厦于将倾，是不可能的，恐怕还会招来杀身之祸！”

耶律大石说：“依先生之言，我们该怎么办？”

左雄说：“占据庆州以西以北万里草原，向东向南防守，向西向北发展。只要节度使志存高远，胸怀宽阔，礼贤下士，宽厚待人，便可开创西辽国广阔江山。”

萧塔不烟说：“那样的话，左雄先生便是‘为天地立心，为生民立命，为往圣继绝学，为万世开太平’的鸿学大儒呀！”

耶律大石举杯敬二人酒，说：“平州煮酒论天下，好！我们就这样干。”

第二天，耶律大石率众军校到城外军营，端坐中军大帐帅案后，众军将站立两厢。萧塔不烟与左雄坐在帅案两边的椅子上。耶律大石首先抽出一支令箭递给耶律铁哥。他威严地说：“耶律铁哥，命你即刻率副将萧斡里剌、萧查剌阿不，带精骑兵五千人，向庆州以西以北大草原进发。记住，你们此行的目的是为我大辽国军队开辟一条生路。到大草原上，见到我大辽国旧日部族，一定要好言安抚。争取把大草原上的契丹部族联络起来，作为我们将来向西、向北发展立国的根基！”

耶律铁哥接过令箭说：“末将得令，但不知我们走到何时何地为止?”

耶律大石说:“开疆拓土,没有边界。你们只管往西往北走。一边走,一边招兵买马,扩大势力。一直走到大漠的边缘!”

耶律铁哥说:“末将记住了。”

耶律大石说:“每过一个月,你要将行程及沿途所遇之事,派快骑向本节度使禀报!”

耶律铁哥说:“末将遵命!”

耶律大石说:“记住,沿途要派人查访西樱的消息!”

耶律铁哥大声答应着走出中军大帐,回兵营调拨兵马,准备出发。

耶律大石又抽出一支令箭递给耶律燕山,说:“耶律燕山,命你督率本部人马,修检枪械,备好鞍具,随时听候调遣。”

耶律燕山接令而去。

耶律大石又抽出一支令箭交给左雄,说:“军师左雄,平州城防务及大军粮草供给,都由你调度负责。”

左雄领令而去。

大帐里的军将都跟随耶律铁哥、耶律燕山、左雄等人离去。耶律大石又抽出一支令箭递给萧塔不烟。

萧塔不烟说:“给我这个干什么?”

耶律大石说:“近期平州城内逃难来许多难民。现命你为女子军都统,在灾民中挑选五百名年轻女子,组成女子军。每人配备一匹战马、一张硬弓、一把长剑,加紧训练,准备紧急时刻为我出力。”

萧塔不烟正愁无事可做,便高兴地领令而去。

70. 储位之争

上京城破的消息传到中京城时,天祚帝早已做好逃跑的准备。他在皇宫之外饲养五百匹良马,都是西夏国或大食国进贡的宝马,专供事急时后宫逃跑时用。萧昂指挥的五百名皇宫侍卫，耶律俊指挥的五千御营军，随时等候皇上的外逃口谕。天祚帝对辽、金前线传来的战报并不在意，似乎失败是意料之中的事。因此，萧奉先接到上京城破的战报，以及宋朝与金朝签订的“海上之盟”之后，阿骨打又在上京城见宋使，两国签订“夹击灭辽”协定的情报，他都没立即向皇上报告。

萧奉先已经接连几天没上朝了。前几天倒春寒，五月天突然降雪，他感染风寒咳嗽得厉害，在家吃了几服中药才略见好转。他待在家里不进宫，是担心天祚帝催促他尽快逃跑。他已经与妹妹元妃商量好，离开中京前，一定要把外甥秦王推上储君之位，否则一旦离开中京城，一路奔波劳顿，便顾不上这件事了。不过，在立秦王还是晋王为太子上，天祚帝一直在犹疑。今天高兴了，便说要立秦王为太子。明天不高兴了，便说要立晋王为太子。这令萧奉先很劳神，更令元妃担惊受怕，甚至连不太关心朝政的皇后都过问了几次。

这天，元妃以探病为由来到萧府，兄妹二人密谋立储君之事。自从辽、金和谈失败，战端再起，金帝阿骨打亲率金军直逼上京城。路上所过州县，辽军望风而逃，不堪一击，辽国朝野震动。因此，许多大臣暗中期盼天祚帝退位，由宽厚仁德的晋王登基理政。萧奉先决定利用这件事打消天祚帝的疑虑，剪除晋王，立秦王耶律定为太子。此事涉及萧家今后的命运，值得一搏。

萧奉先想好对策，送走元妃后，便进宫见天祚帝。天祚帝催促他尽快离开中京，再晚就走不脱了。萧奉先却说，有一件比这更重要的事，涉及陛下的安危。天祚帝问何事。萧奉先说获得了密报：驸马萧昱正与耶律余睹密谋，欲废陛下，立晋王为新君。这正是天祚帝最担心也最忌讳的事。他听后没加思索，便传口谕立即将文妃打入冷宫，限制并监视晋王起居，处死萧昱。萧昂马上抓捕了驸马萧昱，拉到闹市街头砍头示众。朝中大臣本来对天祚帝已极度失望。此事出来，许多大臣干脆躲在家里，连朝都懒得上了。

天祚帝问萧奉先，这回该离开中京了吧？萧奉先说储君之位关乎国脉，离开中京前，一定要柴册太子，这样才能得到神鬼及列祖列宗的护佑。晋王母文妃已被打入冷宫，晋王被限定不许出宫，此时立太子，自然非秦王莫属了。

天祚帝说："传旨立秦王耶律定为太子！"

萧奉先说："皇上圣明。可在灵感寺举行太子柴册之礼，请天地鬼神助我大辽国神威，驱逐女真人回东北老巢！"

天祚帝说："好，请神师慧材择良辰吉日，在灵感寺举行太子柴册之礼。礼毕，皇驾立即离开中京城！"

萧奉先说："臣领旨。"

萧奉先立即进后宫，把喜讯告诉元妃和皇后。之后传来慧材，商定后日在灵感寺举行太子柴册之礼。召集中京地界的佛、道、萨满等教派，十八寺、庵、观、院的僧道尼巫做法事，为大辽国祈福消灾。实际上，这是萧奉先为掩盖自己军事指挥上的无能，投天祚帝痴迷佛、道、萨满等宗教所好而举行的一次活动。

柴册礼之日，天祚帝在萧奉先等朝臣的簇拥下，来到城外灵感寺大殿。礼仪开始了，在众目睽睽之下，天祚帝亲自将一件太子服饰披在秦王耶律定的身上。太监王华宣读天祚帝亲自手书的立秦王耶律定为太子的诏书。之后，宫廷乐队奏乐，太子坐上专为储君制作的龙椅，接受萧奉先等朝臣的礼拜祝贺。

柴册仪式结束后，慧材在灵感寺院内主持盛大的道场祭祀活动。寺院里人山人海，分外热闹。中京城附近的佛、道、萨满等教派弟子近万名，在寺院中搭建的道场周围诵经念佛。道场外四周的空地上支起几百口大锅，为众佛教子弟做饭，叫作"饭僧"。当场有三千多俗家子弟争先恐后参加剃度礼，接受佛、道、萨满等教义的洗礼，从此成为僧、道、尼、巫，叫作"祝发"。

国师慧材一身白衣白裤，头戴野鹿皮面具，手执青柄降妖捉鬼剑，站在道场中间主持祈福消灾仪式。在他身边，摆放着一排用布料缝制的青牛、白马、白兔、白鹅、白野猪、白鹿等动物造型。按契丹族人拜天地、敬鬼神礼仪，这些动物都应该是真的。在仪式结束时，要把这些祭祀用动物全部杀死，把动物血混合到一起，勾兑到酒里喝掉，预示着喝酒的人祈福消灾。但是，佛、道教是禁止杀生的。因此，萧奉先与慧材商量，用布料做出各种动物的造型。当然，眼下战事正紧，青牛、白马等祭祀动物也很难凑齐。

普慧跟随灵感寺僧众参加祭祀活动。他身穿袈裟，手执佛珠在僧道中间走动。他听说今天先举行太子柴册礼仪，之后祭告天地。他猜想天祚帝一定会来，那样的话，将是一次绝好的刺杀天祚帝的机会。他听传言说，上京城已被金军攻破，天祚帝肯定要离开中京，路途上护卫森严，再想完成酋长的绝杀令就难了。

上次平地松林刺杀天祚帝失败后，他苦苦思考再次接近天祚帝的办法。他发现辽天祚帝这个皇帝特别信奉佛教。无论佛、道、巫，他都相信，并且身边豢养着慧材等一些巫汉。这使西伯灵机一动，选择灵感寺剃度出家做了和尚。灵感寺是皇家寺院，肯定有接近信奉佛教的天祚帝之办法。这一等便是几年。惊鬼节时他进过皇宫，却没有接近天祚帝的机会。这次机会终于来了。

天祚帝这天似乎预感到了什么，在神师慧材舞剑驱魔的时候，无精打采地坐在那儿发呆，一双眼睛在打坐的和尚、道士们身上来回转。当他的目光与普慧的目光相遇时，他突然感觉后背发凉，浑身发冷。他似乎从对方的目光中看到刻骨的仇恨。天祚帝是个不太讲究规则，也不愿意遵守规则的人。此时，道场正在进行中，任何人是不允许离开的。他却忽然起身向后边走去。

天祚帝起身的一瞬间，普慧看穿他的用意，暗器是早就准备好的，只见他的手腕扬了一下，两支短箭便疾速向天祚帝的后背打去。众人被这突如其来的变故惊呆了。天祚帝身边的两名侍卫也一时没反应过来。

眼看着天祚帝在劫难逃了，突然，只见天祚帝脚下一软，一只脚陷进木板的缝隙中去，一下摔倒了。两支短箭分别钉在他的眼前。

普慧又打出两支短箭时，天祚帝已被众侍卫保护起来。这时站在场地外的萧昂，命令场地周围的御营军弓上弦、剑出鞘，瞄准场地内近万名做法事的僧、道、巫。萧昂喝令杀手自己站出来，否则，这里便是屠宰场。

普慧怎能让这么多人陪自己死呢？他神色坦然地从人群中走出来。萧昂命令将普慧押入中京城，关进天牢里。

71. 自毁长城

天祚帝心有余悸地回到皇宫。灵感寺袭驾事件让他再次感悟到人生有命，人不该死总有救！普慧行刺时，眼瞅着短箭就要击中他的后背，他的脚却被陷入木板的缝隙，他摔了一跤，从而躲过了此劫。这说明上天在护佑他，他要重奖那个搭建木台时偷工减料的工匠。

萧昂派人将普慧押入天牢，原想奏报过皇上，拉出去砍头了事。耶律俊却跟过来，要求讯问普慧。他说这个和尚背后肯定有人指使。

普慧被带到耶律俊面前。他从普慧的身上看到西樱的影子，又从西樱联想到耶律大石，他浑身热血沸腾。他已经问过灵感寺，得知了普慧的来历。他告诉普慧，只要他交代出那个背后指使的人，他就可以立即获得释放。普慧平心静气地说，他叫西伯，来自西北大草原上的西族。他刺杀天祚帝，是酋长西老指使的，原因是二十多年前，还没登基的天祚帝率人屠灭了西族。耶律俊问是否有同伙。西伯说西族几百人口，只他一个人侥幸躲过那次屠杀，哪来的同伙！耶律俊问平地松林袭驾案是否西伯所为。西伯说正是，接连两次报仇，天祚帝都侥幸得脱，看来是天意。他愿意接受惩罚，但不想牵连无辜。耶律俊问平地松林袭驾案的同伙是谁，现在在哪里。西伯将头扭到一旁不再说话。耶律俊命令动刑，西伯被打得遍体伤痕，牙齿都被拔光了，几次昏厥过去，却一言不发。耶律俊只好命人将他关进死牢。

耶律俊自从成安公主被劫持，便被天祚帝疏远了，如今想见皇上一面都很难。他原本指望审问西伯，挖出平地松林袭驾案的真凶，重获天祚帝的信任。西伯却是个硬骨头，打死都不再说一句话。耶律俊担心照这样下去，萧奉先哪天抓住他的小辫子，到皇上面前参上一本，他的小命就玩完了。萧奉先伙同元妃甚至皇后，为打击晋王立秦王为太子，诬陷耶律余睹与驸马萧昱谋反，致使文妃再度被打入冷宫，晋王被幽禁宫中，萧昱被处死，用心何其歹毒。他思来想去，若想保住性命，还要投到萧奉先的门下。眼下萧奉先最急切的，是文妃还活着，耶律余睹还在广平淀执掌兵权。秦王虽被立为太子，但晋王的威胁还没彻底铲除。如果此时他出面帮萧奉先一把，他们之间的那点芥蒂应该很好消除。

耶律俊想好了，再到天牢审问西伯。一阵严刑拷打，西伯仍然死不开口，他趁西伯昏厥之际，将一份事先写好的供词按上西伯的手印。他带着供词求见萧奉先。萧奉先本来已懒得理他，但看见供词上将西伯的刺杀与耶律余睹和萧昱谋反联系起来，萧奉先一下便明白了——耶律俊在巴结自己。有了这份供词，何愁文妃不死，耶律余睹不灭！毕竟文妃和耶律余睹才是萧家的心腹之患。萧奉先当即带着耶律俊进宫见皇上。天祚帝看见供词，即刻命令赐死文妃，斩首耶律余睹。耶律俊为讨好萧奉先，亲自带人到后宫，将一条白绢扔到文妃面前，监督文妃自缢而死。萧昂则奉命率领一百名侍卫，赶往广平淀斩杀耶律余睹。

耶律余睹为人正直宽厚，骁勇善战，在辽军中很有威望。因系文妃的妹夫，受到萧奉先的猜忌和打压。黄龙府之战，因拼死护驾有功，被天祚帝封为都统，派往镇守广平淀。文妃再度被打入冷宫，晋王遭幽禁，萧昱被杀的消息传来，耶律余睹自知遭萧奉先暗算，此番性命难保，便派人秘密去中京城接出家眷和近亲。后又传来太子柴册礼皇驾遭袭，文妃随后被赐死的消息，耶律余睹断然率领一千多旧部亲随与中京城接出来的家眷亲戚会合，奔上京城投奔金人。

萧昂率侍卫队来到广平淀，听说耶律余睹逃跑了，马上派副将率五千兵马追击。副将率兵追到一座山前，远远看见耶律余睹保护家眷缓慢而行。副将与手下将士商量说，余睹将军乃忠勇之士，遭奸臣陷害才走这一步。他的现在，也许就是他们的明天呀！将士们不忍再追，遥向耶律余睹一行挥泪告别。回到广平淀，只说耶律余睹跑得太快，根本没追上。

耶律余睹到达上京城，阿骨打率领金朝文武大臣出城迎接。耶律余睹跳下马背，跪在阿骨打马前，行君臣之礼。他流泪说："末将耶律余睹，屡遭昏君奸臣诬陷，上天无路，入地无门。现来投奔圣明之君，望乞收留！"

阿骨打跳下马背，走上前，亲自搀扶耶律余睹起身。

阿骨打说："余睹将军请起！辽帝被奸臣小人包围，昏庸无道、陷害忠良，这也是朕起兵反辽的原因。久闻余睹将军忠勇之士，今天来投，天佑我大金国啊！"

耶律余睹说："末将为保命来投，不敢奢求荣华富贵，只求明主约束将士，只杀辽国昏君奸臣，少使百姓生灵涂炭啊！"

阿骨打说："余睹将军放心，朕起兵反辽，乃替天行道。凡辽国官吏百姓，只要真心归顺，一律优待！"

耶律余睹再拜说："末将替辽国百姓，谢明主隆恩！"

吴乞买上前与耶律余睹相见，说："余睹将军来投，我大金国如虎添翼呀！"

阿骨打说："封耶律余睹为先锋官，追随来投者各加封赏。"

耶律余睹跪拜谢恩。

阿骨打迎接耶律余睹一行进城，携手登上皇宫大殿，大摆宴席，接风洗尘。通过耶律余睹，阿骨打了解到大辽国的真实状况。尤其得知天祚帝与萧奉先仍在中京城，并没制定防御金军的大政方略，而是备好几百匹良马时刻准备逃离中京城，而辽国将士军无斗志，无人肯替昏君奸臣卖命，阿骨打的信心大增。此前金国对辽国的军事打击都是报仇性质的，攻城略地，抢夺地盘、人口和财富。虽然与宋朝签订“海上之盟”，阿骨打吞并辽国、消灭天祚帝、取而代之的想法并不坚定。如今不同了，他要举全国之力向辽国发动全面进攻。

阿骨打向耶律余睹敬酒，说：“朕得余睹将军，胜过得数万精兵啊！”

当年会宁府和谈，吴乞买与耶律余睹会面，两个人曾私下宴会。那时，吴乞买便劝耶律余睹弃暗投明。如今相见，自觉感情更近一步，相互频频敬酒言欢。

第二天，阿骨打在辽上京皇宫大殿召集金国文臣武将朝会，提出：金国举全国之军力，向辽国发动进攻，攻占辽中京、南京、西京，消灭大辽国，活捉天祚帝！

阿骨打说：“朕要御驾亲征辽中京，活捉天祚帝！”

72. 风雨平州

耶律大石在平州听说天祚帝在中京灵感寺举行太子柴册礼时，遭到普慧法师的袭击。之后传来文妃被赐死，耶律余睹投金的消息。他找来左雄和萧塔不烟商量，说：“估计金军很快要进攻中京城。皇上必定要弃城而走。城内皇亲国戚、王公贵族、官吏商贾肯定会纷纷外逃。趁中京城纷乱之际，要派得力人员赶往中京。一来多联络一些朝廷官员及军中将佐。如果有人愿意来平州，可派人引路及保护，以便这些人才将来为我所用；二来设法打听一下普慧法师的下落。如已遇害，设法找到并安葬。如果还活着，一定要想办法救出并带来平州。”

萧塔不烟主动请缨要去中京。耶律大石觉得她去不合适。左雄表示愿意前往，耶律大石说左雄去最合适了。当即点齐三百精骑兵，打平州兵马的旗号，护送左雄赶往中京。

刚打发走左雄，耶律淳率领李处温、左企弓等人来平州检视。耶律淳查看了加固后的平州城池，观看了平州兵马操练，称赞耶律大石真乃将才。来到节度使衙门，耶律淳通报了近期获得的情报。其一，中京方面，天祚帝立秦王为太子，赐死文妃，幽禁晋王，斩杀驸马萧昱，逼反耶律余睹。天祚帝已派近臣来密报，近日将离开中京，前往南京检视。其二，金国方面，阿骨打亲率金军攻破上京城。耶律余睹降金，受到阿骨打的热烈欢迎，被封为先锋官，随军调用。阿骨打摸清了辽国的真实情况，制定了“举全国之力，向辽国发动进攻，攻占辽中京、南京、西京，消灭大辽国”的方略。估计中京、广平淀等城池很快便会遭到攻击。其三，宋朝方面，继宋、金两国签订“海上之盟”之后，近期宋朝又派使者赴上京城与金朝签订北南“夹击灭辽”协定。宋徽宗已任命童贯为河北、河东路宣抚使，率领二十万兵马，分东西两路向南京逼来。东路军由种师道率领，正向白沟开进。西路军由辛兴宗率领，直奔范村而来。

耶律大石得知以上消息，十分震惊。一旦金军攻破中京、广平淀等城，蜂拥南下，南京受金、宋两路大军北南夹击，形势危急。

李处温分析认为：“上京城破了，金军的刀锋很快便指向中京、广平淀等地。如今朝廷被萧奉先之流把持。皇上受权臣蒙蔽，整天信神信鬼，游山玩水。大辽国半壁江山丢掉了，朝廷竟然拿不出一套防御方略，只任各地各自为战，最终被金军各个击破。虽然朝廷密报皇上要来南京，但据在下分析，南京重围之地，皇上未必会来。皇上即便来了，也不会长住，多半会去西京，毕竟那里要安全一些。”

耶律淳说：“皇上来不来南京已无意义，朝廷没有可调之兵，守卫南京只能靠我们自己了。”李处温建议，弃守平州，调平州三万兵马南下，拱卫南京。

耶律大石分析认为目前南京的主要威胁还是南下的金军。宋朝二十万大军虽说已逼近白沟、范村一线，只不过是虚张声势而已。他们在等待金军攻占中京之后，大批兵马南下，南京兵马全力对付金军时，他们背后悄悄捅上一刀。就算宋军现在进攻南京，并不可怕，平州兵马可在三日内赶到。而平州北接上京、中京，东临广平淀、东京辽阳府，南控南京，西接西京大同府，进可攻，退可守，眼下便弃守平州，实在可惜。

耶律大石说："末将有一良策，近可应付南京之局势，远可谋划契丹族人之将来，不知留守大人愿意听否？"

耶律淳说："有什么主意，尽管说来。"

耶律大石说："长远看，平州、南京，皆不可守！"

在座者闻听此言，都很惊讶。耶律淳更吃惊，不知道耶律大石为何说出这样的话来。

耶律大石说："我太祖耶律阿保机靠强弓劲弩，驰骋大草原打天下。上京西楼故地，乃契丹龙兴之地。如今我契丹兵马舍弃辽阔草原，困守一座座孤城，反被女真人的强马硬弓所败。末将建议，留守大人率南京兵马直奔庆州以西以北大草原，占据可敦城，抚慰契丹十八部族，背依回鹘、大食、花剌子模等西域诸国，东联络高丽国，南合纵宋朝与西夏国，与金国抗衡。就算将来五京皆失，仍可保住大辽国西北部的半壁江山，为我契丹族守住一块繁衍血脉之地！"

耶律淳被这新奇的观点惊呆了。如果他正当壮年，立志要干一番大事业，此计足可采纳。可惜他快六十岁了，年老志颓，只想应付眼前的麻烦，无心开疆拓土，建功立业。

李处温深知耶律淳的心思，表示南京兵马多数为汉军，不习惯野外马背上厮杀。另外，南京兵马多由本地子弟组成，调往遥远的大西北有诸多不便。如果能够坚守住南京城，再派使者与金人、宋人谈判，和平也是有望能争取到的。其实，李处温一直深藏一层心思，便是暗中联合南京的上层文臣武将，待宋朝军队兵临城下时，挟持耶律淳投降宋朝。

耶律淳此番检视了平州兵马，查看了平州坚固的城池，又倾听了耶律大石的肺腑之言，觉得此时命令耶律大石弃守平州实在可惜。南京眼下并没受到宋军攻击，固守平州城可保南京的安全。思考再三，他同意暂不弃守平州城，命令向平州城运送三万兵马半年的粮草给养，以安军心，以顺民意。耶律大石深表感谢，在节度使衙门隆重款待耶律淳一行。第二天，他亲自率兵护送耶律淳回南京。

不过，这次与往日十分敬重的耶律淳纵论国事，也令他对这位前辈有了新的看法。身为南京析津府留守，地方大员，手握重兵，守土有责，耶律淳却受李处温等汉族官僚左右，只顾眼前利益，不做长远打算，着实令他失望。他暗自打定主意，近期再派一个得力将佐率一支兵马奔赴西北大草原，占据可敦城，招抚契丹旧部，为将来开疆拓土经营西域做准备。当然，受人之托，忠人之事，当初耶律淳要他来南京，委以重任，他自然要尽力协助耶律淳维持南京的局面。何时南京之事不可为了，他再自谋出路。

第九章　风雨北辽

73. 弃中京

左雄来到中京城时，这里已是一片混乱。

据说皇上已离开中京去南京。萧奉先率领北枢密院正要离开。城内的皇亲国戚、达官显贵多半已逃离。中小官吏及商贾人家正在纷纷外逃。左雄奉耶律大石之命，通过哥哥左企弓在朝中的故交联络是否有愿意去平州的朝臣，回应寥寥。他开始全力打听普慧的消息。通过多方打探，终于摸清普慧被关在天牢里的死牢中，随时可能被处决。左雄通过朋友关系，到天牢拜见管事的狱官，普慧被从死牢里抬出来。人被折磨得不成样子，舌头都咬掉了一截。狱官说这是北枢密院的犯人，已判斩立决，因这些天处决的犯人太多，还没轮到他。左雄赶忙送上一笔银钱，狱官让夜里来接人。夜里二更天，左雄带人来到天牢门外，普慧被装在一辆运尸车上送出来。

左雄带人将普慧抬回住处，为他清洗身体，换穿干净的衣服，请来郎中开药方，买回中药，内饮外敷，三天过后，普慧才略清醒一些。此时联系到的几个愿意去平州的朝臣，家眷、财物都打点好了。左雄租用一辆马车，将普慧抬上车，一行人离开中京去平州。

天祚帝办完太子柴册礼，便一刻都不想在中京待了。之所以迟迟没离开，是因为关于去向，天祚帝一直举棋不定。天祚帝想直接奔夹山，萧奉先认为那样会落下逃跑的口实，不如借口去南京督师，之后去西京，最后再奔夹山。天祚帝同意了这个方案。于是，大辽国朝廷在中京皇宫召开了最后一次朝会。天祚帝宣布要移驾南京，督促南京兵马回防中京。

耶律俊通过萧奉先又巴结上天祚帝，重获天祚帝的信任。天祚帝命耶律俊掌管御营军，保护皇上及后宫南行。耶律俊提醒天祚帝，御驾出行要轻车简从，万不可太招摇。从中京到南京，要路过平州地界，那里离东京辽阳府的一些州县很近，而那些州县已经被金军占领。万一金军得知消息，派兵半路拦截，后果不堪设想。天祚帝闻听此言，吓出一身冷汗，觉得还是耶律俊思维缜密一些，也更可信赖。于是，第二天清早，天祚帝没通知萧奉先，便率领皇后、元妃、萧莺等少数几个后宫家眷，在耶律俊统帅御营军的保护下，离开中京直奔南京析津府。路上，天祚帝觉得没告诉萧奉先一声有些不妥。耶律俊说皇上要干什么，要去哪里，还要请示大臣？哪个英明的帝王这样干过！

萧奉先没想到天祚帝会背着他离开中京。他猜到肯定是耶律俊从中做了手脚。皇上不辞而别的消息不胫而走，引发朝野一片恐慌。朝臣们纷纷聚在北枢密院衙门，等着萧大人拿主意。萧嗣先、萧昂、耶律塔不也、达鲁古几个亲随，围在萧奉先身边团团转。耶律塔不也建议尽快离开中京城，追随皇上去南京。萧奉先却认为南京不能去了。皇上也未必在南京久留。耶律淳拥兵自重，皇上一直对他有戒心。当年耶律乙辛一伙曾提议立耶律淳为太子，被萧兀纳给搅黄了。后来耶律章奴叛逆，欲废皇上而拥立耶律淳，耶律淳杀妻兄萧敌里、外甥萧延留，提人头去广平淀见驾请罪。皇上虽然宽赦了他，但戒备之心更重了。其实，耶律淳并非没有异心，不过时机不到而已。这些皇上心知肚明，怎会在南京长住呢！

达鲁古说："那我们去哪里？"

萧奉先说："去夹山。"

耶律塔不也说："皇上往南走，我们向西行？"

萧奉先说："皇上去南京、西京，只是权宜之计，终归会到夹山去，我们去那里打前站。"

耶律塔不也说："中京城不战而逃，皇上会把弃城逃跑的罪名扣在我们头上吗？"

萧奉先说："不会，圣驾先行，我们随后而已。再说，守城是武将的事。"

萧奉先等人带家眷离开中京城时，几乎整座城池都震动了。皇亲国戚、名门望族、朝臣官吏及商贾人家，凡有能力离开的，都选择南行或西去。平民及穷苦百姓，没能力离开的，纷纷拥挤在道路两边送行或看热闹。

萧奉先乘坐一辆四匹马拉的带篷马车。出城西门时，他命令停车，下车回望高大的城门楼，泪流满面地跪倒在地。随行的家眷及僚属跪倒一大片。最后，连守城门的军校、围观的百姓都纷纷跪倒。一时间，城门内外哭声一片。萧奉先在上京城出生，在中京城生活几十年，如今告别故土，不知有生之年还能否回来，怎能不令他肝肠寸断。

左雄一行人离开中京城，快马加鞭赶往平州。到达平州后，普慧被安排住进节度使衙门后院。耶律大石和萧塔不烟请医问药，悉心照顾，半个月后，伤口渐渐愈合，舌头却无法复原。普慧与人交流时，只能发出含混的单音，辅以手势及肢体语言，人们才能明白其大概意思。他听说西樱代替萧小姐西行，路上被一伙奇装异服的人劫走了，至今下落不明，没有音讯，心急如焚，却又毫无办法。耶律大石安慰说，已派人西行，沿路打听消息。

普慧养伤一个多月，伤势基本痊愈了。这天，他来向耶律大石辞行。他如今伤好了，待在平州无所事事。他想去上京、中京一带走动一下。大辽国境内的许多寺、庙、庵闲养着无数和尚、喇嘛、道士。那里有许多他熟悉的人，他想去联络一下，以后或有可用之处。耶律大石觉得有道理，送一些金银给师父做盘缠。普慧却分文不取，只穿一身袈裟，带一根木杖和一个木碗，步行离开平州城。

74. 归南京

耶律大石送师父出平州城，顺便检视一下平州城防，之后骑马回节度使衙门。路上，几个官府扭送一个商人模样的人迎面走过来。耶律大石打量此人一眼，似乎面熟。对方忽然叫喊："重德救命！"

耶律大石勒住马，细打量此人，竟是早年相识的贩马商人马植。听说此人跟随童贯投降宋朝了，还被封了官，赐了国姓，不知为何来到平州。耶律大石觉得可疑，便想问清楚。再说既是旧相识，就不能袖手旁观。他问几个缉捕，这人犯了什么罪。缉捕说他从南边来，说是商人，看着可疑，带回衙门问讯。耶律大石说把这人交给节度使衙门吧！缉捕哪敢得罪节度使大人，便扔下马植离开了。

耶律大石带马植走进街旁一个奶茶馆，进入一个单间，面对而坐。店家送上一壶奶茶、两个瓷碗、一盘奶制品后退出。

马植跪倒在地拜谢说："谢重德相救之恩！"

耶律大石让他起身，坐到桌旁，倒一碗奶茶推过去。马植一口气喝干一碗奶茶。

耶律大石说："听说你在南朝为官，为何到平州来？"

马植如实相告，此次奉宋朝皇帝差遣，赴上京城与金帝阿骨打见面，代表宋朝与金朝签订南北"夹击灭辽"协定。如今从上京城返回宋境，路过平州时，得知重德坐镇平州，特来拜见。不幸在街上被几个官府缉捕扭住。

耶律大石说："莫非你是来劝降的？"

马植说："岂敢，多年不见，顺路特来拜见。"

耶律大石说："辽、宋既有澶渊之盟，为何又与金订'海上之盟'?"

马植说："重德问起来，愚兄不得不说。南朝有句俗话：识时务者为俊杰。如今大辽国丧师失地，上京城破，中京、广平淀岌岌可危，南京之地受宋、金南北夹击之势，不利于久守。重德弟身处危险之中，愚兄不忍坐视，愿弟明察秋毫、洞若观火，顺应天时地利，率军南归宋朝，以免城破之日生灵涂炭、苍生蒙难!"

耶律大石笑说："感谢你冒险来见的诚意。不过，宋朝趁辽国之危背后捅刀子，非君子所为，足见宋帝赵佶轻佻寡信，鼠目寸光。童贯、蔡京之流皆见利忘义的小人。宋朝背叛百年盟友，而引豺狼为邻，是自取其祸。"

马植说："重德所言有道理，可惜愚兄是汉人，别无选择啊!"

耶律大石说："你此番前来，实为不速之客，有瓦解我军心之嫌。不过，你既为宋使，两国相争不斩来使，请即刻离开平州吧!"

马植说："谢重德弟宽待，后会有期!"

马植告辞，离开奶茶馆，匆匆奔城南门而去。

耶律大石回到节度使衙门，左企弓从南京而来，带来耶律淳以南京留守、天下兵马大元帅名义下达的军令：着辽兴军节度使耶律大石，十日为限，亲率平州兵马归南京析津府，听候调遣。

耶律大石明白，仅靠他手头三万人马坚守平州城是不可能的。一旦中京、广平淀等地失守，平州城便直接暴露在金军的刀锋之下。没有南京兵马的支持，平州城独木难支。如今耶律淳断然下令，军令如山，他不敢也不能违抗。再说，从保卫南京的角度讲，平州兵马调南京是有道理的。毕竟南京地域广阔，北受金军威胁，南受宋军压制，处于腹背受敌之境。

耶律大石立即安排撤军平州事宜，左企弓奉耶律淳之命，留在节度使衙门监督。左企弓通报说，天祚帝、萧奉先已先后离开中京城。金军先锋轻骑兵已经奔袭中京西边的高、恩二州，中京城岌岌可危。

耶律大石私下与左雄、萧塔不烟、耶律燕山商议对策。左雄建议留下五千兵马守卫平州城。一座城池不战而弃，实在可惜。再说平州是辽兴军节度使衙门驻地，耶律大石身为节度使，守土有责，不战而退有损名声。万一哪天朝廷怪罪下来，也不好交代。耶律大石考虑后决定：耶律燕山率五千兵马留守平州，左雄任军师协助守城。一旦金军南下平州城，不必死守城池，与敌城下交战之后，即可率军去南京。耶律燕山、左雄领令。

萧塔不烟已招募三百名女子军，正抓紧操练。耶律大石命她率领女子军十日后跟随大队兵马去南京。萧塔不烟领令，去女子军营准备。

第十日，耶律大石率领平州兵马动身去南京。行军五日，到达南京城北五十里处，奉命安营扎寨。耶律淳命人送来充足的粮饷和崭新的军械。耶律大石与左企弓进南京城，到南京留守府门外，耶律淳亲率李处温、萧干等文武僚属恭候。

此时的辽南京地界，南边宋朝二十万大军压境，北边金军攻克中京、广平淀等地已无悬念。一旦金军挥戈南下，南京将处于两支劲旅的夹击之势。南京城内已经人心惶惶，军心不稳。耶律淳已得到密报：早年叛逃宋朝的商人马植近期出使金国，在辽上京与金国签订“夹击灭辽”协定。之后，马植从上京经东京府南归，到过平州城，与耶律大石见过面。近日，马植又来南京活动，私会过李处温。

一直以来，耶律淳对李处温、左企弓等汉人谋士只利用不信任。毕竟南京城离宋朝太靠近，不得不防。但他不相信耶律大石也会与汉人暗中勾结，损害契丹人的利益。所以耶律大石来到南京留守府，耶律淳便拉他到密室，询问他密见马植之事。耶律大石便把早年在南京时曾与贩马商人马植相识，这次马植突然到平州，两个人当街见面的情形如实禀报。耶律淳责怪他没抓住马植，或杀或押送来南京。耶律大石说马植是宋朝使臣，尽管他秘密入辽境，如果擅自杀掉，恐怕会引起辽、宋纠纷。如今宋军虽然压境，但辽、宋两国并没撕破脸皮。杀掉一个威胁不大的马植，使宋朝找到进攻南京的借口反而不利。

耶律淳觉得耶律大石之言有道理。但他隐瞒了马植私会李处温的消息，怕耶律大石做出过激行为。他自信能控制南京的局势，能操控李处温、左企弓等汉族官吏。

75. 谋废立

天祚帝在耶律俊的陪伴下，来到南京城西北百里外的一座山谷。这是个风景优美的地方，道宗皇帝曾来这里游猎过，山谷中建有一座皇家行宫。天祚帝进入山谷游玩一日，被这里的景色迷住了，便住进行宫不走了，传口谕让南京耶律淳等人前来见驾。耶律淳得知消息哭笑不得。他已命人清扫了留守府的后院，作为皇帝在南京的行宫。虽然大辽国半壁江山丢失了，倘或天祚帝驾临南京，励精图治、重振朝纲，收拾军心民心，或许大辽国还有救。谁知任性的天祚帝不进南京城，却住进风景区的行宫。那里地处偏远，安全护卫较难，南京的官吏想见一次皇上要跑到百里之外，很不方便。尽管这样，耶律淳还是带着南京留守府的官员萧干、李处温、左企弓、耶律大石等人前往。

天祚帝在行宫大殿接见耶律淳等人，只命耶律淳留下说话，其余人到别殿等候。天祚帝赐耶律淳座，询问南京城的防御情况。耶律淳把南京目前所处的形势，南京留守府的应对方略，以及固守南京的决心等说了一遍。

天祚帝说："淳帅啊！你是朕的叔父，守卫南京的重任，朕便交给你了。"

耶律淳惶惶然说："臣请皇上移驾南京城，以安军心，以顺民意，坐镇南京，重新制定全国抗金方略！"

天祚帝说："上京丢了，中京也快了，只剩下南京和西京了。"

耶律淳说："只要固守住南京和西京，保住大辽国半壁江山，就有抗金复国的希望。臣恳请皇上驾幸南京城!"

天祚帝沉吟半晌，说他刚从中京来，旅途劳顿，暂在这里歇息数日，之后考虑移驾南京城。耶律淳见无法勉强，只好绕开话题，闲聊几句家常。告辞时，耶律淳提出派一支南京兵马过来护驾。天祚帝沉思一会儿，婉拒说随驾的五千御营军足可保证行宫的安全，南京只需多调拨供给品及粮草军需过来。耶律淳答应后离开。

天祚帝这次来南京，只是权宜之计，没做长远打算。另外，耶律俊担心来到南京会遭耶律大石的报复，没少在天祚帝面前吹风。他说就算耶律淳是皇叔，没有叛逆之心，他的手下也不得不防。当年陈桥兵变，宋太祖赵匡胤黄袍加身，便是他手下干的。

天祚帝因猜忌耶律淳及南京的臣僚，只住在山谷的行宫内，几次婉拒耶律淳移驾城内的请求。耶律淳派人送来丰厚的供给，天祚帝每天带着萧莺或出行宫游山玩水，或在行宫内饮酒作乐。转眼一个多月过去了，季节进入秋天，天气转凉了。这天，天祚帝带着萧莺在林间散步，接到萧奉先派人送来的奏折。奏报两件事：其一，萧奉先率北枢密院臣僚赶往夹山了，替皇上打前站，希望皇上尽快移驾夹山秋猎；其二，中京城被金军攻占了，据探马密报，金军大批兵马南下奔南京城了。

天祚帝与耶律俊商量：南京不能留了，立即通知南京留守府多送粮草给养过来，皇驾准备移往夹山。预计行程一个月，中秋时到达夹山，正当秋猎时。耶律俊劝谏说，第一，不能直接奔夹山，要借口去西京督师，先奔西京，再去夹山；第二，不能通知南京留守府，恐生变故，眼下粮草供给不缺，估计到西京没问题。天祚帝担心不辞而别，耶律淳及南京臣僚会心生怨恨。耶律俊说只需派人传口谕，告诉耶律淳御驾去西京督师即可。天祚帝欲马上派人传口谕。耶律俊阻止说，口谕只能在皇驾离开南京后才能派人去传达，而且离开南京的行动要快，不能拖泥带水。天祚帝命令马上准备，明早四更出发。

耶律淳自从皇上来南京，几次出城觐见。他原打算请皇上坐镇南京，以天下兵马大元帅府的名义，号令大辽国兵马北拒金兵于中京、广平淀一线，南防宋军于白沟、范村一线，这样南京便暂时安全了。然后再图北抗强金，南联宋朝的长远之策。无奈天祚帝根本不进南京城，更不喜欢谈论政事军务，只醉心于游山玩水、吃喝玩乐。耶律淳这才意识到，想指望这个花花公子皇帝是不可能了。

这天傍晚，耶律淳接到中京城被金军攻破的消息。他召集李处温、左企弓、萧干、耶律大石等人议事。中京城破，广平淀岌岌可危，之后再无可战之城池。面对金军即将大批南来，南京城要早做准备。耶律淳决定明天去山谷行宫，向皇上奏报中京城失守的消息，同时，一定要请皇上移驾南京城。

议完事，天便黑了，耶律淳回留守府后院歇息，众人也各回住处。

李处温的宰相府就在留守府隔壁。他回到家，躺在床榻上，却辗转反侧睡不着。他本以为天祚帝这次来南京，会进城住，那样便有机会控制住这个昏君，废掉他，拥立耶律淳为新君。耶律淳久居南京，对中原文化很仰慕，别看他也是契丹贵族，但他与南京的汉族士大夫及地主阶层关系融洽。如果耶律淳当皇帝，可设法说服宋朝，联辽抑金，为大辽国保住南京这块活命之地。耶律淳六十多岁了，已近暮年，一旦他哪天驾鹤西去，李处温便有机会掌控南京之地。作为汉族人，他如能在有生之年带着南京之地回归故国，便会青史留名，光耀门庭！

李处温在床上躺了一会儿，睡不着，便起身穿戴好，命家人备轿，来到同住一条街的萧干府上。萧干已睡下了，被家人唤醒。他听说李处温来访，急忙穿好衣服，与客人在客厅相见。萧干虽是奚族人，却与李处温等汉族人相处融洽。萧干命家人上茶，之后屏退家人，关好门，问大人何故夜里来访。李处温便把欲废除天祚帝，立耶律淳为帝的想法说出来。以前他们也谈论过这类话题，萧干对天祚帝的荒淫无道深恶痛绝。

李处温说："眼下是最好的时机，千载难逢！"

萧干说："可惜皇上没在城内，不好控制。"

李处温："派一得力将军，提一支劲旅，一战可擒。"

萧干说南京兵马掌握在淳帅手中，别人调不动一兵一卒。倒是平州兵马驻扎在城外，此事如果重德肯参与，很容易成功。李处温担心天祚帝会逃跑，因为他肯定也知道中京城破了。如果耶律大石肯率平州兵马秘密前往，突然将山谷行宫包围，天祚帝便成瓮中之鳖了。萧干说事不宜迟，他马上去找耶律大石，他们是中京国子监同窗，又是好朋友，即便事情谈不成，耶律大石也不会加害他。李处温说最好先派人去山谷行宫监视天祚帝。萧干立即命一个身边亲随偏将持他的手令连夜出城，去城西大营调二百兵马去山谷行宫外监视。偏将接过萧干的手令离开。李处温嫌二百兵马太少。萧干说没有淳帅的调兵牌，他每次只能调动二百兵马。

76. 建北辽

耶律大石离开留守府，回到耶律淳赐给他的府邸时，夜已初更。萧塔不烟正在焦急地等他。西伯派人从广平淀捎信来了。他离开平州城，直接到了广平淀，寄身在城外一座寺院里。许多从上京、中京南逃的僧道也聚集在这里。西伯与这些人闲谈，僧道们都厌恶金人嗜杀成性，希望大辽国能够卷土重来。眼下广平淀城外已见金军小股马队，城池还没破，象征大辽国皇权的五色旗鼓还在广平淀城中。此物如落入金人之手，只会付之一炬，如果耶律大石能派人弄到手，将来或有大用处。

耶律大石看了信，说五色旗鼓是唐太宗李世民当年赠给契丹人祖先奇首可汗的。他们如能搞到手，便可调动契丹旧部兵马。萧塔不烟说那还等什么，马上派人过去取。两个人商量后决定：明天萧塔不烟率领三百女子军赶往平州，命耶律燕山率一千精骑兵与萧塔不烟日夜兼程赶往广平淀，与西伯联系，一定要在城破之前把五色旗鼓抢出来。他命左雄率其余四千兵马十日内撤离平州城，回归南京大营。

耶律大石写了军令，把调兵牌交给萧塔不烟，叮嘱她广平淀有朝廷储备的许多军需、兵器、物资等，要尽量多地抢运一些出来。离开广平淀时，要沿潢河与土河之间的小路走。要绕开中京城，走平地松林，去可敦城找耶律铁哥。路上尽量避开金军，一旦遭遇，不可恋战。

两个人正说话，忽报萧干求见，耶律大石命引客人去客厅等候，他马上过去。他告诉萧塔不烟，他原想明天送她出城，如今萧干深夜来访，必有重大事情发生。他明天如脱不开身，她便率领三百女子军去平州。两个人又相互叮嘱一番，萧塔不烟离开。

耶律大石到客厅见萧干。萧干把与李处温密商之事说出来。他说眼下大辽国被昏君奸臣折腾得元气大伤，一败涂地，急需废掉昏君，拥立一位有威望的新君出山，重新聚拢大辽国的民心士气，抵抗金兵，救大辽国于危亡之中。

耶律大石闻言后沉吟不语。实话说废立之事他曾经也想过，但觉得此事千头万绪，掣肘的地方太多，不容易办成，一旦机密泄露，便会引来杀身之祸。他没想到萧干等人正在密谋此事。就目前情形来说，废掉昏君，另立明君，大辽国或许还有救，否则，亡国只是时间问题。萧干见耶律大石不表态，以为他不同意。

萧干说："重德弟，你我兄弟之情，同窗之谊，你倒给句痛快话呀！"

耶律大石说："萧干兄，按说妄言废立，非臣子之道。可天祚帝昏庸邪恶，已将大辽国置于危险之境。既然兄相信重德，弟还有什么话可说，愿尽微薄之力，助兄等成就大事！"

萧干说："好！重德弟果然爽快。"

两个人商量了事情的一些细节。耶律大石率领平州兵马去山谷行宫。萧干、李处温、左企弓等人去留守府见耶律淳。如果淳帅不同意废立之谋，众人便效法宋太祖，弄一件黄袍披在耶律淳的身上。一切筹划得当之后，窗外天光已亮，家人已做好早饭，两个人吃完饭，骑马出府门，刚要分头行动，忽见远处一骑快马飞奔而来。萧干认出来是他昨夜派出城去监视天祚帝的偏将。偏将勒住马，向萧干禀报说，他昨夜出西城门到西大营，急调二百精骑兵赶往山谷行宫。到达时刚交四更天，发现大队御营军正保护皇驾出门。他上前询问行宫守门人，说皇上移驾西京了。他带的人少，没敢阻拦，便急忙骑快马回来禀报。

耶律大石与萧干商量一下，皇驾四更天便走了，现在去城外兵营调兵追赶，肯定来不及了。他们来到李处温府上，左企弓等人都在，李处温听说天祚帝跑了，急得捶胸顿足。难道他们事不机密，被天祚帝察觉到了什么？这种可能性不大。多半是得知中京城破，怕金军南来，天祚帝被吓跑了。不过，既然谋划了废立之事，以后难免走漏消息，现在是箭在弦上，不得不发了。

李处温说："开弓没有回头箭了！"

左企弓说："没抓住天祚帝，便谈不上'废'了。"

李处温说："那就立新君，效法宋太祖，黄袍加身！"

左企弓说："以淳帅的性格，强逼他登基，恐怕很难呀！"

耶律大石说："何去何从，要快刀斩乱麻！"

萧干说："天祚帝只顾逃跑，德不配位，应当废除。淳帅宽厚仁德，享誉四海，当立为君。干吧！"

众人决心已定，便赶往留守府见耶律淳。

耶律淳此时正在留守府，焦急地等候李处温等人前来议事。天祚帝派人来传过口谕了，皇驾已经离开山谷行宫，移驾西京督师，命耶律淳率领南京兵马坚守城池。耶律淳通报了天祚帝不辞而别的消息。李处温等人却不太在意。耶律淳问各位有何高见。李处温劝他少安毋躁。耶律淳被几个人劝坐在帅椅上，左企弓忽然拿出一面黄色的旗子，披在耶律淳的身上。众人赶忙跪倒行君臣之礼，高呼万岁。耶律淳还没明白怎么回事，已被黄旗加身。事已至此，他只能长叹一声，接受既成的事实。

事实上，耶律淳对李处温、萧干等人密谋之事早有觉察。他又何尝不愿面南背北称帝呢？只是觉得时机不到，一直没点破而已。如今象征辽国皇都的上京、中京城已被金军攻破。许多辽国皇亲国戚、皇宫嫔妃都成为金人的俘虏。据说吴王妃羞于为金人舞蹈，年纪轻轻便服毒自尽了。国家沦落至此，天祚帝却仍不幡然悔悟、励精图治、救国救民，却一味吃喝玩乐。如今南京强敌压境，两面受敌，天祚帝到来一个多月，却连城都没进过，最后不辞而别，只派人传了道口谕。这样的人，确实德不配位。现在众人拥立他为皇帝，稳定南京的士气民心，倒不失为应付危局的一个办法。就这样，他半推半就地坐上皇帝的宝座。

一一二二年（辽保大二年），大辽国南京留守兼天下兵马大元帅耶律淳自号"天锡皇帝"，在辽南京登基，建年号"建福"，改辽保大二年为建福元年，史称北辽政权。耶律淳封妻子萧德妃为皇后，李处温为宰相，萧干为左军都统，耶律大石为右军都统，左企弓为参知政事。余下大小臣僚各有封赏。

遥降西逃的天祚帝耶律延禧为湘阴王。

77. 南京困局

赵良嗣奉宋徽宗之命出使金国，在上京城与金人签订"夹击灭辽"协定。在返回宋朝的路上，他们一行人辗转南下，正逢改朝换代的乱世，一路上看遍契丹人国破家亡的人间惨景。他们被辽国溃兵抢劫过，遭到土匪的拦路盘剥，几次险些搭上性命。历时一年多，他们才回到宋朝都城汴京。此时，传来辽国中京、广平淀等城池失陷，辽天祚帝一路逃跑不知所踪，辽南京留守耶律淳在南京称天锡皇帝，建立北辽政权等消息。

赵良嗣觐见宋徽宗赵佶，呈上他与阿骨打签订的“夹击灭辽”协定。赵佶看后责怪赵良嗣太大方了，辽南京城原本是宋朝的地盘，称为燕京，宋朝军队自己夺回来，还要每年向金朝进贡五十万银币，这太不公平了。赵良嗣介绍了金军仅用半天时间便攻下辽上京城的见闻，不无忧虑地说：“一旦辽朝灭国，我们与野蛮强悍的金国为邻，恐怕五十万银币并不多呀！”

赵佶讥笑赵良嗣被金人吓破胆了。他自责地认为，这次派使臣与金人谈判为时过早；而且，赵良嗣与金人谈的只是幽燕之地，既然要收回失去的国土，就要将燕云之地全部收回来；同时，宋朝与外夷边界的关隘，如紫金关、居庸关、古北口、松亭关、榆关等，这些一夫当关万夫莫开的险要之地，如今都不在宋朝手中，趁现在辽、金争斗正酣，宋朝应该派兵把这些险关一鼓作气都收回来。

宋徽宗态度变了，膨胀了，与当初派赵良嗣出使金时不一样了。赵良嗣猜想一定有人进谗言了。这个人是谁呢？肯定是蔡京、童贯之流。联想到在辽上京时，吴乞买转述阿骨打对赵佶、蔡京、童贯等人的看法，一股悲凉之感涌上心头。他此时心中虽有千言万语，却一句话都不愿意多说。

朝堂之上，一时陷入沉寂之中。

蔡京这时出班说：“臣启奏皇上，以我堂堂大宋天朝威武之师，击辽国屡败之旅，为何还要瞻前顾后？只要圣上一声令下，童大人率二十万威武之师奋勇进发，幽燕之地指日可下！”

宋徽宗听了蔡京之言双目放光，这正是他想听和喜欢听的。如果宋军真能一鼓作气拿下幽燕之地，他赵佶便成为宋朝第一位收复失地的君主。他已经听到一些风言风语，说他赵佶声色犬马、玩物丧志，与辽国天祚帝一样，都是浪荡公子皇帝。如果这一仗能打赢，收复失去近二百年的幽燕故地，看谁还胆敢背后说他的坏话！想到这儿，赵佶不再犹豫。

赵佶说："传旨，命童贯大人即刻发兵，攻打辽南京城！"

翰林院即刻拟旨发往南京。

童贯接到命他攻打南京城的圣旨时，正与种师道、辛兴宗检视驻扎白沟的宋军兵营。他问二将可派探马打探过南京辽军的驻守情况。种师道说已派探马打探过，辽国南京析津府各州、县共驻守辽军约二十万人，南京城守卫人马约十万人。童贯说敌守城兵马十万，我攻城兵马二十万，二对一，我军必胜。种师道说南京城墙高大坚固，城内粮草丰富，其中守城契丹兵马六万，耶律大石、萧干二将皆有万夫难挡之勇，万不可轻敌呀！

童贯不悦地说："以二十万精锐之师对敌十万疲惫之旅，种将军何必长敌人威风，灭自己志气！"

辛兴宗说："童帅放心，末将愿率虎狼之师，一战击破南京城！"

童贯欣慰地说："好，这才是我大宋威武之师的样子！"

种师道、辛兴宗各回军营准备。

北辽天锡皇帝耶律淳接到宋军分两路向南京杀来的消息，一时间惶恐不安。自从他坐上北辽小朝廷的龙椅，似乎便没过上一天好日子。刚登基之时，他听从李处温等人的建议，四处派使臣求和。先后往宋、金、西夏等国派出使臣，表明北辽朝廷的诉求：其一，求得诸国的承认；其二，请求与金国罢兵和谈；其三，请求与宋朝延续百年和好。

派往金国的使臣很快回来了，带回金帝阿骨打的话：不承认，不言和，只允许举国投降。

派往宋朝的使臣带去允许宋朝免向辽国交纳贡银的条款，奉劝宋朝念在两国百年和好的情分上，全力支持北辽抵抗金国，唇亡齿寒的道理不言自明。这是辽、宋两朝二百多年来，辽人很少见地放下身段与宋人对话，何况事关两国的安危，耶律淳对此充满希望。无奈此时的宋徽宗一心想收复失地，青史留名。北辽的使臣被乱棍打出宋国朝堂。赵佶望着狼狈逃出的辽使哈哈大笑。

赵佶说："辽人想和谈容易，交还我燕云十六州！"

辽使狼狈地逃回南京，耶律淳陷入无边的焦虑之中。金人拒绝和谈早在他的意料之中。宋人如此对待，却令他大感意外。燕云十六州是后晋石敬瑭划给大辽国的，那时候还没有宋朝呢！如今他这个北辽皇帝，能够发号施令的地盘，也就南京、平州、松州几个巴掌大的地方。如果这些地方交归宋朝，辽国便无立足之地了。更令他伤心的是宋朝人背后捅刀子的卑鄙行径。舍弃百年和好的辽国，结交虎狼之心的金国，宋朝人何其短视啊！

这时传来逃往夹山的天祚帝派耶律俊率十万辽军进发南京城的消息。天祚帝视大片国土丢失如儿戏，对他这个不得已被部下推上龙椅的北辽皇帝却恨之入骨，必欲灭之而后快。此时孤守南京城的耶律淳真正尝到了被围攻的滋味。南面，宋朝二十万大军步步紧逼；东面和北面，金军挟攻克辽中京、广平淀的余威，排山倒海般向南京涌来；西面，天祚帝七拼八凑，派号称十万人马的军队杀奔南京。耶律淳这个北辽皇帝，真如坐在了火炉上。

李处温等汉臣如今指望不上了，只能倚重耶律大石、萧干等将领。这天，耶律淳召来耶律大石和萧干，征询南京守卫之策。耶律大石献上北拒、西防、南攻之策。他分析说，北边金兵攻占中京、广平淀后，又接连攻占了泽州、北安州，需要消化和休整，短期内不会进攻南京；西边的耶律俊虽然号称十万之众讨伐南京，一来路途遥远，二来耶律俊不知用兵，不足为虑；南边的宋军眼下对南京威胁最大。据探马报，宋军二十万分别从白沟、范村逼近南京。别看宋朝兵马气势汹汹杀来，但不足为虑。一百多年来，辽、宋两国几次起战端，宋军很少胜过辽军。如今应趁金军没南侵之际，迅速出击，击溃宋军。耶律大石请命，他与萧干各率二万契丹兵马，出南京城拦截、夹击宋军。

耶律淳已陷入无计可施的窘境。耶律大石分析得有理有据，又对战胜宋军充满信心，耶律淳自然求之不得。他马上降旨，命左军都统萧干、右军都统耶律大石各率二万契丹精兵，三日内出南京城，拦截、夹击宋军。

耶律大石、萧干领命，各归军营点校兵马，准备出击。

78. 一败宋军

耶律大石回到城北大营，点校二万平州兵马，整备器械，调拨粮草，准备出发。此时，左雄已率四千平州守城兵马归南京。他禀报了萧塔不烟到平州城与耶律燕山点一千兵马，奔向广平淀的经过。耶律大石听说了弃守平州城的经过，内心很难过，但又无可奈何。

耶律大石率领二万兵马出城北大营。他把城北大营的兵权交给左雄，命左雄坐镇城北大营，听候耶律淳的调遣。大军出发前，耶律大石与萧干会面，两个人通报了各自探马回报的消息，商定耶律大石率军拦截从白沟出发的东路宋军，萧干率军打击由范村出击的西路宋军。

耶律大石告别萧干，率军从南京向白沟开进，来到一个叫兰沟甸的地方。耶律大石观察地形，发现这里地势开阔，树林繁密，易于隐蔽，便命令兵马隐藏在道路两边的树林里，以逸待劳。耶律大石亲率一支骑兵小队继续向白沟开进，在兰沟甸东发现一支宋军兵马。耶律大石急率骑兵小队躲藏起来。他发现宋军行军队形散乱，前后队伍之间缺乏沟通，号令不一，士气不振。这说明宋军主将无实战经验，不知兵法。这时，前方探马回报：这支宋军约五千人，主将名字叫杨可世，从白沟而来。宋将种师道率领约十万兵马在其后。

耶律大石对宋将种师道有所了解。据说当初种师道不同意宋军攻打南京。他曾对童贯说："我们与金人联合夹击辽国，譬如强盗入邻家，我们不能救，反而趁火打劫，与强盗分赃，怎么可以呢！"无奈这话童贯不爱听，自然也传不到宋徽宗的耳朵里。

耶律大石决定给宋军点厉害瞧瞧。他派副将率五百骑兵骚扰宋军。

杨可世亲率宋军追击。看见辽军队形散漫，马瘦人疲，杨可世大笑说：“辽人没有当年的威风了！”

杨可世为人骄狂，为将强悍，曾率兵与西夏军打过仗，有过不错的战绩。久闻辽军弓马娴熟，骁勇彪悍，如今相遇，竟是这副邋遢样子，便不把辽军放在眼里，命令宋军全力追击。身边副将提醒杨可世别中了辽军的圈套。杨可世说：“这样的军队，就算有埋伏，又能怎样呢？我们要加快行军，争抢南京第一功！”

宋将杨可世率领五千宋军轻易进入二万辽军的埋伏。这是一场没有悬念的战斗。宋军与辽军作战，历年来鲜有胜利。宋军上级将帅无知的骄狂，与下级士卒畏辽如虎的心理，恰成鲜明对比。宋军本来缺乏训练，更无实战经验，一经遭到辽军的伏击，便军无斗志、一触即溃。杨可世在副将的拼死保护下，苦战得脱，几乎成了光杆司令。他跪在种师道面前求饶时，只说辽军如何勇猛，不敢承认自己轻敌冒进，犯了兵家大忌。

种师道下令监禁杨可世，等候发落。他率大队宋军来到一条大河边，扎下营寨，与耶律大石所率辽军隔河对峙。这天午后，种师道在众将及一队亲兵的簇拥下，出军营观察河对岸的辽军。发现辽军营寨布局严谨，壁垒森严。一队列阵河岸边树林里的辽军，队形整齐，旌旗密布，刀枪如林。这与他事先接到南京辽军是乌合之众、不堪一击的通报明显不符。

事实上，种师道这时看见的，只是辽军摆在河岸边的一支疑兵，目的是吸引宋军的注意力。那些营寨、旗帜、刀枪，不过虚张声势而已。而此时的耶律大石已率领辽军大队人马悄悄渡过河流，借地形的掩护，绕道宋军连营的背后，奋力向宋军大营厮杀而来。

种师道聚集众将，指点河对岸的辽军，研究渡河奇袭的战法。这时忽听宋军连营的背后响起山呼海啸般的马蹄声和喊杀声。愕然回首，只见一眼望不到边的辽军骑兵遮天蔽日地掩杀进宋军兵营。宋军毫无准备，一触即溃，然后是决堤般溃逃，相互拥挤，自相践踏，惨不忍睹。

种师道没想到辽军会来这一手。他命令众将急归本营指挥抵抗。哪还回得去？只见前边的宋军营被辽军铁骑纷纷踏破，宋军死的死、伤的伤、逃的逃。后边的宋军兵营没见辽军，竟先自乱了，相互拥挤、践踏着逃出军营。种师道不甘心如此轻易便败。他骑马持剑，跑过去阻拦宋军溃兵，却险些被溃兵冲撞下马背。身边亲随急忙保护他向后撤退。

耶律大石手持铁枪冲在最前边。这实际上是一场击溃战。辽军将士冲进宋军溃兵中，犹如虎入羊群，恣意砍杀，宋军只顾逃命，无心恋战。耶律大石见宋军如此不堪一击，命令辽军采取围猎的办法。他亲率一支轻骑兵越过宋军溃逃大军，来到前边一片河滩地。宋军溃逃大军而至，耶律大石率辽军轻骑兵突然拦住去路。后边辽军大队人马追杀，耶律大石率领轻骑兵冲入敌军掩杀。前后夹击，宋军纷纷逃入湍急的河水逃命，一多半淹死在河中。最终，种师道所率十万宋军大部分被歼。种师道在亲随将士的保护下，逃回宋朝边界。

辛兴宗率领的十万宋军从范村出发杀奔南京。行军路上，被萧干所率的二万辽军截杀。宋军此前得到的消息是辽国军队屡遭金军打击，已经军无斗志，溃不成军，辽军南京兵马更是一群乌合之众，不堪一击。宋军北上南京，只是去受降，根本用不着打仗。宋军受此心理的影响，毫无作战准备，各军争先向南京进发，慢了怕功劳被别人抢去。路上遭遇辽军的打击，还以为是辽军小股兵马，不以为意。直到遭遇辽军的毁灭性打击，才知道轻敌冒进了。辛兴宗所率十万宋军几次遭到萧干所率辽军的打击，损失大半。

童贯得知两路大军皆遭惨败的消息，气得暴跳如雷。他命人将败归的种师道和辛兴宗控制起来，押送东京汴梁等候处置。同时，他命令宋将收拢宋军溃兵，退回国界百里驻扎，等候朝廷命令。他急忙回汴梁拜见蔡京，商量如何向宋徽宗交代。

79. 魂归故里

辽、宋白沟、范村之战，辽军大获全胜。耶律大石和萧干率得胜之师回南京，受到耶律淳的嘉奖。此时，金军已经攻占西京，云内、宁边、东胜等州相继降金。辽国五京，目前只余下南京析津府之地了。耶律淳因无法承受四面受敌的重压，日见憔悴，偶感风寒，竟然一病不起，病入膏肓。这年六月的某一天，这位坐上龙椅才几个月，一直在绝望和惶恐中度日的老人，终于耗尽心血而亡。

耶律淳临死前，任命李处温为大辽国蕃汉马步军都元帅，主持北辽朝廷的军机大事。一心想撺掇耶律淳投降宋朝的李处温，为能继续操控北辽朝廷大权，欲遥立天祚帝的儿子梁王雅里为辽国新君。耶律大石早已识破李处温的心思，他与萧干商量后，拥立耶律淳妻子萧德妃为皇太后，主持北辽军国大事。这样一来，李处温的蕃汉马步军都元帅便徒有虚名了。

这天晚上，李处温急召左企弓到他的宰相府议事。他把写给宋将童贯的秘信和写给金将宗翰的秘信递给左企弓，说他要派人把这两封秘信送往金营和宋营。两封信的内容都是邀请对方派兵来进攻南京。哪方先到，李处温便为哪方做内应，献出南京城投降。左企弓觉得这样做太冒险了，万一泄密，不好收场。

李处温说："顾不了那么多了。辽国气数已尽，只能另谋出路！"

左企弓说："耶律大石和萧干都手握重兵，要谨慎行事。"

李处温说："箭在弦上，不得不发，谋事在人，成事在天。万一我出了事，请左先生为我料理后事吧！"

左企弓含泪点头。

李处温派往宋军的信使是个足智多谋的人。他化装成饥民躲过辽军的盘查，顺利通过辽、宋边界。派往金营的信使则是个糊涂蛋。他被辽军巡逻的士卒抓获，还争辩说："我是宰相李处温派往金国的信使，你们凭什么抓我！"

李处温坐在家里等着金营或宋营传回来的消息。他知道这是一步险棋，但又别无选择。他这个蕃汉马步军都元帅被架空，便是个危险的信号，说明萧德妃、耶律大石等人对他起了疑心。这些年他受耶律淳的器重，遭到南京留守府许多臣僚的妒忌。尤其耶律大石、萧干等人，视他为眼中钉。他预感到有人或许要对他下手，便冒险写信与金国和宋朝同时联系。哪一家先回应他，他便为哪一家做内应。他为了自身的安全，只能冒险一拼了。

这天傍晚，在焦急的等待中，李处温故作轻松。他命家人弄几个平时爱吃的菜，烫一壶契丹老酒，在书房自斟自饮。书架后的夹壁间，有一间密室，里边装满这些年来贪污的财宝。他经常在夜深人静时，进入密室数这些宝贝。这是他为将来南归后准备的养老用度。有了这些，他回归故里后，可以不入宋朝廷做官。他烦透了官场上的尔虞我诈、阿谀奉承、口是心非。他只想当个富家翁，自由自在地徜徉在家乡的山水间。

这时，几名宫廷侍卫送来萧德妃的一封信。李处温感觉很意外，萧德妃皇太后主政，有事派人招呼一声即可，何必派人送信呢？他撕开信封，掏出信件看了一眼，一下怔住了，这正是他派人送往金营的秘信。李处温长叹一声，什么都明白了，这是萧德妃派人来催命了！连辩解的机会都不给，这个婆娘够阴毒的。

李处温请求容他吃完饭，几名侍卫同意，持刀站在身后监视他。他借倒酒的机会，从衣袖里掏出一个小瓷瓶，从里边倒出一些白色粉面倒进酒壶里。他的小动作其实瞒不过侍卫，他们却视而不见。他们受指派前来索命，他能自尽倒省得他们动手了。

人会乐极生悲，有时也会悲极生乐，李处温此时便有戏谑人生之感。他大口吃菜，大口饮酒，心想做个饱鬼，好跟阎王爷讲理去！忽然，他又感觉悲从中来，禁不住热泪长流。难道他错了吗？他祖上是中原耕读传家的名门望族，某年契丹兵马南侵，强逼他一家人迁居到此地。他是在南京城出生的，自从懂事那天起，父辈就告诉他，他的故乡在江南，这里只是他们流落而至的外乡。几十年来，南归一直是他不变的梦想。开始时他想只身南逃，后来成家立业，想举家南归。再后来他阴差阳错，成为耶律淳的座上客。地位高了，眼界宽了，他的胃口也变大了。他竟然幻想有朝一日，能促成南京城回归南朝，使他得以荣归故里，青史留名。其实细究起来，这些并非是他的错。他只不过没能挣脱凡夫俗子越变越大的贪心……不知不觉间，他喝干了壶中酒，感觉浑身燥热，腹中绞痛。他知道毒性发作了，咬牙坚持不喊出来。他支撑着靠在椅背上，神智渐渐变得模糊，似乎灵魂离开了躯壳，飞到宰相府上空，飞到南京城上空，飞回他始终魂牵梦绕，却几十年没能回去看一眼的故乡。如今他终于魂归故里，遨游在故乡的蓝天之上，白云之下。他俯瞰只存在于父辈的讲述中，抑或他少年的梦境里的江南山水。他感觉幻化成一片云，一滴水，一粒种子，深植于故乡的泥土中……

萧德妃听说李处温服毒自尽了，连声说罪有应得。耶律大石的心头却涌起一丝悲凉。李处温是他南京府学时的汉文老师。老先生对他一直很器重，认为他是个可塑之材，非久居人下者。他理解老先生的心愿：老先生是汉族人，思念故土，希望能为家乡、为故国做一些事。哪个在外漂泊的游子不希望回归故乡呢？但是，从大辽国的角度讲，老先生便错了。身为北辽朝廷的宰相，他背信弃义，内外勾结，通敌卖主，不可饶恕。按说他替老先生求个情，萧德妃不会不给面子，但他觉得没那个必要。人固有一死，老先生为梦想而死，也算死得其所了。

李处温死后，萧德妃打压了左企弓等一批汉臣。随着南京的形势越来越危急，萧德妃把一切军政大权都交由耶律大石和萧干处理。此时的北辽朝廷，实际上是只控制着南京的一座孤城。耶律大石曾建言弃守南京，率领南京兵马西北奔可敦城，在那里重振大辽国的声威。萧德妃说天祚帝尚在夹山，西北草原上的契丹旧部名义上还归天祚帝辖制。北辽朝廷被天祚帝视为叛逆，必欲除之而后快，此时去可敦城，并非明智之举。萧干则表示，南京城不可守时，他会回奚族故地，继续当他的奚族王去。

80. 天祚孤行

天祚帝不辞而别离开南京后，到达西京城。他原想在西京城停留一段时间。西京距西夏很近，如果有一天大辽国无容身之地，天祚帝曾想去西夏避难。辽朝曾两次将公主赐嫁西夏，两国是姻亲，西夏国肯定会礼遇他。当然，这是迫不得已的选择。只要辽国还有存身之地，天祚帝不会愿意远奔异国他乡的。

天祚帝在西京没住几天，突然接到一支金军轻骑兵已过岭西的消息。这样西京便不安全了，天祚帝命西京留守萧查剌固守西京城，便率领五千御营军匆匆奔向鸳鸯泺，再由鸳鸯泺去夹山。

萧奉先离开中京城，一路辗转奔夹山而去。路过鸳鸯泺时，他估计天祚帝很快会过来，便命萧昂保护家眷先去夹山，他留下候驾。萧奉先派人清扫鸳鸯泺行宫，准备下充足的生活用品。萧奉先这样做，就是要让天祚帝和众朝臣看看，谁才是对皇上不离不弃、忠心耿耿的臣子。几天后，萧奉先打探到天祚帝离开西京的消息。他率人到百里外迎驾，将天祚帝及皇宫嫔妃迎入鸳鸯泺行宫。几个月来，天祚帝经常奔波，感觉疲惫不堪。如今入住鸳鸯泺行宫，宫帐软床暖被，美食美酒美女，一时坠入温柔之乡，他这才觉得离开萧奉先的日子是多么难熬。

天祚帝一连多日美酒美食美女陪伴。他只顾吃喝玩乐，醉生梦死，不问外面的世界发生了什么。连萧奉先都看不过眼了，便把耶律淳在南京自称天锡皇帝，遥降天祚帝为湘阴侯的消息告诉他。天祚帝勃然大怒，立即要亲率兵马讨伐。当时的鸳鸯泺只有跟随萧奉先而来的一万多辽军，加上耶律俊率领的五千御营军，总共不足二万兵马。萧奉先苦劝说：“南京城用不着皇上去征讨，耶律淳的好日子快到头了。眼下最要紧的，是派人去广平淀，把五色旗鼓抢运出来。那是大辽国的立国神器，西北草原上的契丹旧部族可能不认圣旨和军令，却认五色旗鼓。”天祚帝却觉得那些太过遥远，不值得费心思，目前最要紧的是讨伐南京叛逆，出这口胸中的恶气。

天祚帝不听萧奉先劝阻，一意孤行欲征讨南京。可惜兵马太少，偏偏此时阴山室韦漠葛失率一万多契丹兵来归。天祚帝这下底气足了，命耶律俊为讨逆军都统，勉强凑够三万兵马，号称十万讨逆军，誓师后离开鸳鸯泺向南京进发。

这时传来宋朝二十万大军被南京辽军击溃，耶律淳南京病亡的消息。萧奉先赶紧来见天祚帝，劝他下令召回耶律俊。耶律淳死了，皇上可派人传旨，赦免萧德妃、耶律大石等人之罪，命其率南京兵马移防西京。西京背靠西夏，进可攻，退可守，皇上可移驾西京，固守城池。万一西京危急时，皇上可退居西夏国暂避，不失安身之所。再说，有这几万人马保驾，皇上的安全有保障。金国、宋朝、南京萧德妃，不敢小视他们。如果这几万人马丧失，大辽国的老本就全折了。

任凭萧奉先说破嘴皮，天祚帝就是不肯召耶律俊回来。他还振振有词地说，不讨伐南京，活捉叛逆萧德妃，刨棺戮尸耶律淳，难解他心头之恨。

萧奉先从行宫出来，彻底绝望了。大辽国完了，天祚帝疯了，为了自身的安危和萧家的子孙后代，他要抛开天祚帝另谋出路。萧奉先回到住处，这是在皇家行宫的后街专为随驾官员建造的一排房舍。正巧这天萧昂从夹山来，一来为迎接圣驾去夹山，二来通报家眷平安到达夹山。萧奉先与儿子密谋，怎样才能抛开天祚帝另谋出路，不能一直跟这个不可理喻的昏君绑在一辆战车上，那样结果会很惨。萧昂说如果能把传国玉玺搞到手，萧家的后路便算留下了。无论给金国还是宋朝，献上玉玺者都能得到高官厚禄。萧奉先说传国玉玺由太监王华保管，经常见他背一个黄色的包袱跟随在皇驾左右，那个应该就是玉玺。萧昂建议今夜就动手，杀掉王华，夺得玉玺。如果事情泄漏，干脆连天祚帝也杀掉。然后去夹山接出家眷，寻找金人献国宝。

萧奉先认为那样操之过急了。天祚帝虽然穷途末路了，毕竟还是辽国皇帝，弑君的帽子万不能戴。最好的办法是神不知鬼不觉地从王华手中弄出来。萧昂问怎么弄。萧奉先说王华一贯贪财，如能拿咱家的夜明珠换，他或许会同意。萧昂说夜明珠可是传家的宝贝。萧奉先说弄不到玉玺，连命都难保，还谈什么传家宝贝。爷儿俩当即商定，萧奉先寻机跟王华密议换宝，萧昂预备三辆马车，装点家财，随时准备逃离。

天祚帝这次没听萧奉先的建议召回耶律俊。他最痛恨人臣叛逆了。耶律淳一向谨小慎微，软弱顺从，最终却背叛了，自称皇帝，还遥降他为湘阴侯，是可忍，孰不可忍。他一定要表明讨伐叛逆的决心，以儆效尤。

打发走耶律俊，天祚帝自觉完成了一件大事，至于结果怎样，他便懒得考虑了。谋事在人，成事在天。他每天带着萧莺情系鸳鸯泺的山光秋色。他们打猎、饮酒、游玩，快乐而逍遥，一点看不出亡国之君的样子。

萧莺对此也习以为常。以前她还借机劝谏几句，希望皇上在军国大事上动点心思，后来发现是枉费心机。文妃的前车之鉴令她只能求自保了。她把心思全用在取悦天祚帝上，变着法子令他高兴，哄他开心。天祚帝乐得享受，经常将萧莺抱在怀里，说她是上天恩赐的尤物，有了她，他便没有忧愁。他要尽心尽力保护她，让她一生一世享受荣华富贵。

萧莺知道他在满口胡说，大辽国眼瞅着要亡了，朝廷要散了，皇上真成孤家寡人了，自身都难保，如何能保护得了她！当然，她还是喜欢听。女人是情感动物，不喜欢看，只喜欢听。不过，这些都不重要了。

他对她的爱，令她感动和迷醉。没有帝王的颐指气使，只有男人对女人的爱意绵绵。那么痴迷、投入、忘情，令她心旌摇曳。人生如梦，人生苦短，生为女人，真爱过，被爱过，这还不足够吗？

81. 徽宗兴趣

宋徽宗爱好广泛，尤喜奇花异石。蔡京投其所好，进献江浙花石，被徽宗视为心腹。宋人纷纷效仿，为皇上进呈奇花异石，规模越来越大。后来专门有应奉局，为徽宗搜求珍奇异玩。当时的两淮之地及江南两浙地方，凡民家有一木一石一花一草可供玩赏的，应奉局立即派人以黄纸封之，称为供奉皇帝之物，强迫居民看守，稍有不慎，动辄获罪。凡应奉局看中的石块，不管大小，或在高山绝壑，或在深水激流，都不计民力千方百计搬运出来。

这些运往东京开封的花石船，每十船编为一纲，从江南到开封，沿淮、汴而上，舳舻相接，络绎不绝，故称“花石纲”。

宋徽宗派童贯率二十万兵马向南京进发。他便醉心于奇花异石，专等宋军攻克南京的消息。他认为宋朝二十万生力军打击辽国屡败于金军的颓废之旅，应该毫无悬念。结果他等来的，却是宋军大败的消息。二十万兵马折损大半，童贯、种师道、辛兴宗等将领灰溜溜地回到汴梁。徽宗怒发冲冠，传谕败军之将上殿领罪。童贯怕与种师道朝堂上对峙，便命种师道和辛兴宗回家休息，等候召命。

童贯没敢擅见皇上，而是先到太师府拜见蔡京。蔡京说：“皇上这几天正在气头上，你上殿后只管示弱求饶，方能避祸消灾。”童贯依言进宫见驾，跪在龙椅前一把鼻涕一把泪，把战场失利的责任全推给种、辛二将。他弹劾种师道节制部下不力，纵容部将杨可世轻敌冒进，致使前部先锋军遭辽军伏击大败。接着种师道判断敌情有误，被辽军偷袭了连营，又不能控制部下，才招致惨败。辛兴宗大意轻敌，与辽军接战督军不利，一触即溃，引发溃败。

徽宗面露杀机地说："应该杀只鸡给猴子看吧？"

蔡京说："皇上，此次战败，老经略相公虽有罪责，可也是拼力苦战。无奈辽军占地利优势，我军敌境作战，又疏忽大意，才有此败！"

童贯跪倒磕头说："皇上，辽军太狡猾，我军才有此败。臣请再率大军征讨，定攻破南京，杀光辽贼！"

徽宗原想杀种师道以堵众臣之口，毕竟损失二十万兵马，应该有人顶罪。但听蔡太师的口气，似不赞成杀人。他自即位以来，也不主张动辄杀大臣，那是皇上无能的表现。他希望做一代明主，青史留名。

徽宗说："依卿等看，此事该如何处置？"

蔡京说："北辽国主新亡，新主未立，必生内乱，倒是千载难逢的机会，不如让他们戴罪立功，再打南京务求必克。"

徽宗一时没了主意。二十万大军折损了，再调集兵马征讨谈何容易。上月高丽国王派使臣来朝，曾捎口信说："辽、宋乃兄弟之国，金人虎狼也，宋应该联辽抗金，别让虎狼靠近家门口为上策。"徽宗当时觉得宋军伐辽必胜，南京必克，便没搭腔。如今想来，高丽国王的话也有些道理。

赵良嗣见徽宗有悔意，担心他与金人签订的"夹击灭辽"之协定落空，便出班奏报说："辽国五京失陷了四京，如今只余下南京了。倘或南京被金军攻占，我们就太被动了。"

徽宗这时感觉很疲惫。他昨夜四更天才睡，今早一块从苏杭运回的太湖石进京，据说高四丈，宽二丈，晶莹剔透，极为稀罕。为运这块石头来京，沿途拆除运河上水闸桥梁无数。他恨不得马上跑去观看。再说，他喜欢一切与艺术有关的事物，不喜欢枯燥的政务军务。他打了一个哈欠，无精打采地说："这些事，就由卿等看着办吧！"

徽宗说完便匆匆出殿，在一群太监的簇拥下，出宫去看奇石。蔡京深知缘由，微笑不语。童贯原想奏请皇上，让种师道告老还乡，看见皇上离开，焦急地欲追赶。

蔡京笑说："传皇上口谕，让种师道回家歇着去吧！"

蔡京与童贯、赵良嗣等人商量，南京城绝不能让金军攻占，那样后患无穷。朝廷必须马上调集兵马，再次攻打南京城。考虑主帅人选时，蔡京觉得童贯不懂兵，不宜再担任主帅。童贯却苦苦相求，表示从哪里跌倒，一定要再从哪里站起来。蔡京磨不开人情，只好再任命童贯为大军统帅。蔡京推荐自己的得意门生刘延庆为先锋大将。童贯欣然接受。

大军出征这天，蔡京亲到军前抚慰。他鼓励众将说："辽人守南京孤城，犹如待宰的羔羊。你等去晚了，恐怕连汤都喝不到了！"

种师道奉命告老还乡，收拾东西准备回原籍。他听说朝廷再发大军准备伐辽，童贯任大军统帅，刘延庆为前部先锋。他素知童贯不懂兵机，不知战策，更知道刘延庆绰号为"酒肉将军"，而南京辽军统帅耶律大石足智多谋、骁勇善战，这不是驱羊群入虎口吗？种师道进宫求见徽宗被拒绝，他请大臣传话给皇上，没人敢接他的话茬。蔡京听说后派人传话给他：再瞎折腾，便追究白沟兵败之责了。种师道只好闭嘴。

种师道举家离开之日，正逢宋朝二十万大军出发之日，他遥望浩浩荡荡北去的将士，仰天长叹说："国家存亡大事，被当儿戏。可怜可惜的羔羊，即将入虎口啊！"

童贯再次率军出征，比上次谨慎多了。他命令大军会集于辽、宋边界的三关附近待命，派出多路探马打探南京辽军的情况。探马回报辽南京府治下涿州守将郭药师部有异动，似乎有什么事情要发生。童贯猜测郭药师有叛辽之意，应该设法招降之，便派探马密切注意涿州的情况。

刘延庆率兵来到辽、宋边界，屡次请战。他听说契丹军马不易对付，郭药师的队伍系汉军，军纪涣散、士气低迷，应该好打。他想捡个软柿子捏，争取头功，便多次请求率兵攻打涿州。

童贯嫌他不安分，爱出风头，斥责他严守军令，不得请战。童贯的计谋是宋兵大军压境却引而不发，静待辽军内部生变。

刘延庆讥笑地说:“童帅难道被辽军打怕了?”

刘延庆在攻打西夏时,因敢打敢拼立过战功。他认为将军只要勇往直前,就没有打不赢的仗。宋军从西夏国得胜归来之后,刘延庆骄横不可一世。仗着是蔡太师的得意门生,他便不把任何人放在眼里。

这天童贯在中军大帐召集众将议事,刘延庆迟到了,还醉醺醺的。童贯宣布说,他的计策见效了,辽涿州守将郭药师率八千汉军来投,辽易州守将高凤率汉军万人来投。

众军将纷纷祝贺童贯料事如神。刘延庆也一反倨傲之态,肃然挺身站好。

童贯突然拍案大喝:“刘延庆狂妄自傲、目无主帅,点卯迟到、临阵饮酒,重打二十军棍!”

刘延庆傲气尽失,双腿一软跪倒在地苦苦求情,希望看在蔡太师面上,给他立功赎罪的机会。众将也纷纷替刘延庆求情。

刘延庆是蔡太师点的将,童贯自然不能太难为他,只想杀杀他的傲气,便同意先记下二十军棍,命他戴罪立功。

刘延庆磕头如捣蒜地说:“谢童帅大恩,末将定拼死效力!”

第十章　英雄无畏

82. 南京死结

南京北辽朝廷虽然击败了宋军，但整体危急形势并没消除。金军过西岭后直逼西京城。西京一旦陷落，南京城便处于金军的三面包围之中。宋军溃败南逃后，很快又调集二十万兵马北来。涿州守将郭药师、易州守将高凤率汉军投降了宋朝。南京成为真正的孤城。

耶律大石率三万兵马驻守南京城北。他近来很焦急，派往西北的耶律铁哥一直没消息，派往广平淀的萧塔不烟和耶律燕山也无回音。南京孤城困守无望，他不愿手中的三万兵马白白损失。这天傍晚，耶律大石正一个人闷坐着，家人忽然带萧查剌阿不来见。萧查剌阿不是耶律铁哥的副将，半年多前跟随耶律铁哥去了西北草原。耶律大石见他回来了，赶忙起身相迎。萧查剌阿不行礼后，受命坐下，喝一碗茶，才说起他的来由。他是专门受耶律铁哥的委派，从西北草原回来向耶律大石禀报情况的。他先到平城州，平州城已被金人占领。他打听到耶律大石早已率兵去南京，便马不停蹄赶来南京。

原来耶律铁哥率三千兵马离开平州城后，一路西进北上。他们绕过中京城，甩开遭遇的小股金兵，通过平地松林到达西北草原。一路上，他们受到草原上诸多契丹旧部族的热情款待。他们到达西北的可敦城，成为轰动一时的大事件，威武等七州、大黄室韦等十八部首领听说朝廷兵马来西北了，都赶来拜会。他们说虽然有几年没见朝廷来人了，他们像一群被遗弃的孩子，可他们的心一直向着朝廷，因为大家血管里流淌的都是契丹人的血脉。只要天祚帝或耶律大石等皇亲国戚来可敦城振臂一呼，便会应者如云。如果金兵胆敢侵犯西北草原，契丹人会联合起来对付他们！

耶律大石没想到事情会如此顺利。可敦城是辽朝北庭都护府所在地。这些年朝廷忙于战事，很少与西北部诸契丹部族联系，关系疏远了。现在好了，只要得到这些契丹旧部族的支持，大辽国就亡不了，契丹族人的血脉也断不了。

萧查剌阿不禀报说，耶律铁哥在可敦城一面安抚契丹旧部，一面等待命令。耶律大石说："南京越来越危险了，你歇息两天便返回可敦城，告诉耶律铁哥留一千兵马交给你驻扎可敦城。耶律铁哥率其余兵马继续北上西进，一直到达大辽国的西北边界。这一片疆域将来便是契丹人的立足存命之地。一路上，要多与契丹旧部联络，尽可能多地招募契丹士卒。"

萧查剌阿不只歇息一天，便向耶律大石辞行。耶律大石亲送他们一行出军营。他问一路上可曾打听到西樱的消息。萧查剌阿不说一路上都留心打听过，但无一点西樱的音讯。耶律大石让他转告耶律铁哥："选派两个得力之人各带一支百人左右的商队，一支去往大食国，另一支去往花剌子模国。这两个西域国家都曾与辽朝交往过。商队到达那里，一方面代表大辽国向其示好，一方面打听西樱的消息。"萧查剌阿不答应后，率领随从上路。

这天清早，萧德妃召集耶律大石、萧干议事。南京孤城四面临敌了，一旦金、宋两军夹击便断了生路，不能坐以待毙，要寻找一条生路。萧德妃决定归顺金朝，做个金国附庸求存也不错。她亲笔给阿骨打写信，请求立秦王为辽国皇帝，辽国永远做金国的附庸。萧德妃连写五封信，阿骨打一个字都没回复。眼看着金国指望不上了，萧德妃提出南京不可守时，可率兵马退往夹山投奔天祚帝。耶律大石担心心胸狭窄的天祚帝不会原谅萧德妃的。耶律俊率领号称十万的讨逆军正从夹山开来南京。

萧德妃处置汉臣时，左企弓因处事稳重，深藏不露，只被斥责，没被除职。他建议萧德妃给宋朝写信，求以南京之地做宋朝的附庸国，替宋朝抵抗强金。他亲自带信去见宋徽宗，以唇亡齿寒的道理说服宋帝。萧德妃觉得可以试一试，耶律大石却断言是徒劳之举。宋徽宗身边聚一群势利小人，远见卓识之辈敬而远之，这样的君王，怎能做出英明的决策呢？萧德妃说死马当活马医吧，病急只能乱投医。她写一封亲笔信给左企弓，命他去见宋朝皇帝。

左企弓带信出南京城直奔易州。路上被宋军拦截，他称是辽朝使臣，去汴京见宋徽宗。他被当作辽朝奸细押到易州见童贯。童贯此时因郭药师、高凤叛辽归宋，正信心满满。他把帅帐设在易州城，命令刘延庆率兵十万出雄州；刘光世率兵十万出安肃入易州。

左企弓被押进帅帐，奴颜婢膝地拜见童贯，递上萧德妃的亲笔信。童贯哂笑着接过信，看一眼，说这手小楷字不错。左企弓如实说，萧德妃是契丹人，不会写汉字，是他奉命代写的。他说身为汉族人，他希望南京能回归故国。辽、宋朝已结百年盟好。辽国南京兵马十万，愿意联宋抗金。金人是豺狼，宋朝万不可引狼入室。唇亡齿寒的例子，历史上并不鲜见。

童贯讥笑辽国山穷水尽了，才想起两国是盟友。当年辽、宋高梁河之战，辽军入侵汉地，屠杀汉民，抢掠汉人的财宝、牲畜、女人，那时辽人为何不念两国盟好？澶州之盟宋朝每年向辽国进贡银币五十万，这算是兄弟之国的平等盟约吗？耶律淳妄行废立，自己坐在火炉上，如今南京势危了，萧德妃才想起做大宋朝的附庸国，晚了！如今摆在萧德妃面前的，只有开城门迎降一条路。否则，几十万宋朝大军兵临城下。

左企弓见童贯无商议的余地，便索要萧德妃的信，要去汴梁见宋徽宗。童贯将信撕碎扔在地上。他讥笑说：“你以为大宋朝的天子，是谁都能见的？”

左企弓说：“童大人，此事关系重大呀！”

童贯不屑与之言地摆摆手，左企弓被驱赶出大帐，扭送出易州城。

左企弓仰天长叹：“辽国亡了，宋国的灾难也不会远了！”

左企弓回南京复命，萧德妃六神无主了。耶律大石建议趁金军离南京城尚远，先给宋军点颜色看看，然后再决定南京城的弃与守。萧干极力赞成，萧德妃便命二人全权处置。

耶律大石综合探马回报的消息，与萧干商议迎战宋军之策。刘延庆率兵十万出雄州，入新城；刘光世率兵十万出安肃，入易州。他们最好赶在宋军到达涿州前，先截击消灭其一股。余下的宋军进入涿州，他们可以用反间计对付。宋人还不知道李处温被赐死，可假借李处温之名，写信约宋军偷袭南京。他们将计就计，在南京城内设下伏兵，一战可擒宋将童贯。

萧干说：“左企弓不会透露李处温已死的消息吗？”

耶律大石说：“他在易州只见到童贯，便被毁信驱赶出来了。”

萧干说：“重德真将才也，佩服，可惜天祚帝有眼无珠。”

耶律大石说：“萧兄去涿州打刘延庆吧！此人在西夏靠匹夫之勇打过几次胜仗，便目空一切了，其实不过是酒囊饭袋而已。雄州到涿州之间，有一处叫乱石岗的地方，在此设伏一战可擒之。”

萧干说：“好，狼围羊群，一只都跑不了！”

刘延庆率十万宋军出雄州城一路北行。他不知道辽军已设下陷阱，一路上大摇大摆地行军。郭药师奉命前来接应，看见宋军行军无序，队伍混乱，军纪涣散，士气低迷，士卒见不到将校，相互嬉笑怒骂，武器随便扔在强征来的牛马车上，校官强逼士卒请酒，酒后在大街耍酒疯。

这哪像一支要去攻城略地的队伍，倒像一群乌合之众。

郭药师对这样的场景似曾相识。当年辽军开往黄龙府，便是这副乱糟糟的样子。结果几十万辽军被两万金军击溃。他担心当年辽军的悲剧在宋军身上重演，那样他把宝押在宋朝可就亏大了。他寻找主将刘延庆欲建言，费好大劲儿才在一个镇子里找到。他进入中军大帐拜见，发现刘将军已酩酊大醉。

83. 再败宋军

刘延庆酒醉后正在午睡，被郭药师给惊醒了。他本想把郭药师呵斥出帐继续睡。考虑到主将与降将第一次见面，不能太造次，他只好迷糊着起身。赐座，上茶之后，刘延庆说几句欢迎之类的门面话。郭药师感觉刘延庆不很高兴，也没细想，便把刚才所见所虑说出来，希望刘延庆意识到存在的问题，立即纠正，以便全力以赴对付辽军。刘延庆却不买账，认为郭药师在长敌人的志气，灭自己的威风。郭药师禀报说，刚探知消息，耶律大石和萧干率数万辽军出南京，奔易州来了。

刘延庆狂妄地说：“敌人区区几万兵，怎抵我大军二十万！”

郭药师说：“上次宋军之败，皆因轻敌，前车之鉴，刘将军小心呀！”

刘延庆哂笑说：“你们都被金人打怕了，一朝遭蛇咬，十年怕井绳。”

郭药师还要说什么，刘延庆已命手下送客。郭药师离开宋军，回到自己的军营。他对身边人说，没想到宋军不堪到如此地步。他命令扎营在宋军三十里之外，行军时，自己的队伍与宋军保持半天的路程。

萧干按耶律大石的计策，昨天连夜行军，今天一早到达乱石岗。两万辽军埋伏在山林间，专等宋军送上门来。萧干命一员悍将率五百骑兵前出打探。天过晌午了，仍不见宋军的影子。萧干沉不住气了，担心耶律大石判断有误。这时负责打探的悍将回报，宋军大队人马来了！

萧干向远处山路上打量，只见一眼望不到边的宋军队伍逶迤而来，行军队形散漫，不见旗帜，士卒手中也没有刀枪。他正疑惑间，发现路边跟随许多牛车，旗帜、刀枪乱放在车上。偶见一个骑马的偏将，竟然在马背上打盹。萧干禁不住笑说："这样的军队，哪能打胜仗！"

萧干严令将士们沉住气，等宋军过半再动手。宋军队伍懒散地从树林边缘通过。约过一个时辰，一辆由四匹马拉的大轿子车在众偏将的簇拥下由远及近。萧干之前听说宋朝将军喜欢坐轿子指挥作战，他还不相信，如今亲眼所见，由不得他不信。他判断轿车上坐的应该是宋军主将刘延庆，便果断下令发攻击信号。树林间的空地上有三堆干柴，举火待命的士卒将火把扔在干柴上，火焰顿时冲天而起。

潜伏的辽军看见信号，一时间梆子齐响，万箭齐发。毫无防备的宋军纷纷中箭，死伤累累，哀号声遍野。箭雨过后，战鼓声轰鸣，两万辽军骑兵呐喊着冲出树林。宋军刚被箭雨折磨得晕头转向，死伤惨重。如今辽军马队惊天动地而来，宋军队伍顿时混乱了，兵找不到将，将寻不到兵，运送旗帜、刀枪的牛车不知去向，许多宋军赤手空拳便做了辽军刀下鬼。更多的宋军则没命地向南跑。十万宋军，长蛇似的行军队伍，被辽军马队拦截成几段，砍瓜切菜般杀戮。宋军溃败如蚁，辽军追杀如虎，马踏刀砍，自相践踏，宋军死伤枕藉，血流成河。侥幸活着的，没命般狂逃。厮杀至天黑前，战斗基本结束了，辽军大获全胜，缴获战利品无数。萧干率得胜之师撤出乱石岗。

刘延庆乘坐的马拉轿车被箭射成刺猬样，又被火箭引燃烧毁。他在众将的保护下才死里逃生。溃败五十里遇见郭药师的队伍，这才稳住心神。第二天，派人清点兵马，十损八九。他这才后悔没听郭药师的提醒。童贯接到刘延庆兵败的战报，气急败坏，传令刘延庆提头来易州。部下连忙劝说，冷静下来想，蔡太师推荐的人，不敢太过分，只好传令刘延庆收集残部候命。

童贯两路大军犹如两条臂膀，如今伤残一条，激发了他的赌徒心态。他派人召来刘光世和郭药师，商量出奇制胜攻打南京之计。他接到李处温派人送来的密信，约宋军夜攻南京，李处温等汉臣做内应，可一战夺得南京城。童贯早年出使辽朝，路过南京时见过李处温，相谈甚欢。上次李处温派人送献城密信到汴梁，因送信人水土不服患急病死了，线索便断了。这次接到李处温的密信，童贯也怀疑过，仔细审问送信人，对答如流没发现破绽，他才信以为真。他亲写一封信，约定五天后夜里，他亲率大军攻打南京城。刚打发走送信人，便传来刘延庆兵败的消息。

郭药师怀疑有诈，问城里的内应是谁。他知道李处温被逼服毒的事，也知道许多汉臣被萧德妃处罚。但童贯不说出内应是谁，他又不敢多说，怕引起童贯的猜忌。童贯素知郭药师乃反复无常之辈，自然不肯透露谁为内应。当然，童贯的警惕性还是有的，他不敢把全部兵马都押上。只命刘光世率两万兵马，郭药师率常胜军赴约。如果得手，他亲率大军压上去，功劳自然是他的。

郭药师投降宋朝，只是想找个倚靠，获得一些粮草供给，根本没想替宋朝打仗。他指挥的汉军名为常胜军，主要由汉人和渤海人组成。这是一支唯独打仗不在行的乌合之众。原来只有二千人，投降宋朝后为骗取军饷粮草，他大肆招收无业游民及土匪武装，人数很快达到一万，对外号称五万人。

郭药师不愿执行童贯夜袭南京城的命令，又找不出抗拒的理由。出发这天，刘光世命常胜军为先锋，郭药师十分不满，又不敢违抗。两支兵马如约来到南京城外。夜幕降临时，郭药师率兵向南京城发起进攻。

郭药师率军冲到南京城下，见城墙上一片漆黑，没一点动静。他疑心有诈，却又不敢后退，只好咬牙下令攻城。随着三支响箭升空，城墙上忽然火把齐明，无数旗帜和刀枪竖立起来。紧接着箭如雨下，郭药师欲传令收兵，却来不及了，士卒已经潮水般向城门涌去。

由于守军的疏忽，南城门竟然被撞开了。常胜军冲进城去，一下便失控了。抢劫的、酗酒的、强奸的、放火的，郭药师欲收拢部队，却没人听他的。天很快亮了，耶律大石率大队人马冲杀而来，郭药师的兵马土崩瓦解。

与童贯相约攻城，不过是耶律大石设下的圈套。得知童贯上钩，耶律大石率兵马在南京城外等待。郭药师率军攻城时，耶律大石悄悄率兵马夹击刘光世，将刘光世的二万人马消灭后，才转回头来对付郭药师。

刘光世杀出包围时仅剩三百人。郭药师的人马几乎损失殆尽，多数是被城中百姓缴械活捉的。两个人率残兵逃回易州时，刘延庆也来到易州，三个败军之将像丧家狗一样出现在童贯面前。

童贯收拢手中兵马，还有九万多，但他知道这仗没法打了，辽军别看被金军打得落花流水，可见了宋军，却像下山的猛虎。这强烈的反差令他哭笑不得。为防辽军偷袭，童贯亲率大队宋军在易州城北扎营，命令三个败军之将各率残兵在大营的北、东、西扎营护卫。

耶律大石和萧干率得胜辽军向易州逼来。两路大军向刘延庆和刘光世的营寨冲杀。宋军残兵如惊弓之鸟、一触即溃。溃败的宋军向童贯大营逃跑，引发童贯大营的恐慌。正在中军大帐商议军机的童贯，被莫名其妙的喊杀声弄糊涂了。这时刘延庆、刘光世来报，辽军大队人马杀来。童贯原非将才，此时早已慌了神。他冲出军帐欲向城内跑，却发现城池早被辽军攻占了。童贯在众将的保护下向营外逃跑，宋军纷纷效仿，大营瞬间溃败。追杀的辽军很惊讶，宋军多为步兵，为何跑起来如此快。

此次大败，宋军伤死十之七八，将熙丰变法以来积储的战略物资丢失殆尽。

84. 南京陷落

辽西京大同府被金军攻占后，阿骨打进入西京城。这时他听见宋朝军队第二次被南京辽军打败的消息。他不明白宋军何以如此不堪一击，难道他们是纸糊的？

金军攻打西京前，吴乞买建议先打南京：一来南京是繁华富庶之地，攻城掠财肯定收获丰厚；二来金军打下南京，与宋人谈判时可占先机。阿骨打却不这么看。他像个狡猾老道的猎手，紧盯着南京的风吹草动。他要等辽、宋两军在南京城下两败俱伤时，金军再出面收拾局面。还有更深一层的用意：他要通过南京辽军，试探一下宋军的成色。结果宋军四十万大军两次被南京辽军击溃。阿骨打召集众将说："南京这场戏，该咱们登场了。"

阿骨打排兵布阵时，只命金军攻打南京城的东、南、西三面，将城北空出来。众将不解其意，阿骨打说耶律大石是一头困兽，逼急了会咬人的，给他留一条生路，分散他的注意力，瓦解他的斗志。然后在他逃跑的路上，挖下陷马坑，设下绊马索，慢慢地消耗、拖垮、累死他！众将会心地笑，这正是狼群围剿黄羊群的办法。

阿骨打亲率金军杀奔居庸关。一个月后，金军攻占居庸关。紧接着，宗翰率一支金军占岭南暗口。挞懒率一支金军占岭古北口。至此，拱卫南京的几处险关都被金军攻占。阿骨打率军来到南京城外，命令金军在城东、城南、城西扎下营寨，准备攻城。城北却只派小股游骑警戒。

南京城内，萧德妃如坐针毡。此时耶律大石的北大营和萧干的南大营都已收缩进城。城内守军加强，即便金军攻陷城池，也会付出沉重的代价。这时阿骨打三面围城的策略显现奇效。萧德妃见有生路，坚守的决心便动摇了。这天她召集耶律大石和萧干议事，流露出弃城逃走的意思。耶律大石说要走要留必须快刀斩乱麻，弃城今夜便行动，否则金军一旦合围便走不脱了。三个人商议决定：今夜便弃城而走，奔夹山投靠天祚帝，为不引起混乱，不能多带兵马出城。夜里三更天，耶律大石与左雄点五千骑兵，保护萧德妃从北城门悄悄出城。萧干率三千兵马殿后。

五更天时，萧德妃、耶律大石等人来到城北三十里处。派出去的探马回报，附近没发现金军大队兵马。众人下马歇息，准备早饭。天亮了，耶律大石、萧德妃、萧干三人走上一道土丘，遥向远处隐约可见的南京城告别。这座大辽国五京中仅存的京城很快便会被金军占领。虽然天祚帝还在夹山，在辽国西北部草原上一些古老的契丹部族还在，但是，曾经幅员万里的大辽国，如今繁华富庶之地尽失，国破家亡，怎能不令人痛惜！三个人恋恋不舍地遥望了一会儿，士卒过来喊吃饭。耶律大石宽慰地说："有我们在，大辽国便亡不了。"

南京城在萧德妃、耶律大石离开后，便大开四门迎接金军入城了。左企弓听说萧德妃、耶律大石、萧干夜里弃城而去，便率领虞仲文、曹勇义等一些汉官出城，拜见金帝完颜阿骨打，献上南京城的户籍、土地等典册，宣布南京城归顺大金国。阿骨打率得胜之军进入南京城，立即命人把城内的金帛、子女、职官、民户全部押运往中京、上京等地。南京很快变成一座空城。面对众人不解的目光，阿骨打笑说："宋帝知南京城为我所破，必派人来交涉。我们正好狮子大开口，讨个好价钱，把一座空城留给宋人。这样既耗费宋人的钱财，又消磨宋人的意志，我们何乐而不为呢？"

事情果然被阿骨打言中。宋徽宗正在大发雷霆，要严惩再次打败仗的童贯、刘延庆、刘光世等人，这时传来金军三面包围南京城，萧德妃、耶律大石弃城而走，左企弓开城门投降，阿骨打率得胜金军入南京城的消息。宋徽宗这下顾不上严惩败将了。他马上派赵良嗣去南京与金人交涉，一定要把幽燕索要回来。否则，他收复失地、青史留名的梦想便破灭了。

赵良嗣带领使团来到南京，拜见阿骨打，提出金国按"海上之盟"及"夹击灭辽"协定，把南京等地还给宋朝。阿骨打隆重接待赵良嗣，表示大金国不会违背盟约。不过，南京等地是金军流血拼命打下来的，宋朝除按约定每年进贡银币外，要再加一百万银币。这事赵良嗣做不了主，只好返回汴梁奏报。

宋徽宗一心想收复失地，建功立业，不在乎多花一百万银币。蔡京等人认为金人在漫天要价，就该就地还银，只答应增加五十万银币。宋徽宗怕惹怒金人收不回南京城，说跟蛮夷讨什么价，就算宋朝替金人征收南京的税赋了。

赵良嗣奉旨再次来到南京城，南京几乎变成一座空城了。他质问阿骨打不守规矩。阿骨打狡辩说："是南京人自愿的。如果你们嫌弃空城，就别收回去了。"赵良嗣哪敢不要南京城，只好与金人签订追加银币的协约。

这年四月，宋朝派出的第一批官员进入南京城，象征南京城回归汉人王朝。宋朝仍将南京改为旧称燕京，与此同时，涿州等七个州郡也归还宋朝。宋徽宗终于完成收复国土的愿望。蔡京、童贯等朝臣投其所好，上奏章称徽宗是继往开来的一代明主、千古一帝。宋朝廷举行隆重而盛大的庆祝活动。宋徽宗高居龙位，心安理得地接受百官的朝贺。皇上龙颜大悦，大行封赏，许多大臣加官晋爵：童贯加封徐豫国公、赵良嗣晋升延康殿学士。

85. 诈降

耶律大石一行人逃出南京城，一路上被金军尾追拦截。耶律大石率士卒血战开路，萧干率士卒拼死殿后，终于摆脱金兵到达松亭关。这是一处险关，也是一个岔路口。从松亭关往北，可到达中京城，往西可到达夹山。何去何从，三个人有了分歧。萧德妃主张往西奔夹山，耶律大石赞同。天祚帝在夹山，晋王敖鲁斡、秦王耶律定跟随。耶律大石希望天祚帝退位，拥立秦王为新君，重整旗鼓，凝聚人心，收拢失散各地的辽朝臣子及溃散士兵，并联络可敦城等辽故地旧部，抵抗金军，收复失地，重振大辽国雄风。萧干不愿意去夹山。他对天祚帝已彻底失望，幅员万里的强大辽国被这个花花公子败光了。如今丧师失地，五京全失，还奢谈什么重振雄风？再说凭天祚帝的为人，他会甘心退位吗？恐怕他还忌恨耶律淳称帝之事，投奔他能否活命都成问题。萧干表示他只想回到奚族领地去。三人因意见相左最终分手。耶律大石与萧德妃往西奔夹山。萧干率部卒回奚人领地。萧干回到奚族人领地，建立了大奚国，自封神圣皇帝，年号天嗣。大奚国立国仅八个月，便因萧干被部属所杀灭国。

耶律大石率余部保护萧德妃西出松亭关。一路向西，到达龙门时，与金国皇弟吴乞买率领的一支金军遭遇。这时耶律大石获知，天祚帝还没去夹山，正在鸳鸯泺秋猎。他担心金军尾随去鸳鸯泺，便在秃顶山上摆开阵势阻击金军。

吴乞买得知对面辽军主将是耶律大石，命令金军将秃顶山四面包围。吴乞买知道哥哥阿骨打爱惜耶律大石的才干，有意劝降，便派一名投降过来的辽将上山劝降。耶律大石从劝降者口中得知吴乞买率几万金军将自己包围，知道硬打硬拼是出不去的。他假意答应投降，把劝降者礼送下山，与萧德妃商定：夜里他率大队辽军向金军防守严密的西南方向虚张声势地突围；萧德妃在两千精锐辽军的保护下，向金军防守薄弱的东北方向突围；萧德妃突围成功后，去鸳鸯泺见天祚帝，告诉天祚帝他投降金人是假的，一个月内，他会请命带金军去攻打鸳鸯泺；到时候，天祚帝可在鸳鸯泺设好伏兵，里应外合击败金军。萧德妃见别无良策，只好告别耶律大石，跟随两千精锐辽军向东北方向而去。

这天夜里，耶律大石率大队辽军明火执仗地向西南方向突围。萧德妃在两千精锐辽军的保护下悄悄向东北方向冲杀。吴乞买听说辽军欲突围，急命金军大队人马增援喊杀声响亮的西南方向。原本没想死拼的耶律大石率军冲到金军阵前，只命部下高举火把摇旗呐喊，并不真冲锋。对面金军只顾胡乱放箭，不见辽军冲杀过来，也不敢向辽军冲去。这样相持到天明，耶律大石得知萧德妃已经突围，便单人独骑到金军阵前喊话，请吴乞买出阵搭话。吴乞买骑马出阵，两个人二马相对相互打量，大有惺惺相惜之感。

耶律大石拱手说："耶律大石见过将军！"

吴乞买还礼说："久闻重德大名，果然真勇士也，今日有幸相见。"

耶律大石说："败军之将，岂敢言勇！"

吴乞买说："国家兴亡，朝代更替，天命也，岂可以成败论英雄！"

耶律大石说："将军之言，令重德惭愧！"

吴乞买说："本人仰慕重德已久，我朝皇兄也爱惜将军才干。不知将军可愿归顺大金国？"

耶律大石说："为将者，马革裹尸乃平生大愿。只是不愿再见生灵涂炭啊！"

吴乞买说："男子汉大丈夫，识时务者为俊杰，重德将军若肯归附我大金国，是上合天意，下顺民心，从此天下应该太平了。"

两个人在马背上交谈很久。吴乞买答应若耶律大石肯归降，他即刻便给皇兄写信，保举耶律大石为上将军。耶律大石表示他不愿再战，并非为求高官厚禄，只是不忍心手下几千士卒再流血丧命。如今大辽国五京尽失，天祚帝不知所踪，若金国答应不遣散他的士卒，命他另营驻扎，他愿意率部卒归降金国。吴乞买当即答应耶律大石仍率部族，离金军大营二十里驻扎。他马上给皇兄写信，奏报耶律大石归降之事。

吴乞买写信派快马送往南京。等候圣旨这些天，吴乞买三天一小宴，五天一大宴，请耶律大石到金军大营饮酒作乐。这天下午，率军从西京而来的耶律余睹在金军大帐中见到耶律大石。当年的同窗兄弟如今在敌营相见，虽然各有苦衷，毕竟都归降了敌人，执手相看泪眼，心中有万语千言，却一句话都说不出来。

当年耶律余睹被迫降金后，被封为先锋官，率原部属跟随金军兵马听令。金军攻打中京城时，耶律余睹因熟悉情况，跟随阿骨打行动。中京城破，得知天祚帝逃往南京，耶律余睹以为萧奉先也去南京了，便率部追击而去。他希望尽早抓获萧奉先，替个人报仇，替辽国除害。金军攻破西京城，耶律余睹得知天祚帝和萧奉先逃往夹山了，便请命率兵追击而来。

吴乞买见两员辽国猛将在自己的大帐里相见，并且都归顺了大金国，十分高兴，大摆筵席为耶律余睹接风，为耶律大石庆功。西京来送粮草的人还带来一个礼乐班，吴乞买命在大帐内吹打弹拉以助酒兴。

萧德妃那晚突围而去，两千辽军骑兵损失大半。她率领这支残兵奔夹山而去，一路上晓行夜宿，专寻金军不易发现的山间小路走。经过十多天的跋涉，终于在一天傍晚到达鸳鸯泺。萧德妃事先揣测天祚帝不会要她的命。虽然按大辽国律她罪在不赦，可眼下大辽国已经日薄西山，天祚帝偏居一隅，正在用人之际。她不远千里从南京来投，还带来几百骑兵，更带来耶律大石的破金兵之计，天祚帝至多打她几板子，出一口恶气便罢了。结果她的算盘打错了。到达鸳鸯泺的她求见天祚帝被拒，连一口热茶都没喝上，便被押赴刑场。

86. 金帝赐婚

这天傍晚，天祚帝与萧莺在山谷中的一条小溪旁野炊。

萧奉先前来拜见，带来萧德妃来鸳鸯泺的消息。萧奉先已经很长时间没向天祚帝奏事了。比如西京失守、南京城破，这些萧奉先得到消息后都会压下，他知道天祚帝不喜欢听。比如西京失守的消息，萧奉先压很长时间才奏报。天祚帝听后没什么反应，吃喝玩乐照常。只在不开心时，天祚帝会忽然想起某件事，大发一阵雷霆之怒，摔几件东西或顺手打一下身边的人。当然，天祚帝从来没打过萧莺。

萧德妃来鸳鸯泺先拜见萧奉先。都是大辽朝的老人，两个人之前虽没见过面，彼此都听说过。萧奉先与耶律淳关系虽一般，但没有过大的矛盾。萧德妃求萧奉先在天祚帝面前美言几句以求活命。萧奉先知道心胸狭窄的天祚帝不会放过她。他心里暗想：这个笨女人，天地这么大，为何偏来送死！

天祚帝得知萧德妃来鸳鸯泺了，吩咐直接拉到行营外斩首示众。萧奉先没想替萧德妃求情，把耶律大石假意投金，欲里应外合破金兵的计策说了出来。他知道金军大队兵马正在逼近鸳鸯泺。如果不打败金军，他们想平安撤出鸳鸯泺估计很难。天祚帝却对耶律大石的计策嗤之以鼻。他说这些叛逆的乱臣贼子能有什么定国安邦之良策，见一个杀一个，以解他心头之恨。

萧奉先眼看着萧德妃被砍了脑袋，因为天祚帝命他为监斩官。这个女人临死前又哭又笑的，质问萧奉先为何没为她说句好话。萧奉先木然地望着远方一句话没说。他心里暗笑："你不远千里来送死，到头来却怨别人不救你，何其愚也!"事实上，萧奉先从骨子里看透了天祚帝，懒得在天祚帝面前说一句话。他只想找个合适的机会设法把传国玉玺弄到手，然后离开这个令他极度厌恶的花花公子皇帝。

耶律大石不知道萧德妃已被天祚帝处死。他一直惦记与萧德妃约定的里应外合击败金军的计策。吴乞买是个十分爱才的人，经常宴请耶律大石和耶律余睹，跟他们谈论天下大事。吴乞买已获得天祚帝在鸳鸯泺的情报，却一直按兵不动。他在等皇兄阿骨打的命令，也在等西京方面运来粮草给养。这样一直等待十多天，这天午后，金帝圣旨终于到了。耶律大石被任命为先锋都尉，督率归顺的辽军跟随金军追剿天祚帝，获得战功后加官晋爵。吴乞买同时接到皇兄的一封密信："为试探耶律大石是否真心归降，可将侄女完颜金花许配其为妻。如欣然接纳，可信任不疑。如拒绝说明有异志，务必尽快除掉。"

吴乞买在军营举办盛大酒宴，祝贺耶律大石获任先锋都尉，并预祝尽快获得战功加官晋爵。耶律余睹也举杯祝贺。席间，吴乞买问耶律大石是否成家。耶律大石如实相告。吴乞买说重德这样文武双全的英雄，怎能没有美人相配呢？他有个侄女，名字叫完颜金花，年方十七岁，容貌美丽，重德如不嫌弃，可纳为妻室。吴乞买说完，冷静地观察耶律大石的反应。耶律大石本想一口回绝，看吴乞买的样子似有深意。他用眼睛的余光看耶律余睹，耶律余睹似是无意地点了几下头。耶律大石立时明白，金人在利用亲事试探他。他想既然自己表现出了犹豫，便不宜立即应允，那样倒显得更假了。

吴乞买沉下脸色说："难道重德不愿意？"

耶律大石离席，向吴乞买躬身施礼，说："重德何才何能，得将军如此垂爱！"

耶律余睹说："真是金玉良缘，可喜可贺呀！"

吴乞买这才露出笑容，耶律余睹也松了一口气的样子。

耶律大石想先把婚事虚应下来，以后他离开金营便不了了之了。第二天他禀报吴乞买：探马报天祚帝现在鸳鸯泺，为报答知遇之恩，他愿率本部兵马为先锋进攻鸳鸯泺，活捉天祚帝。吴乞买十分高兴，他也获知天祚帝在鸳鸯泺的消息，足见重德忠诚可嘉。不过，眼下还不能出兵，从西京运来的粮草供给还在路上。完颜金花也正从中京赶过来。待大军粮草来到，供给充足了，金花到来再为他们完婚，然后再向鸳鸯泺进发也不迟。

耶律大石心里叫苦不迭，却不敢表露出来。他假意归降后，吴乞买看上去并不怀疑他，令他仍率本部兵马离金军二十里安营扎寨。但他的营寨外边经常有小股金军马队出现，足见金人并没完全相信他。他此时若轻举妄动，金军大队兵马很快会杀过来。他想单枪匹马离开很容易，可手下这几千兵马，可谓辽军仅有的血脉，不忍丢弃。但是，若等金花到来完婚，将来如何向萧塔不烟交代。金花虽是异族女子，他又是不得已而为之，可这毕竟是他的婚姻大事！耶律大石很纠结，又想不出更好的脱身办法，只能等待金花到来再见机行事了。

这天中午，西京运来的粮草给养来到。傍晚时，一队金军骑兵保护的几辆马车也到来。完颜金花打扮得花枝招展，在十几名女眷、仆佣的簇拥下，进入一顶当作新房的帐篷。

夜幕降临了，吴乞买按女真人的习俗，为耶律大石和完颜金花举办婚礼。喜宴过后，一对新人被簇拥进帐篷。耶律大石一时不知道该如何面对新娘，金花却大方地望着他哧哧笑，还紧挨着坐在他的身边。

金花用汉语说："夫君！"

耶律大石愕然，她竟然会说汉话！金花说这有什么好奇怪的，她还会说契丹话，许多女真族人会说汉话和契丹话。

金花调皮地用契丹话说："丈夫，我好看吗？"

耶律大石一时不知道该怎样回答。他想了想说："金花，看得出来，你是个好姑娘！"

金花说："谢谢丈夫的夸奖。"

耶律大石说："可是，我们的婚事太仓促了。"

金花说："仓促是什么意思？"

耶律大石说："在军营里，太简陋了，应该到南京城或……"

金花笑说："这不错了，有帐篷住。在我们部落里，许多人是在马背上成亲的。"

金花说完靠在耶律大石的身上，亲昵地说："你很出众，文武全才，是个英雄。能嫁给你，我很满意，是个幸福的女人！"

耶律大石稍挪开一下身体，说："天晚了，你先睡吧，我去军营里转转。"

金花紧张地拉住他，流泪说："新婚之夜，你要抛弃我吗？"

耶律大石说："没有，不是抛弃，是……"

金花破涕为笑，为他宽衣解带说："夫君，让妻子服侍你！"

耶律大石按住她的手，说："金花，你听我说，我一定要出去转转……"

金花甩开他的手，突然从怀里掏出一柄精巧的匕首，对准自己的咽喉说："你离开，我只有一死！"

耶律大石说："你为什么这样？"

金花说："遭遗弃的女人，是命苦的女人，会生不如死的。"

耶律大石无奈地说："让我怎么跟你说呢！"

金花收起匕首，吹灭蜡烛，替他脱去外衣，自己也脱去外衣，紧紧抱住他。他却木然地坐着，似乎做这一切的女人是萧塔不烟……

87. 脱身计

耶律大石与完颜金花成亲的第七日，吴乞买升帐点兵，誓师征讨鸳鸯泺，追杀天祚帝。吴乞买第一支令箭交给耶律大石和耶律余睹，命令二人各率本部人马为左右先锋官，向鸳鸯泺进发。吴乞买亲率金军大队兵马跟进。

耶律大石点齐本营兵马，向鸳鸯泺进发。路上，他猜测萧德妃突围后去鸳鸯泺见天祚帝，应该把他里应外合击败金军的计策说清楚了。那样的话辽军应该在鸳鸯泺之外设下埋伏，专等金军上钩。为防意外，他向鸳鸯泺方向派出三路探马。他密嘱其中一路探马到鸳鸯泺后设法求见萧德妃，通报他引诱金军来攻的消息。

耶律余睹率领本部兵马在耶律大石的侧后方行进。他与耶律大石同窗加密友，互相之间太了解了。他观察耶律大石的一举一动，判断他并非真心降金，肯定另有隐情。他却不能说破，只能冷静旁观。两个人从吴乞买大帐领令出来，耶律余睹见耶律大石闷闷不乐，试探地问他。耶律大石其实也知道对方的用意，坚信学兄不会加害。他说婚姻大事如此草率，思来令人郁闷。耶律余睹说金花虽非阿骨打或吴乞买之女，却也被视为掌上明珠，就算重德弟将来另有打算，眼下有美人陪伴也很不错。耶律大石试探地说，难道余睹兄没另有打算？耶律余睹叹息说，奸臣萧奉先逼迫太甚，他连家眷都带出来投金了，如今就住在上京金人赐给的宅院里，已经别无选择了。不过，人各有志，你我兄弟一场自然不会彼此勉强，更不会互害。耶律大石明白对方的心意，心里有底了。他抱拳一笑，打马离开。

鸳鸯泺地处内蒙古高原南缘的坝上地区，辽代时因两个临近的湖泊而得名。这里天水相连，水草丰美，众多飞禽走兽聚集，是天然的理想围猎场。辽朝廷在这里建有行宫，行宫周围形成一座集镇，建有城墙城楼。天祚帝每隔两年会来这里游猎。

耶律大石率本部兵马来到鸳鸯泺城外。派出去的三路探马回来两路，报说鸳鸯泺城里有辽军驻守。耶律大石一时摸不清情况，不知道萧德妃是否到达这里，天祚帝是否知道了他的计策。他骑马登上一座土丘向城里瞭望，发现城内扎有许多军帐，许多辽军士卒散漫地在帐篷间行走。皇家行宫大门敞开着，也有人进进出出的样子。似乎城里的人一点防备都没有。他一紧张冷汗便出来了。万一萧德妃没来这里，天祚帝不知道他的里应外合计策，行宫一点准备都没有，那后果可太惨了。

这时吴乞买亲率金军大队人马赶来。鸳鸯泺南北都是湖泊，只有东西有进出城的道路。东边是一片沙滩，地势较开阔。西边是一眼望不到边的林海。一名金将提出派一支兵马悄悄绕道鸳鸯泺南，埋伏在城西的树林里，然后东边再发起进攻，这样城里的人一个也别想逃出去。吴乞买征询耶律大石的意见。耶律大石来过鸳鸯泺，知道从南边绕过去要走很远的路，并且很容易被发现。他建议马上从东边开阔地发起进攻，迅速攻破城池捉拿天祚帝，以防天祚帝从城西门逃跑。吴乞买又问耶律余睹，耶律余睹同意耶律大石的建议。吴乞买便命令耶律大石兵马为攻城先锋，首先发起攻击。

耶律大石命令兵马摆好攻击队形，却暗中叮嘱部下尽量拖延时间，以便城内辽军有充足的时间准备。这样拖延到午后，那个派进城去与萧德妃联络的探马回来了，报告说城内行宫是空的，天祚帝及后宫早撤走了，只有扫尾的人在收拾东西。那些军帐里的士卒是奉命坚守城池的。

吴乞买派人来催促了，耶律大石才下令向鸳鸯泺进攻。

耶律大石率兵马很容易便攻进鸳鸯泺城，却发现果然是一座空城，为数不多的守城辽军一箭没放便弃城逃跑了。耶律大石猜想萧德妃肯定出事了，他里应外合的计策天祚帝根本不知道。这样倒麻烦了，下一步他只能另做打算。

吴乞买率大队金军进入鸳鸯泺城。耶律大石前来请罪，因攻城延误致使天祚帝逃跑。吴乞买似胸有成竹，并不追究耶律大石延误进攻的事。傍晚时，金军押解许多辽军溃兵及粮草、军资、财物等从城西门入城。耶律大石才恍然明白，狡猾的吴乞买在头一天已密派一支金军骑兵绕过鸳鸯泺，在城西的树林里埋伏起来。所幸天祚帝离开得早，出城慢的一些朝臣、宫娥、士兵全部被擒获。

吴乞买得知天祚帝逃往夹山了，并不在意，只要知道他的行踪，一路追下去，总能擒获他。吴乞买命令金军驻扎在鸳鸯泺城内。耶律大石兵马在城东建大营驻扎，耶律余睹在城西建大营驻扎。金花正跟随运粮队来鸳鸯泺，估计深夜才能到达。

耶律大石命令兵马在城东大张旗鼓地安营扎寨。他悄悄找来几个心腹将士密议，吴乞买背着他秘密派兵到城西设伏，如今又命他们在城东扎营，可见金人并不信任他。今夜金军刚刚获胜庆功，防守必然松懈，是脱离金军奔夹山的好机会。一旦完颜金花来鸳鸯泺，他想脱身就难了。他已派人暗中查看了地形，北城墙下有一条小路，可以从城东门绕到城西门。只要耶律余睹不率兵阻拦，他们今夜便能成功离开鸳鸯泺。耶律大石命心腹将士回去准备。

吴乞买在辽皇家行宫举行夜宴。耶律大石、耶律余睹都被请来。席间，许多金军将士都来敬酒，耶律大石来而不拒，还主动敬吴乞买的酒。吴乞买这天非常高兴，喝了许多酒。这时一封加急密信送来，吴乞买打开密信看，脸色突然大变。吴乞买命令撤掉酒宴，说有急事要连夜赶往中京，鸳鸯泺城的防务交由完颜娄室和耶律余睹处置，只宜坚守城池，等待进攻夹山的命令。

吴乞买交代完毕，在一队亲随侍卫的护送下急匆匆离开鸳鸯泺。耶律大石悄悄问耶律余睹发生了什么事。耶律余睹说可能与金帝有关。后来才得知，金帝完颜阿骨打在从西京北归中京的途中病逝了。

耶律大石出鸳鸯泺城后，城门关闭了。他观察城墙上只有少数金兵举着火把在巡逻。他回到大营，命令留下几个士卒击更鼓，给火堆加柴。大队兵马轻装简行，人含木，马衔环，悄悄离开大营，从北城墙下绕过去。由于准备充分，加倍小心，三千多兵马绕过城北，守城金军并没发现。

耶律大石率五百精骑兵前头开路。走到一处岔路口，前方路上突然亮起无数火把。火光中，耶律余睹率军拦住去路。耶律大石手下兵将拉开冲锋的架势。耶律余睹手下兵将也剑拔弩张。耶律大石担心两军厮杀耽误时间，金军闻讯赶来便难脱身了。他单人独骑来到阵前。耶律余睹也一个人骑马来到阵前。

耶律大石拱手说："余睹兄欲擒我向金人请功吗？"

耶律余睹歉然拱手说："愚兄职责所系，不得已啊！"

耶律大石说："大丈夫生于乱世，应该以国家族属大义为重。弟决意离开金人，干一番大事业，余睹兄可愿意同行？"

耶律余睹叹息说："天祚帝昏君，信任奸臣萧奉先，赐妻姐文妃死，又妄图陷害我，逼迫我背叛祖宗投降敌国。必生擒此二贼，以解我心头之恨。"

耶律大石说："如此说来，你我兄弟只能兵戎相见了。"

耶律余睹说："金朝待我不薄，实不忍心相背！"

耶律大石说："请余睹兄撒马来战，弟必让三招！"

耶律余睹低头想了一会儿，突然抬头，双眼含泪说："重德弟，你一个人走吧！"

耶律大石说："手下士卒追随我多年，不忍抛弃。"

耶律余睹说："都放走，愚兄没法交代呀！"

耶律大石说："那只好一战了！"

突然，耶律余睹军阵后边传来火光和喊杀声，一支几百人的骑兵队伍冲杀过来。

耶律余睹说："重德快来进攻！"

耶律大石明白他的意思，挥动手中枪大喊："众军将，杀呀！"

耶律大石率军冲杀过来。耶律余睹所率兵马被前后夹击。他与耶律大石虚接几招，便率兵马撤回军营。

耶律大石率兵马进入树林向西而去。

88. 庆州劫

耶律大石率兵马沿树林中的小路一直向西。为快速甩开金军，他们连夜赶路不敢停留。天亮时，到达鸳鸯泺西北方向五十多里的一座小山上。留在后边殿后及监视金军的左雄上来了，报告说后边没发现大队追击的金军。耶律大石松了一口气，总算脱离金军了。他命令兵马停止休息，寻找来溪水人喝马饮，埋锅做饭。饭刚做好正要吃时，发现后边一支马队尾追而来。耶律大石以为是追击的小股金军，派一千骑兵埋伏在树林里准备伏击。过了一会儿，一个偏将引领萧塔不烟骑马过来。耶律大石赶忙激动地迎过来，萧塔不烟跳下马背跑到他面前，两个人彼此热切对望，却一时说不出话来。自从她离开南京已经几个月了，中间经历了许多事情，如今两个人在这里相见，真有恍惚的隔世感。耶律大石微笑着上前拉住萧塔不烟的手，两个人来到一棵粗大的松树下。捧上一碗热水，端过来一碗刚做好的热气腾腾的米饭，萧塔不烟顾不上体面，一口气将热水喝干，接过饭碗大口吃起来。接连吃掉两碗热米饭，她才打着嗝说很长时间没尝到米味了。

几个月前，萧塔不烟告别耶律大石离开南京城。她先到平州见左雄和耶律燕山，交代了耶律大石的命令。然后与耶律燕山点齐一千兵马，连同她的三百女子军，离开平州向广平淀进发。一路上他们避开大路和村镇，专走偏僻的小道，艰难跋涉近一个月，才到达广平淀城外。他们与隐身某寺院的西伯联系上，谋划怎样将五色旗鼓弄到手。

广平淀城此时还没被金军攻破。城外时常可见小股金军马队活动。守城辽军万分紧张，经常有辽军士卒开小差逃跑。一些滞留在广平淀城的契丹王公贵族提心吊胆地聚在吴王身边，希望辽朝廷派兵来接他们出去。后来传说金军攻占上京城，金帝阿骨打命滞留的辽国吴王妃跳舞，吴王妃舞蹈后羞愤自杀。吴王听此消息捶胸顿足，却又无能为力。这时耶律燕山和萧塔不烟率南京兵马进城。吴王以为南京耶律淳派兵来接他，主动来见耶律燕山和萧塔不烟。萧塔不烟见机行事，说奉辽兴军节度使耶律大石之命，来广平淀保护五色旗鼓，同时，保护滞留的诸王公贵族离开这里。

萧塔不烟带人从皇家行宫中找到五色旗鼓。耶律燕山带人找到几座仓库，里边装满粮食、布匹及各类物资。此时的广平淀城已处于群龙无首状态。守城辽军士气低落、人心涣散，都想着早日弃城逃走。萧塔不烟打着南京兵马的旗号，将五色旗鼓及仓库里的许多粮食、物资或装车或用骡马驮运。西伯带着附近寺庙里二百多僧人、道士前来保护五色旗鼓。出城这天，他们选择走西城门。因为据探马回报，东、南两座城门外已出现金军大队兵马。吴王等王公贵族乘坐自备的车马，装载着许多财物，跟随南京兵马出城。城内没来得及逃走的官吏、富户、商贾听说金兵要围城了，也纷纷跟随这支队伍逃难。这支由一千多骑兵，几百辆马车、驴车、牛车组成的队伍，出城西门蜿蜒而去，绵延达几十里。

这支队伍离开广平淀城，往西北方向出土河、潢河流域，沿途避开追击的金军及溃散的辽军，辗转通过平地松林向庆州行进。吴王及王公贵族们见队伍没向南京走，派人来问萧塔不烟。萧塔不烟说往南走不安全，金军攻占中京后，一小部分去打广平淀，大队兵马奔南京城了。吴王觉得此言有道理，也就听之任之，反正不被金人捉住就行。

这一天，队伍走出平地松林，到达庆州地界。探马回报，庆州城早已被金军攻占。萧塔不烟与耶律燕山商量，队伍沿平地松林边缘一直往西北走，直奔西北草原上的可敦城。傍晚时，队伍来到草原边缘的一处河谷。二十多天的颠簸劳累，人们极度疲乏，需要暂停歇息一下。这片地界属于庆州西南边缘，远离城镇，人迹罕至，不用担心金兵的袭击。

队伍停下安营时，天已黑透。搭帐篷，人畜饮水，埋锅做饭，拾柴点燃篝火，偌大片河谷地被嘈杂的人群占满。沿河滩篝火点点，绵延十几里地。吃完晚饭，人困马乏。耶律燕山督率一千兵马在人群外守护。萧塔不烟的女子军及西伯僧道队伍在内看护五色旗鼓和粮食、物资。时近午夜，疲惫的人们早已进入梦乡。突然，河谷外围传来马蹄声和喊杀声。萧塔不烟、西伯等惊醒出营地看，四周无数兵马手持刀枪火把冲杀而来。宿营的河滩已经被包围，耶律燕山正率一千兵马与敌人苦战。

萧塔不烟与西伯赶忙唤醒众人，保护五色旗鼓和粮草、物资。由于冲杀而来的敌人众多，耶律燕山率领的保护兵马难以抵挡。敌人多路小股骑兵冲杀而至，萧塔不烟和西伯一下陷入混战无暇相顾。混战中五色旗鼓被敌人夺走。萧塔不烟率女子军突围，迎面被一支辽军骑兵拦住。她这才发现冲杀而来的是自己人。萧塔不烟勒住马，大声质问对面辽军为何冲杀自己人。这时，一员辽将被众偏将簇拥而至。走近了，萧塔不烟惊讶地认出此人竟然是耶律俊。同时，对方也认出了她。耶律俊既惊奇又意外地望着她，说萧小姐不是去西夏和亲被劫持了吗？怎么会跑到这里来了！萧塔不烟不理这话茬，质问他为何屠杀自己人，难道是背叛投金人了？耶律俊说奉皇上之命征讨乱臣贼子，耶律大石在南京拥立耶律淳犯下大逆不道之罪，人人得而诛之。他一直追随天祚帝，是忠臣良将，将来护驾有功位极人臣，之后劝她跟他去鸳鸯泺，她父亲和兄长都在，她母亲和弟弟在夹山，一家人也好团聚。她不听他那一套，喝令他闪开路让她过去。耶律俊哂笑地命令手下将士活捉到这个追随乱臣贼子的女人，必有重赏。耶律俊手下叫喊着冲过来，萧塔不烟率女子军准备拼命。突然，西伯率领僧人、道士叫喊着冲过来。耶律俊及手下看见一群和尚、道士手持刀枪冲杀过来，一下傻了，不知道该如何应付。西伯冲萧塔不烟摆手，示意她快走。萧塔不烟调拨马头，率领女子军转身向一片树林冲去。

萧塔不烟率女子军杀出重围，清点人马时发现只余一百多人。此时，通往可敦城的路被耶律俊的人封锁。西伯、耶律燕山等人还陷在重围中苦战。她率女子军杀回去只是白送死，倒不如去南京给耶律大石报信。萧塔不烟打定主意，便率姐妹们向南京奔去。一路上紧张驰骋，人困马乏，食不果腹。接近南京地界时，她们路遇一伙马匪打劫逃难的商人。她率姐妹们打散马匪，从富商口中得知南京城已失陷。传说萧德妃奔夹山去了。为感谢救命之恩，富商赠给她们一些粮食和财物。这是她们离开庆州地界以来，第一次吃顿饱饭。她们告别富商向夹山奔去，一路走一路打听，到达鸳鸯泺城东门外时已近午夜。她们正要找地方宿营埋锅做饭，碰巧看见一队辽军兵马正悄悄绕城北而去。她们便忍着饥渴尾随而来。这才有耶律余睹兵马被前后夹击之事。

耶律大石从萧塔不烟口中得知这一切。他既为耶律燕山和西伯的安危担忧，又为五色旗鼓得而复失惋惜。令他费解的是：早先扬言率领十万兵马讨伐南京的耶律俊，怎么会去庆州夺五色旗鼓呢？

89．午夜袭击

耶律俊率领三万七拼八凑的辽军出鸳鸯泺城，耀武扬威向居庸关杀去。他们要攻占居庸关，然后杀奔南京城。这是不懂兵机战策的耶律俊第一次执掌兵权单独行动。这支事实上的乌合之众一路招摇过市向东开进，走出去一百多里路便安营扎寨无法行动了，原因是给养问题无法解决。从鸳鸯泺带出来的粮草勉强维持三天之用，第四天三万兵马便面临挨饿的困境。天祚帝只想派兵打南京泄私愤，不会想到军队是要靠粮饷维持的。耶律俊之前没指挥过军队，也不懂大军没动粮草先行的道理。到了路途之中粮草短缺了，各路兵马纷纷告急时，他才意识到问题的严重性。耶律俊左思右想无更好的解决办法，只好一声令下各营自筹粮饷。此令一下，这支军队便像土匪一样开始疯狂地抢劫。沿途村镇本来稀少，兵马所过之处抢粮劫财，有的还强奸杀人。各营将领本来对耶律俊便口服心不服。耶律俊为维持将领们对他表面上的恭维和顺从，只能对败坏军纪的睁一只眼闭一只眼。这样的兵马别说战斗力了，每天的行军速度如蜗牛一般慢。快时一天走三十里，慢时连十里都走不了。个别兵营因主将醉酒，有时一连几天不行动。沿途百姓痛恨这支军队，小股兵马经常遭到百姓的袭击。

耶律俊对这支军队的成色心知肚明。这些临时拼凑起来的队伍跟土匪差不多，招摇撞骗吓唬老百姓可以，真上战场恐怕听见敌人的马蹄声便作鸟兽散了。他不会傻到真率这支兵马去南京与耶律大石对阵。再说这里距离南京城几百里，中间隔着居庸险关，途经的一些地方已经被金军占领。其实所谓的讨伐南京叛逆，不过是天祚帝的痴人说梦而已。不过，耶律俊倒乐得借此时机实际掌控一支兵马，离开日暮途穷的天祚帝，精心筹划一下自己的未来。

耶律俊率军离开鸳鸯泺一个月，行程不到三百里。路过一座高山时，耶律俊命令兵马在山下河边扎下坚固营寨。他命令各营派出小股兵马外出弄粮饷，同时派出多路探马打探西京、南京、广平淀等地的消息。只要这三万兵马别散了，他手中便拥有一张王牌。他要把宋、金、南京各方面消息打探清楚，再决定下一步动向。渐渐地，各路探马回来禀报：耶律大石与萧干率领南京辽军两次大败宋军；天锡皇帝耶律淳死后，其妻萧德妃以皇太后身份监国；金主阿骨打率金军攻占西京后，亲率金军向南京进发攻破居庸关；萧德妃、耶律大石、萧干率南京辽军弃城逃跑，左企弓等人开城门投降金军……耶律俊把这些消息汇集到一起，明白他率领的这几万辽军如今已经成为金军的眼中钉。金军很可能会冲着他来。

在鸳鸯泺游山玩水的天祚帝每天派快马前来催促行程。耶律俊将这些信使全部扣押，每天另派自己人去鸳鸯泺谎报行程。每天在鸳鸯泺寻欢作乐的天祚帝接到的奏报是耶律俊率大军一路快马加鞭，已经接近居庸关。事实上，耶律俊的兵马一直驻扎在距离鸳鸯泺不足三百里的高山下。

这时派去广平淀的探马回来禀报："一支号称南京兵马的辽军在广平淀城被金军攻破前，将五色旗鼓及大批钱粮财物运出城外。他们沿着土河与潢河向西北方向而去。滞留广平淀的吴王及许多王公贵族、官吏、商贾跟随这支辽军行动。他们避开大路专走偏僻小径，进入平地松林向庆州方向而去。"

耶律俊听到此消息震惊了。一支号称南京兵马的辽军进入广平淀城运走了五色旗鼓及大批钱粮财物。难道是耶律大石派的人？他们要运送这些东西去庆州？庆州早被金军攻占了！难道是去西北大草原上的可敦城？耶律大石这算盘打得太精明了。拥有大辽国神器五色旗鼓，占据可敦城号令契丹部族，进可攻，退可守，将来可统御大辽国西北部半壁江山啊！可是，据探马回报耶律大石出南京城，便保护萧德妃过松亭关西去了。一定是耶律大石派手下干的，这是为自己留下一条后路。耶律大石太高明了，简直令耶律俊忌妒。难道五色旗鼓及大批钱粮财物就这样眼睁睁落入耶律大石之手吗？这很不公平！耶律俊转念一想，何不亲率几千御营军日夜兼程奔袭平地松林拦截这支队伍呢？成功的话，契丹人的神器五色旗鼓便归他所有了。

这简直是上天恩赐他的机会。拦截下吴王，便可挟吴王以令契丹诸部族，占据可敦城，重建大辽国，辅佐吴王登基。待站稳脚跟，找借口杀掉吴王，大辽国的半壁江山便归他耶律俊了。那样的话，他之前所受的屈辱又算得了什么呢？"天将降大任于斯人也，必先苦其心志，劳其筋骨，饿其体肤，空乏其身，行拂乱其所为，所以动心忍性，曾益其所不能！”

耶律俊拿定主意，便开始着手准备。他所率的三万兵马在高山下连扎九座军营，多数是乌合之众，中看不中用，真正能称得上精兵的只有几千御营军。耶律俊决定精选一支一万人的队伍，北去松林。这天午后，他召集各营将领议事，说天祚帝刚传来口谕，命他亲率一万兵马去平地松林，接迎从广平淀逃出来的吴王。他点了御营军的三名将领，又点了从中京来的三名将领，命令六名将领马上回营准备，明天四更做饭，五更点齐一万兵马出发，其余各将回营待命。

众将以为真有天祚帝的口谕，都按耶律俊的吩咐行事。第二天五更天，耶律俊亲率一万兵马离开军营向北进发。经过一天半夜的急行，队伍进入平地松林。夜里宿营后，耶律俊召集六名将领议事。他把这些年个人积蓄的钱财，以及离开鸳鸯泺以来抢劫的财宝都拿出来，平均分成六份，摆在六名将领面前。他把此行的真实目的以及抢到五色旗鼓后的打算当众说出来。他扫视各将领说，如今大辽国完了，跟随一意孤行的天祚帝肯定倒大霉。愿意跟他干的，收起面前的财宝，明天继续跟他北上。不愿意跟他走的，不会勉强，明天可率本部兵马回去。当时有四名将领收起财宝，表示愿意追随耶律俊。两名将领表示仍愿意回去追随皇上。

耶律俊当即让二将领回营。二人刚出军帐，便被帐篷外的几名带刀护卫斩杀。第二天五更，队伍集合准备出发。耶律俊将两名被杀将领的兵马分派给四名留下的将领。同时，将两名被杀将领的亲随四百多人在队伍前乱箭射杀。众军将见耶律俊行事心狠手辣，纷纷表示愿意效忠他。

耶律俊率领这支兵马日夜兼程，终于在平地松林的边缘追赶上向可敦城进发的萧塔不烟等人。耶律俊为达到出奇制胜的目的，一直暗中尾随两天。直到这支队伍离开松林，在开阔的草原河滩上宿营，他才选择在午夜发动袭击。

90. 传国玉玺

耶律大石与萧塔不烟在树林相见，却不敢停留太久，担心金军追击。耶律大石命令队伍继续向夹山进发。萧塔不烟的女子军跟随中军卫队行动。通过几天的跋涉，他们来到夹山外围的一片山谷。耶律大石此时已知天祚帝杀了萧德妃，是在鸳鸯泺时通过被金军俘虏的辽军士卒打听到的。萧塔不烟劝他别见天祚帝了，可以直接去可敦城。耶律大石考虑的是天祚帝毕竟还是辽国皇帝，就算去可敦城也不能另起炉灶。南京废天祚帝立耶律淳，没得到金、宋、西夏等国的支持，却遭到辽国内部的一致反对，这样的经验一定要吸取。他之所以来夹山，是想劝天祚帝去可敦城，以辽国真命天子的名义重建辽国朝廷，高举抗金复辽的大旗，招揽辽国失散各地的人才，这样可取得事半功倍的效果。耶律大石为防止意外，去见天祚帝之前，将兵马摆开阵势在夹山下，这样可给天祚帝造成一定的压力。

耶律大石单人独骑进入夹山，来到皇家行宫门前报上姓名，求见天祚帝。天祚帝听说耶律大石胆敢来见，命令侍卫像对待萧德妃一样，抓起来直接推出去砍头。几名侍卫来到行宫门外，不由分说上前扭住耶律大石便捆起来，等候监斩官的命令。天祚帝派来的监斩官刚出行宫门，忽听山下传来擂鼓声和喊杀声。这时有士卒来报：山下一支兵马摆开进攻的阵势。监斩官听说是耶律大石的兵马，便进行宫奏报天祚帝。

夹山此时的护驾兵马只余不足一千人的御营军。他担心杀耶律大石会引来麻烦，便命将耶律大石带进行宫见驾。耶律大石被侍卫扭送进来，跪在天祚帝面前。

天祚帝恨恨地说：“叛逆的乱臣贼子，有何面目来见朕！”

耶律大石说：“臣是来护驾的，请皇上明察。”

天祚帝说：“妄行废立的萧德妃被朕斩了。你附逆叛乱，可知罪吗?”

耶律大石说：“南京废立乃迫不得已，功过是非自会有公正评价。如今朝廷正在用人之际，请皇上三思!”

天祚帝说：“没什么可考虑的，附逆之臣，罪不容诛!”

耶律大石说：“臣子妄行废立当斩，皇上丢弃国家又该当何罪呢?”

天祚帝瞪眼说：“看来你真不想活了!”

耶律大石说：“臣死事小，皇上的安危堪忧啊!”

天祚帝本意是要杀耶律大石的。乱臣贼子，见一个杀一个，才解他心头之恨。不过，眼下的形势对夹山极为不利。金军已占领鸳鸯泺，估计很快会向夹山进军。天祚帝曾向耶律俊连发几道口谕，命他率兵马回夹山护驾。派出去传口谕的人回报说：“当初率三万兵马讨伐南京的耶律俊，后来率领一万兵马离奇地消失了。余下的两万兵马得知金军攻占鸳鸯泺后，便自行溃散了。据说有的占山当了土匪，有的投降了金军，更多的士卒脱下战衣逃跑了。”如果此时金军来攻夹山，天祚帝恐怕只能束手就擒了。

天祚帝其实一直很赏识耶律大石。当年的平地松林护驾、黄龙府城外救驾，足见其忠勇无畏。后因萧奉先一直仇视他，天祚帝也便疏远了他。耶律淳南京妄行废立，耶律大石算是附逆，其罪可诛。如今他率兵马来护驾，可以说正当其时。当然，更关键的是山下那些兵马的威胁。倘或杀掉耶律大石，山下兵马一旦杀上山来便是玉石俱焚。

天祚帝命人给耶律大石松绑，还赐了座位。为解开天祚帝的心结，耶律大石把南京废立的责任都推到李处温等汉臣的身上。他与萧干是身不由己被胁迫的。天祚帝听了这话虽不全信，但心中的怨恨稍平抚一些。他设宴给耶律大石接风，命耶律大石率兵马在山下扎营，准备御敌。

耶律大石出行宫来到山下，萧塔不烟正为他担心。耶律大石被捆绑候斩时，山下兵马擂鼓呼喊，是萧塔不烟想到的主意。耶律大石说多亏造成那么大的声势了，否则他的脑袋早搬家了。耶律大石察看了夹山的地形，在山下有利地段扎下营寨。傍晚时，天祚帝派人送来一些粮草和给养。将士们奔波多日，总算吃了一顿像样的饭菜，睡了一宿安稳觉。

萧塔不烟已经多年没见母亲的面。她猜想父亲一直追随皇上，母亲自然会跟随父亲来夹山。耶律大石从行宫回来，她便问可曾见到她父亲。他如实相告没看见，她便缠着他出去打听家人的消息。事实上，他已经听说萧奉先和萧昂离开鸳鸯泺之前，便被天祚帝赐死了。萧夫人及另两个儿子也殒命桑干河。其实，他进行宫见驾时，便发现皇上身边少了两个重要人物，一个是萧奉先，一个是太监王华。他当时便感到很奇怪，却因天祚帝一直在场，不方便多问。喝酒时天祚帝说："你很幸运，萧奉先死了，你才能活着!"他当时便很震惊，不知道发生了什么，天祚帝转移了话题，他也不便多问。饭后天祚帝去寝宫歇息，他从膳食房出来，遇见一个他当翰林承旨时的同僚，这才打听清楚事情的原委。他不想让她知道，怕她伤心难过。她却不依不饶，他只能把听到的事情告诉她。

原来萧奉先在金军向鸳鸯泺逼来时，对天祚帝说，耶律余睹是来扶持晋王敖鲁斡当皇帝的。天祚帝信以为真，当即赐敖鲁斡死，结果金军并没停止脚步。天祚帝只好离开鸳鸯泺逃往夹山。路上，一个与晋王要好的大臣告诉天祚帝，萧奉先加害晋王，不过是为他外甥秦王篡位做准备。天祚帝这才恍然大悟。回想这些年来宠信萧奉先，致使文妃赐死、晋王被害，众叛亲离。在萧奉先的把持下，朝纲混乱，文官贪婪，武将怕死，民不聊生，民怨沸腾，致使大片国土沦陷，五京尽失，贵为帝王的他只能跑到夹山躲避……天祚帝越想越生气。

这天晚上宿营时，天祚帝有急事找萧奉先，萧奉先却帮助王华建帐篷不理睬。天祚帝终于爆发了，派几名侍卫强行带来萧奉先父子，责骂说这些年来，萧氏父子为祸朝廷，瞒上欺下、罪恶累累、罄竹难书。他想亲手杀人以解心头之恨，又怕脏了手。

萧奉先见皇上真动怒了，跪倒磕头，乞求原谅。天祚帝骂够了，气出了，心软了。他扶持起老态毕现的萧奉先，说：“对于你们父子，民愤太大了，许多人都恨你们，想杀你们。你俩快逃走吧，弄不好哪一天会连累到朕呀！”

萧奉先一下蒙了，老泪纵横，天祚帝在卸磨杀驴，他却毫无办法。如今金军步步紧逼，耶律余睹恨不得生吃活剥了他，他能往哪里逃呢！这时天祚帝转身离开了，几名带刀侍卫逼迫他们离开。萧昂虽心有不甘，也没办法，只好带着儿子离开皇帐。回到刚搭起来的自家帐篷，他让萧昂马上拆掉帐篷，让萧夫人及家人赶紧收拾东西，把粮钱财宝装上马车等他。他从一个大木箱里，拿出一个精致的紫檀木盒子，快步向不远处一座帐篷走去。

萧奉先进入王华帐篷时，王华正躺在黑暗里想心事。这两天他患风寒，怕传染给天祚帝，没时刻陪伴在左右。刚才皇上派侍卫从这里带走萧奉先，他还以为出啥事了，如今见萧奉先没事人似的来了，才知道没啥大事。天祚帝喜怒无常，这些他早已见怪不怪。他坐起身寒暄着欲找火石点蜡烛。萧奉先挨坐在他身旁，伸手按住他的手。萧奉先夸张地用双手捧起紫檀木盒子。打开，只见两颗大夜明珠发出月亮一般幽幽的光，帐篷里顿时如明月升空般亮起来。两颗夜明珠的中间，放着一尊尺八长的白玉翡翠，被夜明珠的光亮烘托得晶莹剔透、光彩夺目。

第十一章　万里征程

91. 梦碎桑干河

王华被眼前的宝贝震惊了，双眼放出贪婪的光。萧奉先说这宝贝是从西域得来的，他家的祖传镇宅之宝，价值连城，谁得此物，下半辈子享不尽的荣华富贵。他想用这宝贝换王公公手中的玉疙瘩，不知王公公可愿意。

王华知道萧奉先所指玉疙瘩，是一直由他保管的传国玉玺。近段时间以来，萧奉先经常有意无意地跟他提起玉疙瘩。萧奉先曾戏言说，这玉疙瘩拿在个人手中，其实没什么用，尽管价值连城，谁敢叫卖叫买？恐怕连顿酒都换不来，还会引来杀身之祸。王华那时便看出萧奉先在动玉玺的心思。但他看破不说破，要等萧奉先的下文。如今大辽国已日薄西山，追随天祚帝恐怕没啥好结果。玉疙瘩整天背在他身上，如同悬在他头上的一把利剑，一旦出点差错，他的小命恐怕都难保了。与其整日提心吊胆地背着这东西，不如换个下半辈子荣华富贵，然后借机离开天祚帝，找个富庶之乡过好下半生。

王华其实已经心动，却说只怕皇上明天用玉疙瘩，他拿不出来那还了得。萧奉先说自从出了中京城，这玉疙瘩就一直没用过，因为皇上没下过一道圣旨。如今在逃跑的路上，皇上更不会用这个。明天王公公寻机会开小差，这一切便只有天知地知，你知我知了。王华还在犹豫，萧奉先不敢多耽误，也是故意拿一把，抱起紫檀木盒子便往外走。

王华一把拉住他说："萧大人少安毋躁，这笔买卖成交了！"

王华从身边拿出一个黄油布包裹递给萧奉先。他从萧奉先手中拿过紫檀木盒子，打开，贪婪地看着。萧奉先抖开黄油布，露出一个白银色的小盒子，打开，里边正是他梦寐以求的传国玉玺。他收起小盒子，仔细用黄油布包好，离开王华的帐篷。回到住处，家人已准备妥当，三辆马车，两辆装粮食和财物，一辆坐人。萧昂骑马手持枪保护。

萧奉先一家人离开宿营地，往东北方向奔去，那是去往中京的方向。萧奉先想先找一处偏僻的山谷暂住一段时间。等天祚帝一行拔营去夹山，尾随的金军离开了，他一家再去中京向金人献宝。赶了大半夜路，天蒙蒙亮时，他们被一条大河拦住。路边一块巨石上雕刻三个契丹大字：桑干河。萧奉先吩咐停车，想进路边树林歇一歇，烧口热水喝，做口热饭吃，派人试探一下河水深浅再过河。三辆马车刚停在路边，身后忽然传来急促的马蹄声。萧奉先以为天祚帝派人追来了，急命马车快过河。一家十余口人挤在一辆马车上过河。另外两辆马车装着钱粮财物。马车行驶到河心处，河水突然湍急起来，已经没到马肚子。车夫停车不敢走了。萧奉先扭头看后边越来越近的追兵，横下一条心命车夫继续赶车过河。马车又勉强行进一会儿，河水越来越深，浪头越来越急。突然一阵浪头打过来，马在河水中站立不稳摔倒了，马车被河水掀翻了。坐在车中间的萧奉先与家人一起掉进冰冷刺骨的河水中。

萧奉先被河水淹没的那一刻，顾不上拉一把身边的妻子，一只手死死抓住背上系着的黄色油布包裹，另一只手拼命划动。河水凉彻骨髓，令他浑身麻木呼吸急促。他咬紧牙关拼着老命总算游到浅水区，挣扎着爬上河岸，才发现背上的黄色油布包裹不见了。他万念俱灰地仰面躺在河边长叹："老天绝我生路哇！"

萧昂骑马过河，马失前蹄将他摔进河水里。他拼命游到河边，听见身后有人呼救，咬牙返回来，一把拉住沉浮挣扎的人，强支撑着游到河边，才看清是妻子阿秀。萧奉先这时瑟瑟发抖地走过来，衰弱地说："你妈和你弟弟呢?"

萧昂这才想起来，急忙浑身哆嗦地起身寻找，三辆马车都不见了，车夫及家人奋力拉车，也被河水冲走。萧夫人及两个儿子被翻倒的马车压在水底，与马车一起被冲走了。萧氏父子怔怔地望着滔滔的河水欲哭无泪。良久，萧奉先从牙缝挤出两个字："报应!"

这时追赶的人来到了。十几个金军骑兵将三人团团围定。萧奉先勉强挣扎着起身，一摇一晃地走到金军头目面前。金军头目举起弯刀，搭在他的脖子上。

萧奉先挺直胸脯说："我是大辽国北院枢密使萧奉先，带我去见阿骨打!"

金军头目冷冷地打量着他，突然用刀背猛拍他的后背，萧奉先站立不稳一下摔倒在地。这时几个金兵士卒跳下马背，走到浑身湿透瑟瑟发抖的阿秀身边。一个士卒用刀尖挑开阿秀的衣襟，里边的花色内衣露出。士卒们相互嬉笑着取乐。萧昂爬过去挡在阿秀面前，却被一脚踢倒，一把弯刀架在他的脖子上。萧昂欲哭无泪，只能屈辱地闭上眼睛。阿秀见此情形，趁金军士卒对付萧昂时，忽然起身紧跑几步，纵身跳进河水中。

躺在河滩上的萧奉先目睹这一切，内心在泣血，双手死死抠进泥土中。他痛苦地想：这些年他身居朝廷高位，却一门心思讨天祚帝的欢心，谋求自己的私利，眼睁睁看着女真人由小到大、由弱变强、攻城略地、屠杀百姓……最后落得国破家亡，徒留千古骂名!

萧奉先迷迷糊糊之间，忽然听见一阵嗖嗖的弓箭响声，睁开眼睛，看见十几个金军纷纷中剑倒地。金军头目转身跳进河里，却后背连中三箭，大叫一声被淹没在河水中，河水被染红一大片。这时，达鲁古和耶律塔不也率领一队辽军围拢过来。他们是奉天祚帝之命来捉拿他的。

原来昨夜王华得知萧奉先被天祚帝赶走了。他担心玉玺事发，便收拾东西悄悄趁黑夜下山。他被巡逻的辽军当作金军奸细抓获，并搜出夜明珠及许多宝贝。王华自知难以隐瞒了，便向天祚帝自首了。天祚帝本来想放了萧氏父子，听说此事后，立即命达鲁古和耶律塔不也带兵追击。萧氏父子被押回宿营地，天祚帝得知传国玉玺掉进桑干河了，便命将萧氏父子推出去斩首。萧奉先自知难逃一死，不喊冤也不申辩，一副甘心受戮的样子。萧昂挣扎着喊冤，被萧奉先喝住。他说："覆巢之下，安有完卵？儿子，认命吧！"

达鲁古和耶律塔不也奉命监斩。这使萧奉先看到一线生机。当年他们三人都曾依附耶律乙辛一伙，参与了陷害昭怀太子之事。耶律乙辛命令他二人去上京谋害昭怀太子的密信还是萧奉先传递的。耶律乙辛一伙倒台后，达鲁古和耶律塔不也受到牵连。萧奉先因心机重，隐藏得深，没被列入奸臣团伙。天祚帝即位后，曾派人追查昭怀太子被害案。萧奉先利用手中权柄为二人开脱了罪名。奇怪的是，那封密信却丢失了，成为萧奉先的一块心病。

来到野外无人处，萧奉先求二人饶命，说当年也曾救过二位的命。耶律塔不也从怀里掏出一封信，递到萧奉先面前。萧奉先认出来了，竟是那封多年来他一直寻找的密信。耶律塔不也说当年怕他杀人灭口，才担干系保留了这封密信。萧奉先禁不住心中哂笑：当年若非怕牵扯出这封密信，他还真有将二人定为杀害昭怀太子凶手除掉的想法。

萧奉先知道二人此时拿出密信，他父子绝无活命的可能了。他叹息地说："萧某一直拿二位当亲信，一伙的，没想到却是如此结局，真是人心难测啊！"

耶律塔不也冷笑说："你萧大人眼里只有自己。你自私、阴险、狡诈，想想你陷害了多少人？文妃、晋王、萧兀纳、耶律章奴、耶律余睹，哪个不被你害得家破人亡。你死有余辜啊！"

萧奉先不再说话，也自觉无话可说，一副引颈受戮的样子。耶律塔不也向两名提鬼头刀的刽子手摆手。两名刽子手上前，将萧氏父子摁跪在地上。萧昂吓得魂飞魄散，瘫倒如一堆烂泥。萧奉先其实更怕，心里直哆嗦，但他咬牙强撑着，临死不愿意给人留话柄。刽子手举起鬼头刀，随着“咔嚓”两声响，两颗人头同时落地。

92. 大黑探宝

耶律大石安抚完萧塔不烟，开始骑马察看夹山的地形。他发现夹山虽风景如画，适合游猎，但不适合坚守。一旦金军来攻，无可坚守之城，肯定陷入被动。这天，他进行宫见天祚帝，想劝他离开夹山去可敦城。刚巧天祚帝也派人来找他。原来，阴山室韦漠葛失率兵跟随耶律俊讨伐南京。耶律俊带一万兵马失踪了。其余各营兵马各奔东西了。室韦漠葛失的兵马也走散一些，但多数留了下来。室韦漠葛失得知天祚帝到夹山，便率兵马来投奔。

天祚帝见室韦漠葛失带来兵马，声言这是苍天在护佑他。他召来耶律大石，命他做好准备，三天后发兵居庸关，他要御驾亲征收复南京。耶律大石惊愕了，两支兵马合起来一万多人，别说去收复南京，恐怕连夹山都守护不了。他劝天祚帝不可妄动，以眼下夹山这点兵力远征南京，纯粹是笑谈。天祚帝头脑发热，听不了劝阻，讥笑耶律大石是个胆小鬼。

耶律大石真生气了，反驳说：“当年金军攻打宁江州、初河店时，陛下拥有全国人力、物力、财力，大辽国带甲兵马不下百万，那时陛下却不在意，不制定统一的防御之策，致使金军攻城略地。金军攻占东京、春州、泰州时，陛下躲在中京的宫殿里；金军攻占上京城时，陛下跑到南京；金军攻占中京城时，陛下跑到西京。如今大辽国五京皆失，国土沦丧大半，陛下藏身夹山弹丸之地，手中兵马不过万人，却要异想天开收复南京，陛下这是要自杀吗?!”

天祚帝被激怒了。他推倒茶桌，摔碎茶壶茶碗，下令三日后出兵收复南京，有胆敢劝阻抗命者杀无赦!

耶律大石离开行宫，感觉天祚帝疯了，失去了理智，在自寻死路，不能与这样的人绑在一辆战车上。他回到山下大营，与萧塔不烟商量，要尽快离开夹山去可敦城。萧塔不烟赞成离开夹山。她说天祚帝是上天派下来专门害人的，大辽国被他糟蹋亡国了，他自己又该作死了。

耶律大石召集心腹将领密议，决定立即做准备，当夜人吃饱马喂足，三更天兵马离开夹山，北去可敦城。傍晚时，天祚帝忽然来到兵营检视。他说得到密报，耶律大石的兵营有异动。耶律大石说正准备出发，随驾收复南京。天祚帝觉得这话没毛病，却又无法消除疑心，离开时，命亲信将领萧乙薛和坡里括留下监视。晚饭时，耶律大石款待萧乙薛和坡里括喝酒。酒过三巡，耶律大石举酒杯为号，萧塔不烟率几名武士冲进来，将萧乙薛和坡里括杀死。三更天时，耶律大石率兵马悄悄出营，向北方走去。

耶律大石率兵马离开夹山一路北行。第二天中午，来到一座高山下被阻挡，只好向东绕路而行。又行了一天，这天傍晚来到一条大河边，路边一块大石头上写着三个契丹大字：桑干河。耶律大石命令兵马停下来，在河边的开阔地带扎下营盘，埋锅做饭。留在夹山监视的探马回报，并无兵马前来追击。耶律大石索性传令修整一天再走。

晚饭后，耶律大石与萧塔不烟来到河边。打听路人，才知这个渡口是鸳鸯泺通往夹山的必经之路。也就是说，萧塔不烟的母亲和两个弟弟是在此处过河时遇难的，传国玉玺也是在这里掉进河里的。询问清楚后，耶律大石命人拿来几样祭品，与萧塔不烟在河岸边一番祭奠。一直跟随萧塔不烟的大黑，见到河水便躁动不已，在河岸边上蹿下跳。耶律大石望着湍急的河水，说传国玉玺乃是镇国之宝，掉进河里可惜了。萧塔不烟说玉玺应该很重，恐怕落入河底了。耶律大石说就算落入河底，久后也会被泥沙掩埋。萧塔不烟说掉进河里没几天，说不定没被泥沙掩埋，让大黑下水去看看。

耶律大石惊讶地说："它有这本事？"

萧塔不烟说："你可别小瞧它呀！"

耶律大石说："想起来了，西樱和你当年过通地河，就是它把你们驮过去的。"

萧塔不烟决定让大黑试一试。她命人找来一个银色梳妆盒，充当装玉玺的盒子。她站在河边向大黑招手，它快速跑过来，亲昵地在她身上蹭来蹭去。她举起银色梳妆盒，在大黑眼前晃一晃，然后用力将盒子扔进河水中。

大黑当年在通地河边专门干这个，当然知道该怎样做。它双眼盯住银色盒子落水处，箭一样腾身跃入河水中。它潜入水中一会儿，忽然从河水中露出头来，嘴里叼着盒子上的银环跃上岸来。

耶律大石及围观的将士们禁不住喝彩。萧塔不烟拿过一块生牛肉，用刀割下一块扔过去，大黑接住牛肉一下便吞了下去。萧塔不烟再举起银色盒子晃一晃，之后伸手遮住大黑的眼睛。她快速将银盒子藏起来，顺手捡起一块石头扔进河里。随着"扑通"一声响，萧塔不烟松开大黑的眼睛，大黑眼睛盯住石头溅起的水花，纵身跳入河水中。

萧塔不烟做这些时，耶律大石在河边点燃三炷香。他虔诚地跪在河边，恭敬地双手合十祷告说："苍天在上，大辽国君昏臣奸，致使国破家亡，生灵涂炭。耶律大石乃太祖八世孙，自小习文练武，立志报效国家。如今天祚帝不听良言，执意率师攻打南京，实乃驱羊群而入虎口。大石决意率兵北去可敦城，召集旧部，重振大辽国雄威。如蒙苍天眷顾，可将传国玉玺恩赐给我……"

大黑在湍急的河水中上下搜寻，几次上岸，几次又跃入河中。当包括萧塔不烟在内的所有人对此不抱任何希望时，大黑再次潜入河水中。半炷香的工夫过去了，河面不见一点动静，萧塔不烟以为大黑出事了，双眼焦急而紧张地盯着河面。河面忽然荡漾起一阵涟漪，大黑的头浮出水面，它嘴里叼着一个发黄的油布包裹。包裹挂在一根沾满泥沙的枯树枝上。可见当初包裹沉入水底，便挂在河底的枯树枝上，这样才没被河水冲走。也是这件传国神器不该丢失。

筋疲力尽的大黑游到靠近河岸的地方，用尽最后力气一甩头，将黄油布包裹甩到岸边。它却悄无声息地沉入河水中。萧塔不烟急切地呼喊着扑向河水，被耶律大石用力抱住。湍急的河水汹涌流淌，已不见了大黑的身影。萧塔不烟面对河水痛哭流涕。

耶律大石捡起黄油布包裹，露出一个白银小盒，打开白银盒子，玉玺晶莹剔透地呈献在众人面前。耶律大石激动地抚摸玉玺，众人都凑过来一睹这件稀世珍宝。耶律大石拿起玉玺高高举起来，众人纷纷跪倒膜拜。耶律大石收起玉玺，交给专人保护。他命手下人在河边立一块石碑，上边刻一行契丹大字：天降神犬大黑！

兵马离开桑干河时，萧塔不烟站在石碑前仰望天空。一只雄鹰在白云之下遨游，那应该就是她心爱的大黑吧！

93. 同窗操戈

耶律大石一行离开桑干河，日夜兼程向可敦城进发。他们行走的路线是大辽国西北部的草原和丘陵地带。金军刚打下西京、南京不久，势力还没触及西北蛮荒之地。他们过草原涉丘陵通过平地松林，到达距离可敦城三百多里的一片沙地时，与耶律燕山和西伯意外相遇。他们在庆州地界遇耶律俊袭击后，将五色旗鼓及粮钱财物尽失，吴王、王公贵族及官吏、商贾等也全被劫掠去。二人杀出重围时，耶律燕山手下兵马不足百人，西伯身边的和尚、道士只余几十人。耶律燕山派暗探打听清楚，耶律俊偷袭得逞后，正裹挟吴王及王公贵族向可敦城奔去。耶律俊扬言要在可敦城重建大辽国，辅佐吴王登基称帝。他们一直远远地监视耶律俊等人。靠近打不过，派人给耶律大石送信，又不知他现在何处，正无计可施时，所幸与他们相遇。

萧塔不烟与西伯、耶律燕山见面，述说了突围后去南京，后来终于在鸳鸯泺找到耶律大石的经过。大家虽历经磨难，所幸今日还能相见，都很高兴。耶律大石问耶律俊现在何处。耶律燕山说在前边三十多里的河边宿营，已经三天没挪地方了。他们走得太慢了，快时一天走三十里，慢时一天才走十几里，有时还一连几天宿营不走。耶律大石庆幸说："这是老天帮助我们，倘或耶律俊已到可敦城，后果不堪设想。"耶律大石与几人商议后决定：其一，左雄立即率一千兵马奔可敦城，与耶律铁哥留在可敦城内的兵马会合，坚守可敦城，防备耶律俊派兵攻打；其二，将现有兵马分成左、右二路，右路由耶律燕山率领，左路由耶律大石率领，萧塔不烟率女子军残部，西伯率几十名和尚、道士，跟随左路军行动；其三，两路大军今夜宿营歇息，明早四更做饭，五更出发，赶到耶律俊的前边，选择有利地形设伏。众人领命分头去准备。

耶律俊率兵马押送吴王、王公贵族及官吏、商贾队伍，从庆州地界向可敦城进发。由于大草原上没有路，多数是牧人放牧牛羊踩出的小道，人行或骑马尚可，装载着粮食财物的马车便难行了。尤其遇见河流，供马车通过的渡口极难寻找。所以这支队伍行动极缓慢。有时马车坏了，吴王或王公贵族有生病的，还要宿营修车，或请医买药。这样走走停停近三个多月，距离可敦城仍有三百多里。一路上，耶律俊心急如焚，却又无计可施。心腹部将耶律撤八建议，耶律俊先率几千轻骑兵赶往可敦城，他留下来保护大队人马走。耶律俊虽觉此主意有道理，但他从来不相信任何人。这么多的粮食和财物，还有吴王、王公贵族及其家眷，交给别人他不放心。就这样耶律俊率一万骑兵，保护这支难民一样的队伍逶迤而行。

耶律俊截获五色旗鼓及许多钱粮，尤其劫得吴王及王公贵族，他的野心迅速膨胀了。他知道五色旗鼓的分量，也知道吴王的利用价值。有这两张王牌，占据可敦城后，他可以挟吴王以令契丹诸部族，可以向契丹诸部族征粮征税甚至征兵，可以打出大辽国的旗号，与金人抗衡，与宋朝、西夏甚至高丽等国联络。到那时，他可以随心所欲地大干一场。可敦城是大辽国北廷都护府驻地，设有大辽国西北路招讨使司，掌握驻守西北的辽军两万人。拥有了可敦城，进可以出庆州攻击上京、中京，出松州攻击辽南京、西京；退可以依托西北部辽阔的草原游击抗金，实在不行还可以逃往西域的大食国、花剌子模等国避难。

吴王是辽朝皇室，承袭他父亲的王位，上京、中京都建有吴王府。吴王平时宠爱一妃一妾，吴王妃因事滞留上京被金人俘获，羞愤于为阿骨打舞蹈而自尽。此后吴王便专宠一妾，妾名萧花，一直跟随吴王。金军围攻中京城，吴王相信天祚帝去南京督师，之后率大军回广平淀抗金的鬼话，带着萧花到广平淀城。后来听说天祚帝去了西京，又逃往夹山时，吴王才知上当了。此时金军已兵临广平淀城下，吴王正陷入绝境之时，萧塔不烟和耶律燕山自称南京兵马入城。吴王像抓住最后的救命稻草，跟随萧塔不烟等人出广平淀城。被耶律俊截获后，吴王素知其为人，一直与其保持距离。耶律俊却极力讨好、巴结吴王，每天早晚请安问候，经常请吴王宴饮。吴王虽厌恶，但人在屋檐下又不得不低头，只能虚与委蛇。后来耶律俊听说吴王小妾模样可人，便叮嘱吴王赴宴时带上女眷。萧花不愿意去，吴王不想带，可又怕得罪耶律俊，只好勉为其难了。

耶律俊被天祚帝霸占了老婆后，心态扭曲了。他曾想娶萧塔不烟挽回名声，却一直没能如愿。后上了萧奉先兄死妻嫂的当，只好奉旨娶嫂子萧妹为妻。耶律俊随天祚帝离开中京时，随行的只有后宫嫔妃及皇子、公主。萧妹后来跟随萧奉先离京奔夹山，一路上多受萧奉先的关照，却因路途遥远、颠簸劳累，偶然患病医治无效死了。后来萧奉先与耶律俊鸳鸯泺见面，萧奉先述说萧妹病死的前因后果以表功，耶律俊表面上感谢，心中却又记上仇恨的一笔。

这天晚宴，耶律俊请吴王和萧花赴宴。初见萧花的那一刻，耶律俊的眼睛都直了。席间经他暗示，耶律撒八等人频频敬吴王酒。吴王本来便不胜酒力，很快便被灌醉了。耶律俊命人将吴王送走，帐篷内只余下他与萧花。他迫不及待地拉起萧花的手。萧花不情愿却又不敢太挣扎。耶律俊得寸进尺地撕扯萧花的衣服。他说："你若从了我，日后封你为妃！"

萧花讥笑地说："你不是皇帝，怎能封妃子？骗人呢！"

耶律俊说："自古成王败寇，皇帝又不是天生的，我一样能当！"

耶律俊强行将萧花摁在座榻上，扯去她的衣服欲强奸。萧花忍无可忍，抬手打他一个耳光，说："大胆乱臣贼子，竟敢调戏吴王家眷，你该当何罪！"

耶律俊恼羞成怒，将萧花压在身下，双手卡住她的脖子。他气急败坏地说："臭娘们儿，给脸不要脸，吴王不过是我手中的一张牌，你又算什么！"

萧花仍然不从。耶律俊威胁说，如果她再不从，便命人把她拉出去，让所有士卒强奸她。萧花知道这群禽兽什么都干得出来，最后只好屈服了。

第二天，萧花回到吴王的帐篷。吴王见她满脸泪水，便什么都明白了。萧花拔下头上的簪子欲自尽，被吴王死死抱住。吴王劝慰说，他们要想办法脱离耶律俊的魔爪。

耶律俊自知理亏不敢来见吴王，却派一队士兵以保护为名，将吴王及萧花看护起来。这天行军途中，派出去的探马回来向耶律俊禀报：几十里外的山路上，发现大队骑兵，穿的是辽军的服装。耶律俊与耶律撒八分析：这可能是西北路招讨使司的兵马！耶律撒八劝他不可大意，耶律大石既然能想到派兵去广平淀，便能想到占据可敦城。再说，那些被打跑的耶律大石的人也不会善罢甘休的。耶律俊这才猛然醒悟，他把耶律大石给忽略了。这才痛悔当初没听耶律撒八之言，先一步率兵抢占可敦城，更后悔没催促快点赶路。

94. 可敦城称王

耶律俊当即派出几路探马，打探耶律大石的消息。他同时点齐五千骑兵，带着吴王及五色旗鼓轻装简行，直奔可敦城。这天傍晚，经过一天疾行的队伍人困马乏，在一条河边停下。耶律俊却不许宿营，命令马不卸鞍，人不解甲，只喝些冷水吃些干粮，然后接着赶路。天越来越黑了，队伍过了河，来到一个山谷前。前边探路的回报：前方山谷高山林密，路窄难行，不利于夜行。部将建议在山谷外宿营，天亮后再行动。耶律俊惦记着明天中午前到达可敦城，再说他派出去的探马并没回报发现耶律大石的兵马，便命令兵马继续赶路。耶律俊所不知的是，他派出去的几路探马都被耶律大石派来监视的骑兵抓获。

耶律俊的五千兵马黑夜进入耶律大石布下的埋伏。由于路途险要，骑兵只能两马并行，五千人的骑兵队伍蜿蜒十几里，首尾难以相顾。当伏兵的号炮响起，火把亮起来，前后道路被粗圆木堵死，路两边无数弓箭手纷纷举箭瞄准，耶律俊队伍阵脚大乱。

这时黑暗中有人喊话："我们是辽兴军节度使耶律大石的兵马，奉命擒拿反贼耶律俊。首恶必除，余者不问，扔下兵器投降者可生，顽抗者必死……"

耶律俊所率兵马，一部分是御营军，一分部是从中京城跟随萧奉先去夹山的。这些将领跟随耶律俊是被胁迫的。这些士卒远赴西北的可敦城，也是不情愿的。如今深夜在险峻的山谷被包围，恐惧和绝望之时，听见包围者是耶律大石的兵马，放下兵器投降者能活命，便纷纷扔掉武器下马投降。耶律俊见局面无可挽回，便率领一部分心腹，劫持吴王及萧花，杀出一条血路逃遁。

耶律大石设伏得胜，关键是截获了五色旗鼓。他留下萧塔不烟和西伯率人押解俘虏收拾战场。他与耶律燕山各率本部兵马向耶律撒八保护的队伍奔来。耶律撒八刚接到耶律俊遇袭逃遁的消息，还没来得及做出反应，耶律大石的兵马杀来了。耶律撒八率领的兵马无心恋战四散溃逃。耶律大石截获了运送的粮食和财物，以及跟随的许多王公贵族和官吏、商贾。耶律大石率得胜之师开往可敦城。

辽代可敦城归属镇州，是西北重镇，辽朝西北路招讨司设置于此。

耶律大石来到可敦城时，早期率兵西来的耶律铁哥奉耶律大石之命又率兵西进，据说快到达大食国的边界了。留守可敦城的萧查剌阿不迎接了先一步到达的左雄。两路兵马将可敦城控制起来，以防耶律俊兵马偷袭。耶律大石率兵马进城时，可敦城内的辽朝官吏、契丹贵族出城迎接。耶律大石设军帐于北廷都护府内。他连日拜访可敦城德高望重者，妥善安置由广平淀逃来的契丹王公贵族及官吏、商贾。由于大辽国名存实亡，北廷都护府旧官离任了，新官朝廷一直没调任，城内的治安一度混乱。附近两支较大的马匪经常进城抢劫骚扰。耶律大石进城后，首先张榜安民，整顿秩序，然后派兵剿灭了附近的两支马匪，受到当地官绅、百姓的拥护。

这时传来天祚帝出夹山收复南京兵败的消息。耶律大石适时打出“共救君父”的旗号，召集辽朝西北路威武、崇德、会蕃、新、大林、紫河、驼七个州城的首领到可敦城议事，同时邀请大黄室韦、敌剌、王纪剌、茶赤剌、也喜、鼻古德、尼剌、达剌乖、达密里、密儿纪、合主、乌古里、阻卜、普速完、忽母思、奚的、幺而毕等十八个部落的大王酋长来可敦城聚会。

事先左雄、耶律燕山建议：在可敦成重建大辽国，耶律大石登基称帝，遥封天祚帝为湘阴王，这样便于号令四方，高举抗金复国的旗帜。萧塔不烟认为这样不妥。天祚帝生死未明，便妄言废立，恐怕契丹七州十八部落首领不服。可先自立为德王，在可敦城建德王府，统领原西北路招讨司地方。何时得知天祚帝死讯，那时可高举“为君父报仇”的旗帜，名正言顺地即辽国皇帝位。

耶律大石赞同萧塔不烟的意见，将西北路招讨司衙门改称德王府，自立为德王，昭告可敦城及契丹七州十八部首领周知。德王加冕这天，可敦城内的契丹王公贵族、官吏、富商，以及七州十八部的酋长首领纷纷前来祝贺。

耶律大石命人将五色旗鼓摆在王府院内。西北古老的契丹上层对这些象征契丹皇权的神器十分重视。据记载五色旗鼓是当年唐太宗李世民赠给契丹奇首可汗的，表示唐朝对契丹族群的认可。

耶律大石亲自主持祭拜五色旗鼓仪式。他慷慨激昂地说："各位大王、大人，我契丹祖先历尽艰辛，创建大辽国。幅员万里，全国五京、一百五十六州、二百零九县、部族五十二、属国六十。是与宋朝北南并立的堂堂大国，九位皇帝传国二百余年。可恨女真族人完颜阿骨打背信弃义，犯上作乱，竟然伪立大金国，自称皇帝。可恶的女真兵侵我国土，杀我黎庶，攻城略地，致使大辽国五京尽失，大片国土沦陷。如今天祚皇帝夹山兵败，吉凶难测，凡我契丹儿女，无不揭竿而起，共救君父！今天我们建立德王府，我自立为德王，都是为了联合我契丹各部族的力量，向西边发展我们的势力，多结交朋友；向东边打击我们的敌人，恢复我国疆土。我发誓一定要为大辽国朝廷效力，为社稷解忧，解救君王于危难之中，拯救黎民于倒悬之苦。你们大家愿意帮助我吗?"

可敦城内的契丹上层以及七州十八部的酋长首领纷纷表示拥护和效忠德王，听从德王的调遣，重振大辽国，共救君父，打击金军，恢复辽土。

耶律大石坐上王位，加德王冕，接受众人的礼拜。宣布德王府下设北、南枢密院和天下兵马都元帅等衙门，总制大辽国疆域内的一切军政大权。封萧塔不烟为德王妃，掌控德王府一切财政内务；封六院司大王萧斡里剌为天下兵马都元帅，掌控王府军政一切机密事；封萧查剌阿不为天下兵马副元帅、同知北枢密院事；封左雄为南枢密院参知政事；封茶赤剌部秃鲁耶律燕山为都部署；封耶律铁哥为御营军都监；封张撒八为汉军都统。

此时可敦城德王府共节制兵马三万。原大辽国西北路招讨司衙门节制兵马二万，分驻在五个地方。这些兵马无辽国皇帝命令，任何人无权调动。德王以天祚帝夹山兵败，吉凶未知为由，以五色旗鼓为凭据，发出调兵令，将二万契丹兵马从各地调到可敦城，与德王率领的南京兵马混编，共分左、中、右三路军，在可敦城外建三座兵营，加紧训练，准备应付金军来犯。

95. 德王大婚

萧塔不烟被封为德王妃，两个人却还没完婚。两人相恋多年，甘苦与共，如今终于修成正果。由于其父萧奉先、其兄萧昂把持大辽国朝政多年，致使国破家亡，契丹人对萧氏父子十分痛恨，萧塔不烟只好隐瞒身份，只称是上京契丹贵族小姐，其家祖上曾出过辽国皇妃。好在德王府初创，需要办的事很多，没人太在乎德王妃的身世。

德王决定趁七州十八部首领、酋长在的机会，举办一次隆重的婚礼。同时，也借机会宴请这些契丹旧部族的首领一次，加深情感交流，以利于今后相处。

婚礼在德王府后院举行。可敦城内的契丹上层人物、官吏、七州十八部首领、酋长都来礼贺。德王命人把收到的礼物列清单记好。婚礼结束后一分不少地都还回去。德王府初创，重建大辽国是最高目标，不能刚开始就形成收礼的习惯。

婚礼在喜庆欢乐的气氛中进行。参加婚礼的人们开怀畅饮，载歌载舞。尤其是七州十八部首领、酋长们，原以为大辽国亡了，他们成了没娘的孩子。如今当年的“大石林牙”创立德王府，自立为德王，掌控几万契丹兵马，足以与金军北进的势利抗衡，保护辽国西北疆域不被金军侵害。他们可以从此无忧了。这些人非常高兴，纷纷向一对新人敬酒祝福。德王为赢得这些契丹旧部族的支持，对这些人也十分客气、敬重。

婚礼在一派祥和、欢乐的气氛中举行。

婚房设在德王府后院，里面陈设简单，一应从简。这是德王妃吩咐的。按德王的意思，想好好装饰一下婚房。毕竟两人相爱多年，今日才得以完婚，他觉得亏欠她的太多了。她却认为德王府初立，百废待兴，用钱的地方很多。她天生不喜欢奢华，主张婚礼一切从简。夜里他被众人嬉笑着送进新房。她身穿契丹族王妃装，头戴王妃头饰，安静地坐在床榻上，两支红蜡烛的光亮将她衬托得分外静美。

她平素爱穿男儿装，很少着女儿装。他第一次见她穿这么美的女儿装，惊得目瞪口呆。他在她对面坐下来，静静地打量着她。他说："你真美！"

她说："若非婚礼，我不会这样打扮的。"

他说："我喜欢你这样。"

她说："希望郎君一如既往，远离声色犬马，早日光复大辽国。"

他上前抱住她说："今天是新婚之夜，就让为夫放纵一回！"

她在他额头上点一下说："你猴急的样子，倒像一个农家郎！"

他一把将她揽进怀里，她假装挣扎，他抱得更紧。他腾出一只手解她的衣扣。她撒娇地按住衣扣，他抓住她的手，俩人同时哆嗦一下。认识很多年来，这是他们第一次亲密接触。

这时门外传来耶律燕山的声音，说有急事禀报德王。德王扫兴地松开她。他来到门外冲耶律燕山瞪眼睛。契丹族也有闹婚房的习俗。德王进入新房前，被耶律燕山、左雄一帮人灌了许多酒，闹腾了够呛。他以为又来闹了，耶律燕山说真有急事。他问到底有什么事。耶律燕山向新房指一下，示意别让她听见，便转身向王府前院走去。德王只好跟过来。没走多远，忽听见一个女人在叫喊，声音听上去有些熟悉，德王加快了脚步。

德王来到王府前院会客厅，看见金花挺着大肚子坐在座榻上，两名女用人站在她身旁。金花看上去瘦了，也黑了，头没梳脸没洗的样子。她看见他走进来，起身便扑过来。他下意识地想躲闪，却没敢，怕她摔倒。她扑进他怀里，紧紧抱住他。她流泪说："夫君，你为何不辞而别，你变心了，不要金花了吗?"

德王一时不知该说什么好。原来他从鸳鸯泺脱离金军后，金花伤心欲绝，执意要去寻找他。吴乞买急回中京时，路遇正往鸳鸯泺赶的金花。他命金花跟随回中京，金花却说要去找丈夫。吴乞买不便透露皇兄病逝的消息，只好听之任之。后来吴乞买即大金国皇帝位，听说耶律大石逃离了金营，才后悔当年匆忙将侄女下嫁太草率了。女真人一直处于奴隶社会，对女人并不看重。耶律大石逃跑了，吴乞买又下令金花下嫁大将宗翰做偏房。宗翰派车来接金花的那天夜里，金花带着几名家人和女佣悄悄逃离鸳鸯泺金军营。金花一行人打扮成契丹族人，先到夹山寻找，得知耶律大石与天祚帝分道扬镳去可敦城了。一行人便离开夹山奔可敦城。他们穿过平地松林，到达庆州地界时，听到耶律大石在可敦城建立德王府，打出"共救君父，恢复辽土"的旗号。家人劝金花别去可敦城了，耶律大石已成为大金国的敌人，去投奔他弄不好会自寻死路，可就近去庆州城投奔金军。金花抚摸已经渐渐隆起的大肚子，说她生是耶律大石的人，死是耶律大石的鬼。她肚里的孩子不能刚出生便没了亲生父亲。她一定要为孩子找到亲爹。

金花在德王的怀里抽泣，述说她千里寻夫的经过。她说为给孩子寻个亲爹，她历尽千辛万苦。他不收留她，她就上吊抹脖子，让世人都知道他是个绝情的人。

德王傻了似的呆站着，一时不知道该怎么办。新婚之夜金花找上门来，这让他如何向妻子解释？正尴尬时，德王妃竟然走进来。他羞愧地不敢看她，因为他一直没跟她说这件事。一来一直处于动荡之中，没机会说；二来怕她怪他对爱情不忠。他想等到合适的时机再向她解释，没想到金花千里迢迢地寻过来，肚里还怀着他的骨血。

德王以为妻子会醋性大发，至少会动怒生气，没想到她心平气和地走到金花面前，和蔼地笑一下，拉住金花的手，让她坐在座榻上。她吩咐用人端热茶过来，亲手端茶到金花面前。金花正口渴得厉害，接过茶碗便大口喝起来。

德王妃扭头看德王，嗔怪地说："人家千里迢迢地来找你，你咋没一点儿热乎气!"

德王窘迫地支吾着，却一句话都说不出来。

德王妃吩咐用人为金花等人做饭，热情地招待他们吃饭，然后安顿金花在新房隔壁的房间歇息。做完这些德王妃回到新房，德王赧颜地跟进来，解释金花的来历。其实这些她早就听说了，也知道他是迫不得已而为之。她知道有一天他会解释的，便一直没点破。她安慰他说，这些她早就听说了，当时处于那样的情况，他别无选择。今日见到金花，果然是个漂亮妹子，还怀了他的孩子，这是可喜可贺的好事。家里三个兄长，她早就盼望能有个妹妹，这下好了，以后她们姐妹可以朝夕相处了。德王感激涕零，一再表示他与金花是迫不得已，他真爱的一定是她。三更天了，该歇息了，德王催促妻子上床榻睡觉，她却让他去隔壁歇息。

他说："今夜是咱俩的新婚之夜啊!"

她说："金花初来乍到，肚里怀着你的骨血，怎能冷落人家!"

他说："这对你太不公平了!"

她说："只要你心中怀有复国大志，别沉溺于女色，便是对我最大的公平!"

他还想说点什么，却被她从新房里拉出来，推到隔壁金花房间的门外。

96. 西域消息

德王被推进金花的房间，金花感动得热泪盈眶，为他不忘旧情，更为德王妃的宽宏大量。她已怀孕五个多月，千里迢迢找到丈夫，尤其能够被德王妃容纳，她倍感温暖与幸福。她像在金军营帐中那样，小鸟依人地依偎在他的身边。她睡得很香甜，睡梦中还笑出声来。他却几乎一夜没怎么合眼，头脑中尽是与妻子相识以来的一幕幕。

德王妃这一夜也没怎么睡好。实话说身为女人，谁愿意新婚之夜让出丈夫？好在见到金花的面，她觉得这是个心思简单、善良的女人。德王快四十岁了，连她都快三十岁了。这些年颠沛流离，如今终于暂时安定下来，成亲了。她曾担心自己能否生育，能否为德王生出健康聪明的后代。如今金花来了，她的这个顾虑打消了。她可以全心全意地辅佐丈夫，为恢复大辽国的故土而努力。传宗接代这类女人家该干的事，就交给年轻的金花吧！

第二天一早，德王带着金花来见她。金花乖巧懂事，很会讨她的欢心。金花甜甜地叫她姐姐，围着她献殷勤。金花说从小便没了娘，是奶娘把她拉扯大的。那些年父亲跟着伯父阿骨打整天东拼西杀的，她很小便跟随金军营到处游荡。金军攻打下一座城池，她便跟随家人住进去。没多久金军又打下另一座城池，她只好跟随家人到另一座城池。这样整天颠沛流离的，她多么希望能有一个安定的家。她的许多姐妹十三四岁便被父辈赐婚，多半嫁给有战功的将士。许多姐妹成亲没多久，便因丈夫战死而成为寡妇。父辈又会将她们赐嫁别人。

金花一直抗拒父辈的赐婚，立志要自选夫婿，嫁个顶天立地的大丈夫。后来父亲战死，伯父阿骨打更不忍心逼她嫁人了。这样一来二去，她成为大金国皇室里待嫁的老姑娘。德王投金后，阿骨打为笼络人心，决定命侄女完颜金花下嫁耶律大石。阿骨打传口谕给当时在中京的金花时，还担心金花拒绝。金花听说赐嫁耶律大石，当即便同意了，因为她此前听说过，他是个文武全才的大丈夫。第二天，金花便离开中京西去。

德王妃从金花的讲述中竟然看到了自己的影子。两个执意要嫁大丈夫的异族女人，阴差阳错地相聚到德王的身边，这便是千里姻缘一线牵。从此德王妃从情感上接纳了金花，两个人很快成为无话不谈的闺密。德王妃命人在王府后院建一座小院，专供金花居住，雇了几个有经验的契丹族妇女过来服侍，生活上无微不至地关照，这一切令金花由衷感激。一晃几个月过去了，金花为德王生下个女儿，取名耶律银花。

德王妃很快也怀孕了。可敦城上层人士，七州十八部首领，或亲自来祝贺，或派人送来贺礼。德王一如从前，将贺礼原封不动地还回去。他经常告诫部下，强大的大辽国最终败在一个“贪”字上，德王府立志共救君父，重振大辽国声威，一定要戒贪戒腐，严肃纲纪。

这年秋天，一直率军西行的耶律铁哥派人送信回可敦城。他已经到达大食国的边界。西行的路上，招募了许多契丹骑兵，目前他的兵马已达五千人。同时，耶律铁哥当初遵照德王的嘱托，各派一个使团去大食国和花剌子模国。这两个使团如今返回来，被耶律铁哥派回可敦城。

德王在德王府召见两个使团的人。去往大食国的使团禀报说，他们到达大食国，受到国王阿卜的热情接待。吃得好，住得好，带去的礼品被阿卜全部收下，阿卜还回赠了丰富的礼品。不过，阿卜说大食国眼下遇到了麻烦。国内的哈剌鲁人部族和康里突厥人部族在邻国花剌子模的支持下犯上作乱。这两个部族经常骚扰大食国的山寨和城池，杀害大食国子民，强掠女子和牲畜，给大食国造成很大的麻烦。大食国虽多次派兵征讨，都因花剌子模国支持叛乱而失败。大食国王为这件事整天忧愁，却又想不出应对的办法。

去往花剌子模国的使团受到国王阿即思的轻慢。王宫的人收下使团献上的礼物，并无回赠，还傲慢地说：“我们只知道强大的大金国，不知道大辽国现在何方!”使团在花剌子模国都城驿馆住了三天，每天只供给一餐饭，还是剩菜馊饭，要价却奇高。使团离开时，请求见国王，阿即思拒绝见面，还下令把使团的西夏国跑马都扣留，换给一些老弱病残的马匹，并且这些马匹还是使团用金子换的。

德王安慰使团的人说：“不怨花剌子模国难为你们，大辽国五京尽失，国家灭亡了，使团哪里还有尊严。”他问是否打听到西樱的消息。大食国使团的人说，询问过大食国王，没有西樱的消息。使团的人在大食国都城打听过，也没得到一点消息。大食国近几年麻烦不断，加之辽、金战端，没派使团或商队东来过。

花剌子模国使团的人说，他们因受到怠慢，没向国王阿即思打听西樱的消息。倒是使团在当地雇过一个向导，这个向导说大约两年前，花剌子模国向大金国和大宋国都派出过使团和商队。一个派往宋朝的商队曾遭受过抢劫。使团的人委托向导打听遭劫商队的详细情况，还没听到回信，便被花剌子模国驱逐出都城。德王痛惜失去一次打听西樱消息的机会，却没办法。

耶律铁哥信中建议德王速率可敦城之兵西来，支持对辽国交好的大食国，打击怠慢大辽国的花剌子模国。耶律燕山等将领也跃跃欲试。自从到达可敦城，几万人马整天操练，却没有冲锋陷阵的机会，将士们都等得不耐烦了。德王却告诫将士们一定要沉住气，趁金军暂时无暇北顾的时机，保境安民，发展经济，操练军兵，为以后的战争做准备。德王写信给耶律铁哥，命他驻扎在大食国边界按兵不动，继续招募士卒和操练人马。可敦城兵马肯定有西进的那一天，但不是现在。

这些都安顿好，德王派人往夹山、西京一带打听天祚帝的消息。

97. 天祚帝被俘

当初天祚帝得知耶律大石率兵马离开夹山，他没派兵追击。他恨不得追上去扭断耶律大石的脖子，但是手中没那个力量。如今夹山只余下一千御营军，以及室韦漠葛失的几千人马。天祚帝却仍要率领这支队伍御驾亲征收复南京。他把尚方宝剑交给一名侍卫，传令谁敢劝阻出兵立即斩杀。他还振振有词道："当初女真人偏居混同江一隅，阿骨打手中只有两千兵马便敢横挑强梁攻打宁江州。如今朕手中有近万兵马，收复南京指日可待！"

天祚帝自任都统，在夹山下誓师宣誓。他请神师慧材做道场，为大军驱鬼祈福。为表达必胜之信心和决心，天祚帝命后妃及皇子、公主全部跟随。兵马出发之时，前边一千御营军开路。中间是后妃、皇子、公主的车马。之后是室韦漠葛失的兵马。行军路崎岖难行，要翻越几座高山，涉过桑干河等几条大河，粮草短缺，供给困难。其间许多士卒开小差跑了。队伍到达一个叫白水泊的地方，进入金军精心布下的一个口袋阵。事实上，天祚帝在夹山誓师出发，便被金军的探马发现。耶律余睹建议在白水泊伏击辽军，完颜娄室便命金军埋伏在白水泊四周的山谷中。

天祚帝率领辽军连续几天行军，到达白水泊时疲惫不堪。宿营的命令传下来，将官命令士卒安营扎寨，却没人肯听。几千兵马拥挤在一片草地上，人下马，马卸鞍，乱糟糟地埋锅做饭。饭刚做熟，士卒们争抢吃饭时，金军进攻的号角吹响了。金军马队从四周山谷中冲杀出来。辽兵无心恋战，一触即溃，漫山遍野地溃逃。金军追击辽溃兵，砍瓜切菜一般。

天祚帝在阿疏等辽将的拼死保护下才逃离战场回到夹山。所率兵马逃回来不足千人。皇后、元妃、萧莺少数几人跟随天祚帝逃出。其余秦王定、许王宁、赵王习泥烈，以及公主、嫔妃等多人被金军俘获。

天祚帝自思夹山不能久留了。此时已是隆冬季节，天寒地冻。金军获得白水泊胜利，没往夹山追击，将兵马撤回西京修整。天祚帝得以苟延残喘。第二年春天，天祚帝带着皇后、元妃、萧莺在阿疏等将佐的保护下，从夹山南下投奔西夏国。路过应州时，与金将完颜娄室率领的骑兵遭遇。天祚帝只顾逃跑，金兵拼命地追赶。天祚帝逃进一片树林时被金军包围。天祚帝发现四周全是金军的旗帜，无数弓箭手引弓待发。他吓得六神无主，竟然从马背上摔下来。这时皇后跑丢了，只有元妃和萧莺靠在天祚帝的身边。阿疏面对渐渐逼近的金军欲举剑拼杀。天祚帝却一下瘫倒在地举起双手。

完颜娄室在众金将的簇拥下，骑马过来。

天祚帝哆嗦着说："朕是辽国天祚皇帝！"

完颜娄室说："你就是耶律延禧？"

天祚帝木然地点头。这时一群金军将元妃和萧莺围起来。一名金军头目以搜查为名，在元妃和萧莺身上乱摸。元妃羞得低下头，却不敢声言。萧莺却一把将金军头目推开，说："放肆，你知道我是谁吗？"

金军头目哂笑说："你是谁？"

天祚帝衰弱地说："她是朕的妃子！"

金军头目不理天祚帝，色眯眯地说："你是皇后？还是元妃？"

萧莺摇头说："我叫萧莺。"

金军淫笑地说："听说过，皇上霸占臣子的老婆，果然挺漂亮。你把衣服脱了。"

萧莺说："你要干什么？"

金军头目说："搜查。"

萧莺扭头看天祚帝，天祚帝低垂头站在一旁不敢动。她凄然地笑一下，伸手进怀里掏出一把精致的匕首。金军头目警惕地握紧手中刀，萧莺将匕首拔出鞘，突然用力向自己的咽喉刺去。由于用力过猛，刀刃全部刺进咽喉，萧莺身体摇晃几下摔倒在地。天祚帝目瞪口呆地看着萧莺，突然跑过来抱起萧莺的头。他哀号地说："莺儿，你这是何苦呢！"

萧莺嘴里浸出血沫子，她艰难地喘息着，却平静地望着天祚帝。她断断续续地说："皇上，国破家亡，没见一个人为皇上而死。臣妾做第一个吧!"

天祚帝万念俱灰地抱紧萧莺，说："莺儿，你等等朕，朕也不想活了!"

萧莺胸部已被血染红一大片，嘴里流出的血布满脖子。她气息渐微地说："你是皇上，他们不会害你的。臣妾女儿身，宁可死，不受辱。只可惜呀!"

天祚帝说："莺儿可惜什么?"

萧莺说："臣妾死了，连个名分都没有!"

天祚帝在萧莺满是血泪的脸上亲吻一下。他哀痛地说："莺儿，朕原想等天下太平了，封你为贵妃，举办盛大的婚礼……"说到这儿，天祚帝已泣不成声，眼泪滴落在萧莺的脸上。萧莺渴望地看着他。他说："莺儿，这是朕即位以来第一次流泪，为你！朕金口玉言，封你为贵妃，你听清了吗?"

萧莺瞪大眼睛看天祚帝，微点一下头，无力地闭上眼睛。

天祚帝痛苦而绝望地叫喊："莺儿，朕的莺儿呀!"

完颜娄室从马背上跳下来。他蔑视地看天祚帝一眼，低头注视已气绝身亡的萧莺，说："好个刚烈的女子！厚葬。"

金军头目指挥几名士卒将萧莺的尸体从天祚帝怀里拖走。

元妃吓得瘫在地上浑身哆嗦。完颜娄室走过来，蹲在她面前，用马鞭挑起她的脸，说："你是谁?"

元妃吓得不敢抬头，低声说："元妃!"

完颜娄室嘲讽地笑一下，从腰间拔出一把匕首扔到元妃面前。元妃吓得脸色苍白，恐惧地挪动一下身子。完颜娄室说："你愿意死，还是愿意服侍本将?"

元妃求助地扭头看天祚帝，天祚帝痛苦又无助地低下头。

完颜娄室哈哈大笑地站起身，向元妃招一下手，便向树林里刚搭建起来的一座军帐走去。元妃虚弱地站起身，扭头看了一眼面如死灰的天祚帝，无声地叹息，跟随完颜娄室走向帐篷。

98. 兴亡弹指间

一一二五年（金天会三年）二月，天祚帝被俘后，奉金太宗完颜吴乞买之命，被押往上京城。

一路上衣不蔽体、食不果腹，天祚帝受尽折磨，饱尝亡国君的滋味。沿途经过的山山水水，曾经在他治下二十多年，他却从来没思考过怎样治理好。如今国破家亡却山河依旧，他内心经历着无边的痛苦和煎熬。这年八月，天祚帝历尽艰辛到达上京城。

吴乞买在上京皇城大殿召见耶律延禧。这座耶律延禧出生并生活的皇宫，如今依然巍峨，红砖碧瓦流光溢彩，似乎每一个角落他都很熟悉，却物是人非换了主人。他由高高在上的辽天祚帝，变成金人的阶下囚。

天祚帝早年到混同江游猎时，吴乞买跟随兄长阿骨打随驾。他陪同天祚帝刺过虎，唤过鹿，捕过鹅，射过熊。他勤勉能干，很受天祚帝的赏识。天祚帝被押上大殿时，高坐在皇帝宝座上的吴乞买不很自然地动了一下身子，似乎想站起身，向这位昔日皇宫的主人施礼。但很快他就觉悟到，如今角色转换了，他已经成为这座宫殿的主人，而眼前这位曾经的辽国皇帝已经沦为阶下囚。

金太宗说："耶律延禧，你还认识朕吗？"

耶律延禧说："怎能不认识呢！如果当年在混同江把你们哥俩都杀掉，如今坐在上边的，就应该是我啊！"

金太宗说："就算当年你杀掉我们兄弟，以你的做派，还会沦落成阶下囚的。"

耶律延禧叹息说："这都是天命啊！"

金太宗说："是天命，也在人为。"

耶律延禧低下头不说话了。在被金兵抓获的头天夜里，他梦见上京皇宫大殿被熊熊大火烧毁。他和萧莺站在火海旁看热闹。萧莺突然挣脱他的怀抱，纵身向火海跳去，随即化为一缕青烟飘上天空。这时那个他从小到大无数次梦见过的，据说很像太祖的老人，步履蹒跚地来到他面前。老人说："耶律延禧，你从小就盼望宫殿被大火烧毁、被大水冲毁，是吗？"

他懵懂地说："老人家，这些你怎么会知道？"

老人叹息说："这就是天命啊！"老人说完转身而去，他也激灵一下从梦中醒来。

这天晚上，金太宗完颜吴乞买在皇宫中宴请天祚帝。席间，吴乞买奇怪地问他，为什么他当皇帝时不理朝政、荒淫无度、信任奸臣、残害忠良、重色轻义、反复无常、举止无措，致使自己当了亡国君。天祚帝很淡定。他认为天下没有长生不老的人，也不会有万世不灭亡的王朝。汉武帝、唐太宗雄才大略，英明盖世，结果汉朝和唐朝一样，最终都走向灭亡。就算眼下大金国打败了大辽国，蒸蒸日上、如日中天，将来也难免会有败亡的那一天！

金太宗觉得这话虽难听，但有一定的道理。第二天，金太宗降封耶律延禧为海滨王，命令将其送往五国城（今黑龙江省依兰县）囚禁。

一一二六年（金天会四年）十二月，金兵围攻宋朝汴京城。此时已成为太上皇的赵佶，与儿子宋钦宗赵桓一起被金军俘虏。第二年，金太宗封赵佶为昏德公，命令将其送往五国城囚禁。

据史料记载：

一一二三年（金天辅七年），金帝完颜阿骨打在返回上京的路上病死，时年五十六岁，谥号武元皇帝，庙号太祖，立原庙于西京。后增加谥号为：应乾兴运昭德定功睿神庄孝仁明大圣武元皇帝。

一一二八年（金天会六年），耶律延禧病死于五国城，享年五十三岁。金朝改封其为豫王，葬在广宁府闾阳县乾陵旁。

一一三五年（金天会十三年）四月，赵佶病死于五国城，享年五十四岁，葬于河南广宁（今河南洛阳附近）。

至此，完颜阿骨打、耶律延禧、赵佶，这三位于公元十二世纪初叶，使中国历史发生波澜壮阔变化的人物全部辞世。金太祖完颜阿骨打毕其一生精力，以蕞尔小邦的女真族横挑庞然大物的大辽国，最终将辽朝灭国，并为北宋王朝埋下灭亡的种子。耶律延禧、赵佶两个贪玩的花花公子皇帝最终将辽、宋两个原本生机勃勃的王朝断送。

据《大宋宣和遗事》记载：耶律延禧被押往五国城后，有一次遇见被俘后同样被押来的赵佶。

耶律延禧说："赵公，你从哪里来？"

赵佶说："从源昌州辗转五六千里来到这里。唉，亲近的人都死了、散了，谁知亡国的滋味如此痛苦啊！"

耶律延禧说："我和你的遭遇差不多！"

这天晚上，两个人同屋住，由于有金军士卒的管束，他们不敢再说话。

第二天，看守带赵佶和耶律延禧进入一座很整洁的小院，命令二人坐在左边廊下的椅子上。这时有紫衣人传圣旨：耶律延禧和赵佶一并免去朝见，赐入鸿翼府监收。金国的鸿翼府大概相当于宋朝的鸿胪寺（外交部门）。二人一并拜谢金帝的圣恩。

某一天，耶律延禧拉赵佶的手私下说了几句什么。赵佶拱手在额前感叹说："皇天！皇天！"此后，有人报告两个人说私话。金帝便传令让二人分开居住。

当然，这些似是传说，不足为信。

阿疏被俘后跟随耶律延禧一起押往上京。他被扭送到皇宫大殿见金太宗，只拜而不跪。

金太宗说："你是谁？"

阿疏说："破辽鬼阿疏！"

金太宗说："你为何背叛女真族人？"

阿疏说："陛下弄错了，当初女真族人是辽朝臣属。阿疏投辽是归国。陛下以下犯上，抢夺辽国江山才是背叛！"

金太宗命人将阿疏押出大殿。有人建议杀阿疏以儆效尤，金太宗说："打他二十板子，让他该干什么还干什么去吧！"就这样，当初似乎是引起女真人反辽的元凶，每次金军伐辽都会多次索要的罪人阿疏，如今大辽国灭亡了，却只被打二十板子释放了。这便是历史的真相。

阿疏挨二十板子后被逐出皇宫。他干脆改名"破辽鬼"，每天幽灵一样游荡在上京城附近。他衣衫褴褛，口中哼着谁都听不懂的歌谣。久而久之，他被人们称为疯老头。

99. 河董城之战

镇州可敦城周围地区有水草丰美的草原牧场，也有宽广肥沃的农田。这年秋天，大金国向宋朝开战，大批金军南下围攻宋东京汴梁城。德王借金军无暇北顾之机，一面招兵买马，扩充武力，一面鼓励百姓种田养畜。他在可敦城按照辽朝惯例，建立衙门机构，设置南、北面官府。对内整肃吏治，安抚百姓。对外积极联合西夏，与宋朝保持沟通。他使镇州可敦城成为一面抗金复辽的旗帜，甚至以前投降金国的一些契丹人都暗地里向往可敦城。

这年岁末，德王妃顺利产下一个男婴。德王中年得子，高兴异常。他为儿子取名耶律夷列。德王后继有人，德王府的凝聚力更强了，人们对德王府的期待也更高了。这时传来天祚帝在西京地界被金军俘虏，押往上京城后，被金太宗降为海滨王，押送五国城关押的消息。德王召集七州十八部的首领，举行隆重的"共救君父"宣誓活动。从此，契丹族人视德王为精神领袖，更加紧密地聚集在德王府抗金复辽的旗帜下。

左雄、耶律燕山等文臣武将建议德王应天时、顺民意，重建大辽国，即皇帝位。德王征求王妃的意见。德王妃认为镇州地界地旷人稀，不足以称帝。再说，天祚帝还被关押在金五国城，还应该高举“共救君父”的旗帜凝聚人心。更关键的是，此时金军已攻破宋朝都成汴梁，宋徽宗、钦宗二帝已经被俘虏，金朝南面的威胁消除了，估计很快就要派兵北来。镇州这边，一方面应该做好防御金军进攻的准备；另一方面应该准备大军西征，向西域扩展契丹人的势力。

德王见王妃的意见与自己的想法不谋而合，便下令调整镇州的防御部署。他将可敦城的辽军兵分左、中、右三路。任命耶律燕山为中军都统，率领中路兵马镇守可敦城；任命萧斡里剌为左军都统，率领左路军镇守古回鹘城；任命萧查剌阿不为右军都统，率领右路军镇守河董城。

德王刚调整完兵马部署，有探马回来禀报：大金国左副元帅完颜宗维、右督监耶律余睹，率领金军精锐骑兵两万人，出燕京城（辽南京）向河董城进发。

河董城（和勒端城，在今蒙古国东部乔巴山附近）位于镇州的东南方，是可敦城的东方、南方屏障。如果金军攻占河董城，便可乘胜进攻可敦城。德王对此十分重视，从左、中两路军抽调兵马一万，亲自率领前往河董城驻守。加上原守卫河董城的右路军，辽军河董城的防御兵马两万人，与北犯的金军势均力敌。

金军挟灭辽败宋之威势，两万兵马浩浩荡荡杀到河董城下。德王在河董城外依城建一座大营，命耶律燕山率一万兵马驻守。深沟高垒，与河董城呼应。德王亲率一万兵马坚守河董城。这是他第一次率军与金兵正面交锋。站在城楼上，望着潮涌般前赴后继的金军，他不禁感叹说：“金军果然强悍啊！”

金将完颜宗维和耶律余睹亲率金军杀到河董城下。遥望河董城上旌旗密布，刀枪林立，滚木礌石齐备，城外辽军大营深沟高垒，帐甲齐整，戒备森严，金将完颜宗维倒吸一口冷气。自从他跟随金帝征伐以来，与辽军交战无数，从未见过辽军如此壁垒森严过。耶律余睹告诫说：

“与我们对阵的是耶律大石，非一般的辽将可比！”完颜宗维挥动手中旗帜，命令金军从东、南两面攻城。

两路金军排山倒海般向河董城发起进攻。城上辽军在德王的指挥下，箭矢、滚木、礌石、泼油点火，所有守城手段都用上了。金军在城下血肉横飞、尸横遍野，却连外城都没法靠近。

完颜宗维震惊地说：“辽军守城如此顽固，第一次见到啊！”

耶律余睹说：“末将请与耶律大石决一死战！”

完颜宗维同意，传令鸣金收兵，攻城的金军奉命回撤。

耶律余睹率一支骑兵冲到城东门外，叫阵耶律大石来战。德王命令打开东城门，亲率一支辽军出城接战。两军各自摆开队形，二将各持兵器马上对峙。

耶律余睹拱手说：“重德弟别来无恙？非余睹斩尽杀绝，实乃上命差遣！”

德王还礼说：“你我兄弟各为其主，何必多言！”

耶律余睹说：“话虽如此说，愚兄仍有一言劝弟。”

德王说：“若非鸳鸯泺城外兄长承让，弟岂有今日，兄请直言。”

耶律余睹说：“如今天祚败亡，辽地尽失，金定天下，四海归心。重德弟何不率师归顺，以免生灵涂炭？”

德王说：“人各有志，余睹兄何必勉强。”

言罢二人各率兵马展开厮杀。这是一场势均力敌的拼杀，可谓惊天地、泣鬼神的殊死搏斗。血拼到最后，耶律余睹所率金军尽数折损，德王兵马也死伤惨重。双方大战近百回合，耶律余睹终于力怯，被德王击飞兵器落荒而逃。德王并没赶尽杀绝，下令收兵回城。

第二天，金军再度攻城，耶律燕山奉命率大营兵马侧击。金军攻城兵马乱了阵脚，德王趁机率兵出城反击，攻城金军败退。两军在河董城下大战一个多月，双方都付出惨重的代价。德王兵马将城外大营收缩进城，仍觉防守兵力不足。金军死伤过半，无力攻城。金太宗派遣中京两万兵马驰援，金军获得援军，准备再战。左雄建议弃守河董城，退守可敦城，不与人多势众的金军拼消耗，要寻机在野外歼敌。德王考虑再三后采纳左雄的意见，决定弃守河董城。

这天夜里，德王率兵马弃守河董城，退回可敦城布防。第二天，完颜宗维和耶律余睹率金军入城。河董城之战，双方针尖对麦芒，硬碰硬，各自损失惨重。金军虽占领河董城，却不敢再冒进。十几年来，金军一路南征，灭辽亡北宋，气吞山河如虎，虽然取得辉煌的战绩，却也损失巨大。当初跟随阿骨打起兵的女真兵，十余一二，强壮的大金国也需要休兵罢战，休养生息。于是金太宗降旨，金军驻守河董城休整，不再向西进攻。

德王得知金军奉旨休整的消息，同时听到天祚帝病死于五国城的传言。他派密探赴金国上京城打听天祚帝的确切消息。河董城之战使德王明白，与金国在可敦城、河董城一线纠缠，并非久远之计。这时他的目光转向遥远而辽阔的西域。他与王妃、左雄等人商量，确定了“东防西征”之策。于是，他一面加强镇州及可敦城的防守，一面调集兵马和钱粮物资，准备率领大军西征。

这一天，远在西域的耶律铁哥派人来禀报两条消息：其一，一伙来路不明的辽军散兵游勇进入大食国，这伙人沿途烧杀奸淫，无恶不作；其二，一个从花剌子模都城出来的契丹商人说，他向花剌子模国王宫贩卖东海珠时，见到过一位契丹人尼姑。听王宫的人私下说，这个尼姑曾是大辽国的公主。贩珠商人在异国他乡见到同族人很兴奋，想上前与尼姑说几句话，但是被守卫的王宫侍卫蛮横地赶走了。

德王由此判断那伙逃到大食国的辽军多半是耶律俊的残部。吴王还在他的手中，一定要想办法救出吴王。花剌子模国王宫出现的契丹人尼姑极有可能是西樱。德王当即传令耶律铁哥，马上派人跟踪那伙辽军残兵，摸清他们的底细。同时，他派人秘密前往花剌子模国都城，设法摸清契丹人尼姑的底细。

第十二章 开创西辽

100. 德王西征

德王筹备西征的首要问题是选择西行的路线。当时摆在面前的有两条路线。第一条路是由可敦城向西北方向的谦河地区（今叶尼塞河上游地区）进发。这条路线德王曾派兵试探过。一年前，耶律燕山、左雄率领五千骑兵向谦河地区进军，遭到当地黠戛斯人的激烈抵抗。德王派去的议和使臣被杀害。辽军袭击黠戛斯人的营地，折损兵马近千人，攻下的却是一座空营。消息传回可敦城，德王不愿意与黠戛斯人结怨太深，再说谦河地区也不值得大动干戈，便传令耶律燕山、左雄撤兵回来。所以这次规划西征路线时，必须绕开黠戛斯人的领地。第二条路是由可敦城向西，越过阿尔泰山，进入额尔济斯河流域，然后借道高昌回鹘族领地，到达大食国边界。这条直通西域的路线，首先要面临向高昌回鹘国借道的问题。德王早年听说高昌回鹘国王是个温和的人，曾多次派使臣向辽国进贡，两国交好有许多年了。

德王经过再三思考，并且参考德王妃、左雄等人的意见，最后决定西征大军走第二条路线。西征大军出发前，钱粮、车马、兵器、军需等准备齐备。一个月后的一天，德王在可敦城外设点将台检阅兵马。点将台上竖立一杆大旗，上书“德王”二字。为区别以前名声不佳的大辽国朝廷兵马，可敦城西征兵马统称为“德王兵马”。德王高居帅案，众军将站立两厢。德王抽出第一面令旗交给耶律燕山，封他为镇州节度使兼可敦城兵马都统，统领留守的镇州兵马，与河董城金军对峙，不许主动挑衅，一旦金军入侵必须坚决回击。同时，封左雄为镇州南府参知政事兼可敦城军师，全权处置镇州境内一切汉人事宜，并协助耶律燕山防守可敦城。耶律燕山、左雄领令而去。

德王将第二面令旗交给萧斡里剌，封他为西征德王兵马先锋都统，统率一万铁骑立即出发。一路上逢山开路，遇水搭桥，与沿途各部族融洽好关系，遇见敌人严厉打击。萧斡里剌接过令旗，当即点齐一万兵马，浩浩荡荡离开可敦城向西进发。

德王将第三面令旗交给萧查剌阿不，封他为西征德王兵马后军都统，统率一万铁骑三日后出发，保证西征大军的后方安全。萧查剌阿不接过令旗回营准备。

德王自率一万兵马为西征中路大军。张撒八率三千汉军为中军护卫军。德王妃率领后宫车帐队伍，跟随德王中路军行动。德王同时宣布：明天举行西征大军祭天仪式，之后中路大军从可敦城出发。

第二天一早，德王兵马西征祭天仪式在可敦城外的灵感寺举行。

可敦城外的灵感寺是西伯来到可敦城后，建议德王修建的。当初西伯率几百名和尚、道士，在广平淀协助耶律燕山、德王妃抢五色旗鼓。在庆州地界遭遇耶律俊袭击，战乱中僧道损失大半。来到可敦城后，西伯与德王进行一次长谈。西伯认为大辽国灭亡，天祚帝被俘押往五国城，耶律延禧已经受到惩罚。西族酋长交给他和西樱的绝杀令，虽然没能亲手完成，罪魁祸首耶律延禧殃及契丹族人，已经遭受上天的惨痛报应。西伯如今唯一牵挂的是西樱的安危。他希望能在可敦城建设一座寺院，他真正剃度出家为僧，替西族那些死难的族人超度亡魂，替生死未卜的西樱祈求福禄，同时祈求镇州地方风调雨顺、保境安民。

德王虽然一直以来对大辽国崇尚佛教有看法，但西伯提出在可敦城重建灵感寺，德王十分支持。尽管当时用银钱的地方很多，德王还是从德王府库中拿出一笔钱，交给西伯建设寺院。

西伯从选址到施工，用两年多的时间建成灵感寺。这次德王兵马西征，灵感寺派上大用场。契丹族一直坚守一个传统：每逢国家或部族有重大活动，都要杀青牛白马以祭天。这项传统缘于一个美丽的传说。相传远古时，在契丹族祖仙居住的潢水（今西拉木伦河）、土河（今老哈河）沿岸，某一天，一位久居天宫的仙女难耐云霄之上枯燥寂寞的生活，便乘彩云降到人间。她坐着一头青牛拉的车，从平地松林沿潢水而下。刚巧一位神人乘一匹白马，从一座叫马盂的山上顺土河而下。坐青牛车的天女与骑白马的神人在潢水和土河交汇处的木叶山下相遇。神人和天女松开白马，叱走青牛，满怀喜悦地相对走来。此时天降花雨，地生灵芝，百花齐放，百鸟争鸣；万里蓝天，祥云飘荡，群山披翠，大地升起一片祥瑞之气。天女和神人在此携手相亲。花香传递心声，鸟语倾诉情怀，男欢女爱，天作之合。这就是契丹族人关于自己始祖的美丽传说。

契丹人非常重视这个传说。辽太祖耶律阿保机曾经在木叶山上建始祖庙。奇首可汗居南庙，奇敦可汗居北庙。契丹人岁岁供奉，祭祀不断。尤其每有战事，必祭告于此，以求战事捷顺。

灵感寺主持西伯禅师主持青牛白马仪式。德王头戴王冠，在王妃的陪伴下，率领文臣武将祭拜契丹祖宗。德王为显慈悲胸怀，祭祀用的青牛白马都是用布料制作的。整个仪式在鼓乐声中圆满结束。

一一三〇年（金天会八年），德王率可敦城德王兵马启程西征。

大军远征，军旗猎猎，战马嘶鸣，浩浩荡荡向西行进。临行前，灵感寺主持西伯突然到军前求见德王，要求随军西征。德王以为西伯惦记西樱，要亲自随军查访西樱的消息，但考虑西伯年事已高，加之旅途劳顿，路上弄不好还要打仗，便劝西伯留在可敦城，并保证此次西行一定会沿途打听西樱的消息，一旦有消息，会马上派人回来告知。西伯却不听劝告，执意要随军西行。他说灵感寺的内务已经交代清楚，此次西行会路过西族领地。他年龄大了，来日无多，要回去看一眼家乡的山山水水。话说到这个分上，德王不便再劝阻，只好让西伯跟随中军兵马行动，专门备一辆两匹马拉的马车，让西伯乘坐。西伯也不推辞，坐上马车跟随大军一路西行。

镇州往西很少能见到农田，多半是草原或山地，以及人迹罕至的大漠。德王兵马西征，一路上辗转行进，最困难的是大军的给养。饮水虽然也较困难，但可以克服。大军多数时候沿河流而行。粮食是最稀缺的东西，越往西行越难寻找粮食。大军口粮供给主要有三个来源：其一是出发前准备的牛羊肉干，每名士卒马背上都驮有足够的肉干；其二是跟随各营行动的大群牛羊，这是大军的重要给养，在大漠中行进，有时几天找不到水源，便会杀牛羊吃肉饮血救急；其三是打猎，各营都有随军打猎队，负责沿途打猎保证大军供给。

萧斡里剌率领的一万先锋军沿途除了要对付零星的马匪以及少数敌对部落的偷袭，主要工作便是为西征大军开路。他们事先要派人勘察行军路线，找到最便捷易行的路径。逢山开路，遇水搭桥，同时还负责寻找和确定大军的宿营地，事先在宿营地备下食物和人畜用水。尤其路过大漠时，寻找可供大军饮用的水源便更加困难。有时历尽艰辛寻找到一个泉眼，还会与当地土著发生争执，严重时还会引发战斗。出发前德王告诫萧斡里剌：一路上要多结善缘，少树敌人。但是，在一片方圆二百里内仅有的一眼救命泉水旁，先锋军与当地一个古老部族还是起了激烈的冲突。先锋军一名负责寻找水源的小头目打伤了几名看守泉水的土著男人。一群土著青年在酋长儿子的带领下，趁夜色掩护袭击了看护泉水的德王士卒，致使二十名士卒非死即伤。萧斡里剌得知消息暴跳如雷，亲自率领一队精锐铁骑将当地土著简陋的山寨包围，扬言要血洗山寨，为死伤的士卒报仇。

101. 归宿

德王听说此事后，只带两名亲随骑马来到土著山寨外。他严令萧斡里刺撤走兵马。他独自一人骑马进入山寨。酋长儿子命令将德王捆起来，押送去见酋长。当酋长得知被捆绑者是大辽德王时，亲自替德王松绑，并命令将儿子捆起来砍头示众。受到酋长礼遇的德王，苦苦替酋长儿子求情，并送酋长良马一百匹、刀枪弓箭若干。

德王回到队伍中，命令大军到离泉眼二十里处扎营。此时大军已经几天处于缺水状态。有的士卒甚至一天滴水未进，许多士卒出现脱水状况。先锋官萧斡里刺急眼了。方圆二百里内仅此一处水源，明天大军还要赶路，这样会渴死人的。德王严令传谕各营：宁可渴死，也不能争别人的水源。德王命令将为数不多的牛羊杀掉，饮血解渴。即便这样，许多士卒只能喝到少许牲畜血，并不能解决缺水的危机。

第二天一早，这支备受干渴煎熬的大军拔除营寨准备西行时，酋长及儿子率领部落百姓，人背马驮给大军送水来了。酋长还赠送德王牛二百头、羊五百只。酋长率众人向德王行跪拜之礼，说德王所率是仁义之师，必得人神共助，他的部族愿意永远做大辽德王的子民。

西伯目睹这一切，对德王的德行很赞许。大军出发后，西伯与德王并马而行。他说：“重德若一以贯之如此行事，契丹人血脉或可延续。这应该也是天命啊!”

德王说：“重德讲不出那么多大道理，但求行事推己及人。”

西伯说：“这便是天道。天祚帝若明此理，契丹族人何至于生灵涂炭!”

这天傍晚，大军行进到大漠边缘一片丘陵地带。宿营后，西伯找到德王，让陪他到山谷中走一走。德王虽有许多军务等待处置，但还是陪师父骑马出营，走进一个山谷中。一队侍卫跟随到山谷入口，被西伯阻止，他说只想让徒弟一人陪同。

两个人进入山谷，沿一条小溪骑马前行。来到一处开阔的河谷，德王跟随西伯下马，两个人步行走进一片白桦树林。德王被眼前的景象震惊了：几乎每一棵白桦树上，都挂有一串白骨，较粗大的白桦树上会挂有几串白骨。德王凭经验判断，白桦树上的白骨似乎是人体骨架。应该是刚死的人尸体被挂在白桦树上，经过多年的风雨侵蚀，尸体的肉身腐烂骨架尚存。他不知道这挂满累累白骨的地方当年发生过怎样的故事，也猜不透师父为何领他到这种地方来。他忽然想起师父曾透露过，他原是西北大草原上的西族人。西族是个古老的契丹部族。某一年，耶律延禧因西族人交不起赋税，便下令屠族，仅西伯和西樱幸免。莫非这里便是西族人的领地？

西伯在白桦林中寻找着什么。他终于在一棵粗大的白桦树下停住脚步。白桦树干上有一个很大的树洞。树洞里有一堆白森森的人骨。西伯在树洞前跪下，拿出事先准备好的香炉摆在树洞前。点燃香插入香炉内。他双手合十悲戚地说："酋长，不肖子孙西伯回来了！"

西伯祭奠完酋长，起身围着白桦树转一圈。他说："重德，你我师徒缘分已尽。我到家了，不走了。"

德王惊讶地说："师父，你这话是什么意思？"

西伯说："当年，我奉酋长绝杀令为族人报仇，才带西樱去的辽国内地。可惜耶律延禧命不当绝，几次诛杀未果。这是天意啊！"

德王说："师父，天祚帝国破身亡，受到了惩罚。"

西伯说："是啊！天道有轮回，因果有报应。契丹族人因德王的福报，或可有百年福禄。可百年之后，也难逃灭族之祸，这是定数啊！"

德王说："师父执意要留，可这荒山野岭，人怎么生活啊？"

西伯说："该留的留，该走的走，留下的自有道理，该走的自有使命。你和西樱他日或有交集。一切随缘吧！"

德王说："师父，这么说师妹还活着？"

西伯不再说话，蹲下身，钻进白桦树洞，端坐在那堆白骨旁边。他闭上双眼，双手合十，口中念叨着什么。德王明白此时不必多言了，转身离开。但走几步，又忍不住回头叫一声："师父！"

西伯安然端坐树洞中充耳不闻，雕塑一样，似乎连呼吸都停止了。德王禁不住回到树洞前，屏气凝神地望着师父。西伯胸脯微微起伏两次，喉结轻微蠕动几下，面色由蜡黄转为惨白。过一会儿，胸脯不再起伏，喉结不再蠕动，鼻翼处已看不到一点气息。德王知道师父以自己的方式去了。

这时天色暗下来，微风乍起，白桦树林回荡着一种低沉的哀鸣，如泣如诉。德王虔诚地跪下，向师父及酋长的白骨，向周边白桦树上的累累白骨磕头。之后他站起身，一步一回首地离开白桦树林。

德王率几万大军继续西征。他们走草原，越丘陵，过大漠，翻越阿尔泰山区，进入额尔齐斯河流域。经过几个月的长途艰难跋涉，终于辗转到达叶密立（今新疆额敏县）。这里地域宽阔、依山傍水，山川地势颇有王者之气。叶密立西连高昌回鹘、大食国、花剌子模等西域诸国；东控镇州可敦城，与西夏国、宋朝也可以通联。德王决定在这里筑城立足。

筑城期间，德王以叶密立城为中心，派人四处联络、招抚契丹部族或当地土著。短期内便有四万多户前来归附。这些人多数是为大食国守边的契丹族人。叶密立周边的高昌回鹘国，以及一些古老的土著部族，纷纷派使者前来联络。几个月之后，一座四方城筑好了，德王兵马进城驻扎。很快，大辽国德王在叶密立筑城的消息，在周边及西域诸国传开了。

德王立足叶密立城不久，便得到天祚帝病死五国城的确切消息。大辽国不能亡，国不可一日无主。德王妃建议在叶密立重建大辽国，德王登基称帝，重振契丹族人雄风。德王十分重视妻子的意见，这些年来每遇大事，妻子总能帮他出谋划策，而且妻子的许多想法与他不谋而合。

这便是所谓的英雄所见略同吧。

102. 叶密立称帝

一一二五年（西辽延庆元年），德王在叶密立城登基称帝，尊号天祐皇帝，改元延庆，国号辽，史称西辽。德王妃尊号昭德皇后。追谥德王祖父为嗣元皇帝，祖母为宣义皇后。

登基盛典隆重而热烈。镇州七州十八部酋长全部到来。高昌回鹘国王毕勒哥、大食国王阿甫派使者送来贺礼。仪式开始，天祐帝身穿辽式皇帝服、皇后身穿辽式皇后服上场。他们身后文臣武将各两名，抬着象征契丹族皇权的五色旗鼓而上。之后一名侍卫持传国玉玺上。皇帝、皇后落座，五色旗鼓和传国玉玺摆放在面前的龙案上。然后杀青牛白马祭告天地。宣读立国文告后，皇帝、皇后接受众臣的叩拜之礼。

天祐帝说："众爱卿，朕与你们行程几万里，跋山涉水过沙漠，日夜艰辛前行。仰赖祖宗之福佑，借众人之力，朕冒昧地登上皇位。你们的祖、父辈都应该加以存恤善后，以共享荣耀。萧斡里剌以下四十九人的祖父和父亲，封号爵赏各有等差：六院司大王萧斡里剌为天下兵马大元帅，掌控朝廷军政一切机密事；萧查剌阿不为天下兵马副元帅、同知枢密院事；左雄为参知政事；茶赤剌部秃鲁耶律燕山为都部署；护卫耶律铁哥为都监；张撒八为汉军都统。这些年来，追随朕者皆有封赏。"

大辽国重新立国，天祐皇帝登基，叶密立城成为天下契丹人心目中的圣地。远在金国上京、中京等地的契丹人都纷纷来归。这一天，耶律铁哥带大食国派来参加登基典礼的使者见天祐帝。使者带来国王阿甫的一封信。目前大食国处于混乱中。由于大食国与相邻的花剌子模国这些年交恶，花剌子模国支持大食国境内的哈剌鲁人和康里突厥人反叛。这两个部族经常犯上作乱，骚扰相邻部族的山寨和城池，屠杀相邻部族的男子，强掠女子、牲畜和财物，给大食国造成很大混乱。大食国几次派兵征讨，均因花刺子模国公然支持两个叛乱部族而失败。国王阿甫整天为这件事忧愁和烦恼。他曾派使者邀请耶律铁哥率辽军前往帮助平叛。耶律铁哥因没得到天祐帝的命令，没敢轻举妄动。这次国王阿甫借祝贺天祐帝登基的机会，派使者捎来一封亲笔信：

尊敬的大辽国天祐皇帝陛下：

自从本王继承王位以来，邻国花刺子模便蓄意敌视我大食国。近年来，花刺子模国公然挑拨我国两个古老部族哈刺鲁人和康里突厥人反叛。这两个部族经常在我国边界挑起事端。他们袭击我们的山寨和城池，杀害我国的子民，强掠财物、女子和牲畜，给我国造成很大的混乱。

身为国王，我为无能平抚叛乱而忧愁，更为我国黎民遭殃、生灵涂炭而感到痛苦。我国素与大辽国交好，早年间，曾多次派使节到大辽国进贡，也多次收到大辽国皇帝的赏赐。如今听说大辽国天祐帝率威武之师西征，已经到达叶密立城。本王特邀请天祐帝陛下，率仁义之师前来我国，帮助平定叛乱。望天祐帝以天下苍生为念，以慈悲为怀，早日率师西来，以解我国民倒悬之苦。切切！

喀刺汗国王阿甫再拜泣血而书！

天祐帝当即召集皇后、萧斡里剌和萧查剌阿不等人商议。皇后主张立即率大军前往大食国。她认为叶密立这里水草丰美，气候凉爽，宜于放牧；但是处于高山、沙漠包围之中，地面狭小，不利于供养一支强大的军队，也就无法使新建立的辽国成为一个强大的国家。如今应趁此时机将辽国的声威远播。天祐帝也正有此意。于是大军西进大食国的决策便这样敲定了。在确定大军西进路线时，众人都觉得很为难。因为从叶密立西去大食国，要通过高昌回鹘的地界。如果绕行路途远许多不说，还需要翻越几座大山。天祐帝考虑后决定：借道高昌回鹘地界西行。为此，需要做两手准备。先礼：天祐帝写一封亲笔信交给耶律铁哥，命他派人送给高昌回鹘王毕勒哥，如果毕勒哥同意借路便万事大吉。后兵：毕勒哥若不同意借道，耶律铁哥率部征讨高昌回鹘，打开大军西进的道路。

天祐帝在皇宫召集众将传令：第一，任命萧查剌阿不为叶密立城留守兼大军都统，率一万骑兵守卫叶密立城；第二，任命耶律铁哥为西征军先锋都统，率一万精兵即刻启程赶往大食国，与国王阿甫联络后，率兵平定叛乱；第三，任命萧斡里剌为西征军后军都统，率一万兵马后日离开叶密立城，负责大军后卫；第四，天祐帝亲率其余兵马为西征军中军大队，明日离开叶密立城，向大食国进发；第五，昭德皇后率领后宫车帐队伍，跟随中军大队兵马行动；第六，张撒八率三千汉军跟随中军兵马行动。

耶律铁哥领命后，率领一万铁骑一路西行。到达高昌回鹘边界时，他派人将天祐帝的亲笔信送给高昌回鹘王毕勒哥。

毕勒哥接到大辽国天祐皇帝的来信，展开信看：

尊敬的高昌回鹘王毕勒哥陛下：

昔日，我大辽国太祖皇帝耶律阿保机北征，经过卜古罕城时，曾派遣使者到甘州，下诏给你们祖先乌母主说：“你思念故国吗？朕马上就可以为你恢复。你担心不能回去吗？朕已经拥有这片土地了。朕拥有，也就是你拥有了。”乌母主当即上表致谢：“尊贵的大辽国皇帝陛下，对你的盛情我非常感谢。不过，我部族祖先合族迁到此地，已有十几代人了。我们都很留恋现在的国家，族人们不愿迁居异地，我也就不能重返故国了！”

以上表明，我大辽国与贵邦交好已历二百多年。如今，我大辽国在叶密立城重建，朕即位天祐皇帝。此次亲率几万大军西去大食国，需要借路贵国。希望你们不要生疑，请派人指定我大军的行动路线，我大军保证沿途秋毫无犯。这样对贵我两邦的交好十分有益，请高昌回鹘王三思。

大辽国天祐皇帝　耶律大石

毕勒哥看完信，立即与近臣商量，多方权衡利弊后，决定同意借路给辽国皇帝。毕勒哥委派相国亲往边界，请天祐帝到高昌国都城卜古罕城小住。天祐帝一行来到城外时，毕勒哥亲自出城迎接，在王宫大摆酒宴，与天祐帝畅饮三日。天祐帝离开时，毕勒哥亲自送出都城，并献上马六百匹、骆驼一百只、羊三千只。为表示对天祐帝的臣服，毕勒哥将一个儿子送进辽军营，名义上是军前效力，实际上是人质。

天祐帝率兵马离开卜古罕城，向西到达大食国边界。此时先锋官耶律铁哥已与大食国王阿甫联系上。阿甫亲自率文武百官到国界迎接天祐帝。

大食国即喀喇汗王朝。大食国是辽国、宋朝、金国对喀喇汗王朝的习惯称谓。这是一个由突厥民族建立的国家，位于中亚地区，强盛时期国土面积辽阔：东起库车，东南起罗布泊，西至咸海、花刺子模，南临阿姆河，北至巴尔喀什湖、七河流域的广大区域。版图囊括今乌兹别克斯坦、吉尔吉斯斯坦、塔吉克斯坦、哈萨克斯坦南部以及我国新疆维吾尔自治区中西部的一些地方。

天祐帝率兵马从镇州可敦城出发时，最初设定的目标便是大食国。大食国遭遇内乱，国王阿甫听说大辽天祐皇帝率军西来，便写信给天祐帝请求帮助。这些都是有渊源的。早在二百多年前，大辽国便与大食国有往来关系。据《辽史》卷二《太祖下》记载：辽天赞三年八月，癸亥，大食国来贡。可见辽朝创立不久，大食国就主动与其建立外交关系。另据《辽史》卷十六《圣宗七》记载：辽开泰八年十月壬寅，大食国遣使进象及方物，为子册割请婚。由于大食国王一再为王子册割求婚，辽圣宗将侄孙女可老赐嫁大食国王子册割为妻。从此双方建立了舅亲关系。

大食国王阿甫拜见天祐帝及皇后，献上酒食犒赏将士。他请天祐帝及皇后到都城八剌沙衮王宫做客。在阿甫看来，平定叛乱是一件十分困难的事情，要从长计议方可。天祐帝却得到消息，哈剌鲁人和康里突厥人之所以敢叛乱，主要是几年前一支辽军西逃到达那里。这支辽军的头目叫耶律俊。耶律铁哥已派出探马，将耶律俊兵马的位置搞清楚。天祐帝相信，只要消灭了耶律俊的兵马，那两个叛乱部族失去后盾，事情就好解决了。

阿甫听说天祐帝要马上出兵平叛，派人给大军送来丰富的粮草给养。耶律铁哥和萧斡里剌奉命各率一万兵马围剿耶律俊的营地。狡猾的耶律俊将兵营设在大食国与花剌子模国边界。万一受到攻击，他便率军逃往花剌子模国。天祐帝密嘱耶律铁哥：攻击耶律俊兵营前，先派五千兵马拦截其退路；攻击要在黑夜展开，这样行动隐蔽又容易获胜。

103. 大食国平叛

驻扎在大食国、花剌子模国边界，支持大食国两个部族叛乱的契丹人，确实是耶律俊。几年前，耶律俊在去往可敦城的路上，被天祐帝的伏兵袭击。耶律俊的兵马损失大半，他挟持吴王及萧花一路西逃。他们翻过一座高山，到达大辽国与西域的边界。此时，耶律俊举目四望，天下虽大，已无他容身之地。他思来想去，只有西逃一条路了。他把奔逃的目标锁定在西域的花剌子模国。因为他刚到辽朝北枢密院当差时，接手的第一个差事便是查办花剌子模使团遭抢劫事件。这是十几年前一桩震动朝野的大案，发生在中京城外的平地松林。当时正在夹山游猎的天祚帝传旨让北枢密院查办。萧奉先便把案子交给耶律俊。耶律俊舍得下辛苦，亲自带一班人实地查访，十天之内，便将作案的一伙马匪全部拿获。当时花剌子模国使团由王子阿即思率领。耶律俊把被抢劫的财物如数奉还时，阿即思十分激动，一再邀请耶律俊有机会到花剌子模国做客。

耶律俊率溃军西逃时，沿途烧杀抢掠，抢劫了许多钱粮财物。到达大食国边界时，他派出的探马回报：当年的王子阿即思如今已成为花剌子模国王。耶律俊当即率人投奔花剌子模国。他把沿途抢劫的财宝献给阿即思，被阿即思奉为上宾。当时花剌子模国与大食国正闹纠纷，居住在大食国边界的哈剌鲁人和康里突厥人正闹叛乱。大食国出兵征讨这两个部族，这两个部族的首领跑到花剌子模国寻求保护。阿即思刚即位不久，正想做一件大事立威，便答应支持哈剌鲁人和康里突厥人叛乱。两个叛乱部族得到花剌子模国的支持，力量一下强大起来，竟然将大食国王宫的军队打败。

大食国因此与花剌子模国交恶。耶律俊率领契丹兵马来投，还进献大批财宝，阿即思当即封耶律俊为抚征大将军。将花剌子模国的一万兵马交给他指挥。耶律俊率领两支兵马来到大食国边界，帮助哈剌鲁人和康里突厥人叛乱。阿即思的意图很明显，想借助大食国内部叛乱的时机，消耗大食国的国力。待大食国被内乱拖垮之时，花剌子模国发兵一举吞并大食国。

大食国人一向温和淳厚，不善杀戮征战。早年大辽国雄踞中国草原，大食国经常派使者前往进贡交好。大辽国公主下嫁大食国王子后，两国成为姻亲关系。那时有大辽国做后盾，花剌子模国不敢轻易招惹大食国。两国偶有纠纷，大食国派人向大辽国投诉，大辽国便出面调解，花剌子模国不敢不听。自从大辽国被金人攻击，尤其天祚帝被俘灭国后，花剌子模国的胆子越来越大，不断派兵骚扰大食国边界，支持大食国内乱，致使大食国不堪其扰，边界无宁日，边民流离失所，国力也越来越弱。

大食国的软弱激发了耶律俊的斗志。他胆子越来越大，干脆率兵进入大食国，帮助两个叛乱部族攻城略地。叛军距离大食国首都八剌沙衮越来越近。接连的胜利冲昏了耶律俊的头脑，他的私欲也越来越膨胀。这些年来，他的心中其实也有一个复国梦。他竟然想一鼓作气攻下大食国都城八剌沙衮，推翻大食国王阿甫，自己即位当国王。然后表面上臣服花剌子模国，暗地里招兵买马，养精蓄锐。待兵强马壮后，寻机攻打花剌子模国，将大食国和花剌子模国合二为一。之后繁荣经济，增强国力，扩充军力，整军备战。待时机成熟时，他率大军东征，恢复大辽国旧疆。那样他便光宗耀祖，流芳百世了。

耶律铁哥和萧斡里剌率军悄悄接近耶律俊的军营。狡猾的耶律俊为防止被暗算，安营扎寨时，他的兵马与花剌子模国兵马，以及两个叛乱部族的兵马，各相距十里扎营。耶律铁哥牢记天祐帝的嘱托：耶律俊的兵马必须全歼；花剌子模国的军队尽量避开；两个叛乱部族的兵马剿抚并用。

这天夜里，耶律铁哥率兵马悄悄将耶律俊的大营包围。萧斡里剌所率兵马切断耶律俊与花剌子模国军队及两个叛乱部族兵马的联系。

耶律俊只是个文臣，从来没习过武，对兵书战策也一窍不通。昏庸的天祚帝只知用人唯亲，不懂识人用人之道，才会用耶律俊这样的人带兵打仗。耶律俊也不自知，以为手中拥有权力，便可以带兵打仗。当天祐帝给他布下天罗地网时，耶律俊还一点没觉察。其实，他已经接到探马禀报，天祐帝在叶密立登基，如今率兵马西征，目标可能是大食国。耶律俊却嗤之以鼻，并不许别人在他面前提起天祐帝。

夜深了，耶律俊仍在中军大帐中，与吴王和萧花宴饮。吴王在西逃途中，一直受耶律俊的虐待，手无缚鸡之力的吴王只能终日以泪洗面。天祚帝病死东北五国城的消息传来，吴王绝望了，几次拔剑想自尽，都被萧花劝阻。萧花劝吴王要忍耐，耶律大石在叶密立城重建大辽国，自立为天祐皇帝，这便是契丹人的希望。眼下只与耶律俊虚与委蛇，别被他杀害，以后有机会投奔天祐帝，便会苦尽甘来。

吴王的忍耐换来耶律俊的得寸进尺。他在宴席上对萧花动手动脚，还说等他攻占八剌沙衮，即位当了皇帝，便立萧花为皇妃。吴王忍无可忍，拂袖离席而去。耶律俊喝醉了，命侍卫将吴王扭回来，捆在一把椅子上，让吴王看着他调戏萧花。吴王气愤已极，破口大骂。耶律俊命侍卫将吴王拉出帐篷砍头。两名侍卫将吴王拉出军帐。萧花跪倒求情，他拉萧花起身，抱住她，撕扯她的衣服。萧花阻拦，耶律俊传令军帐外准备杀人。萧花只好含泪一件件脱去外衣，只剩下内衣了，耶律俊淫笑着一把搂过萧花。

忽然，帐篷外传来马蹄声和喊杀声。耶律俊以为是大食国兵马来偷袭，不以为意。一名偏将跑进来禀报：军营被包围了，是天祐帝的兵马。耶律俊赶忙穿好衣服，手持宝剑走出帐篷，举目四望，到处喊杀声冲天。

这时，营外有人用契丹话高声喊："营内人听着，我们是大辽国天祐皇帝的兵马，奉命捉拿反贼耶律俊。首恶必除，余者不问。将校士卒愿意投降的，扔掉兵器出营门。天祐帝厚待俘虏，愿意回家的给路费，愿留下来的加入辽军一起抗金复国……"

耶律俊的兵马多数是辽上京、中京一带的契丹人，如今家乡沦陷，背井离乡，本来无心恋战，听说投降了天祐帝有机会回家，而跟随耶律俊只有死路一条，于是众军士发一声喊，扔掉手中的刀枪蜂拥出军营门投降。

耶律俊在一些亲随的保护下，手持宝剑阻拦士卒出军营口，却没人听他的。他气急败坏地返回中军大帐。在军帐外，他一剑刺死双手被捆的吴王。他进入帐篷拉起萧花便往外走。萧花挣脱他的手，仇恨地看着他。

帐篷外喊杀声越来越近了。萧花趁耶律俊扭头向外看的机会，突然拔出他腰间的宝剑向耶律俊的腹部拼力刺去。耶律俊急忙闪身跳出帐篷外。他恼怒地从一名侍卫手中夺过一把军刀，挥刀向萧花砍去。萧花用剑抵挡一下，宝剑被震落了。耶律俊举刀向萧花乱砍，她的脖子上、胸部中刀，鲜血喷涌而出。她仇恨地望着耶律俊，身体摇晃几下便摔倒在地。耶律俊仍不解气，用刀剥去萧花的衣服，将一息尚存的她拖出帐篷外，命令侍卫们将萧花砍为肉泥。

这时耶律铁哥率兵马蜂拥而至，将耶律俊及十几名侍卫团团包围。侍卫们上前与敌人拼杀，纷纷中刀枪倒地。耶律俊的宝剑掉到地上。成为光杆司令的他说："重德来了吗？我们是同窗兄弟呀！"

耶律铁哥鄙视地注视耶律俊一会儿，示意将其捆起来押走。几名士卒拿绳索上前捆起耶律俊。

104. 定都八剌沙衮

耶律俊的兵马被一夜全歼。花剌子模国王见势不妙，命令一万兵马退回国界。两个叛乱部族的兵马被辽军包围。天祐帝命令围而不攻，等待两个叛乱部族酋长的悔悟。大食国王阿甫派近臣来传信，希望辽军全歼叛军以儆效尤。天祐帝认为治国之道，上善若水，厚德载物，攻心为上，攻城为下，心服为上，诛杀为下。只要两个部落的头领真心臣服，便放他们一条生路。阿甫认为两个叛乱部族不会臣服，围而不打只会浪费时间。辽军包围到第十八天，两个叛乱部族的酋长前来负荆请罪。

天祐帝不接受他们的请罪，命他们去向国王阿甫求饶。两个叛乱部族的酋长进入八剌沙衮城，上半身赤裸，背上捆着荆条，跪倒在王宫门外，请求国王阿甫的宽恕。在天祐帝的劝说下，阿甫宽宥了两个酋长的罪恶，要求他们保证以后永不叛乱，并送儿子进王宫为人质。两个酋长照做了，并对天祐帝感恩戴德。

耶律俊被俘后，几次捎话向天祐帝表示悔罪，请求见学兄一面。皇后认为耶律俊天生邪恶，做过许多坏事，不杀不足以恕其恶。天祐帝考虑曾经是中京国子监同窗，关键是耶律俊有悔罪的意思，便决定饶他不死。但天祐帝拒绝见他。

耶律俊原想见天祐帝，装作心悦诚服，凭他的三寸不烂之舌，或许能得天祐帝的宽宥和重用，那样的话仍不失后半生的荣华富贵。后来听说天祐帝仅饶他不死，拒绝相见，他的心态一下便失衡了。某天夜里，他杀掉看守的士卒，抢夺一匹马逃出关押的营寨。他向一片大漠逃去，希望能出现奇迹。结果他被追击的马队乱箭射死在荒漠中。

天祐帝顺利平叛，受到国王阿甫的隆重款待。随军行动的皇后、完颜金花、皇子耶律夷列和公主耶律银花被隆重请进八剌沙衮城。老国王在世时居住的一座宫殿被重新修整装饰，作为辽帝的行宫。阿甫或过来问候，或在王宫设宴请天祐帝过去叙谈。阿甫是个清心寡欲的人，对权力没什么欲望。他担心天祐帝一旦率兵离开大食国，花剌子模国便会再次挑起事端，或者挑拨大食国部族叛乱，那样大食国将仍无宁日。只有天祐帝能留在大食国，哪怕他把王位拱手相让，大食国才会祥和平安。

这天阿甫请天祐帝到王宫的密室，诚恳地请求天祐帝留下来，他愿意让出王位，以求得国家的安定。天祐帝此时正为下一步西征的目标费心思。阿甫诚心挽留，使他萌生了在八剌沙衮建立辽国都城的想法。但这有鸠占鹊巢的嫌疑，使他无法说出口。阿甫看穿了他的心思，便请天祐帝将辽国都城设在八剌沙衮，这样会给大食国的百姓带来和平与安宁。

第二天，阿甫率领大食国文武百官到行宫拜见天祐帝。阿甫带头行臣子叩见皇上之礼，大食国文武百官跟随。阿甫称天祐帝为菊儿汗，意思是管理众可汗的可汗，表示大食国愿意成为大辽国的附属国，归菊儿汗治理。天祐帝开始时不接受阿甫及文臣武将的叩拜。他说："朕是来帮助你们平叛的，怎能占你的国家呢！"

阿甫说："我这人生性软弱，喜欢清净，我的臣子也都是软弱而守规矩的人。靠我们治理国家，恐怕叛乱还会发生或许会有更大的灾难降临。希望菊儿汗能体谅我们啊！"

天祐帝说："道理或许是这样，可事情传扬出去很难听啊！"

阿甫说："菊儿汗是大辽国天祐皇帝，本应该受到大食国百姓的爱戴。把大食国交给陛下管理，我们能过上富足安宁的生活。如果陛下不答应，我们就跪在你面前不起来！"阿甫说完，率领文武百官跪倒一大片。天祐帝谦让再三，亲自将阿甫及诸位搀扶起来。

天祐帝说："这样的话，朕只好答应你们了！"

八剌沙衮（又称虎思斡耳朵）地处楚河河谷地带，左右为山川，山下地势平坦，土地肥沃，气候宜人。这里的居民除放牧外，也重视农桑，瓜果繁多，盛产葡萄美酒。于是，大辽国定都八剌沙衮的各项准备紧锣密鼓地进行。

国王阿甫派人在都城之内另筑一座皇城，供辽国朝廷及天祐帝居住。作为回报，天祐帝指派几个将领率领几支辽军，驻扎在大食国内一些喜欢闹事的部族附近，同时，派耶律铁哥率一万精骑兵驻扎在大食国与花剌子模国的边界。此后花剌子模国再不敢在边界挑起事端。

左雄从可敦城赶来八剌沙衮协助筹备定都大典。他向天祐帝建议，为开化民智，可效仿原来的大辽国，在八剌沙衮和可敦城等地兴办学校，崇尚中原文化，尊崇孔子，敬天信教。天祐帝否定了他的建议。理由是昔日大辽国立国之初，兴起一股崇尚中原汉文化的热潮，以东丹王为首的一大批契丹贵族带头穿汉服，学习汉族文化，甚至连汉族习俗汉族礼教都照搬过来。东丹王接受汉文化很快，吟诗作赋，琴棋书画样样精通。这事儿引起应天太后述律平的警觉。太祖驾崩后，有大臣提议立长不立幼，应该由东丹王继承大统。应天太后却让二子耶律德光继承大统。一方面应天太后喜欢虎背熊腰、一脸富贵相的耶律德光；另一方面，应天太后担心一旦让东丹王继承大位，契丹民族很快会被汉族同化，失去马背民族的强悍与血性。那样大辽国便离祸患不远了。

天祐帝感叹说："应天太后高瞻远瞩啊！契丹民族崇尚草原文化，那是一种弱肉强食的狼性文化，靠本事生存，弱者依附强者。而中原汉族文化是羊群文化，教化人们忍耐、认命、忍辱负重。就算被狼吃掉，也要心甘情愿……二百年来，契丹人强悍的马背民族特色逐渐衰退，这难道不是大辽国被大金国吞并的原因吗？”

一一三四年（西辽延庆十年），辽国在八剌沙衮城举行隆重的定都仪式。天祐帝作为菊儿汗，接受大食国王阿甫、高昌回鹘国王毕勒哥的拜谒。镇州七州十八部酋长、首领，辽国文武官员及各地官员前来叩拜。花剌子模国王阿即思也派来特使祝贺。从此，西辽王朝定都八剌沙衮。

西辽定都八剌沙衮后，辽国的声威在西域迅速传播，许多小国甚至部族都来朝贺进贡。西征在短时间内取得如此显赫的成绩，令天祐帝始料不及。不过，称霸西域并非他的初衷。他心中一直念念不忘的，是东征复国的梦想。

辽国东征之前，首先要消除八剌沙衮附近的威胁。高昌回鹘国、大食国都已臣服，并且毕勒哥和阿甫两个国王都是诚实可信的人。令天祐帝担心的是花剌子模国。虽然在定都仪式上，花剌子模国王阿即思派使者参加了，但并没明确表示臣服。大食国王阿甫一直对花剌子模国心存畏惧，担心哪天又会挑起事端。天祐帝思考再三，决定对花剌子模国用兵。兵马出动前，天祐帝以辽国朝廷的名义派使节送一封信给花剌子模国王，谴责其支持大食国部族叛乱。

花剌子模国王阿即思收到谴责信，明白天祐帝要拿花剌子模国开刀立威了。有大臣劝阿即思像大食国和高昌回鹘一样归附辽国。阿即思觉得那样太没面子了，毕竟花剌子模国带甲兵马几万人，不能轻易屈服于辽国，便对辽国的谴责信置之不理。

天祐帝见花剌子模国没动静，明白不动武不行了。为耀武扬威震慑周边国家，天祐帝从可敦城、叶密立等地调集兵马，加上西征到达大食国的兵马，总数达五万铁骑。天祐帝誓师御驾亲征花剌子模国。大军出发之日，阿甫率大食国臣民箪食壶浆相送。五万辽国兵马浩浩荡荡开到两国边界。天祐帝传令扎下五座大营，造成大兵压境之势，却引而不发，只命各营派出探马探知敌方情况。探马回报：花剌子模国王阿即思亲率三万兵马前来国界，在辽军大营对面扎下三座大营拒敌。众将纷纷请战，天祐帝传令各营做好出战准备。

一场恶仗似乎不可避免。

这一天，天祐帝正在营寨内点校兵马。忽然来人奏报：花剌子模国王阿即思在营门外求见。天祐帝感到纳闷，两军即将开战，阿即思亲自来了，他要干什么？不过，既然人家来了，总要见一面，看他搞什么名堂。

天祐帝为示威，以召见附属国国主的仪式排场好，传谕花剌子模国主阿即思觐见。这其实是一个圈套，如果阿即思接受了，说明他有归附的意思，能不战而屈人之兵；如果阿即思拒绝，可即刻派兵马出营擒获。

105. 善缘

阿即思明显看出这种排场，却全部接受。他进入辽军大营，来到天祐帝的皇帐前，以附属国主的礼仪行叩拜礼。他说："请菊儿汗接受附属国主阿即思的礼拜！"

阿即思礼拜完，明确表示花剌子模国愿意做大辽国的附属国。他还为天祐帝及皇后带来觐见礼品。天祐帝接受了礼拜和礼品，宣旨承认花剌子模国归附大辽国，受大辽国的保护，同时，回赠阿即思许多珍宝。

眼看一场无法避免的恶仗忽然化干戈为玉帛了，天祐帝十分高兴，在皇帐内隆重设宴款待阿即思。酒席间，阿即思拿出一个香囊和一块白绢递给天祐帝。天祐帝接过香囊和白绢时心底一沉，一股久违的淡香扑鼻而来。那一刻他想到了西樱。这香囊是西樱才有的物件。这久违了的淡淡的香味，也应该是西樱独有的。他随手展开白绢，上面是用青丝线刺绣的一段契丹文字：

两国相争，兵戎相见，残害生灵，两败俱伤；两国言和，罢兵通好，清平世界，永享太平。

妙安手书

天祐帝望着熟悉的笔迹和淡淡的香味儿，猜到此妙安必定与西樱有关。在他的询问下，阿即思讲述了妙安的故事。

几年前，阿即思还只是个王子。他父王曾派一支商队去宋国做贸易。但是，这支商队在经过大辽国地界时，被一伙辽军抢劫，所带财物尽失，商队人员被疯狂杀害。商队头领丹珠带领几人侥幸逃命。回来的路上，他们遇见躲藏在树林里的三辆辽国宫车。他们杀掉护车侍卫，逼问车夫，得知宫车上坐的是大辽国成安公主，奉旨前往西夏国与国主成亲。丹珠因商队人被杀，货物被抢劫正气恼，便反将三辆辽国宫车劫持。

丹珠原想用辽国公主与辽人谈判换回财物。后来发现辽国官员贪腐不作为，辽军将士凶恶贪婪。因辽国与金国正在打仗，辽军丧师失地，辽国社会正动荡，人心惶惶，到处是散兵游勇，土匪恶霸沿途打劫。丹珠为保命，只好带着辽国公主回国。

由于之前大辽国强盛一时，曾有辽国公主下嫁大食国王子，在西域诸国引起轰动。西域诸国以能求娶辽国公主为荣。早年间，花剌子模国也派使节朝贡过辽朝，却没能求娶到辽国公主。丹珠担心丢失这么多财物会受到国王的惩罚，又一想抢回个辽国公主献给国王，或许能将功补过。所以一路上，丹珠对宫车悉心照顾，派几名武士沿途持刀剑保护。商队的人除负责送食物和水外，一律不许接近宫车。

丹珠一行历时半年多，保护辽国公主辗转回到花剌子模国。那时老国王已经辞世，阿即思刚即位当国王。丹珠觐见阿即思并献上辽国公主。辽国宫车被赶进王宫后院。从前面一辆宫车下来几个辽国宫娥，从后面一辆宫车下来的却是三个尼姑。准备一睹辽国公主风采的阿即思，被眼前的景象惊呆了。

花剌子模是个信奉宗教的国家。人们见三个来自东方的尼姑下车，以为神仙下凡了，纷纷跪倒磕头膜拜。阿即思也上前向三个尼姑礼拜。三个尼姑中，个子稍高一些的向阿即思施礼，说她道号妙安，是大辽国上京圣尼庵的尼姑。另外两位是她的俗衣修行的徒弟，一个道号妙清，另一个道号妙真。她们从遥远的东方大辽国而来，是为花剌子模国王宫和百姓祈福驱祸的。阿即思是个虔诚的宗教信徒，尽管他一时弄不清眼前三个尼姑的来历，可人家说专门来祈福驱祸的，他怎能慢待人家。阿即思当即命令，将三位尼姑礼送至王宫专用的教堂暂住。

天祐帝听说了尼姑妙安的来历，断定必是西樱。在没见到西樱之前，他自然不能点破。贵为国王的阿即思在两军即将开战之际，只带很少几个随从便贸然进入敌营，一定是妙安起了关键的作用。果然，阿即思接下来的叙述，让天祐帝对师妹西樱的良苦用心万分感佩。

原来这位妙安进入教堂便整日吃斋诵经，两耳不闻窗外事。阿即思已从几名宫娥口中知道妙安即辽国成安公主。他多么希望她能回心转意，归还俗世。他会向她求婚，娶她为王妃。即便那时大辽国已江河日下，往日的威风不再。他仍以能娶辽国公主为王后而荣耀。他曾以一个虔诚信徒的身份，进教堂与妙安会面。妙安认出他是国王阿即思。他也不再掩饰，向她表达了希望能娶辽国公主为妻的愿望。她却说自己并非辽国成安公主，而是西北大草原上的西族酋长的女儿。她便把天祚帝封萧塔不烟为成安公主，赐嫁西夏国主，她如何冒名顶替混上宫车的经过全部说出来。阿即思感谢她的诚实，并表示即便她是酋长的女儿，他也很喜欢，希望她能还俗成为他的王后。她却坚定地表示，既然皈依佛门，便无回头的可能。她感谢阿即思的爱意，表示愿意潜心佛事。她向阿即思请求建一座圣尼寺。她要做圣尼寺的主持，把大辽国的佛教精髓传输过来，为花剌子模国祈福驱祸。阿即思当即答应，马上派人在王宫南门外，选址筑造一座寺院。阿即思亲笔为寺院书写名字“圣尼寺”，下旨封妙安为圣尼寺主持。

花剌子模国与大食国历来有边界之争。阿即思即位以来，大食国内乱日甚。哈剌鲁人和康里突厥人叛乱，来花剌子模国求助。阿即思顺便向大食国王阿甫提出领土要求，被阿甫一口拒绝。这时叛乱的哈剌鲁人和康里突厥人许诺：一旦花剌子模国帮助他们叛乱成功，他们会把花剌子模国想要的土地全部划过来。

事实上，阿即思一直在犹豫，毕竟相邻的两个国家一直和睦相处。不过，相国等一些前朝老臣都认为这是收复国土的最佳时机，极力撺掇阿即思答应两个叛乱部族的请求。耶律俊率残部逃来花剌子模国。他因早年在北枢密院当差时，帮助过身为王子的阿即思，如今万里来投，还敬献上许多宝贝，国王阿即思自然会礼貌相待。刚巧那时大食国两个叛乱部落的酋长正在王宫中求助。耶律俊听说这件事，便极力撺掇阿即思答应下来。他主动请缨率兵马去大食国，帮助哈剌鲁人和康里突厥人叛乱。如果将大食国灭国，土地和人口都归花剌子模国，就算灭不了大食国，只需将大食国的军队打败，边界问题也就迎刃而解了。阿即思面对这些说辞，一时没了主张，便头脑一热答应下来，还派一万本国兵马归耶律俊指挥。

那段时间，阿即思整日心神不定。某一天，他去圣尼寺，妙安见他面色忧郁，便问他因何事而纠结。阿即思便把最近发生的一些事告诉她。妙安说她认识耶律俊，知道他人品很差，希望阿即思亲贤臣，远离小人。

时过不久，传来耶律大石在叶密立重建辽国，登基称天祐帝的消息。紧接着，天祐帝率辽军西来，将耶律俊的兵马全部消灭。所幸花剌子模国的一万兵马退回国界。那时妙安对他说，天祐帝是人品高洁之人，值得交往和信赖。依她判断，花剌子模国的一万兵马之所以能撤回，是天祐帝不想结怨而有意投桃。花剌子模国应该表现出诚意报之以李。与强大的辽国作对，绝非花剌子模国的福音。阿即思听从了妙安的劝告，派使者参加了八剌沙衮的定都仪式。

这次天祐帝派使者送来谴责信，阿即思很反感。他不喜欢别的人指手画脚。相国建议阿即思回信针锋相对，阿即思不想与强大的辽军为敌，选择了隐忍。没想到惹恼了天祐帝，亲率五万铁骑陈兵花剌子模国界。在老国相的鼓噪下，臣子们一边倒地劝国王针尖对麦芒，率三万精锐兵马迎敌，阿即思只能照做了。就在两支大军排兵布阵，剑拔弩张之际，妙安突然带领两个徒弟来军营求见。阿即思当即请妙安进军帐。妙安劝说阿即思赶快休兵罢战，与天祐帝示好。就算花剌子模国成为辽国的附属国，看似名分上吃亏了，实际上可避免战乱和生灵涂炭。

妙安说："难道国王为了脸面，便与强大的辽军抗衡吗？"

阿即思低头沉思良久，说出他内心的苦衷：相国是父王托孤之臣，父王临终前，叮嘱他凡遇大事可与相国商议。自他即王位以来，所有军国大事都听从相国的意见。

妙安说："陛下与天祐帝交锋有胜算吗？"

阿即思说："很难说。"

妙安说："万一兵败，相国及诸臣子皆可苟活，唯独陛下及王室会遭殃。覆巢之下，安有完卵呀！"

阿即思说："可本王该如何面对相国啊？"

妙安说："相国年事虽高，可这些道理应该懂得啊！"

妙安留下那块写有一段话的白绢，便告辞要离开。阿即思劝说何不住一夜再走。妙安说兵营杀气太重，岂是出家人能安歇之地。阿即思便不再劝，亲自礼送出军营，并派人护送妙安师徒连夜回都成。

106. 皈依

阿即思回到军营王帐，侍卫禀报相国求见。阿即思知道只要相国来见，必定劝他与天祐帝交战。他自思本国兵马很久没打仗了，与久经沙场的辽国铁骑作战胜算很小。一旦开战，国力支撑得起吗？万一战败，这副烂摊子该怎样收拾？会有人趁机挑战他的王位吗？

阿即思思考再三，拒绝相国来见。第二天一早，他派一辆马车强行送相国离开军营，回归故乡。然后在王帐召集文臣武将议事，宣布相国告老还乡。国王如此雷厉风行，以相国为首的一群主战派臣子明白大势已去，纷纷转向主和派。

阿即思当即宣布亲往辽国军营，觐见天祐帝求和。

阿即思述说事情的前后经过，天祐帝明白是西樱的一番苦心所得。他与阿即思协商后，答应接受花剌子模国为辽国的附属国。阿即思称天祐帝为菊儿汗，行臣子拜见君王之礼。当下两国罢兵，剑拔弩张的几万兵马在战场上向对方致敬后，纷纷离开边界撤回本国。

天祐帝回到八剌沙衮，把西樱之事说给皇后。这些年来，皇后其实一直牵挂着西樱。如今听说西樱有了下落，便撺掇天祐帝马上去见她。左雄建议给花剌子模国王阿即思传谕，命他送西樱来八剌沙衮相见。天祐帝和皇后都认为那样不妥，他们一定要登门拜访。即便是附属国了，天祐帝要去花剌子模国见妙安，仍要履行一套繁杂的外交程序。这一天，天祐帝与皇后到达花剌子模国都城。国王阿即思率领文臣武将到城外迎接。迎进王宫，完成一套官样的迎接程式，吃完欢迎宴，天祐帝和皇后便要去圣尼寺。国王阿即思说，曾派人邀请妙安大师来王宫相见，被她拒绝了。天祐帝说，那便是西樱的性格。

西樱拒绝进王宫见天祐帝，她的心情是很矛盾的。昔日的师兄成为大辽国天祐皇帝，骄儿姐成为昭德皇后，西樱由衷地替他们高兴。这对相恋多年的有情人终成眷属，并且成为重建后大辽国的一代帝后，不枉了西樱当年代骄儿姐西行的一番苦心。那不远万里的西行之苦；那生死未卜的无边绝望；那无奈剪去满头青丝的切肤之痛。如今看来一切都是值得的。

那年西樱代替昭德皇后从平州去西夏国。路上被一伙不明身份的人劫持，她当时十分紧张，一路上都在寻找逃跑的机会。但这伙人看管太严，一直没寻到脱身的机会。值得欣慰的是，这伙人没羞辱她们，好像对她们还很客气。他们把宫车的前后门用绳索牢牢捆住。这样一来，她便没了脱身的可能。她们的吃喝拉撒全在车上。一次路过一条大河，她强烈要求下车洗浴，劫持者却不同意，怕她们借机逃跑。她对契丹翻译说，如果不答应，她宁可咬舌头自尽。在她的极力争取下，两辆宫车上的女人总算能在河边洗个澡。她原想洗澡时寻机逃跑，她们脱在河边的衣服却被两个花剌子模女人看管着。河的上下游都有人持刀枪把守。洗澡时，前边宫车上的一个宫娥悄悄告诉她，这伙劫持者是西域花剌子模国的。他们的财物被契丹人抢了。他们劫持辽国公主，要回去献给王子做王子妃。宫娥说这些她是从翻译口中探听到的。她叮嘱西樱千万别说出去，恐怕引来杀身之祸。

那段日子，西樱三人囚徒般被禁锢在宫车上。她想象不出花剌子模是个什么样的国度，更不敢设想成为异族人王妃后的日子。她除了在心中为自己的命运叫苦，便是一门心思想自杀了事。她头发里隐藏一把小巧的袖箭。那是她的防身之物，不到迫不得已不能亮出来的。某天夜里，她躺在颠簸的宫车上，悄悄从头发里拔出袖箭想自杀。可是，想到灭族大仇未报，师父不知所终，师兄和骄儿姐不知怎样了，他们知道她被劫持了吗？他们会来救她吗？这次的劫难她能逃过去吗？师父说过她与常人不一样，她的命是属于部族的，她应该为完成酋长的绝杀令而生，为雪灭族之恨而死……这么想着，她忽然灵机一动，想到了削发为尼。

路上有几次停车，让她们下车散步，活动一下身体。这伙人一直拿她当辽国公主，对她很客气，也很照顾。她便寻机会与翻译搭话，翻译似乎也愿意与她攀谈，只要她不问涉及劫持者身世的话。她询问花剌子模国的情况。翻译告诉她，花剌子模国与辽国差不多，是个崇拜宗教的国度。那里僧、尼会受到格外尊敬。女人一旦削发为尼，便不会被逼婚，还会活得很有尊严。

师父西伯当年进中京灵感寺后，给她也准备了一套尼姑服，以备刺杀天祚帝时使用。她经常把这套尼姑服带在身上，以备不时之需，想不到如今派上了用场。西樱拿定削发为尼的主意，心情一下开朗起来，似乎旅途的颠簸不再那么痛苦了。宫车一路行走，她经常打开车帘观看路边的景色，有时还唱一曲谁都听不懂的歌谣。劫持者似乎对她不那么戒备了。宫车进入花剌子模国境内，绑在宫车上的绳索解开了，停车时还允许她们下车散散步。接近都城时，在一家客栈住宿，还允许她们洗浴一番。再次上车赶路后，西樱从头发里拔出袖箭，请一个同车的宫娥为她削发。开始时宫娥不敢，她便说花剌子模国重视宗教，削发为尼可保不会受辱，活命也不成问题。在西樱的劝说下，宫娥用锋利的袖箭为她削了发。她穿上尼姑服装，手持一串佛珠，口称自己法号“妙安”，看上去还真像那么回事。两个宫娥为自保，也求西樱为她们削了发，却只有一套尼姑服。西樱说此事好办，只称她俩是俗衣修行的徒弟便成了。

宫车进入花剌子模国都城时，街道两旁站满看热闹的百姓，都想一睹辽国公主的风采。但宫车被帘子遮挡着，看不见车内人的模样。而坐在车内的西樱三个人，心情特别忐忑。她们不知道等待自己的，会是什么样的命运。宫车驶入王宫，停在宫殿门前，国王阿即思来到宫车旁，宫车帘子掀开了，出现在众人面前的却是三个尼姑。阿即思愕然了，丹珠更蒙了。他弄不懂城外客栈上车时还是一个公主两个宫娥，怎么下车时变成三个尼姑了！丹珠想了半天，终于明白了。他命两个随行的花剌子模女人扒掉西樱身上的尼姑服。两个女人上前撕扯，却被阿即思斥退。阿即思礼貌地向西樱礼拜，并传谕不许对大辽上国尼师无礼。

西樱没想到师兄和骄儿姐会来圣尼寺看望她。她一身出家人打扮出现在寺门口时，天祐帝和皇后惊呆了。这哪里还是记忆中的西樱妹妹，简直就是一个品德高洁的圣尼寺主持！不错，圣尼寺建成后，被封为主持的她便一心扑在寺院的佛事上。同来的五名辽国宫娥，除一名被阿即思纳入后宫外，其余四名都剃度做了尼姑。连同西樱一起，五个人举行了剃度仪式。国王阿即思派人送来许多来自辽朝、宋朝的经卷。多数是汉文的，也有一些是契丹文的。这些经卷大多是早年间花剌子模国派往辽、宋两国的使团带回来的。有了这些经卷，西樱开始潜心研佛。

西樱手持佛珠，双手合十说："贫尼妙安，恭迎天祐皇帝、昭德皇后！"

天祐帝因阿即思在场，不便过多表示。昭德皇后本想上前搀扶西樱，也因阿即思在场而作罢。西樱将三个人迎进寺内。阿即思被一个尼姑引入佛店礼拜。屋子里只剩下三个人。

天祐帝激动地说："师妹别来无恙？"

西樱双手合十说："施主健忘，贫尼妙安！"

天祐帝一下愣在那里。昭德皇后微笑着上前，一把搂住西樱说："妹妹，你还好吗？姐姐好生惦念你呀！"

西樱轻轻挣脱开，依然双手合十说："施主健忘，贫尼妙安！"

天祐帝说："西樱，你怎么了？难道不认识我们了！"

昭德皇后说："妹妹，什么皇上皇后，我们还是你的重德师兄和骄儿姐啊！"

西樱淡然地说："贫尼妙安，既入佛门，尘缘便了，望施主见谅！"

天祐帝说："西樱，你何必这样？"

昭德皇后说："妹妹，听姐姐的，还俗吧，我们共享富贵！"

西樱闪身一旁，双手合十说："阿弥陀佛！"

这时阿即思礼拜完过来，天祐帝和皇后见西樱如此，也不好再说什么。两个人在西樱的引领下，也入佛殿礼拜。出来时西樱问西伯的消息，天祐帝便把西樱走后，西伯利用太子柴册礼刺杀天祚帝未成，被重伤监禁，他派左雄去中京接出师父，师父伤好后主动去广平淀保护五色旗鼓，之后到达可敦城，建灵感寺，再后来西伯跟随西征，路过西族故地时坐进树洞中圆寂之事，从头到尾详述一遍。西樱听后叹息一声，说："阿弥陀佛，二位施主珍重！"

西樱说完便决然地转身离开。天祐帝与皇后知道再说什么或做什么已无意义，只能目送西樱离去。天祐帝命随从拿出黄金百两，请阿即思转交妙安大师，算他们夫妇捐给圣尼寺的用度。之后他们离开花剌子模国，回到八剌沙衮。

107. 东征

天祐帝解决了花剌子模国的问题，八剌沙衮城的安全有了保障，重建后的辽国进入暂时的和平时期。这时萦绕天祐帝心头多年的东征复国梦渐渐强烈起来。这一天，天祐帝与皇后骑马出游，他们纵马奔驰在花开遍野的草原上。他们策马越过一条宽阔的大河，驱马奔上一座山丘，极目远眺，大好河山尽收眼底。

天祐帝感慨地说："重建辽国，定都八剌沙衮，我们给契丹人保留了一块血脉之地。可是，这里离故国远隔千山万水啊！"

皇后说："是啊！人若有翅膀就好了，可以飞回故乡。"

天祐帝说："朕近来每次做梦，都会梦见上京、中京故地。即便在梦中，也会感到故土之熟悉和美好！"

皇后说："我又何尝不是，梦中母亲总会拉着我的手，在我家后花园中踏春。还会与兄长们一起玩耍，射柳、触瓦、下双陆棋……有时从梦中醒来，眼角还挂着泪花！"

天祐帝说："也许，是时候东征复国了。"

皇后说："恐怕路途太遥远了！"

天祐帝说："现在朕有甲兵十万，兵精粮足，士气旺盛。此时不东征，更待何时！"

皇后说："打算御驾亲征吗？"

天祐帝说："这是朕多年的夙愿，为什么不呢？"

皇后说："辽国重建才几年，周边的花剌子模国、高昌回鹘国归附不久，此时皇上劳师远征，并非上策呀！"

天祐帝说："皇后言之有理。不过，朕已近天命之年，老之将至。如果再拖延几年，恐怕东征的雄心壮志会消磨殆尽！"

皇后说："岁月催人老，这是人力无法改变的啊！"

天祐帝说："所以呀，朕要趁现在体格还强壮，精力还旺盛，调集兵马东征。如果天命归朕，东征大军一路顺利，一鼓作气攻下上京、中京，便把辽国都城搬到上京去，那里是契丹人的龙兴之地！"

皇后说："谋事在人，成事在天，此事要多加思量呀！"

天祐帝说："东征复国这句话，朕经常挂在口头上，就算路途上布满艰难险阻，朕也要试一次！否则，便成为一句空话了。"

皇后说："道理确实如此啊！皇上欲东征，兵马不可全带走，还要留下文武全才之人镇守八剌沙衮，这才是万全之策。"

天祐帝说："这个朕早想过了，留下三万兵马，足可震慑西域诸国。至于文武全才之人，远在天边，近在眼前。"

皇后说："臣妾毕竟是女流之辈呀！"

天祐帝说："朕的骄儿，巾帼不让须眉！"

天祐帝下定决心后，便开始紧锣密鼓地准备。这一天，天祐帝在皇宫大殿召集文武百官朝会。他宣布御驾东征复国的决定，文武百官全部赞同。这些人多半是跟随天祐帝，从大辽灭国的废墟上，一路拼杀来到八剌沙衮的。他们与天祐帝夫妇一样，对辽国故乡怀有无限情思。他们的家人或亲戚，都零落在辽国故土的各个角落。他们希望能在有生之年，杀回故乡与亲人团聚。但对御驾亲征，多数文臣武将极力反对。左雄反对最激烈，认为辽国重建才几年，刚定都八剌沙衮。大食、花剌子模、高昌回鹘等国归附不久，应该说辽国的根基尚未立稳，此时皇上御驾亲征，去国万里，万一西域生变，恐怕西征的成果会毁于一旦。到那时，东征大军也会像一叶飘零大海的扁舟一样，陷入进退失据的尴尬之境。

天祐帝思量再三，决定听从群臣的劝谏，取消御驾亲征，留下三万兵马，亲自坐镇八剌沙衮。同时宣布：六院司大王萧斡里剌为辽国兵马都元帅、同知枢密院事萧查剌阿不为副元帅、左雄为军师，三人率领七万铁骑从八剌沙衮、叶密立出发东征。大军到达镇州可敦城，与可敦城兵马会合，向金国庆州、上京、中京进发。

一个月后，大军做好远征的各项准备。天祐帝事先派人到花剌子模国都城的圣尼寺，请妙安法师来八剌沙衮，为东征大军设道场送行。妙安没应邀前来，却捎回来一封信。信上用契丹文写两短句：是是非非，一切休问；前因后果，彼此不爽。天祐帝与昭德皇后分析认为，妙安短句的意思是世事一切皆有定数，前因后果都有因由。看样子她不赞成东征复国。但是，箭在弦上，不得不发了。

大军出征这天，天祐帝、昭德皇后率文武百官到八剌沙衮城外为东征大军送行。几万雄壮的东征兵马整装待发，高高的点将台上，天祐帝将授权的兵符交给兵马都元帅萧斡里剌。

萧斡里剌开始调兵遣将，拿起第一面令旗，递给萧查剌阿不，命他为东征大军先锋都统，率精骑兵一万立即开拔，为东征大军逢山开路，遇水搭桥，扫清前行的一切障碍。萧查剌阿不领令而去。萧斡里剌拿起第二面令旗，递给耶律铁哥、耶律燕山，命他二人为东征大军左、右路军都统，各率两万铁骑，明日一早出发。二人领令而去。兵马都元帅萧斡里剌亲率两万兵马为中路军，三天后离开八剌沙衮东征。萧斡里剌将最后一面令旗递给张撒八，命他为东征军后路军都统，率领三千汉军保护东征军后路安全。

大军调拨完毕，天祐帝命人杀青牛白马祭告天地。

一一三四年五月，辽国东征大军从都成八剌沙衮出发。天祐帝率朝廷百官为大军送行。他叮嘱兵马都元帅萧斡里剌说："你率大军东征，必须做到赏罚分明。将佐要与士卒同甘共苦。宿营时，要选择水草茂盛之地。行军打仗，一定要打探清楚敌情。千万不能因疏忽大意而招致失败!”

萧斡里剌表示谨遵教诲。

天祐帝与昭德皇后都骑马，送了一程又一程，一直送到百里之外，天祐帝还恋恋不舍。来到一条宽阔的大河边，天祐帝欲骑马过河，被昭德皇后拦住。

昭德皇后说：“皇上，送君千里，终有一别呀!”

天祐帝不甘心地说：“恨不能亲率大军，东征复国!”

昭德皇后说：“弃国万里赴险，非君王之道。”

天祐帝说：“能亲手杀敌复国，君王之位又算得了什么!”

昭德皇后说：“我们回八剌沙衮，等候大军胜利的消息吧!”

天祐帝仰天长叹，说：“只能如此了!”

天祐帝与昭德皇后回到八剌沙衮城。

108. 万里西辽

东征大军从八剌沙衮出发后，天祐帝便每天心神不宁的样子，吃不香，睡不好，做什么事都很难安心。他经常带少数几个随从，骑马到八剌沙衮城东的高山上，站在山顶向东方瞭望。他睡梦中时常会叫喊：“冲呀，杀呀!”

皇后知道天祐帝的心事，便时常劝慰他。两个人时常回忆一些过去的事情。比如早年间他俩中京考场相遇，然后庆州夏猎场倾谈，之后中京刑场不离不弃，后来平州、南京、夹山、可敦城，一直到叶密立称帝和八剌沙衮定都。可以说他俩相遇相恋的过程，伴随着大辽国由盛而衰，直到灭亡的过程。而两个人的不离不弃，又见证了西辽帝国的创建和不断壮大。人生苦短，国家的兴亡其实也很短暂；人生如梦，朝代的更替又何尝不像一场梦？将近二十年的时间，他们经历了改朝换代的大动荡。那是血水掺杂着泪水的痛苦。那是交织着生死、离难、杀戮、尸横遍野、血流成河的人间地狱。不知不觉间，他们从青春年少，变成人到中年。天祐帝快五十岁了，快到知天命的年龄了。他虽然从辽国灭亡的废墟上杀出一条血路，西征创建了西辽帝国。但是，这离他心中的那个目标依然很遥远。他曾幻想有朝一日，亲率百万铁骑东征复国，消灭女真族，为契丹族人雪耻。可是到头来，他能够派出的，只是一支七万人的兵马。他知道靠这支队伍万里东征，打败如日中天的大金国谈何容易。从某种意义上说，派这支兵马东征，不过是他多年来东征复国心愿的一种表达，是他内心对自己的一个交代而已。身经百战的他，其实不难预见东征兵马劳师远征的结果。但是，为了他心中的东征复国梦想，一些牺牲是必须要承受的。

果然如天祐帝所担心的那样，七万东征大军经过半年多的艰难跋涉，行程几千里，在路过大漠时，突然瘟疫横行，战马及作为军需物资的牛羊骆驼病死无数。一些士卒也感染了瘟疫病倒，使军心士气受到严重打击。为避免更大的损失，东征大军只好撤出大漠西返。第二年春天，往返近万里的东征大军返回八剌沙衮。所携带钱粮军资折损殆尽，马匹损失过半，将士因病因伤也有损失。

天祐帝亲自出城迎接东征返回来的将士。他没听从某些臣子的建议，处罚东征的将士，反而好言安抚他们，抚恤死难者，抚养伤残者。做完这一切，某一天黄昏，他独自来到八剌沙衮城东的高山上。他站在巅峰遥望东方仰天长叹说："这是苍天不护佑朕啊！"

西辽王朝的这次东征复国行动，事实上象征意义大于实际意义。或者说只是天祐皇帝对多年来的东征复国愿望的一个交代。但是，西辽的这次不成功的东征，却引起了金朝的注意。第二年，金太宗完颜吴乞买辞世，金熙宗完颜亶继位。金熙宗命令大将粘罕率大军讨伐西辽。天祐帝命令镇州可敦城辽军拒敌。两军交战几次后，辽军引诱金军进入沙漠。金军粮草断绝，人马冻死很多。粘罕的一个副将是契丹人，他听说父兄妻子都在西辽军中，便率契丹旧部哗变攻击金军。金军内外交困，又遭受两面夹击大败而归 。

天祐帝击败东边入侵的金军，知道与强大的金国无法抗衡，便在东边采取守势。两年后，天祐帝亲率辽军再度西征。几年间，辽军多次击溃塞尔柱王朝的军队。同时，将曾经强大的西喀喇汗王朝变成西辽王朝的附庸国。

西辽对被征服的国家，只要求统治者臣服、纳贡，并不改变附庸国的统治方式。西辽朝廷会给附庸国的国王发一块银牌，作为归顺的标志。同时，会派驻各附庸国一名代表“沙黑纳”（译成汉语即少监）。

一一四三年（西辽康国九年），天祐帝耶律大石辞世，享年五十七岁，庙号“德宗”。

这位从大辽国的废墟上走出来的西辽帝王，开创了幅员万里的西辽王朝。鼎盛时期的西辽疆域：东部以高昌回鹘为附庸，与西夏国邻；北至阿尔泰山、巴尔喀什湖一线，与乃蛮、康里为邻；西到达咸海，为花剌子模宗主；南以喀喇昆仑山脉和阿姆河中、上游为界，与塞尔柱王朝所属的呼儿珊和吐蕃等接壤。元朝耶律楚材所著《湛然居士文集》卷一二《怀古一百韵寄张敏之》有“后辽兴大石，西域统龟兹；万里威声震，百年名教垂”的诗句。作者在自注中写道：“大石林牙，辽之宗臣，挈众而亡，不满二十年克西域数十国，幅员数万里，传数主凡百年，颇尚文教，西域至今思之……”

天祐帝辞世后，儿子耶律夷列年幼，皇后萧塔不烟权国，改元咸清，号感天皇后。

一一五一年，耶律夷列亲政，改元绍兴。据《辽史》记载：耶律夷列即位第二年，西辽籍民十八岁以上，得户八万四千五百户。一一六三年，耶律夷列辞世，庙号仁宗。因其子年幼，遗诏其妹普速完权国。

耶律普速完改元崇福，号承天皇后。

一一七八年，承天皇后遇刺身亡，仁宗次子耶律直鲁古即位，改元天禧，称古儿汗，史称西辽末帝。

一二一八年，西辽王朝被蒙古军队所灭。之后，契丹族后裔流离失所，不知所终。

契丹民族最后消失于世界民族之林。